圖1　北宋 王希孟〈千里江山圖〉局部

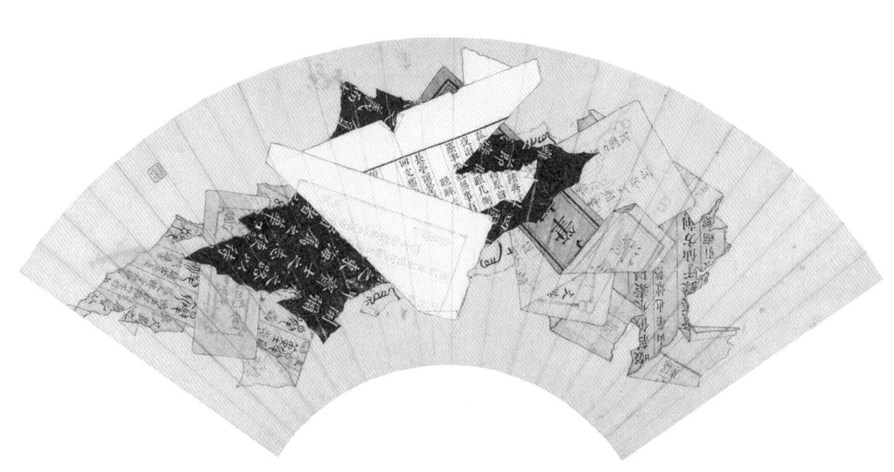

圖2　〈八破圖〉扇面

圖4　清　朱耷〈鱖魚圖〉偽作

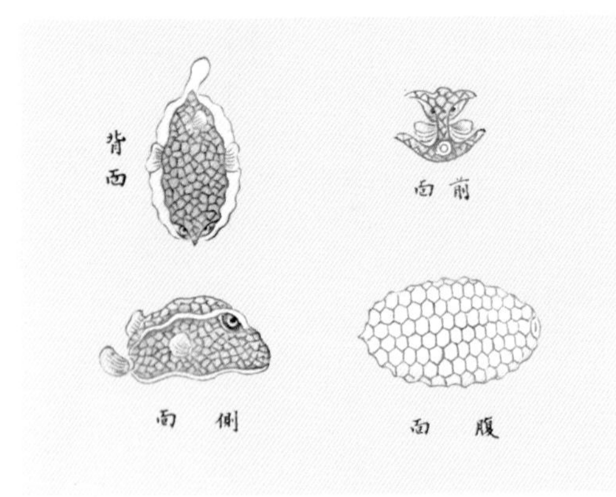

圖6　清 聶璜《海錯圖》中的「夾甲魚」

圖7　清 聶璜《海錯圖》中的「鱟」

圖3　清 金農〈墨竹圖〉偽作

圖5　北宋 郭熙〈早春圖〉

圖8、9　康熙皇帝所書對聯

圖10　「胤禛」二字的滿文

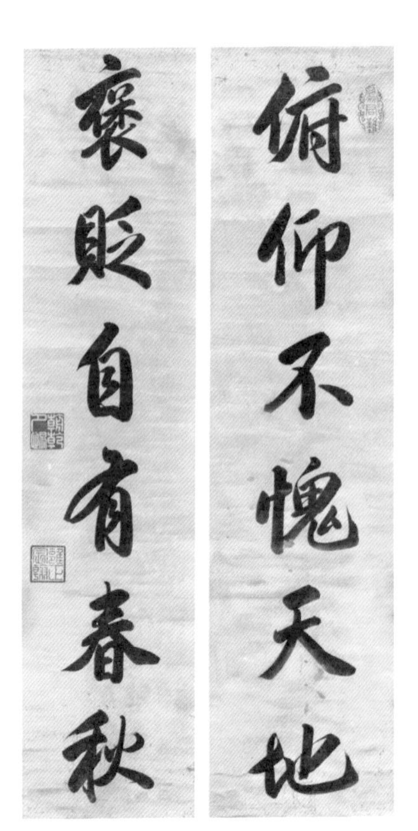

圖11　胤禛所書對聯

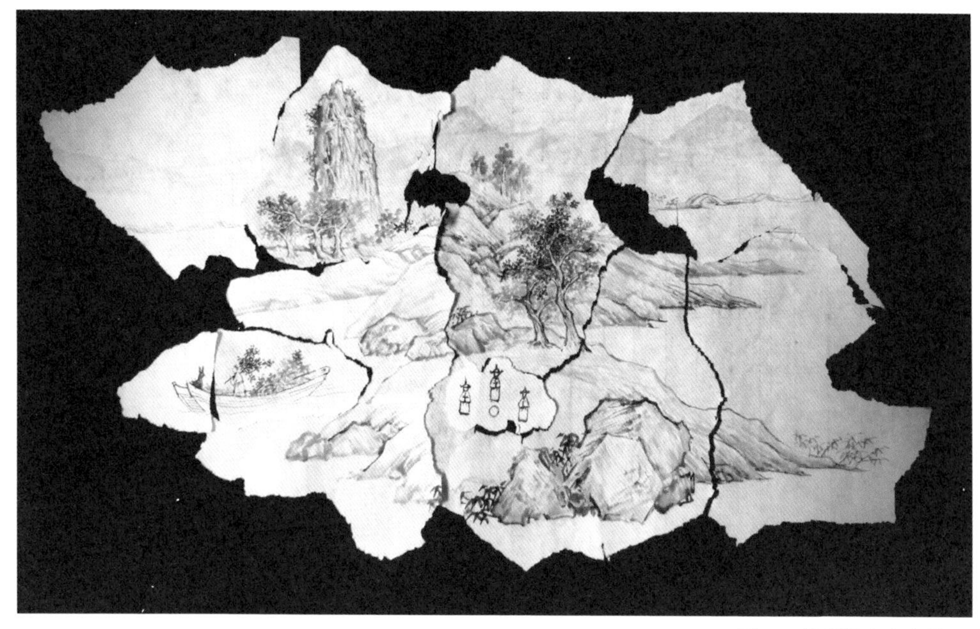

圖12　拼好的山水小景

（右）圖13　畫中的三個小人
（左）圖14　畫中的大石柱

（下）圖15　畫中的遊船

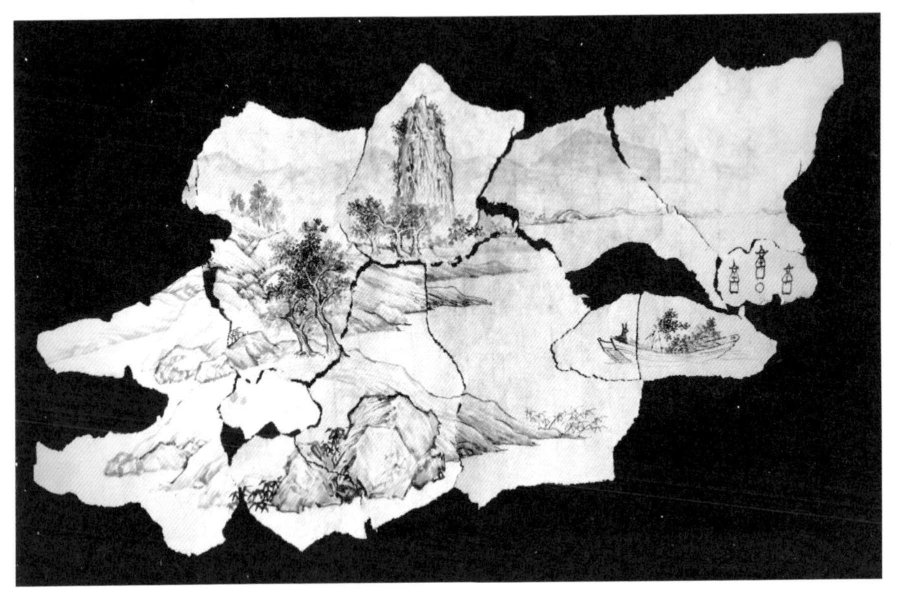

圖16　第二次拼好的山水小景

（右）圖17　南宋 葉肖巖《西湖十景》之「雷峰夕照」
（左）圖18　南宋 葉肖巖《西湖十景》之「三潭映月」

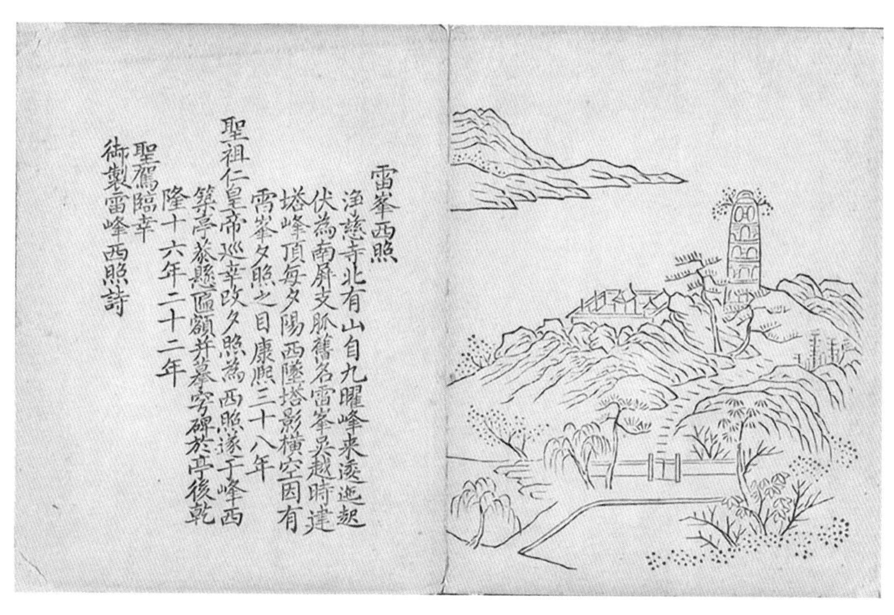

雷峯西照

淨慈寺北有山自九曜峰來逶迤起伏為南屏支脈舊名雷峯吳越時建塔峰頂每夕陽西墜塔影橫空因有雷峯夕照之目康熙三十八年
聖祖仁皇帝巡幸改夕照為西照遂于峰西築亭恭懸匾額并摹穹碑於亭後乾隆十六年二十二年
聖駕臨幸
御製雷峰西照詩

(上)圖19　明《江南勝景圖》中的雷峰塔

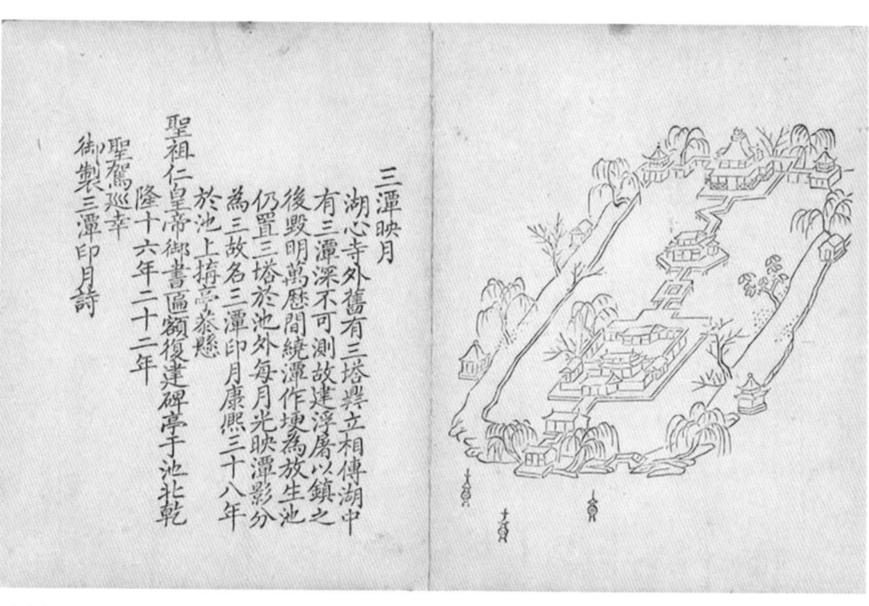

三潭映月

湖心寺外舊有三塔鼎立相傳湖中有三潭深不可測故建浮屠以鎮之後毀明萬歷間繞潭作埂為放生池仍置三塔於池外每月光映潭影分為三故名三潭印月康熙三十八年於池上搆亭恭懸
聖祖仁皇帝御書匾額復建碑亭于池北乾隆十六年二十二年
聖駕巡幸
御製三潭印月詩

(下)圖20　明《江南勝景圖》中的「三潭映月」

圖21　元 陸仲淵〈地獄十王圖之五七閻羅大王〉

圖22　清 郎世寧等〈十犬圖〉之斑錦彪

圖23　清 郎世寧等〈十犬圖〉之雪爪盧

圖24　劉定之仿董其昌山水畫

圖25　宋 佚名〈蕭翼賺蘭亭圖〉

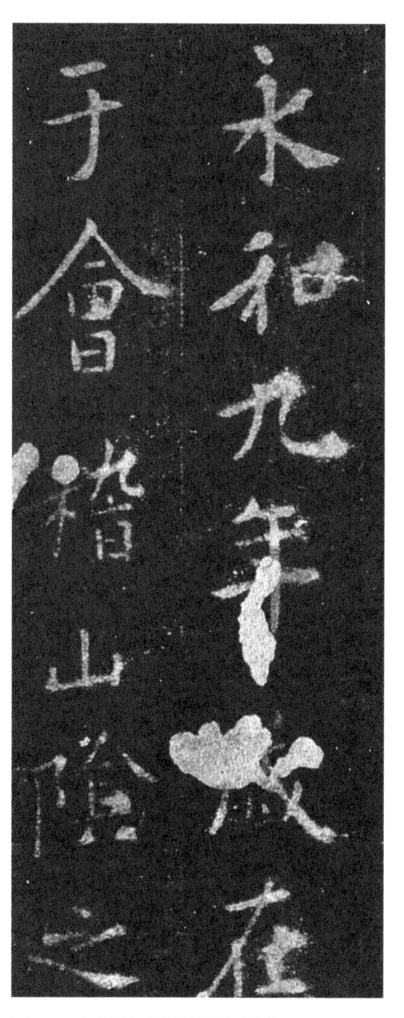

圖27　定武本〈蘭亭序〉局部

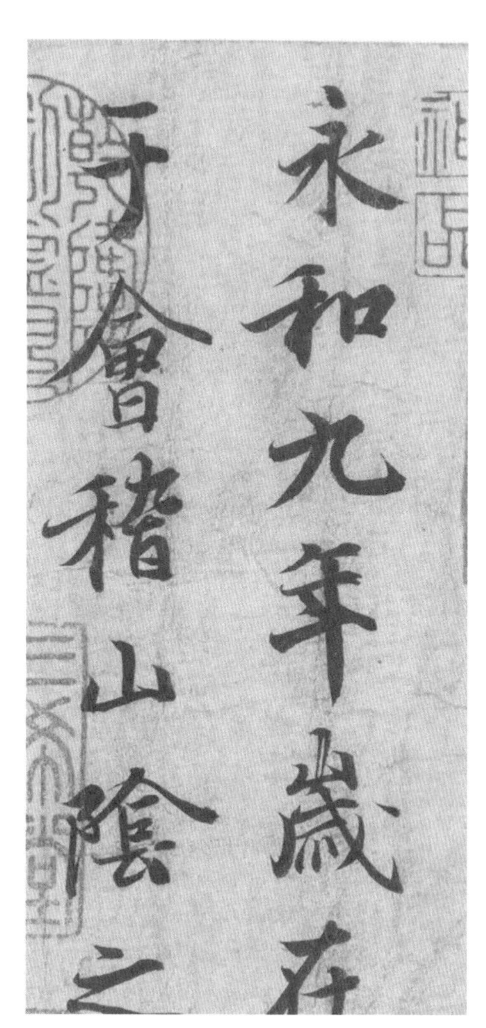

圖26　神龍本〈蘭亭序〉局部

圖28　夾層中的山水畫

圖29　元 趙孟頫〈浴馬圖〉局部

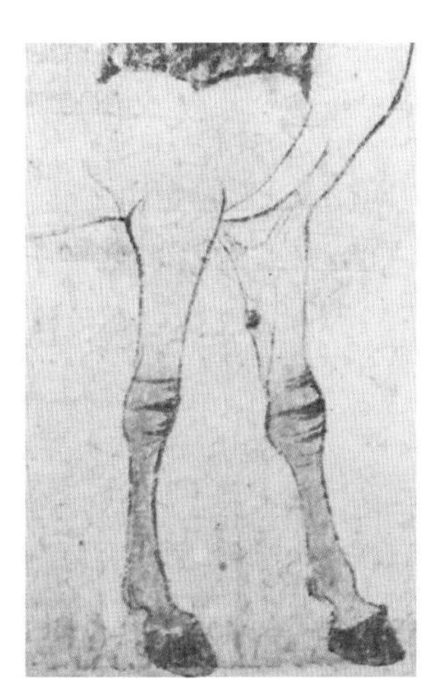

圖31　北宋 李公麟〈五馬圖〉中的「小夜眼」

圖30　〈浴馬圖〉中正在拉屎的馬

圖32　夾層中的山水畫裡的水口

圖33　明 吳彬〈方壺圖〉

圖34～37　冊頁中的園林山水

圖38、39　清 佚名《胤禛行樂圖冊》之一

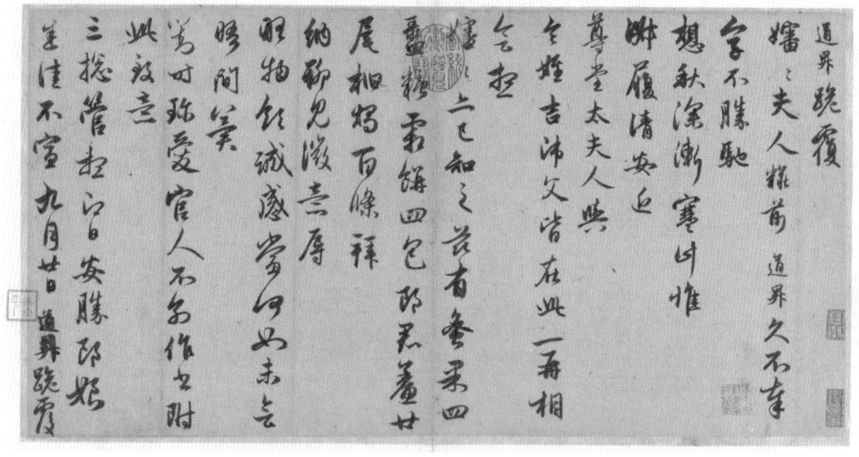

圖40　元 管道昇〈深秋帖〉

圖42　四張冊頁拼好的完整繪畫

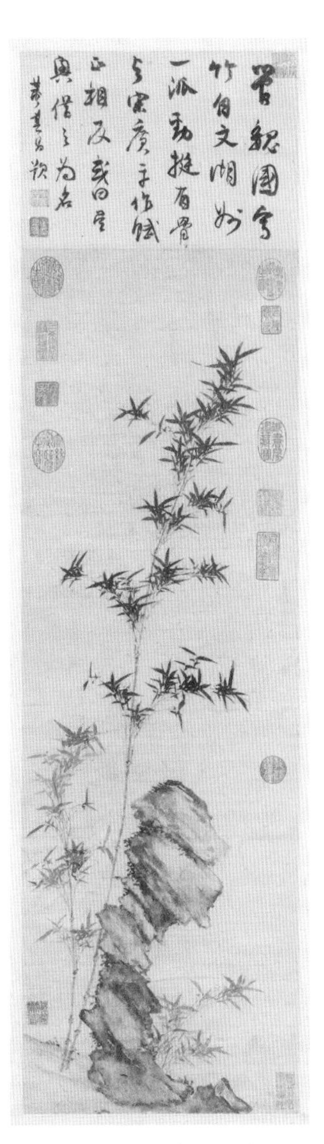

圖41　元 管道昇〈竹石圖〉

圖43　清 羅聘〈金農像〉

圖44　元 趙孟頫〈紅衣羅漢圖〉

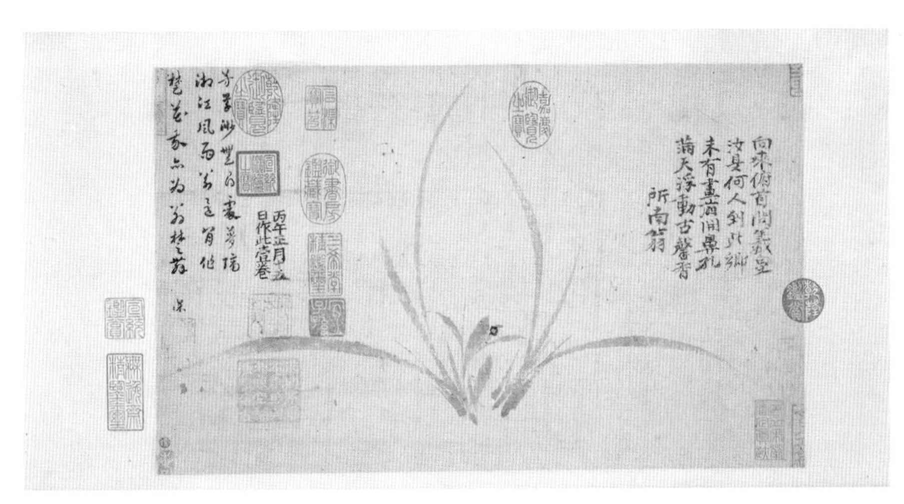

圖45　南宋 鄭思肖〈墨蘭圖〉

圖46　卷末的小畫

（左頁）圖47　清 八大山人、石濤合作〈山水圖〉偽作

（右）圖48　項守斌畫中的局部

圖49　唐 顏真卿〈裴將軍詩〉（拓本）局部

圖50　北宋 蘇軾、黃庭堅〈黃州寒食詩帖〉

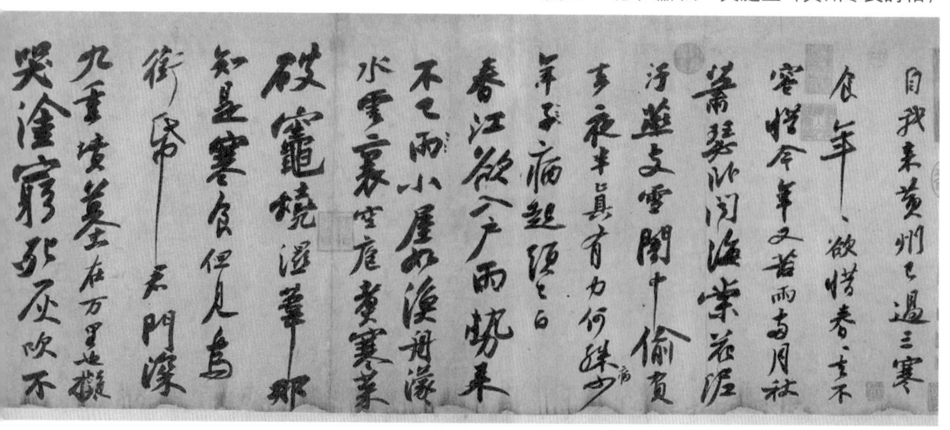

圖51　北宋 趙昌〈寫生蛺蝶圖〉局部

圖52 明 董其昌〈葑涇訪古圖〉

圖53　吳墨林所繪

圖55 金農所繪

圖54　劉定之所繪

圖57　巴特爾、徐陵合繪

圖56　沈是如所繪

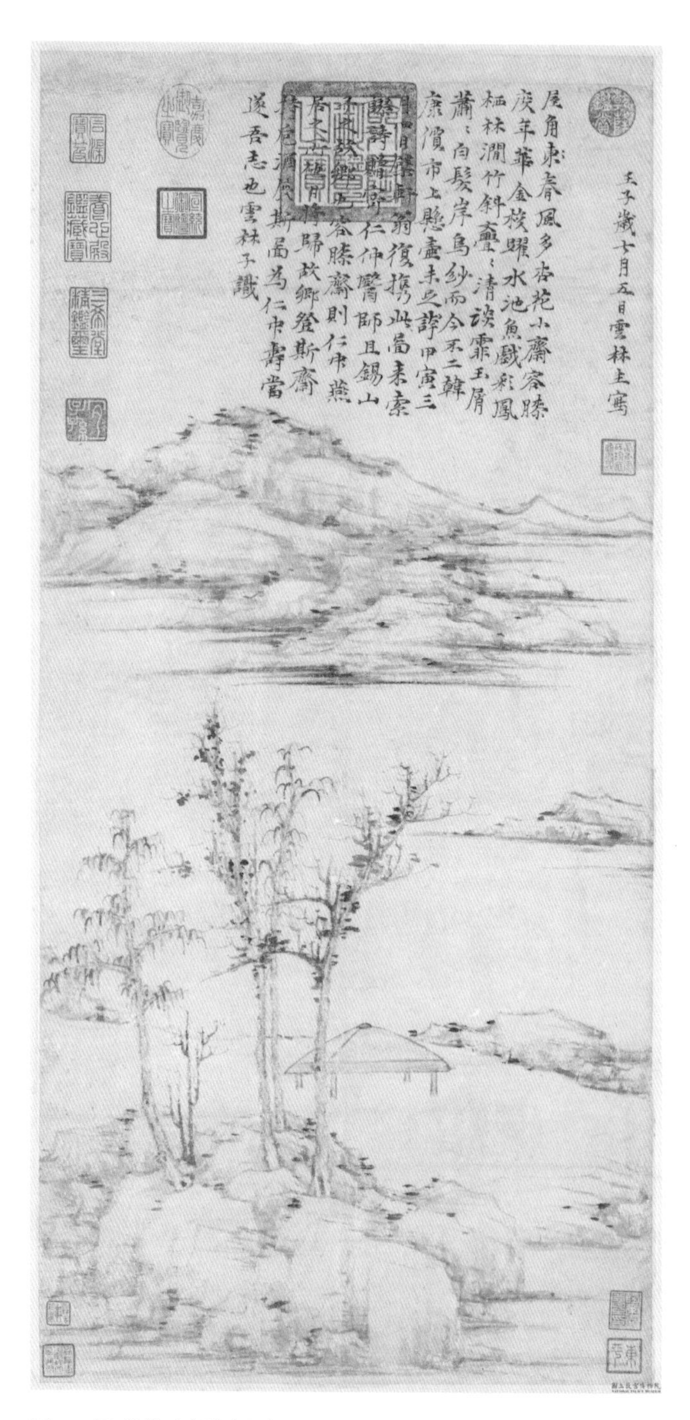
壬子歲七月五日雲林生寫
屋角春風多杏花小齋容膝
度年華金梭躍水池魚戲彩鳳
栖林澗竹斜亹亹清談霏玉屑
蕭蕭白髮岸烏紗而今不二韓
康價市上懸壺未足誇甲寅三

圖58　元 倪瓚〈容膝齋圖〉

圖59　草書「帝」的寫法

圖60　草書「虎」的寫法

圖61　北宋 趙佶〈聽琴圖〉

圖63　吳墨林的復原圖

圖62　吳墨林第二次繪製的復原圖

圖64　南宋 馬遠〈踏歌圖〉

紙上
煙雲

目錄

第一章 畫匠入職圖籍司

一、千里江山遭厄

康熙皇帝披卷覽圖，〈千里江山〉遭厄受汙

康熙四十六年，國泰民豐，天下安寧無事。

年初，康熙南巡的行轅從京城緩緩出發。行轅上將近千人，龍旌雉羽，熱鬧非凡。臨行之際，皇帝命令太監攜上十幾件宮內珍藏的宋元書畫。原來這康熙皇帝一生最是喜愛收藏古代書畫，尤其嗜愛宋元時期的山水畫。每次南巡，皇帝都要隨身帶上幾件，以供途中時時把玩。

皇帝一路上遊山玩水，興致勃勃。四月十四日，行轅由蘇州抵揚州，駐蹕於天寧寺行宮。

四月的揚州已經是草長鶯飛了，白日裡春風和煦，夜晚漸有涼意。剛剛入夜，天寧寺行宮的一處暖閣中，香霧熏人，明燭高照。皇帝打開黃綢子龍紋緞面的囊匣，小心翼翼地取出一件兩尺多高的大卷軸，指著引首的標籤，對身邊的一個妃子說：「靜妃，妳看，朕此次帶

來了〈千里江山圖〉（圖1），今日也讓妳開開眼界。」

在康熙收藏的上千件古代繪畫中，這一件北宋王希孟的〈千里江山圖〉最得他的青睞。這是一件尺寸極大的絹本設色山水畫，全部展開竟然有三四丈長。〈千里江山圖〉中景象大開大合，氣勢撼人，細微處卻極為精到，可謂「盡精微，致廣大」。皇帝每次展卷細觀，都不由得從心底裡欽佩這位天才畫家的神來之筆。何況這件作品不但畫得出色，名字也極為順耳。「千里江山」盡在咫掌之內，天下奇觀，只在皇帝一握之中。想當年擒鼇拜、定三藩、平臺灣，歷經千辛萬苦，如今終於能坐穩了龍椅，把卷耽玩，心中不免得意非常，竟有一種睥睨天下之感。

皇帝輕輕撫摸著畫卷上厚重的石青色，對靜妃道：「這王希孟作此煌煌巨跡之時，年僅一十八歲，想來真令人匪夷所思啊。」

靜妃說道：「皇上少年登基，執掌天下，剷除權臣鼇拜之時也不過十四歲，皇上才算是真正的少年英雄呢。」

康熙笑道：「妳倒是會說話，本來是賞畫，卻扯到朕身上來了。」

靜妃道：「若單論畫，臣妾倒是更喜歡那些純水墨的文人畫，這〈千里江山圖〉雖是宏大之作，但對臣妾而言，色彩過於豔麗了。」

皇帝指著畫中石青色的山峰道：「尋常的設色畫，倒也庸俗，只是這一件，顏色靚麗卻又不失高雅。」

靜妃抿嘴嬌嗔：「聖上說什麼就是什麼，但臣妾有個愚昧的見解：若論格調，青綠設色畫還是不如水墨畫，水墨畫似更溫潤儒雅一些。」

皇帝倒是喜歡這妃子與自己爭辯書畫品評之事，他笑道：「水墨畫不是不好，只是在朕看來，黑白兩色，過於單調，更乏莊重大氣的堂皇之象。」

靜妃見皇上認真起來，也起了興致：「皇上，你是天子，自然是鍾情於堂皇氣象，但若因此貶低水墨，以為單調，那臣妾可就不同意了呢——皇上豈不聞古人有『墨分五彩』之說？」

皇帝瞪起眼睛嗔道：「朕當然聽說過『墨分五彩』的說法，只不過那是文人的比附罷了。水墨畫乃是唐以後才有的，唐以前的高古之作，都是丹青重彩，難道妳認為唐以前的先賢，格調都不高嗎？」

靜妃笑起來，仗著自己受寵，說話也大膽：「皇上，你說這話，臣妾可不敢苟同。唐以前的名跡，今已百不存一，未必沒有水墨之作……」

皇帝裝作生氣的樣子，一把抱住靜妃，說道：「好妳個犯上的妃子，倒笑話起朕來了，倒顯得妳是個陽春白雪，朕是個下里巴人，今日就讓朕這下里巴人，教訓教訓妳這陽春白雪！」

靜妃扭動腰肢，咯咯咯笑起來，用力要掙脫康熙。這兩個人鬧起來的時候，沒注意到身邊桌子上的那柄掐絲琺瑯高腳油燈。皇帝一不小心，胯部撞上了桌角，桌子劇烈地一晃，那柄油燈剎那間傾倒，燈油並著燈芯，潑灑在〈千里江山圖〉上，火苗立時竄到一尺多高。

靜妃頓時驚叫起來，皇帝也回過神來，慌忙間拽起身後羅漢床上的布幔，在畫上一陣撲打，火光漸滅。在暖閣門外守候的太監聽著裡面聲音不對，連忙推門而入，看到這景象，也呆住了。

皇帝本來就長著一張長臉，此時生氣，臉拉得越來越長，面色也越來越陰冷。靜妃偷眼看去，只見他的眼睛似乎要噴出火來。靜妃從來沒有見過皇帝這樣生氣，一時間竟然嚇得不知道說什麼好，倒是那太監反應敏捷，見了這情形，立刻跪倒在地，顫聲道：「萬歲爺息怒，保重御體，千萬不要氣壞了身子。這畫再金貴，也不如萬歲的身子金貴……」靜妃連忙也跪下身，說道：「萬歲，萬歲，是臣妾眼拙手笨，不小心撞翻了油燈，請陛下治臣妾之罪……」

皇帝的面色逐漸緩和，他扶起靜妃，歎了口氣：「哎，朕怎麼會怪妳呢，這……這件事情……朕也是有責任的。」他扭頭看向跪地不起的太監：「魏珠，你起來吧。」

這太監名叫魏珠，自幼進宮，伶俐乖巧，是跟了康熙皇帝幾十年的貼身太監。魏珠抬眼望向桌子上的〈千里江山圖〉，只見畫面正中心一處青綠設色的山頭竟被燒出一個鷄蛋大小的洞，周圍還有巴掌大一塊黑色的油汙，甚是扎眼。再看皇帝，緊鎖眉頭，長籲短歎，懊喪不已。

魏珠弓著腰，小心翼翼地說道：「皇上，請恕奴才多一句嘴。這曠世名畫，有了這點損傷，本來也是它命中註定的。更何況書畫受了汙損，均可修復，咱們宮裡內務府的造辦處就有工匠會修畫，等回了京城，再尋能工巧匠，把畫修好就是了。」

皇帝陰沉著臉，懊喪地說道：「你這奴才說得輕巧，以為朕對工匠之事絲毫不懂嗎？尋常汙損，修復起來自然容易，但這油汙和火燒的痕跡，最是難以去除。而且耽擱久了，油汙沁入絹絲，更是難以修復……」

魏珠說道：「皇上，自古以來，揚州就是能工巧匠聚集之地。陛下可以在揚州找個古畫修復能手，令他把這畫修好，不就成了嗎？」

皇帝歎了口氣道：「哎，毀得這麼嚴重，要修好談何容易。朕這千里江山……竟然被燒個洞，說起來也真是晦氣。也罷也罷，魏珠，你趕緊傳張廷玉過來，朕要見他。」

二、連夜尋巧匠

左必蕃領命尋巧匠，吳墨林受薦入行宮

皇帝向張廷玉下了旨意，令其速辦〈千里江山圖〉修復之事。張廷玉是上書房大臣，素得皇帝賞識。他沒有細問古畫受到汙損的緣由，立刻領旨而去，風急火燎地騎馬趕往揚州知府住處。

揚州知府名叫左必蕃。自從皇帝駐蹕於揚州，左必蕃就沒睡過一天安穩覺。皇帝一行將近千人，衣食住行都得由知府衙門照看著。揚州是兩江總督、漕運總督衙門所在之地，四品以上的高官隨處可見，更有巨富鹽商聚集於此。於是三教九流、黑白兩道匯於一處，平日裡就攪得左必蕃不得安生。皇帝南巡至此，他更是提心吊膽，唯恐治下有一點風吹草動。

這天夜裡，左必蕃躺在床上，心神不寧，左眼皮總是跳個不停，翻來覆去睡不著覺。身旁的老妻譏諷道：「瞧你平日讀那些養心悟性的聖賢書，都是狗屁，皇帝來了，還沒有什麼事情找你，你自己倒嚇個半死，平時寫字畫畫、讀書養氣的功夫，都不知哪裡去了！」

左必蕃心裡焦躁，懶得跟老妻辯駁。正在這時候，家裡的僕人哐哐砸門，大聲喊道：「老爺，老爺，門外有個叫張廷玉的，只道自己是上書房大臣，定要見老爺。」

張廷玉的名字可是如雷貫耳，左必蕃一骨碌爬起來，喊道：「快快請張大人移步西花廳，看茶上座！」

不消一刻鐘，張廷玉就將尋找修復書畫工匠的詳情告知左必蕃。左必蕃聽罷鬆了口氣：還好自己治下未出亂子。不過他心知皇帝的命令片刻也耽誤不得，沉思片刻，立即擬出一串

名單，令家中的僕人連夜去請名單上的人速來府中商議要事。

名單中的人都是揚州最知名的書畫家。揚州乃東南輻輳之地，官商雲集，書畫交易極為繁榮，也就引得不少書畫名家鬻藝於此，知府大人素喜舞文弄墨，常和這些文人騷客舉辦雅集，相互籌唱，因此他對當地知名的書畫家相當熟悉。他雖然不知道揚州的修復名家有誰，但想必那些書畫家一定知道去哪裡找這修古畫的巧匠。

左知府邀請的書畫家們漸次趕來。左必蕃略陳事由，懇請大家向皇帝推薦修復名手。眾人聽罷，心中暗忖：若是推薦的人不合適，皇上不滿意，怪罪下來，難保自己不受牽連。大家嘀嘀咕咕，交頭接耳，始終不見有人挺身而出。一邊的張廷玉眉頭緊皺，越來越不耐煩，左必蕃觀其臉色，心裡也越發不安，更加焦躁。正此時，一個大腦門、細辮子的矮胖文人站起身，朝眾人拱了拱手，不緊不慢地說道：「諸位道友，鄙人有一絕佳人選，必能合了左大人和張大人的心意。若是此人不能勝任，恐怕整個揚州也無人夠格了。」

眾人立時不再言語，目光都聚集在這個矮胖的文人身上，此人名叫金農，表字壽門，號冬心先生，是名噪揚州的書畫家。左必蕃連忙詢問：「不知冬心先生所薦何人？」

金農晃著他那碩大的腦門，一字一頓地說道：「我所薦者，正是揚州東城柳樹街頭吳氏裱畫店的老闆——吳墨林。」

左必蕃問道：「冬心先生可有把握？」

金農道：「大人放心，此人的修復技術已到出神入化之境，只不過是工匠出身，名聲不顯。」

左必蕃又問：「冬心兄可否再詳細說說，此人技藝如何了得？咱們向皇帝推薦的人，萬不可有什麼閃失。」

金農從袖中取出一把摺扇，打開後遞給左必蕃和張廷玉，說道：「大人們請看，這把摺扇上的畫作，就是吳墨林的傑作。」

張、左二人湊近了觀瞧，只見這扇子上貼著幾張殘破的拓片和書葉，上面佈滿了蟲蛀火燒的痕跡。兩個人從未見過這樣的東西，大感疑惑。（圖2）

金農笑道：「大人們請仔細觀瞧，這扇子上的殘紙並非拼貼而成，全部都是由吳墨林一個人畫出來的。」

張、左二人吃了一驚，兩人伸手去摸那扇子，又舉起扇子對著燭火查看，方才明白扇子上的殘破之跡，全部是手繪而出。

張廷玉皺眉問道：「金先生，此人的描摹功夫真是令人歎為觀止，卻不知與修復技藝有何干係？」

金農向張廷玉作了個揖：「大人平日裡忙於國家大事，對民間的奇門左道，自然無暇關心，其實這世上的描摹高手，大多是裝裱修復行當出身。吳墨林的模仿功夫，正是從修復技藝中鍛煉出來的。」

張廷玉不解：「此話怎講？」

金農繼續說道：「古畫修復，首要者在於補破。若是畫中筆墨有所殘缺，需要修復者接全筆意，將缺少的部分畫出來。修復匠人必須領會原畫的精氣神，方能做到天衣無縫，讓人看不出修補的痕跡。吳墨林描摹臨仿的功夫如此了得，又熟稔那裝裱的技術，因此若是遇到殘破缺損的畫作，自然也就難不倒他。」

張廷玉點了點頭，一臉急切地說道：「既然如此，那就勞煩左大人和冬心兄，快去請這位吳墨林師傅來罷。越早越好，越快越好，此事耽誤不得。」

金農起身領命。左必蕃從心底裡感激金農，立刻讓家中僕人為金農備馬。

金農平素騎驢，很少騎馬。知府大人家裡的馬跑起來風馳電掣，馬背上的金農被顛的有點頭暈。他回憶起自己與吳墨林的交往，不禁有些感慨。適才金農並未將吳墨林的詳細情況全部講出來。吳墨林除了是個修復匠人，還是一個造假販子，二人結識，緣於一件偽作。

大約兩年以前，金農參加了一次雅集，有人拿出一張題著自己名款的〈墨竹圖〉（圖3），請他在畫中空白處再題跋一首長詩。金農卻認定自己從未畫過這樣一件墨竹。但看那畫的風韻，古拙中帶著巧勁兒，簡直比自己畫的還像是自己畫的。金農大為吃驚，沒想到這世上竟然出了這樣的造假高手，同時也頗為得意，原來自己也小有名氣，不然不會有人造自己的假畫，後來又覺失落——畫作被模仿得如此逼真，難道是因為自己的水準不高嗎？金農立時對造假之人有了興趣，經過明察暗訪，費了無數功夫，終於得知這造假的正主，正是這吳氏裝裱作坊的師傅——吳墨林，於是登門拜訪。

吳墨林大概二十多歲，比金農小七、八歲。金農上門自報姓名的時候，把吳墨林嚇得面如土色。但金農卻盛讚其畫技高超，絲毫沒有怪罪責難之意。兩人一見如故，遂成莫逆之交。吳墨林不單能造金農的假畫，古往今來的名家大師作品，他都能偽造。只是他專精於筆墨技巧，又囿於工匠出身，對四書五經、詩詞文賦並不瞭解。所以作偽之時，並不擅長編造題跋。金農走的是文人畫家的路子，貫通儒釋道三家，詩詞歌賦無所不精。吳墨林讀書少，很佩服金農這種學富五車的文人。

兩年來，吳墨林受金農薰陶，讀了不少書，尤其是涉及古代書論、畫論的著作，幾乎無所不讀。文史、傳奇、小說、詩詞一類，也多有涉及。但吳墨林最不願讀那些四書五經，他對這些經學典籍似乎有著天然的反感，覺得裡面充斥著虛情假意。金農倒也贊同吳墨林的讀書路子，畢竟吳墨林讀書不為科舉考試，全憑興趣。

此時的吳墨林正在家中睡覺，迷迷糊糊之中被金農強拉起床，半天才明白到底是怎麼回事兒。他埋怨金農：「我說冬心兄啊，我幹的這一行，求的是悶聲發財，你這讓我給皇上修畫，一旦出了名，不就成了人家的靶子了嗎？人怕出名豬怕壯，你這不是害我嗎？」

金農道：「墨林老弟，兄弟我這麼做，完全是為了你著想，我的苦心，以後慢慢說與你聽。閒話少敘，你先跟我去見知府大人。」

吳墨林沒辦法，只得帶上自己的修復工具，連夜跟著金農來到左必蕃的府邸。

三、吳墨林獻技

施巧技完璧受嘉獎，抖機靈入職圖籍司

張廷玉沒有跟吳墨林過多寒暄，他三言兩語說清楚事由，就帶他前往康熙的行宮。行宮門口，太監魏珠早已等候多時。吳墨林之前從未見過太監，黑暗中想瞧得仔細一點兒，卻又不敢直盯著魏珠。他剛剛聽張廷玉說過，這魏珠可是皇上的貼身太監，其官品和知府大人差不多。

吳墨林暗自忖度：太監雖然被淨了身子，但也享受了人間的富貴，有捨就有得。只是不知道太監沒了那話兒，心裡還會不會想女人。他一邊胡思亂想，一邊緊跟著魏珠飛快的步子，在行宮中經過重重守衛，七拐八繞，來到一間早已打掃乾淨的客房。兩個膀大腰圓的滿

洲戈什哈護衛筆直地站在客房門口。

魏珠雖是太監，但身材高大，竟比中等身材的吳墨林還高出半個頭來。魏珠見屋子裡點著十幾根蠟燭，燈火通明，安排的還算妥當，滿意地點點頭，一臉和善地對吳墨林道：「吳師傅，張大人想必已經跟你說清楚了，事不宜遲，別等著燈油沁進絹絲以致不可收拾，咱們這就開始動手吧。」

在揚州茶館評書先生講的故事中，太監大都因為身體殘缺而性格乖張。吳墨林卻覺得魏珠溫文爾雅，謙和近人，想來民間評書都是臆造胡說。吳墨林轉念又想，他現在對我客氣，是因為我擔著重要的干係，若我修不好，估計這太監又是另一副嘴臉了。

他振作起精神，仔細看那案子上的〈千里江山圖〉。他的老本行是修復，見過不少揚州書畫家的作品。揚州的畫家風格各異，什麼調性都有，但和眼前的這件卷軸相比，自己曾經寓目的畫作竟然都似螻蟻一般不值一提。他心中暗想：那金農雖然一直自詡追摹古法，但估計也沒見過宋元時期真正的好東西，若他現在看到這張畫，大概要興奮得發瘋。只是不知道皇宮中珍藏的其他宋元精品，又都是什麼樣子？

魏珠見吳墨林直勾勾地盯著〈千里江山圖〉，抿嘴一笑，督促道：「吳師傅先別忙著賞畫，等你修好了，自有欣賞的工夫。」他又叮囑門口的侍衛隨時聽從吳墨林的差遣，便離開了。

吳墨林平靜心神，取出隨身包裹中的馬蹄刀，小心翼翼地將燒糊的絹絲略略刮薄一層，又從一個瓶子中倒出些白酒，用一團棉絮蘸了酒，緩緩地在那黑糊糊的油汙上揉搓，油汙竟慢慢移到棉絮中去了。接下來他又取出一個小麵團和一瓶白醋，用麵團蘸著白醋，在殘留的汙漬上反覆按壓滾動，轉眼間油汙處便乾乾淨淨。這是吳墨林的獨創之技，他下意識地向門口望去，擔心有人偷看——自己的獨門祕技，可不能讓人隨便學了去。

油汙雖然已去除乾淨，但更要緊的是如何修補燒破的洞。這補洞的本事，也是他祕不外傳的拿手絕技。他踱步到窗口，偷偷向窗外看去，門口兩個戈什哈仍然筆直地站在那裡，周圍也沒有旁人，於是他定下心神，開始黏補破洞，補全畫面……

時間緩緩流逝，夜色褪去，東方的天際露出一抹微光，門口的侍衛也已經換了兩撥人。吳墨林終於將破洞處補上新的絹絲。接下來的工作是「全色」，他調好青綠顏料，小心翼翼地一筆筆補全畫面，除了所補畫面的色彩略顯鮮豔之外，幾乎看不出修復的痕跡。

吳墨林長舒一口氣，連夜的工作，已經接近尾聲，還剩下關鍵的一步。只是這一步，還得確保沒人看到，要是皇帝知道了這一步的程序，難保不會龍顏大怒。只見他偷偷摸摸用手指沾了點唾沫，在自己的胳肢窩裡搓下來一點泥垢，然後用這點泥垢，在新補的絹絲上反覆摩擦，那鮮豔的顏色慢慢就沒了火氣。他仔細端詳了一會兒，不太滿意，又用手指在頭皮上磨蹭了許久，刮下來一點頭油，塗抹在補絹上，反覆數十次之後，新補的絹絲竟然被頭油蹭出一點兒包漿的柔光，到這時候，才算大功告成。

前來查看修復成果的魏珠暗自吃驚，沒想到這個民間藝人在短短的一夜間就做成這件大事。他急匆匆地端著〈千里江山圖〉向皇帝稟報去了。

不過一刻鐘的工夫，魏珠又折回吳墨林的客房，喜滋滋地對吳墨林說：「你可算是撞了大運，皇上要召見你，你趕快洗把臉，跟我去見皇上。」

吳墨林心裡頓時一慌，大清的皇帝是何長相？是不是和年畫裡玉皇大帝似的？他還真的想去仔細瞧瞧，看清楚了以後也有了跟金農吹噓的本錢。只是自己乃一介草民，不懂繁文縟節，恐怕在皇上面前失了禮。心中正忐忑之時，魏珠想起來什麼，忙教給吳墨林面見皇上的禮儀。

吳墨林是個聰明人，一學便會。這禮節說起來也簡單，無非是跪下磕三個頭，起身再跪，磕三個頭。如此反覆三遍即可。吳墨林心下暗忖，這次給皇上修好了畫，皇上一定會賞賜自己，大清皇帝富有海內，他的賞賜一定不薄。於是精神大振，決心一定把三跪九叩的功夫做足，讓皇上看了歡喜。

魏珠帶著吳墨林到了皇帝寢宮門外。一番通報之後，吳墨林被帶入暖閣。皇帝正斜著身子倚靠在羅漢床上，周圍幾個當值的太監捧著香巾、漱盂、拂塵等物，隨侍左右。屋內陳設極盡奢華，屋內香爐嫋嫋飄出麝腦的香氣，聞之令人迷醉。吳墨林想起魏珠的吩咐，連忙行大禮。吳墨林跪在地上，只覺得膝下的毯子比自家的鋪蓋都要柔軟。卻聽得皇帝呵呵大笑道：「哈哈！好一個巧匠人，抬起頭來，讓朕看看你的模樣。」

吳墨林謙恭地仰起臉，眉目低垂，只敢小心翼翼地抬眼瞥一下康熙，心中不免大失所望。這皇帝也就和自己的鄰居李老三長得差不了多少，只是略顯得白淨一些，清瘦的臉上生著一對小小的三角眼，尖下巴上長著稀稀拉拉的鬍子，臉上還有麻子，比起揚州道觀壁畫上威嚴神武的玉皇大帝，差的實不止一星半點兒。

康熙端詳著吳墨林，倒覺得這個工匠不似一般的匠人那般愚魯木訥，這個中等身材的年輕人面目清雋，眼睛不大，瞳仁卻閃閃有神。下巴留著一小撮山羊鬍子，顴骨略突出，看面相是個聰敏之人。

皇帝此時心情正好，他溫和地說道：「你叫作吳墨林吧？沒想到僅僅一夜的時間，就修好了這〈千里江山圖〉。這等手藝，真蓋過了朕宮裡造辦處作坊供職的皇家匠師。」

吳墨林剛要作答，一眼瞥見皇帝身邊的魏珠，心想這位公公位高權重，不如趁此機會攀個高枝兒，於是自謙道：「給皇上做事，小人怎敢不宵衣旰食，肝腦塗地？何況還有魏公公鼎力相助，小人才能及時完工。」一番話說的皇帝連連點頭，魏珠也眉開眼笑。

皇帝難得心情愉悅，說道：「朕對工匠之事素來頗有興趣。告訴朕，你是如何將這破洞修好的？」

吳墨林一聽皇上要詢問自己的看家本事，本能的有些退縮，他這修復的技巧是自己辛苦獨創的，一直防著不讓外人知道，即便是皇上親自詢問，也不願和盤托出。但面前的九五之尊既然發問，豈敢不答？於是他裝出虔誠老實的神情，從頭開始講述修復的過程，只不過著重描述那些簡單易行的步驟，把關鍵難做的環節一語帶過，至於搓泥做舊的招式，更是一字也不敢提。康熙又不是做修復這一行的，聽來聽去也就聽了個熱鬧。在皇帝的眼裡，這匠人不緊不慢，娓娓道來，倒比尋常的讀書人更顯沉著冷靜。

皇帝打斷吳墨林，微笑著說道：「朕有個疑問，你有這樣的巧技，能將破洞補得天衣無縫，卻不知真懂得欣賞朕這件〈千里江山圖〉嗎？」

吳墨林不假思索地回答道：「小人一見皇上的〈千里江山圖〉，立刻被其氣勢震懾住了。此畫以大青綠繪就，用色古雅沉厚，絲毫沒有後世青綠繪畫的煙火氣。畫中山水樓閣，更是氣象萬千，筆筆精到，氣韻秀逸，格調高雅，神完氣足……」

康熙笑著擺擺手：「行了行了，你說的這些都是品鑑的套話兒，雖然沒什麼新意，但也足以見得你讀過不少畫論。一個匠人能說出這樣的話，已經很了不起了。」

吳墨林暗想，這幾年跟著金農讀的那些書到了關鍵時刻還算派得上用場。只不過他心裡對皇上的評價並不服氣，暗暗腹誹：古代的書畫論著裡的品鑑詞彙大多都是這樣的虛詞套語，就算是皇上，其實也說不出什麼新花樣。

皇帝略一沉吟，直截了當地問吳墨林：「吳墨林，朕看你聰明伶俐，倒是有一點讀書人的氣格。朕著實愛你之才，你說吧，想要什麼，朕賞賜給你。」

吳墨林心想，自己其實最想要的東西是那〈千里江山圖〉，但這話可不敢說出口。原本打算跟皇上討要一點兒金銀財帛就算了事。但又想到皇帝不知收藏了多少宋元名畫，不如求著皇帝准許多看幾眼那些稀世之作，以後自己偽造假畫也就更有底氣。於是定了定神，大著膽子說道：「皇上，草民是以修復古畫為生，雖然經手了不少好東西，卻從未見過〈千里江山圖〉這麼美妙絕倫的極品。古人將繪畫分為神、妙、逸、能四品，小民所見過的古畫，原來都只是最低的能品而已。小人別無他求，只懇請皇上讓草民開開眼界，再讓小民欣賞幾件皇上的藏畫，心願就滿足了。」

康熙聽了吳墨林這番回答，吃了一驚，心想揚州城果然是人文薈萃之地，小小一個工匠竟然也有如此脫俗出塵的志向。皇帝躊躇片刻，說道：「你這匠人當真不簡單，既然你想一睹朕的藏品，不如跟著朕回京城，在內務府造辦處辦差，可專門負責看管並修復宮內所藏古書畫。你這後半輩子，就可以憑藉著皇家修復師的身份，盡覽朕的藏品了。」

吳墨林本想問問皇帝，在宮廷造辦處當差薪俸是多少，但到嘴的話又問不出口。皇上才剛剛讚賞自己有讀書人的氣格，怎好意思顯出自己庸俗市井的一面？可他又一想，能夠觀覽宮廷藏畫，是多麼難得的機會，這可是多少錢也買不到的體驗。於是俯下身，搗蒜一樣磕頭，口中連連稱謝不已。康熙皇帝看到吳墨林略有遲疑，還以為吳墨林不屑和造辦處作坊裡的一般工匠為伍，於是又說道：「朕見你讀過詩書，知禮守節，你不必拘於匠籍，回頭讓魏珠跑一趟吏部，特事特辦，直接給你一個造辦處七品主事的官職。漢之胡寬、唐之毛順，都以工匠而成命官，朕這麼做，也算遵循古法，御史也說不出什麼。」

吳墨林心中一動：七品主事雖是芝麻粒兒大的小官，但守著皇家大內的書畫珍藏，想來必有好處可撈。他連忙領旨謝恩。一邊的魏珠不免感慨不已，眼前的吳墨林，前一天還是個民間匠人，今天就成了朝廷命官，人的際遇氣運，真是不可捉摸。

四、「三仙樓」吐心聲

吳墨林臨行設酒宴，金冬心送別吐心聲

回到自己的裱畫作坊，吳墨林環顧家居陳設，再回想皇帝暖閣裡那些精巧輝煌的器物，恍如一夢。他一邊收拾作坊裡的工具器物，一邊胡思亂想，自己本來是南方人，到了北方，不知道能不能適應那邊的氣候。

他是個孤兒，並無親眷。自己年少時曾拜過一個師父，但師父在蘇州，兩人已經十多年沒有再來往了。他在揚州的店裡雇用了幾個夥計，平時也沒有多少交情，把他們遣散了，送一點盤纏也就是了。

吳墨林偽造了這麼多年假畫，著實悶聲發了筆財，藏在床板下面的一千五百兩銀子，還得趕緊換成銀票，帶到京城去。他就要離開揚州，心裡倒也沒什麼不捨。想來想去，自己在揚州最大的牽掛，就是金農這個老朋友。此前自己還怪金農多事，現在看來，金農推薦自己，未嘗不是一片好心。

第二天，他去請金農吃飯。兩個人來到揚州瘦西湖邊上的「三仙樓」，挑了一個雅間坐定。吳墨林叫來小二，專點「三仙樓」中最昂貴的三道名菜：拆燴鰱魚頭、扒燒整豬頭、蟹粉獅子頭。金農笑道：「兄弟你一貫節儉，成天恪守『財不外露』的古訓，今日怎麼變了秉性？莫非皇帝不僅賞了官，還給了銀子？」

吳墨林有點尷尬，金農說得不錯。他一貫節儉，這一次如此慷慨，實屬平生罕有。他訕笑道：「兄弟我平日裡低調行事，不也是為了怕旁人知道自己的行當嗎？話說回來，我就要北上，在這揚州唯一念想的，也就是冬心兄你了。」

金農呵呵一笑：「你也不必傷感，我們以後定然還有再聚之時。實話跟你說，我當初向左必蕃和張廷玉推薦你的時候，早就想到了這一天。你當時還怪我不該推你出來，我的真實心意，你或許到現在也未知曉。」

吳墨林有些疑惑了，他問道：「冬心兄，此話怎講？」

金農煞有介事地伸出三根胖乎乎的手指頭在吳墨林面前晃了晃：「我之所以推薦你，共有三點原因：其一，是為了讓兄弟你藉由修復古畫，有機會得到皇帝的賞識，參與皇家書畫保管和修復的工作，兄弟我知道你一向嗜好古代書畫，能夠與這些稀世之寶長相廝守，也算是莫大的機緣；這其二嘛，是出於我自己的私心。我也是嗜好古畫的人，可惜自己是一介書生，無緣得見皇家藏畫，只能希望你進了宮廷之後，多臨摹幾件宋元真跡，也讓為兄開開眼啊……」

吳墨林夾了口魚肉放進嘴中，盯著金農三根肥胖粗短的手指頭，問道：「金兄，你繼續說，第三點原因呢？」

金農猶豫了一下，笑道：「呵呵，這第三點，也是最重要的一點。怕是你一時間無法接受，我要細細說與你聽。我這幾年來，盤桓過不少地方，除了揚州之外，還去過蘇州、浙江、四川、江西，拜訪過不少南方知名的文人墨客，你知道我感觸最深的是什麼嗎？」

吳墨林茫然地搖了搖頭。

金農壓低了聲音，嚴肅地說道：「我最大的感觸，就是這普天之下民間所藏的古書畫珍品，已經近乎絕跡。尤其是唐、宋、元時期的銘心絕品，十之八九都歸入皇帝一人之手了。滿清入關以來，韃子皇帝大肆搜集民間書畫珍藏，皇帝手底下的漢狗們，為了討皇帝歡心，費盡心機廣為羅致。從順治皇帝開始，到這康熙四十六年，經安岐、梁清標、高士奇等人的網羅，民間藏畫越來越少。現如今，天下學畫之人，已絕難看到上佳的古畫，沒有好的範本，又如何能學到古人的精髓？文人畫道，至今絕矣。一念及此，我便心痛不已。」

金農神情有些激動。吳墨林也是嗜畫之人，他倒是能夠理解金農的心境，但聽到這兒，還不明白金農究竟指望自己做些什麼。

金農繼續說道：「從古至今，書畫之收藏，歷經數次劫難。尤其是朝代交替之際，皇家藏畫往往遭遇兵劫。更有那該死的皇帝，甚至拉著自己的藏畫陪葬。南朝末，西魏攻梁，梁元帝投降，將宮廷收藏的名畫、書法以及二十四萬卷典籍付之一炬，實在是斯文喪盡之舉。後來金滅北宋、元滅南宋，內府藏畫，也大多毀於一旦。到了明代，所幸明朝後期的皇帝對書畫收藏並不熱衷，天下書畫珍品，大多流散民間，因此明中期以後，出了不少書畫大家。到了本朝，皇家再次拼了命地聚斂民間書畫。我敢斷言——待到大清國命數將盡的時候，定將是又一場古書畫浩劫！」

這番話著實是大逆不道之言，吳墨林聽得心驚肉跳，忙到雅間門口四處張望，見周遭無人，方才回到座位，安定下心神，壓低了聲音道：「金兄，小心隔牆有耳，你最好少說幾句話，雖然你說的都是正理兒，但你不要命了嗎？」

金農的臉色因激動而發紅，說道：「墨林兄，我金農求你為這天下學畫之人，做一件事！」說罷他竟然離開座位，腰身一屈，在吳墨林面前深深一拜。吳墨林急忙扶起金農，說道：「冬心兄何至於此？我已大概知道你想要我做什麼了。你是不是想讓我將那皇家藏畫都臨摹下來，散到世間？」

金農欣喜地點頭：「不錯！而且你做這件事並不虧，只要將這些古畫臨摹出來，我一定能找到願意出資的買家。江南的世家大族，底蘊之深厚，遠非你所能想見。江南文人畫家對宋元書畫極其渴望，好的摹本亦價值千金。到時候你既發了財，又讓這皇家藏畫的真容分散世間，是功德無量之舉。」

吳墨林的行事作風，首先要自己不吃虧，其次是不能傷天害理。真按照金農說的去做，似乎所有人都是受益者，皇帝也沒什麼損失。只是自己去造辦處當差，本職工作是修畫，而非臨摹，臨摹皇帝藏畫，畢竟不是什麼正經差事，還是要避人耳目為好。

金農見吳墨林有些猶疑，立刻猜出他的心思。他與吳墨林交往兩年，早就熟知這位兄台謹慎的性格。他說道：「你臨摹皇家藏畫的事，我一定替你保密。你只要摹得出來，就不必愁其他的事，我一切都會處理妥當。」

吳墨林想了想，說道：「金兄，我去臨摹內府藏畫，畢竟不是光明正大之舉。一旦所臨摹的畫作在世間流傳，讓皇帝知道了，第一個懷疑的人就會是我。所以我想咱們最好做一錘子買賣比較合適。」

金農問道：「一錘子買賣是什麼意思？」

吳墨林笑道：「我的意思是說，我到了造辦處以後，只臨摹古畫，但不出手，都自己存著，直到攢夠了數量，再找個由頭歸隱山林，然後我們再把臨的古畫摹本一齊賣了，從此隱姓埋名，豈不是萬全之策？」

金農心裡暗笑：你辭了這七品小官，還厚顏說什麼「歸隱山林」。但他面兒上卻是一副敬服之色，說道：「老吳，還是你想得周到，只是你也曉得我這輩子嗜古成癖，你遠在京師臨摹古畫，一直攢著不出售，兄弟我無緣一賞，豈不令我心急如焚？」

吳墨林哈哈笑道：「金兄想什麼時候看，就直接來我家。說實話，我也就你這麼一個交心的朋友，況且如今有這等際遇，也全仗著你的推介。你要借走我的臨本自己回家慢慢看，也是無妨的。咱們最後歸隱山林的時候出手這批東西，還要仰仗你幫忙找買家呢。」

金農大喜，握住吳墨林的手，說道：「那就多謝吳兄啦！」

吳墨林擺擺手道：「咱們兄弟不必客氣。」他暗暗想：等我臨夠了精品，出手這批東西時，倒不必拘泥於是臨本還是真本，辛苦臨出來的古畫，做做舊，再打著真跡的旗號去賣，或許得價更多……

幾日後，皇帝的行轅終於啟程北上。魏公公特意差人前來，送了吳墨林些衣物和盤纏。吳墨林收拾好金銀細軟，隨著大隊人馬開拔。

五、劉定之識破造假販子

圖籍司裡主副相鬥，造辦處內臥虎藏龍

卻說這吳墨林隨著龍舟，循著京杭運河，一路就到了京城。他在城西尋了個偏僻的四合

院，花了二百兩銀子買了下來，又去琉璃廠添置了一些臨摹古畫的工具，在家中佈置起來。琉璃廠分東、西兩條街，房屋櫛比，店鋪林立，亂哄哄擠滿了讀書人。商鋪中古籍字畫、筆墨紙硯，各類文玩器物琳琅滿目。吳墨林一路走馬觀花，發現大多書畫都是贗品，其中多數是京城前門一帶書畫販子偽造的，也有不少蘇州片和河南造。這些贗品的造假手藝比起自己，相差了十萬八千里。

又過了幾日，吳墨林收到內務府的消息，吏部已經批了他的官身。內務府派了個胥吏，來通知他赴任，一併帶給他封官任命的文書，官服、官帽、官印等衣什物件。

吳墨林當的是七品小官，在皇親國戚扎堆的京城，七品官實在是微不足道。吳墨林倒也沒什麼激動的感覺。他摩挲著官袍上的補子，心想繡工還算湊合，只是補子上繡的不知是什麼大鳥，仙鶴不似仙鶴，鴛鴦不像鴛鴦。於是將衣物扔到一邊，打開封官任命的文書，見文書上簽有幾個吏部侍郎的名字，名字上鈐著吏部的大印。吳墨林還是頭一回見到封官的文書，他的老毛病又犯了，從心底生出一股衝動，想要偽造一份一模一樣的文書。想到自己這些年來造假成癮，漸成一種純粹的興趣，好似是為了造假而造假，想到這裡，啞然失笑，不禁覺得自己就是幹這一行的天才。轉念又一想，將來進了皇家大庫，有數不盡的古書畫等著自己臨摹描畫，未來還要和金農幹一票更大的事業，不覺躊躇滿志……大展身手的日子，就在眼前。

吳墨林供職的造辦處位於內廷隆宗門西慈寧宮。為了便於收納、保管和修復宮內所藏器物書畫，辦公地點距離皇帝的寢宮較近。造辦處下設幾十個工坊，有五、六個主事，吳墨林的官職是圖籍司主事，主管內廷書畫、古籍、輿圖的修繕、保管、儲存的工作。他的手底下還設有一個副主事，幾個司庫和司匠。吳墨林一一見過了手下的官員，想要擺出一點官威，又不知到底該說些什麼，好在這些官員比較主動，端茶倒水嘘寒問暖，勤快得很。只是手下那個副主事，態度稍顯冷淡。

圖籍司的副主事名叫劉定之，是正兒八經的科舉出身。他早在二十多歲就中了進士，可惜為人耿直，不通官場人情世故，被安排到造辦處的圖籍司擔任八品的副主事，一干就是十年。但劉定之卻毫無怨言，兢兢業業，本以為這一次舊上司挪了個窩，自己會升上去，結果上頭直接調了個人過來。這也就罷了，卻聽說這人還是一個工匠。劉定之科舉出身，最瞧不起的就是工匠，他平時作畫寫字，也最忌諱匠氣，如今卻有個匠人站在自己頭上，不由得憋了一肚子悶氣。

後來吳墨林從手底下一個張姓的司庫口中得知，這劉定之性格剛硬，自負才學，歷來與上司不和，偏偏這人從來行事嚴謹，才學出眾，光明磊落，上司也抓不到什麼把柄，真就像茅廁裡的石頭，又臭又硬。張司庫是個溜鬚拍馬的包打聽，早看出新主事吳墨林厭煩劉定之，於是主動吐出許多有關劉定之的事情。吳墨林見張司庫知無不言，於是旁敲側擊道：「張司庫，你看這劉副主事，成天勤勤懇懇，一心全在差事上面，好似除了差事，再沒別的寄託愛好。」

張司庫說道：「他呀，一輩子沒別的愛好，連老婆也不娶，只是酷愛古人的法書繪畫，尤其對宮裡藏的書畫，當自己的孩子一樣愛護。」

吳墨林問道：「他自己也收藏法書名畫嗎？」

張司庫道：「劉定之尤其喜歡歷代忠臣、大儒、名士的法書名畫，但他也沒有那麼多錢搞收藏，只能覷當下一些畫家的書畫購藏。」

吳墨林又問：「當下哪個畫家入得了他的眼？」

張司庫道：「小人聽聞這劉定之尤其喜歡一個叫作朱耷的江西籍畫家。朱耷剛去世沒多久，存世的畫作不少，價格也不貴。劉定之到處搜購，但凡見到朱耷的東西，總要傾力買下。」

對於朱耷，吳墨林再熟悉不過。他以前造過不少朱耷的假畫，對朱耷的畫風比較熟悉。朱耷本是明藩王之後，自滿人奪了朱家天下，他便出家為僧，自號為「八大山人」，平生困苦潦倒，只以書畫自娛。朱耷性情孤介，遇人總愛翻白眼，因此他平生所畫游魚禽鳥，也大多白眼示人。吳墨林心想，難怪劉定之喜歡朱耷的畫，他們原本就都是愛翻白眼的一丘之貉。

吳墨林回到家中，緊閉房門，取出紙筆，構思片刻，濡墨揮毫，不多時便畫了一條鱖魚，又仿著朱耷的書法，題了名款。從囊匣中取出一個大木盒，翻找出朱耷的假印章，按了印泥鈐蓋上去。他的造假技術已臻於化境，不過半個時辰，就如行雲流水般造出一件假畫，略一掃視，覺得紙墨少了點舊氣，於是在廚房熬了一鍋豬油，將這張畫懸掛在灶臺上，用慢火熬煮豬油，煙熏了一晚。待到天明，那鱖魚圖果然裹上一層舊氣。（圖4）

吳墨林將這畫帶到了造辦處工坊，找到劉定之，見四下無人，取出畫來，滿面笑容，對劉定之道：「老劉，聽說你喜歡八大山人朱耷的畫，我正好收過一件，便送予你了。」

劉定之展開畫軸後，心中一陣驚喜。他酷愛朱耷的繪畫，也曾購藏過一件〈鱖魚圖〉，沒想到這吳主事竟然又送給自己一件同名畫作。想到自己先前對吳主事一肚子怨氣，畢竟有些心胸狹隘。難得上司主動討好自己，又怎麼好意思再板著一副面孔？正躊躇時，吳墨林笑道：「老劉，你就收下吧，聽聞你在圖籍司兢兢業業十幾年，兄弟我初來乍到，還要你多多幫襯。」

劉定之心裡一陣溫熱。低頭細看那〈鱖魚圖〉，突然聞著畫上飄著的氣味不似尋常舊畫的霉味兒。於是挨近了仔細觀瞧，越瞧越覺得不對勁。這畫法雖然猛地一看與八大山人同出一轍，但細加揣摩，筆法中帶著一點跳脫和細碎，與自己收藏的那件〈鱖魚圖〉只皮相類似，骨法用筆卻有差異。

他越看越懷疑，面色漸漸陰沉。他早就知道古畫造假的高手大多出身於修復的行當，難道是這吳主事造了張假畫，送自己當作人情不成？再看印章上的印油，全浮在紙表，絲毫未曾沁入半分。他由此確信此畫必為偽作，心中越想越氣。自己浸淫書畫幾十年，連老婆都不娶，功夫全下在這上面了，今日竟被一個造假販子拿這剛出爐的假貨矇騙，這吳墨林也太瞧不起自己了！

吳墨林看到劉定之表情的變化，心裡咯噔一下。

劉定之冷哼了一聲道：「大人，聽聞你是揚州修復高手。揚州那地界，向來出一些身懷奇淫技巧的匠人。聽說不光有修畫的，還有修腳的，功夫也是一流。只不過你要拿這剛偽造出來的東西在小人這裡賺個人情，未免丟了我們圖籍司的臉面。」

吳墨林裝作不知情，嘴硬道：「什麼？這是假的？老劉你莫把我的一片好心當了驢肝肺，這畫是一個朋友送我的……你又有何憑據，說這是假的呢？」

劉定之冷笑道：「這畫的表面有淡淡的一層油煙氣，用手一抹，還能抹掉一點焦茶色，是剛剛做舊的東西，火氣太大。何況這畫風，雖然與朱耷非常接近，但細看用筆輕佻，筆法中有一點寡廉鮮恥的邪妄之氣。吳大人，你不會看不出來吧。」

吳墨林又羞又氣，沒想到這個科舉出身的讀書人竟然對造假也這麼瞭解，想來劉定之的鑑定功夫當真不可小覷。他不由後悔自己昨晚造假過於草率。於是只能賠著笑臉說道：「老劉，我也沒仔細看，我這朋友送給我的東西，一貫都是真的，我也沒想到這一件竟是個例外。」

劉定之料定這畫十有八九就是吳墨林仿造的，揚州的修畫師傅一貫造假，在業內是出了名的。他這輩子最討厭造假的行徑，一臉陰沉道：「吳大人，這畫是不是假的，恐怕你自己心裡最是清楚。」

吳墨林兀自心慌意亂，連忙轉移話題，說道：「劉兄今日真是給我上了一課，我跟著劉兄學了一次鑑定。其實兄弟我是個大老粗，因機緣湊巧才得了皇上的賞識。老劉你有這火眼金睛，可得多多幫襯著我吳某人照看司裡的差事，咱食君之祿，忠君之事。只要咱老哥倆互相扶持著，必定出不了差錯。」

誰知劉定之一聽此話，更是從心底裡瞧不起他。想到自己寒窗苦讀十幾年才中了進士，千軍萬馬過獨木橋，好不容易才當了這八品小官，這麼多年兢兢業業，卻不如這殺才一朝受寵，心裡真是打翻了醋瓶子似的。劉定之鐵青著臉說道：「大人言謬了，什麼叫食君之祿，忠君之事？難道沒有這祿，你就不忠君了嗎？我等為國做事，無論官職大小，當不計報酬，一心盡忠，萬不可有那蠅營狗苟的心思。」

吳墨林暗道：你這酸腐的八品小官，裝什麼清高。老子真不知造了什麼孽跟你同在一個衙門幹活。但他畢竟初來乍到，不想多生事端，於是好歹忍著怒火沒有發作。兩人不歡而散，從此之後，更是水火不相容了。

圖籍司當下並沒什麼要緊的差事，作坊裡的修復工匠定時定量修繕從內廷轉送過來的破損字畫、古籍和拓片。吳墨林蕭規曹隨，一切按照從前規矩行事，並不過多干涉。只是每當看到副主事劉定之成天擺著那張臭臉，心裡總是堵得慌。好在吳墨林終於有機會得見內府所藏的法書名畫，心中興奮，倒也懶得和劉定之計較。

吳墨林一有空閒，就躲在自己的工坊內，私下臨摹修復好的古畫，但劉定之竟然幾次三番要求自己早日將修好的藏畫歸還內廷大庫，不得滯留於造辦處作坊，說這是內務府擬訂的章程，有明文規定，直把吳墨林氣得牙根發癢，卻又不好跟他撕破臉。

造辦處另有金石司、木作司，其他司裡的副手都對主事言聽計從，從不多事，主事想做什麼，也從不攪局。偏就吳墨林攤上這麼一個難纏的副手，當真晦氣。

第二章 康熙遺詔疑雲

一、正副主事之爭

吳主事司裡威難立，八賢王府中訟未平

天氣漸漸轉暖，京城春日的沙塵暴過了勁兒，接連下了幾場雨之後，天氣突然熱了起來。京城的氣候和江南不同，冷熱乾濕變化劇烈，頭天夜裡還潮乎乎的，第二天日頭高起，空氣裡的水氣立時蒸發殆盡。這樣的氣候並不適合幹修復的活計。修復古畫，常需將畫心托裱上牆，使其逐漸乾燥綳平，若天氣驟然變得乾燥，容易使畫心炸裂。到了這個時節，圖籍司裡修復活計的進度，自然就變得緩慢。吳墨林也因此有了機會將藏品長期存於工坊內慢慢臨摹。

這一日，內廷的太監魏珠親自轉交一件高頭大軸，並帶來了皇帝的口諭：此畫珍貴，著主事吳墨林親自修復。原來這一件巨軸是北宋郭熙的名跡〈早春圖〉（圖5）。〈早春圖〉尺幅巨大，氣勢恢宏。此畫於兩年前轉存於乾清宮內火牆邊的楠木櫃子裡，這火牆是皇宮內取暖的特殊裝置，冬天裡燒著炭火，通著暖氣。〈早春圖〉本就是歷經數百年的物件兒，老話

講「紙壽千年，絹壽八百」，絹本畫卷一受到火牆的烘烤，越發變得黑硬乾脆。前些日子皇帝心血來潮，要取出此畫鑑賞一番，誰料一經展開，便殘破不堪，絹絲竟劈啪開裂。康熙心疼不已，忙下了諭旨讓吳墨林親自修復此作。

吳墨林本來就有心在圖籍司中立威，現在終於等到了時機。他將司中大小胥吏官僚召集一處，在紅漆面大案上展開破損不堪的〈早春圖〉，對一眾修復匠師道：「各位，此件〈早春圖〉，乃是皇上鍾愛之物，咱們一起合計合計，商議出一個修復的辦法。」

司庫和匠師們圍攏過來。只見那〈早春圖〉破敗不堪，用手一碰，竟紛紛掉渣。更加之年代久遠，已歷數次修補，裱邊脫落，畫上山石樹木的墨色也都變得漫漶不清。年老資深的匠師深知此作修復難度實在太大，俱默不作聲，恐怕自己沾惹其中。

吳墨林瞥眼瞧向一邊的劉定之，只見他痴痴地盯著〈早春圖〉。原來這劉定之最是痴迷宋元古畫，今日看到此件巨作遭此厄運，又是心痛，又是惋惜。吳墨林見眾人都沉吟不語，心下暗喜，轉頭看向那一貫擅長溜鬚拍馬的張司庫，問他道：「老張，你可有什麼主意？」

張司庫緊皺眉頭，緩緩說道：「大人，此畫是北宋神品，但破損如此嚴重，絹絲薄脆，實在是難以修繕。小人在圖籍司幾十年，遇到這樣難修的東西，也只能措手而立，望洋興嘆。即便是世間修復高手親自操刀，也不見得能修復如初。」

其他匠師也都點頭稱是。

吳墨林又問劉定之：「劉大人，你看呢？」

劉定之道：「雖是難修，但既然是內廷所藏，上頭交付的東西，又如何能推辭？譬如醫者看病，遇到難治的病人，竟不醫治了？」

吳墨林不置可否地一笑：「吳某既然擔任本司主事，自當一力承擔此事。」他又對幾個沒經驗的年輕匠師說道：「你們幾個年輕人，這段時間就跟著我，給我打個下手。」說罷將〈早春圖〉移到自己的工坊內，大張旗鼓地開始佈置修復事宜。他決心要在這一件難修的古畫上一展身手，讓司中老少官僚匠師從心底折服，也好殺一殺劉定之目中無人的氣焰。

吳墨林也確實是古畫修復行當的頂尖高手，他施展平生絕技，立即著手修復古畫。年輕匠師們只在一邊遞個毛巾，打個糨糊，送碗茶水，遇到修復的關鍵之處，本想好好觀瞧，學學技藝，卻都讓吳墨林臨時支開去做其他差事，轉過頭來再看，吳墨林已經都做完了。

半月有餘，〈早春圖〉已修復大半。吳墨林又施展出自己補畫的本領，將〈早春圖〉殘缺之處補畫得天衣無縫。畫到一半，他自覺得意，於是又召集司中官僚匠師，名義上是要集思廣益，實際是想借此機會，讓眾人將自己所補的古畫與原畫做個對比。

半個月以來，吳墨林手底下的幾個年輕匠師已然把主事修復的本事到處傳揚。眾人來到吳墨林的工坊，各個匠師無不交口稱讚主事大人爐火純青的修復技藝。張司庫更是不怕肉麻，鼓動三寸之舌道：「咱們主事的手筆，怕是全天下找不出第二人，尤其是全補的接筆，與原作竟然天衣無縫，真令下官歎為觀止！」

吳墨林聽了張司庫的阿諛，一顆心好似泡在蜜罐罐兒裡那般舒服，正要謙虛一番，不料一旁的劉定之陡然冒出一句話來：「吳主事，你這樣修復此畫，實在是汙損前賢聖跡，修了竟不如不修。」

吳墨林的臉瞬間變了顏色，怒火中燒道：「劉大人可否詳細指點一二，吳某到底哪裡修的不好？」

劉定之道：「吳主事自負才高，將殘損之處補全，讓人看不出原跡與修補之處的區別，豈不知是越俎代庖之舉。如此這般修復，混淆前後筆跡，你讓看畫的人如何知道原始畫作的真貌？若是皇上賞鑑此畫，分不清哪裡是你的手筆，哪裡是郭熙的手筆，那你豈不是欺君？你到底是讓皇上看郭熙的畫，還是你的畫？你本是修繕古物的匠人，就應當對前人存了謙卑之心，那些殘缺的部位，若是實在不知道原作的樣子，寧可不補全，也不能憑著自己的臆測，胡亂接筆全色。」

一席話竟把眾人唬得當場愣在那裡，尤其是劉定之說的「欺君」二字，更如晴天霹靂，把圖籍司一眾匠人嚇得心肝搖顫，吳墨林更是驚懼不已。他這一次為了顯本事，確實自出己意，補畫了不少空缺之處，本來洋洋自得，卻沒想到這竟然成了別人攻擊自己的把柄。

劉定之大氣凜然，梗著脖子厲聲道：「匠人自有匠人的本分，吳主事既然行此越俎代庖之事，下官也不可袖手旁觀。下官即刻便將此事上報內務府總管大人，請吳主事好自為之。」說罷拱拱手，便拂袖而去。

吳墨林臉色青紫，心裡把劉定之祖宗十八代罵了個遍。轉念一想，不能等著劉定之去告狀，自己也得趕緊向上頭通報陳情，絕不能被劉定之搶了先機。

卻說這內務府總管，正是康熙皇帝的第八個兒子胤禩。康熙晚年欲廢太子，另立新儲。八阿哥胤禩深得聖眷。胤禩待人接物禮數周到，謙謙然有古君子之風，在朝堂中有不少擁護者，甚至竟有人私下稱他為「八賢王」。他被授予內務府總管之職，也足以見得康熙對他的器重。

胤禩管著內務府這一千來號官僚，大大小小的事情倒也繁雜，手下官僚相互攻訐是常有之事。這一天接到手下一個主事和副主事相互攻訐的陳情事由，於是將吳墨林和劉定之召到自己的府邸，詳細詢問二人爭議的緣由。誰知這兩個芝麻大的小官爭執不下。劉定之更是咬定了自己有理，甚至要親自去皇宮門外叩闕，拼著一死，也要面見皇帝陳說此事。胤禩瞧出這劉定之迂腐耿直，如硬壓著此事，說不定此人真要去叩闕死諫，於是擺了擺手，打斷了面前爭執不下的二人，說道：「你們二人都退下吧，我會親自向皇上陳說此事，問問他老人家是什麼想法。」

二、〈早春圖〉

眾阿哥獻策論獎懲，康熙帝寬仁和稀泥

六月，皇帝攜諸阿哥巡幸塞外，中途駐驆於三阿哥胤祉府中。三阿哥安排了盛大的家宴。三阿哥素知康熙喜愛書畫，中年以後又偏好博物之學，便投其所好，席間將購藏的一部《海錯圖》冊頁獻給皇帝。

康熙饒有興趣地接過冊頁，翻看起來。只見冊頁中描繪的各類魚蟲，奇形怪狀，又注有文字大略述其習性產地，頗為有趣。皇帝指著冊頁中一圖，說道：「這套冊頁當真有趣的緊，只這一圖中的『夾甲魚』，畫者竟取四面繪其形貌，足以見得其格物之精嚴，似也不輸於朕宮裡的西洋畫家了。」（圖6）

又翻到一頁，這件畫中描繪著一種叫作「鱟」的奇異生物，皇帝端詳半晌，道：「朕的見識也算廣博，卻未曾聽說這種生物。無鱗稱魚，有殼非蟹，大千世界，真無奇不有。」（圖7）

皇帝賞玩了好一會兒，收下了《海錯圖》冊頁，又與眾阿哥討論起書畫之事。各個阿哥

你一言我一語，說的不亦樂乎。胤禩趁此時機，將劉定之與吳墨林相爭的事情說了出來。臨說完，他笑道：「這二人為這事爭執不下，鬧到我這裡來，我左思右想，〈早春圖〉是皇阿瑪你的鍾愛之物，因此還要請阿瑪定奪。」

康熙聽了一笑，想了想，說道：「這本來是一件小事兒，但今日朕卻要考校一下你們如何處置此事。太子，你說該怎麼辦？」

座下皇子們頓時繃緊了神經，宴席氣氛為之一變。太子胤礽本就是個優柔寡斷的人，突然被皇上問到，心裡有些慌張，暗怪八阿哥多事。他想了一會兒才說道：「皇阿瑪，此事如何處置，全憑聖裁，你喜歡什麼樣的修法，就讓他們如何去修，或者擬定出一個規矩章程，以後都按這章程去做，也省得這些匠人以後再因此事爭吵不休。」

太子一向謹小慎微，這番話說的也沒什麼大毛病，但康熙一輩子文治武功，偏不喜歡這樣唯唯諾諾的答覆，他不置可否地點了點頭，又問八阿哥胤禩道：「若是讓你裁定此事，你該怎麼辦？」

胤禩早有準備，不慌不忙地說道：「兒臣以為，這兩人雖然爭得不可開交，卻都是為了皇上，為了差事，從根子上來說，心地都是好的。不如將這其中一人調離崗位，讓他們分開辦差，再各自給他們賞賜一些宮裡的小把件兒，讓他們深念君恩，繼續努力辦差也就是了。至於如何修復，他們兩個說的都有道理，書畫一事，本歸六藝之末，卻也沒來由尋根問底。」

康熙聽了，正待說話，卻聽得十阿哥胤䄉大剌剌地說道：「兒臣覺得，是這劉定之無理，人家吳主事修得好好的，他一個副職，在那裡聒噪挑刺兒，甭管能不能分清是後補的還是原有的，只要畫得一樣好，就當是原畫的算了，哪兒來那麼多講究？」

皇帝笑道：「你這混不吝的人，我沒問你，你倒自己說開了。」十阿哥胤䄉說道：「阿瑪息怒，我想到什麼便說出來了。」

康熙扭頭又問十四阿哥道：「胤禎，你常年在外領兵，對這等文藝之事，有何想法？」

十四阿哥向皇帝抱拳道：「父皇，你若問兒臣兵事，兒臣尚可說一說，這等文墨之事，兒臣實在不懂。按照兒臣的法子，遇到這種無法決斷的事，只叫來最懂書畫的幾個大臣，大家各自表個態，商議個統一意見即可。」

皇帝哈哈大笑：「你這法子倒是簡單，只圖自己省事！」最後，皇帝又問胤禛：「老四，若讓你處置，你該怎麼做呢？」

胤禛皺著眉想了想，一板一眼地說道：「兒臣以為，這吳、劉二人各有失當之處。吳墨林存了炫技的心思，以為自己有本事，沒有向上請示，就敢肆意補畫，確有欺君的苗頭；而那劉定之，見到不合規矩的事情，本可以密報上級，但他卻慣於挑事，把這事鬧得滿城風雨，似乎有求名的嫌疑，若天下官員都似他一般，還做的成大事嗎？因此，兒臣以為可以各自罰他們一個月薪俸，明令二人以後小心行事，遇到拿不准的，按章程上報，再行修復之事。」

八阿哥笑道：「如此小事，若件件上報，誰都裁定不了，最後報到皇阿瑪那裡，成千上萬，案牘勞形，哪裡處置得過來？」

皇帝又問三阿哥、十三阿哥的意見，眾皇子說來說去，再說不出新的見解。皇帝微笑著點點頭，說道：「依朕的心思，還是按照八阿哥的意見來辦罷，只是東西倒不必賞賜，也不必將吳、劉二人調離，令兩人仍舊在原位辦差。有時候手底下的人起了爭端，正是好事，怕的是一團和氣，卻無人正經辦差。何況這種差事與錢糧稅賦不同，文藝之事最是模稜兩可，不能鑽入牛角尖兒爭個對錯出來。〈早春圖〉既然補到一半有了爭議，那就停下來好了，收回宮裡好好存放，此事就到此為止。告訴吳、劉二人，若是以後再遇到類似情況，得依據實際而定，既不能補得太過，也不能絲毫不補，補得順眼即可。」

八阿哥心中暗喜，康熙晚年對官員甚是寬厚，看來自己今日的意見，正合了他的心思。老四胤禛一向刻薄寡恩，他那各打五十大板的處置，不似仁君所為。至於太子的意見，唯唯諾諾，毫無氣度，不值一提。

酒席散後，阿哥們各自回到各自的住處。四阿哥胤禛回到臥房，悶悶不樂。他叫來自己的郡王府總管李衛，將席間發生的事情講了出來。

李衛弱冠之年，雖然不學無術，胸無點墨，但對人情世故了然通達。他細細想了想，對胤禛說道：「主子也不必憂慮，皇上雖然大體上按照了八阿哥的意見處置，但他倒未必看低了主子的建議。」

胤禛說道：「你何出此言？」

李衛說道：「當今聖上英明神武，早年間擒鼇拜、平臺灣、定三藩之亂，到了現如今，歲數大了，自然以寬為政，遇到麻煩事，就愛和稀泥，為的是博取一個寬厚君主的美名。但這樣的做法，卻容易使手下人逐漸散漫，甚至枉法。現如今各地藩台府庫虧空漸漸增多，官員貪汙腐敗的風氣也越來越猖獗，咱們皇上不是看不到，而是不想管得太厲害，損害了他仁君的美名。但若他要找個接班人，一定會找一個能矯正這時弊的人。」

胤禛聽了，稍稍安慰，但他依舊佯板著臉道：「放肆，聖心豈容你隨意揣測……」

卻說八阿哥胤禩回到內務府，將吳墨林和劉定之叫到一處，先是撫慰一番，傳達了皇上對兩人盡忠職守的口頭嘉獎，令二人今後仍舊勤勉辦差，再遇此類修復狀況，既不能不補，也不能補得看不出痕跡，此中微妙之處，只能自己領會。劉定之聽說皇帝褒獎自己勤勉忠誠，心中甚是激動，口呼萬歲，跪下對著乾清宮的方向磕了三個響頭。吳墨林見劉定之跪下磕頭，自己也跟著做做樣子，心中暗自慶倖沒有遭受什麼懲罰。

轉過年來，金農北上京城來尋吳墨林。吳墨林盛情接待，讓金農直接住到家中，並取出自己辨差以來臨摹的十幾件古書畫。金農接連十幾天似魔怔了一樣品賞那些摹本。

金農力勸吳墨林繼續待在這圖籍司好好辨差，借著修復的便利，摹個一、二十年，將內府精品都描摹下來。吳墨林算了算，一件假畫按照三百兩銀子計，五百件就是十五萬兩，自己臨它十年八載，不僅欣賞了名作，也賺了大錢，於是心中也湧起豪情壯志。

金農自此之後，每隔一年半載便北上京城，到吳墨林家中觀覽古畫。吳墨林則繼續靜伏於圖籍司，每摹一件畫作，都好似腰包裡多了幾百兩銀子。他在北京城沒什麼熟人，更沒有靠山，只認識一個魏珠，於是就時不時地托人往宮裡給魏珠送一些古玩字畫，雖然其中假貨居多，卻也哄得魏珠十分高興。

吳墨林的副手劉定之雖然難以相處，但自從上次〈早春圖〉事件以後消停了許多。劉定之漸漸也絕了在仕途上更進一步的念頭，只將全部心血傾注於書畫上，將其過目的古書畫全部編著目錄、考訂題跋，費盡心血，誓要寫出一部前無古人的畫論著作。

三、遺詔上的汙漬

大行皇帝薨前留詔，小道高人夜半遭脅

寒來暑往，秋收冬藏，十多年慢慢過去，吳墨林已經年近不惑。這十幾年間，他不娶妻，不交友，全部精力幾乎都傾注在書畫上面。他臨摹的古畫越來越多，臨摹的功夫也越來越強，手中的毛筆如同自己身體的一部分，早已達到隨心所欲、出神入化之境地。

卻說那康熙皇帝，自八歲登基，做了整整一個甲子的皇帝，到如今已是古稀之年。他的兒子們在十多年間為了太子之位，爭得你死我活。這期間康熙兩度廢立太子，後來竟然將太子之位空置著，只等自己賓天之時，最後再作定奪。

康熙六十一年的冬天比以往更加寒冷。西北風捲著雪花漫天灑落，京城大街上人煙稀少。內廷裡傳出消息，說是康熙身子骨越來越差，甚至時有昏厥。此時的康熙住在暢春園內，暫不接見請安的官員，只有張廷玉、馬齊等幾個上書房大臣可以進出。暢春園外的旅店、驛站內擠滿了六部郎官和外省回京述職的官員。又過了幾天，上書房傳出消息，發出的勘合上明確寫著「聖體欠安」四字，大清上上下下立時便亂成一鍋粥。

十一月十三日上午，內廷將康熙駕崩的消息頒詔天下，京師戒嚴，北京城裡的各處寺廟道觀鳴鐘，全城盡是誦經弔唁之聲。

隨後四阿哥胤禛登基，取年號為「雍正」。

吳墨林在這個異常寒冷的冬天嗅出一絲天下即將大亂的跡象，但他只是個七品小官，無論哪個阿哥上臺當了皇帝，於他而言，都不會有什麼改變。他只管躲在自己的四合院裡，藏在書畫的世界中，外界即使天翻地覆，又與自己有何干係。

十一月十四日這一天夜裡，吳墨林剛剛洗漱完畢，忽聽得門外有人輕聲敲門。他心裡奇怪，忙披上外衣，來到大門口，拉開了門閂，只見門外站著四、五個戈什哈，停著一輛馬車，從車上走下一個身材魁梧的人，正是康熙皇帝的貼身太監——魏珠。

魏珠面帶歉意，溫和地對吳墨林說道：「吳先生，上次你半夜被拉起來，應該是十幾年前在揚州的事情了。而今又要麻煩你，還是有一件大事要託你幫忙。」

吳墨林滿心疑惑，他正要仔細詢問，卻只見魏珠一揮手，幾個戈什哈立刻架起他來，不由分說，只把他抬到馬車的車廂內，魏珠隨後跟入，車夫一抖鞭子，馬車立即啟動。

吳墨林心中驚駭，問道：「魏公公，什麼事情這麼著急？」

魏珠不緊不慢地說：「吳先生莫要多問，只要依著咱的吩咐辦好差事，就保你一世的榮華富貴。」

吳墨林越來越不安，他左思右想，就算自己臨摹內府書畫的事情暴露，也不至於這樣大動干戈。況且現如今康熙爺剛剛賓天，誰有閒工夫管自己這個圖籍司主事的事情？

馬車風馳電掣，吳墨林想要掀開車廂窗戶前的布幔，看看外面的狀況，竟發現這車廂上的布幔四周被釘在窗框上。大概半個時辰過後，馬車終於停了下來，這時魏珠又取出一個黑色的頭罩，套在吳墨林頭上，說道：「吳主事得罪了，此事實屬機密，不讓你看見，也是為你好。」

吳墨林戴著頭套，眼前漆黑一片，被魏珠引下馬車。隨後魏珠竟彎腰背起吳墨林，疾步前行。大概一刻鐘後，魏珠背著吳墨林進入一間房屋，將吳墨林的頭罩取下。只見屋內燭光通明，一條大案擺放在屋子正中，案上放著一件攤開的金黃色絲綢的卷軸，卷軸旁邊擺放著修復古畫的工具設備。魏珠挑起小指，指向卷中一處，說道：「吳主事，你要做的，就是將這卷中塗抹汙穢之處，修補完好。」

吳墨林探著腦袋仔細看那卷軸，只見黃絹周圍繡著龍紋，絹上寫著滿漢兩種文字。吳墨林不認得滿文，只看了那漢文一眼，直嚇得手腳發軟，一時間腦袋嗡的一聲，猶如五雷轟頂。

案上放著的，正是康熙皇帝的傳位遺詔。遺詔上的字數並不多，前前後後不過一百來字，但見其中一段：「皇■子■■，人品貴重，深肖朕躬，必能克承大統，著繼朕登基，即皇帝位……」這段話中關鍵的幾個字，卻不知為何被人用墨塗黑。吳墨林瞬間渾身打了一個激靈，大概猜到自己要做的事情是什麼了。

魏珠指著那一段文字說道：「吳主事，這被人塗黑的幾個字，原本是『皇四子胤禛』，你要做的，便是施展自己的本事，把這塗黑的地方修復完好，補上缺失的那幾個字。此卷中除了漢文，還有滿文，兩處汙漬，都要修復。至於滿文的字該怎麼寫，我也為你準備好了。」魏珠說罷取出一張紙片，上面用滿文寫著「皇四子胤禛」。

此遺詔是康熙皇帝死前不久親筆所書，文字筆劃中已見手搖心顫的跡象。吳墨林心中暗暗叫苦，明白自己已經被捲入一場天大的風波之中。他囁嚅道：「魏公公，此事干係實在太大，皇帝的字，小人哪敢擅自修復？這……可是掉腦袋的事情……」

魏珠緊緊盯住吳墨林，目光似乎能看透人心，他突然呵呵笑道：「吳主事，你是個聰明人。你恐怕不是不敢修，而是怕惹上大禍。告訴你吧，大行皇帝撰寫遺詔的時候，我正在他身邊，我清清楚楚地看到皇帝寫的是皇四子胤禛幾個字。你如今所做之事，是一件送到你面前的潑天功勞呀！」

吳墨林小心翼翼地問道：「敢問魏公公，究竟是誰把詔書塗黑了呢？」

魏珠板著臉：「你的問題還真多，也罷，我就告訴你，也讓你心中安穩一些。大行皇帝賓天以後，張廷玉便對皇子們和上書房大臣宣讀了這道詔書，此後便將詔書封存在南書房裡。但現如今政局動盪，竟有宵小之徒質疑張廷玉，說他並未按照詔書中所寫的話去讀，要求取出詔書，公示群臣。等到張廷玉再去南書房取這詔書，卻發現只不過一夜的工夫，遺詔上最關鍵的那幾個字被人塗黑。眼下四阿哥……不，新皇正在大行皇帝的祭典上脫不開身，只能把這千斤擔子交給老奴，而當下能修好這遺詔的人，也只有你了……此事拖延不得，眼下的局勢瞬息萬變，我只能給你一晚的時間做成此事。」

吳墨林的心怦怦亂跳，到底是誰改了詔書？能自由出入南書房的人，俱為大清的肱骨重臣，掰著指頭算，不過數人而已。況且魏珠所言也未必是真的。若是張廷玉矯讀遺詔，那自己如今所作所為，豈不是滔天大罪？但看如今這形勢，刀正架在脖子上，只能聽從魏珠吩咐，否則恐怕性命難保。於是吳墨林朝魏珠拜了拜，說道：「小人定當竭盡所能，忠於王事。只是一個晚上，要修好這絹上汙漬，實在不是容易的事情，小人還需要一個助手協助。」

魏珠道：「此事我立刻就去辦，不知圖籍司中哪一個人合適？」

吳墨林道：「時間緊迫，哪個人住得近，就找哪個人，越快越好！除此之外，我還需要和此遺詔材質相同的一塊絹料。」

魏珠說道：「我那裡正有京裡官員的檔案，這就去查。至於絹料，要找來也不難。吳主事，你這就開始動手吧。」這太監說罷起身便走，快步如風。

房間裡除了吳墨林之外，還站著一個面無表情的侍衛，正緊緊盯著自己的一舉一動。吳墨林心想自己若是有出格的舉動，那侍衛說不定立即就會拔刀相向。也罷！是福不是禍，是禍躲不過！如今這形勢，只能老老實實照人家說的去做了！

吳墨林抄起案上一把磨得鋒利的馬蹄刀，小心翼翼地在黃絹中塗黑之處刮擦，他要做的第一步，就是先把這汙損的黑色部分刮除。刮除墨漬之時，他發現墨汁已經深深沁入絹絲，這絕不像是近日汙損的痕跡。他想起魏珠曾說遺詔是昨夜汙損的，心中不免起疑。遺詔所用的黃絹是大內貢絹，絹絲細密厚實，但被刮之處，薄且發白，已然與周圍絹料的材質、厚度、顏色不同了。

吳墨林修畫的時候，素來不習慣有人在場盯著自己，尤其是涉及緊要的技術細節。在那侍衛的灼灼目光之下，吳墨林渾身不自在，他偏了偏身子，故意擋住遺詔，背對侍衛，繼續做活。豈料那侍衛緩緩踱步，竟繞到吳墨林前方，繼續監視。吳墨林抬頭看去，只見這侍衛年不過三十，身材魁梧。一臉粗豪，顴骨高聳，細眉細眼，像是蒙古人的長相。

正在這時，門口響起腳步聲，吳墨林抬頭看去，只見魏珠推門而入，說道：「吳主事，你的助手找來了！」

魏珠後面跟著一人。吳墨林見到此人，心中不由得一緊。

來人正是圖籍司副主事——劉定之。

四、皇四子胤禛

正副主事齊心協力，滿漢文字失而復得

「你的家住在這附近？」吳墨林問道。

劉定之說道：「吳主事，閒話少敘，魏公公已經將事情告知於我，要做什麼，說給我聽便是。」

只見劉定之毫無驚慌之色，反而神采奕奕，眼中閃著精光。吳墨林心想這位副主事在八品官位上蹉跎了二十多年，本來已經對仕途沒什麼期待，如今心中死灰復燃，老樹逢春，恐怕是把這麻煩事兒當作千載難逢的立功機會了。

吳墨林也不多說什麼，他趕忙交代劉定之具體的任務，讓他先去燒開水，打糨糊。看著劉定之跑前跑後的殷勤樣子，吳墨林心中有一絲得意。自從他當上圖籍司主事以來，劉定之從來沒有這麼聽話。

劉定之雖然是科舉出身，但因差事的緣故，早就熟練掌握了修復古畫的基本程序。技術雖不比吳墨林出神入化，但也算到了登堂入室的程度。他在吳墨林的指揮下，一會兒調稀了糨糊，一會兒研磨了墨汁，兩人配合得頗為默契。

魏珠在一旁盯著看了一會兒，突然門外有人來報一件要事，魏珠急急忙忙又離開了。屋子裡只剩那個年輕侍衛和吳、劉三人。

見魏珠離去，吳墨林悄聲問劉定之：「你家住在哪裡？」

劉定之壓低聲音說道：「你是想知道現在在哪裡罷。你難道還覺察不出嗎？此地正是當今皇上做阿哥時候的府邸——雍親王府！」

吳墨林其實也大概猜到自己所在何處，他又說道：「老劉，不是我要拖你下水，誰讓你住的正好離這裡最近呢？」

劉定之冷哼一聲：「此事是為國盡忠，替皇上分憂，豈是什麼下水不下水的事情？」

吳墨林慘笑道：「你現在還對我說那套官話……如今這局勢，我們是一條繩子上的螞蚱，我們倆其實危險得很啊！」

劉定之小聲說道：「那又能怎麼辦？當下只能全力以赴了！」

吳墨林又湊近了劉定之，細聲問：「你相信魏公公說的是真的？你確定張廷玉宣讀遺詔時真的沒有讀錯？」

劉定之皺起眉頭：「如今這情勢，相信什麼已不重要。」

吳墨林道：「修復詔書這樣機密的事情，對於新登基的皇上而言，實在是一件要命的事，如果我們兩個做成了，新皇又想保密，難保不被斬草除根！飛鳥盡，良弓藏，狡兔死，走狗烹的道理你不會不懂吧！」

劉定之一邊忙著手裡的活計，一邊壓低聲音說道：「新君登基以前，查貪腐，補虧空，鐵面無私，為了百姓做了無數事，得罪了無數人，新君定是明君，這是有目共睹的，他絕不會過河拆橋。」

吳墨林還要繼續說時，門口的那個年輕侍衛突然說道：「二位嘀嘀咕咕什麼呢？請專心做活，莫要分心。」

兩個人趕緊低下頭，繼續緊鑼密鼓地忙著。吳墨林接下來開始補絹，只見他取出魏珠帶來的那塊絹料，用刀子裁出幾小塊，然後用糨糊小心地黏貼在之前刮過的空白之處。劉定之在一旁說道：「補上之後，接縫處仍有痕跡啊……」

吳墨林道：「尋常做法，自然是有痕跡的，但若是到我手中，卻能讓人瞧不出來。」說到此處，吳墨林扭頭對劉定之促狹一笑：「這時候你倒期望我修得沒痕跡了？當初為了〈早春圖〉，你那急赤白臉的樣子哪裡去了？」

劉定之心中窩火，卻不好發作，哼了一聲：「這兩件事怎可以相提並論？」

吳墨林懶得和劉定之爭辯，他屏住呼吸，用馬蹄刀將補絹的邊緣刮出毛茬，再用一根細針，將絹絲一根根挑出，與詔書上的絹絲逐一接續起來。劉定之撇了撇嘴：「也並無什麼神祕之處，不過是下些死功夫罷了。」

吳墨林道：「你倒是說得輕巧。這補絹的每根絲線都要接到原絹上去，需得手穩心定，靠的是針尖上的功夫。」

這道工序最是煩瑣漫長，大概過了一個時辰，終於將空白處補全。接下來是補字，吳墨林正要落筆，一旁的劉定之攔住他：「千萬小心！想好了再動筆！最好找張紙先練一下。」

吳墨林也不搭理劉定之，提起毛筆，凝神便寫。他其實早就模仿過康熙的字跡。康熙的書法學自明代末期的董其昌，雖中規中矩，但秀潤不足，而且康熙晚年書法的個別筆劃已顯出疲軟之勢。（圖8、9）幾年前吳墨林一時興起，私下裡模仿過康熙皇帝的書法寫了一個扇面，但他只能自己藏起來，不敢示與他人。

吳墨林屏氣凝神，一鼓作氣，將「皇四子胤禛」幾個字補寫完整。

劉定之眼瞅著吳墨林寫完那幾個字，心中忽覺一陣悲涼。中國歷代學問家皆言書道如何高深，更有那些理學家，說什麼書品即人品。如今看這吳墨林，不過是個市井出身的工匠，善於鑽營，也無甚修養，竟然能隨意模仿前賢文字。上至帝王之書，下至小兒塗鴉，只要是字，沒有吳墨林模仿不了的。劉定之不禁覺得心中對書法道統的信仰在漸漸崩塌。十幾年前，當他看到吳墨林全補〈早春圖〉的時候，就感到氣憤莫名，現在細細回味，當時的憤怒實際上夾雜著一種恐懼——那是他對自己信念的動搖產生的恐懼。

吳墨林在一旁催道：「老劉，別發呆。趕快去裁絹，還有滿文那塊兒要補！」

二人又開始忙活，著手修補滿文處的汙損。但當吳墨林開始補寫滿文的時候，卻有些遲疑了。吳墨林需要根據魏珠準備好的滿文書寫得「皇四子胤禛」四字，寫出康熙皇帝的風格來。但滿文和漢字不同，吳墨林根本領會不到康熙滿文書法的風格特點。他試著在一張空白

宣紙上寫了幾次滿文「皇四子胤禛」，都拿不准是否和康熙的書寫風格匹配。（圖10）

門口的侍衛不知何時走到近前，突然說道：「你寫的滿文已經很像先帝了，但還得更加緊湊一些。而且先帝的滿文橫畫寫得更加短粗，你寫得略顯狹長。」

吳墨林心中感激，說道：「這位小兄弟，多虧了你，幫了我們大忙了。如今這年歲，懂滿文的滿人不多見了，你滿漢兼修，前途不可限量啊。」

那侍衛瞇起細長的眼睛，呵呵笑道：「我不是滿人，我是蒙古人。」

吳墨林與劉定之都吃了一驚，吳墨林說道：「那兄弟你精通漢文、蒙文、滿文，如此青年才俊，幸會幸會！」

劉定之附和道：「世間有此才能的人確實少見，小兄弟你將來可去理藩院，當大有可為。」

那侍衛卻笑道：「我其實並不懂滿文，那遺詔上的滿文我一個也不認識。」

吳墨林問道：「小兄弟莫說笑，就你剛剛的指點來看，你怎麼可能不懂滿文呢？」

年輕的侍衛解釋說：「二位有所不知，滿文本來就是太祖努爾哈赤命人根據蒙古文創製的。其字寫法類似，但意思卻絕不相同。我本是蒙古人，會寫蒙古文字，所以能看出先帝書法的特點，但寫的究竟是什麼意思，我卻不知道。」

吳墨林與劉定之方才恍然大悟。吳墨林覺得這侍衛心地純良，自己當下又陷此境地，便有意結交。他向侍衛抱了抱拳，說道：「鄙人吳墨林，圖籍司主事，敢問兄弟你的名諱台甫？」

那侍衛說道：「我叫巴特爾，很小就被選入雍親王手下當差。」

劉定之也向巴特爾介紹了自己。巴特爾卻說：「二位先生，咱們就不要在這裡多說什麼了，還是差事要緊。」

吳、劉二人連忙點頭稱是。此時吳墨林已經練好了那幾個滿文字，劉定之正在一邊刮除汗漬。吳墨林湊過去幫忙，這時他突然發現那被塗黑的幾個字中的最後兩字，沒有被汗跡完全覆蓋住，微微露出些許痕跡。從那點微弱的痕跡似乎可以辨別出這兩個滿文字正是自己要寫的那「胤禛」二字，他扭頭看向劉定之，劉定之不動聲色地點了點頭。吳墨林恍然明白，原來康熙果真將帝位傳給了皇四子胤禛。

將汗漬刮除乾淨之後，吳墨林定了定神，搦管而書，將缺失的滿文補全。

此時距離日出尚有半個時辰。巴特爾見遺詔已經修好，欣喜地捲起詔書，出門而去，臨走時對吳、劉二人說道：「兩位大師暫時留在屋中，門外有守衛，有何需求，跟他們提便是。」

吳、劉二人連忙點頭。待巴特爾出門以後，劉定之雙眼放光，有些激動地說道：「老吳，你也注意到了吧，那被汗漬掩蓋的最後幾個滿文，正是魏珠讓我們寫的那最後兩個字——『胤禛』。由此可見，你我今日所行之事，實為正大光明之事！」

吳墨林卻仍皺著眉頭，他總覺得哪裡有些不對，但又說不出什麼。他突然問劉定之道：「老劉，這蒙古文和滿文，每一個字是表意還是表音的？」

劉定之認真答道：「據我所知，滿文與漢文不同，漢字表意，蒙古、西藏、滿文、梵文卻都是表音的，每一個字，即一個音，並沒有具體的意思，只有連起來讀，意思才能顯現出來……」說到這裡，他嘴巴突然大張，臉色倏變，停了片刻，說道：「我明白你的意思了……不會的，不會的！」

吳墨林緊鎖眉頭，他喃喃自語道：「四阿哥叫『胤禛』，十四阿哥叫『胤禎』，他們名字的讀音一模一樣……那麼這兩個人的滿文，寫起來也應該是一樣的啊……」

五、機密差事

賜對聯胤禛示嘉獎，表忠心吳劉領新差

巴特爾一去不回，吳墨林和劉定之兩人在小屋內開始漫長的等待。

這間屋子原本是伙房，臨時騰空以作修復之用。屋子裡除了一張案子，兩把椅子和林林總總的修復工具，再沒有其他物件兒。吳墨林和劉定之在這屋子裡，什麼也幹不了。

吳墨林初時還跟劉定之說幾句話，到後來實在沒什麼話題可聊。劉定之半躺在椅子上，閉著眼睛。嘴裡嘰哩咕嚕默念著什麼。吳墨林則拿著馬蹄刀在一方端硯上磨來磨去，心裡冒出無數個念頭——外頭發生了什麼？修復的詔書被皇帝傳視於群臣了嗎？十四阿哥現在的處境如何？

日頭漸漸升起，爬高，又漸漸落下，夜幕再次降臨。兩個人等得快瘋了。正當此時，房門吱呀一聲被人推開，魏珠走了進來。吳墨林和劉定之看到魏珠臉上的笑容，知道事情還算順利，總算鬆了口氣。但吳墨林心中仍然惶恐忐忑，他拉住太監的衣袖，央求道：「魏公公，在這北京城裡，我只認識你……我也只能仰仗你！求求你，求求你……幫忙保住我們的性命。」

魏珠死死盯著吳墨林，說道：「吳先生，你這是什麼意思？難道這不是大功一件嗎？皇

上賞你還來不及，有什麼好害怕的？」

吳墨林哪裡敢將修復遺詔之時碰到的疑點都講出來。他額頭冷汗直冒，嘴裡翻來覆去地只是說道：「求求魏公公，求求你……」

魏珠將嘴巴慢慢湊近吳墨林的耳邊：「這些年你送我的那些字畫，我都記在心裡呢。你如果想活著，接下來的事，千萬一定要記住，不要多嘴。不要向皇上索要什麼，相反，你要求著皇上，求皇上再次賜予你為他盡忠的機會！」魏珠說話時呼出的氣猶如一陣陰風鑽入吳墨林的腦袋，令他渾身戰慄不已。吳墨林再次拉住魏珠的衣袖，央求道：「魏公公，當初是你找我來修復這件遺詔的吧？你不能害我丟了性命呀！再說我們之間也有十多年交情了，求求你，一定要幫我活下去！」

魏珠神色複雜地抿了抿嘴，又認真思索了一會兒，歎了口氣道：「找你們來，雖然不是我的主意，但我總會幫你的。一會兒到了新君那裡，我會盡全力想法子。行了，接下來，你們跟我去面見新君吧。」魏珠深吸一口氣，轉身招呼劉定之，又取出兩個頭套，「勞駕二位，還得把這兩個套子戴上。」

兩個人由魏珠引著，經過一段七拐八繞的路，被帶入一間房內，有人摘掉了他們的頭套。這是一間書房，當今的皇上、曾經的四阿哥胤禛，端坐在上首，魏珠和巴特爾立在一邊。

魏珠喝道：「還不向皇上下跪！」兩個人於是慌忙下跪磕頭。

胤禛即位時已經改年號為雍正，他已經成為大清歷史上的第五位皇帝——雍正皇帝。

皇帝看了一眼座下兩人，說道：「你們起來吧。朕知道你們等得心急。你們做的事情朕都看在眼中，記在心裡！」

吳、劉兩人連忙再次磕頭，口中連呼「萬歲」。

皇帝的眼圈發黑，顯然這幾天都未曾好好休息，他陰沉地笑了笑：「有人在遺詔上做文章，想借此攪渾水。但他們也不想想，先帝將皇位傳給朕，朕才是名正言順的皇帝！你們兩個人，就是天命之兆！朕本來是要好好賞你們的。但眼下局勢不穩，朕的敵人們仍然躲在暗處，所以此事仍需保密。為了穩妥起見，也為了你們兩個人的安全，對你們的獎賞，不宜大張旗鼓。」

吳墨林暗想：皇上若是不願大張旗鼓地賞官賜爵，大可以偷偷賞錢。大清皇帝總不至於連賞錢也拿不出來吧？但轉念又記起和魏珠的對話——如今還是保命要緊，賞賜什麼的，倒是無所謂了。

吳墨林正在惴惴不安，卻只聽得身側的劉定之聲如洪鐘，又帶著一點哽咽的哭腔道：「臣，草莽寒門，鳩群鴉屬之中，豈意得征天命之運兆。今日臣之際遇，實在是上賜天恩，下昭祖德。聖上啟天地生物之德，垂古今未有之曠恩，雖肝腦塗地，臣子豈能得報於萬一！」

吳墨林突然想起之前被關在屋子裡，劉定之呆坐在椅子上嘰哩咕嚕念念叨叨的情景，敢情這副主事早就提前打好了腹稿！

劉定之哽咽了一下，接著又說道：「皇上，臣惟朝乾夕惕，忠於厥職外，願我君萬壽千秋，乃天下蒼生之同幸也！」

吳墨林偷眼觀瞧，只見皇上不為所動，依舊面無表情，眉宇之間甚至蒙上一層森重的陰氣。吳墨林心中的陰影越來越大，不自覺間已經兩股戰戰，此時此刻，他只能祈禱皇帝認為自己仍有利用價值，不會卸磨殺驢。他記起魏珠的話，於是伏身叩首道：「臣只覺為聖上分憂太少，請皇上交臣更多的差事，臣一定盡心竭力，萬死不辭！」

劉定之在一旁忙不迭跟腔道：「臣也作如此想！」

胤禛仍舊目光陰沉，一言不發。魏珠湊到皇帝身邊，一陣兒耳語過後，胤禛先是皺起眉頭，然後微微點了點頭，說道：「你們這麼一說，我還真的想起一件差事，這差事非你們二人莫屬。」他吩咐巴特爾去櫃子中取出一個藍布函套，語氣變得溫和了一些：「這函套中有一張爛掉的畫，此畫對朕至為重要，需要你們兩人合力將其修復如初。此事甚為機密，你們兩人私下修好之後，再找巴特爾接洽。」

吳墨林從心底感謝魏珠，剛才一定是魏珠向皇上建議，交給他和劉定之新的差事。皇上既然還讓他們兩人做事，大概就不會急著殺了他們滅口。劉定之則眼帶淚痕，胸脯激動得一起一伏，顫抖著雙手接過藍布函套。

胤禛對兩人的反應還算滿意，他又想起了什麼，說道：「眼下朕雖然不能明著賞你們什麼官職，但多多少少也要表示些恩惠。巴特爾，去把那兩幅字取來。」

巴特爾取來兩卷掛軸，皇帝將兩個軸打開，原來是一副對聯，上聯是：俯仰不愧天地，下聯是：褒貶自有春秋。（圖11）

胤禛道：「此聯乃朕親筆所書，上聯賜給吳墨林，下聯賜給劉定之，朕做阿哥的時候，就聽說過你們兩個人的名號，你們都是人才，才能高了，眼裡自然容不下別人。朕將對聯分給你們，就是希望你們把力氣擰在一處，為朕盡心盡力，公忠體國，朕也不會忘了你們！」

二人忙磕頭謝恩，劉定之激動地流出了眼淚。皇帝賜御筆書法，這是何等的榮耀！更何況他本來就是學儒出身，一生總想著青史留名，看著自己那條「褒貶自有春秋」的下聯，覺得自己的事蹟似乎已經能夠在史書中留下一筆了。但吳墨林在心中卻直罵胤禛摳門，賞賜這件御筆書法，他還不敢拿出去賣錢，賞了等於白賞。

胤禛那猶如鷹隼一般的目光在劉定之和吳墨林兩人身上來回逡巡，他似乎看出了二人表情的差異，說道：「劉定之，你是科舉出身，聽你說話，就知道你是個有學究氣的人。」胤禛又對吳墨林道：「吳墨林，你雖然技藝精湛，但需記得德在藝前，平時也要多多讀書養性，須知能力倒在其次，重要的是對你主子的心，要誠，要忠！」

「你們退下吧，朕還有要事。」胤禛終於下了逐客令，巴特爾再次為二人戴上頭套。又聽胤禛冷冷說道：「在這裡發生的事，你們一丁點也不許洩露出去！給你們戴頭套，不是為了防著你們，是為了防著別人知道你們來過朕這裡。」

吳、劉二人退出後，胤禛疲憊地閉上了雙目。這兩天發生的事情，走馬燈似的在眼前閃過。

胤禛還記得父皇去世時蒼白的面容，先帝爺至死也沒有親口說出傳位的人選。先帝賓天后，張廷玉宣讀遺詔，他興奮地難以言表。這之後的十一月十三日，國喪之禮緊鑼密鼓地在宮中舉行。其間他已經覺察出其他阿哥們異動的跡象，趕緊悄悄令手下人先去京郊豐台大營執掌兵權。誰知軍隊並未出事，倒是那十阿哥胤䄉竟敢公然放言質疑張廷玉矯讀遺詔，張廷玉去取詔書對質，沒想到遺詔竟被汙損，於是胤禛只能以祭典大禮尚在進行為由，將此事儘量拖延。當天夜裡，胤禛和魏珠、李衛等幾個心腹商議對策，李衛向他獻計尋吳墨林修復遺詔，於是才有後面的事情發生。遺詔修好之後，已經是十一月十五日凌晨，張廷玉再次將遺詔取出，向眾位阿哥公示，這次眾人終於不再作聲。

遺詔到底是誰汙損的？胤禛懷疑每一位兄弟。老十只是個莽夫，大概只是被人當槍使喚了，並非是背後主事之人。三阿哥、八阿哥都有可能是幕後主使。十四阿哥此時遠在青海帶兵，此事應該與他無涉。但滿文被汙損之處，卻偏偏能隱隱約約看出與他有所關聯。難道是十四阿哥在京城的黨羽所為？胤禛又想到十阿哥鬧事時，八阿哥、三阿哥、九阿哥等人看熱鬧的樣子，直恨得咬牙切齒，他此時覺得這些阿哥們沒一個是省油的燈，沒一個值得信任，於是暗暗下了決心，等自己站穩了腳跟，絕不讓他們的日子好過！

第三章 西湖畫冊藏玄機

一、拼碎圖

八阿哥府中發感慨，劉定之居家拼碎圖

修復完好的遺詔很快就被胤禛向群臣公示，這場風波暫時平息了下去。

貝勒府中西花廳內，八阿哥胤禩、九阿哥胤禟、十阿哥胤䄉聚在一處。

胤禩歎了口氣，說道：「老九，老十，你們知道我現在想的是什麼嗎？我想的是皇阿瑪為何不在活著的時候親自對群臣宣讀傳位詔書，他為什麼非要等自己死了之後，讓一個漢臣宣詔？」

九阿哥和十阿哥搖了搖頭。

胤禩紅著眼圈說道：「我現在多少有一點兒想明白了，因為皇阿瑪心中覺得對不起我、十四弟和三弟，他一直猶疑不決。他不願在活著的時候，面對我們失望的眼神！皇阿瑪一輩子英明神武，殺人無算，但到了晚年，心竟越來越軟，他到死還希冀保留著父子親情，他想有一個和和氣氣的結局，哈哈哈……」

九阿哥與十阿哥在一旁神色黯然。

胤禩幾聲大笑之後，又戛然而止，恨恨地說道：「我現在回想皇阿瑪最近十幾年的所作所為，真可謂是寬和仁厚。世人皆稱我為『八賢王』，我的秉性與皇阿瑪何其相似！我本來以為自己得了他的青睞，實際上阿瑪晚年施行寬政，積弊甚多，他老人家最終想要的是能夠革除積弊的人。所以他才選了四阿哥，選了世人稱之為『鐵面王爺』的胤禛！先帝這麼做，其實終究是為了大清……」

九阿哥和十阿哥一時間也不知道該說什麼好。九阿哥安慰道：「八哥，皇阿瑪未必考慮得那麼清楚，他一直允許每個阿哥都開府建牙，培植各自的勢力，這說明他其實一直未曾確定繼承大統的人選。四阿哥最後能被選中，大概也只是先帝一時的想法，若阿瑪再活一個月，說不定想法又會變化，當初他兩次廢立太子，已經證明他在繼承人上猶疑不決。」

十阿哥點頭稱是：「八哥，這個時候你可千萬不要氣餒。他老四要德行沒德行，要才華沒才華，只會到處抄家殺頭得罪人，我看皇阿瑪選了他，就是看走了眼！」

八阿哥苦笑道：「我自然從心底裡不服他。只有他老四懂得鐵面無私？只有他老四懂得抄家查虧空？這又有什麼難？我若當了皇帝，要寬即寬，要嚴處自然也能嚴！他老四能做到的，我為何做不到！你們放心，我胤禩還沒到山窮水盡的時候……來人，我要擬一封密函，送給十四阿哥。」

胤禩寫好了信，九阿哥和十阿哥傳看一番。信中文字簡短：「昔日太子申生在內而危，重耳在外而安，弟何不效靈武即位，兄必陳酒相迎。」十阿哥看罷有些不明所以，九阿哥卻讀懂了其中的意思，笑道：「八哥寥寥數語，定將十四弟撩撥得心急如焚……十四弟怕是要帶兵回京了。好！現下局勢越亂，我們才越有機會！」

胤禩很快就將信件以火漆封緘，差心腹送出京城。

卻說吳墨林與劉定之離開雍親王府後，兩個人開始商量如何修復藍布函套中破畫的事宜。吳墨林可不願意招攬劉定之到自己家中，自己的隱私，他不願讓任何人看到。於是兩個人約定一同到劉定之家中修畫。

吳墨林跟隨劉定之來到他的家中，劉家的宅子在雍親王府附近，是一套兩進的四合院，但這偌大的院子裡面只住著劉定之一人。吳墨林猜測這大宅一定價值不菲，以劉定之每年四十五兩的俸祿，必然買不起。劉定之一不造假，二不貪汙，大概也沒有其他來錢的管道，因此這房子一定是他繼承的祖產。他的家中很是冷清，沒有僮僕，也不見妻子兒女，只有書架子上摞滿的書籍。

劉定之早已經準備好修復的場地器具。兩人打開藍布函套，小心翼翼地取出了那一堆破碎不堪的畫，平鋪在桌案上。

這一堆碎畫，看上去七零八落，四分五裂，殘破得很，但其實只是碎裂，並未汙損，也無蟲咬鼠噬的痕跡。看上去更像是人為撕裂，而非自然殘損。

劉定之說道：「這第一步，應該先把碎片弄潮了展平吧。」

吳墨林點點頭，嘻嘻一笑，說道：「老劉，我今天給你露一手。尋常修畫師傅把畫弄潮濕，或者用鬃刷甩水，或者用濕毛巾捂濕，缺點都是受潮不均勻，我用嘴噴，比什麼都強。」只見他含了一口水，鼓起腮幫子，用力一噴，說來奇怪，他噴出來的水，竟成均勻的霧狀，彌散於碎畫上，皺皺巴巴的碎畫遇水慢慢伸展開來。

劉定之心裡暗想，但憑你如何炫技，老子一個讚揚的字也不會說的！

這一番「口中噴水」的技術沒引出劉定之一句肯定，吳墨林倒也自覺沒趣兒。二人不再言語，開始用鑷子慢慢展開潮濕的碎片，在碎片上又敷數層宣紙，宣紙上又蓋上一塊平整的木板，又取一方大硯，壓在木板上。過了一個時辰，拿開木板，取下宣紙，只見碎畫已然平整，皺皺巴巴的折痕全然不見蹤跡。

接下來兩個人就開始拼接碎片。吳墨林先撿出幾塊大的碎片，將它們的碎裂處拼合，再慢慢將小的碎片拼補上去，一會兒工夫，便拼出了一幅平遠小景山水畫。整體看上去，畫風頗似明代吳門四家之一仇英的風格，近處幾塊巨大的石塊以小斧劈皴法畫成，坡岸則以方硬的披麻皴畫出。中景的山坡上，幾株小樹枝葉繁茂，遠處由淡墨渲染出起伏的山巒。（圖12）

「這裡有些奇怪，」劉定之指著山坡處幾個小人，「這三個人圍成三角形，頭上戴的帽子也奇形怪狀。三個人中間還有個圓圈，他們難道在踢蹴鞠嗎？」（圖13）

吳墨林仔細看去，也覺得畫中呆呆立著的三個小人有些奇怪，疑道：「踢蹴鞠？這三個人直愣愣地站著，不像是踢蹴鞠的樣子。若說奇怪，你看岸邊上的大石頭，形狀也太突兀了吧。」（圖14）

劉定之仔細看那岸邊的大石頭，竟是一個圓柱形，上面稀稀疏疏長著一些雜草灌木。

「這裡也令人起疑，」劉定之指著畫面中的那艘小船，說道，「你看船上有個文士模樣的人，肩上扛著一根樹枝，船上還載著一些樹的枝葉。他在幹什麼？船頭還蹲著一條狗……奇怪，奇怪！」（圖15）

吳墨林說道：「管他哪裡奇怪，我們反正是已經拼完了，再打一盆糨糊，托裱一張命紙，皇上交代的差事，就算完成。」

劉定之卻不說話，直勾勾地盯著那張畫，琢磨許久，突然伸出手去，拾起那片畫著三個小人的碎紙片，放在眼前盯了好久，口中喃喃道：「這若不是人呢？」

他靈光一閃，好似想起了什麼，又打亂了拼好的碎片。吳墨林在一旁急道：「老劉，你幹什麼？剛剛才拼好的，你又弄亂做什麼？」

只見劉定之重新開始拼接，這一次，他一反尋常的拼畫路徑，從小的碎片開始拼合。吳墨林越看越吃驚。劉定之竟然慢慢拼出了另一張畫。

在這張畫中，原本立在坡岸上的三個小人，卻站在畫面右上角的水面上了。（圖16）

二、畫中乾坤

養心殿內君臣奏對，西湖圖中細辨毫釐

劉定之盯著那怪異的石頭、三個豎直站立的小人以及小人中間的圓圈，說道：「這張畫，畫的是西湖！杭州的西湖！那三個小人並不是真人，而是西湖小瀛洲島旁邊的『三潭映月』，是三座石塔！至於岸邊的那塊石頭，卻不是石頭，而是西湖邊赫赫有名的雷峰塔！」

吳墨林是江南人，曾去過西湖，也見過雷峰塔和三潭映月之景。經劉定之一說，他立刻就明白過來，不禁暗暗佩服劉定之的機敏。

劉定之頗有些自得。從他們兩個人修復遺詔開始，吳墨林便一直有意無意地炫技，他只能在一旁乾瞪眼。如今終於輪到自己出彩一回。他雖然從未去過西湖，但幾十年來在圖籍司辦差，閱覽了無數古畫，其中就有多件描繪西湖的山水畫和輿圖。年前他還為一件〈西湖輿圖〉的拓片編著過目錄檔案，對西湖的景致已經非常熟悉。當他看到三個小人的時候，猛然

間聯想起有關三潭映月的繪畫，於是才有了第二次的拼接。

吳墨林說道：「這些碎片既然能拼出兩張畫，咱們就得把這兩種情形都告知皇上。」

劉定之興奮地點點頭：「我們這就去找巴特爾，讓他將此事傳給皇上！」

巴特爾接到了吳墨林和劉定之的奏告，絲毫不敢耽擱，立刻將消息轉奏胤禛。胤禛對魏珠說道：「朕憂心錢糧缺乏之事，莫不是終於有了著落？」連忙令二人入宮面聖。這一次，吳墨林和劉定之面見胤禛，進的不再是雍王府，而是巍峨的皇宮。他們兩人跟隨巴特爾，從西華門遞了牌子進了皇宮。

皇宮內一切裝飾都嚴格依照皇帝喪儀佈置，所有宮燈、布幔都換成素白色，除了金燦燦的琉璃瓦頂沒辦法塗白，其他一切彷彿都蒙上一層白紗。此時，康熙的棺柩仍然停放在乾清宮內，大斂之禮尚未結束。胤禛就住在乾清宮西側的養心殿內。

吳、劉二人來到養心殿內，皇帝端坐在暖炕上，正在批閱奏摺。屋內空間並不大，巴特爾、李衛和魏珠都在屋內的矮杌子上坐著。

吳墨林偷眼觀瞧，只見奏摺上隱隱約約都是藍色的字跡。據說國喪期間，奏摺中的朱批必須全部改成藍批，今日終於親眼得見。正想仔細端詳那藍色顏料究竟是花青還是石青的時候，胤禛將炕桌上的奏摺推到一邊，對吳、劉二人說道：「聽說你們拼出了兩幅畫？朕好奇得很，巴特爾是個粗人，說不清楚，劉定之，你把詳細經過說給朕聽聽。」

劉定之將修復的大概過程說了一遍，又從藍布函套中取出那些碎片，在皇帝面前拼了起來。

胤禛一掃這幾天的疲憊，饒有興趣地看完了兩次拼接的過程，一邊的李衛、魏珠和巴特爾也都嘖嘖稱奇。巴特爾甚至情不自禁地讚道：「妙啊！這裡面一定有什麼蹊蹺！」

胤禛扭頭問道：「李衛，你怎麼看這件事？」

李衛原本是雍親王府總領，現在胤禛做了皇帝，眼看著就要跟著主人鷄犬升天，飛黃騰達。他雖然沒讀什麼書，但腦子極其靈活，聽胤禛問自己的看法，說道：「皇上，依奴才的見解，這第二次拼出來的西湖圖，才是此畫真正隱含的線索。吳墨林和劉定之的第一次拼接，是按照正常的思路拼起來的，先拼大的碎片，再拼小的；但第二次，卻一反尋常思路，先拼小的，再拼大的，結果截然不同。這說明當初製作此圖的人，故意將祕密隱藏在第二幅畫中，只有行家裡手，才能探出來。」

吳墨林和劉定之聽得一頭霧水，祕密？什麼祕密？此畫的製作者又是誰？這張畫又是怎麼到了皇帝手中？

胤禛點了點頭，對吳墨林和劉定之說道：「劉定之，你言之鑿鑿地說，拼出的第二張畫是西湖，朕從未到過江南，更無緣遊覽西湖，那三潭映月和雷峰塔，果真如畫中所繪？」

劉定之說道：「皇上，臣在圖籍司中當差二十載，過目大內所藏書畫無數，皇上你的藏畫中，便有描繪西湖景色的作品，可調閱出來，與此圖相互參照，便可知臣的判斷是正確的。」

胤禛起了興致，他問道：「不知內府藏畫中，哪些畫的是西湖的景色？」

劉定之如數家珍，娓娓道來：「皇上可調閱南宋葉肖巖的《西湖十景圖》冊頁，其中即有雷峰塔與三潭映月。又如南宋李嵩的《西湖圖卷》，描繪了西湖全景，也可調閱一看。」

吳墨林在一旁暗想：這劉定之倒像是宮裡藏畫真正的主人，胤禛對自己的藏品實際上一無所知，不過是個名義上的主人罷了。

葉肖巖的《西湖十景圖》冊頁很快便被取來。皇帝興致勃勃地翻看起來，他找到了冊頁中描繪雷峰塔與三潭映月的部分，端詳良久，眉頭漸漸皺起來，他指著描繪雷峰塔的那一開，說道：「這三潭映月倒還好說，雷峰塔為何與你所拼畫中的石柱完全不同？」（圖17、18）

劉定之不假思索地答道：「回皇上，這雷峰塔在明代就已經被燒毀了，現如今矗立在西湖邊上的巨大石柱，正是宋代雷峰塔的遺跡。明以後畫家所繪西湖景致中的雷峰塔，便都是石柱的樣子了。」

「朕的藏畫中，有明代以後的西湖圖嗎？」

「有！武英殿內有一套《江南勝景圖》，是明末印刷的木版畫，其中一葉所繪的『雷峰夕照』中的雷峰塔，便是一座不見稜角的廢墟，上面還生著枯樹，只隱約可見窗櫺而已。」

胤禛又命令太監去武英殿取來這《江南勝景圖》，仔細翻看，果如劉定之所言。（圖19、20）

養心殿內眾人都對劉定之的記憶力佩服不已。李衛道：「人家都說頂尖兒的讀書人可以一目十行，過目不忘，劉主事的才能倒是在畫這方面，看過的畫，記得可真清楚！」

胤禛點頭讚歎：「當真是過『圖』不忘。」

聽到皇帝和李衛的誇獎，劉定之趕忙自謙地拱手作揖。但他那抑制不住的笑容早就從嘴角綻開。吳墨林在一邊看到劉定之難掩的喜色，暗自不服——他自信這本事也不輸劉定之，忽然間他有些懷念康熙。一朝天子一朝臣，如今的皇帝，怕是再也不會如康熙那樣青睞自己了。

胤禛又問：「朕還有不解之處——畫中船上的文人為何肩上扛著枝條？船頭的黑狗又有何意？」

劉定之搖了搖頭：「這些臣就不知道了。」

胤禛道：「如此看來，這幅畫倒真的有些許門道。劉定之、吳墨林，你們兩個說不定又要為朕立下一件大功了！朕覺得你們兩個倒像是朕的福星，前次遺詔之事，朕還沒來得及賞賜你們，現在，你們倆說不定又能幫上大忙。」

吳墨林和劉定之聽得一頭霧水，拼接一張碎畫能幫得上皇帝什麼忙呢？只聽胤禛繼續說道：「你們還不知道這些碎片的來歷。說起來，這裡面也有一個故事，但朕可沒工夫細細說給你們聽。李衛，你帶著這兩個人去一趟刑部大牢，去找這幅畫的主人，把事情的原委跟他們兩個人說清楚。然後帶著他們三個人一起到朕這裡來，朕還有事情吩咐！」

李衛領命，帶著一臉茫然的吳墨林和劉定之去往刑部大牢。

養心殿內只剩胤禛與魏珠兩人，胤禛伸展了一下困乏的腰身，又翻了幾下小案上的《西湖十景圖》，感慨道：「朕倒真的想去西湖看看啊！」

魏珠道：「皇上可仿效先帝爺，啟駕南巡。」

胤禛歎了口氣：「朕又何嘗不想去江南走一遭呢？只是如今國事繁重，朕實在是脫不開身。老八、老三、老十四他們覬覦皇位，巴不得給朕添亂子。朕做了皇帝才知道，這千斤重擔壓在身上，哪如逍遙王爺活得自在？」

魏珠心想你只嘴上說說，讓你現在去做王爺，你也不會做的，但嘴上卻說：「皇上勤政，是天下萬民的福分！但老奴可要跟皇上說一句掏心窩子的話，皇上要注意身子，千萬不可過度操勞。」

胤禛指著桌上堆成小山一樣的奏摺，歎道：「朕剛剛登基，若政事上有一點錯漏，便會惹來群小非議。遺詔的風波剛了結，如今北方發了雪災，南方又有水患，內務府又缺錢，青海那邊還在打仗，到處都要用錢，到處都缺錢……朕如今左右支絀，若是劉定之他們真能在那碎畫中找到線索，算是又幫了朕一個大忙了。」

缺錢，是胤禛現在面臨的最大難題。而吳墨林和劉定之所拼的那張小畫，或許是解決眼下難題的關鍵。魏珠暗暗感歎世事難料：吳墨林和劉定之這兩個小小的末品官員，竟真的能影響到大清的國運嗎？

胤禛頓了頓，瞥了一眼魏珠，又說道：「記得當日是你在朕耳邊推介他二人來拼這幅碎畫，他們若是立功了，你也功不可沒。」

魏珠連忙說道：「奴才能為聖上分憂解難，就是莫大的榮幸。」

胤禛冷笑了一聲，聲音陡然變得陰冷起來：「恐怕你當時還存了另外一個心思吧……你以為幫他們要來了這麼一個差事，朕就不會殺他們了？魏珠，你以為朕看不出來嗎？」

魏珠撲通一聲跪在地上，顫著聲音說道：「老奴不敢！老奴不敢！」

胤禛擺了擺手，說道：「起來吧，朕不殺功臣。」

魏珠顫巍巍起身，用袖口擦了擦額頭的汗珠。

三、獄中泄機密

刑部大牢兵痞訴往，隔音密室牢頭竊聽

一路上，李衛對吳墨林和劉定之簡短地講述了這些碎片的來歷。

原來，這碎畫原本的所有者叫作汪力塔。汪力塔是滿人，本來是山西綠營駐軍的一個千總。千總雖然只是一個正六品的武職，但他卻在這個位置上大撈油水，且每天賭博、逛窯子、勒索、綁票，幾乎惡事做盡。而且還不守道兒上的規矩——賭輸了便砸賭場，綁票順帶著虐待肉票，逛窯子還經常賒帳。

汪力塔進了大牢，卻和上面這些罪行無關。他栽在「吃空餉」這條罪狀上。吃空餉本來是康熙一朝軍隊貪汙的常見行徑，但汪力塔做的尤其過火——他虐待士兵，克扣軍餉，手下的兵跑了一半，仍舊按照原數上報朝廷領了足額的軍餉。康熙六十年，四阿哥胤禛領受皇命整頓軍隊，順帶著清查吃空餉的問題，第一個就拿山西駐軍開刀。汪力塔正好成了殺雞儆猴的典型。

被關入刑部大牢以後，他四處活動，到處打通關節，只求個從輕發落。康熙駕崩後，他本來指望著八阿哥上臺，寬待罪員，大赦天下，豈料鐵面王爺胤禛繼位。汪力塔這下子慌了神，連忙上報朝廷，信誓旦旦地表示自己可以獻出巨額財寶，其數目是他多年來冒領和克扣軍餉的上千倍，足有幾十萬兩之巨。這時候大清國國庫空虛，到處都要用錢，胤禛一聽汪力塔的奏報，半信半疑，馬上就親自接見了他。

誰知道這汪力塔獻出來的，卻是個破爛的藍布函套，裡面裝著的正是那一堆碎畫。

原來，汪力塔的太爺爺是滿人入關時的一個總兵，清軍南下之時，他的太爺爺在浙江沿海一帶封鎖港口，以防南明軍民從海上外逃，結果抓到一個正要渡海的巨富，手下的士兵要姦淫那家的女眷，以此要脅那巨富將所有財寶全部交出來。

李衛說到此處，注意到吳墨林和劉定之眼中均有不忿之色。一百年前清軍入關，屠城無數，在南方屠戮甚劇。吳墨林和劉定之雖然已是大清的官僚，但他們也是漢人，聽到這裡心中還是有些不忍和悲戚。

李衛道：「當時情況複雜，汪力塔的太爺爺，就是在那時候獲得了這些碎片。詳細的情形，你們一會兒問他。」

這時候，李衛等三人已經來到了刑部大牢。李衛向牢頭兒出示了腰牌和御旨，很快就在大牢內見到了汪力塔。牢頭兒殷勤地安排了一間平常審訊犯人使用的隔音密室，將汪力塔帶了進去。

汪力塔已經在牢裡憋了一年有餘，見有人專門來訊問自己，連忙起身相迎，低頭哈腰，卑躬屈膝。李衛滿臉冷峻，命他將他的太爺爺是如何獲得碎片的詳情說與吳墨林和劉定之。

汪力塔生著一張黑紫色的大臉，一雙小眼睛滴溜溜直轉。他說道：「三位大人，且聽小人慢慢說來，事情已經隔了一百年，我知道的也不算詳細，但一定知無不言，言無不盡。

「我的太爺爺叫作汪六水，他是當年跟著多鐸南下的總兵，分了一個封守海港的差使，那時候從海路外逃的南明官僚富戶很多，一時之間也抓捕不過來，我太爺爺只能挑那些巨富下手，他逮到最有錢的那家人正準備出海下南洋，結果那陣子正是八月份，浙江一帶刮颱風，那巨富一家就被困在海邊，據太爺爺說，那家人姓項，祖籍嘉興。」

吳墨林驚問：「姓項？你說的可是那嘉興南城的項守斌？他們家幾代經營海商，可算得上是富可敵國了！」

「對對對！項守斌，就是他！我太爺爺手底下的兵截了他的海船，要徵收錢財，作為軍費。當時軍隊裡面，糧餉也是不充足的嘛。但那項家人不老實，只交出一點金銀財帛，根本就不像是個巨富的樣子！後來有人告訴我太爺爺，說這個項守斌是個畫家，他的書畫很有名氣，一張畫就能賣三、四兩銀子。我太爺爺一聽，就把那項守斌囚禁在軍營裡，逼著他每日作畫。項守斌也沒辦法，就只能照辦，每天畫個不停。」

劉定之點頭說道：「巨富之家，積累幾代，必然要出文人種子的。項守斌的書畫，雅逸超邁，到今天仍在江南享有盛名，可歸於逸品一類。沒想到被你太爺爺俘虜，強逼作畫，真是斯文喪盡！」

汪力塔苦笑著繼續道：「項守斌被囚在軍營裡面，畫了大概兩三周，畫出兩三百張畫兒來，我太爺爺一算，大概能值一千兩銀子，心裡就很高興。當時還有人嘲笑我太爺爺，說這都是一堆廢紙，戰爭年代，書畫哪兒有金子值錢。我太爺爺就說：『你們懂個屁，將來天下安定了，這就是真正的值錢玩意兒。』這時候恰逢我太爺爺上司要來嘉興視察民情軍紀，我太爺爺就準備挑幾幅好畫用來送禮。太爺爺是個粗人，看不懂書畫，於是讓那項守斌親自挑選。項守斌說，還得把畫裝裱一下，弄得立整一些，送出去才顯得體面。當時整個東南沿海被打得稀爛，哪裡找得到裝裱匠人？項守斌就說他的兒子懂裝裱，不如把畫交給他兒子裝裱成軸。」

劉定之問道：「如此巨富之家的兒子，怎麼會學那工匠之事？」

「咱也不清楚，我太爺爺更是啥也不懂，也沒細想，就讓那項守斌的兒子來軍營取畫，順便也讓項家父子相見，敘敘父子親情，好讓項守斌繼續安心畫畫。項家父子相見，免不了抱著哭一場。後來，項守斌的兒子拿了畫，就要離開軍營時，被我太爺爺攔住了。」

吳墨林問：「為何攔住？」

「哎，此時正說在那節骨眼兒上。項家爺兒倆抱在一起哭的時候，我太爺爺就覺得那兩人的哭聲有些奇怪，吊著嗓子，像是唱戲裝哭的腔調。他興許是見慣了人哭，所以分得清吧。太爺爺就留了意，偷眼仔細觀瞧，只見這兩個人抱在一起的時候，項守斌偷偷往他兒子的衣襟裡塞了什麼東西。等他兒子要離開的時候，我太爺爺就攔住了他，要他把那衣襟裡面的東西交出來。但那龜兒子倒是硬氣得很，扭頭就在軍營裡亂跑起來，他哪裡跑得過士兵？很快就被抓到了，但那公子哥竟然烈性得很，搶了一把刀，四處亂砍，砍傷好幾個人，我太爺爺一氣之下，就把那小子殺了。後來在那小子身上搜出了一個紙包，紙包裡面就是這些碎片。」

吳墨林和劉定之瞪大了雙眼。

「不錯，這碎片就是這麼來的。」

吳墨林問：「那麼項守斌後來怎麼樣了？」

「哎！這老頭子在屋裡聽到他兒子的慘叫聲，就昏了過去。我太爺爺把他弄醒之後，就問他那些碎片到底是怎麼回事？項守斌什麼也不肯說，精神受了刺激，身體也垮了。項守斌的家勢十分雄厚，沒過幾天，竟然有數十個漢人搶攻兵營，要劫回項守斌。但他們並非我太爺爺對手，一場戰鬥下來，這些漢人都被屠光了。至於那個項守斌，沒過多久就在軍營裡面死掉了。」

吳墨林聽到這裡瞇起了眼睛，死掉了？怎麼死的？怕是被汪力塔的太爺爺拷打致死的吧。

汪力塔繼續說道：「我太爺爺差人打聽過了，那項家在明代中期就發了家，做海商走私的行當，有兩百多艘船，半個南洋的貨物都經他們家的船隊送到福建和琉球，積累到項守斌這一代人，家資巨萬，家財至少也有幾十萬兩銀子，後來項守斌洗手不幹了，把所有船隻賣給別人，偌大的產業被折成了現錢。我太爺爺把項家搜了個底朝天，卻只找到幾千兩現銀，剩下的錢財，鐵定是讓項守斌藏起來了。我的太爺爺便料定財寶所藏之處，就在那碎紙片之中。但他到死那一天，也沒有在碎紙片中找到什麼線索。我太爺爺死前，就把這些碎紙片傳給了我爺爺，我爺爺又傳給我父親，我父親死前就把這東西傳給了我。」

劉定之問道：「這一百年來，你的父輩們就沒請個明白人找一找這其中的線索嗎？」

汪力塔諂笑道：「這位大人問得好！我太爺爺本來想請個懂畫的人看一看，但後來一想，這種事情可不能隨便找個外人看，一旦人家知道了裡面的線索，自己去把財寶找出來，那不是竹籃打水一場空嗎？我太爺爺於是自學書畫，但他實實在在不是那塊料子，學了一輩子寫字畫畫，只學了個鬼畫符，到最後也沒學明白。太爺爺臨終前畫了一幅絕筆畫，一代代傳到我手裡，照我看，那水準實在太差勁了。」

他從懷中掏出一張古舊的小畫，在眾人面前打開。這幅畫似乎承載著汪六水臨死之時的意志，筆粗墨惡，上書幾個大字「畫中自有黃金屋」，可惜直到一百年後，他的曾孫子還是沒有找到這個虛幻縹緲的「黃金屋」。

劉定之點點頭：「學畫非名師傳授，耳提面命不可，何況一介武夫，半路出家呢。」

「後來這些碎片傳到我父親手中，這時我們家已經敗落了，我爹就把全部希望寄託在這些碎片上，苦苦研究了幾十年，還是一無所獲。他的路子和我太爺爺不同，他走遍各地，要去尋找和畫中之景相同的山川地貌，結果仍然一無所獲。等到這東西傳到我手中，我自己也研究了一陣子，學過畫畫，也到處找過類似的地貌，後來也就放棄了。龍生龍鳳生鳳，老鼠的兒子會打洞，我們家壓根就沒有文藝這個根子。」

李衛說道：「你在山西幹了那麼多傷天害理的事情，若讓你找到線索，豈不是老天爺瞎了眼？如今你既然把碎畫獻出來，戴罪立功，就不能再隱瞞任何線索，須知皇上對你網開一面，你自己可得感念皇恩！」

汪力塔連忙搗蒜一般磕頭謝恩，擠出幾滴眼淚，沙啞著嗓子說道：「回李大人，小人之所以在山西犯下那麼多罪過，無非就是想攢下點錢來，等我自己的兒子出生了，給他請個好的教書先生，請個好的書畫老師，讓他從小學習，將來能解開這祕密。誰知道……」

李衛冷哼道：「行了，你閉嘴吧，趕緊換一套乾淨衣物，跟我回皇宮覆命！」

四個人走出審訊室，找到牢頭，讓汪力塔換了一身乾淨的衣服，便離開大牢，再返皇宮。

卻說那牢頭，名喚李強，是八阿哥胤禩的祕黨。他做了十幾年牢頭，在牢裡的手段比誰都精明。汪力塔等人所在的密室牆根處早已埋了一根銅線，銅線穿牆而過，一直延伸到四、五米之外的另一間密室，銅線的另一端接著個鐵碗，李強把耳朵貼在鐵碗口，將李衛等人的對話聽了個明明白白。

四、兄弟離心

閻羅審案驚懼人心，青海接旨暫收叛意

卻說李衛等人前去刑部大牢之後，皇帝擺弄了兩下桌上的《西湖十景圖》，突發奇想，他向魏珠問道：「你應該對內府藏畫的規模相當熟悉，除了那些陶冶人心的山水、花鳥和道釋人物，有沒有那種警誡人心的畫兒？」

魏珠問道：「老奴不太明白，皇上要用這種畫來做什麼？」

胤禛道：「唐張彥遠有云，繪畫之功用，首要者在於成教化，助人倫。朕想知道，宮裡有沒有這一類的畫……只要拿出來給做官的看看，就能讓他們收斂一點，起到警誡之用？」

魏珠道：「老奴先前陪著先帝爺賞畫，倒也遇到幾件此類畫作，待老奴去內庫搜查一番。」說罷他便帶著幾個小太監離去。不過一個時辰，便抱了幾個卷軸回到養心殿。胤禛逐個打開畫軸，心中滿意，眉頭舒展，連連點頭：「甚是合適……甚是合適……這些畫可做大用處！」

又過了一會兒，李衛帶著吳、劉、汪三人回到養心殿。值殿的太監用貓兒一般柔軟的動作挑起珠簾，讓這幾個人進去。

「你們來得正好，我剛剛看完一幅畫，也給你們瞧瞧。」胤禛在看完的那一堆卷軸中翻出一個軸子，緩緩打開，說道，「劉定之，你最懂畫，你來給他們幾人介紹一下這張畫吧。」

劉定之張口即來：「此畫名為〈地獄十王圖之五七閻羅大王〉，為元代陸仲淵所畫。畫中所描繪的是地獄中閻羅王審判亡靈的場景。這種畫又叫作『水陸畫』，寺廟裡的和尚們做法事、講經的時候都會掛出來，其主要目的是為了警誡信眾多行善事……」（圖21）

「說得不錯！」胤禛打斷了劉定之的話，「這張畫，畫的正是閻羅王在地獄裡審判亡靈的場景！你們看到案台左前方立著的一面大圓鏡了嗎？這面鏡子叫『業鏡』，能夠照出亡靈生時的一切善惡行徑。朕也希望有這麼一面鏡子，能照出百官的真實面目！」

說到這裡，他冷冷地瞥向汪力塔，汪力塔被嚇得一個激靈，忙不住磕頭，紫紅色的大臉淌下汗來，口中連聲說：「皇上，奴才知錯了，皇上的雙眼就是業鏡，早把罪臣看得一清二楚，求皇上饒臣一命！」

胤禛冷冷地一笑，又指著畫中遭受各種酷刑的罪人，說道：「汪力塔，朕如今免了你的罪，是要你戴罪立功，協助吳墨林等人找出寶藏來。你要知道報恩，若你再有欺君罔上、貪贓枉法之行，你必像畫中那些罪人一樣，遭受刀山火海、千刀萬剮的刑罰！」

汪力塔戰戰兢兢地看著畫上的慘像，只見那鋒利的尖刀從地面或岩石中升起，凶狠的獄卒正在驅趕亡靈行往刀山。亡靈赤身裸體，在刀山上或爬或臥，萬劍穿身，慘不忍睹，痛苦萬分而死。業風一吹又復活，再被驅往刀山，如此循環往復，永無出期。

吳、劉二人細看畫中情景，也不寒而慄。胤禛面色稍稍緩和，接著說道：「朕今日起意賞畫，特地讓魏珠去挑了一些警示人心的古畫，目的就是要告誡你們，為朕辦事，為國效力，當盡忠職守，若有違者，朕定不饒恕！」

吳墨林、劉定之、汪力塔心中懼顫，齊膝下跪。胤禛滿意地呼出一口氣，緩緩道：「若你們為朕分憂解難，辦成了差事，朕當然也不吝賞賜！」

吳墨林忍不住腹誹：我上一次替你修好了遺詔，算多大的功勞！可是你這摳門皇帝當時借時局不穩之由，只送了半副對聯，還說什麼以後還有大賞，結果拖到現在也沒給什麼實惠。但他嘴上卻是一連串馬屁：「皇上是當今聖主，能為主上分憂解難，是咱一輩子的榮耀！臣一定拼盡全力，繼續去揭開那碎畫中的所有祕密！」

劉定之在一邊皺起眉頭，心裡暗想：之前的線索都是我想出來的，這吳墨林如此說辭，就好像之前的功勞是他的一樣，當真是小人嘴臉，著實可惡！

胤禛對自己恩威並施產生的效果頗為滿意，接著大聲說道：「眾人聽旨！朕密令吳墨林、劉定之、汪力塔前往杭州，尋找那些碎片中的藏寶之地！此次行動，不宜聲勢過大，朕派巴特爾帶著五、六個戈什哈隨行，萬不可洩露消息。若你們找到寶藏，立即向朕通報，不得擅自處理！」

幾個人連忙磕頭領旨。胤禛才做了十幾天皇帝，行為舉止隱隱然已經有了雷厲風行、冷酷森嚴、殺伐決斷的氣象。魏珠與李衛侍立一旁，心中也不免感慨——新皇帝的作風和康熙大不一樣。康熙晚年對臣子優渥寬容，絕不會說出上面那些狠厲之言。

卻說刑部那管事的牢頭兒李強自從得了這寶藏的消息，趁著夜色，來到貝勒府。他是府邸的熟人，守門的侍衛立刻就帶著他踅進月洞門，沿抄手遊廊轉進西花廳。八阿哥胤禩得了下人的通告，忙不迭迎了出來。

李強於是將白天自己聽到的事情，和盤托出。

胤禩沉吟道：「價值幾十萬之巨的寶藏？這可不是個小數目……」

李強道：「八爺，小人受你恩惠甚多，只有一片赤誠之心，小人把話撂開了說吧，這筆錢，是一筆飛來的橫財，他胤禛能取，你自然也能取。這筆錢上難不成印了誰的名字嗎？」

胤禩點了點頭：「天予不取，反受其咎。我既然得了消息，就斷無白送機會的道理……」

李強向胤禩拜了拜：「八爺，你說得太對了！你一向仗義疏財，這也是老天爺送給你的厚禮！」

胤禩撚了撚髫鬚，心中逐漸有了計較。當下這筆錢財，若讓胤禛得了，必能充盈國庫，填補虧空。胤禛高興，他胤禩就不會快活。如今胤禛在明處，他在暗處，手中籌碼依舊很多。自己的黨羽遍佈朝野，府中的能人亦不在少數，自己絕不能錯失了這次機會！

他轉念又想到了遠在青海的十四弟，這位覬覦皇位已久的皇弟，是否也和自己一樣，暗地裡憋著一股子勁兒，非要讓胤禛的皇帝之位坐得不順當呢？

遠在青海帶兵的胤禎前幾日才剛剛得到康熙駕崩的消息。京師相距青海幾千里路，即便報喪的信使快馬加鞭，一刻不停，但還是晚了十幾天才將京城的消息傳到青海。信使同時帶來了新皇的旨令，令他輕車簡從，速速回京城奔喪，同時立刻交接軍權，將平叛之事交付其他將領。

胤禎慟哭一陣，涕淚橫流，其中自有為父親去世的悲慟，更有對父親沒將皇位傳給自己的憎怨。就在幾個月之前，他被康熙賜予「大將軍王」的稱號，授大將軍印，天子劍，奉節出京，率兵到青海平叛阿拉布坦之亂，本來以為康熙將如此重要的軍國大事交給自己，是傳位於己的信號，卻沒想到，竟然等來了這樣的結局。胤禎此時猶豫不決——究竟是把心一橫，帶兵造反，還是先回京城，伺機而動。過了一日，胤禩的密信也送到了十四阿哥手中，盯著信中那一句「弟何不效靈武即位，兄必陳酒相迎」，胤禎心中更是翻江倒海，他不敢相信任何人，其中也包括胤禩。

在新皇信使的反覆催促之下，胤禎最終還是決定依著新皇帝的旨意，千里迢迢返回京城。

五、南下西湖

養蠹蟲欣慰得良種，買尿脬怕羞繪彩圖

康熙皇帝的大喪之禮已過了二十多天。北京城的氣氛已經不再像十幾天以前那樣蕭寂肅

殺。朝廷明令自康熙駕崩之日起，文武百官及所有百姓一百天之內不准作樂，但已經有人私下裡飲酒聽戲了。

吳墨林對康熙的逝去並無多少悲痛，他只是覺得先帝爺曾對自己垂顧有加，新皇帝似乎更看重劉定之那一類人，因此心中略有惋惜，況且自己已經漸漸厭倦了京城的生活。他十多年以來借著圖籍司主事的便利，臨摹了三百多件內廷古畫，幾乎囊括了康熙珍藏的古代書畫珍品。這些古畫已經深深地刻在他的記憶之中，就連晚上睡覺時，古畫中的山山水水、花花草草都在他的夢中上下翻飛。

他一直惦念著當年和金農在揚州分別時許下的承諾。十多年過去，自己的目標已經完成，到了該去籌畫「歸隱山林」的時候，卻又攤上了修復遺詔的事情。雖然目前來看性命無虞，但他總是感覺心裡不踏實——修復遺詔的事情太過重大，自己身上牽扯的干係著實太多了。

他打定主意，等到了杭州找到碎片內隱藏的寶物，開了眼界，就找個時機「功成身退」，「卸甲歸田」。這之後再夥同金農，將摹本當真跡打包賣了，從此隱跡江湖，做個逍遙的陶朱翁。

吳墨林費勁心力臨摹出的三百多件「摹本」被他藏在家中第二進庭院的地窖內。這地窖是吳墨林親自挖出來的，地窖內四壁塗抹了厚厚的一層高嶺土，又遍塗黃檗汁，既能隔水保溫，又能防蟲咬鼠噬。地窖入口處是一塊青磚，與周圍地磚嚴絲合縫，外人根本看不出什麼差異。

吳墨林的這幾百件摹本不僅筆墨逼似原作，就連裝裱材料和畫上的汙損之跡，也與原作幾無二致。他做舊的技術五花八門，但最令他得意的是自己辛苦培育出的蠹蟲。

古籍字畫，存放日久，難免不被蟲蛀。蟲蛀的痕跡是很難模仿的。南方蠹蟲的蛀洞往往是曲折婉轉，而北方蠹蟲則常常垂直打洞。吳墨林曾經試驗過多種方法來模仿蟲子的蛀洞，他試過用刀子切割，用燃香燒灼，但裁割出的蟲洞邊緣過於生硬，燒出的蟲洞邊緣則會發黑變脆。後來他乾脆在西廂房中搭起十幾個木箱，底部墊上木屑、麩皮、碎紙，養起了蠹蟲。

他這一養，就養了十年。南北兩種蠹蟲代代繁衍，優勝劣汰，經過無數次交配選種，啃咬紙張的能力突飛猛進。而且新培育出的蠹蟲只喜歡糯米漿的香氣。只要吳墨林在古籍字畫上用糯米漿畫出規定好的印記，這蠹蟲便會按照漿水的痕跡咬出特定的蟲洞。普通蠹蟲一天能咬一個洞，而吳墨林養的蠹蟲一天能咬十個洞。

吳墨林南下杭州，心中最放不下的就是他養的那一屋子蠹蟲。他在蟲箱內鋪上足夠多的食物，為了防止蠹蟲們繁殖過快以致爆箱，他又將公蠹蟲和母蠹蟲分隔飼養。但他仍覺得不放心，此去杭州，至少也要兩個月，不知道這些蠹蟲能不能挺過這麼久的時間。思來想去，他為了防止家中的蠹蟲遭遇不測斷了種，最終決定隨身攜帶十幾隻品種最為優良的蠹蟲。

隨身帶蠹蟲，總得有個容器裝著。蟈蟈籠子網眼太大，蟋蟀葫蘆過於笨重，都不太合適。吳墨林思來想去，靈光一閃，到市集買了一隻牛尿脬（牛膀胱），這東西能伸能縮，吹了氣進去就是一個氣球，放了氣還可折疊，在脬開口的地方拴一根皮筋兒紮好，蠹蟲就跑不出去，只要一天開一次口，放一點新鮮空氣進去，蠹蟲就不會被憋死。

但牛尿脬過於扎眼，隨身攜帶，讓人見了，未免會遭到恥笑。尤其是那劉定之，必然有一番鄙夷嘲諷。於是吳墨林用赭石色顏料把乳黃色的尿脬染得古雅可人，又仿造元代倪瓚一江兩岸的構圖，在尿脬上點綴了一些山水畫。一派清新飄逸的風致躍然而出，任誰也看不出這軟塌塌的皮囊到底是什麼東西。

家中的東西總得有人看守。吳墨林思來想去，提筆給金農寫了封短信：「弟近日因公差南下杭州，家中所養寵物，無人照料，雖足備糧水，亦恐其遭受凍餒，破家值萬貫，勞兄速速北上，幫忙照料看顧。弟墨林謹拜。」

他料定金農應當瞭解信中的「寵物」和「萬貫」究竟所指何物。於是將信封入一個竹郵筒之內，出門去找張司庫。張司庫雖是屁大一個小官，但狐朋狗友甚多，幫著吳墨林聯繫了車駕清吏司的一個送官信的小吏，借著往揚州驛站報送官信的便利，捎帶著為吳墨林送信。吳墨林塞給張司庫二兩銀子，兩人一番客氣之後，各自心滿意足地離開了。

吳墨林到家之後，總覺心神不寧，他合上四合院大門，插上門閂，又順著門縫向門外觀瞧。他從小就總有一種被人偷窺的錯覺，今日這種感覺尤其強烈。順著門縫，他看到街東頭有個算命的老頭兒擺著卦攤子，西頭有個賣炸糕的中年漢子，炸糕攤子旁邊有個賣菜的婦人，街道上行人三三兩兩，與往日似乎無不同。吳墨林心神放鬆下來，噓了口氣。

吳墨林的直覺並沒有錯，他的確被人跟蹤監視了。宵禁之前，街東頭那算卦的老頭兒步履蹣跚地離開，繞過幾條胡同，避開打著梆子的打更人，慢慢直起腰，一把抹去臉上黏結的鬍鬚，收起幡杆，改頭換面，竟搖身變成一個面皮白淨的年輕男人。街口早有人牽著馬匹接應。只見這男人輕身一縱，躍上馬背，疾馳而去。

貝勒府之中，「八爺黨」骨幹——九阿哥胤禟、十阿哥胤䄉，與胤禩正聚在一處。三個人正在商量著如何與十四阿哥聯手的事情，下人前來稟告，說是「陳先生回來了」。

胤禩笑道：「快讓陳先生過來吧，他這幾日四處奔波，忙得夠嗆。」

一會工夫，陳先生走進屋來，向九阿哥和十阿哥拜了兩拜，兩人也輕輕擺手還禮，原來這幾人都相識。這陳先生不是別人，正是從吳墨林家附近離開的那個擺卦算命的老頭兒。

第四章　江湖異士伺機劫寶

一、八爺府暗中行動

八爺黨徒人才薈萃，江湖異士組隊劫寶

這位陳先生，名叫陳青陽，他早已脫去乞丐服，換上一套灰府綢夾袍，袍子外面套了一件雪貂皮坎肩，手中拿著一把泥金面兒的檀香木摺扇。只見他面如冠玉，鼻若膩脂，風神俊朗，三十歲上下的年紀，一舉一動，恂恂然似無一絲塵俗之氣，只是他的眼神中似乎總有一絲陰鬱，眉心處總有一團化不開的陰雲。

胤禩效法春秋時的信陵君，手下養了不少江湖上的異能之士，這些人叫作「清客」。在這些清客中，陳青陽最為出類拔萃。他是河間名士，會拳腳、懂詞賦，就連卜筮、易容等旁門左道，也都比較擅長。他雖然剛過而立之年，但在江湖上已有了名聲，人送外號「多面鬼才子」。

陳青陽對自己的能力也頗為自信，他投奔八阿哥，原本是覺得這位阿哥風頭最盛，名聲最好，想必會繼承帝位。自己幫著未來的皇帝盡一份力，也能掙出來個從龍之功，沒承想希

望落空，滿心沮喪。但八阿哥對他素來不薄，「君以國士待我，我必以國士報之」。更何況古來俠客，都要講個「仁義信」，若半途換了主子，名聲就臭掉了，還怎麼繼續在江湖上混下去？因此他也只能繼續留在八阿哥府中。

十阿哥咳嗽了一聲，笑著說：「陳先生，聽八哥說你又裝作叫花子出去盯梢了？早聽說陳先生有易容的能耐，不知道哪天我能有幸親眼看一次啊……」

陳青陽向十阿哥拱了拱手：「十爺過譽了。」

胤禩問道：「陳先生，你最近可有什麼新的發現嗎？」

陳青陽道：「這幾日，巴特爾、吳墨林等人似乎都在做遠行出門的準備。我將盯梢的兄弟分成四組，分別跟著吳墨林、劉定之、巴特爾和汪力塔。劉定之去了一趟他父親的墳墓前，祭奠了一番，他似乎已經將此行視為飛黃騰達的機運；巴特爾去藥店買了不少治療跌打損傷的草藥，又去御廄內挑了十幾匹馬，我猜測這夥人大概是要騎馬出行。汪力塔則去了八大胡同，一連在妓院中住了兩晚……」

八阿哥打斷道：「那還有個吳墨林，他去幹什麼了？」

「只有吳墨林最為奇怪，今日他到市集中買了一些奇奇怪怪的物件。」

「什麼物件兒？」

陳青陽覺得「牛尿脬」這樣的穢語說不出口，於是想了想才道：「他買了牛的……『津液之府』。」

「那是什麼？」十阿哥一頭霧水。

八阿哥笑道：「那是牛的膀胱，《黃帝內經》管膀胱就叫作『津液之府』，陳先生是文雅人，說的隱晦了。」

十阿哥拊掌大笑道：「原來是牛尿脬啊，我又跟著你學了個新詞兒！」

陳青陽道：「在下適才實在是酸腐了……只是不知道吳墨林臨行之際，買這牛尿脬做什麼用。」

「這或許是關鍵之處……」九阿哥瞇起眼睛，沉思起來，「牛的膀胱，究竟能做什麼用？」

十阿哥道：「或許那吳墨林喜歡吃牛尿脬炒菜吧。」

陳青陽道：「吳墨林選購的時候，挑挑揀揀，花費了很多工夫，足足逛了半小時才選了一個合適的，看樣子此物對他非常重要，不像是專門為了吃食。」

三個阿哥陷入沉思。許久之後，八阿哥歎了口氣：「算了，咱們也別想了。這種異能之人，總是會幹出讓人理解不了的事情。無論怎樣，我們至少現在已經可以確定，這夥人是要出發尋找寶藏了。」

八阿哥目光灼灼地望著陳青陽道：「陳先生，這一次，本王想請你出馬，跟定他們。如果他們找到寶藏，便找個時機劫了他們！此事須得你這樣文武兼修、謀略長遠的人方能辦妥。」

十阿哥說道：「此去路途遙遠，還需為陳先生配幾個能幹的副手。我府中有個擅使飛鏢的高手，叫作王老七，江湖諢號『咧嘴鏢王』。因為他每次發鏢，都要咧開嘴巴，吐出半個舌頭，百發百中；若非如此，則投鏢不准。這人名字雖然難聽了一點兒，但武功著實了得，一定能幫著陳先生成事！」

九阿哥也說道：「本王府中也有一個能人，名叫李雙雙，可觀人口型，辨其所講，因此外號『觀音二娘』。她雖是一介女流，但混跡江湖多年，此次跟著陳先生，也一定會派上用場。」

陳青陽向八阿哥和九阿哥抱拳道：「多謝二位大人，『咧嘴鏢王』王老七、『觀音二娘』李雙雙的名號，在下素有耳聞，能與兩位高手一同辦事，實在是倍感榮幸！」

八阿哥一副感激的神色，對陳青陽說道：「我再為你們添七、八個府中的練家子，陳先生一路上可隨意使喚他們。我府中還有數隻獵犬，乃是以前跟隨先皇狩獵的時候，先皇親自為我挑選的良種，宮裡的洋畫家還給這兩條獵狗畫過像，一隻喚作『斑錦彪』，一隻喚作『雪爪盧』。陳先生也一併帶去，用來追蹤，再合適不過。陳先生若助我得此財寶，我胤禩發誓，亦不會辜負了陳先生。你在河間的老母，我立刻就著人日日看護，好生照料。陳先生只管放心去做！」（圖22、23）

這話聽著誠懇，其實暗暗夾帶一層威脅。多派的幾個幫手，也絕不僅僅是為了協助，更有牽制之用。但陳青陽卻裝作沒聽出來。只見他感激地抱抱拳，大聲道：「陳某定當竭心盡力，為八爺奪了這樣東西！」

八阿哥這邊緊鑼密鼓，做好了一切部署。巴特爾、吳墨林等人也萬事俱備，整裝待發。巴特爾從宮中善撲營羽林軍中挑選了五、六個能手，作為一路上的護衛。

十二月初，吳墨林等人從京城出發，一隊人騎著馬出了城門，一路循著官道而行。為了避人耳目，所有人脫下褂袍官靴，羽林軍人人腰中暗藏佩刀。這時節寒風刺骨，一路枯枝殘雪，大有「風蕭蕭兮易水寒，壯士一去兮不復還」之感。

距離這隊伍幾里之外，由「多面鬼才子」陳青陽率領的另一支隊伍悄悄跟進。陳青陽計畫周密，帶足了兵器乾糧。他又隨身準備了一套乞丐的服裝，一套道士的衣裳，一套算卦的零碎物件兒，以備易裝刺探之用。他向前方不斷派出兩個探哨，一路上交替傳遞前方人馬的路線和消息。從八爺府中帶出來的皇家御犬，循著吳墨林一行人的氣息，邁著輕快的步子一路向前追。兩條御犬的嗅覺十分靈敏，遠遠就聞到前面那隊人馬中有一股子牛尿脬的臊氣，直把兩條狗激動地尾巴亂顫。

就這樣，兩支隊伍離開了京城，一路南下而去。

二、劉定之舟中作畫

馬上論畫匠人受嘲，舟中寫景文士遭譏

吳墨林擔心牛尿脬裡的蟲蟲受凍著涼，於是將尿脬掖在上衣內，這使得他的袍子看起來鼓鼓囊囊，頗為臃腫。巴特爾觀察半晌，驅馬上前，與吳墨林並轡而行，努了努嘴道：「吳先生，你袍子裡是什麼呢？不如拿出來，放在後面的走騾身上，也省得力氣，前面的路還長著呢。」

吳墨林尷尬地笑了一下，說道：「我袍子裡裝的是一個皮囊子，因為我是南方人，沒怎麼騎過馬，怕摔下來，所以用個鼓氣兒的皮囊袋子拴在腰上，跌下去也好有個緩衝不是？」

巴特爾哈哈笑道：「我自小騎馬，從未見過這種防摔的招數。」

吳墨林笑道：「咱是個實在人，怎麼安全怎麼來，不會裝腔拿勢的那一套。」

一旁的劉定之瞥了一眼吳墨林，不知道為什麼，他總覺得吳墨林說到「裝腔拿勢」的時候看了自己一眼。他本就討厭吳墨林，不知道是否是心理作用，隱隱約約聞著吳墨林身上飄

來一股子腥臊氣。

馬蹄嘚嘚，一路上甚是無趣。巴特爾終究是個年輕人，不甘寂寞，又拍馬湊到吳墨林跟前，說道：「吳先生，自從上次我見你修東西之後，就總也忘不掉那情景了。你的手藝，也真是絕了！」

吳墨林道：「小英雄過獎，說到底，鄙人只是一個匠師而已。」

巴特爾道：「我是真的佩服你。況且匠師又怎麼了？工匠就比其他人低一等嗎？大家都是憑本事吃飯。」

一邊的劉定之冷哼一聲，說道：「說起來，這個問題古人自有定論。《管子》有云：士農工商，四民者。工、商在士、農之後，這都是沿用千年的定論了。」

巴特爾說道：「咱沒讀過多少書，在我們蒙古人看來，做工的並沒有什麼低賤之處。」

劉定之道：「先賢所云，俱合大道。譬如作畫，也最忌匠氣，非得讀書明理，內心通達，畫的意境才高妙。」

巴特爾指著吳墨林道：「但是吳先生不怎麼讀書，不是一樣什麼畫都能畫，什麼字都能寫嗎？」

吳墨林皺起眉頭：「我也是看過不少書的——古人那些畫論，我是通讀過的……」

劉定之卻搖了搖頭：「老吳，我也曾想過你這匠人的臨摹功夫為何這麼厲害。後來我有了答案。」

「什麼答案？」

「要做成這世上的任何難事，都有兩種路數，一種是正道，一種是邪道。譬如治國平天下之術，既可遵循儒家大道，以仁義和德行約束百姓；也可如秦始皇那般施行暴政，匡合天下。要模仿書畫，也可有兩種路徑，一種是以詩書滋養，修身為本，重在領悟，求的是畫外的功夫；但吳主事的那套路子，卻是一味在表面下功夫，全無內心的感悟，徒得形似，最終難免墮入魔道，實在是野狐禪之行徑……」

吳墨林只覺得一口氣堵在胸口，憋得難受萬分，但一時間又想不出如何反駁他。

巴特爾卻說道：「好比馴馬，有的牧人習慣用懲戒的蠻力，有的則用獎賞的方法，都能馴服馬兒，但路數卻不一樣。」

劉定之笑道：「你說得對，雖然你年紀尚小，但悟性卻好。自古以來，學書作畫，最忌諱用匠人的路子，古往今來的書畫家，但凡和匠氣沾邊的，都是短壽。明代吳門四家，唯獨仇英是匠人出身，且只有他活的時間最短。為何？匠人之道傷損心志，不合自然之理，短壽是必然的。」

這段話直把吳墨林氣得七竅生煙，他使勁裹了裹袍子，雙腳一夾馬肚子，馬兒吃痛，向前狂奔，一瞬間就遠遠離開劉定之，一溜小跑到隊伍前頭。自從那次修復遺詔的事件之後，他和劉定之成為同患難的「戰友」，原本緊張的關係有所緩和，但兩人脾氣秉性畢竟水火不容，始終相處不到一起。

幾里地開外的另一支隊伍迎來了回返交班兒的探哨，這探哨正是胤禟手下的「觀音二娘」李雙雙。陳青陽問道：「可曾打探到什麼消息嗎？」

李雙雙攏了攏散開的髮絲，搖搖頭：「沒什麼有用的信兒，倒是討論了不少書畫的事情，還說到什麼士農工商，馴馬之類的事。」

李雙雙帶來的情報毫無用處，陳青陽只得令她休息一陣子，再去前方打探。

吳墨林一行人早在出發前就已經商定，行旅途中不再議論寶藏之事，怕的就是有人竊聽消息。有此防範，「觀音二娘」李雙雙當然一無所獲。

兩支隊伍一前一後向南行進。官道上積著殘雪敗枝，一片肅殺之景。吳墨林等人不敢在官府的驛站居住，只能尋著民間的旅店打尖兒。陳青陽一夥人不敢進入同一家旅店，因此只能在附近另尋住處，有時候遇到特殊情況，找不到旅店，他們只能在荒野上風餐露宿。因此陳青陽等人被折磨得塵土滿面，衣衫髒亂。只有兩條御犬，依舊精神抖擻。

過了一個多月，吳墨林等人已經到了山東臨清。越往南走，氣溫越高，就再也看不到冰雪了。臨清是京杭大運河沿線的一座城市。巴特爾在臨清的運河碼頭雇了一艘船，從此地坐船經運河南下，可直通杭州。

上船之後，眾人都覺得舒適許多。尤其是吳墨林，一路騎馬早就被顛得頭昏腦漲，上船之後，全身終於舒坦起來。過了臨清，水氣漸多，劉定之等人覺得身上一片濕寒，而吳墨林是南方人，反覺得全身溫潤通透。

坐船比騎馬快，而且還能休閒娛樂一番。汪力塔與幾個皇家侍衛吆五喝六地在艙裡賭博，巴特爾覺得無趣，呆坐船頭，看著運河兩岸的景致。吳墨林摟著自己的寶貝尿脬，閉目養神。只有劉定之，在船頭的小桌上緩緩鋪開一塊毛氈，取出紙筆，竟在舟中作起畫來。

巴特爾好奇，湊近了觀瞧，只見劉定之在紙上圈圈點點，慢慢勾勒出一幅山水橫卷，卷中煙靄漫布，林木蕭疏，與此時運河兩岸的景致，頗為相似。

巴特爾不禁讚歎道：「好手筆！劉先生畫的畫真有意境，有一種說不出來的美！」

汪力塔離開賭桌，也湊過來看。汪力塔當年為了尋找碎紙片中的祕密，也在書畫方面下過一番功夫，他看了一會兒，說道：「劉先生的畫，很有明代大畫家董其昌的意韻！」

劉定之笑道：「汪軍門好眼力，我這張畫，確實借鑑了思翁筆法。」

吳墨林遠遠斜眼瞥去，只見劉定之所畫的山水，的確仿了董其昌的風格（圖24）。雖然技法遠不如自己，但也算精熟。一時間他也技癢起來。正在此時，巴特爾扭頭對吳墨林說道：「吳先生，你也來幾筆吧，我也想看你的畫。」

吳墨林哼了一聲：「我未帶紙筆，這次出來辦差，一心為公，哪有這等閒情逸致？」

巴特爾卻道：「反正現在沒什麼事情，吳先生就過來畫幾筆吧。」

劉定之道：「巴特爾，你若真的想學畫，就不能只是描摹古人的作品，不知變通，否則只是一個畫匠而已。」

巴特爾反問：「但是你剛才不是說你這個風格仿的是明代的董其昌嗎？」

劉定之氣定神閒地說：「我的模仿，是仿其大意，再加以自己的變化，和不知變通地模仿是不同的。」

吳墨林反唇相譏：「向來有人畫不出前代大師的精妙之處，只能以『略仿其大意』的話搪塞。巴特爾，你可得認清那些沒什麼能力還故作格調高雅的人！」

劉定之心中騰起一股火氣，他平生最厭惡的就是別人說自己「裝高雅」，剛想要反駁，只聽吳墨林繼續說道：「其實就算是董其昌，也並非表面看上去那麼不食人間煙火。史書記載，他魚肉鄉里，作惡甚多，最後房子都讓鄉民給燒了。仿畫就是仿畫，還要體會什麼精神？難不成也想讓自己的房子被燒了嗎？」

董其昌是劉定之一生膜拜的偶像，聽到這話，他執筆的手開始微微顫抖，一時間想不到如何爭辯。

巴特爾見兩人又開始互嗆，哈哈一笑打起圓場：「我覺得二位所言，都有道理，你們都沒錯！老汪！走，我跟你們去賭一局！」

三、三座石塔

修羅場中蠹蟲成蠱，西湖水上二娘觀音

不過十天左右，吳墨林等人便從臨清到了揚州的運河碼頭，眾人在舟中坐得久了，腰酸背痛，於是紛紛上岸消遣去了。吳墨林尋了一個時機，藉口去買點東西，離開隊伍，前往金農在揚州的住處。他尚不確定金農是否收到一個月前自己從京城發出的信函。

揚州的一切，與他十幾年前離開時並未有什麼翻天覆地的變化。他心中有些感傷，人生真如白駒過隙，不知不覺自己已經過了不惑之年，漸漸朝著知天命的年歲去了。好在十幾年間已經描摹出幾百張古畫，也算沒有白費光陰。

吳墨林很快就找到了金農住處。金農的宅子甚是氣派，一道九尺多高的朱門高高聳立，飛簷雕甍，白牆灰瓦，一看就是大戶人家。吳墨林不禁感慨，老朋友金農這十幾年來著實混得不錯，靠著賣畫賺下好大一份家業。他心中暗想，金農要是沒有到自己家中觀摩古畫摹本的經歷，大概也無法取得這麼高的成就。

吳墨林叩了叩大門上的獸首，立即有一個童僕開門。吳墨林道：「我是你家老爺冬心先生的朋友，他可在家？」

童僕說道：「我家老爺大概十天前接到一封通封書簡，便急急忙忙北上去了。」吳墨林滿意地點點頭，話不多說，轉身便離開了，心中覺得金農可真夠朋友，十幾年來的交情當真是堅若磐石。

卻說金農，一路緊趕慢趕，風餐露宿，馬不停蹄地到了京城。金農尋到吳墨林的住處，

只見吳墨林家的大門緊閉著。他想起吳墨林曾經說過，若有急事到他的家中，可從門口大槐樹樹根的裂縫中找到開鎖的鑰匙。金農為避人耳目，在吳墨林家門口徘徊了半個時辰，一直等到街道清淨無人，才從樹根的裂縫內摳出一把鑰匙，開鎖進門。

他對吳墨林家中的情形所知甚詳，很快就來到飼養蠹蟲的廂房門口，推門而入，奔向蟲箱。幾個蟲箱內的蠹蟲完好無損。只有一個蟲箱奇怪得很，箱中竟只有一隻體型碩大的蠹蟲，半死不活地趴著，箱子中的食物一乾二淨。這只蠹蟲比一般蟲子大了一圈兒，足有指甲蓋大小。金農奇怪，心道這隻蟲子難道格外金貴？如果真是個無比寶貴的蠹蟲，為何箱子裡不留下足夠的食物呢？

原來，吳墨林臨走的時候，為了避免蠹蟲交配數目暴增，特地將蟲箱中的雌蟲與雄蟲分隔開來。但他竟錯把一隻雌蟲當作雄蟲，混入雄蟲的蟲箱之內。結果在這個蟲箱內上演了蠹蟲歷史上最為慘烈的配偶爭奪戰。上百隻雄蟲為了爭搶一隻雌蟲，大打出手，雌蟲也與數十隻雄蟲交配產卵。蠹蟲一次產卵，多達千枚，很快，這一千多隻小蠹蟲迅速長大。蟲箱內的食物本來就只夠支撐一兩個月，沒多久就被蠹蟲們吃的精光。蠹蟲們餓得受不了，竟然開始撕咬同類。蟲吃蟲的慘劇在吳墨林家中上演，最終蟲箱內只剩下這一隻最為強壯的蠹蟲。不久，這隻蠹蟲也吃光了箱子裡所有的東西，甚至以殘留的蟲糞充饑，眼下已經斷糧三、四日，餓得就快要斷氣兒了。

金農往那隻蠹蟲箱中添加了幾塊饅頭碎渣，那大蠹蟲像瘋了似的啃噬起來。金農笑道：「真如餓死鬼脫胎。」他伸出手指，去玩弄那蠹蟲，豈料這隻蠹蟲吃慣了肉食，見到有一大坨肉襲來，毫不猶豫張口就咬，直把金農咬的一跳蹦起三尺高，好不容易將蠹蟲甩入箱中，只見食指已經被咬下一小塊肉來。

金農氣急敗壞，罵道：「他娘的，吳墨林這不是養寵物，這是在養蠱啊！他也不在信裡說清楚！」

金農罵娘的時候，正是吳墨林一行人進入杭州城之時。遠在千里之外的吳墨林壓根沒想到，他的寵物竟然經歷了如此慘烈的生死淘汰戰。眾人進了城，在西湖邊的玉皇山腳下找了一個僻靜的旅店，整頓一日後，巴特爾、吳墨林、劉定之與汪力塔聚在旅店內的一間客房中，在桌子上展開隨行攜帶的碎片，拼出了西湖圖。

汪力塔怔怔地歎了口氣：「想我祖孫四代，只拼出第一張圖，思來想去不知道那三個小人是什麼東西。還有那棒槌一樣的大石頭，我爺爺差人到處打聽哪裡有這樣的石頭，從我曾祖到我這一代，一直打聽了上百年啦！」

巴特爾問：「那打聽出來了嗎，世上真有這樣的山嗎？」

汪力塔說：「還真的有哩！我曾祖後來得知承德那兒就有一處棒槌石，我爹打聽到嶺南有一處陽元石，形狀都跟畫裡的石頭很像。後來千辛萬苦到了承德和廣西，找遍了石頭上面的每一個犄角旮旯，屁也沒發現。誰能想到這石柱子竟然是一座塔。」

巴特爾說道：「眼下我們雖然知道這畫中描繪的是西湖的景色，但西湖這麼大，寶藏究竟埋在哪裡？」

劉定之一邊將案子上的碎畫收攏起來，一邊說道：「我一路上都在想這個問題。這幅畫的碎片每天都在我的腦子中回環往復，等明日我們去雷峰塔和西湖水面上的三潭映月實地考察一番，或許能有一些新的發現。」

第二天，眾人從玉皇山腳下步行至西湖清波門附近，又經柳浪聞鶯、錢王祠等處，一路向雷峰塔走去。此時的雷峰塔已然成了一個土疙瘩，遠遠望去，如同畫中所繪的那般廢墟之狀，就跟一塊斑駁嶙峋的石柱沒什麼區別。

但走近了觀瞧，眾人發現塔身上遺留不少孔洞。原來雷峰塔原本是磚石堆砌而成，塔身呈六面體，每一面開出一扇窗戶。古塔被燒毀以後，木製的窗櫺格柵化為焦土，只留下黑漆漆的孔洞。

眾人又在湖邊租了一艘烏篷船，付了船家三十個銅錢，扮作尋常遊客，將船划到湖心三潭映月的三座石塔處。只見湖心的石塔，形狀也與畫中景物一一對應。

劉定之從船上站起身，向湖岸眺望，只見岸邊栽種的樹木鬱鬱蔥蔥，與碎畫中的樹木頗為相似。他向眾人問道：「這湖邊的樹，是什麼品種？」

吳墨林道：「桂花樹，只是現在還沒有到開花的季節。」

劉定之扭頭看向湖心處的三座石塔，眼睛一亮：「桂樹？原來是桂樹……我明白了！」

此時的杭州雖然處於冬季，但西湖上的遊船畫舫卻也不少見。江南的冬天，樹葉仍舊綠油油的，湖面飄起一層薄霧，別有一番景致。三十米開外的另一艘烏篷船上，「多面鬼才子」陳青陽、「觀音二娘」李雙雙、「咧嘴鏢王」王老七三人暗暗向吳墨林這邊窺探。陳青陽問道：「二娘，能看得清口型嗎？」

李雙雙道：「噓！噤聲！他們正說緊要關口！」

霧氣朦朧中，一陣清風吹過，撩起二娘的鬢髮，揚起的青絲剎那間攪亂了王老七的心。「咧嘴鏢王」王老七看著李雙雙專注的神情，不知不覺咧開了大嘴，這或許是他平生第一次在沒有投擲飛鏢的情形下露出這個表情。

四、水底覓寶

船上折桂其來有自，水中探寶初試無功

看到劉定之恍然大悟的模樣，所有人都興奮起來。劉定之一臉篤定地說道：「各位，還記得畫中那艘遊船嗎？還記得船中裝載的是什麼嗎？」

「記得記得，」巴特爾說道，「船裡面裝的是一堆樹枝，畫裡面的岸上也長著這樣的樹。劉先生難道是說……船上的都是桂樹枝？」

「不錯。你們看岸邊的桂樹，其枝葉的形態，豈不是和畫中船上的樹枝一模一樣？我記得宮中所藏的仇英山水畫中也常見這種樹木，大概畫的也是桂樹。」

巴特爾道：「但船上為什麼要裝載桂樹枝呢？」

劉定之嘴角揚起一絲笑意：「你所問的，正是整張畫的關鍵之處。」

巴特爾歎道：「劉大人，你就別繞圈子了，直說吧，到底是怎麼回事？」

劉定之道：「你們別急，咱們一步一步來。還記得船上的那條狗嗎？」

「記得。」眾人答道。

劉定之道：「我一直覺得那條狗畫的有些走形兒，兩耳過長，尾巴過短，其實那並不是狗，而是兔子。」

巴特爾撲哧一聲笑道：「又是桂樹，又是兔子，劉大人，你到底要說什麼？」

吳墨林卻已經明白過來了，他脫口而出：「我知道了！是……」

劉定之立刻接著說道：「你們仔細想一想，船上那些折斷的桂樹枝條，正是『折桂』的

意思。所謂『折桂』，除了西湖邊的桂樹上可以折下之外，還可以在哪裡摘得？在月宮！『蟾宮折桂』，早已是爛大街的典故，我們怎麼就想不到呢？而船上為什麼要畫一隻兔子呢？兔子從哪裡來？不也是從月宮中來嗎？」

汪力塔眼睛瞪得溜圓，說道：「雖然聽起來似乎是胡說八道，但仔細一想，他娘的好像真的是這麼回事。但我還有個疑問，月亮上的玉兔不是白色的嗎？為什麼畫裡面的兔子是黑的？」

劉定之答道：「我仔細觀察過兔子的顏色，那種黑不似墨染，倒像是鉛白反黑。」

吳墨林恍然大悟，對一臉茫然的巴特爾和汪力塔解釋道：「古人用白顏料，大多用鉛白或蛤粉，若是鉛白，時間久了，經日曬風吹，便會由白變黑。唐宋時期不少壁畫中的菩薩像用的就是鉛白，過了百年之後，菩薩的面色越來越黑，不明所以者還以為是一種特殊的畫法。鉛白反黑之事，在我們這一行裡也算常識，只是我卻忽略了。」

劉定之打斷道：「我再接著說桂樹……桂樹的含義極其豐富，但總而言之，桂樹象徵著榮耀、功名和飛黃騰達。在這幅畫中，桂枝很可能就是指項守斌藏匿的寶物！說到此處，各位難道還不明白嘛！船上的文人就是取寶者，桂枝和玉兔象徵著寶藏，寶藏藏於月宮，月亮在哪裡？畫中早就畫的清清楚楚了！在三座石塔的中心！在西湖的水中！」

巴特爾如醍醐灌頂，汪力塔心中萬分感傷：我們家幾輩子人都沒找出來的謎底，如今難道就讓一個八品芝麻官破解了？

眾人一陣激動，心神難以平靜。吳墨林深吸一口氣，說道：「眼下湖中遊客眾多，不便行事，我們上岸準備一番，待到天黑，再去探個究竟！」

幾個大內侍衛連忙划船靠岸。巴特爾上岸後跟船老大商定包夜租船。汪力塔雙眼放光，興奮得腿肚子直抽筋。

數十丈開外，另一艘烏篷船上，「觀音二娘」李雙雙正在向陳青陽和王老七講述她「觀看」到的內容。李雙雙雖然有著看口型辨內容的能耐，但同樣的口型，往往對應多種發音，因此她能分辨出來的內容只不過是原話的五、六成，其他也只能連猜帶蒙。即便如此，李雙雙還是分辨出「寶藏」、「水中」、「待到天黑」等關鍵資訊。王老七笑道：「雙雙妹子好神通！」他之前管李雙雙叫「二娘」，但現在已然稱呼得更加親切。陳青陽點了點頭，說道：「我們今夜就蹲守在三座石塔邊上的小瀛洲島中！」

陳青陽租了一條快船，又安排手下備好弓箭、刀槍、火把，藏匿於船艙內。他將船搖到小瀛洲島上的隱蔽處，所有人養精蓄銳，專等天黑時吳墨林一夥人前來尋寶。

吳墨林等人回到旅店，商議起具體操作的措施和流程。因為寶藏很可能就在水中，因此需要有人潛入水底尋覓。巴特爾提議用繩子拴在人的腰上，再把人從船上放進水中。劉定之血脈僨張，表示自己可以第一個下水。其他人看他文文弱弱的樣子，都對他沒有信心。但劉定之堅持己見，認為自己既然是第一個發現寶藏地點的人，那也該由他把寶藏找到。眾人知道，劉定之大概是存了爭頭功的心思，於是也都答應讓劉定之第一個下水。

吳墨林見劉定之信心滿滿的樣子，不覺好笑。杭州現在雖不如北京冷，但西湖水卻比冰水暖和不了多少。吳墨林料定劉定之這個北方人，水性不會有多好，首次下水，九成要失敗。

眾人約定二更時分出發，此時杭州城宵禁，街道上一片冷清。這夥人偷偷離開旅店，到湖邊找到白日裡租好的烏篷船，解開纜繩，向湖中划去。

烏篷船靜靜地行到三座石塔中心處。劉定之在船上站起身，一臉冷峻嚴肅，深吸一口氣，然後除去身上的外衣，只留一條睡褲。他在腰上綁緊了繩子，繩子另一端繫在船頭。巴特爾向他拱了拱手道：「劉先生，多多留神，我們在船上等著你，你要是在水下遇到什麼情況，抖一下繩子，我們就拉你上來！」

冷風陣陣襲來，湖面上的霧氣滑過劉定之瘦削的肩胛骨。他渾身汗毛乍起，不禁打了一個寒戰。但他既然早就放出話了，就絕不能臨場退縮，於是一咬牙，起腳便跳，只聽撲通一聲，劉定之在湖面上砸出一個大水花，然後沒入水中。

進入水下，劉定之只覺得刺骨的寒冷，他的心臟和肺部就像被瞬間抽空一樣，大腦一片空白。他不通水性，在水中亂劃一通，終歸不得要領，只能靠著自身的重力，慢慢向水底沉下去。豈料越是下沉，越覺寒冷刺骨，幾欲昏厥。正當此時，水下的壓力也逐漸增大，他的耳膜一陣刺痛，頓時慌了起來，本能地張了下嘴巴，湖水剎那間灌入肺部，在這一瞬間，劉定之覺得自己就要死掉了。他只能猛烈地抖動腰上的繩子，期望船上的人立刻把自己拉上去。

見繩子抖動，巴特爾慌忙猛拽繩索，片刻之間，就把劉定之拉了出來，剛一露頭，劉定之就劇烈地咳嗽起來。眾人把臉色慘白的劉定之拉上船，披上毯子。劉定之哆嗦著嘴唇，一個字也說不出來。

汪力塔安慰道：「劉大人畢竟是個文官，身子骨弱，這種活兒還得我老汪出馬。以後巴特爾兄弟到了皇上跟前兒講起今天這個事兒，別忘了替咱老汪報個功勞！」

他是行伍出身，體格健壯，脫去外衣，繫上繩子，咬著牙跳入水中。可是汪力塔空有一身力氣，卻也不熟水性，在水中下沉了一會兒，被凍得齜牙咧嘴，耳朵也劇痛起來，只能搖繩上船。

見汪力塔也失敗了，眾人誰也不敢下水。這時吳墨林說道：「大家都是北方人，騎得了馬卻不識水性，還是讓我這個南方人來試試吧！」

五、暗處窺伺

吳墨林入水取金蛋，陳青陽潛身待時機

吳墨林脫去外衣，露出懷中的牛尿脬，然後快速在尿脬中吹氣。吹氣時，他並不將嘴裡的氣吸入肺中，而是含住一口氣直接將其鼓進尿脬中，直到吹出一個碩大的氣球。尿脬一經膨脹，表面的顏料劈啪開裂，月光照耀在顏料剝落的尿脬表面的山水畫上，泛起清幽的光。在眾人驚愕的目光中，他在船上站起來，彎腰踢腿活動筋骨。隨後他將鼓脹的牛尿脬繫在睡褲的腰帶上，又不知從哪裡找來一塊石頭，綁到腳踝上。手中抓著一根長竹竿，最後在腰上纏住繩子，對眾人說道：「諸位，我這就下去了！」說完便帶著一身七零八碎的物件兒跳入水中。

巴特爾奇道：「吳大人的皮囊不是騎馬的時候用來防摔的嗎？怎麼還能吹成個氣囊？他帶著這氣囊下去幹什麼？」披著毛毯的汪力塔哆嗦著嘴唇說道：「這傢伙原來早有準備……我猜這氣囊是用來換氣的，這樣待在水中的時間就可以長一些了。早知道他準備這麼充分，我就不下去了……」巴特爾向漸復平靜的水面看了一眼，說道：「劉大人一意打頭陣，你搶著打第二陣，你們兩個人搶功，倒也怪不得吳大人藏拙了。」蒙古漢子向來耿直，這席話說

得汪力塔啞口無言。另一邊的劉定之裹在毛毯中瑟瑟發抖，目光迷蒙，意識尚未清醒。

沉入水中的吳墨林感到寒氣從腳底板直竄上來，渾身起了一層鷄皮疙瘩。牛尿脬雖然有浮力，但腳踝繫的石頭力道更大，於是他便被石頭拽著，慢慢下沉。水壓越來越大，他捏住鼻子，使勁兒向兩耳處鼓氣，以此平衡內外氣壓，這是潛水的時候為防止耳膜疼痛的慣用方法，只不過劉定之那些北方人沒有學過罷了。

西湖並不深，很快他就沉到湖底，周圍漆黑一片。湖底滿是淤泥和水草。他用長竹竿向淤泥裡戳去，淤泥軟爛，能捅進去四尺多深，於是慢慢用竹竿在淤泥中排查。不一會就感到胸悶氣短，他取下腰上的牛尿脬，打開猛吸一口氣，然後用牙叼住。之前他吹進尿脬中的空氣並未過肺，因此可以供他在水底換氣，延長停留的時間。

尿脬中的蠹蟲早就被吳墨林取了出來，放在旅店客房中的一個大大碗公內。他在碗口處蒙上笊籬，為這些蠹蟲臨時搭建了一個小窩。吳墨林此時呼吸著牛尿脬中的空氣，只覺得腥臊中混著蟲屎的臭氣，實在是令人作嘔。

突然，竹竿觸到一個堅硬之物，他心中一喜，連忙用手挖開淤泥，將這個東西挖了出來，黑暗中看不清楚，用手去摸，只覺得是一個橢圓形的蛋，足有一尺半長，摸起來滑不溜丟，又堅硬無比。他在水中掂了掂這只巨蛋的重量，覺得並不十分沉重，恐怕不是金屬製成的。心下猜想這只蛋究竟是什麼材料。

他突然想到，如果把這枚巨蛋裹進牛尿脬中，帶出水面，裝作一無所獲的樣子，有夜色作掩護，應該無人注意。這念頭就像他飼養的蠹蟲啃咬紙張似的，侵蝕他的內心。他在水底猶猶豫豫，最終還是不敢昧了這件東西。只好在水中歎口氣，吐出一串氣泡，麻利地解開腳踝上的石頭，手中抓緊了巨蛋和牛尿脬，使勁兒一拽腰間的繩索，船上的巴特爾早已等候多時，連忙奮力拽起繩子，將吳墨林拉出水面。

巴特爾見到吳墨林手裡竟舉著一個大蛋，眼睛都直了。眾人七手八腳把吳墨林拉進船艙，裹上毯子，緊挨著劉定之和汪力塔坐定。船艙裡的劉定之神智剛剛恢復了一些，見此情形，心知頭功算是被搶去了，心中大失所望，差一點又昏了過去。

侍衛們都聚過來要看這寶物，巴特爾忙說：「各位噤聲！待回客店慢慢觀瞧不遲！」可他自己卻湊近了吳墨林，巴不得看個仔細。汪力塔性急，用毛毯在巨蛋上使勁兒擦了擦，揩去淤泥，露出一抹金色。

「金蛋？」吳墨林奇道，「不可能是金子，否則怎麼可能這麼輕呢？」

劉定之伸出哆哆嗦嗦的手指，在蛋上叩了一下，聲音清脆。他有氣無力地說道：「不是實心兒的，自然不重了。」

汪力塔有些失望：「就這麼個蛋，能值幾十萬兩銀子嗎？」

吳墨林雙眼緊緊盯著金蛋，咕嘰一聲咽了口唾沫，說道：「蛋裡一定有東西，我們快回旅店，回去之後，再好好探個究竟！」

湖面升騰起一陣薄霧，在月光的照耀下，一切都顯得虛幻迷離。藏在小瀛洲島中的陳青陽將吳墨林等人的對話聽得一清二楚，他揉了揉眼睛，打了個哈欠。一邊的王老七問道：「陳兄，我們就這樣看著他們離開？」

陳青陽望著吳墨林那夥人的小船漸行漸遠，逐漸消失在霧氣之中。他敲了敲酸痛的脖子，低聲說道：「那個蛋恐怕不值幾十萬兩銀子，縱橫一百多年的海商世家積累的財富，豈是一個金蛋裝得下的？」

「觀音二娘」李雙雙問道：「陳大哥的意思是……他們找到的不是全部的寶藏？」

陳青陽陰陰地笑道：「二娘不要著急，明日繼續跟蹤，觀其顏色，察其言語，我們在暗，他們在明，若要出手，也要確認他們把寶藏全部找齊了再說。」

陳青陽氣定神閒的樣子令王老七和李雙雙心裡安穩下來。說來奇怪，這陳青陽雖然一副雲淡風輕的樣子，但只要由他做出的決定，總是那麼讓人信服。王老七扭了扭酸麻的脖子，抱怨道：「這一晚貓在小瀛洲島中，一動也不敢動，實在累得夠嗆。我最不願幹的就是這種活兒了。」

陳青陽道：「我與老七恰恰相反，最喜歡在暗處窺伺敵人的動靜，如此良夜，在這小瀛洲島中看著吳墨林那些人接二連三入水取寶，其動作、神情、言語盡收眼底，人與人之間鉤心鬥角的小心思，盡可把玩品味。這實在是一種專屬於窺探者的莫大樂趣。」

王老七心裡嘀咕：這不就是心裡有病嗎？但他沒有說出口。李雙雙卻覺得陳青陽是在開玩笑。幾個人回到住處，陳青陽突然起了畫畫的衝動，取來算卦攤子用的毛筆，隨意研了點墨，草草而成，漫圖一紙。畫完之後，陰陰一笑，又用桌上的蠟燭將這張畫點著，看著這張畫慢慢燒成灰燼……

第五章 〈蘭亭序〉與山水畫

一、蕭翼與辯才

陰刻線畫祕藏典故，千年神跡重現江湖

清晨的第一縷光剛剛穿透雲層，玉皇山中漸次響起清脆的鳥鳴聲，吳墨林一夥人折騰了一宿，總算回到了客店，但眾人卻絲毫沒有困意。巴特爾把好奇的侍衛們趕回他們的房間，與汪力塔、吳墨林和劉定之聚在一間房內。四人盯著桌案上巨大的金蛋，心跳加快，呼吸急促。

金蛋上的淤泥早被擦淨，露出沉穩厚重的金色。蛋的表面雕刻著一幅陰刻圖畫，刀工精湛，線條流暢。只見圖畫中的兩個人相對而坐，右側的人物頭戴襆頭，寬袍大袖，似乎正在比劃著什麼；左側是個和尚，端坐在椅子中，皺著眉頭，露出不滿的神色。

吳墨林觀看良久，說道：「一個是文人，一個是和尚，看那文人的短腳襆頭，正是唐代的打扮，但不知道畫的是哪一段典故？」

這種問題，只有劉定之最有發言權。巴特爾和汪力塔齊齊看向劉定之，卻見劉定之雙目

陡然瞪得溜圓，臉色煞白，呼吸沉重，嘴裡呢喃著：「怎麼可能……」

汪力塔急得抓耳撓腮，大聲問：「我說劉大師，你就別賣關子了，到底是啥？」

劉定之就像是沒有聽到任何聲音一樣，雙手顫抖，捧起那金蛋，貼到眼前，翻來覆去看了好一會兒，突然叫道：「快取一把小鋸子來！」

巴特爾忙跑出屋外尋鋸子去了。

吳墨林還是頭一次看到劉定之如此緊張和失態，忍不住問道：「要鋸子幹嘛？難不成你想用鋸子把金蛋鋸開？」

劉定之像是從嗓子眼兒裡面擠出話來，聲音中還帶著一絲絲顫動：「你……你好好看看，這金蛋中間接縫的地方，到底是不是金子？」

吳墨林與汪力塔湊近了金蛋，只見在那和尚和文人中間有一條隱隱約約的暗線，雖然是金色的，但卻沒有金屬的光澤。吳墨林用指甲刮了一下，恍然道：「是大漆！」

「不錯！」劉定之說道，「這金蛋本來是分開鑄造，後來用大漆接起來的，再刷上金粉，所以看上去並不十分明顯。只要從大漆處鋸開，金蛋便可一分為二。」

吳墨林撇了撇嘴，說道：「這也不算什麼驚人的發現，你至於這麼激動嗎？」

劉定之鄙夷地看了吳墨林一眼，說道：「我之所以激動，不是因為發現了大漆，而是因為蛋上的線刻畫。」

「線刻畫又怎麼了？」

「你再好好想想，憑你吳主事的頭腦，怎麼可能想不到畫上的典故呢？」

「別賣關子行不行？」

「你不再繼續琢磨琢磨？也罷，恐怕以你的見識，也瞧不出什麼所以然來。那我可就說了……如果我沒有猜錯，右邊的這個文士是蕭翼，左邊的是辯才。內府裡有數件〈蕭翼賺蘭亭圖〉，其圖樣已成定式，所畫內容與此幾無二致。」（圖25）

聽到「蕭翼」和「辯才」這兩個名字，吳墨林震驚得說不出話來，呆若木鷄，好半天才低聲自語道：「這該不會是……」

一旁的汪力塔急得像熱鍋上的螞蟻，他沒讀過什麼書，哪裡曉得蕭翼和辯才是誰？這時候巴特爾推門而入，手中拿著一個小鋼鋸，眉飛色舞道：「我剛從客店老闆那裡借來的，劉先生，你看合適嗎？」他轉眼看到吳墨林呆愣的樣子，問道：「吳主事，你這是怎麼了？」

汪力塔氣急敗壞道：「又是什麼『扁菜』，又是什麼『小衣』，兩個人這會兒都像是魔怔了似的，就欺負我這大老粗聽不懂！」

「一會兒你就懂了！」劉定之接過小鋼鋸，對準了大漆鋸了起來。一時間塵沫飛揚，吱呀作響。大漆足有半寸厚，緊緊黏合在金蛋中。劉定之一邊鋸，一邊旋轉金蛋。大漆的塵沫帶著一股特殊的酸香味，令人興奮迷狂。足足一炷香的工夫過後，金蛋終於被鋸為兩半兒，劉定之將蛋殼分離。只見金蛋中露出一個裝裱完好的卷軸，雖只不過一尺多高，但卷軸的軸頭卻是用金絲楠木製成的，卷軸的包首則是一段鮮豔的蜀錦，上面織著纏枝牡丹紋。包首上的別子則是用漢白玉磨製而成，溫潤雅致。

這段蜀錦經過精心修復，絹絲凹凸之間，顯出精細的花紋。吳墨林和劉定之一看那蜀錦的花紋，便知是宋代以前的古物。劉定之哆哆嗦嗦緩緩打開手卷，一段墨蹟隨著手卷的展開，出現在眾人眼前。

「永和九年，歲在癸丑，暮春之初，會於會稽山陰之蘭亭……」

「〈蘭亭序〉！王羲之的〈蘭亭序〉！天下第一行書的〈蘭亭序〉！翩若驚鴻，婉若遊龍，天下第一，天下第一啊！」劉定之結結巴巴地從喉嚨裡擠出這些話，兩行清淚從他的臉頰滑落。

吳墨林也死死盯住卷軸，卷中書法風神俊朗，筆墨飄逸，點畫頓挫使轉之間似有神明助力。他用手指摸了摸卷軸的紙張，大張著嘴巴，一時間說不出話來。

巴特爾和汪力塔一會兒看看卷軸，一會兒看看吳墨林和劉定之。汪力塔遲疑了半晌，小聲道：「不知〈蘭亭序〉和你們先前說的『扁菜』、『小衣』有何關係？」

劉定之正沉浸在王羲之的書法世界中，根本沒聽到汪力塔說話。吳墨林好不容易回過神來，清了清嗓子說道：「〈蘭亭序〉在唐代被王羲之的第七代孫辯才和尚收藏。但這個辯才和尚從不肯將此神作輕易示人。唐太宗為了得到這件寶物，幾次派人去找辯才商談，要買下此帖。但辯才卻推說自己沒有，唐太宗也不好硬取，後來就派監察御史蕭翼從辯才手中騙到了這件寶物。」

聽到這裡，汪力塔來了精神：「蕭翼是怎麼騙到手的？」

吳墨林接著說道：「蕭翼裝扮成書生模樣，帶著宮裡收藏的幾件王羲之書法雜帖，來拜見辯才和尚。蕭翼對書法很有研究，一會兒工夫就和辯才和尚談得很投機，讓辯才有相見恨晚之感。過幾日，蕭翼覺得時機成熟，便拿出那幾件王羲之的書法給辯才和尚欣賞。辯才和尚看後，不以為然地說：『真倒是真的，但不是最好的，我有一本真跡倒不差。』蕭翼追問是什麼，辯才和尚神祕地告訴他是〈蘭亭序〉。蕭翼故意裝作不信，說此帖已失蹤多年。辯才和尚於是從屋梁上取下〈蘭亭序〉，蕭翼一看，果然是真跡，隨即拿出唐太宗的詔書，帶著〈蘭亭序〉走了。辯才和尚這才知道上了當，可悔之已晚，不久便積鬱成疾，一命嗚呼。」

汪力塔這才知道，金蛋上的圖畫，描繪的正是蕭翼哄騙辯才的情景。他忍不住又低聲問道：「你們兩個能確定這是真的嗎？這一件會不會也是摹本？」

劉定之語氣肯定：「摹本的一筆一畫皆是勾描而來，牽絲映帶之處做不到如此生動自然。況且此卷水準如此高超，明眼人一見可知，非是王羲之，誰能為之？」

吳墨林卻搖了搖頭：「要說是不是真跡，還得看紙張材料，你們看這紙表面的纖維，完全與唐代以後的紙張不同。而且筆法雄健，賊毫分明，與普通兔毫、狼毫筆寫出的字都不太一樣，世人皆傳〈蘭亭序〉是王羲之用蠶繭紙和鼠鬚筆寫成，這紙張摸起來細膩古厚，紙上白絲若隱若現，極有可能真的是蠶繭紙。」

汪力塔眼睛放光，吞了口唾沫：「這麼說，這件東西一定很值錢啦？」

「能值多少錢？」巴特爾也一臉好奇地問，「能值幾十萬兩銀子嗎？」

劉定之猛地抬頭看向兩個人，把兩個武夫嚇了一跳。他彷彿受到了侮辱，眼睛裡要冒出火來，一字一頓地說道：「你們兩個鄙陋至極！王羲之已經沒有確鑿無疑的真跡流傳於世。就連皇宮裡那一件〈中秋帖〉，也極有可能是宋代米芾仿造的。你可知道這件〈蘭亭序〉對天下學書之人意味著什麼嗎？這件寶物意味著學書之津梁金鑰，乃書聖神跡，是無價之寶啊！我今日才知道，原來王羲之的〈蘭亭序〉真跡是這個模樣！什麼神龍摹本，什麼定武宋拓，要麼失之柔靡，要麼過於粗獷，與真跡一比，都是渣滓！」（圖26、27）

巴特爾有些吃驚，轉頭問吳墨林：「吳主事，你能仿得一模一樣嗎？」

吳墨林本來想說自己努努力似乎可以做到，但他看了一眼劉定之近乎迷狂的表情，猶豫著說道：「旁人的書法倒是可以仿一仿的，只這一件，實在是夠嗆。」

二、夾層中的山水畫

煙雲障眼字中藏字，魔高一丈人外有人

手卷隨展隨收，到卷尾處出現了一段跋文，落款是「嘉興項守斌」，劉定之緩緩讀出這一長段跋文：

「金石書畫，裒集甚難，而神物命運多蹇，或厄於水火，或遘於兵亂，或敗壞於不肖子孫，或攘奪於有力勢豪，以四海之物力，畢世之精神，而一旦澌滅，無復孑遺。豈成敗自有數耶？抑亦造物之所忌耶？千載之下，尤且扼腕。今吾散盡家財，密購唐宋名跡。明知尤物聚極必散之理，仍知其不可而為之。此蘭亭真跡，為吾畢生所藏之佼佼者。為避兵亂，暫密藏西子湖中。此書家瑰寶，百代標程，為傳後世，暫屈泥水之中，然其必有重生之日也。嘉興項守斌。」

汪力塔和巴特爾皺著眉，好不容易讀了一遍這段文字，仍不明所以。劉定之重重地歎了口氣，說道：「項守斌這一段跋文，透漏出三個關鍵資訊，第一，這〈蘭亭序〉確實是真跡；第二，他不知道從什麼管道買下〈蘭亭序〉，為了躲避明末兵禍，暫將此物藏於西湖水底；第三，……這〈蘭亭序〉是他所藏書畫中的『佼佼者』，『佼佼者』這種措辭，著實耐人尋味啊。」

汪力塔問道：「『佼佼者』，不就是好東西的意思嗎？難道有什麼問題？」

吳墨林道：「像〈蘭亭序〉這樣的神物，不該用『佼佼者』來評價。說它是傳世書畫之甲冠，也不為過。還有什麼東西會比〈蘭亭序〉更加寶貴？這個詞兒聽起來……意思好像是

說，項守斌還收藏了其他可以與〈蘭亭序〉比肩的東西。」

「你這話說的倒是不錯，」劉定之點點頭，「項守斌實在是太令人出乎意料了，他究竟還藏著什麼呢？」

眾人再次將目光聚集在項守斌的跋文上。吳墨林「咦」了一聲，用手摸了摸跋文，說道：「這段跋文處，為何會比此卷的其他地方厚實許多？」

劉定之也伸手摸了摸，奇道：「確實要厚一些，手卷裝裱，首要者在於厚薄均勻，方能收卷自如，平整順滑，此處卻為何如此厚實？」

汪力塔說道：「用刀子劃開看看，不就知道了？」說著就從腰間解下一隻匕首，遞給吳墨林。

吳墨林接過匕首，輕輕在項守斌題跋文字的下方一劃，將最外層的那張紙割出一道裂縫，又將食指與中指探入裂縫。他的手指細長靈巧，輕巧地夾出一張紙來。

這是一幅山水畫，但與尋常山水畫不同的是，此畫中的景物全部以複雜奇詭的山石組成，整張畫中沒有一棵樹。畫中山石大多形態尖利，向上生長，山路崎嶇，錯綜複雜。（圖28）畫中右上角有一首小詩，詩云：

渺渺煙雲匿此間，霜冷溪岸野鳩鳴。
天命未完寸心在，清風泠泠與同行。

汪力塔兩手一攤，說道：「難不成這又是一幅藏寶圖？」

劉定之的雙眼緊緊盯著這幅奇異的山水畫，說道：「項守斌既然說〈蘭亭序〉是他藏品中的佼佼者，那麼他很可能還收藏了其他貴重之物。這幅山水畫又是這麼奇怪，大概正隱藏著另一處寶藏的線索。」

巴特爾哈哈一笑：「有意思！有意思！劉先生，吳先生，你們先別說出來，我看看我能不能發現什麼線索。」說罷他湊近了那張畫，看過來看過去，又默念了幾遍畫上題詩，最後說道：「咱不懂詩詞，從詩裡面看不出什麼門道，但是這畫我卻看出一點兒門道來！你們仔細看那些碎石頭，都是尖尖的，天底下這樣的石頭可不多見，只要我們多去打聽打聽，總會有線索的！」

汪力塔呵呵笑道：「我當你發現了什麼了不起的線索，這不是和我太爺爺當初找棒槌石頭的想法一樣嗎？天底下奇形怪狀的石頭多了去了！」

巴特爾有些洩氣，卻見劉定之笑道：「畫中的山石確實奇特，我現在也看不出什麼線索，倒是那首詩，卻蹊蹺得很……」說罷他瞥向吳墨林，哼了一聲道：「吳主事，你應該也看出來了吧。」

吳墨林心道：你劉定之這是在當眾考我呀。他其實也早就看出題詩的蹊蹺之處，胸有成竹地說道：「那我就說說看，不對之處，還請劉大人指正。」說完他便指著題詩，說道：「這首詩的書風，整體看來，是學北宋書法大家黃庭堅。黃庭堅的字有一個特點，總喜歡在一筆之中做震顫之狀，風格奇特，很容易辨識。只是在這幾十個字中，有極個別的幾個字的偏旁部首，沒有延續黃庭堅長槍大戟、細瘦震顫的書法風格，而是肥厚溫潤，側鋒居多，這幾個偏旁的書風，源於北宋另一個書法大師——蘇東坡。」

劉定之暗暗點頭，只聽吳墨林繼續說道：「黃庭堅和蘇東坡本來是亦師亦友的關係，但兩個人都瞧不上對方的書法，蘇東坡譏笑黃庭堅的字為『死蛇掛樹』，黃庭堅則譏笑蘇軾的字是『石壓蛤蟆』。這首詩的書風雖然以黃庭堅為主，但其中夾雜了蘇軾的風格，也是非常醒目的。」

巴特爾和汪力塔連忙湊近了那首題詩。經過吳墨林的提示，兩人方才發現這段文字中果然有幾個字的部首與整體的格調不太和諧，巴特爾輕聲念出這幾個部首：「奚、鳥、完、寸、水、同，吳先生，是這幾個嗎？」

吳墨林點點頭：「你說的基本正確，但有個小小的遺漏，你看那『完』字最上面的一點，與上一個字牽絲連帶，明顯是黃庭堅的風格，所以正確來說，應該是奚、鳥、寸、水、同，以及完字去掉頂上一點的剩餘部分。」

巴特爾道：「漢人的書法當真是博大精深，小子自南行以來，受兩位薰陶，大長見識。只是我們現在雖然看出了這些偏旁部首的奇怪之處，卻能得出什麼結論呢？」

吳墨林撚了撚他的那一小撮山羊鬍子，笑道：「這五個字看似毫無關係，但若組合起來，卻也是一個地名。奚與鳥合起來是一個『鷄』字，完去了點，與寸合起來是個『冠』字，水與同合起來則是個『洞』字，連起來，就是鷄冠洞！劉大人，不知道我說的對否？」

劉定之暗暗點頭，卻不動聲色道：「你還沒看出這首詩的另一個蹊蹺之處。」

「那你來說說看？」

劉定之道：「你們看，此詩一共有四句，但只有後三句裡面，才有線索，唯獨第一句『渺渺雲煙匿此間』，似乎並沒有什麼深意，但你們若是對文史有一點瞭解，讀過一點書，就會知道，『雲煙』二字，亦指稱書畫。南宋周密寫過一本《雲煙過眼錄》，其實就是一本書畫著錄。」

吳墨林點了點頭：「如此說來，此詩的第一句，便指明了下一處的寶藏應該還是書畫一類的東西。」

「不錯，」劉定之道，「你們還記得之前的西湖圖碎片嗎？船上文人肩膀上扛著的是桂枝，當時我就懷疑，桂枝是高雅之物，指代財寶，似乎有些不妥當，若是指代書畫，則正好相合。看來這項守斌，應該是變賣所有家財，全部用於購買書畫，並將之藏起來了。」

汪力塔興奮不已，說道：「西湖水裡的〈蘭亭序〉，已經是價值連城的寶貝了。鷄冠洞裡的這件東西，應該也是一件『尤物』，咱們乾脆這就去鷄冠洞，把那寶貝也找出來吧。」他正興奮的時候，猛然間想到：本來這一切寶物，其實都應該是他汪力塔的，只怪自己祖孫四代沒一個有見識，不然何至於此。想到此處，汪力塔心裡頗感苦楚。

三、道士指路鷄冠洞

陳青陽變裝扮道士，巴特爾問路買藥膏

汪力塔建議直接去找鷄冠洞，得到了吳墨林和劉定之的贊同。巴特爾卻有些猶疑不決，他在考慮是不是應該立刻將王羲之的〈蘭亭序〉真跡護送回京，畢竟這是稀世之寶，長時間帶在身邊，唯恐有個閃失。

吳墨林見巴特爾尚在遲疑，說道：「〈蘭亭序〉是一件至寶，不容有失，得儘快交給皇上，但鷄冠洞裡面藏著的東西，怕也是一件價值連城的寶物。若是這鷄冠洞所在之處，恰好位於我們北上京城的路途之中，那便可以順路去把這寶貝取了，倒也不會浪費多少時間。」

吳墨林這一番話說的很在理，眾人都點了點頭。劉定之道：「當下最要緊的事情，是要查清這個鷄冠洞到底在哪裡。我少時讀過《讀史方輿紀要》，各種遊記雜聞也讀過不少，卻從未聽說有這麼個地方。」

汪力塔點點頭，深有感觸地說道：「這天下大著呢，書裡面畢竟記載得少。我曾祖父當年跑遍大江南北尋找那個石柱子，去過無數名不見經傳的窮山惡水之地，很多地名、山名、水名並沒有記到書裡面。」

吳墨林搖了搖頭：「既然項守斌留下這條線索，就不會是一條死線。我們幾個人長時間窩在京城裡面，對各地山川地名所知甚少，不如讓侍衛們出門打聽，多去問問那些走南闖北的商人，說不定有人知道鷄冠洞的所在。」

巴特爾於是命令五、六個侍衛散在街頭，四處打聽鷄冠洞究竟在哪兒。可惜幾個侍衛問了半天，也沒幾個杭州人願意理睬，實際上，大多數杭州人也並不知道鷄冠洞在何處。

卻說陳青陽、李雙雙與王老七正在暗處窺探。巴特爾等人從京城出發到杭州，一路上慢慢放鬆了警惕，何況在鬧市之中，哪裡覺察到有人盯梢？街上的侍衛們不知保守祕密，隨便逮到個人就詢問起鷄冠洞之事。陳青陽等人聽了個一清二楚。那王老七原本是鏢局的當家鏢師，走南闖北去過不少地方，對各地山川地理頗為熟悉。他對巴特爾等人的做法嗤之以鼻：「這些笨蛋，在大街上詢問，能有什麼結果？須得去杭州走鏢的鏢局詢問鏢師才行。」

陳青陽便道：「老七，你認得杭州鏢局的人嗎？可否去鏢局打探一番？」王老七拍著胸脯說道：「我做過十年鏢師，也算走鏢行當中有名頭的人物，此事包在我身上。」說罷便起身去杭州幾個鏢局中打探了。

李雙雙有些不解，問陳青陽道：「陳大哥，咱們知道了鷄冠洞在哪裡，難道要前去尋寶嗎？」

陳青陽呵呵一笑：「咱們自然不必費這個功夫，且等老七的消息再說。」不消半個時辰，王老七歸來，嘴角帶著笑，走路帶著風，說道：「打探到了，鏢局的朋友還算給面子。一個常走中原的朋友告訴我，雞冠洞在河南欒川。」

陳青陽點點頭，王老七問道：「接下來我們要做什麼？」

陳青陽沉吟：「巴特爾若是這麼一直詢問下去，遲早也會知道雞冠洞在哪裡。不如我們告訴他，也省得他們浪費時間，順便還可以擺他一道……」他心中生出一個計策，低聲道：「咱們南下這一路，追蹤地太過辛苦，正好借著這個機會，咱們在他們身上留下一點東西，以後追蹤，也會省去許多麻煩。」於是交代王老七一番，自己卻急忙趕回住處，取出包裹，喬裝打扮起來。

一個時辰以後，巴特爾蹲坐在路邊，等著侍衛們傳回消息，這時只見一個穿著粗布衣裳的漢子主動上前搭話。此人方面大口，猿臂狼腰，說話間大嘴時不時向臉頰邊一咧，正是王老七假扮的。漢子操著一口蹩腳的杭州口音道：「我見你們仄（這）些人四處詢問要找什麼雞冠洞？吾（我）在前面城隍廟旁邊看到一個算命道士的哩……那道士自稱是個雲遊四方的野仙兒，走南闖北去過不少地方，不滋（知）他滋不滋道你們要找的那個雞冠洞。」巴特爾謝過漢子，立即去前面的城隍廟探看，果然見到一個長髯道士擺著一個算卦攤子。那道士正是陳青陽假扮的。

陳青陽頭戴烏紗抹眉頭巾，穿一領皂沿邊白絹道服，腰繫一條雜彩呂公絛，腳著一雙方頭青布履。又在下頜上黏了幾縷長鬚，眉毛中間黏了幾撮山羊毛。他盤膝坐在一個蒲團墊子上，身前的卦攤上擺著賽黃金熟銅鈴杵，一個鐵運算元，一筒卦簽，幾枚搖卦用的銅錢。陳青陽本來長得清秀，這麼一打扮，還真有仙風道骨的道家神采。

陳青陽看到巴特爾趕來，搖了搖鈴杵，口中念道：「天生與汝有因緣，今日相逢豈偶然。先生可要卜上一卦？」巴特爾向陳青陽施了一禮，陳青陽微微欠身答禮，問道：「先生要卜問前程還是姻緣？」

巴特爾問道：「不知這位道士，貴鄉何處，尊姓高名？」

陳青陽答道：「貧道姓賈，祖籍山東人氏，本是個雲遊四方的求道之人，如今落腳在此地。先生若要算卦，可先付卦金半兩。」

巴特爾見他遊歷廣博，便從懷中取出一兩銀子，放在卦攤上，說道：「我倒不算卦，只想問問先生——你既然遊歷四方，知不知道鷄冠洞這個地方？若是先生能答出來，這一兩銀子，就當是卦資了。」

陳青陽哈哈一笑，說道：「這位壯士算是問對了人，貧道對各地有名的洞窟都比較熟悉。什麼三十六小洞天，七十二福地，向來是求仙問道之人熱衷嚮往的所在，貧道也多有探訪。你說的這個鷄冠洞，貧道也是略知一二的。那鷄冠洞正在河南欒川縣境內。只要到了欒川縣城，一問便可知曉。」

巴特爾喜出望外，連忙鞠了一躬，說道：「多謝先生！」說罷便要起身離開。

卻見陳青陽從卦攤上的箱子內取出幾個瓷瓶，說道：「壯士且留步，貧道還有幾句話要說。這鷄冠洞蛇蟲鼠蟻甚多，又有瘴氣聚集。貧道我這裡正好有上佳的防蟲藥膏，只要隨身攜帶，保管一般蛇蟲近身不得。」

巴特爾心情正好，聽了便哈哈笑道：「你這道士，不僅會算卦，還賣狗皮膏藥。方外之人，也掉錢眼兒裡去了嗎？好吧好吧，這些正好是我所需的藥物，你這裡有多少，我全都要了！」

陳青陽取出十幾瓶藥膏，交給巴特爾，說道：「這瓶子口兒是用厚紗布堵上的，膏藥的氣味可從紗布口緩緩散發，經久不散。只因此藥是薄荷、艾草，還有雄黃等珍貴藥材調配而成，頗費我一番心血……因此每瓶二兩銀子，其實也算不得昂貴，這十二瓶全部賣給你，我看咱們有緣，只收你二十兩銀子，你看可好？」

巴特爾從腰上的囊袋裡取出二十兩左右的碎銀子，交給陳青陽，將十二瓶藥膏裝進懷裡。

巴特爾正要起身離開，陳青陽又笑迷迷地說道：「這位壯士，貧道觀你氣色剛正，頭頂一道白氣，直沖天靈蓋，最近運勢正盛。但今後氣運，卻有些模糊。你可得多加留神，害人之心不可有，防人之心不可無，小心駛得萬年船呀……這樣吧，小道再免費為你提供一次搖籤的機會。」陳青陽又取出卦籤筒，交給巴特爾。

巴特爾哈哈一笑，隨意搖出一個竹籤，只見上面寫著「事急從緩，按部就班。循序漸進，不可突冒。」

陳青陽道：「壯士，你接下來的行程要留神一些，這卦籤上寫得明白。一路行走忌諱忽快忽慢，須得有條不紊，保持個恒定的腳力。」

巴特爾哈哈一笑，拱了拱手道：「多謝賈道士的提醒，此番多謝你了！」說罷他抱了抱拳，起身便走。蒙古漢子爽直天真，心中絲毫未曾起疑。

四、真假〈蘭亭序〉

鬼才子籌謀定計策，摹書人施展響拓法

陳青陽志得意滿，回到住處，與王老七、李雙雙講起之前的經過，言語之間頗為得意。李雙雙欽佩地說道：「有陳大哥運籌，我們以後的追蹤，就可以不用像之前來杭州似的緊趕慢趕，風餐露宿。只是還不知巴特爾等人在西湖水底到底找到什麼寶貝，真令人好奇。」

王老七道：「雙雙妹子正說到我心坎上，我也正好奇著呢。」

陳青陽瞥了他一眼，悠悠然道：「那蒙古人心眼兒爽直，我一看他的氣色神采，便知道他一定是立了功，等著回去領賞。你們也不必過於心急，咱們慢慢跟蹤窺探，按部就班，抽絲剝繭，緩緩收網。」

王老七道：「陳先生放心，我與雙雙妹子一定盡心竭力，助你做成這件大事！」

李雙雙臉色微紅。不知什麼時候，王老七說話總是喜歡捎上自己，「雙雙妹子」叫得越發親切熟絡了。李雙雙容貌姣好，從來不乏男人追求。但她眼光極高，自己看上的男子看不上自己，看上自己的男子，又都是些江湖上的糙漢，沒一個入得了眼，如此這般，蹉跎到二十多歲，眼看著成了一個老姑娘。夜半醒來，衾枕淒寒，難免心生寂寞。其實這個王老七對自己確是真心實意，除了嘴大了一些，倒也沒什麼毛病。若是這糙漢如陳大哥這般才華橫溢，那該多好。正在思緒萬千之際，卻聽陳青陽道：「我們從現在開始兵分兩路，雙雙，你與老七繼續跟著巴特爾這夥人。我帶幾個跟班，先去欒川的鷄冠洞提前做好準備。等你們到了欒川，自有人在城門口接應你們。」

王老七聽了大喜過望，拍著胸脯說道：「陳大哥放一百個心，我與雙雙姑娘一定會跟定這夥人。」

陳青陽笑著點點頭：「尤其要多多留意吳墨林和汪力塔，那夥人裡面，就這兩個人計謀最多……」

卻說那巴特爾既得知雞冠洞位於欒川縣城附近，便高高興興回到客店通知其他人。眾人商定，在杭州休整幾日以後，便啟程北上，先走運河水路，再轉道黃河西行，至洛陽上岸後走旱路。算下來需要一個多月。巴特爾提議由一個侍衛攜〈蘭亭序〉先回北京交給皇帝，卻遭到吳墨林的極力反對。

「絕不能差人把〈蘭亭序〉送到京城，」吳墨林緊皺眉頭，伸出兩根手指頭說道，「第一，侍衛孤身一人帶著〈蘭亭序〉從杭州到北京，一旦出了事情怎麼辦？此事風險太大；第二，說不定這件〈蘭亭序〉裡面還隱藏著什麼線索未被發現，我們還得繼續拿在手裡研究。」

汪力塔也隨聲附和：「吳主事說的對，我看差人回北京報信兒是應該的，但為安全起見，〈蘭亭序〉還得留在我們身邊。」

巴特爾於是挑了一個腳力極好的侍衛，差他速速回京城向皇帝稟報找到〈蘭亭序〉的經過。皇上若有新的旨意和安排，便在河南欒川縣會合。巴特爾拍了拍侍衛的肩膀，說道：「你需得日夜兼程，加緊趕路，我們在欒川等你。你到了欒川，就在當地縣城的官署驛站與我們會合。」

那侍衛領了巴特爾的命令，雇了一艘快船，即刻動身北上。

巴特爾將王羲之的〈蘭亭序〉真跡裝在一個錦囊中，時時刻刻揣在懷裡。他怕〈蘭亭序〉出事，只能忍著寂寞，安安靜靜待在房中。正覺百無聊賴之際，聽到有人輕叩房門，他起身開門，只見吳墨林閃身而入，轉身就把房門掩上，一副神神祕祕的模樣。吳墨林煞有介事地低聲說道：「切莫聲張，我有一事，要與你商量。」

「怎麼鬼鬼祟祟的？」巴特爾笑道，「吳主事有何事？」

吳墨林嘿嘿笑道：「我剛剛看到汪力塔和侍衛們出門到杭州城裡煙花巷中逍遙快活去了。小英雄獨自悶坐屋中，想來是為了〈蘭亭序〉的安全著想。但過幾天咱們就要長途跋涉，在外面奔走一個多月，如何能夠保證〈蘭亭序〉萬無一失？待到路上再出一夥剪徑的強盜，卻如何是好？侍衛中若有人起了歹念，又該如何？人心隔肚皮，不可不防啊！」

巴特爾皺眉道：「吳主事所言甚是，不知道你可有什麼辦法？」

吳墨林撚著他的山羊鬍子，笑道：「我可以做一件〈蘭亭序〉的摹本，尋常人看來，必然分不清原作和摹本的區別。你可將摹本放在身上顯眼的地方，將真跡貼身祕藏起來。真要是有人搶了去，搶的也是個摹本而已。」

巴特爾覺得吳墨林說的十分有理，但總覺得哪裡有些不妥。吳墨林平時也不像是個主動為了公家差事獻殷勤的角色，不知今日為何如此熱忱。但想來想去，多一件摹本，總歸更加安全，於是就答應了吳墨林的提議。

於是吳墨林在巴特爾房中製起摹本來。他早就在杭州的文房商店中買齊了工具材料。巴特爾還從未見過摹本的製作過程，興致盎然地在一邊觀看。只見吳墨林先取出幾支蠟燭，點燃後固定在桌子上，然後將〈蘭亭序〉展開，放在離燭火幾寸處，豎立固定，又取來一張新紙，蒙在一個木框上，隔著〈蘭亭序〉放好。在燭火的照耀下，〈蘭亭序〉墨蹟的影子映照在紙張上，形成清晰的黑影。

巴特爾瞪大了雙眼，就像是兒童看民間藝人變戲法一般。吳墨林取來一支紫毫小筆，照著墨蹟的陰影，將輪廓細細勾勒下來。他屏氣凝神，輕輕勾摹，筆跡若春蠶吐絲，緩緩勾下〈蘭亭序〉中每一個字的輪廓，遇到飛白，更加小心謹慎。

整整兩個時辰之後，吳墨林就將〈蘭亭序〉中的全部文字，連同項守斌的跋文全部勾描下來。勾下輪廓之後，吳墨林便在雙勾的輪廓中塗墨，邊緣的墨線隨即隱去不見，整個字猶如一氣呵成寫出的一般。至於卷中印章，則用一根細牙籤兒蘸了朱砂，仔細地點了出來。直看得巴特爾連聲喝彩，拍手叫好。

吳墨林嘿嘿一笑道：「我這一手絕活兒，普天之下也只有你見過。這種製作摹本的方法是唐代人遺留下來的，原叫作『響拓』法。宮裡藏的那一件神龍本〈蘭亭序〉，正是唐代的馮承素用『響拓』之法製作成的。可惜與這件〈蘭亭序〉原跡相比，鋒芒太露，筆跡不夠自然。我做的摹本，自以為是要超過馮承素的。」

巴特爾一臉崇拜地看向吳墨林，說道：「吳主事上一回修遺詔，就已經把我驚到了，這一回我更是佩服得五體投地。若有機會，還請吳主事教教我這門技術，這可遠比舞刀弄槍有趣多了。」

吳墨林打著哈哈笑道：「小英雄說什麼笑話，這只是工匠之術罷了。」心中暗想：我這絕學哪兒能那麼輕易傳給你？今天讓你看了一遍，已經是我下了大本錢了！

此時天色已晚，吳墨林跟巴特爾說輪廓已經勾好，接下來他可以回自己房間慢慢塗墨修飾，於是將真跡交還給巴特爾，帶著製作一半的摹本回到自己房中。吳墨林回到自己房間後，卻取出另一套製作摹本的工具來，將白日裡做到一半的摹本作為母本，又開始從頭製作一件新的摹本。

五、武夫習畫

武夫拜師移情藝事，文士納徒剖講畫學

吳墨林離開以後，巴特爾獨自在屋中盯著〈蘭亭序〉發愣，心中深深為吳墨林的勾摹技藝折服。他在燭燈下伸出長滿硬繭的巴掌，看了看十根粗壯肥厚的手指，心中歎息：自己這樣天生的糙漢，恐怕永遠也寫不好字，畫不了畫兒。轉念又想，那吳墨林曾經說過，寫字畫畫，使得是巧勁兒。甭管自己的手腳生的如何粗壯，只要會了那股子巧勁兒，說不定也能筆走龍蛇。這就好比騎馬撥鐙，射箭投壺，只有一股子蠻力是萬萬不行的。

他心中起了寫字作畫的念頭，想找一支毛筆，畫幾筆試一試。但手邊並無紙筆，於是起身出了房門，來到吳墨林房間門口，欲敲門借紙筆一用。隔著窗戶紙，只見屋內燭火閃耀，人影晃動，心想吳墨林大概仍在忙著修飾那件摹本，自己不便打擾，於是轉身走到劉定之的房間門口，敲了敲門。

劉定之恰好也在作畫。他隨身帶了筆墨紙硯，空閒之時便以書畫自娛，這已經是他數十年來養成的習慣。見巴特爾來訪，劉定之將其請進房間，他素來對巴特爾頗有好感，只覺得這個小兄弟心性淳樸良善，是個忠勇之人。

巴特爾見劉定之正在屋中習畫，興奮地說道：「劉大人，我夜間無事，心血來潮想畫上幾筆，你這裡正好有筆墨紙硯，可否讓我試試？也請劉大人指點指點。」

劉定之見巴特爾要學畫畫，不去找吳墨林而來找自己，心中不免有些得意。看來這個小兄弟剛剛走上藝術的道路，就選擇了正確的取法對象。他笑迷迷地為巴特爾展平宣紙，擺出

一個君請自便的手勢。

巴特爾拾起毛筆，蘸了點墨汁，面對一張白紙，不知要畫些什麼。劉定之鼓勵道：「作畫貴在立意，立意貴在初心，你心裡想畫什麼，儘管塗抹出來就是。」

巴特爾把心一橫，學著之前劉定之在船上作畫的架勢，一鼓作氣地塗抹起來。他是蒙古人，自小就喜歡騎馬，若說自己最想畫的，正是草原上奔騰的駿馬。只是他從未學習過鞍馬繪畫，只能憑著自己的想像和記憶胡亂畫上幾筆。少頃，一匹馬便被他畫了出來。

巴特爾吐了吐舌頭，笑道：「劉大人，你看我這笨手笨腳的，畫的是個什麼東西！」巴特爾所畫的這匹馬的確是拙劣不堪。馬的屁股畫得過大，後腿極不自然地伸展著，尾巴高高撅起。巴特爾本想畫出駿馬奔馳的身姿，沒想到卻畫出這樣難看的動作。索性在馬屁股後面畫出一連串馬糞，將毛筆擱在筆架上，歎道：「看來我當真不是這塊料子。連日日親近的馬匹都畫不好，提起筆來，就什麼都忘記了。」

劉定之笑道：「非也非也。《韓非子》有云：畫鬼神易，畫犬馬難。只因為鬼神是虛幻之物，畫得像不像，誰也無法評判，但犬馬卻是日常所見，畫得不像，一眼就能看出來的。所以要畫好日常所見之物，尤其難得。」

巴特爾點了點頭，覺得頗有道理，笑道：「劉大人，你看我像是個可造之才嗎？」

劉定之道：「你的用筆雖然稚拙，但落墨果敢，天生就有一種沖然之氣，這是非常難得的。至於畫得像不像，其實並不重要。只要筆墨走對了路子，追求形似並不難。蘇東坡云：論畫以形似，見與兒童鄰。學文人畫，不必拘泥於形體。」

巴特爾心直口快道：「蘇東坡是不是沒有畫得像的本事，故意找這樣的藉口？文人的花腸子最多了。」

劉定之心中有一絲不滿，但想到巴特爾在吳墨林和他之間選擇了自己做老師，這點兒不滿也就消散了。他認真地回答道：「巴特爾，我的畫就是純正的文人畫路數，文人作畫，並非不能畫得像，而是根本不在乎畫得像不像。你要是心中有所質疑，我現在就給你演示一番文人畫的鞍馬。」說罷他便提筆作畫。他行筆之時自有一種閒雅悠然的氣質，筆走龍蛇之間，一匹駿馬躍然紙上，看得巴特爾如痴如醉。劉定之見巴特爾一臉欽佩的樣子，心中越發喜歡巴特爾，甚至不知不覺中想要取悅一下這個蒙古學生。於是便依照巴特爾那「馬拉糞」的圖畫，在自己繪製的馬兒屁股後面，也加上一串兒糞便。

巴特爾捂嘴笑道：「文人作畫，也可以畫馬兒拉糞嗎？」

劉定之微笑道：「文人作畫，自然也是可以畫馬拉糞的，只是畫出的馬糞，也需顯得雅致清新。內府藏了一件元代大畫家趙孟頫的〈浴馬圖〉，裡面就畫了一匹拉糞的馬，那馬糞原是紅褐色的，而落入水中則顏色略淡，既寫實，又有文人的雅氣。所以說文人畫包羅萬象，它可以畫得很像，也可以畫得不像，其中最重要的是筆墨間流淌的文人氣韻。」（圖29、30）

劉定之又指著自己所畫的馬兒的前腿道：「馬的前腿內側有一塊黑斑，很多畫家畫馬，都未曾畫出。這塊斑叫作『小夜眼』（圖31）。古人以為馬走夜路，靠的就是這一對小夜眼。宋元時期，李公麟、趙孟頫這樣的一流文人畫大家的鞍馬畫，都畫出了這一塊黑斑，你能說他們的畫畫得不像嗎？簡直細緻到了極處！可他們又是一代文豪，不同於尋常畫匠。可見像或不像，並非是區別士夫畫與工匠畫的標準。」

巴特爾聽得如痴如醉。他向劉定之所畫的馬兒看去，確實覺得清新淡雅，即便是馬糞，也珠圓玉潤，可愛至極。巴特爾把心一橫，撩起袍子，單膝跪在地上，雙手抱拳說道：「劉大人，可否收了我做徒弟？我雖然是個武夫，但自從那次修遺詔的事情以後，便對書畫越來越著迷。你就收了我罷！」

劉定之故作猶豫之態：「吳主事也通繪事，你何不拜他？」

巴特爾心想我這不是趕巧兒進了你的屋子了嗎，但這種話他實在說不出口，於是只能含糊糊地說道：「你不是說過，吳主事那個路子是什麼野狐禪，歪門邪道，按照那個路子畫畫會短壽的……」

劉定之大喜，連忙扶起巴特爾，哈哈笑道：「巴特爾，你是個悟性極高的好苗子。我劉定之一輩子沒收過徒弟，今日就破了例，收你做徒弟。只是你是我們這次辦差的頭領，在外人面前，不適合以師徒相稱，以免落了你的威信，誤了差事，可就不好了。我們可暗地裡互稱師徒，我定會將畢生所學，毫無保留地傳授於你！」

巴特爾高興地站起身，哈哈笑道：「沒想到我巴特爾是個畫畫的好苗子，師父放心，我一定不辜負你的期待！等我們找到寶藏，回了京城，我再正式搞一個拜師儀式！」

劉定之點了點頭：「行行行，一切都依你！」

第六章　毒蛇洞驚魂

一、高人指點

沮喪軍門大鬧青樓，憨直侍衛兩拜師父

汪力塔頗有些捨不得杭州城這煙花勝地。離開杭州前一日，他喝醉了酒，闖進一個妓院，非要讓一個小娘陪他睡覺，老鴇見他是個生客，便和和氣氣地讓他先把銀子交了再挑姑娘。但汪力塔拿不出錢，於是借著酒勁兒在妓院中撒起野來，先是摔碎了幾個花瓶，又打碎了一個茶碗。老鴇發了潑，非說汪力塔打碎的是宋代的鈞瓷，要他賠一千兩銀子。汪力塔一個巴掌打得老鴇半張臉紅腫起來。妓院中的龜奴見狀大怒，擼起袖子要跟他拼命。隨行的皇家侍衛見狀不妙，湊了幾十兩銀子塞到老鴇懷裡，好說歹說才算了事，然後連拖帶拉，把汪力塔架回客棧。汪力塔初時破口大罵，指著老鴇和龜奴的鼻子叫囂：「莫要瞧不起老子！老子今日就是要白嫖！」等到回了客棧，卻又嗚嗚哭起來，紫紅色的大臉上涕淚橫流，口中喃喃說道：「我本有潑天的富貴，那〈蘭亭序〉原本就是我的……嗚嗚嗚……如今連逛窯子的錢都沒有，嗚嗚嗚嗚……」

巴特爾正在屋裡畫畫，聽到一陣嘈雜之聲，出門詢問，方知汪力塔大鬧妓院一事。他冷著臉對汪力塔說道：「皇上叮囑過，我們這次辦差要祕密行動，你這麼引人注目，是要違抗聖旨嗎？」汪力塔的醉意被嚇醒了一半，耷拉著腦袋一聲不吭。吳墨林見狀撲哧一笑，打趣道：「杭州城的青樓和山西的窯子不同，我早就聽說了，人家青樓女子，要麼愛你的錢，要麼愛你的才華。汪軍門你沒錢不要緊，你不是也學過畫畫嗎？在青樓姑娘面前畫上幾筆，或許還可能引幾個姑娘垂青。」

汪力塔垂頭喪氣道：「吳主事你也嘲諷我不成？你倒是會畫畫，也不見你去青樓賣弄。」

吳墨林尷尬地笑了笑，卻聽巴特爾說道：「書畫這樣高雅的事情，比女人有意思多了，像吳大人、劉大人這樣的高人，已經在筆墨中得到最大的樂趣嘍。」

吳墨林聽了這話，略覺驚訝：他一直以為自己對書畫的痴情是尋常武夫無法理解的，巴特爾什麼時候變得這麼瞭解自己？這幾天他常去巴特爾房間，只見巴特爾的案上也擺了筆墨紙硯，塗塗抹抹，倒還真有一些架勢。莫非這蒙古人迷上了漢人的書畫？

汪力塔大鬧妓院的第二日，眾人便啟程沿運河北上。巴特爾雇了一艘大船，他將自己和劉定之安排到中艙居住。吳墨林住在相鄰的後艙，夜半時分，吳墨林聽到隔壁隱隱約約有交談之聲，時不時還能聽到巴特爾粗獷的笑聲。他心下懷疑，覺得巴特爾和劉定之近幾日神神祕祕，總是交頭接耳，嘀嘀咕咕些什麼。他還發現巴特爾看劉定之的目光中竟然多了幾分溫情脈脈。難道劉定之這個道貌岸然的傢伙有什麼斷袖之癖？一想到此處，他不禁寒毛直豎。不會的，巴特爾這樣的少年英雄，怎麼會瞎了眼看上劉定之？

他心中好奇不已，將耳朵貼在隔板上仔細聆聽。但中艙與後艙之間還隔了一間儲物室，聲音模模糊糊，聽著不清不楚，於是也就作罷。半夜時分，吳墨林到船尾小解，回艙的時候發現巴特爾的中艙仍然亮著燭火，人影綽綽。他湊近了些，向中艙的窗欞走去，窗戶紙上映出兩個人影，其中一個瘦削一些的影子似乎正趴伏在另一個影子的後背上。隱約聽到劉定之說道：「你不要用蠻力，要用巧勁兒……要頂住……保持摩擦感……」吳墨林不由自主地湊到窗欞前。巴特爾艙室的窗戶恰好沒有關嚴實，吳墨林透過一指寬的窗縫向屋內看去，只見巴特爾端正著身子坐在桌案前，手中握著毛筆，身後站著劉定之。劉定之俯下身去，一手抓住巴特爾握筆的手，口中說道：「這一筆應該這樣畫出來……古人說的『力透紙背』，其實並非真的用蠻勁兒，那豈不把紙戳破？要像這樣，用筆頂住紙……感受紙張與毛筆之間的摩擦感……」巴特爾聚精會神，一邊慢慢運筆，一邊說道：「師父指教的是，這一筆橫畫的結尾處，我總發不出力來，你這手把手地一教，我便知道其中的要義了。」

吳墨林恍然大悟，難怪這段時間總覺兩人過從甚密，敢情巴特爾已經拜劉定之為師了。想到此處，吳墨林心生醋意。他一向認為在巴特爾眼裡自己的書畫水準遠超劉定之，不知道巴特爾受了劉定之什麼蠱惑，竟然拜了他做師父。轉念又一想，等辦完差事回到京城，巴特爾向皇上報功的時候，一定會偏向自己的師父，到時候自己不就吃虧了嗎？早知如此，當初自己在巴特爾屋子裡摹《蘭亭序》的時候，就應該主動收了他做徒弟。

這一日天朗氣清，巴特爾在船頭擺了一個小案子，鋪上毛氈，研好墨，展開紙，對著兩岸的山石樹木開始寫生。吳墨林出了船艙，準備活動筋骨，正好看到巴特爾作畫的情景。此時侍衛們和劉定之都在艙內歇息，船上安靜無聲，只有船老大緩緩搖櫓，發出均勻而有節奏感的擊水之聲。巴特爾沉溺在筆墨的世界中，忽聽得身邊有人笑道：「小英雄這是在對景寫生嗎？」

巴特爾抬頭，見是吳墨林，說道：「吳主事，我這叫作『外師造化，中得心源』。」

吳墨林呵呵笑道：「你這句話文縐縐的，說得真好，莫非是哪個高人教的？」

巴特爾並不直接回答：「吳主事看我畫得如何？可有什麼指教？」

「我看你雖然初學繪畫，但筆法剛勁有力，勁利處如金剛杵，敦厚處如印印泥，迅捷處如錐畫沙，遲澀處如屋漏痕。筆下氣韻厚重平實，隱隱然有大將軍揮斥天下的氣概。若有明眼人指點，前途真的是不可限量啊……」

巴特爾有些臉紅，他性情淳樸，以為自己的天賦當真超拔脫俗。大凡初學書畫者，都禁不住這樣的誇讚。他心中飄飄然起來，說道：「吳主事過獎了，我這點成績，多虧了劉大人的指點。」

吳墨林裝作欲言又止的樣子，表情凝重，吞吞吐吐地說道：「原來劉定之指點過你啊……這樣啊……好吧，唉，既然如此，我就不說什麼了。」

巴特爾好奇道：「吳大人直言無妨。」

「唉，怎麼說好呢，劉大人的書畫路子，雖然符合正統的文人畫的調子，但卻過於狹隘。你想啊，他一貫畫的那些山水，都是明末董其昌的路數，你跟他學，只能學董其昌那一路，與你的豪邁之氣不甚相合。初學者應當廣收博取，各種風格都涉獵一點，最後才知道哪種最適合自己。」

「吳主事說的有道理。」

「我說的是萬古不變之理。就好比說我吧，各家各派的書畫風格，都爛熟於心，若是我教你，必然能讓你把眼界打開，路子拓寬，如此方能尋到合乎自己的畫風。」說完吳墨林期待地看著巴特爾。

「既如此，還請吳主事今後多多指教。」

「嗯，你是可造之才，是天生的畫家，遇到你這樣的苗子，也是我的幸運。只不過你既然已經拜過劉定之，再拜我，就不太好。劉定之這個人嘛，心眼兒有些小，你拜我為師，不必讓他知道，偷偷跟我學就行了。」

巴特爾也沒多想，高高興興一口答應下來。

從此之後，巴特爾便背著劉定之，常常進入吳墨林艙中學畫。但吳墨林的很多理念和劉定之並不相同。兩種不同的觀點常常在巴特爾的腦袋中打架，搞得他越來越迷惑。比如劉定之讓巴特爾先專門吃透一家畫法，吳墨林卻讓他先遍涉古人畫風；劉定之讓巴特爾在畫外下功夫，常常讓他讀詩詞，學音律，吳墨林卻說書畫的技法一輩子都學不完，哪有時間搞些其他的東西？劉定之讓巴特爾作畫時要一氣呵成，吳墨林卻總是將一些用筆和墨法分解成複雜的步驟，讓巴特爾分步練習。

巴特爾越來越糊塗，時常在劉定之面前露出遲疑的神色。一日在劉定之面前作畫時，忍不住問道：「師父，如果一個人不讀詩詞文史，不去練畫外的功夫，就畫不好畫了嗎？你看吳主事，他沒有你那麼博學，不也畫得很好嗎？」

劉定之皺起眉頭：「你跟我說實話，是不是吳墨林跟你說了什麼？我看你這幾日腦子越來越亂，怕不是受了他的蠱惑吧。」

巴特爾不擅長撒謊，又不知道如何應答，一時間沉默不語。劉定之歎了口氣，心想那個無恥的工匠，莫非真的與自己搶起了徒弟不成？他語重心長地對巴特爾說道：「吳墨林雖然畫得倒還像是那麼回事兒，但從根子上來說是不對的。這麼說吧，吳墨林作畫，只求外表的花架子，而沒有修煉文人的內核。他是不瞭解畫理的，即便把古人的畫作臨摹得再逼真，也只是工匠的行徑，沒有自己的理解和感悟。」

他見巴特爾仍有些遲疑，便說道：「〈蘭亭序〉夾層裡的那張畫，其實有很多不合畫理之處，若不是通曉畫理、窮究物性的畫家，是覺察不到的。那張畫的不合理之處，或許隱藏著不少關於寶藏的線索，我本來想等著到了欒川再說出來，現如今正好拿這張畫做個例子，向你證明一下工匠和文人的區別！你去把吳墨林找過來，我要當著你的面，問問他能不能看出那張畫裡不合畫理之處！」

巴特爾看熱鬧不嫌事兒大，樂顛顛找來了吳墨林。吳墨林見劉定之鐵青著一張臉，心知自己指導巴特爾的事情露了餡，但他也並不慌張，笑嘻嘻抱拳說道：「劉大人可有什麼指教？」

二、文士妙解畫中卦

論畫理畫裡藏乾坤，談卦象卦像水中石

劉定之一臉促狹道：「我哪裡敢指教吳主事，只不過近幾日覺得〈蘭亭序〉夾層中的那張畫有許多可疑之處，許多細節不合畫理，必是項守斌故意留下的線索，如果不是真正懂畫的人，是看不出來的。於是我想叫吳主事來，我們再探討一番。」

桌子上攤開著那幅用筆繁密，構圖奇特的畫。吳墨林料定劉定之是要在巴特爾面前考較自己，他氣定神閒道：「好，劉大人，我們就來探討一番。這樣吧，你我輪流說出畫中可疑

的地方，如何？」

劉定之與吳墨林對視，淡淡說道：「沒問題，吳主事先請。」

雖然吳墨林和劉定之都擺出一副雲淡風輕、漫不經心的笑臉，但巴特爾卻能察覺到兩人的笑容都是非常僵硬的，屋裡的氣氛也逐漸緊張起來。這令巴特爾回憶起蒙古勇士捉對摔跤前轉著圈子互相威嚇的樣子，其目的是要在氣勢上先壓倒對方。但這倆人之間的對峙，卻是在表面的風平浪靜下蓄力，臉上還要裝作不在意，當真別有一種風情。巴特爾興奮起來，眼前這情形，簡直比看蒙古人摔跤還有意思。

吳墨林手指著整張畫道：「我先說第一點可疑之處。整張畫中所畫的山石，形狀大多尖利筆挺。一般山水畫的底部總會有水潭聚集，山間有雲氣流通，但這幅畫卻一概沒有表現出來，而且畫中只有山石，並無樹木，所以我猜測，這幅畫中所繪的並非是露天之山，而是山中之山，是雞冠洞內部的構造。」

巴特爾問道：「我也去過山洞，裡面的石頭也不是這樣的呀。」

「山洞也分很多種，南方不少水洞，內有溪流暗河，岩洞內遍佈石筍，都是尖利筆直的樣子。你在北方，沒見過這樣的石洞，也算正常。」

巴特爾信服地點點頭：「有道理，有道理。」

接下來到劉定之了，他指著畫面中山間的一團雲氣，說道：「那我就說第二處不合畫理的地方吧。你們且看畫面中段那一團雲氣，這雲氣只有一團，鬱結在山石中央，氣息頗為阻塞。山水畫講究氣息貫通，畫中雲氣水流，需得是有出有進。項守斌這樣的大師，怎麼會無端由地犯下這個錯誤？所以這團雲定有蹊蹺。」

巴特爾道：「難道寶藏隱藏在雲中？」

劉定之搖搖頭：「不知道，只能進了鷄冠洞再證實了。」說罷他又看向吳墨林，示意他接著說下去。

吳墨林道：「好吧，我來說第三處。畫底部石筍上纏繞的老藤也是一處疑點。首先，山洞內不見陽光，怎會長出如此密集的老藤？其次，老藤的畫法並非這樣軟滑，畫藤的用筆多轉折變化，不會似此畫這般柔順綿軟。」

此時已經說出畫中三處疑點了，吳墨林心中有些緊張，因為他並未看出第四處疑點在哪裡，劉定之不慌不忙繼續說道：「前三處疑點，倒不難看出，我料吳兄必定能指出來，這第四處略有難度，不知吳兄看出了沒有？」

吳墨林沉默半晌，仔仔細細又看了一遍畫，好不容易擠出一句話：「還請劉大人指教。」

劉定之呵呵一笑，手指著畫面上幾處水口，說道：「吳主事不覺得畫中幾條溪流有些奇怪嗎？」

吳墨林疑道：「有什麼奇怪的？」

劉定之說道：「你仔細看，整張畫中這一座大山的中部分出三個支流，通向山頂，如果畫中景象對應著實景，那麼鷄冠洞中必定也會有三條溪流，洞中溪流穿行之處，往往就會有路可走。那麼這三條溪流，我們應該循著哪一條上行呢？」

吳墨林和巴特爾搖了搖頭。

「你們仔細看水口之處，黃公望曾說：畫山水，唯水口最難畫。此畫中三條溪流的水口條石錯雜，畫得頗為煩瑣，吳大人莫非還沒看出端倪？」

吳墨林漲紅了臉，說道：「你快說吧！」

「水口亂石，全部都為橫狀的長石，三條溪流的水口，均有六層橫斷石塊，世上的山水哪有如此巧合的佈置？這些石頭其實擺出了三個八卦的卦象！吳主事，你只知道繪事，卻不通八卦五行，對易學更一無所知，當然看不出來了。」（圖32）

吳墨林氣哼哼道：「八卦是算命的，和畫畫本來就沒有什麼關係！」

劉定之一副驚訝的表情：「怎麼會沒關係？伏羲制八卦，文王演周易。河圖洛書，書畫同源。八卦之形，本來就是繪畫之源，文字之根，吳大人不會連這個都不懂吧。」

吳墨林氣得說不出話，巴特爾連忙打圓場：「師父，你接著說，那三個水口分別是什麼卦象？有什麼含義嗎？」

劉定之說道：「這第一個水口的卦象叫作蒙，上卦為艮，艮為山，下卦為坎，坎為險，山下有險是蒙卦之象。艮義為止，因而又有遇險而止的意思。因此我覺得第一條路，是凶險難行的。」

「咱們再看第二個水口，卦名是蹇。蹇，難也，險在前也。見險而能止，是此卦之意。因此第二條水路，也走不通。」

「第三個水口的卦像是益，卦書上說，益，利有攸往，利涉大川。此卦是個吉利的徵兆，這一條路，才是我們應該選擇的正路。」

這一段分析直把吳墨林說得啞口無言。他心中憋悶，找個由頭就離開了中艙。巴特爾將他送出艙外，吳墨林恨恨地對巴特爾說道：「劉定之心胸太窄，他以他的長處，攻我的短處。八卦這種東西，算什麼畫理？學了八卦是不是還要學風水堪輿？畫畫的就是畫畫的，扯這些亂七八糟的有什麼用？」

巴特爾知道吳墨林心中難受，只好勸他：「吳師父，你大可不必生氣，人各有所長，我心裡知道你的長處，也是劉大人無法比擬的。」

吳墨林敷衍地笑了笑，仍怏怏不樂。

又過了幾日，船行至運河與黃河的交匯處，由此西行，逆水而上，再有半旬，便可抵達洛陽。

遠在千里之外的紫禁城養心殿內，胤禛悶坐在暖炕上，批閱了幾份奏摺之後，越發不耐煩起來。當下的時局動盪不安，自從十四弟回京以後，京城裡又傳出各種流言蜚語。甚至還有傳言說是胤禛改了詔書，將「傳位十四子」改為「傳位于四子」。那些市井中的愚民根本不知道詔書有滿漢兩種文字，更不知道詔書中根本就沒有這句話。胤禛大怒，下令徹查謠言出處，結果有個御史，似乎是八爺黨的成員，竟公然上了道奏書，說什麼「謠言皆天籟自鳴，直抒己志，如風行水上，自然成文，言有盡而意無窮，可以達下情而宣德。」直把胤禛氣個半死。

就在這個時候，巴特爾派出的侍衛趕到了北京，向胤禛詳細報告了〈蘭亭序〉被找到的經過。胤禛思索良久，親筆寫了一封信，放入竹筒，用火漆封好，交給侍衛，命他到河南後親手交給巴特爾，強調定要巴特爾親自祕啟此信。

等侍衛趕到河南欒川的時候，巴特爾一行人已經在此地的驛站中休整了兩三日。正準備一探鷄冠洞之時，巴特爾收到侍衛送來的皇帝密信。他展信讀過，腦中轟的一聲響，不敢相信自己的眼睛。接連看了幾遍，唉聲歎氣不已。這天夜裡，他平生第一次失眠了。

陳青陽與王老七、李雙雙等人也在欒川會合，聚攏到一處。陳青陽私底下問王老七：「老七，我獨自來欒川，一是為了提早安排佈置，二是為了讓你和雙雙單獨在一起的時間長一些，你可有什麼進展？」

王老七吃驚地看著陳青陽，心想這個鬼才子窺探人心的本事真是一流。但即便如此，又有什麼用呢？他心中苦澀，神色淒然，歎了口氣道：「毫無成果，一籌莫展。雙雙看我的眼神，就跟看身邊那些王府侍衛沒什麼不同……」

三、鷄冠洞涉險

冠洞白蛇遭剝皮，分岔口條石現六爻

出了欒川縣城，東去二十餘里，便到鷄冠山。遠遠看去，這座小山就像一個直聳的鷄冠子，大概「鷄冠洞」之名，也因此得來。鷄冠洞就在鷄冠山的半山腰上。此地林木繁茂，丘陵起伏，雖然地處中原，卻額外潮濕。鷄冠洞方圓幾里之內人煙稀薄，皇宮侍衛們跟當地人打聽後，方知這一帶蛇蟲過多，濕氣太重，而且平地稀少，難以耕種，所以少有人家居住於此。聽說有人要探鷄冠洞，當地人都搖搖頭，紛紛勸阻。一個白髮老者好言勸道：「聽說人走了進去，很容易迷路，以前很多人進洞，就再也沒出來過。」

吳墨林等人心生畏懼，但皇命在身，不容退縮。巴特爾挑了個天朗氣清的日子，集齊眾人，帶上火摺子、火把、防身的武器和應急的藥品，便向鷄冠洞進發。此時正值四月初，寒氣已退，天氣漸暖，山間濕氣彌漫，草木已經吐出嫩芽，蟲蟻也爬出巢穴，倒也呈現出一番欣欣向榮的景象。

巴特爾這幾天面色陰沉，魂不守舍。在山間行走之時竟被石頭絆倒了兩三次。劉定之拍

了拍他的肩膀，關心地問道：「小巴，你這幾天怎麼了？可是生病了嗎？怎麼一副『行邁靡靡，中心搖搖』的樣子？」

巴特爾目光躲閃，說道：「我大概水土不服，過一陣子就好了，沒事，你多心了。」

眾人走到鷄冠洞洞口，洞口有一人多高，頗狹窄，只容得一個人側身通過。進了山洞之後，越走越寬，眾人點起火把，照亮洞壁。不過走了幾十步，洞內空間就大如堂屋。劉定之感歎道：「晉陶淵明有〈桃花源記〉，其中云：初極狹，才通人，復行數十步，豁然開朗。正與此地一般無二。」眾人不住點頭，卻見巴特爾仍然心思沉重，毫無反應，劉定之又踅到巴特爾身邊，說道：「明初畫家王履擅畫華山，他曾有一句名言：吾師心，心師目，目師華山。自古以來，畫家外師造化，方能中得心源。你看這洞內石塊，真如〈蘭亭序〉中藏畫上面的石筍一模一樣。石塊堆疊繁複，紋路奇特，又與明末畫家吳彬的山水畫如出一轍……」（圖33）

劉定之一番引經據典，對巴特爾循循善誘，巴特爾雖然口中連連稱是，神色卻依然黯淡陰鬱。劉定之見他如此消沉，心下奇怪，卻也不再說些什麼了。

眾人循路前進，忽聽得前面一陣嘈雜紛亂之聲，正驚懼之時，從洞內深處飛來一群蝙蝠，撲撲作響，掠過頭頂。

眾人驚魂甫定，繼續前行。走了幾十丈，又聽得前面開路的侍衛「啊——」的一聲驚叫。眾人慌忙抽出短刀，向那大叫的侍衛奔去，圍攏在那侍衛周圍，只見一條小臂粗的大蛇正從洞頂的石筍上垂下身子，正衝著那個侍衛吐著信子。

巴特爾慌忙問道：「你被咬了嗎？」侍衛臉色慘白，說道：「我沒事，牠並沒有咬我，只是剛剛突然從洞頂垂下來，我被嚇了一跳，所以才叫出聲來。」汪力塔鬆了口氣：「一驚一乍的夯貨！」眾人舉起火把環顧四周，不禁倒吸一口涼氣。只見周圍石筍遍佈，無數條大大小小的蛇盤繞在石筍之上。這些蛇似乎剛剛從冬眠中蘇醒過來，並不十分活躍。蛇的身子是銀白色的，鱗片閃著亮光，在火光的照耀下熠熠生輝，蛇的眼睛卻灰濛濛的，似乎不能視物。

吳墨林恍然道：「我明白了。原來那張畫上底部纏繞著的藤蔓其實是繞在石筍上的白蛇。想想也是，洞裡面怎麼會長藤呢？」

劉定之盯著這些白蛇，驚歎道：「《史記》中記載漢高祖劉邦在芒碭山斬白蛇起義，我讀到此處尚且疑惑世上哪裡有白蛇？沒想到在此處竟然碰到了。看來史家所言，並非虛構。」

汪力塔豎起大拇指：「秀才不出門，便知天下事。劉大人，我真佩服你。但我現在就想知道一件事兒，這種蛇值錢嗎？」

劉定之道：「這種銀白色的大蛇世所罕見，蛇皮應該價值不菲。」

汪力塔的精神頓時振奮起來，擎起長刀，朝附近一條大蛇的蛇頭砍去。那些蛇一輩子生活在洞窟之中，平日只是捕食過往的蝙蝠，何曾遇到汪力塔這樣的凶神？不消片刻，汪力塔便剁下了幾條大蛇的蛇頭，將這些無頭蛇掛在脖子上，喜滋滋地說道：「這次俺老汪也不會空手而歸了，哈哈！」

侍衛們覺得汪力塔說的有道理，又看到這些白蛇不甚凶惡，動了殺心。手起刀落之間，又殺了十幾條蛇。侍衛們把一條條死蛇掛在脖子上，無比興奮激動。劉定之面露戚色，心中不忍，後悔說蛇皮值錢，引得這些武夫大開殺戒，於是連忙敦促侍衛：「別耽誤正事，各位還請繼續前行！差事要緊！」

又向前走了幾十丈，聞得潺潺流水之聲，一股水氣撲面而來。隨即一條暗河赫然出現在眼前。這條河從地底湧出，在洞窟內分出三條支流。每條支流的水口處有幾塊條石阻隔，激起陣陣浪花。劉定之等人湊近了仔細觀察，果然發現條石有人工雕鑿的痕跡。每處水口的條石均有六層，每層條石或劈成兩半，或完整無缺，正如畫中所繪，顯現出三種卦象。在此處山洞也分出三條岔路。

劉定之篤定地說道：「按照我們之前的推測，應該走最右邊的岔路。」

「走了許久，我們都累了，」汪力塔氣喘吁吁，他的脖子上掛著幾十斤蛇，此時覺得是個累贅，「咱們在這個岔路口歇息一會兒，正好趁著這時候把蛇皮剝下來。時間長了，蛇皮肉黏連，就很難剝下皮了。」

於是眾人席地而坐。汪力塔和侍衛們開始剝蛇皮。只見汪力塔在蛇頸處用刀割一圈，使皮離肉，再用雙手指尖各捏一邊，向下一拉，就如脫褲一般，完整脫下蛇皮。五、六個侍衛有樣兒學樣兒，一個個變成屠夫，很快就將蛇皮剝下來。地上堆著血淋淋的蛇肉，一片狼藉，空氣中充滿了血腥的氣味兒。

或許是受不了這樣血腥的場面，劉定之站起身，再次敦促眾人前進。眾人聽命，繼續前進。汪力塔只覺得白蛇皮肉分離之後，重量頓時減輕了十之八九，心想一張蛇皮若能賣出二兩銀子，十張也有二十兩，以後去妓院，再也不會被轟走了。

越往前，洞內的空間越發狹窄，溫度也漸漸升高。「我們似乎是在走下坡路，」吳墨林道，「水流一直向前奔湧，這說明地勢其實是不斷降低的。」

劉定之點了點頭：「我為何覺得越來越憋悶？」

其他人也漸漸覺得空氣中似乎多了一種奇怪的氣味，與火藥燃燒時散發的氣味有些相似。吳墨林漸覺得頭暈目眩，心中覺得不妙，忙喊道：「各位，這空氣中有毒，大家快往回撤退！」

汪力塔扭頭就跑，眾人追隨其後，跑出幾十丈後，終於覺得空氣清新許多。汪力塔大口喘氣，罵道：「他媽的這洞到底是怎麼回事？這是要把命送在這裡呀！」

巴特爾神情懊喪，垂著頭，說道：「不然我們就撤了吧，回去準備好了，改日再進此洞。」

劉定之盯著侍衛們脖子上的蛇皮，靈機一動：「我有辦法了！」

四、雍正過河拆橋

闖毒氣吳墨林施救，得皇命巴特爾自殘

劉定之指著侍衛們脖子上纏繞的銀白色蛇皮說道：「諸位可以往蛇皮中鼓入空氣，做成一個氣囊，然後將蛇皮囊的開口處含在口中，這樣就可不吸入那毒氣了！」

吳墨林暗中偷笑，劉定之用蛇皮袋子換氣的方法，不就是來源於自己在西湖水底用牛尿脬換氣的法子嗎？真沒想到劉定之腦子還挺靈活，居然懂得舉一反三。這些大蛇足有碗口粗細，長約六、七尺，鼓滿氣後，足夠一個成年人堅持一刻鐘了。

汪力塔有些擔心地問道：「如果蛇皮裡的氣不夠用，撐不過去又該如何？」

劉定之道：「從畫中描繪的情形來看，那團堵塞的雲氣應該就是洞裡的毒氣。雲霧堵塞

則成瘴氣，瘴氣聚攏日久，漸有毒性。從畫面來看，毒氣佔據的空間並不算多，我估摸著半刻鐘便能走過去。但為以防萬一，每人可準備兩個充氣的蛇皮囊，如果吸完一個蛇皮的氣，仍然走不出這片毒氣，那也只能換上另一個蛇皮囊原路返回了。」

汪力塔聽了點點頭。他從脖子上取下一條蛇皮，兩手掐住蛇皮裂口之處，向空中迅速一抖，將空氣鼓入蛇皮囊，隨後在蛇皮開口的一端打了一個結。一個鼓鼓漲漲的蛇皮袋子便製作完成。眾人紛紛仿照此法，每人準備了兩個鼓滿空氣的蛇皮囊。巴特爾、劉定之、吳墨林沒有蛇皮，於是汪力塔將自己脖子上的蛇皮分給三人，口中念叨著：「用完了需記得還我！」

劉定之和巴特爾欣然接受，吳墨林卻謝絕了汪力塔遞來的蛇皮。他身上帶著牛尿脬，倒是無需使用蛇皮袋子。那蛇皮內掛著血淋淋的蛇血，氣味異常腥臭。牛尿脬內中正裝著蠹蟲，滿是蟲糞的臭氣。但兩相比較，吳墨林更願意忍受蟲糞的氣味。眾人嘴上叼住蛇皮，再次向毒氣聚集的區域進發。

吳墨林向四周看去，只覺得眼前的場景太過詭異。每個人嘴裡都伸出一條白蛇，在火把的照耀下，像是一群吐著舌頭的白無常行走在地獄之中。

走了幾十丈，又到了毒氣的範圍。這一回有了蛇皮中的空氣，眾人心中安定許多。又前行了數十丈，巴特爾等人突然覺得心悸頭暈，胸口發緊，肺部像是灌了水，呼吸困難。只有吳墨林神色如常，絲毫不覺得難受。又過了一陣子，眾人越發頭暈目眩，步履踉蹌，侍衛們接二連三倒在地上，再也無法前行。就連健壯如牛的巴特爾和汪力塔也邁不動步伐。劉定之早就癱坐在地上，目光渙散。

吳墨林見身邊的人一個個倒下去，又是驚訝，又是奇怪。為何眾人都被毒倒了，自己卻活蹦亂跳？他皺眉沉思片刻，猛然間想到——莫非這些白蛇的皮肉血液中含有毒素，這些人的唾液接觸了剛剛剝掉的蛇皮，中了蛇毒？他停下腳步，看著周圍橫七豎八倒臥的同伴，腦中突然生出一個可怕的念頭：何不趁此時機逃出毒氣，找到寶藏，然後逃之夭夭？他被這個可怕的想法嚇呆了，自己怎麼會如此狠毒？這是八、九條人命啊！豈能不管不顧？如果此時逃走，那就與禽獸無異，不配做人。

他遲疑了片刻，俯下身去，攙起劉定之和巴特爾。巴特爾腳底發軟，但勉強還能在吳墨林的攙扶下行走。劉定之此時卻像個死屍一般，完全失去了知覺。所幸劉定之瘦骨嶙峋，身子不算沉重。吳墨林扔掉火把，咬緊了後牙槽，口中叼著牛尿脬，兩隻胳膊用盡全力架起巴特爾和劉定之，一步步向前走去。尿脬中的一隻蠹蟲爬到吳墨林唇邊，直把吳墨林癢得難受萬分，但此時他只能不管不顧，拼盡全力挪動步伐。

接下來的路是一段上坡，又走了幾十丈，吳墨林實在走不動了，放下巴特爾和劉定之，取下牛尿脬，小心翼翼地吸了口氣，只覺得空氣清新，心神為之一振。巴特爾的神志此時漸漸恢復，手腳仍然麻木無力。劉定之也緩緩睜開了雙眼，他的嘴唇哆哆嗦嗦，似乎要說什麼，卻說不出來。

吳墨林鬆了口氣，想到毒氣中還有汪力塔和幾個侍衛，把心一橫，叼起牛尿脬再次返回毒氣之中。他心中不免苦笑：吳墨林啊吳墨林，你平生遇事兒就躲，如今卻救起人來了。

毒氣中的侍衛們倒在地上一動不動，吳墨林用手試探了一下侍衛們的鼻息，發現他們都已經氣絕身亡，只有汪力塔身子強壯，猶有一絲知覺，身子時不時抽搐一兩下。吳墨林拼盡全力，背起汪力塔，又抄起地上一支燃燒著的火把，一步步走出毒氣區域。一直走到劉定之和巴特爾躺臥之處，吳墨林一屁股坐在地上，大口喘著粗氣。

洞中一片死寂，只聽到四個人粗重的喘息聲。許久之後，劉定之抬起頭，問道：「那些侍衛呢？」

「都死了。救不過來，只帶出你們三個。」

「為什麼只有你沒事？」

「因為蛇皮有毒。」

劉定之的面色剎那間煞白如紙，喉嚨裡咕嚕了一聲：「是我害了他們……」

吳墨林安慰他道：「你無需自責，他們若不砍蛇剝皮，也落不到現在的地步。」他轉頭又拍了拍巴特爾的肩膀，問道：「小巴，你怎麼樣？緩過來了嗎？」

突然，巴特爾發出一聲淒厲的哀嚎，響徹洞窟，彷彿一隻受傷的棕熊在嘶吼。哀嚎之後，他抽泣起來，越哭越厲害，一張大臉漲得通紅，鼻涕眼淚混在一起，滴滴答答落在地上。

吳墨林歎了口氣：「巴特爾，你也不必傷心了。生死有命，富貴在天，這是那些侍衛的命。」

巴特爾抹了抹眼淚，從懷中掏出一封信，哽咽著說道：「我該死……我應該和侍衛們死在一起的……嗚嗚嗚，你們看看這封信。這是兩天前從京城回來的侍衛交給我的，說是皇上的親筆信，要我祕密開啟。吳大人，劉大人，你們看了信，就什麼都知道了。」

吳墨林舉起火把，與劉定之一同讀起信來。信上鈐著胤禛的私印，書風略似趙孟頫，正是胤禛親筆所書，信中內容簡短，讀下來卻令人毛骨悚然，驚心動魄：「巴特爾，朕密令你尋到寶藏後，立即除掉吳墨林與劉定之，此二人參與遺詔修復之事，恐遭人利用，如今京城謠言四起，為免後患，不可不除。」

吳墨林大怒，啪的一聲將信摔在地上，恨恨說道：「他媽的狗皇帝，我們幫他做了那麼大的事兒，他只給了半副對聯報答我。如今竟然想殺了我們！操他奶奶的狗皇帝。」

吳墨林兀自罵不絕口，劉定之卻瞪大了雙眼，呆呆坐在地上。他沙啞著嗓子，問道：「巴特爾，信真的是皇上寫的嗎？」

「是皇上親筆寫的。」

劉定之搖搖頭：「我不信。皇上是明君，怎麼會做出這種事？」

吳墨林破口大罵：「你這書讀傻了的呆子！胤禛剛愎狠毒，抄家時說砍頭就砍頭，對臣子毫無憐憫之心！他做出這樣的事情，有什麼奇怪的嗎？一定是京城裡起了謠言，說是皇上私自改了遺詔。皇上索性就要殺了我們，永絕後患！」

「你胡說！我們修復了遺詔，是正大光明之舉。」

「你這傻瓜，滿文的『胤禛』模模糊糊，既可以是皇上的『胤禛』，也可以是十四阿哥的『胤禵』。當初修復遺詔時，我還注意到墨漬早已浸入絹絲之中，並非當時汙損的。關於遺詔，奇怪的地方實在太多，那都不是我們可以往外說的事情！當時得虧魏珠發了善心，幫助我們在皇上那兒掙到新的差事，否則你我就等著被砍頭吧！」

劉定之猛地扭頭死死盯住吳墨林：「皇上絕不會過河拆橋！你說！這封信是不是你仿造的？你不是能造假嗎？這是不是你親自造的假信？」

「劉定之，你是瘋了嗎？你這是愚忠！」

「皇上，皇上怎麼會這麼對我？我是有功之臣，我是一片忠心啊……嗚嗚嗚嗚嗚。」劉定之喪魂落魄，哭泣起來。他眼神空洞，咧著嘴，嗚咽聲漸漸變為嚎哭，直哭得上氣不接下氣。

巴特爾也哭著說道：「我自小便深受皇恩，是皇上把我帶大的，皇上將我從守門的侍衛一路擢升到統領之位，我愧對皇上……但一路上我又與你們兩位朝夕相處，甚至以師徒相稱，要對你們下手，我還是人嗎？」

劉定之想起這幾日巴特爾魂不守舍的樣子，方才明白這個蒙古漢子其實從接到皇上指令開始，內心就已經翻江倒海，掙扎不寧了。

巴特爾又擦了擦眼淚，哽咽著說道：「皇上信任我，對我一直不薄，但這一次我從心底裡覺得皇上做的是一件錯事！你們是好人，一路教我畫畫，我心裡感激得很，剛剛吳大人又救了我的性命，我怎可害你們性命？可我也負了皇上的恩典，跟著我的侍衛也死光了，我實在是個不忠不義之人！」他心中糾結苦悶，便用腦袋連續撞向洞窟的石壁，一時間石屑橫飛，鮮血四濺。

此時只聽「啪」一聲，巴特爾臉上挨了一個重重的耳光。汪力塔坐起身來，甩了甩巴掌，又活動了幾下筋骨，嘿嘿冷笑道：「巴特爾，你真是個孬種！」

五、拜師

別廟堂忠義成泡影，拜師父血書表誠心

巴特爾怔怔地看著汪力塔。

汪力塔狠狠啐了口唾沫，一臉鄙夷地說道：「什麼皇恩浩蕩，哼！皇上升你的官職，目的不還是要你為他做事嗎？皇上給你錢，給你地位，你替皇上辦了這麼多年差事，早就兩相抵過，誰也不欠誰的了。」

吳墨林覺得汪力塔這話說的十分在理，隨聲附和道：「汪軍門話糙理不糙。你們仔細想想，皇上其實就和作坊裡的工頭兒沒有什麼區別。胤禛整天說什麼『事君如事父』，他沒生養我們，又和我們沒半點兒血緣關係，憑什麼『事君如事父』？今日我老吳也把話挑明了！他胤禛也不過是個凡夫俗子，走了大運才當了皇上，我們替他辦一份差，就領一份工錢。如今看他不順眼，大不了撂挑子跑路！哪裡有什麼丟臉的？」

「跑路……往哪裡跑？」劉定之目光呆滯迷離，「我劉定之一生所求，就是要輔佐明君，求個忠義之名，做一番留名史書的大事業。如今你要我逃，我往哪裡逃啊……」他此時此刻只覺得內心空落落的，似乎已經成了一片虛無縹緲的黑洞，身子和精神都被掏空一般。

巴特爾抹了抹眼淚，說道：「是啊，我也不知道以後能逃到哪裡，逃了之後又能幹什麼……」

「你們實在是太可悲了！」吳墨林瞪圓了雙眼，怒道，「難道你們非要當別人的奴才方能舒坦？劉定之！你不是嗜好書畫，一直想要著書立說嗎？巴特爾！你不是對書畫感興趣，要做個畫家嗎？難道離開了皇帝，你們就寫不了書，做不成畫家了嗎？荒謬！荒謬！巴特爾尚且年輕，我就不說什麼了，劉定之你活了四十多歲，竟然還這麼愚蠢！書讀了這麼多，道理還沒我這個工匠想的明白！」

吳墨林越說越起勁兒：「一路上你就叨叨來叨叨去，整日裡拿著文人的身份來壓著我！成天覺得自己是個科舉進士，把尾巴翹到天上去了！你也有今天！原來你讀的書只是在皇帝身邊當奴才的時候才有用，離了皇上，你就不知道幹什麼了，讀過的書就成了狗屁，一文不值！」

劉定之本來失魂落魄，被大罵一通，臉色反而漸漸紅潤起來，他撿起地上的信，從頭到尾又重新讀了一遍。信中每一個字，都好似一把刺向心窩的匕首。他猛地一抬頭，死死盯著吳墨林，咬牙切齒道：「閉上你的臭嘴！你侮辱我沒什麼關係，但你若說讀書是狗屁，便是要羞辱天下的讀書人！你只懂得一點雕蟲小技，便狂妄如此，實在可惡至極！」

他越說越激動，漲紅了臉：「離開皇帝，離開廟堂，讀書人一樣是讀書人，豈能讓你這等工匠瞧不起？」

汪力塔哈哈笑道：「剛才劉大人像是失了魂魄，現在看來好多了。咱們都是自己人，先不要爭論，如今眼前這事情如何處置，下一步怎麼走，還得一起商量出個對策。我先說自己的看法吧。現在侍衛們都死了，只剩下我們四個人。以後咱們若是找到了寶藏，甭管是書畫還是錢財，得到的東西四人均分，你們以為如何？」

吳墨林說道：「汪軍門快人快語，我贊同他的意見。只是〈蘭亭序〉這樣的東西，恐怕不好出手。短時間怕是賣不上好價錢。」

劉定之愣了愣，點頭贊同：「如若是要賣，也必須賣給一個能保管好如此神物的人。我們倒不必急著出手。」

汪力塔心想你們不急我急，人一輩子只有幾十年，及時行樂才是正經事，他問巴特爾：「老弟，你是什麼意見？」

巴特爾向劉定之和吳墨林鞠了一躬，誠懇地說道：「我是劉先生和吳先生的弟子，所以我要將自己的一份再分為三份，一份給劉師父，一份給吳師父，就當作學費吧，剩下的最後一份留給我自己就好。」

這是巴特爾第一次在眾人面前公開宣佈自己是吳墨林和劉定之的弟子。劉定之聽了有些不高興，說道：「自古以來哪有一個徒弟同時拜兩個師父的？」

吳墨林想到自己所得的寶物又多了一份，心中欣喜，連忙說道：「自古以來也沒有修復師傅被皇上『卸磨殺驢』的事例。天下新奇的事多了，我看巴特爾同時拜兩個老師，並無不妥。」

劉定之皺眉道：「即便是拜兩個老師，也要分出一個高低次序。」

吳墨林見劉定之到了這個節骨眼兒，仍然在計較儒家那一套「長幼尊卑」的囉唆秩序，只能哂笑道：「好好好，你作大師父，我作二師父，這總可以了吧！」

劉定之板著臉說道：「既然如此，我們便在此地正兒八經地舉行一個拜師儀式。巴特爾，你跪下來，對我和吳墨林每人磕三個頭。」

巴特爾一臉虔誠地跪地磕頭。對劉定之喊了聲「大師父」，對吳墨林喊了聲「二師父」。吳墨林瞬間有些後悔，要是巴特爾從今往後總是喊自己「二師父」，自己豈不是永遠比劉定之低了一頭？

劉定之向巴特爾要來佩刀，往袖子上一割，裁下一塊布，又翻轉刀刃，在食指上劃了一道，鮮血頓時滲出來。這舉動嚇了其他人一跳。只見他神情肅穆，用食指上的鮮血在布上寫了一個劉字，然後把刀遞給吳墨林，說道：「你在『劉』字旁邊用血寫個『吳』字！」

吳墨林心裡一萬個不情願，說道：「我看這種流於表面的形式就免了罷。」

劉定之冷哼道：「師徒如父子，不用血書，怎見一片誠心？你若不願收徒，也不必如此費事。」

吳墨林心想自己不能在巴特爾面前丟臉，於是只好把手指割破。他本來強忍著要裝出一副滿不在乎的樣子，但手指被刺破之時，仍然忍不住齜牙咧嘴，總算擠出一點鮮血，在「劉」字旁邊寫了一個「吳」字。劉定之拿過刀，又遞給巴特爾，說道：「該你了。在『劉』字和『吳』字的下方，用血寫自己的名字。」

巴特爾依著劉定之的話，寫完了自己的名字。劉定之將這塊布折好，揣進懷中，對巴特爾說道：「師父師父，師者如父，從今以後，你便是我和吳墨林的徒弟，我會把畢生所學傳授給你。這塊布就是你拜師的見證，此後你要是收了徒弟，也要依照此舉行收徒儀式。」

吳墨林突然想起祭祀祖先的宗譜，他和劉定之兩個人就像宗譜最上方一男一女兩位祖先牌位，可恨的是自己的姓氏位於右側，那是女人的位置。吳墨林於是哼了一聲道：「小巴，咱倆不用這一套，你叫我師父也行，叫我大哥也無所謂，以後有什麼要問的儘管問我便是。」

巴特爾連忙抱拳道：「不敢不敢，我還是叫你二師父顯得更加莊重，咱既然誠心拜師，禮數就不能亂。」

吳墨林暗歎：「二師父」這個名字，算是沒法兒改了，也罷也罷，隨它去好了。

一旁的汪力塔不耐煩地說道：「行啦行啦，你們師徒三人有完沒完？要不要再歃血為盟？這火把都快燒沒了，咱們該趕緊繼續找寶藏啦！」

第七章　六合錦函藏玄機

一、畫聖神跡終現

鷄冠洞中兩次砸石，長卷軸裡二美爭輝

幾個人站起身，舉著火把，打足精神繼續前行。一路回環曲折，時而上爬，時而下行，不知走了多遠，一個巨大的洞窟豁然出現。此處空間極為寬敞，足足能站滿三、四百人。洞頂距離地面有四、五丈高。巨大的石筍從地面升起，與洞頂下懸的石筍相對。幾個人沿著洞內四壁走了一圈兒，發現這個洞窟再無出口——這是一條死路。

劉定之打開那張鷄冠洞的地圖，指著最頂端的一排巨大的石柱說道：「畫中此處描繪的場景，應當就是我們所在的位置。咱們已經走到這個洞窟的最深處了。」

汪力塔有些沮喪：「你們不是說寶藏在這條路上嗎？為何我們走到頭兒也一無所獲？」

吳墨林給眾人打氣道：「好事多磨，咱們別灰心，再耐心找一找。」他一邊說，一邊在巨大的石筍之間行走穿梭，這裡叩一叩，那裡摸一摸，四處尋找有沒有什麼蛛絲馬跡。

吳墨林轉悠了一圈兒，仍舊一無所獲。他悻悻地走到劉定之身邊，再將那幅山水畫展

開。巴特爾和汪力塔也圍攏過來，四個人盯著那張風格酷似吳彬的圖畫，試圖從中再找出些什麼線索。

「我有一種強烈的預感，寶物一定就在咱們眼下所處的大洞窟之中。」劉定之的語氣篤定，言語間帶著一種不容置疑的自信，「項守斌設置了重重障礙，就是想讓尋寶的人費盡千辛萬苦，最終才能修得正果。因此我猜測，寶物一定在這一段行程的終點。」

畫面上端描繪的幾根巨大石柱的形狀正好與洞窟中的巨大石筍一一對應。劉定之看一眼畫上的石柱，又看一眼洞窟中的石筍，念念叨叨，腦中閃過一個又一個念頭。畫中究竟還有什麼疑點呢？自己究竟漏掉了什麼地方？

他舉起這張畫，倒轉過來看了一陣子，又從側面斜著看，對著火把看，翻來覆去看了許久，猛然間笑道：「哈哈哈哈！我明白了！我明白了！」

其他三個人也跟著興奮起來。巴特爾急不可待地問道：「大師父，快說吧，在哪裡？」

「就在鷄冠洞裡！」

汪力塔急得跟熱鍋上的螞蟻似的：「誰不知道在鷄冠洞裡啊！鷄冠洞那麼大，具體在哪個位置呢？」

劉定之嘿嘿笑道：「鷄冠洞說大也大，說不大，也不大。」

吳墨林心知這個臭文人又開始賣關子了，他故意使了個激將法：「罷了罷了，劉兄看來是受了皇上那封信的刺激，精神出問題了。」

劉定之瞥了一眼吳墨林，慢悠悠地說道：「怎麼，吳主事向來自詡神乎其藝，竟然還沒看出來什麼端倪？」

吳墨林兩手一攤，無奈地說道：「我已經不是什麼主事了，也當不成你的上司。這一次又沒看出線索來，落了下風，比不過你，總行了吧……你就別再擺那酸腐文人的臭架子了，有話快說，有屁快放，寶物到底藏在哪裡？」

劉定之不再吊人胃口，定了定心神說道：「你們再看這首詩，第一句是『渺渺雲煙匿此間』，之前我就說過，『雲煙』其實就是書畫。第一句的意思就是說，書畫就藏在此間——此間是什麼？後面三句給出了答案，此間就是雞冠洞。這整張畫所描繪的山山水水，其實正是雞冠洞內部的場景。現在各位仔細看畫頂端正當中的那個石筍，請記住它的形狀，然後瞇起眼睛，退幾步，再看整張畫……」

吳墨林等人依著他說的，瞇起眼睛後退幾步，看向整張畫，神奇的事情發生了。那個石柱的形狀，正與畫中大山的輪廓一模一樣。就連石柱中的紋理，也和整幅畫的溝壑水流暗暗契合。

劉定之接著說道：「你們想到了吧！當中的這個石柱，其實就是雞冠洞全景的濃縮，是一個縮小的雞冠洞！項守斌已經在詩裡面說得清清楚楚，寶藏就在雞冠洞，而那根石柱，其實就代表著雞冠洞。妙，妙啊……」

其他三人不再聽他的囉嗦，連巴特爾也一臉興奮地奔向洞窟當中那個巨大的石筍下。

「這個石筍被人工雕鑿修飾過！」吳墨林興奮地說道，「你們看這些刀砍斧鑿的痕跡，分明是故意將整個石筍砍鑿得與畫中地圖的山形吻合！如果不出意料，寶物就在石筍內部！」

汪力塔拾起一塊石頭，圍著石筍敲擊起來。他一邊敲擊一邊用心分辨著聲音，直到聽到空洞清脆的一聲，心中大喜，連忙用長刀揮砍起來。巴特爾也取出匕首，幫忙鑿石。一時間金鐵交擊，火星四濺。吳墨林和劉定之在一邊緊張地觀看。劉定之一臉擔心地說道：「你們下手輕一點！千萬不要傷了裡面的東西！」

汪力塔興奮地說道：「此處的石頭不是天然生成的，而是用碎石摻雜泥漿封固成的，可見裡面一定裝了東西。」

在兩個壯漢的輪番敲擊之下，石筍很快就被鑿出一個洞。巴特爾伸手便摸，在眾人緊張的目光中，巴特爾緩緩掏出了一個烏木盒子，他顫抖著打開盒子，只見盒中擺放著一個包錦的函套。

打開函套，又見一個冊頁，冊頁共有四開，描繪樓閣殿宇，人物樹石。劉定之手指哆嗦著，指著冊頁上的題簽，說不出話來。只見題簽上赫然寫著「唐吳道子墨蹟神品」。巴特爾不由得驚喜地叫道：「吳道子！竟然是畫聖吳道子！」縱然巴特爾是個老粗，也知道吳道子的名號。真要論起來，這位唐代「畫聖」在畫史中的地位，並不次於王羲之在書法史中的地位。（圖34～37）

汪力塔的紫色大臉笑開了花，他急吼吼地問道：「既然這是畫聖的作品，那是不是比〈蘭亭序〉還值錢？」

然而，吳墨林與劉定之翻開冊頁之後，越看越是失望。吳墨林癟著嘴合上冊頁，沉聲說道：「這套冊頁是偽作。」

汪力塔一聽就急了：「什麼？為什麼說是偽作？你說假的就是假的？你怎麼那麼神？你的眼睛開過光嗎？你有何證據？」

吳墨林說道：「唐代大多用的是皮料紙。皮料紙是用桑樹皮或構樹皮做成的，但這套冊頁的紙張纖維細膩薄脆，顯然是摻了竹料，用竹子造紙，是宋代才開始慢慢流行的。而且唐人作畫，幾乎是不用紙的，而是用絹。」

劉定之接著說道：「你們看畫中人物的相貌，清雋秀雅，並無盛唐時期人物的雄渾強健之氣。人物的服飾姿態也更像是明代的風格。因此這幅畫應該是一件極晚的作品。」

巴特爾和汪力塔大失所望。汪力塔仍不甘心，說道：「我們就當假的賣，估摸著也能賣個好價錢，畢竟不是誰都懂得分辨真假。」

劉定之道：「你以為有錢人都是傻瓜嗎？這麼明顯的偽作，豈是那麼容易便蒙混過關的？」

汪力塔頓時垂頭喪氣，一腳踢向石柱，口中罵罵咧咧：「他娘的！我們費盡心思，死了那麼多人，結果找到一件贗品！」

「莫非這件偽作只是個幌子？」劉定之嘴裡嘰嘰咕咕念叨著，圍著石柱轉了幾圈，又抬頭看向石柱的頂端，皺起了眉頭。他先是後退幾步反覆打量，又靠近幾步仔細觀察，而後倒抽一口涼氣，說道：「你們看石筍頂部的那幾根尖石塊。仔細看中間那石塊的形狀，模仿的似乎正是地圖頂端的幾根石柱。如此說來……石柱上頂端的那根小石柱，豈非正是濃縮版雞冠洞中的濃縮版。寶物莫非藏在那裡？」

吳墨林點了點頭：「有道理！原來這個大石柱竟然只是第二層『雞冠洞』！它頂上的小石柱是第三層『雞冠洞』！巴特爾，你攀上去敲擊一下，看看是不是空的。」

巴特爾重新燃起希望，就像個敏捷的大猩猩，攀援而上，用匕首敲擊大石柱頂端中間的小石柱，只聽得一聲清脆而空洞的聲響回蕩在洞窟之內，此聲在眾人耳中真如仙樂一般。巴特爾連忙用匕首搗碎小石柱，伸進胳膊，掏出一個木盒。

這木盒閃著冷金色，紋路如水波蕩漾，耀人眼目。吳墨林歎道：「這是上好的金絲楠木所製，單看此盒，便知價值不菲！」他打開盒蓋，取出一個手卷，慢慢展開，只見是一幅絹本水墨山水長卷。看著卷中恣肆的筆墨，吳墨林和劉定之的眼神中流露出不可抑制的貪婪。劉定之喃喃道：「宋代以後，絕無此法。這是我平生未曾見過的一種水墨山水畫法！」

巴特爾問：「何以見得？我怎麼看不出來？」

劉定之感慨道：「你細看，此畫純用墨筆勾勒，稍加漬染即渾然天成，筆勢古樸雄渾之中透著大氣磅礡，可稱神品。非唐人不能為也，非畫聖不能為也！」

劉定之繼續展開畫卷，一段水墨山水畫之後，出現了一段金碧設色的山水畫。畫中色彩絢爛，山體用石綠厚塗，山根以泥金渲染，雖然絹絲古舊，但礦石顏料歷經千年仍然熠熠生輝。劉定之喟然道：「這是唐人的金碧山水，世所罕見，品相如此完好者，實在是絕世珍寶！」

隨著手卷的緩慢展開，卷後的一段文字映入眾人眼簾。吳墨林的聲音有些顫抖：「這是唐玄宗的字，記得宮中有一件玄宗的〈鶺鴒頌〉，用筆結體與此一般無二！」

劉定之緩緩念出唐玄宗寫下的文字：「余令吳道子、李思訓二人合繪嘉陵江山色於一紙之內，可盛於囊匣，時時把玩也。李思訓數月之功，吳道玄一日之跡，皆極其妙也。余又令二人圖畫於大同殿壁上，水墨縱肆，丹青凝練，宮中觀者如雲，實為千古絕品也。」

這段文字之後，緊接著出現了幾個唐代名臣的觀款。劉定之看到此處，再也控制不住自己，竟然低聲抽泣起來。就連吳墨林的眼眶也濕潤了。玄宗的題跋說得很清楚，這件手卷正是唐代畫聖吳道子和宮廷畫師李思訓合繪的嘉陵江景色。早至宋末之時，吳道子和李思訓的遺跡就已湮沒殆盡，世人只能依靠畫史的記載想像兩位唐代先賢的風韻，誰能料到一千年後的幾個清代人，竟然在中原鷄冠洞內的石柱中砸出這樣一件稀世珍寶！

二、逃出生天又遇險

六合錦函又藏玄機，毒氣之內慘遭調戲

巴特爾和汪力塔對古書畫的認識尚淺，見吳墨林與劉定之激動地落淚，頗為吃驚。巴特爾指著畫中的山水，說道：「大師父，二師父，這張畫真的有那麼好嗎？我看畫得比你們也沒好到哪裡去呀？」

劉定之哭笑不得：「小巴啊，你能說出這種話，只能說明你的鑑賞水準尚處於十分淺薄和幼稚的層次。你仔細看吳道子的山水畫，用筆雖然簡省，但並不簡單，筆筆生發，變幻無窮，筆筆不同，內藏乾坤。你這樣的初學者自然是體會不到的。」

汪力塔拍了拍巴特爾的肩膀，說道：「巴老弟，你也不必對自己的鑑賞眼光失望。就連我這種繼承了幾代家學，鑽研了半輩子書畫的人，不也沒看出好在哪裡嗎？」

劉定之毫不客氣地說道：「你那叫什麼家學？你那種家學，還不如不學。一旦對書畫形成了錯誤的認知，要糾正便是萬難。這世上真正懂得鑑賞書畫的人，實際上鳳毛麟角……」

「得了，你就是那鳳毛麟角，總行了吧？」汪力塔一臉不高興，「其實我也並不在乎自己懂不懂書法繪畫那些高雅玩意兒，我只想知道這畫能賣出多少錢。」

劉定之此時的注意力全在手卷上，壓根懶得搭理汪力塔這種俗人，他繼續展開手卷，在唐代十幾個名臣的觀款之後，赫然出現了一段項守斌的題跋，劉定之輕聲念了出來：「吳道子、李思訓俱為唐時巨擘。余得此卷，合二人神跡於一卷，又有玄宗審定文字，真曠世神物。千載寂寥，披圖可見。無限玄機，盡在六合。筆墨玄妙，如金剛杵、印印泥。此卷傳於

我手，蓋有神明護佑，何其幸也。可奉為六法楷模，為吾家藏數件銘心絕品之一。嘉興項守斌。」

吳墨林欣喜地說道：「項守斌既然稱這件手卷為『數件銘心絕品之一』，說明這件東西或許還算不上是他最為珍貴的寶物。這不就和上次題跋〈蘭亭序〉時用的『佼佼者』是一個意思嗎？這說明了什麼？這說明……」他一邊說，一邊伸出瘦削細長的手指，摸向項守斌的題跋之處，輕輕摩挲了幾下，似乎裡面並沒什麼東西。

巴特爾忙不迭遞上匕首。吳墨林輕輕劃開題跋處的紙張，探進兩指，摸索一陣，仍舊空無一物。他奇怪道：「難道這次和〈蘭亭序〉不同，線索不在卷軸夾層裡？」

劉定之再次細讀項守斌的題跋，反反覆覆嘀咕著其中一句：「無限玄機，盡在六合。」他眼睛一亮，說道：「六合本來是指上下和四方，泛指天地或宇宙。但在此處，或許還有一層意思。」

他指著巴特爾第一次砸開石柱取出的包錦函套，說道：「這函套其實又名為『六合套』，『六合套』的『六合』即六面全部包裹之意。項守斌的題跋一語雙關，其實是說下一處的寶藏線索，正是這六合套中的偽作。」

眾人恍然大悟，汪力塔嘿嘿笑道：「敢情又是一道謎題！對劉大師和吳大師來說，這個謎題根本就不算什麼事兒！來來來！又到了你們兩個大展身手的時候啦！」

吳墨林與劉定之打開六合套中的冊頁，盯著那幾張園林山水，琢磨了半晌，仍不得要領。汪力塔見二人不言不語，心中頓時有些洩氣。巴特爾卻說道：「越是難解的謎，越說明寶物貴重。兩位師父莫要心急，等出了洞慢慢研究也不遲。」

汪力塔見巴特爾一口一個師父叫的勤快，心中漸覺不妙。吳、劉、巴三人是師徒關係，如今只有自己是一個外人，以後要是把自己踢出局了可怎麼辦？眼下只能跟三人再套套近乎了，於是他一臉誠懇地說道：「巴老弟說的沒錯，等出了洞再研究不遲。說起來，咱四個算是共患過難的交情了，彼此之間更應開誠佈公。我提議咱們在此處立個誓言，互相幫扶支撐，永不背叛！」

於是四人對天發誓一番，汪力塔尤其義薄雲天，信誓旦旦。發了誓之後，汪力塔咳嗽了一聲，說道：「眾位哥哥，我提議，將這些寶貝交予一人保管比較妥當。此人須得身強力壯，武藝出眾，又老成幹練，我老汪不是自吹，咱們四個裡，我是最有這個資格的。幾位兄弟意下如何？」

見其他三人沉默不語，汪力塔有些著急：「你們難不成信不過我老汪？」

吳墨林說道：「不是信不過，只是一直以來都是巴特爾保管這些書畫，他有經驗，突然間換了你，怕你不適應，咱們還是按照老辦法比較穩妥。」

汪力塔無法，只得收拾好東西，隨眾人踏上回程的路。巴特爾一邊走，一邊對其他三人說道：「我心中有一個疑惑：這項守斌為什麼耗費這麼多精力，將書畫分散藏在各處？他為什麼不把寶藏的地點提早告訴他的兒子？」

汪力塔說道：「你這個問題我也想過。可能在那個項老頭的心裡面，這些寶藏比他兒子的命還重要。他沒有把藏寶的地點告知任何人，獨自守著祕密，大概是連自己的兒子也信不過。後來實在沒有辦法，總不能帶著這個祕密死在兵營裡，所以才想了這個碎畫的辦法。」

吳墨林皺眉道：「這都是你以己度人，內情究竟如何，我們現在又哪裡知曉呢？不過我現在總覺得，項守斌留下的線索，似乎是為專門的人準備的。」

汪力塔道：「你為什麼這麼說？」

吳墨林慢條斯理地分析道：「你們想呀，要得到〈蘭亭序〉的線索，得是通曉歷代西湖繪畫的人才做得到，同時還得懂得一些裝裱修復的門道；至於鷄冠洞的線索，非得對山水畫的畫理及詩詞、書法，乃至八卦相當熟稔才行。項守斌留下的這些線索，只有古書畫造詣極高的人才解得開。換句話說，項守斌大概是希望把他的寶藏交付給真正懂書畫的人。」

汪力塔歎了口氣：「吳老哥說的有道理。項守斌窮盡畢生心血收藏了這些古代書畫，當然不希望這些東西落到不懂書畫的人手裡。哎！我們家祖孫四代連一根毛兒都沒找到，想想也在情理之中呀。」

幾個人一邊說著，一邊行路，漸漸臨近毒氣的區域。吳墨林將牛尿脬鼓滿了氣，對眾人說道：「各位，咱們現在要穿過毒氣，只能用這個尿脬了。我們一次兩人結伴走過去，每個人輪換使用尿脬袋子，等穿過毒氣後，再由一人返回，攜另一人走過去，如此往返三次，便可全部穿過毒氣了。」

這方法雖然煩瑣，但目前也別無他法，眾人只能照辦。每次穿行毒氣，都由吳墨林往返帶人。他聲稱自己未曾沾染毒氣，眼下體力最為強健，因此應該由他往返帶人。其實這匠人只是賣個人情給其他三人，他擔心的是自己的尿脬袋子裡的蠹蟲露餡。攜人穿行毒氣的時候，他總是要把尿脬袋子抖一抖再交付給另外一人，怕的就是蟲子爬到別人的嘴裡。

汪力塔唯恐吳墨林等人穿過毒氣以後落下自己，搶著要跟吳墨林率先穿過毒氣。吳墨林帶著汪力塔過了毒氣以後，又回來拉上巴特爾。等到與劉定之同行的時候，他故意不抖尿脬袋子，且提前囑咐劉定之：「在毒氣中無論發生什麼，萬萬不可鬆口，一定要含住尿脬。沒有我的指示，不可將袋子取下！」

劉定之只道是吳墨林好意提醒，心裡奇怪這個工匠何時如此熱心。待進到毒氣之中，接過吳墨林穩穩遞來的尿脬袋子，用嘴含上，頓時一股酸臭氣竄入口腔。為了保住性命，他好歹強忍住了。但片刻之後，一隻活物慢騰騰爬進他的嘴巴，在他的舌頭上打了幾個轉。劉定之幾欲作嘔，青筋暴起，冷汗直冒，他想自己一定是出現了幻覺。吳墨林在一邊瞧得仔細，強憋住笑，見劉定之實在支撐不住，便從他口中取下尿脬袋子，手指捏緊口沿，裝作不經意地抖了幾抖，然後才放進自己的嘴裡。

劉定之的舌頭死死頂住上牙膛，腮幫子鼓得圓圓的，那只蠹蟲還在他的嘴裡打轉。他的臉色由紅轉紫，在淡綠色的毒氣中顯得尤其詭異。吳墨林看了不免有些發慌，這次怕是玩兒的有些過分了。劉定之就快支撐不住的時候，兩個人終於走出了毒氣區域。劉定之見到巴特爾與汪力塔，再也忍受不住，「呸呸呸」張嘴就吐。嘴裡的蠹蟲剎那間被他吐飛，不見了蹤影。

吳墨林心疼那隻蠹蟲，面上卻裝作一副吃驚的樣子：「劉大人，你怎麼了？」

巴特爾也頗為關心：「大師父！你沒事吧？」

劉定之有氣無力地看著其他三人：「那皮囊是啥做的啊？你們含住皮囊的時候，沒覺得有什麼異樣的感覺？」

汪力塔皺眉道：「就是有些酸臭味，其他倒沒什麼？劉老哥是讀書人，受不住這個味道，也算正常。」

劉定之滿心疑竇，只好隨眾人繼續行路。走過溪流，經過水口，路過蛇群，他們終於出了洞口，重見天日。幾個人疲累至極，紛紛跌坐在地上，大口呼吸著新鮮的空氣。劉定之一連淬了幾口唾沫，終於覺得嘴裡乾淨了一些。

汪力塔突然哈哈笑道：「兄弟們，大難不死，必有後福。咱們雖然折了幾個侍衛，但從此以後再也沒有枷鎖絆著，去他娘的皇帝老兒！咱要為自己掙個富貴！後面的寶藏還等著咱們呢！」

突然之間，有一個陌生的聲音在汪力塔身後響起：「呵呵，這寶貝到底歸誰，還是未知呢！」

四個人被嚇得一蹦而起。只見身後的樹叢中鑽出一夥蒙面的強盜。為首的一個身材修長，雙目如電，下半張臉用黑布遮住，手中提著一把長劍。另有十幾個壯漢，全部蒙著臉，舉著弓弩，齊刷刷對準吳墨林等人。

三、巴特爾怒燒〈蘭亭序〉

扮土匪老七顯身手，裝瘋癲小巴燒偽書

陳青陽早就打探清楚，當地的土匪裝束與河北強盜、山東響馬及關外的毛子都不大一樣，中原一帶的土匪普遍喜歡穿一些花花綠綠的衣裳，於是他找來一些色彩鮮豔的袍衫褂袖，穿上身以後，儼然是個浮浪的江洋大盜。

他操著一口河南方言，惡狠狠地對吳墨林等人說道：「恁這些不知道天高地厚的混球，到了老子地盤，也不打個招呼。如今這般沒有個禮數，甭怪俺們不客氣！識相的把值錢的東西都交出來，老子高興了或許饒恁們一命！」說話間，身邊的「斑錦彪」與「雪爪盧」狂吠兩聲，然後發出低吼，齜牙咧嘴，也擺出一副凶相。

巴特爾聽了這話，心道奇怪。他來鷄冠洞之前本已經打聽過，附近並無匪患，這一撥花綠綠的歹徒究竟是哪裡冒出來的？蒙古漢子噌的一聲拔出腰間短刀，喝道：「錢可以給你們，我這裡有五百兩銀票和一些碎銀子，你拿去便是，若再有貪圖，老子和你們拼命！」

王老七早有心在李雙雙面前顯顯身手，見巴特爾不服不忿，從腰間囊袋中摸出一塊圓形卵石，怒喝道：「恁個龜孫，害敢拔刀？」隨後咧嘴大喝一聲：「中——」，伴隨著濃重的河南腔調，這塊石子被他用盡力氣甩出，不偏不斜正砸在巴特爾的手腕上。巴特爾一陣劇痛，短刀「噹啷」一聲落地。陳青陽這夥人爆出一陣喝彩，李雙雙也露出驚訝欽佩之色。

陳青陽嘿嘿冷笑道：「是龍得盤著，是虎得臥著。這麼多弓弩對著你們，別瘦驢拉硬屎，逞強沒有好果子！你們現在乖乖聽俺的話，把手裡的那些木盒子，懷裡的銀票，包裹，都統統交出來！若有私藏，別怪老子不客氣！」

汪力塔賠著笑臉道：「除了有一張銀票，幾兩碎銀子，剩下的都是一些文人的字畫，並不值錢。」

陳青陽道：「值不值錢是你說了算嗎？趕緊交出來！一會兒老子還要搜身，敢有一丁點兒私藏，就剁了你們的爪子！」

吳墨林小心翼翼賠笑道：「這位山大王有所不知，我們都是畫家，此次出遠門遊歷寫生，誤入貴地，隨身攜帶的書畫雖然不值錢，但卻敝帚自珍，對我們自己而言意義非凡，還請大王開開恩……」

陳青陽呵呵笑道：「別廢話了，實話告訴你，老子不在乎那幾百兩銀子，銀子可以不要，你們身上的其他東西必須給我老老實實交出來！」

八、九個嘍囉兵穩穩端著弓弩，指向巴特爾等人。巴特爾心想這夥賊人不像是普通的強盜，他們似乎早就知道自己身上帶著的書畫價值不菲，乾脆一不做二不休，拼死賭上一回，人死不過鳥朝天！只見巴特爾從懷中摸出一個卷軸，又摸出一張五百兩銀子的銀票，將銀票和卷軸猛地抖開，又從汪力塔手中搶過火把，挨近了銀票和卷軸，大喝道：「賊人看清楚了！這是大名鼎鼎的〈蘭亭序〉！是真正價值連城的寶貝！你要錢要銀子，我都可以給你，但若你非要書畫不可，我便一把火燒了它！我不僅燒了〈蘭亭序〉，也燒了銀票，讓你們一無所得！」

陳青陽定睛一看，果然是一幅〈蘭亭序〉，他浸淫書畫多年，一眼看去，便覺此作驚豔絕倫。卷中書法筆墨高古神妙。若真是〈蘭亭序〉真跡，當真是無價之寶。他正躊躇之間，只見巴特爾將火把慢慢靠近卷軸，火苗與〈蘭亭序〉若即若離。

「孽障！你喪心病狂嗎？」劉定之雙手顫抖，大吼道，「那是〈蘭亭序〉！你怎麼敢做出這種事？」

除了巴特爾之外，只有吳墨林知道那只是一件摹本。他早在一個月前就製作好，真跡在巴特爾的內衣夾層之中。吳墨林冷笑道：「為什麼不敢燒？要讓我們交出蘭亭序，還不如燒了它！燒了它，再把我們射死，我們正好拿〈蘭亭序〉陪葬，咱們死的不冤！」

汪力塔也被嚇得不輕，他強擠出一副皺皺巴巴的笑臉，向陳青陽等人懇求道：「好漢們，聽我一句勸……我們這邊的幾個人都不太正常，之前都受過刺激，尤其是這位小兄弟，他真的什麼過分的事情都幹的出來……你們不如取了銀票就走吧，不然就什麼也得不到了！」

陳青陽心裡也直打鼓。他有心詐一下巴特爾，於是裝作滿不在乎的樣子說道：「我看你沒有這個膽子，你要是敢燒，必死無疑！」

巴特爾仰天長笑，面容扭曲，雙目暴睜，神色癲狂，吳墨林在一旁看得真切，心中暗暗佩服這個蒙古漢子的演技。平時只覺得這個年輕的小夥子淳樸憨厚，沒想到竟然也會逢場作戲。

在劉定之的驚呼聲中，「喪心病狂」的巴特爾將卷軸點燃。紙張遇火便著，一道黑煙升起，劉定之差點昏死過去，口中兀自叫罵不停。陳青陽一見也慌了神，心裡閃過好幾個念頭：這時候如果立刻將巴特爾射倒，不知道是否能安全地奪下〈蘭亭序〉？但他和巴特爾等人無仇無怨，並不想害死他們。更何況汪力塔在出洞的時候曾說過，還有寶藏未找出，已經到手的寶貝，也不打算交給皇上。不如自己先退一步，等以後這夥人找到其他寶藏，再出手也不晚。他想到此處，大喊道：「我答應你！老子只要錢財，那些破紙卷子不要了！」

巴特爾伸出蒲扇一樣的大手，在手卷上輕輕一摩挲，把剛剛燃起的小火苗捋滅。劉定之忙上前檢查，只見卷首已經燒殘，文字部分卻只是被熏黑，那張銀票反倒是完好無損。劉定之心疼不已，惡狠狠地對巴特爾說道：「孽徒！看看你幹的好事！」

巴特爾心想我等事情過了再跟大師父解釋，眼下最要緊的是如何脫身。他仍將手卷靠近火把，怒吼道：「我把這五百兩銀票給你，你們這一次打劫也夠本錢了！拿了這些銀子，趕緊滾蛋！」

王老七湊近陳青陽，低聲說道：「陳兄，咱們就這麼算了？也太便宜他們了吧。」

陳青陽神情複雜地說道：「我只道是他們找到了什麼奇異的金銀財寶，沒想到是古書畫，竟然能用火燒來威脅。沒辦法，先讓了他們這一次，以後我們還有機會。」

兩方妥協之後，陳青陽取了五百兩銀票，拉著人馬便撤了。「斑錦彪」與「雪爪盧」一步三回頭，不甘心地對吳墨林等人齜牙咧嘴。汪力塔盯著那兩條獵犬，心下驚疑不定。他在山西鬥過狗，知道好的獵犬應該符合什麼樣的標準。最好的獵犬名叫「細犬」，雖然看起來餓得皮包骨頭，但一身腱子肉，嗅覺靈敏，迅捷如飛。剛才遇到的那兩條細犬，無論從毛色還是從體型上來說，都是細犬中的極品。山野中的盜匪怎麼會豢養這樣名貴的狗？汪力塔越想越是心驚，看來這一次外出尋寶，怕是被哪個大人物盯上了。

若按照汪力塔往常的性子，早就想盡辦法私自捲了那幾件書畫跑路。但這一次他卻有些捨不得其他三人。他的父母早就死了，自己並沒有娶妻，在山西結交的幾個軍漢都是一些狐朋狗友，酒囊飯袋。有時候想想自己這輩子也真夠可憐，竟然沒一個值得託付的好友。在雞冠洞中，他被吳墨林救了性命，與其他三人共患難，不知不覺之間，對這個小小的團體已然產生了依賴。

他想起一句老話兒：「酒是穿腸的毒藥，色是刮骨的鋼刀，財是惹禍的根苗，氣是無煙的火炮。」自己酒色財氣全部沾染，只想著找到寶藏，醉生夢死、花天酒地地度過這一生。但這幾個月以來，他與吳墨林、劉定之等人日日相處，卻體味到另一種活法，那是一種追尋藝術的人生，是一種有信仰的生存態度，是一種能夠觸摸到永恆的體驗。

他決心跟著其他三人繼續走下去。

這時候火把燃燒殆盡，火焰漸漸熄滅，巴特爾將火把扔在地上，長長呼出一口氣來。劉定之只顧著檢查〈蘭亭序〉，嘴裡念念叨叨：「是我眼花了嗎？怎麼被燒過以後，字形不如原先的生動，少了一分神采？」

吳墨林怕盜賊仍未走遠，顧不上跟劉定之解釋，連忙說道：「別在此地糾纏，我們趕快離開這兒，回了驛站收拾行李，速速離開欒川！」巴特爾點頭稱是，於是四人攜帶函套、木盒等物，急忙趕回驛站，收拾了行李，快速離開欒川縣城。

吳墨林家中尚有幾百幅摹本，此外金農也守在他的家中，所以他必須回一趟北京。劉定之家中則有大量書稿，那是他的命根子，也割捨不下。於是眾人商定，先祕密回到京城，料理好家中的事物以後，再去尋寶不遲。

四、京城暗湧

返帝都陳青陽覆命，賞冊頁雍正爺解乏

已到五月中旬，京城漫天的柳絮已經過了勁兒，北地的氣溫迅速回升。紫禁城裡雖然早就已經新桃換舊符，但大清的各方派系勢力仍暗中勾結，朝中呈現出一片混沌不清的局面。人們在新君的一連串政令中感到一個新時代正在緩慢拉開序幕。

八爺黨樹大根深。胤禛即位後進封八阿哥胤禩為和碩廉親王，兼理藩院尚書，後轉工部。胤禛雖對八阿哥時有訓誡，但施加的恩寵絲毫不比康熙時減少半分。

陳青陽等人尾隨吳墨林一夥回到北京，到廉親王府中向胤禩、胤禟和胤䄉稟報，講述一路跟蹤的過程並商議此後的部署。

十阿哥說道：「這些古代書畫好則好，但對現在的時局又有什麼幫助呢？花費這麼多人力物力，即使得到了這些書畫，短時間內又換不來錢財，有什麼用？」

八阿哥搖了搖頭，說道：「老十，將目光放長遠一些。盛世收文物，亂世買黃金。這種書畫神品，雖然短時間內未必換得到金子，但便於收納攜帶。輕飄飄一件小手卷的價值，抵得上數十車白銀珠寶。以後說不定會派上大用場的……」

八阿哥一番話，點醒了陳青陽。是啊，如果將來八阿哥失利，家中那些顯眼的財寶器物，大概都要被胤禛抄沒，唯獨像〈蘭亭序〉這樣輕巧的小物件兒，價值萬金且便於藏匿。真到萬不得已的時候，還可以為子孫後代留下一點兒資本。他本以為八阿哥找尋寶藏是為了對抗胤禛，現在看來，八阿哥大概是為了給子孫留一條後路。念及此處，陳青陽不免有些灰心喪氣——他的主子既然早已存了留後路的念頭，那麼八爺黨的沒落必然也在所難免。

九阿哥胤禟繼續詢問道：「吳墨林這些人回了京城做什麼？」

陳青陽說道：「吳墨林等人回京城，主要是因為他們家中有些物件兒割捨不下。劉定之家裡存著些書稿，吳墨林家裡存了些書畫卷軸。這幾日他們正忙著從家裡把這些物件兒倒騰出去呢。」

九阿哥胤禟輕蔑地說道：「他們家裡能有什麼好東西？不趕緊找寶藏，斤斤於家中的破爛玩意兒。」

陳青陽道：「九爺你莫要小瞧了這夥人。他們雖然出身低賤，視野狹窄，但也頗有些異能。最近幾日，據我們的探子回報，又有一人加入他們的小團體。此人名叫金農，是個有名的畫家，交遊甚廣。眼下他正為吳墨林等人出謀劃策，四處奔走。」

八阿哥說道：「這個金農我倒是聽說過，名氣很大，在公卿貴冑之間頗有些人脈。據說他不僅精於書畫，更通曉佛道。前幾年常常在北京的各種雅集上露面兒。我曾經還動過心思，想收他做幕僚。」

陳青陽回答道：「這個金農確實有些能耐。此人很會經營，據說他畫了不少自畫像，四處送人，還經常在刻印的文集中加入自己的版刻畫像，近幾年來名聲日盛一日，在江南士林中影響頗大。正是在這個金農的安排下，吳墨林這夥人藏匿在京城的一家妓館之中。」

「什麼？藏在妓院裡？」十阿哥吃驚地問道，「哪個妓館願意招攬這些人？」

陳青陽道：「那一家妓館是個清吟小班，名叫『菡芬樓』，位於胭脂胡同之內。菡芬樓的老鴇與金農相熟。也不知金農與那個老鴇究竟是什麼關係，老鴇竟然允許吳墨林、劉定之等四人，連同吳、劉兩家的書畫、手稿一併搬入妓館之內。」

「菡芬樓？我之前似乎聽說過，」九阿哥努力回憶起來，「這個菡芬樓的姑娘獨具一格，大多擅長書畫詞賦，在京城的書畫圈子裡甚是有名。」

「不錯，菡芬樓的姑娘均以高妙的畫藝名馳風月場，」陳青陽點了點頭，「據說菡芬樓的老鴇為了提升手下姑娘們的畫技，請了不少名師到妓館中授課。我猜測金農大概因此與老鴇結識。京城裡的大小妓院不下兩千所，為了招攬顧客，各家妓館各顯神通。這個菡芬樓主要在文人畫家圈子裡精耕細作，也算是另闢蹊徑了。」

八阿哥聽了半晌，皺著眉頭說道：「這麼說，那些古書畫，也藏在菡芬樓之中？」

陳青陽說道：「自從吳墨林等人找到〈蘭亭序〉之後，所有的貴重書畫，都由巴特爾隨身保管。他們在菡芬樓裡足不出戶，不知在搞什麼名堂。」

十阿哥哈哈大笑道：「還能搞什麼名堂？當然是日夜嫖妓嘍。那幾個人都是窮光棍兒，鄉巴佬，幾時見過葷腥？」

陳青陽搖了搖頭：「我看未必，他們身上的銀子都被我在鷄冠洞外劫了，哪裡有錢嫖妓？他們身上最值錢的東西就是那些古書畫，此時這些人就龜縮於皇城之內，怕是不敢兜售。」

八阿哥說道：「陳先生辛苦了，還得有勞你繼續盯緊那個妓院。人手可還夠用嗎？」

陳青陽道：「八爺放心，菡芬樓那邊有李雙雙、王老七帶人盯著呢。多虧『觀音二娘』李雙雙，我們才能獲知如此多的消息。」

觀音二娘本是九阿哥的手下，聽了這話，九阿哥一笑，說道：「讓二娘盯著菡芬樓，再合適不過了，她本來就出身於妓館，那套『觀音』的本事，就是她從小在妓院中學會的。」

陳青陽吃了一驚：原來雙雙出身青樓，不知王老七曉不曉得這個消息。

眼見天色已晚，陳青陽請辭，退出花廳，屋中只剩下兄弟三人。九阿哥胤禟聽著陳青陽腳步聲漸遠，說道：「看來這個陳青陽還算是個用心辦事的人。我聽李雙雙說過，這姓陳的文武雙全，一路上不辭勞苦，對八哥你的差事勤勉盡心。」

十阿哥卻道：「我也詢問過王老七，老七雖然也佩服陳青陽的能耐，但言語間頗有微詞，他說陳青陽雖然能力出眾，但總有些優柔寡斷，患得患失，且性情陰鬱不定，一會兒像是個武夫，一會兒像是個文人，一會兒又像是個專愛偷窺的瘋漢子。你們知道，我一向是很欣賞陳青陽的，聽了王老七的話，氣得打了他一巴掌，結果老七仍是不改口。哎，我現在也不知道陳青陽到底能不能辦成這件事兒了。」

八阿哥心中煩悶，踱步到窗前，推開窗子，遙望天邊的一輪明月，瞬間感到身心疲累。他歎道：「王老七說陳青陽優柔寡斷，患得患失，我又何嘗不是這樣？我總覺得，好像無論什麼事，我們的人都盡力了，但總是未能成功。最近一年，事事機關算盡，卻事事不順心意。總是棋差一著。上一次的遺詔風波，我們本來想好好做做文章，結果也被胤禛平息下去了……」

「八哥別氣餒，」九阿哥說道，「我們現在仍不到認輸的時候，胤禛即便當了皇帝，不也沒敢把我們怎麼樣嗎？他前些日子還親口對諸王大臣說起八哥你『較諸弟頗有識量，可資於理，朕甚愛惜。』這是對你示好呀！」

「胤禛當下說過的好話，施加的恩惠，皆不可信，」八阿哥說道，「他忌憚我們的勢力，所以要用好話來安撫我。如此淺顯的帝王心術，他以為我看不明白嗎！」

「八哥，老四用的是陽謀，你看不看的出來，對他並沒什麼影響，他就是要在群臣面前擺出一副心胸博大的樣子，」九阿哥胤禟道，「等到他根基穩固，擢用新人，再來對付我們，就易如反掌了！」

八阿哥重重地歎了口氣，他日日處於勾心鬥角的政治漩渦之內，早就厭倦了這樣提心吊膽的日子。做王爺有什麼好？真不如從此隱居起來，做個不問世事的富貴翁舒服自在。

廉親王府的三兄弟兀自心煩意亂，皇宮養心殿內的大清皇帝——胤禛的心情也好不到哪裡去。他每日操勞政事，一刻也不得閒。

這一夜，胤禛剛剛批完幾十道奏摺，眼睛酸痛。他伸了伸腰，對侍立一邊的魏珠說道：「今日這些奏摺批得還算順心，青海的戰事似乎有了些起色，朕心甚慰。」

魏珠端過來一碗溫熱的枸杞燉燕窩，笑著說道：「皇上勤於政事，是天下百姓之幸！」

胤禛呷了口燕窩湯，說道：「你把那一套行樂圖取來，我消遣一會兒。」

魏珠連忙從櫃子中取出一套冊頁。這套冊頁是前些日子宮廷畫家奉了聖旨專門畫出的。在這套冊頁中，胤禛化身為各種角色，或為彈琴的高士，或為乘槎的仙人，或為采菊東籬的陶淵明，或為刺虎的獵戶。胤禛整日在皇宮內忙於政事，只能在畫中想像自己神遊天地，以此緩解緊繃的神經。魏珠看著胤禛饒有興致地翻看冊頁，心中不免感慨：皇帝難做，好皇帝更難做，照著胤禛這般幹下去，沒幾年身子骨就得垮掉。（圖38、39）

胤禛指著一張刺虎的圖畫，笑著說道：「我最喜歡這幅。朕常常夢見自己手持鋼叉，殺遍世間惡獸。」

魏珠賠笑道：「皇上乃九五之尊，有此除暴之心，自然能滌蕩世間惡行，一正天下風氣。」

胤禛點了點頭，神色突然有些黯然：「哎，只是朕做了皇帝，才知道有時候不僅僅要殺惡人，為了天下人，為了大清，還要偶爾殺幾個好人。」他歎了口氣，又翻了幾頁畫冊，說道：「朕看著這套冊頁，想起吳墨林和劉定之那夥人來。這都已經一個月了，巴特爾仍然沒有傳回任何消息，那夥人難道是銷聲匿跡了嗎？」

魏珠心裡一緊，不由得為吳墨林和劉定之擔心起來。

五、青樓中鑑書畫

青樓女立志辟蹊徑，兩師父受邀賞法書

胭脂胡同中的菡芬樓不同於一般的秦樓楚館。門前金漆籬門，上有一塊匾額，寫著「菡芬樓」三個方正的大字，用筆直率重拙，正是金農所書。菡芬樓朱欄內綠竹掩映，門庭清整，真是鬧市中的一處僻靜所在。

菡芬樓的老鴇姓沈，名是如，已經是三十五、六歲的年紀。幼年時被人販子拐賣到妓院中，教以琴棋書畫。十五歲時，她被妓院的媽媽灌醉，夜裡便被人破了瓜，自此墮入煙花巷中。沈是如天資聰慧，在書法繪畫上的造詣更是非凡。京城中不少文人墨客，都為她的畫藝

傾倒。尋常妓女以色聞名，琴棋書畫不過是個陪襯，但沈是如卻是以畫藝聞名，她的美貌倒成了陪襯。

五、六年之前，金農到北京城拜訪吳墨林，順便四處走穴賣畫，也曾聽聞沈是如的大名。他在雅集上見過沈是如繪製的蘭草，心中讚歎不已。歷代名妓擅於繪畫者不在少數，如秦淮八豔中的馬湘蘭，所繪的蘭花也聞名一時。但沈是如的蘭花卻於柔弱中有一股寧彎不折的傲氣，筆力之強健，令金農大為傾倒。

那時候金農已經有了不小的名氣。他以嫖客的身分，順利見到了沈是如。沈是如曾見過金農的書畫，本來以為對方是個風度翩翩的才子，見了面，只覺得矮胖油膩，大失所望。但幾句交談過後，方覺得這個男子談吐不凡。金農和她聊起繪畫書法，滔滔不絕，直說得沈是如心神迷醉。兩人就在屋子裡舞文弄墨，作起畫來。原來這沈是如專攻墨蘭一路，不會畫其他的題材。金農悉心傳授人物、山水等科目技法，又論及傳世書畫，令沈是如大開眼界。兩人聊得投緣，互相心生愛慕。當晚一番激情，共赴巫山雲雨。連續幾日，金農一邊教授畫藝，一邊與沈是如你儂我愛，這段時日舒服得賽過神仙。

幾日之後的一個清晨，沈是如醒來，提筆在紙上寫下「雨中花蕊方開罷，鏡裡蛾眉不似前。」她的心有了歸屬——她要嫁給金農，哪怕做個小妾也心甘。但金農卻一口回絕。金農正色道：「我是娶了妻的人，讓妳做小，豈不是作踐了妳這樣的奇女子？」沈是如答道：「我甘心跟你從良，你大可放心，我早就攢下一筆體己錢，全都給你用作贖買之資，不讓你額外花一兩銀子！」金農感動地熱淚盈眶，語氣更加堅定地說道：「不！妳是個當代的管道升，須得正兒八經配個趙孟頫似的良人才算圓滿。與人做小，位卑氣弱，妳這樣的氣質身段，怎能受得了一輩子低人一等的活法？」

金農其實沒有把實情說出來，他的妻子性情潑辣，善妒愛忌，壓根容不得金農娶妾。金農又不好意思說出口，只能拿這些話來搪塞。但沈是如仔細一想，覺得金農的話有理。難道從了良，與人做小，聽命大婦，低眉順眼地過一輩子，就真的是自己想要的生活嗎？她思來想去，決定要走出一條屬於自己的路。

沈是如將兩千兩銀子交給金農，讓他向老鴇提出贖買自己的請求。原來沈是如十幾年來私底下得了客人不少賞錢，又通過賣畫，賺取了大把銀子。此時她已經二十八歲，在妓院中也算是個老姑娘了。老鴇心知在沈是如身上再賺不了幾年錢，見金農出的價格合適，便爽快地賣了沈是如。沈是如得了自由身，又拿出兩千兩，自立門面，招兵買馬（雇了幾個龜奴），在胭脂胡同開了一家新的妓館，請金農題了匾額，她自己做了老鴇。此事轟動了京城的老鴇圈子，「菡芬樓沈是如」之名，一時間在煙花巷間聞名遐邇，不少青樓女子甚至慕名前來投奔。

沈是如的這家菡芬樓，與一般的妓館有些不同。菡芬樓中的妓女，一部分是生活無著，被迫入了這一行的女子；還有很大一部分是年老色衰，卻頗通藝事的婦女。沈是如請了不少書畫名家教導妓院中女子的畫藝，甚至還請了宮裡的洋畫家郎世寧進妓院授課。不過一兩年，菡芬樓的姑娘們就以高超的畫藝在京城中闖出了名氣。文人墨客口耳相傳，都說胭脂胡同的菡芬樓是風月場中極高雅的去處，裡面的姑娘相貌未必是最好的，但卻是極有品位的。

沈是如自此之後，一邊打理菡芬樓的生意，一邊潛心書畫。金農也成了菡芬樓中的常駐先生。兩人雖然並未成為夫妻，但情投意合。每次北上，他都要在菡芬樓中住上一段日子。金農之前跟吳墨林說過這件事，顧及吳墨林老光棍的身分，沒有說的太多，免得吳墨林妒忌。又過了幾年，金農與沈是如的男女之情漸漸冷淡，多了一份朋友之間的友誼。兩人常常談論古今書畫，品評各家各派優劣短長，巫山雲雨之情，漸變為高山流水之意，兩人遂成一對好友，幾乎無話不談。

吳墨林等人回到京城之後，與金農碰面，陳述過往事由。金農聽罷，如在夢中，將信將疑，直到看了〈蘭亭序〉與〈吳道子李思訓合裝嘉陵江山水卷〉，目醉神迷，大受震撼，這才信了吳墨林的話。吳墨林等人不敢住在家中，於是金農便帶著這四人躲進了菡芬樓內。

金農並未將所有實情告知沈是如，只說是四個朋友避難，請求暫住菡芬樓一段時日。沈是如答應下來，在妓館後院中騰空了四間小屋，以供吳墨林等人居住，另闢一間上房，專供金農起居，飲食衣物都由菡芬樓中的龜奴和老媽子照料。妓館中的姑娘只道這幾個男人都是新請來的書畫先生，並未多疑。

巴特爾第一次來到妓院，見到嫋嫋婷婷的姑娘們，一張大臉瞬間紅到了脖子根兒。吳墨林與劉定之是老光棍兒，以前打熬不住的時候，也偶爾逛過風月場，但沒到過如此高雅的場所。汪力塔雖然當慣了嫖客，但他去過的地方都是軍漢子聚集的窯子，幾時見過此等雅趣？他們躲在後院中，眼見得前院的姑娘穿梭往來，歡聲笑語，但為了保守祕密，只能龜縮在這方寸之地，更覺得憋屈難受。只有金農可以在妓院中隨意行走。金農吃得好，住得好，每日教授妓院中的姑娘作畫寫字，又有美人磨墨，紅袖添香，直令吳墨林等人豔羨不已。劉定之、吳墨林和巴特爾尚能在屋內寫字作畫，研究那套冊頁中的線索，以此消磨心中的欲火，而可憐的汪力塔只能強行憋著，度日如年。

這一日突然有個老媽子來到後院，請吳墨林與劉定之去與沈是如見面。劉定之與吳墨林被領進一間雅室，沈是如早在室內等候，雙方相互施禮，沈是如嫣然一笑道：「久仰兩位先生大名，今日特地邀請二位前來請教。」說著她從一個繡花布囊中取出四、五件卷軸，在二人面前緩緩打開。

原來沈是如喜歡收藏古代書畫。中國古代的女畫家雖然數量不多，但也有幾個出類拔萃的，可謂「巾幗不讓鬚眉」。但沈是如一直摸不准自己收購的藏品究竟是真是假，請金農看過，金農也拿不准，於是便向沈是如推介：「後院一個姓吳的，一個姓劉的，過目古畫無數，普天之下，論起鑑定的眼光，怕是無人能及得上那兩個人，妳何不請他們來鑑定一下呢？」沈是如於是尋了個空閒，專請吳、劉二人前來鑑畫。

吳墨林和劉定之在沈是如面前有些手足無措。沈是如雖然已經三十五歲，但徐娘半老，風韻猶存，她保養得當，又加之以詩書浸潤，因此只有眼角露出細微的皺紋，皮膚卻如羊脂玉一般瑩潤。她雙目如杏，朱唇黛眉，一顰一笑，一舉一動之間，自然地流淌出溫存和雅致來。

沈是如見吳墨林與劉定之呆呆地盯著自己，不覺好笑。她撥動玉指，解開條帶，輕輕打開一件冊頁，說道：「二位先生請過目。」

吳墨林和劉定之忙不迭低頭看起來。

眼前的物件是一件手劄，本是信件，後被裝裱成冊頁，落款寫著「道昇」二字，但似乎又經一番塗抹，款字模模糊糊，令人疑惑。

「這是元代女畫家管道昇的書法，」吳墨林心中略有一絲緊張，努力裝作平和穩重的樣子，「管道昇存世書法極少，她是元代書畫大師趙孟頫的妻子，因此書法受她丈夫的影響，所以這件手劄，風格很像趙孟頫。」

劉定之盯著落款處仔細看了一會兒，抬頭對沈是如笑道：「沈姑娘，這件手劄，是妳買的嗎？」

沈是如說道：「此作是我從一個古董販子手裡買下來的。我見書法寫得極好，憑著直覺花了兩百兩銀子買下的，當時還遭到不少姐妹的嘲笑呢。」說罷她羞赧地一笑，引得面前兩個男人心神為之一蕩。

劉定之定了定神，說道：「沈姑娘真是好眼力。但這件書法卻並非是管道昇親筆，而是代筆的。」

沈是如眉毛一挑，吳墨林在一邊不服氣地說道：「此作紙墨老舊，不似偽造。」

劉定之瞥了一眼吳墨林，說道：「我幾時說過這是偽造的東西？沈姑娘，妳買了這件書法，其實是賺到了！古人云，買王得羊，不失所望。但姑娘妳是買羊得王，實乃意外之喜呀！」

沈是如笑道：「願聞其詳。」

劉定之指著手箚最後的落款說道：「姑娘請仔細看『道昇』二字，似乎經過塗抹，再仔細觀瞧，便可發現，『道昇』二字中，似乎隱藏著『孟頫』兩個字。其實這封書信是趙孟頫為管道昇代筆所書。我猜測是管道昇口述，趙孟頫執筆，最後落款，趙孟頫大概一時順手將自己名字寫了上去，後來又塗改成他妻子的名字。」（圖40）

吳墨林聽了，挨近了書箚細看，果然如劉定之所說，「道昇」中藏著「孟頫」。劉定之的分析絲絲入扣，令人信服。吳墨林心裡失落，若自己之前仔細觀察一番，大概也能看得出來。

沈是如掩口笑道：「劉先生真是火眼金睛，看來金冬心說的沒錯，你果然是個鑑定的天才。實不相瞞，我其實先前也發現落款的奇怪之處，心中懷疑此書是趙孟頫的代筆，今日聽先生一番推理，更加確信了自己的猜測。」

劉定之笑道：「原來沈姑娘早就識破了此中玄機，能有如此慧眼，真令劉某心生佩服！」

吳墨林在一邊聽了暗暗生氣。

只聽得劉定之又說道：「趙孟頫與管道昇伉儷情深，管道昇曾作詞給趙孟頫，詞中有云：『將咱兩個，一齊打破，用水調和。』這書信後的落款，豈不正是你中有我，我中有你之意嗎？」

沈是如眼中頓生神采，口中喃喃道：「先生所言極是，管道昇這首詞，我是爛熟於心的。」她的目光迷離，輕輕吟唱起來：「你儂我儂，忒煞情多，情多處，熱如火。把一塊泥，撚一個你，塑一個我。將咱兩個，一齊打破，用水調和。再撚一個你，再塑一個我。我泥中有你，你泥中有我。與你生同一個衾，死同一個槨。」

劉定之與吳墨林怔住了。沈是如朱唇輕啟，一首曼妙的詞如仙樂縈繞在耳，兩個男人的心似乎都融化了，這是他們有生以來從未有過的體驗。

沈是如吟唱已畢，輕歎道：「管趙二人，真乃神仙眷侶，這詞雖然寫得淺白，但其中情愫悠長綿遠，真令人浮想萬千。」

吳墨林突然想起什麼，起身說道：「沈姑娘，在下有個朋友，是個大藏家，在下曾經臨摹過他家中藏的不少名跡，其中也有趙夫人的一件〈竹石圖〉，正好帶在身邊，若姑娘有興趣，在下便取來請姑娘瞧一瞧。」（圖41）

沈是如點了點頭，吳墨林風似的趕回後院，取出自己存放的一件立軸。他回到沈是如身邊，打開了這卷畫，原來這正是吳墨林臨摹宮中皇家藏畫中的一件，是管道昇墨竹畫中的精品之作。沈是如看了歎賞不已。吳墨林說道：「若姑娘喜歡，在下便送予姑娘，妳其實就是當代的管道昇，寶劍配英雄，好畫贈美人。這張畫送給妳也正合適。」劉定之見了此畫，暗暗吃了一驚，他曾經在宮裡見過這件東西，粗略一看，還以為是吳墨林將宮中的藏品偷了出來，再仔細觀察，才看出一些摹本的痕跡。

沈是如倒也大方，她感激地收下了摹本，又與吳、劉二人攀談起書畫品評鑑賞之事。三人相談甚歡，絲毫不覺時光流逝，夜已至深。

第八章 金農入夥

一、線索浮現

半老徐娘不減風韻，憨直侍衛偶得玄機

巴特爾最近發現，他的兩個師父有些奇怪。他從未見過吳墨林和劉定之像現在這樣愛打扮自己——照鏡子、梳髮辮，甚至衣衫鞋襪換得也更勤了，擦洗身子也更加頻繁。往常他向師父們詢問書畫方面的問題，劉定之總會天南海北扯上一番，吳墨林則會親身示範。但這幾日，吳師父愛答不理，劉師父魂不守舍，二人似乎全然忘記曾經收下了一個徒弟。有一次巴特爾纏著劉定之，追問明代人和宋代人山水畫的區別，劉定之說道：「咱們不是在鷄冠洞裡面得了那件隱藏線索的冊頁嗎？那套冊頁正是項守斌親自繪製的，你去臨摹一番，便可體味出明人的筆墨意趣。」言語之間頗不耐煩。

於是巴特爾找來那套冊頁，臨完一遍，又去找吳墨林，問哪裡需要改進。吳墨林正伏案寫詩，詩寫了一半，巴特爾瞥眼看去，只見紙上寫著什麼「你儂我儂，忒煞情多……」正待要細看，吳墨林拉來一張白紙蓋住，滿臉不悅道：「小巴，你有什麼事？」一雙小眼睛賊溜溜到處瞅什麼？」

巴特爾道：「大師父讓我臨摹鷄冠洞裡的那套冊頁，我臨完了，找二師父來指點一下。」

「我忙著呢，你找大師父指點。」

「大師父心情好像不太好。」

「我心情也不太好。」

「二師父，你就看一眼吧。」

吳墨林無奈，只得翻看一番，說道：「臨得還不錯，繼續努力！」

「那我接下來該畫些什麼才能提高？」

「……呃，繼續臨摹。」

「還臨這幾張冊頁？」

吳墨林眼都沒抬，說道：「對，繼續臨摹，隨便你怎麼臨都好，局部臨，整體臨，變著法子臨摹，快去畫，多畫一些，畫完了去找大師父看看。」

巴特爾退出吳墨林的房間，回到自己屋中，心中有些失落。蒙古小夥兒想了許久，方才明白兩個師父萎靡不振大概與菡芬樓老鴇沈是如有關。他心中有些煩悶，只好窩在屋中繼續臨畫。

這一日，吳墨林與劉定之又被沈是如找去談論書畫。吳墨林取出袖中的一卷桑皮紙，在沈是如面前緩緩打開，紙上寫的正是管道昇所作的那首柔情款款的詞。吳墨林特地仿造趙孟頫的書體寫成，筆劃飛動，雍容雅致。沈是如驚呼：「吳先生竟然有此種才能！真令我大開眼界！」

吳墨林謙虛地笑道：「沈小姐過譽了，其實我最拿手的並非是模仿趙孟頫的書法，而是模仿唐代諸家筆跡。但若真要說起來，我功夫下得最多的卻是繪畫……」

沈是如驚訝地瞪大了一雙水靈靈的杏眼：「天呀，我這小小的菡芬樓有如此寶山，而我竟不自知。罪過罪過！」

吳墨林擺擺手，有些不好意思：「其實模仿書畫這件事，我並沒有覺得有多麼了不起。咱的老本行是修復，若論起古書畫還魂之術，我才敢說自己是真的有些能耐。」

沈是如更加吃驚，說道：「我早聽金冬心說起過吳先生，只知道你擅長臨摹，沒想到還是個書畫的郎中，不，你不是郎中，你應該是為書畫續命還魂的神醫！」

「哈哈哈，沈姑娘快別這麼說，」吳墨林摸了摸自己的山羊鬍子，「神醫什麼的，只是朋友隨意給我起的外號，這些都是虛的東西，我只是盡力修好遇到的每一件書畫，讓老祖宗的東西留存得久一點。」

劉定之在一邊聽得渾身不自在，只見沈是如欽佩地說道：「吳先生當得起神醫二字，你平日裡修復的都是頂尖兒的古代神品吧！」

吳墨林說道：「我平日修復古代書畫，就如同醫者醫治病人，無論貧富貴賤，一視同仁，只要是生了病的書畫，都會『獅子搏象，全力以赴』。」

實際上，這句話是劉定之經常掛在嘴邊來督促圖籍司中匠人的，劉定之以往未曾聽吳墨林說過一次，沒想到這廝竟如此厚顏無恥，盜用別人的警句討姑娘的歡心。

沈是如悠悠然歎了口氣：「真羨慕兩位能一輩子從事自己鍾愛的事業，不似我這般，流落於煙花巷中，只能依靠書畫自娛自樂，權當是人生慰藉。」

氣氛變得傷感起來，吳墨林不知如何安慰。劉定之笑道：「沈姑娘不必傷感，在下倒是以為，妳可比一般女人幸運得多。」

沈是如苦笑道；「先生何出此言？」

劉定之道：「尋常女子，只知道相夫教子，學的那些女工伎倆，也不過是在閨中解悶而已。沈姑娘見聞廣博，所學書畫詩詞，乃是純粹地為了提高自己的生命境界，因此我觀沈姑娘的墨蘭，其中自有獨立清剛的氣象，那是一種丈夫的雄強，絕不同於一般女子的柔弱綿軟。」

沈是如有些發怔，只聽得劉定之繼續說道：「沈姑娘，在下不僅僅有觀畫之能，亦有識人之術。妳是個傲然獨立於天地間的女子，是山間的清泉，是空谷的幽蘭。畫如其人，只有妳這樣的奇女子，才畫得出如此境界的蘭草！」

一邊的吳墨林聽得怔怔發愣，他沒想到一貫呆板的劉定之竟然開了竅，拍起馬屁竟如黃河入海，源源不斷，滔滔不絕，莫不是提前打了腹稿？沈是如臉色微紅，小聲說道：「我被劉先生誇得要飛到天上啦！」

劉定之卻越來越起勁兒，一臉認真地說道：「不瞞姑娘，我對古書畫頗有研究，過些日子便要遠行，尋訪天下的神品……姑娘可以跟隨在下，一睹……」

吳墨林聽到這裡，吃了一驚，忙在桌子底下踢了劉定之一腳。這傢伙已經昏了頭，快把自己這夥人的祕密抖摟出來了。眼下尋找寶藏的事情，只有自己這夥人和金農知曉，豈能隨意洩露出去？話說回來，即便是要讓沈是如知道這個祕密，也得是自己告訴沈是如，不能讓劉定之占了先機！

劉定之被踢了一腳，清醒了一些，連忙轉了話題，三個人聊了一會兒天，又動筆切磋了一陣子，一邊喝茶一邊論藝，不知不覺又過了一個下午。

吳墨林和劉定之回到後院，只見汪力塔和巴特爾在院中等得焦躁不安。汪力塔怒氣衝衝：「那個老鴇給你們灌了什麼迷魂湯！我們這裡出大事了！」

吳、劉二人吃了一驚：「什麼大事？」

汪力塔和巴特爾將二人拉進屋，掩上房門。汪力塔突然笑起來，一張黑臉就像綻放的墨菊：「我和巴特爾發現了那套冊頁的線索！」

原來白日裡巴特爾在屋中悶坐著臨摹那套冊頁。他聽從吳墨林的教導，從每張冊頁中截取局部臨摹，然後將這些局部穿插組合，構成一張新的作品。畫著畫著突然發現了什麼，心中突突亂跳。兩個師父都不在院中，只有汪力塔在。於是他找來汪力塔，說了自己發現的祕密。

汪力塔大喜過望，兩人研究了半天，確信找到了冊頁中的玄機，等到吳墨林和劉定之回到後院，汪力塔更是掩飾不住自己的興奮，本來是巴特爾一人發現的線索，到了他嘴裡，成了「我和巴特爾發現……」

吳墨林和劉定之有些將信將疑。吳墨林問道：「我琢磨了快半個月一無所獲，你們竟然找到了線索？」

巴特爾有些得意，他將冊頁打開，然後慢慢將每一個單頁裁下，在桌案上擺放起來。只見幾張冊頁你壓著我，我疊著你，疊成了一幅更大的畫。這一張冊頁的樹根，竟與另一張冊頁的樹幹相互銜接，天衣無縫。那一張冊頁的院牆，竟與這一張冊頁的房檐相連，儼然一體。（圖42）

巴特爾的小眼睛笑得瞇成一條細線，喜滋滋說道：「我還是要感謝二師父，若是沒有按你說的取局部臨摹，也發現不了這個祕密！」

二、金農解謎

線索難得新人入夥，謎題半解金農顯能

疊壓起來的四張冊頁神奇地銜接起一面面圍牆，一根根樹木，一棟棟房屋——一座四四方方的院落赫然出現在眾人眼前。只見這個大院中有兩進院落，巨大的山門後有一座兩層樓閣。山門的兩端站立著兩個守衛，守衛的半個身子被屋簷遮住，但從虯結粗壯的臂膀可以看出，這兩個守衛必是壯漢，他們的手中似乎持著某種武器。

劉定之有些不確定地說道：「這種佈局的屋宇，倒很像是一座佛寺。」

吳墨林點了點頭：「不錯，畫中建築的規制的確頗似佛寺。」

汪力塔指著山門兩側的壯漢說道：「佛寺門口怎麼會有這麼兩個彪形大漢？」

劉定之和吳墨林搖了搖頭，無法解答。尋常佛寺的山門口確會安排守門的僧人，但請如此壯碩的武夫作門僮倒不常見。劉定之歎了口氣，說道：「佛家的東西我所知甚少。我自小研讀儒家學說，對釋迦與黃老之學一向沒有什麼研究，佛教的學問，幾乎是一竅不通的。」

吳墨林見線索至此中斷，想了想，說道：「我有個提議，咱們乾脆拉金農入夥吧。金農精通佛學，走南闖北，去過的寺廟不下幾百所，他大概能從這幅畫中發現一些新的線索。」

汪力塔皺起眉頭：「拉他入夥，那豈不是又要把寶藏分一部分給他？」

吳墨林說道：「我們這一次遭難，多虧了金農幫忙，才得以躲進這菡芬樓中。他幫我們脫離困境，我們本來就應該好好報答人家一番。況且我們幾個人已經被皇上惦記上，雞冠洞內的屍體若是被發現了，我們恐怕還會成為全力緝捕的對象。咱們四個人以後不宜拋頭露

面，本就應該找一個新的同夥做那些對外聯絡、接洽的事情。金農交遊遍及天下，見多識廣，其實是最佳人選。」

劉定之和巴特爾都點了點頭，表示同意。汪力塔無奈道：「你們既然都同意，那我也不多說什麼了。」

吳墨林接著說道：「有金農入夥，定會助力不少，但除了金農以外。我還想再拉一人入夥。水深石頭硬，洞長蟲蛇多，以後的難題多著呢，在我看來，此人也是不可或缺的。」

汪力塔聽到這裡，臉上的肥肉顫了顫，瞪大了眼睛，低吼道：「什麼？你還要拉誰？一個金農還不夠嗎？再貴重的寶藏也禁不住這樣層層瓜分呀！」

吳墨林道：「我要拉入的這個人，是咱們眼下的房東——沈姑娘。你們不要小看了這個女子，她在京城的書畫圈子中人脈極廣，以後我們若要將這些寶貝出手，還得仰仗她。此外，我們的行李物品都寄存在菡芬樓中，此後若要尋一處固定的據點，菡芬樓也是個再適宜不過的地方，因此我認為應該拉沈是如入夥。」

劉定之也點點頭，說道：「我也同意。」

汪力塔長長歎了口氣，心裡暗暗腹誹：你們兩人是打算從此黏在那個老鴇身邊吧。但仔細想想吳墨林的話，似乎也是有道理的，沈是如雖然暫時為他們提供了隱蔽之所，但若要將菡芬樓作為長期據點，似乎還要給人家更多的好處。只不過一想到寶藏又要分一份出去，汪力塔就覺得肉痛。

吳墨林看出汪力塔的心思，呵呵笑道：「汪將軍不必氣惱。這樣吧，咱們之前商定的分成規矩可以修改一下。巴特爾自願分給我和劉定之的兩份寶藏，我們勻給金農和沈是如，老劉，你看這樣可以嗎？」

劉定之點頭同意。汪力塔此時方才露出笑容，連忙點頭表示贊同。他暗中算了算，整個寶藏一分為四份，他和吳墨林、劉定之各占一份，巴特爾、金農和沈是如平分剩下的一份，怎麼想都是划算的買賣。

於是吳墨林找到金農和沈是如，邀請二人入夥，二人又驚又喜。金農早就想毛遂自薦，只是一直未曾尋得時機，不好開口。他心中興奮莫名，躍躍欲試，想要在眾人面前顯一番自己的本事。一夥人聚在後院，再次打開了那套冊頁。

金農仔細端詳著疊放好的四張冊頁，碩大的腦門緊緊貼著畫面緩慢地移動，片刻後他露出一絲笑容，說道：「你們猜的沒錯，這座大宅子，的確是一座寺院。」

汪力塔哼了一聲：「這個我們早就猜到了，金先生能說點兒新鮮的嗎？比如大門口為何要畫上兩個壯漢？難不成和尚也要請人看家護院不成？」

金農笑道：「這兩個壯漢並非是寺院的守衛，而是鎮守佛寺山門的兩尊金剛像。很多寺院的山門擺放了護法金剛的塑像，這不足為奇。民間管這兩個金剛叫作『哼哈二將』。」

「我知道哼哈二將！」沈是如輕輕地笑道，「《封神演義》裡寫過，這兩人一個哼氣，一個哈氣，氣裡帶著毒，厲害得很呢！」沈是如說罷，板起臉，做出哼氣和哈氣的表情。三十四、五歲的半老徐娘，此刻如同一個稚童般天真可愛。

劉定之看著沈是如燦若雲霞的臉，好半天回過神，咳嗽了一聲說道：「山門口擺放金剛塑像的寺廟應該是為數不少的，但不知這幅畫裡面的寺廟究竟是哪一座呢？」

金農摸了摸稀疏的鬍鬚，頗有自信地說道：「如果我猜的沒錯，畫中寺廟，應當是薊縣的獨樂寺。」

眾人都沒聽說過獨樂寺，吳墨林問金農道：「難道你只憑山門口的幾尊塑像便能斷定這是哪座寺廟？」

金農微笑著搖搖頭，用他胖乎乎的手指指向畫中的一座閣樓：「我的依據自然不只有那幾尊塑像。這座寺院還有一個奇特之處，是第二進院落中的閣樓。你們仔細看這座樓，有沒有發現什麼蹊蹺之處？」

巴特爾答道：「我覺得這座樓的房簷更翹一些。」

劉定之說道：「斗拱也更大，而且比起我朝建築，氣勢更顯雄壯。」

「不錯，你們說的都對，」金農點點頭說道，「此閣樓的建築形制與我朝建築迥然不同，簷出如翼，斗拱雄大，與宋式建築也大相徑庭，而與唐式建築風格極相似。相傳此閣始建於唐，後遼代依照唐代樣式重建。此樓名曰『觀音閣』，因其內供奉著一尊巨大的十一面觀世音菩薩而得名。這座觀音像，雖是遼代塑像，但仿的是唐代樣式，在諸多佛寺中，獨此一份。」

「我對獨樂寺還算熟悉，」金農摸了摸碩大的腦門，一邊回憶一邊繼續說道，「獨樂寺歷代主持都是高僧，而且都喜愛禪畫，寺中和尚修行方式不同於一般的打坐參禪，而是以畫悟證禪道。現在獨樂寺的主持名叫一超法師，更是個畫痴。寺中掛了不少歷代名僧的書畫。就在幾年前，我還遊覽過這座寺廟。」

金農又想起什麼，眼睛一亮，說道：「我記得寺中的和尚跟我提起過，此寺在明末經過大修，寺中的那座觀音閣恰恰是在那時候被翻修一新的。」

吳墨林說道：「寺廟翻修，通常需要大檀越捐錢佈施，莫非出資之人正是項守斌？他翻修了獨樂寺，順便就把寶物藏在寺中不成？」

眾人立時群情激奮，薊縣距離北京不遠，幾日內便可抵達。汪力塔哈哈笑道：「金先生果然厲害，這麼短的時間內便看出是哪一座寺院。真令人佩服！既然我們找到了線索，還等什麼呢？收拾收拾東西就去吧！」

「諸位少安勿躁，請聽我一言，」因為激動，金農臉色有些潮紅，「眼下咱們只知道寶藏在獨樂寺，卻不知道藏在何處。更何況咱們要進寺廟搜尋，還得過了寺廟中和尚那一關。」

吳墨林說道：「我們可以扮作香客進廟佈施，借此探訪一番。」

金農卻搖了搖頭：「不妥不妥，這所寺廟不同尋常，一超法師喜愛清靜，寺中許多區域是不許香客閒逛的，當年我遊寺的時候，寺中的觀音閣就對外封鎖，因此要進寺中探尋線索，不能用一般的方法。」

許久未說話的沈是如突然撲哧一聲笑起來，說道：「我倒是有個主意，不知道行不行得通。」

沈是如很為自己的想法得意，又似乎覺得自己的辦法頗為有趣，未說一字，自己竟然被自己的想法逗笑了。眾人被她撩撥得好奇不已。見大家目光都聚集在自己身上，沈是如繃住笑臉，說道：「你們可以假扮和尚去拜訪那個一超法師呀！」

「這算是什麼辦法？」金農也笑起來，「難道扮作和尚就比扮成香客高明許多嗎？」

沈是如笑道：「我說的和尚，可不是一般的和尚，而是西域番僧。」

三、扮番僧

展畫像沈姑娘獻計，扮番僧金冬心換裝

「西域番僧？我沒聽錯吧，妳要我們裝作西域番僧？」金農有些一頭霧水。

沈是如點了點頭：「《西遊記》裡面的唐僧為什麼要去西天取經？他怎麼就不去東洋取經呢？正因佛教原典出自西域天竺。大凡精研佛法的僧人，無不對佛教原典感興趣。唐僧和他那仨徒弟，是從東土出發，萬里迢迢去了西天，你呢，就裝作是從西天出發，風塵僕僕來到了東土。如果你裝扮成從西域雲遊到東土的得道番僧，獨樂寺的主持一定會熱情接待的！」

金農忍俊不禁道：「哈哈，妳是話本小說看多了吧！為什麼我聽起來總覺得有些奇怪？」

沈是如正色道：「我是認真的，冬心先生是有這方面優勢的！普天之下，只有你最適合扮作番僧了！」

「這話從何說起？」

「因為冬心先生通梵語呀，這樣的人天下能有幾個？」

「沈姑娘說笑了，金某不才，梵語這樣的學問，我是斷然不懂的。」

沈是如道：「是嗎？這就怪了，你忘了，你曾讀過梵語寫成的經文？」

金農奇道：「我什麼時候看過西域的梵語經文了？」

眾人在一旁聽著兩人你一言我一語，都摸不到頭腦。汪力塔有些不耐煩起來：「你們兩

個到底在說些什麼呀？」

沈是如眉頭輕蹙，說道：「諸位稍等我片刻！」說罷旋身離開後院，回到自己閨房，取出一個卷軸，又急匆匆回來，在眾人面前打開卷軸，說道：「冬心先生，這是你以前送我的畫像，畫裡面的你不是正在讀梵文嗎？」

只見畫像中的金農坐在大石頭上面，輕撚鬍鬚，正專心致志地看著一本西域的貝葉經。只是這本貝葉經上的文字有些奇怪，形態曲折，狀似蝌蚪，用筆方硬，古奧遒曲，似乎正是天竺的梵文。（圖43）

汪力塔哈哈笑道：「高雅人就是不一樣，別人送姑娘金銀首飾，你送的是自己的畫像，既不費錢，又能讓姑娘記住你，一舉兩得，實在是高明！」

金農有些尷尬地說道：「這是我的弟子羅聘的畫，他畫人物是有一手的。只不過我其實不懂什麼梵文，也並非是在讀經。」

劉定之說道：「你既然不懂梵文，為什麼你的弟子要畫出這樣的畫？」

吳墨林雖然一聲不吭，但心裡對金農的做派著實有些不齒，他這個朋友四處送畫像的習慣早就盡人皆知。送別人畫像倒也沒什麼不妥，只不過在畫中裝作自己博學多才，就未免有些矯揉和虛偽。

金農朝著眾人擺了擺手道：「我就跟你們說了實情吧！我不是讀梵文，而是在研究梵文的書寫方法，並將其融入漢字之中，意圖創出一種新的書體。」

吳墨林這才恍然大悟，哈哈笑道：「原來你的漆書源於梵文？」

金農點了點頭，說道：「這事情我也未曾對別人提起過。我的漆書用筆方直，好似板刷刷出來的效果，撇捺常常延展如鼠尾，這些都是從梵文中學來的。」

眾人這才明白，原來金農閱讀梵文，倒不是在做樣子裝博學。沈是如輕輕哼了一聲道：「不會讀，只會寫，那也成，只要冬心先生你在主持面前寫出梵文來，再打扮成番僧的樣子，那獨樂寺主持必然分辨不出真假。」

此時，眾人方才覺得沈是如說的有理。金農沉思了一會兒，說道：「我在揚州時，從天竺商人手中買過不少梵文貝葉經，大體知道他們說天竺話的腔調，臨時裝個樣子，想必沒人看出破綻。況且一超法師是個畫痴，我還可以跟他聊聊西域僧人的繪畫技法，一定能夠撩撥起他的興致！只是西域僧人的裝扮究竟是什麼樣子，我卻不知道。在揚州、泉州等地，我見過天竺的商人，他們大多用一塊長布在身上纏來纏去，不知番僧是否也是這樣的打扮。」

吳墨林眼睛一亮，說道：「我曾摹過趙孟頫的〈紅衣羅漢圖〉，此畫中的紅衣羅漢就是一個西域番僧，這張畫的摹本就在後院的囊箱中放著，我這就取來給你們看看。」片刻後，吳墨林帶著一件手卷回來，在眾人面前打開。此卷〈紅衣羅漢圖〉原本為元代大家趙孟頫所繪，吳墨林攜來的是他製作的摹本。（圖44）

趙孟頫因常與西域僧人往來，耳目相接，故能對西域僧人的神態特徵刻畫入微。金農看了半晌，點點頭道：「想來元代的天竺僧和今日沒什麼大的差別，無非就是用一塊大布料纏起身子而已，並不難辦。」

劉定之看到這件摹本，心中一緊。上一次吳墨林取來管道昇的那件〈竹石圖〉摹本送給沈是如，就讓他大為驚愕，這一次又拿出一件趙孟頫的摹本，不知他手中還有多少這樣的畫作。難道這廝在圖籍司的時候，將皇宮內的珍品臨摹了個遍？一時間他心中竟升起些許嫉妒。

吳墨林指著畫中番僧的光頭，對金農說道：「你若扮作番僧，還有一事須得注意——你是不是要剃了頭髮？」

金農連忙搖頭道：「不，很多番僧並不剃頭，你看釋迦牟尼老祖，不也長著頭髮嗎？」

沈是如笑起來：「這個你們不必擔心，金先生只要把髮辮打開，然後在後腦勺上黏結一些假髮，看起來自然一些就行了。你們可以把此事交給我來做，我保證令你們滿意。」

金農哈哈笑道：「如此一來，我就勉勉強強假扮一回番僧罷。只不過我還需你們幾個裝扮成跟班兒和翻譯。吳墨林可充作翻譯，劉定之可充作跟班兒，巴特爾和汪力塔就裝作我這個番僧請來的護衛，咱們五個人只要計畫周全，行事縝密，一定能騙倒老主持！」

沈是如笑道：「你們五個去吧，我一個女人家，就留在菡芬樓替你們看守好行李物品。」

「還有一事，」金農補充道，「番僧在大清國內雲遊，總要有個度牒和路引，但這個東西是可以偽造的，有吳兄在，自然都不是難題。」

吳墨林不自覺地挺直了腰板，說道：「此事不難，給我三兩天，便能仿造出來。天底下沒有什麼公文是我造不出來的。」說罷偷眼朝沈是如看去，只見那雙杏眼中微有驚奇之色，吳墨林的心中頓如「清風拂山崗，明月照大江」，一陣舒服暢快。

眾人商定之後，開始準備起來。金農試著喬裝打扮，解開髮辮，黏了幾綹沈是如找來的假髮，又在身上裹了一塊長布，果然有了一些番僧的樣子。

金農寫了一些梵文，請吳墨林裁切裝幀成貝葉經的形式，隨身攜帶，預備著到獨樂寺後作為禮物送給一超法師。吳墨林怕禮物不夠分量，又帶了一件自己偽造的八大山人與石濤和尚合作的山水畫。

沈是如取來姑娘化妝的用品，把金農的臉和手的膚色塗得更加黝黑。不多時，一個天竺番僧出現在菡芬樓的後院之中，把吳墨林等人看得目瞪口呆。金農哈哈一笑，嘰哩咕嚕又胡亂說了半天「梵語」，眾人不禁紛紛叫絕。

沈是如清理出一間小廂房，專門用來存放眾人的行李物品。吳墨林將幾個蟲箱和十幾年來臨摹的古書畫存入這間小廂房之內，他反覆叮囑沈是如要看管好這些東西，尤其是那些蟲子，一定要讓人好生照料。劉定之也將自己的書稿存入廂房之內，直到此時，他才發現廂房中的幾個箱子裡養著蠹蟲。回想起鷄冠洞中自己叼著那個皮囊吸進蟲子的事情，心中不禁懷疑當時是不是著了吳墨林的道兒，只是現在沒什麼確鑿的證據，不能妄下結論。看著箱子裡的蟲子爬上爬下，劉定之越發覺得噁心，於是又將自己的書稿從廂房中挪出，求沈是如另尋一處存放。沈是如爽快地說道：「書稿也不多，就放在我的閨房之內吧。我保證萬無一失。」劉定之心中感激，說道：「此書是我鑽研多年的心血，沈姑娘如有興趣，可翻閱披覽，為我提一點建議。」沈是如微笑道：「多謝劉先生，我一定拜讀大作！」

蟲箱中那隻咬過金農的蠹蟲被吳墨林裝入牛尿脬中，隨身攜帶。這隻大蠹蟲已經被吳墨林視為蠹王，他委實放心不下這隻歷經生死劫難的蟲子，說什麼也要帶在身邊好好照顧。

五個人忙裡忙外，萬事準備妥當，只等著吳墨林偽造好路引和度牒，便前往獨樂寺。這一日金農正在教菡芬樓中姑娘作畫，忽聽得一個院子中絲竹管弦之聲混合著女子的嬉笑，於是他問道：「旁邊院子裡怎麼這般吵鬧？」

有人答：「新來了一個教授舞蹈的女師父，這幾日正教導幾個年輕姑娘跳舞哩。」

金農笑道：「沈老闆的花樣也真多，不僅要妳們學畫畫書法，詩詞歌賦，還要學習跳舞。當真是六藝全能，技壓京城了。」

那教授姑娘跳舞的女先生不是旁人，正是李雙雙。

四、獨樂寺

回青樓李雙雙憶舊，入山門西域僧漫遊

來到菡芬樓的李雙雙觸景生情，她憶起幼年時在青樓裡度過的歲月，真有恍如隔世之感。

雙雙生下來是一個聾女，幼年時只能憑別人的口型辨別內容。她「觀音辨聲」的能耐，正是從小培養起來的。她家境原本殷實，因父親沉迷賭博，在李雙雙五歲時，被追債的人活活打死，母親帶著她逃難，結果路途中也染病死去。她孤苦無依，一路乞討，進了京城，又被人販子拐賣到妓院之中。妓院的老鴇見她長得水靈，性情乖巧，雖然耳聾，但也能憑口型懂人言，於是將她養起來。

說來也巧，一日李雙雙跌了一跤，摔了腦袋，自此之後雙耳復聰。老鴇大喜，教授絲竹管樂，歌舞書畫，專等著到了年齡再讓她接客掙錢。復聰後李雙雙「觀音辨聲」之能並未喪失，正是憑著這個能耐，她在某一日得知老鴇要在當天夜晚強迫自己從「清倌人」破身而成「頭牌花魁」後，瞅了個時機逃出妓院。寒風中她無處可去，只能挪動一雙金蓮小腳，沿著大街亂走，最後又累又餓，加之氣急攻心，倒在一座大宅的門口。這座大宅恰好是九阿哥的府邸。

李雙雙醒來後發現自己被九阿哥救到府中，於是忙向九阿哥下跪謝恩，懇求他收留自己。胤禟聽說李雙雙有「觀音」之能，頗感興趣，此項技能正可以作為間諜刺探情報之用，於是便留下了李雙雙，讓他認了府中總管做乾爹。因總管已有一個女兒，因此喚她為「二

娘」。又請人教她拳腳功夫，放開了纏足，儼然成了一名女俠客。她學了拳腳功夫，又懂得歌舞書畫，融武技於舞蹈之中，竟自創出一套風神俊爽的舞姿，在江湖上漸漸有了名頭。

恰好菡芬樓在此時四處延請教歌舞的先生，於是她便投門自薦，扮成梨園舞伎，順利地做了菡芬樓中的先生。

自此以後，她每日裡除了授課，便是打探後院中幾個男人的動靜，趴門縫、蹲牆角的事情她也幹了不少。經過五、六日的觀察刺探，她摸清了吳墨林一夥人的意圖。雖然一些關鍵資訊並未掌握，但也得知幾件寶物尚在那五個人手中，又打探到吳墨林等人即將出行，去往薊縣獨樂寺的消息。她盡職守分，忙將這些消息傳給陳青陽。

陳青陽和王老七得了信兒，令李雙雙繼續留守在菡芬樓中。王老七向陳青陽建議：「陳兄，這一次咱們說什麼也得出手了，再不出手，恐怕事有變化，夜長夢多。」陳青陽也覺得委實不宜再拖延下去，於是對王老七說道：「老七所言有理，這一次咱們妥善準備，一定要替八爺辦好差事，劫了他們的寶貝。」

卻說吳墨林等人準備停當以後，挑了一個黃道吉日，整裝出行，朝著薊縣行進。有了前一次雞冠洞的教訓，他們此次分外謹慎。陳青陽、王老七得了李雙雙的消息，提前趕到薊縣獨樂寺附近守株待兔。

薊縣距離京城並不遠，不過三日，便已抵達。此時金農方才換上番裝，散開髮辮，黏了幾綹假髮，喬裝扮成番僧模樣。吳墨林扮成翻譯，劉定之扮作僕從，巴特爾和汪力塔扮作護衛，五個人信心滿滿來到獨樂寺山門之前。

獨樂寺山門兩側果然矗立著一對頂盔摜甲、手執法器的金剛塑像，正如冊頁中所繪的一般威武雄壯。門口灑掃庭除的和尚見到金農等人，吃了一驚。卻見金農雙掌合十，煞有介事地向金剛像拜了一拜，然後對身邊的吳墨林說道：「阿瑪尼共薩拉斯，可哥羅地馬斯尼拉嘎拉馬拉。」

吳墨林恭恭敬敬地點了點頭，對呆立的掃地和尚說道：「和尚，你眼前的這位高僧乃是西域迦濕彌羅國的高僧，遊歷至此，欲拜望你寺住持，還請前去通報。」

迦濕彌羅國是吳墨林等人從《大唐西域記》中扒拉搜檢出來的一個冷僻國名。掃地的和尚連忙扔了掃帚，跑進寺內向住持稟報。片刻工夫，一個五十多歲的瘦高和尚走出來。只見這個和尚留著花白鬍鬚，身形頎長瘦削，正是獨樂寺住持——一超法師。

一超法師看到金農裝束怪異，暗自吃驚。但出家人講究的是喜怒不形於色，一超雙掌合十，說道：「老衲乃本寺住持一超，有貴客前來，有失遠迎，恕罪恕罪。」說罷他上上下下打量金農一番，又說道：「迦濕彌羅國乃玄奘法師西行路過之所，大師不遠萬里來到中土，所欲何為？」

金農裝作聽不懂的樣子，一臉茫然。吳墨林笑著說道：「這位西域高僧的本名叫作斤烏留汪巴（即金、吳、劉、汪、巴五姓合稱），簡稱汪巴大師，在迦濕彌羅國地位甚高，只為弘揚佛法，普度眾生，雲遊至此。只是大師聽不懂中土語言，只能請我做翻譯。請一超方丈稍等片刻，我這就把你的話轉譯給他。」吳墨林轉頭對金農一本正經地說道：「別恰恰那嘟嘟股咯頗呢，嘶嘰蘿巴巴……」汪力塔和巴特爾在一邊緊緊繃著臉，強憋住笑。

金農聽了，又嘰哩咕嚕說了好長一段，吳墨林對一超法師翻譯道：「汪巴大師說，他早聽說此處伽藍名冠天下，底蘊雄厚，主持方丈乃高僧大德，又精通書畫，以畫參禪，深得禪理。汪巴大師對繪畫也頗有研究，西域佛學，亦重繪事，因此早就想來請教一番。」說罷吳墨林又取出度牒路引，在一超法師面前晃了晃。

吳墨林這一番馬屁拍得恰到好處，一超法師沒想到自己的寺廟美名遠播，竟然傳到了西域和尚的耳朵裡，他連忙擺手道：「不敢不敢，各位朋友請進寺說話。」

獨樂寺中其他僧眾聽聞來了一個迦濕彌羅國的高僧，紛紛聚來圍觀。一超法師板著臉，喝退眾人，對手下一個副住持說道：「快去安排茶水點心，我先帶著汪巴大師遊覽一番，而後再去淨室獻茶。」

於是一超法師帶著五個人在獨樂寺中兜轉起來。獨樂寺果然是一個名勝之所。寺內高槐古柳，亭閣掩映。山門以北的觀音閣更是雄壯宏闊，此閣外觀兩層，為歇山九脊頂，四周設兩層圍廊。眾人走進去，發現裡面中空，中央須彌座上有一尊足足五丈多高的泥塑觀音像。眾人仰頭看去，只見這座巨大的觀音像頭上塑有十個小觀音像，小觀音像上貼著金箔，熠熠生輝。觀音像面容豐潤，儀態莊嚴。一超法師頗為自豪地說道：「此像名為『十一面觀音』，塑於遼代，乃世上最大的泥塑觀音像。」

觀音閣外觀兩層，內部其實是三層。閣中有環形階梯。眾人在一超法師的帶領下，回繞盤旋，拾級而上，登至全閣最高的第三層。第三層是前簷設置門窗的明間，吳墨林等人從較暗的二層登上三層，遙望窗外，薊縣全城風光盡收眼底。轉過頭來，便正對著十一面觀音的巨大頭像。陽光透過窗櫺照耀在觀音的頭像上，越發顯得寶相莊嚴。觀音像彎眉長目，豐頤重頜，略帶笑意。觀音頭頂的十個小觀音像共分三層，呈塔形堆疊。那十個小觀音像的表情並不完全相同，有的做嗔怒狀，有的做慈悲狀，有的做大笑狀，還有的露出兩顆犬牙，有一絲恐怖詭異。

眾人歎賞不已。遊罷觀音閣，一超法師又帶著眾人寺前寺後轉了一圈，最後進入淨室獻茶。幾人剛剛坐定，金農便從背囊中取出早就準備好的兩冊貝葉經，遞給一超，嘰哩咕嚕說了幾句，吳墨林說道：「汪巴大師初來乍到，與主持性情相投，只覺得一切都是妙緣，故而想將這兩冊從西域帶來的手抄本貝葉經送給主持，萬望笑納。」

一超法師連忙推辭，口中連連說道：「怎麼這麼客氣……出家人不在乎這些……」但一雙眼睛卻直勾勾地盯著貝葉經，這可是來自西域的稀罕物件兒，一輩子也難得見到，於是推辭了幾次，便慨然收下了。

五、真偽和尚談經論道

淨室獻茶講經論道，筆墨合作談藝說禪

淨室之中素雅整潔，牆上懸掛著一幅書法屏條，其上寫著一首詩：「少年不肯戴儒冠，只把身心赴戒壇。證取南宗無上境，道在畫禪路漫漫。」款書「一超」。一超法師指著這件掛軸說道：「諸位見笑了，此乃貧僧親筆所書，詩中所云，正是我心中所想。」他笑迷迷地對吳墨林說道：「這位施主能否把此詩的意思轉譯給汪巴大師？」

吳墨林與金農嘰哩咕嚕又是一陣交談，只見吳墨林時時露出驚訝迷惑的神情，似乎在與汪巴大師認真討論。兩個人越說越起勁兒，旁若無人，把一超法師也撂在一旁。一超看著汪巴大師口若懸河的樣子，心裡感慨——這正是西域高僧大德的風範。好一會兒過後，吳墨林轉頭對方丈說道：「一超法師，你所作的這首詩意境深遠，汪巴大師與我討論多時，我現在就將大師的意思說給你聽。」一超連忙正襟危坐，洗耳恭聽。

吳墨林之所以與金農拖延了這麼久，不過是因為他壓根就沒想好如何回答，他心想早知要回答這麼多問題，應該讓劉定之作這個翻譯。吳墨林絞盡腦汁，搜腸刮肚，好歹拼湊出一些想法，於是裝作氣定神閒的樣子，慢慢悠悠地對一超說道：「汪巴大師對我說，從這首詩中，可以看出你以南宗繪畫參悟禪理，講究的應該是『頓悟』之道，在西域，這種參道的方法比較鮮見。大師說，大清國的和尚聰慧敏捷，思接千載，視通萬里，有靈根，有智慧，東方的禪宗講求一超直入如來地，果然與西域苦修不同。」

一超法師的眼睛頓時亮了起來，說道：「不錯，我這『一超』的法號，便是取自『一超直入如來地』的偈語。本寺修禪，近師臨濟宗，遠承六祖慧能，最講究機鋒凌厲，棒喝峻烈，求的正是『頓悟』二字。貧僧之所以醉心於書畫，正是要借著筆墨來尋那『頓悟』的機緣，譬如宋代的法常和尚、梁楷和尚⋯⋯」

一超法師滔滔不絕，講的又都是些佛家的修禪道理，吳墨林聽了半天，心中越發不耐煩起來。巴特爾與汪力塔更是聽得雲山霧罩，昏昏欲睡。只有金農與劉定之聚精會神，一臉專注。

吳墨林做了個打斷的手勢，說道：「大師，你一次少說一些，我還要翻譯，說多了我就忘了。」接下來他又和金農嘰哩咕嚕一陣對話，心想：此時應該將話題引到觀音像上面了。於是對一超說道：「汪巴大師說，大清與西域諸國的佛法雖然在禪修的途徑上有差別，但從根子上來說，終究是一致的。這就好比西域繪畫重凹凸明暗之法，而漢人的繪畫重筆墨意境，但究其根本，這兩種繪畫到了最高境界，也都是相通的，畫藝如此，佛法也是一樣。」

吳墨林見一超不住點頭，又說道：「汪巴大師還說了，無論中西，人心總是一樣的人心。就好比漢人的佛像與西域佛像的樣式，雖然看起來大相徑庭，但只要拜佛的人有一顆誠心，便沒什麼不同。」

一超法師深以為然：「我早聽說，西域的觀音不是女相，而是男相。天竺造像高鼻深目，更重人體婉轉優美之姿，風韻亦與中土不同。汪巴大師說得對，無論是佛法、繪畫還是造像，終究是皮相，若說其內在的本源，則是無邊佛法，中西之間本無差異。」

話題終於引到了觀音像上，吳墨林心中竊喜，裝模作樣與金農嘀嘀咕咕一陣之後，又說道：「汪巴大師非常贊同你的話，他說，你們觀音閣中的那座觀音像，從外形上來看，的確和西域的觀音像很不一樣，大師頗有興趣，想問問一超方丈，那座觀音像是何時修建的，可經過修補？那座觀音閣形式獨特，樣式古老，和西域寺廟也大不相同，還想請一超方丈講一講觀音閣的來歷。」

一超法師有些失望，他本來要跟番僧好好論一論禪理，沒想到西邊來的和尚不愛念經，倒是對建築和佛像有些異乎尋常的興趣，大概在異域人看來，中土的風物確實充滿神祕色彩。一超笑道：「說起這十一面觀音像，卻也是一處古跡。此像是遼代舊物，遼人塑像，學的是唐人的傳統。你們若仔細看那尊十一面觀音像，便覺有一種雄強渾厚之感，那正是唐人遺風。但到了明末，這座泥塑多有破損，色彩剝落，幸好當時的住持結識一位姓項的巨富施主，出資重塑金身，修修補補，又貼了一層金箔，才成了各位今日看到的樣子。」

吳墨林心中一陣激動，原來觀音閣中的十一面觀音像的的確確在明末經過項守斌重修！如此說來，十一面觀音像中極有可能藏有寶物。他迅速與劉定之等人交換了一下眼神，微微頷首，然後假裝與金農說了幾句「梵語」，心中生出一個計策來。他一臉真摯誠懇地對一超法師說道：「汪巴大師說，適才他遊覽之時，便覺得這座觀音大士的塑像震撼神魄，心中似乎有所感召。汪巴大師希望今夜在觀音閣中參禪誦經，有我一人陪侍即可，希望一超法師允許。」

一超法師本想拒絕，但他剛剛收了人家送來的貝葉經，吃人嘴軟，拿人手短，出家人也不例外。他猶豫了片刻，終於說道：「按照慣例，到了夜裡，本寺是要將觀音閣關門上鎖的。但汪巴大師萬里跋涉，遠道而來，又與本寺投緣，既有此要求，老衲允了便是。」

吳墨林等人心中暗喜。這個一超方丈總算是著了道兒。吳墨林怕繼續說下去露出破綻，正想著見好就收，找個什麼理由離開這間淨室，卻見一超法師談興正濃，又從桌案下扯出毛氈和筆墨紙硯，請金農用梵文寫一段心經。

金農只好依著一超法師的要求，胡亂用梵文的筆法寫了一紙「鬼畫符」。一超法師嘖嘖稱奇，細心收好，口中讚道：「此為鎮寺之寶矣！」等金農寫完梵文心經，一超又攤出一張紙，要與汪巴大師合作畫一幅山水畫，說什麼「中西合璧，機會難得」。金農沒辦法，只得依著一超的心思與他合作了一幅。一超先畫了一棵樹，金農補了幾塊石頭。一超畫了小橋，金農又補了河堤。一超接著畫起山峰，金農便補畫遠樹。一超的畫風有南宋梁楷的影子，金農強扭著自己使用西域的凹凸畫法。他以前並未畫過這類風格的畫，只在泉州見過天主教傳來的聖母像插圖本，因此胡亂仿造歐羅巴的明暗法，畫出了有明暗效果，略顯怪異突兀的山石樹木。

與汪巴大師合作山水畫之後，一超法師仍喋喋不休，繼續與金農探討西域繪畫中的用色之法。話題轉到書畫材料，正觸到吳墨林的專長，於是吳墨林便大談蘇麻離青、馬尼拉紅、阿富汗青金石……直說得一超法師五體投地，心曠神怡。

一超法師越聊越開心，吳墨林只覺得口乾舌燥，實在是不想繼續聊下去了。最後只好推說汪巴大師旅途勞累，希望去僧房小憩一會兒。一超這才意猶未盡地收了口，差了個小和尚帶著吳墨林等人去一間僧房歇息去了。

傍晚，吳墨林等人用過齋飯以後，一超法師便領著金農和吳墨林進入觀音閣內。觀音閣中燃著油燈，十一面觀音像矗立在閣中央的蓮花臺上，法相莊嚴，器宇崇高。觀音的身軀微微前傾，人在觀音前，更覺得渺小逼仄，只有極力仰望，才能看到觀音面容。金農裝模作樣地坐定在觀音像前的蒲團上，閉上雙目，雙掌合十，嘰哩咕嚕地念起梵語經文。吳墨林對一超說道：「方丈請回吧，我在此處陪著汪巴大師。」一超點了點頭，走出觀音閣，輕輕掩上了房門。

第九章　達摩真跡現世

一、觀音像裡玄機

觀音閣中喋喋聒噪，禿頭頂上橫禍飛來

吳墨林與金農在觀音閣內打坐參禪，起初不敢有什麼動靜，待到夜深人靜，方才起身活動。兩人這裡摸一摸，那裡敲一敲，四處搜尋。二更時分，劉定之、汪力塔和巴特爾依照之前的計畫，躡手躡腳溜出僧房，偷偷摸摸地來到觀音閣門前，輕輕敲了敲門。吳墨林開了門，將三人放進去，五人湊齊，開始在觀音閣內翻箱倒櫃。

找來找去，仍一無所獲。劉定之取出隨身攜帶的那幾張冊頁，就著閣中香油的燈光，再次細看畫中景物。他一會兒看看畫裡的觀音閣，一會兒又抬頭看向高大的觀音像，緊鎖眉頭，思考良久，依舊毫無頭緒。

汪力塔性急，爬到樓閣的第二層，猛地向佛像上一跳，好似一隻大猩猩，緊緊攀住觀音像的胳膊，一邊爬，一邊摸。眾人仰頭望去，眼前景象頗為怪異，好似一隻大肉蟲在觀音的軀幹上慢慢蠕動。

汪力塔攀住觀音像下垂的左胳膊，要繼續向上攀援。他的腳正踩在觀音的手掌上。劉定之看得心驚肉跳，正要出聲提醒汪力塔動作輕柔一些，聽到門外由遠及近傳來一陣腳步聲。眾人大驚失色，莫非寺中有人發現了他們的行跡？吳墨林連忙低聲對眾人說道：「劉定之、巴特爾，你們兩個快去觀音像背後藏起來！」他又仰頭對汪力塔低吼：「你在上面趴著別動！」

劉定之和巴特爾忙躲到觀音像背後，汪力塔抱住觀音的胳膊，一動也不敢動。門外的腳步聲越來越近，有人敲了敲門，輕輕問道：「汪巴大師可還在打坐嗎？」

這是一超法師的聲音，金農連忙坐回蒲團上，微閉雙目，結跏趺坐。吳墨林打開房門，迎進一超法師。只見他左手端了一個茶壺，右手端著一個茶托子，上面擺著三個茶杯，笑盈盈走進屋中，說道：「打擾汪巴大師清靜了，貧僧回憶起白日裡與大師的對談，感觸良多，深受啟發。夜不能寐，不吐不快，便沏了茶水來看看大師。」

吳墨林鬆了口氣，接下茶壺，謝了方丈。金農也扭頭禮貌性地笑了笑，兩個人都沒有對一超多說什麼，只盼著這個住持趕快離開。誰料一超法師白日裡與汪巴說得不夠盡興，還打算繼續談論畫禪之事，絲毫沒有離開的意思。他在金農身邊的蒲團坐下，笑迷迷地問：「汪巴大師，我還沒跟你聊過癮哩，心中還有不少疑問，盼著大師解答。」

金農只好嘰哩咕嚕說了一句，吳墨林翻譯道：「大師說他正在參禪，有什麼話可以明日再與方丈細說。」

一超卻說道：「汪巴大師想在寺中待多久都可以，不急這一晚兩晚。你我甚是投機，今夜萬籟俱寂，明月當空，咱們不如飲茶論禪，繼續白天的話題。」

吳墨林和金農沒辦法，只得聽著一超法師繼續說下去。一超口若懸河，又開始講起他對畫禪的領悟。原來一超法師一直以來以畫參禪，但心境到了某一層，手上的技巧卻達不到心中所想的境界。他一直以來頗為此苦惱，心中雖然頓悟，手中卻無著落，不知域外高僧如何看待此事。

吳墨林和金農懶得搭理他，聽一超絮絮叨叨說了許久，金農氣鼓鼓地嘟囔了幾句，吳墨林板著臉說道：「汪巴大師說，眼裡有筋，腕中有鬼，眼高手低，乃畫家通病，不只是你一個人，不必為此煩憂。」

一超質疑道：「若是心到了，手未到，那麼此時頓悟只是心中之悟，而與技法無關無涉？」

金農：「朵利米幾嘎他仰它占拉布吉力哇。」

吳墨林翻譯：「眼高手低總歸是好的，總比手高眼低強得多。」

一超：「但若眼高手低，又如何能算作真正到了境界？我想，心、手齊頭並進，才算是最理想的，只是極難做到罷了……大師以為如何應對此中困境？」

金農：「樂多斯嘟。」

吳墨林：「大師認為他也應對不了！」

一超：「貧僧以為，既然如此，就得心、手同時修煉，就像修煉佛法一樣，欲從『觀慧』升而為『乾慧』之境，不僅僅要勤著動腦體悟，還要身體力行的修持。只是老衲最近覺得，手與心的進境似乎都受到阻礙，不知大師平時如何破境？」

金農：「咯埋呀。」

吳墨林也不知道如何回答，說多了又怕露怯。他在腦子裡一陣搜山檢海。突然，他想起曾經臨摹過皇宮所藏南宋鄭思肖的〈墨蘭圖〉，那張畫上有一枚印章，當初臨摹時只覺得十

分奇特。此時便依著記憶將印文念了出來：「大師說，求則不得，不求或與。老眼空闊，清風今古。」（圖45）

一超聽了這偈語，不由得一怔。他修禪的這一路法門，講究的是「機鋒」，即以含蓄簡短，甚至是粗俗直白的語言相互交流傳授思想。在一超看來，汪巴大師正在用「機鋒」點化自己。老和尚苦苦思索了半天，發自肺腑地感慨道：「大師雖寥寥數語，然禪在其中矣。此中境界，全在於取象寧遙眺而非逼視。老衲仔細揣摩，大師的意思，難道是說……破境須得不執著於破境，必得無意於破，方能破境？但這層意思若是說出來，卻又失了真正的意味……有意思，有意思……大師覺得我說的對嗎？」

金農：「拉米哇。」

吳墨林實在是有些不耐煩了，說道：「一超法師，看來你還需自己靜靜思考一陣子，且不必著急，回去慢慢想，總會想通的……」

這段委婉的逐客令絲毫沒有起到任何作用。一超法師越發沉迷在「機鋒」之中，喋喋不休地嘮叨起來，一時之間沒完沒了。吳墨林心中暗罵：這禿驢可真是個話癆兒。他心中焦急，只想著用什麼辦法趕快把一超法師支走。

躲在觀音背後的巴特爾也聽得頭昏腦脹，差點打起瞌睡。但最辛苦的卻是抱著觀音菩薩胳膊，一動也不敢動的汪力塔，他在一超法師的頭頂兩丈處，現在已經全身酸麻。汪力塔抬眼看去，只能看到觀音菩薩的下頷和胳肢窩。他在心中默默祈禱：「菩薩保佑，快讓底下這個老賊禿滾出屋子吧！」

正要支撐不住的時候，他猛然發現觀音腋下似乎有一個裂縫，裂縫足有一個拳頭大小。他只有在現在趴伏的位置才能看到這一處空洞。汪力塔渾身似乎又充滿了力量，腳下緩緩用力，試圖伸直膝蓋，距離裂縫更近一些。他此刻正踩在觀音的左手上，觀音像本就年代久遠，經不住他腳下用力，只聽「啪」的一聲脆響，觀音的大拇指被他踩斷，直直的掉落下去。

十一面觀音的大拇指直線墜落，「噹啷」一聲，砸在一超法師的光頭上。正在侃侃而談的一超法師眼前一黑，昏了過去。這一截大拇指足有成人的巴掌那麼大，從兩丈多高掉落下來，力大勢沉。吳墨林和金農被嚇了一跳。吳墨林伸手探了探一超法師的鼻息，鬆了口氣：「幸好還活著……汪力塔！你在幹什麼？一超法師不就聒噪一些嗎？何至於砸他？」

汪力塔委屈地說道：「我哪裡要砸他？這是天意！菩薩也聽膩了，所以要砸昏他，不關我事！」巴特爾和劉定之從觀音像背後轉出，劉定之俯身撿起那一截大拇指，痛心疾首道：「這是千年古物啊！這是菩薩的手啊！造孽啊！造孽啊！」

汪力塔在上面叫道：「先甭管別的啦！我在這裡發現菩薩的腋下有個拳頭大的裂縫！」

眾人一聽，朝菩薩腋下看過去，但站在地上的人卻看不到這個裂縫。金農突然想起來什麼，哈哈笑道：「原來如此！」

「冬心先生，你發現了什麼嗎？」巴特爾問道。

金農說道：「你們回憶一下那件冊頁，樹蔭下幾個人的動作姿態，像是什麼？我終於想到了，第一開冊頁裡描繪的正是佛祖誕生的情景！傳說佛祖釋迦牟尼是從他母親的腋下出生的，畫中的侍女正在接生佛祖！那個抬起胳膊的女人，正是佛祖的母親！」

「我也想起來了，」吳墨林笑道，「傳說佛祖是從他媽媽左邊腋下出生的，那一道裂縫，不也正是在左胳肢窩嗎？」

眾人大喜，汪力塔也不知從哪裡來了力氣，向上爬了幾尺，伸手掏進觀音像腋下的裂縫中，摸了幾下，頓時眉開眼笑，從空洞中取出一個尖錐狀的銅製物件兒。

二、金剛杵

汪力塔腋下取銅杵，劉定之血手染煤精

汪力塔緩緩爬下觀音像，氣力近於虛脫。眾人急忙圍攏上前細細察看銅管，只見這根銅管閃著赤金色，長度有三尺許，直徑兩寸許，上端有一個三稜尖刺，下端雕鏤著一個佛頭。

「這是金剛杵，是佛教裡面的一件法器。」金農立刻就辨認了出來。

「金剛杵？」劉定之突然想起什麼，「『金剛杵』原本是畫論中的常見術語，古人常以『金剛杵』比附書畫用筆之雄強剛勁，無堅不摧。我猜，這根金剛杵內或許又藏著什麼法書名畫。」

汪力塔立刻來了精神，從腰間抽出短刀，就要把銅杵剜開。劉定之慌忙攔住。吳墨林說道：「汪軍門！你又魯莽了不是？」說著他搶過汪力塔手中的金剛杵，摸來摸去，仔細查看。

「我說，你們可得快點，那禿驢要是醒了可怎麼辦？」汪力塔提醒道，「要麼，我再給他頭上來一下？讓他暈的時間再久一些……」

「找到了！」吳墨林道，「這裡果然有個小機關，我就說嘛，機巧細膩如項守斌，一定不會讓人用蠻力打開金剛杵的。」

原來金剛杵底部的佛頭是一個旋鈕，吳墨林將佛頭快速旋下，金剛杵內咕嚕嚕滾出一根白色蠟燭。

巴特爾備感奇怪：「蠟燭？怎麼會是一根蠟燭？」

吳墨林將蠟燭翻來覆去看了個仔細，笑道：「這不是蠟燭，蠟燭是有芯兒的，但這卻沒芯兒，確切地說，這只是一根蠟條。用蠟封住書簡，可以防潮。如果我猜得沒錯，這根蠟條兒裡面應該是有東西的。」說著他從汪力塔手中拿過短刀，慢慢削起那根粗大的蠟條。很快，蠟條表面的一層厚厚的蜜蠟被刮除乾淨，露出一個長長的紙筒。

「一層一層又一層，沒完沒了的，項守斌也不嫌麻煩，」汪力塔急吼吼地說，「這應該是最後一層了吧。」

吳墨林用刀子慢慢割開紙筒，眾人繃緊了神經，大氣也不敢出。只見吳墨林用他那修長的食指和中指探入紙筒中，夾出一個厚厚的卷子，接著又夾出一個布袋。

吳墨林小心翼翼地將布袋解開，一個多面體的黑色石頭滾落出來。這塊石頭足有半個拳頭大小，被磨成十八個面，形狀詭異。石頭是純黑色的，上面似乎有一些刻畫的痕跡。眾人研究了一會兒，汪力塔突然笑道：「這一回該是我第一個搞明白了！告訴你們吧，這是一個骰子！」

這塊黑色石頭的確與骰子形狀相似，但一般的骰子有六個面，這塊石頭卻有十八個面。巴特爾說道：「這塊骰子的面太多了吧。」

汪力塔信心滿滿地解釋道：「這你就不懂了吧，有一種高級的賭錢遊戲，用的骰子就不止六個面的，我就見過八個面的，但十八個面的，我也是第一次見。」

吳墨林說道：「算了算了，現在時間緊迫，要真的是一個骰子，那就不值什麼錢了，咱們以後再慢慢研究它。先看看卷子。」

卷子頗長，可能是為了便於裝入金剛杵內，並未安裝軸頭和天地桿。吳墨林展開手卷，起首處便是一尊釋迦牟尼坐像，繪製於絹帛之上，線條古雅綿細，開臉靜穆深沉，既不似唐人佛像那般雄渾，也不似宋代以後佛像的柔和，而是有一種古拙粗糲之美。隱隱有南北朝時的意趣。隨著卷子的慢慢展開，釋迦坐像的左下角處露出一行朱砂小字：「達摩敬繪。」

金農「咕嚕」一聲咽下一口唾沫，好半天才說出一句話：「這幅畫，難道是……達摩祖師親筆繪製不成？」吳墨林和劉定之臉色大變，驚得說不出話。汪力塔只記得自己似乎在哪裡聽說過達摩的名號，但一時間也想不起來，只有巴特爾渾然不覺，一臉茫然。

「達摩？達摩是誰？聽著名字不像是漢人。」巴特爾不解地問道。

金農的聲音有些沙啞：「菩提達摩，禪宗祖師……我的老天爺……沒想到達摩祖師也會畫畫，畫得還這麼好。」

巴特爾好奇地問道：「他在和尚們的心目中地位很高嗎？你們為什麼這麼激動？」

劉定之歎了口氣道：「達摩是禪宗之祖，南北朝時期，自南天竺來到中土，弘法傳道。給你打個比方吧，他在和尚們心中的地位，大概就像是孟子在儒家學子心中的地位吧。」

金農點了點頭：「達摩在中國始傳禪宗，提倡『直指人心，見性成佛，不立文字，教外別傳』，沒想到不立文字的達摩祖師，卻會畫畫……我還是不敢相信，這是達摩的手筆，怕不是後世偽造的吧。」

「不像是假的，」吳墨林挨近了醬油色的古絹，語氣肯定地說，「看這絹料的織法，雖然綿密，但與唐宋時期的經緯交織方法不同，更與宋以後絹帛的織造方式迥然有別，絹絲中間還填充了石粉，正與傳說中的古法相合。」

「畫法也是異常簡拙，不似唐以後的氣韻，」劉定之補充道，「南朝造像多有簡拙率真的趣味，正與此畫一致。」

聽了吳、劉二人評說，汪力塔眉開眼笑，忍不住問道：「達摩祖師畫的佛祖像，聽聽！這是多大的噱頭……各位大師，咱老汪直率，你們估個價，這一件釋迦牟尼像能值多少錢？哪裡有有錢的和尚願意出資？」

金農白了他一眼，因與他尚未熟識，沒好意思多說什麼，吳墨林卻不客氣地斥道：「老汪，你在佛祖面前積點口德吧！就算想賣錢，回頭再問不行嗎？你忘了自己剛剛還把觀音大士的手指頭踩斷了？你在佛祖、觀音和達摩面前擺出這個樣子，是會遭報應的！」

汪力塔心裡莫名一緊，雙掌合十，連忙朝著畫卷拜了拜。

金農繼續展開卷軸，佛像後面的醬油色古絹上，赫然出現大大小小十多枚鈐印，過去一千兩百多年，印文大多脫落模糊，依稀只能辨別出來一些。

「奇怪，這些印文為何都是楷書？印文一般都是篆書吧？」巴特爾問道，「這些印章我都能認出來，你看，這一方是『大司馬印』，這一方是『大都督印』，這一方是『刺史之印』……」

劉定之皺眉道：「楷書印一度流行於南北朝時期，這不足為奇。但令人疑惑的是，畫上鈐蓋的印章竟然全部都是楷書印，這就有些罕見了。此外，印油的顏色竟也完全相同。按常理來說，這麼多印章應該是不同時期、不同人鈐印的，印油的顏色應該有區別，怎麼會如此一致？更何況南北朝人並沒有在書畫上鈐蓋如此多印章的習慣。」

吳墨林也點了點頭：「畫上的印章確實是個疑點，難道這幅畫真的是一幅偽作？」

汪力塔的心又懸了起來，面前這幅畫在他眼裡就是一堆金子，隨著身邊鑑定家的意見變化，這堆金子的體量也在不斷變化。

劉定之數了數畫上楷書印的數目，突然「啊」地叫了一聲，急促地說道：「我明白了！這些鈐印都來自同一枚印章！」他顧不上旁人驚異的目光，搶過汪力塔那把短刀，在自己的拇指上輕輕一割，鮮血立即滲出。他將自己的血塗抹在那塊黑色的「骰子」上，隨後將「骰子」在自己的袖子上一邊按壓，一邊滾動，一個個清晰的印文顯露出來。這些印文正與畫上的印文一模一樣。

「這不是骰子，是一方十八面煤精印，」劉定之瞪大了雙目，緊緊盯著袖子上的印記說道，「傳說南北朝時期有這樣的印章，只是從未有人見過，今日有緣見到，可算是開了眼界。」

眾人的疑惑這才得解，原來，這畫卷真的是南北朝時期遺存的古物！

吳墨林繼續展開畫卷，在十八枚印文之後，是一段長長的空白，接著出現的是項守斌的題跋文字：

此釋迦像為達摩祖師所繪。余得之於洛陽北邙山墓室之中。墓主獨孤信，為北朝上柱國，與達摩同時人也。二人交際無可考證。畫中有數十枚鈐印，余甚奇之，又從墓中掘出一方煤精，正是獨孤信遺物，其上鑿刻文字與畫中鈐印一一契合，以此可斷此畫必為獨孤信所藏，故其攜入墓穴，以證身分，永世相隨。可歎千載之後，為余所得，蓋神物自有命格，非凡人所能困住，今重見天日，豈非冥冥有靈？嗟吁！達摩親筆，為禪宗聖物。筆墨高古，可與吾另一南朝佳構相互印證。可歎吾所處之時，正乃末法時代，亂兆已現，余因之暫將此物藏之觀音閣內。若余未及取出，但願有緣人悉心呵守。嘉興項守斌。

吳墨林看罷題跋，先是喟然長歎一聲，而後又情不自禁地發出一聲嗤笑。巴特爾問道：

「二師父你笑啥呢？」

吳墨林道：「這個項守斌，從人家獨孤信的墓穴中盜出這麼一件寶貝，心裡覺得過意不去，還說成是什麼神物冥冥中自有命格，非凡人所能困住，真會自我安慰！」

巴特爾點點頭：「二師父說得有理有據，盜人墳墓確實不是什麼光彩的事。」

「接著看，接著看，」劉定之督促，「後面的部分還沒打開呢！」

手卷又展開一截，一幅逸筆草草的小畫隨之慢慢顯現。

三、蠹蟲救主

假番僧戲誑真方丈，大蠹蟲怒咬莽鏢王

這幅小畫與鷄冠洞地圖的筆性幾乎一致，眾人料定，十之八九也是項守斌親筆所繪。畫上有一座墳墓，墳旁有幾棵大樹，畫面當中有一個文士，拄杖而立。（圖46）

「這幅畫又是什麼意思？」巴特爾問道。

劉定之正要開口分析畫中的線索，被吳墨林打斷：「此時不宜在這裡浪費時間，等回了菡芬樓再細細研究不遲。咱們既然已經找到了東西，還得快點離開才好。」

「一超法師還昏著呢。」金農有些擔憂，「咱們就這樣一走了之，方丈若是醒來了，一定會懷疑我們。」

吳墨林道：「他懷疑又怎麼樣？一個和尚，參禪打坐，慈悲為懷，總不會追殺我們吧。

他醒來了只會覺得奇怪而已。」

「我們若是就這樣一走了之，多少有些對不住這位方丈大師。」劉定之有些於心不忍，「畢竟他為我們張羅了這麼久，端茶送水，費盡唇舌，結果腦袋還挨了砸。我從心底覺得咱們虧欠了這位法師。」

金農拾起掉落在地上的那一截觀音像手指，喃喃道：「應該拿這老方丈怎麼辦呢……」他看看手中的那截斷指，又看看一超法師的光頭，生出一個計策，轉頭對劉定之說道：「定之老弟，你手上的血還沒乾吧。」

劉定之道：「你要做什麼？」

「我要借你的鮮血做一件事。」

「我體質本就羸弱，難道還要讓我放血不成？」

金農哈哈一笑：「你只需在一超法師面前的地磚上用血再寫幾個字便可。我已經想好了，我來說，你來寫，用不了你多少血的。」

劉定之使勁兒擠了擠指腹：「我準備好了，你說，要我寫什麼？」

「你就這麼寫：菩薩斷指神示，如當頭棒喝，點化我等，概一文一藝，空中小蚋，一技一能，日下孤燈，自此別過，緣盡勿念。」

劉定之在地磚上寫下這段話，有些疑惑不解，卻聽巴特爾搶先問道：「冬心先生，這『一文一藝，空中小蚋，一技一能，日下孤燈』是什麼意思？」

金農笑了笑，笑容神祕莫測，真如域外高僧附體一般，說道：「你問我，其實我也不甚清楚，這是我以前讀《高僧傳》的時候看到的一句偈語，當時只覺得妙用無窮，又想不明白妙在哪裡。一超法師的臨濟宗講究的正是『看話禪』，為了一句玄妙的話，臨濟宗的和尚能不吃不喝參悟一輩子。越是玄妙難懂，越是模稜兩可，越可以激發他的冥想。只要留了這幾句話，按照一超法師刨根問底的性子，至少得琢磨十天半個月，估摸著也沒工夫懷疑我們了，這也算是咱們走之前留給他的禮物。」

吳墨林不禁豎起大拇指：「老金，你這招真高明！沒想到呀，你什麼時候也變得這麼詭計多端？」

金農哈哈一笑：「吳老弟過譽了，比起你那些花花腸子，我還差了一些，咱們也別磨蹭了，趁著天沒亮，這就離開此地吧。」

吳墨林看著昏迷不醒的一超法師頭上通紅的腫塊，歎了口氣：「我現在也覺得咱們有一些對不住他，唉，算了算了，我把這幅畫留下來，權當給他一點慰藉吧。」說著他從囊中取出那幅早先偽造的石濤與八大山人合作的山水畫（圖47），擺在老和尚身邊。吳墨林將畫放好後，低聲道：「這張畫雖然是假畫，但這世上恐怕也沒人看得出來，老和尚痴愛禪畫，得了這件東西，總會高興一些，也算我們對他的一點補償了。」

眾人收拾好東西，悄無聲息地出了觀音閣，此刻丑時將盡，和尚們正在酣睡，無人覺察。這幾個人來到山門，開了門閂，出了寺院，急急朝京城方向趕去。巴特爾不知為何，心中尚有一些不捨，回頭看向山門，兩尊哼哈二將逐漸湮沒在夜色之中。

走出山門幾百米，來到一片松林夾道，忽然聽得頭頂嘩啦啦一陣響，從天而降幾張大網，將五人罩在網中。緊接著從松樹上跳下七、八個蒙面人，迅速將五個人的手腳捆綁起來。為首一個點起一個火把，陰惻惻笑了幾聲。吳墨林看著那人的雙眼，心中咯噔一下，他記得這雙陰鬱的眼睛。上一次，就在鷄冠洞外，正是面前的這個男人攔住了他們的去路。

「又是你們！」巴特爾被拘在大網之內，胡亂撕扯一陣，大吼道，「你我無冤無仇，為何總是和我們過不去？」

「不是和你們不過去，而是和你們身上的東西過不去，」為首的人正是陳青陽，他冷笑道，「你們放心，我不要你們的性命，只要你們的東西。」

王老七親自動手，很快，巴特爾等人身上的東西都被搜了出來，一一擺放在地上。汪力塔痛心疾首地叫嚷起來：「巴特爾你這傻子，非要將寶貝帶在身上，我早就覺得不妥，現在果然出事了。」

陳青陽一件件翻看起來，第一件是〈蘭亭序〉，第二件是吳道子與李思訓合繪的〈嘉陵江山水圖〉，第三件則是金剛杵中的〈釋迦牟尼像〉。陳青陽也是痴迷書畫的人，看了這三件卷軸之後，心中大喜，眼神中一片熾熱，他掂量的出這幾件古代書畫的分量。

王老七趾高氣揚，甚是得意，潛伏在松樹上撒網的主意正是他想出來的。他見地上還有一件花裡胡哨的東西，定睛一看，原來是吳墨林隨身的皮囊（牛尿脬）。他分不出皮囊上山水畫的好壞，只記得自己在西湖小瀛洲島中見過這個皮囊，此物能大能小，當時就覺得奇怪。於是他拿起這皮囊仔細查看起來。

陳青陽此時的注意力正在三件古書畫上，無暇顧及王老七的舉動。王老七拿著牛尿脬看來看去，雖不知是何物，憑直覺認為這是一件稀奇的珍貴物件兒。在他的認識中，這種類似香囊、包袱的東西，最得女孩子的喜愛。若將這皮囊帶回去送給李雙雙，是不是能賺到她的一點好感？想到此處，他打開牛尿脬，湊近了向裡面看了看。裡面似乎有什麼東西，於是他伸進手去抓。

吳墨林的心提到了嗓子眼兒，那只牛尿脬中只裝了一隻蠹蟲，而這只蠹蟲正是他最珍愛的——那隻歷經生死磨難，最終存活下來的「蠹王」。王老七的手伸進尿脬，把「蠹王」嚇了一大跳。如今牠養尊處優，每日裡有新鮮的木屑供應，早已經忘記曾經啖肉飲血的經歷，然而，牠骨子裡的血性尚未消磨殆盡。「蠹王」這些日子隨著吳墨林四處顛簸，本來就有些惱怒，忽見到一隻毛糙糙的大手伸進來亂抓，便跳了上去，卯足勁兒狠狠咬了一口。

「嗷——啊啊啊啊啊！」

王老七慘叫一聲，急忙從尿脬中縮回手，定睛一看，只見一隻大蟲子緊緊咬住自己的食指。王老七雖然英雄一世，不懼刀兵，但從小懼怕蟲子，平時碰到蜘蛛蟑螂，便會心跳加速，渾身難受。陡然間看到這隻巨大的蠹蟲，靈魂出竅，差點沒背過氣去。他一蹦三尺高，猛地甩掉食指上的蠹蟲，蠹蟲掉入草叢中，逃遁而去。吳墨林心如刀絞，他最喜歡的寵物此刻已經龍歸大海，虎入深山，再也不見蹤跡。

劉定之在一邊看得真切，自己在鷄冠洞毒氣裡吸入蟲子的遭遇浮上腦海，長久以來的疑惑一朝得解。果然！吳墨林這個孫子在皮囊中放了蟲子，當時他一定是戲耍自己，故意讓蟲子爬進自己的嘴裡。若現在不是被綁住手腳，劉定之必定會狠狠打吳墨林一頓。

金農也被眼前的景象駭住了，他是被蠹王咬過的人，不免對王老七升起一絲同情。

眾人尚在驚愕之時，陳青陽忙跑到王老七身前，問道：「老七！你這是怎麼了？」

王老七哆嗦著嘴唇，滿頭是汗，戰慄著說道：「這姓吳的皮囊袋子中養了一隻咬人的蟲子！」

陳青陽一顆心沉了下去，他早聽說西南有人擅長養蠱，莫非吳墨林也學了這一門毒招？以前還真的小看了這個工匠。雖然陳青陽之前監視過吳墨林，親眼看見他在京城的市集中購買尿脬的全部過程，但卻沒見過吳墨林在尿脬上畫畫，因此不知道這皮囊其實正是尿脬，他更不知道吳墨林飼養蠹蟲之事。他扭頭對吳墨林怒目而視：「你這個小人！竟然用這種旁門左道，陰險招式！」

吳墨林心念電轉，聲音陡然間變得狠厲陰森：「這位壯士！你中了我的蠱毒，怕是命不久矣。」

四、吳墨林戲弄劫匪

王老七斷指飲尿液，劉定之暴怒斥匠人

王老七記起自己的師父曾經提過，雲南的毒蠱、江西的趕屍、關外的薩滿跳神並稱江湖三大邪術，令武林人聞之色變。尤其是雲南的毒蠱之術甚是陰險毒辣。中毒者如墮十八層地獄，最終會在噬骨蝕心的劇痛中死去。師父曾告誡自己，若是中了蠱毒，第一要務便是棄卒保車，必須要將毒肉割去。「他媽的，老子豁出去了！」王老七咬了咬牙，摸出一把鋒利的飛鏢，狠狠地向自己的食指削去。他的飛鏢吹毛斷發，削鐵如泥，切根手指，有如兒戲，剎那間鏢落指斷。一聲慘烈的嘶吼劃破夜空，驚起林中的一群群宿鳥。

王老七疼得幾乎要昏厥過去，但他卻絲毫不後悔：雖然少了一根手指，對今後投飛鏢的準頭有些影響，但若是毒液蔓延全身，那今晚可就把一條命交代在這裡了。他在綠林行走多年，自然拎得清手指和性命哪個更重要。

陳青陽迅速從袖口上撕下一條碎布，為王老七包紮起來，口中讚道：「老七當機立斷，果然是一條硬漢！」

吳墨林兀自嘴硬：「我的蟲毒只要碰上一丁點兒，就會立刻傳入精血，幾日後便會慢慢發作，你就算砍去手指也沒用！眼下我有解藥的配方，你若是把寶物還給我們，我就把配方告訴你！」

「蠱毒遠非尋常毒物可比，」汪力塔在一旁添油加火，「我兄弟這蠱毒，是蠱中之蠱，毒中之毒，平時我們連聞都不敢聞！稍稍看一下，都嫌辣眼睛！」

「危言聳聽！世間哪有這樣的劇毒之物？」陳青陽半信半疑。

「不好，他們……他們說的可能是真的，」王老七呻吟一聲，頭上滲出豆大的汗珠，臉色發青，「我似乎真的中毒了……」

王老七的臉上、胳膊上漸漸生出大片腫脹的紅斑，呼吸也越來越急促。

「老七！老七！」陳青陽搖了搖王老七的肩膀，「你真的中毒了！」

就連吳墨林也傻眼了，低聲問一邊的金農：「我的蠹蟲到底是怎麼回事？你當初被咬也是這樣的反應嗎？」

「我當時一點兒事也沒有，」金農壓低聲音，偷眼仔細觀瞧王老七身上的紅斑，猶疑著說道，「我略通醫術，他身上起的紅疹是風團，並不要緊，有的人聞了花粉會這樣，有的人吃了柑橘會這樣，這和人的特殊體質有關，而且越是緊張害怕，症狀越是厲害。」

「你們嘀嘀咕咕些什麼？」陳青陽焦躁起來，大喝一聲，拔出寶劍，將劍架在吳墨林脖子上，威脅道，「快說如何解毒，不然我把你們全殺了！」他的心中越來越焦慮，敵人的蠱毒究竟有多厲害？若是王老七命喪於此，回了京城如何向那位混不吝的十爺交代？

「那就玉石俱焚吧，」吳墨林昂著頭，一副鐵骨錚錚的樣子，「反正我們這些在道兒上混的人，早晚都是個死，今日拉一個陪葬，也算夠本錢。」

「你要怎樣才能告訴我解毒的辦法？」陳青陽眼見王老七氣若游絲，語氣弱了一分。

吳墨林從鼻子裡哼了一聲，說道：「你先把我們身上的網解開，然後把兵器丟在地上。這之後才有的談。」

陳青陽猶豫片刻，先命人將地上的幾件卷軸畫收拾好，然後依著吳墨林的要求，解開大網，又令手下人將刀劍弓弩遠遠扔在身後。他其實並不想要吳墨林等人的性命，所求不過是那幾件卷軸而已。若是以放跑這群人為條件，換回老七的命，對他而言並無損失。

吳墨林卻得寸進尺，說道：「我們的要求也不算高，這樣吧，只要你把東西還給我們，放我們走，我就告訴你如何解毒。」

「你他娘的放屁，」王老七的呵斥聲中明顯有一絲虛弱，「我老七就算死也不會給你們這個便宜！」

「你這是獅子大開口。」陳青陽伸手指著吳墨林，冷冷道，「我已經解開了你們身上的繩索，棄了兵器，不打算要你們的命，你竟還嫌不夠？快點說出解藥配方，休想得寸進尺。」

吳墨林冷哼一聲，說道：「難道這位壯士的命連一件卷軸都不值？你就是這麼對待自己手下的弟兄？」

陳青陽手下的嘍囉們一個個面有不忍之色，只因王老七性情耿直豪爽，與隨行嘍囉兵交善，故而臨到此時，嘍囉們都看向陳青陽，眼神中有求情之意。王老七面露淒然之色，哆嗦著手，探入懷中，取出一把飛鏢，架在自己的脖子上，喝道：「老七從來沒有被人如此脅迫！他媽的我這條命就交代在這裡了！」說著就要把飛鏢刺入脖子。

陳青陽和吳墨林都慌了，齊聲喊道：「不可不可！」陳青陽可不願王老七自刎而死。畢竟自己在江湖中一直都是重義氣的俠客形象，怎麼能為了幾卷畫軸不顧手下兄弟的死活？況且老七是十爺心腹之人，不能隨隨便便把他交代在這裡。

吳墨林也不敢繼續討價還價，他與金農等人對視一眼，微微點頭，乾脆地說道：「這樣吧，你我都各退一步，只要你把這根金剛杵裡的東西交還我們，我便說出解藥。其他的兩件畫軸，就歸你們好了。」

陳青陽點了點頭，收起〈蘭亭序〉和〈嘉陵江山水圖〉，將金剛杵留下，說道：「現在你該說出如何解毒了吧！」

吳墨林偷眼向王老七看去，見他身上的紅疹似有消退的跡象，於是見好就收，忙說道：「解藥也容易獲得，只需喝上三大碗人尿，毒自可解。」

王老七重重歎了口氣，江湖上解毒的招數大多離奇古怪，以毒攻毒的辦法也是有的。吳墨林等人正要轉身離開，陳青陽喝道：「不准走！等他的毒解了才能走！」

但現在沒人帶著盛水的容器，如何收集尿液？陳青陽想來想去，跟吳墨林借來了牛尿脬，用來集尿。很快就集了四、五個人的尿液。

王老七也顧不上臉面，此時性命要緊。他舉起沉甸甸的牛尿脬，眼一閉，心一橫，咕嘟咕嘟喝了起來。他一口氣喝光了所有尿液，放下尿脬，漲紅了臉，胃裡一陣翻江倒海，忍不住要嘔吐。

「不能吐出來！吐出來還得再喝！」吳墨林急忙提醒，「壯士，你忍一忍就過去了！」

王老七生生將頂在咽喉的穢物「咕嚕」一聲吞咽下去，眾人見了也覺得噁心，幾個嘍囉兵忍不住乾嘔起來。說來也巧，正此時，王老七身上的紅疹漸漸消退，陳青陽驚喜道：「果然毒解了！」

吳墨林煞有介事地說道：「我這蠱毒對身子還是會有一些隱性傷害，這位壯士若想完全恢復，回去之後還需服用一些藥劑。」

陳青陽眉毛一挑：「快說，還需要服用什麼藥劑？」

吳墨林說道：「兩日之後，還需服用一服湯劑，須得用二錢五靈脂，二錢夜明砂，二錢白馬通，五錢人中黃，煮成一鍋湯汁，連續服用七日，便可恢復如初。」

陳青陽抱了抱拳：「我記下了！」一邊說，一邊蹲下身，要撿起扔在地上的寶劍。

「咱們就此別過，後會無期！」吳墨林扭頭便走。巴特爾等人緊隨其後，發足狂奔，很快就消失在夜色之中。

一個嘍囉兵問陳青陽道：「陳先生，我們追嗎？」陳青陽搖了搖頭，他一眼就看出逃跑的那夥人中有兩個武者，武林人講究「窮寇莫追」，若硬要追上去，對方拼命相搏，只怕己方也有損失。

王老七有些羞愧，對陳青陽說道：「陳兄弟，對不住了，為了俺老七，折了一件寶貝！」

「兄弟，你說什麼傻話？」陳青陽拍了拍王老七的後背，「留得青山在，不怕沒柴燒。雙雙還在菡芬樓中，他們的一舉一動盡在我們掌握之中，機會有的是！你身上的紅斑現在已經全部消退了，應該沒事了。只是可惜了你的一根手指……」

王老七看著地上的斷指，滿臉遺憾：「早知蠱毒擴散得如此迅猛，我就不砍斷手指了……從今以後，我得多多練習四指投鏢了……」

他又看了看自己的胳膊，果然再沒有什麼紅疹的跡象了。此時他突然記起一件事來，據母親說，自己三、四歲時有一次亂翻家中的書籍，玩弄起書裡的一隻蟲子，渾身也起了紅斑疙瘩，好像就是從那個時候起，自己越來越懼怕昆蟲。

幾里之外，吳墨林等人跑得飛快，生怕陳青陽那夥人再追過來。劉定之體弱，跑得上氣不接下氣，實在跑不動了，癱倒在地，喘息不止。眾人也都停下來稍做歇息。

「二師父，我很好奇，」巴特爾氣喘吁吁地問道，「你說的那幾味中藥大概不是什麼好東西吧。」

「嘿嘿嘿，」吳墨林的笑容詭異，「五靈脂是鼯鼠屎，夜明砂是蝙蝠屎，白馬通是馬糞，人中黃則是用人屎浸泡過的甘草，嘿嘿，咱也讓那個投鏢的混蛋遭點罪，受點苦。」

眾人雖然跑得上氣不接下氣，但聽到這裡，也不由得哈哈大笑，心情大暢。

「我們應該甩掉他們了吧，」巴特爾此刻語調輕鬆，「剛剛真的好驚險，也虧得老天垂顧！」

「咱們也算不得幸運，」汪力塔苦著臉道，「眼下只留下一件東西，〈蘭亭序〉和〈嘉陵江山水圖〉都被搶去了，怎麼能說幸運呢？」

「呵呵，東西都沒丟。」巴特爾嘻嘻一笑，「他們搶去的那兩件都是二師傅製作的摹本，真跡在函芬樓裡藏得好好的。」

「什麼！」眾人大驚。

「為了保密，我沒有告訴你們這件事，」吳墨林有些得意，「我早就和巴特爾商量好了，私底下製好了摹本。上次雞冠洞假裝燒畫，用的其實也是一件摹本。之所以隨身帶著摹本，就是怕事有萬一，沒想到今日真的派上用場了。」

劉定之猛地揪住吳墨林的衣領，怒道：「混蛋！這麼大的事，為什麼瞞著我！」

「大師父，你別怪他，」巴特爾在一邊勸道，「二師父也是為了安全著想嘛……」

劉定之扭頭對巴特爾惡狠狠地說道：「你這孽徒，也瞞著我！」

他越想越生氣，接著對吳墨林吼道：「上次在鷄冠洞，你們幾個人用那個氣囊穿過毒氣的時候都沒事，唯有我吞進了一隻蟲子，是不是你搞的鬼？」

吳墨林一臉尷尬，不敢正面怒目圓睜的劉定之，吞吞吐吐道：「當時其他人都是低著頭用氣囊，只有你抬著頭仰著脖子，所以才會出事，非是我一心要戲弄你。」

劉定之也記不清當時自己使用氣囊的姿勢，想要發作，又無真憑實據，一口氣憋在胸口，瘦弱的胸膛起伏不定。一邊的金農勸道：「好了好了劉大師，雖然咱們的經歷是曲折了一些，但好歹保住了真跡，倒也沒什麼損失嘛！出門在外，哪裡沒個磕磕碰碰，我看老吳也不是有意為難你嘛。」

其他人也都來勸劉定之，好不容易才安撫好他。吳墨林總算鬆了口氣，向眾人抱了抱拳：「各位，等回了住處，我還得把這一件〈釋迦牟尼像〉的摹本也趕製出來。這件事我和巴特爾雖然瞞了各位，但初心總是好的，要假戲真做，總要知道的人越少越好。」

他這一番解釋，令其他人心中的不快減了幾分。汪力塔暗暗想：這個匠人實在是狡猾，若是沒有今天這件事發生，不知道還會將摹本的事情隱瞞多久！

五、女子心事

碑首盤龍翻成鴟吻，舞劍二娘意在陳郎

「雙雙妹妹的舞技在京城中可算是出類拔萃的了，我們這裡的姑娘能有機會跟妳學得一招半式，真是撞了大運，」菡芬樓的一間雅室內，沈是如呷了口茉莉花茶，笑著對李雙雙說道，「只是我一直好奇，妹妹這舞技，柔美中帶著凌厲，不知是源於哪一家流派？」

「是如姐姐謬讚，」李雙雙端起茶杯，輕輕抿了一口，說道：「小女子少時曾遇高人點撥，也算是機緣湊巧。」

沈是如也不多問，環顧室內懸掛的畫作，說道：「是呀，每個人的機緣都是巧合，就好比我，遇到了不一樣的人，就彷彿打開了不同的門。佛說，一花一草一世界。不同的門裡面，就是不同機緣，不一樣的世界。妳我皆是風塵女子，應該更曉得『機緣』二字。」

「是如姐姐的高超畫藝，想來也是受了高人指點……能不能告訴妹妹這其中的機緣呢？」李雙雙捂嘴輕笑，「不知道是哪一個有名的才子，手把手教會了姐姐這樣出色的丹青妙筆。」

沈是如掩著嘴笑道：「天底下才子多得是，我可不會在一棵樹上吊死……我說的是學畫畫，總是要多跟幾個高人學習，各取所長，這才行得通哩。」

「是如姐姐說的高人，可是後院的那幾個男子？」

沈是如歪著頭仔細想了想，似乎是在自言自語：「妳是說後院的幾個男子？他們中的確有幾個高人，而且還都蠻有趣的……」她的腦海中首先浮現出吳墨林的臉，但又意識到不該對李雙雙說得太多，於是續上茶，笑著岔開話題：「雙雙姑娘，過幾日就是乞巧節了，我打算為手底下的姑娘辦一個才藝比賽，邀請京城內的公子哥兒來菡芬樓中聚一聚，姐姐還想請雙雙姑娘為咱們的姑娘編排一下舞蹈呢……」

「此事包在我身上，」李雙雙點點頭，「我會傾力為姑娘們編排，到時候敢保那些公子哥兒們看得發痴。」

「有妳在，姑娘們的舞技自然是差不了的，」沈是如呷了口花茶，慢條斯理地說道，「我的手底下，有幾個姑娘要著重教導一下，這次乞巧節，我要捧紅幾個頭牌，在京城打出名聲……」

正說到此時，屋外一個老媽子輕聲敲門，沈是如起身到門口低聲交談了幾句，神情興奮，轉身對李雙雙說道：「雙雙姑娘，我有急事，先失陪了。」說完便匆匆離去。李雙雙的心立刻提了起來——莫非後院的那些男人回來了？

李雙雙猜的沒錯，離開薊縣後，吳墨林等人逃命似的趕回了菡芬樓，五個人雖然一副灰頭土臉，風塵僕僕的樣子，但畢竟只是失去幾件摹本，並沒有丟失真跡，因此個個精神矍鑠。沈是如忙將他們請進後院的一處靜室之內，一臉關切地詢問獨樂寺之行的經過。

吳墨林比以往更擅言辭，繪聲繪色地講起眾人如何遊覽寺廟，如何探查線索，如何找到〈釋迦牟尼像〉，又如何遭遇搶劫。劉定之見縫插針，不時地補充說明，講到一超法師被觀音像的斷指砸昏，沈是如忍不住咯咯笑了起來，俏臉飛起一片酡紅，看得吳墨林和劉定之心神恍惚。又講到王老七自削手指，沈是如面露驚懼：「這個劫匪竟然也和菩薩一樣倒楣！」吳墨林和劉定之見沈是如似是受了驚嚇，立刻不失時機地轉移話題。金農和汪力塔在旁觀瞧，心下暗暗感歎：這兩個老光棍兒算是被沈姑娘牢牢攥在手心裡了。

吳墨林殷勤地為沈是如展開達摩祖師的〈釋迦牟尼像〉，眾人再次觀賞，更覺畫中佛像古拙質樸，筆墨典雅醇厚。沈是如看到卷後項守斌的畫作，頗覺疑惑，說道：「畫上的這座墳墓是什麼意思，難道描繪的是項守斌在獨孤信的墳墓盜掘寶物的情景？」

「看來沈姑娘對歷代墓葬形制並不瞭解，」劉定之撚鬚笑道，「除非是體量巨大的皇陵，尋常的古墓，從北朝到明末，歷經一千年左右，能留下一點斷碑殘碣就不錯了，至於封土，早就被磨平了，又怎會似畫中這樣完整如新？」

沈是如不好意思地說道：「我這種沒見過世面的弱女子，哪裡知道這些？還請劉先生詳細說說，這幅畫到底有什麼寓意？」

「要找到線索，就須得看得出這幅畫中有哪些怪異反常之處，我當下發現有兩個奇怪的地方，」劉定之的鬍子翹了起來，並以確鑿無疑的口吻說道，「第一，此畫中的文士，雖然貌似訪碑尋古，但動作非常怪異，他面向墓碑，右手反向指著一株大樹，這種舉止動作，在山水畫中著實罕見；第二，這株大樹的枝葉形態也頗為奇特，略顯生硬造作。」

「其實劉兄還漏了一處沒說出來，」吳墨林不顧劉定之冷下來的臉色，插嘴說道，「沈姑娘請看，那座墳墓前的石碑，才是最離奇的地方。」

「哪裡離奇？」沈是如好奇地問道。

「尋常的石碑，碑首雕刻盤龍，碑下放置贔屭，但你看這塊石碑的碑首，根本不是龍的樣子。」

「你說的有些道理，」沈是如說道，「確實不像盤龍的樣子。」

「對，這兩隻神獸不是龍，而是兩隻鴟吻。在傳說中，鴟吻是龍的第九個兒子。鴟吻形狀詭異，龍頭魚身，據說牠能夠滅火消災，所以常常作為殿脊兩端的裝飾。」

「為何要在石碑上畫鴟吻呢？」

「到底是什麼原因，我也想不明白。」

沈是如兩眼放光：「有趣，有趣！這幅畫好似謎面。」

「要是一直都猜不出來，那可就沒趣兒啦！」汪力塔在一邊笑嘻嘻地說道，「不過有沈姑娘在，吳大師和劉大師定會加倍努力地找尋線索。」

吳墨林和劉定之老臉一沉，都默不作聲，裝作沒有聽見。

卻說李雙雙，找了個由頭，出了菡芬樓，與陳青陽和王老七碰了面。她見王老七的一隻手纏著紗布，說了幾句表示關切的客套話。幾句話說得不鹹不淡，不輕不重，卻也似一股暖流淌進老七的心田。有那麼一瞬間，王老七恨不得再多砍掉幾根手指頭。

陳青陽將剛剛得到的〈蘭亭序〉與〈嘉陵江山水圖〉展開給李雙雙觀賞。李雙雙也是懂得書畫鑑賞的人，自然分得清好壞優劣。她看了〈蘭亭序〉，忍不住讚歎道：「真是世間絕品！」

陳青陽笑著打趣道：「史書記載，唐代開元盛世之時，宮廷中有一位擅舞的女子，名叫公孫大娘，據說她的劍舞借鑑了王羲之的筆法，令當時的畫聖吳道子、草聖張旭為之絕倒。古有大娘，今有二娘，不知二娘能否從這蘭亭真跡中悟出一點新的舞姿？」

李雙雙噗嗤一笑，俏臉騰起紅暈：「陳大哥想看？那我便即興為你跳上一段！」說罷她接過陳青陽遞來的青鋒寶劍，腦中閃過〈蘭亭序〉中宛如龍蛇的筆勢，心念一動，身體便跟著旋轉起來。只見她的舞姿中帶著凌厲的氣勢，時而婉轉迴環，時而鋒芒畢露。她越舞越快，氣韻開張，忽而有霸悍之氣，忽而收斂含蓄。

王老七目不轉睛地盯著李雙雙曼妙的舞姿，忍不住大喝一聲：「好——」

李雙雙舞了一會兒，收了劍，笑著問陳青陽：「可還入得了陳大哥的法眼？」

「我憶起杜甫寫過的一首詩——〈觀公孫大娘弟子舞劍器行〉，」陳青陽由衷地讚道，「此詩正可形容姑娘的舞姿。」

「是嗎？」李雙雙眼波流轉，「陳大哥還記得這首詩嗎？」

陳青陽笑道：「我背一遍給妳聽：昔有佳人公孫氏，一舞劍器動四方。觀者如山色沮喪，天地為之久低昂。霍如羿射九日落，矯如群帝驂龍翔。來如雷霆收震怒，罷如江海凝清光。」

他的聲音抑揚頓挫，渾厚而富有磁性，吟詠之間，渾如杜甫附體，李白再生，李雙雙看得呆了。

只有王老七，聽得懵懵懂懂。他偷眼看向李雙雙，只見這女子已經沉醉在陳青陽的吟詠聲中，心醉神迷，不能自拔。老七低頭看看自己纏著紗布的手，心中滿不是滋味。

第十章 菡芬樓七夕雅集

一、劉定之辨畫解謎

汪軍門無聊讀閒書，劉定之機智解迷局

自從吳墨林等人回到菡芬樓，後院重新熱鬧了起來。沈是如除了忙著籌備院中頭牌們七夕才藝比賽的事宜，一有空閒，便到後院與吳墨林、劉定之鑽研項守斌所繪的〈讀碑圖〉。吳墨林與劉定之整日將時間耗在解謎上，唯恐對方搶先。

金農、巴特爾和汪力塔不願意摻和吳、劉二人的紛爭。每當沈是如來到後院，三個人就尋個理由避開，屋裡只留吳、劉、沈三人探討畫中線索。沈是如擅長和稀泥，每當吳、劉二人為畫中迷局爭執之時，沈是如總能從中調和。

金農問巴特爾：「你這兩個師父以前也這般相互較勁嗎？」

「以前雖也時有爭執，但場面沒有現在這麼激烈，」巴特爾回憶過往，語氣肯定，「若說以前大師父和二師父鬥來鬥去是因為身分地位、書畫理念的不同，那麼現在大概又添了一條——為了沈大姐。」

「男人之間的爭鬥總和女人脫離不開干係，」汪力塔斷言道，「以前我在山西綠營的時候，手底下的兄弟相殘，或是為了錢，或是為了婊子。為了一個婊子，兩個原本很要好的兄弟瞬間就能變成仇敵。」

「不可這麼說沈姑娘，」金農皺起眉，「沈姑娘是世間難得的奇女子，又精通書畫，善於詞賦，引得文人才子爭風吃醋，倒也在情理之中。」

「你們文人都稀罕這樣的女人，」汪力塔撇了撇嘴，「我倒沒覺得有什麼好的，這種女人說起話來囉囉唆唆，一句話裡有好多典故，之乎者也，雲山霧繞，半天也聽不明白。」

「我可漸漸能聽明白一些了，」巴特爾有些驕傲，「自從拜師以後，咱也漸漸受了大師父的薰染，在他們談論書畫的時候，我也能聽出一些味道來了。」

汪力塔歎了口氣：「這說明你還是有靈性的，俺們老汪家四代人，一百多年來總想著無師自通，靠自己薰陶自己，到最後也沒熏成功，唉……咱天生不是這類人啊！」

這時窗外傳來一陣管樂之聲，巴特爾說道：「前院的姑娘們又在排練舞蹈了。」

汪力塔氣惱地拍了一下桌子，瞪著雙眼道：「自從來了這青樓，我們就被關在這後院裡，如花似玉的姑娘近在咫尺，但我們卻為了藏匿身分，碰也不敢碰一下，我快憋瘋了！」

金農搖了搖頭：「老汪，你也別抱怨。其實不讓你碰這些姑娘，一是為了保密，二是你沒現錢，三是這裡的姑娘大多文靜高雅，實在沒有傾心委身於你的，這也是不得已之事。不過我聽說前幾日你從沈姑娘那兒借了不少書來解悶兒。怎麼，還是覺得無聊？」

原來汪力塔在菡芬樓中過於憋悶，便求著沈是如，借來幾本小說看看。汪力塔感興趣的小說，無非是修仙或情色之類，文字淺顯易懂，情節乖張離奇。

「我都看完了，挑著關鍵的情節，走馬觀花看的，」汪力塔有氣無力地說道，「什麼

《草燈和尚》、《醋葫蘆》，咱都翻了一遍，看多了都一個味道。其實光看文字也沒什麼意思，老金，你說，這菡芬樓中有沒有春宮畫兒，其實春宮畫更合我的胃口。」

「有倒是有，」金農苦笑道，「春宮畫要畫好並不容易，好的春宮畫價值昂貴，恐怕沈姑娘不會輕易借你看的。」

「對了，老金你不就是個大畫家嗎？你會不會春宮畫？」汪力塔雙眼放光，興致勃勃，「乾脆你教我畫春宮圖好了，我對山水花鳥沒有興趣，學春宮畫倒是有一股子勁兒。你教我吧，我拜你為師！等我學會了春宮畫，我自己畫給自己看，就不必再卑躬屈膝跟別人借了。」

「你以為春宮畫很容易學嗎？」金農哭笑不得，「要畫好春宮圖，得熟知人物一科的技法，尤其得對人體的形態瞭若指掌。歷代文人之中，除了明代唐伯虎這樣的浪子，幾乎再無一人擅長這類題材。」

汪力塔有些洩氣，心想這一後院的人各個都懂得書法繪畫，自己在山水花鳥方面怕一輩子也超越不了這些人，不如另闢蹊徑，從春宮畫入手，在眾人中拔個頭籌，以後腰桿也更硬一些。這時忽聽得後院中另一間臥房內傳出劉定之哈哈大笑的聲音，笑聲頗為縱肆。眾人奇怪，出了屋子趕過去。汪力塔率先推門而入，只見劉定之站在地上，仰頭而笑，既顛又狂，吳墨林一臉頹喪地坐在凳子上。沈是如看著吳墨林無精打采的神情，不禁莞爾一笑。想要安慰他幾句，又覺那工匠的模樣著實有趣，她還想再看一陣子。

其他人卻是一副等不及的樣子，沈是如微笑著站起身，喜滋滋地對其他人說道：「多虧了劉先生才思敏捷，竟然找到了畫中一個重要的線索！劉先生，請讓我來告訴他們謎底，好嗎？」

「當然可以。」劉定之心情大暢，此時就像一隻鬥勝的公鷄，尾巴快撅到天上去了。

沈是如指著〈讀碑圖〉中的那株大樹，對眾人說道：「之前劉大哥就曾說過，這株大樹枝杈的形狀非常奇特，按照項守斌的水準，正常情況下不會畫出這樣的樹枝。換句話說，如此奇特的枝杈中，必然隱藏著線索。」

「沈妹子也開始學會吊人胃口了，」金農笑道，「到底是怎麼回事，快說出來吧。」

「嘻嘻嘻嘻，」沈是如忍不住嬌笑連連，「看到大樹旁邊的那個文人了嗎？為什麼他指著樹？其實這是一個暗示，暗示我們要仔細看這棵樹！看，這棵樹的枝杈組成了兩個字！」

金農、巴特爾和汪力塔連忙緊緊盯著大樹的枝杈，經過沈是如的指點，眾人漸漸看出了枝杈穿插組合出的兩個字——「思」和「白」。（圖48）

「思字和白字？這是什麼意思？」巴特爾問道。

金農此刻已經猜到了什麼，他哈哈一笑，對巴特爾說道：「小巴，之前你大師父總提到一個畫家，如果我猜的沒錯，思白指的正是這個人。」

「誰？我怎麼沒有印象？」巴特爾兩手一攤，「我記性再差，也不會這麼健忘吧。」

「因為你只知道人名，不瞭解字號，」劉定之忍不住數落起巴特爾，「古往今來，書畫家字號最多，有的畫家甚至會有十幾個別號、齋號，這『思白』二字，正是明末大畫家董其昌的號。你只知道董其昌這一個名字，其實思翁、思白、玄宰、香光居士指的都是董其昌。」

巴特爾哈哈笑道：「大師父說的是，等我將古代書畫家字號、齋號背熟了，以後提起他們，再也不說本名，只說字號，顯得更有學問。」

「行了，不扯遠了，」劉定之板起臉道，「畫中文人的手指著大樹，臉卻朝著墓碑，你們想想，他是在傳達什麼意思？」

「連我老汪都猜到啦，那個文人的意思是說——這座墓是董其昌的墓！」汪力塔嚷起來，「既然這樣，咱們的下一個目標豈不就是董其昌墓嗎？」

巴特爾還有些意猶未盡，問道：「這碑上的鴟吻是怎麼回事？可有個合理的解釋？」

「我來說罷，劉先生看我說的對不對，」沈是如淺淺一笑，「董其昌晚年家中遭了大火，據說他珍藏的古書畫大部分都在這次火災中毀掉了，而傳說中鴟吻可以防火消災，這是不是說明董其昌被這場火災嚇怕了，即便死了也要在墳頭兒設置一個辟火的神獸？」

劉定之點點頭，看向沈是如的目光滿是欣賞：「這解釋勉強也說得通，但總有些牽強，究竟是什麼原因，還得繼續琢磨。」

此後幾日，眾人又開始為新的征程準備起來。吳墨林仍舊放心不下他飼養的蠹蟲。自從蠹王丟失之後，他心痛不已，恨不得再返回薊縣尋找一番。金農卻感慨道：「糟了，這隻害蟲沒人管束，逃到野外繁衍生息，生出的子子孫孫不知道會不會繼承牠老祖的能耐，這對北方的書畫古籍未嘗不是一場災難！」吳墨林聽了心中既有些失落，又有些恐懼。幸運的是，在前往獨樂寺之前，吳墨林已經將蠹王配對兒，繁殖出新的一代蠹蟲，只是蠹王的後代剛剛孵化，尚未看出有什麼奇特之處。

沈是如決定在舉辦完七夕才藝比賽後，再與這些男人動身南下去找董其昌的墓葬。金農勸她留守菡芬樓，她卻說什麼也不願意：「我非要去，常年在樓閣之中，快悶死我了。」劉定之和吳墨林聽說她要一同前往，心中著實興奮莫名。

〈蘭亭序〉、〈嘉陵江山水圖〉與〈釋迦牟尼像〉真跡都被沈是如祕密藏匿於自己閨房床下的夾層之內，眾人仍有些擔心。沈是如向他們打下包票兒：「你們放心吧，等我南下後，菡芬樓停業，也讓姑娘們放一個長假，不會出事的。」
她把即將南行的消息告知李雙雙，李雙雙裝作驚訝的樣子：「姐姐要去幹什麼？」
「跟一群很有趣的人南下遊玩。」
「姐姐，我本是江南人，不知妳要去何處，我可以向妳推介當地名勝之處。」
「對了，妳可知道董其昌葬在何處？」
李雙雙搖了搖頭，笑道：「這我可就不知道了……姐姐南下遊玩，玩伴莫不是後院那幾個人，姐姐最近神采飛揚，莫不是看上了其中哪個？」
「嘻嘻，我可不告訴妳。」沈是如莞爾一笑，奇怪的是，她的腦海中竟然再一次浮現出吳墨林被劉定之「戰勝」後垂頭喪氣的臉。她被自己的聯想嚇了一跳。

二、七夕雅宴

菡芬樓內七夕雅集，小暗屋中四人偷窺

臨近七夕，沈是如請吳墨林和劉定之為自己畫幾張畫。她提的要求頗為奇怪，非要吳、劉二人仿造女子的筆性作畫，畫風一定要柔美溫潤，且不許題款鈐印。吳、劉二人費盡心機，各逞其能。吳墨林畫了一張〈鴛鴦芙蓉圖〉，劉定之畫了一張〈仕女敲詩圖〉。沈是如得了兩件作品，欣喜不已，口中連連說道：「會派上大用場的……」吳、劉二人詢問有何用場，沈是如卻笑而不答。

李雙雙為菡芬樓幾個頭牌編排舞蹈，煞是用心。每日前院裡管弦彈奏之聲不斷，搞得幾個頭牌姑娘疲憊不堪。沈是如安慰她們：「吃得苦中苦，方為人上人。」

七夕終於到了。

沈是如命人在菡芬樓中的一處露天月臺搭建起臨時布帳，掛滿了六角燈籠，月臺的地面鋪了地毯。台下擺了十幾張束腰馬蹄足小方桌，桌上擺了酒水。月臺兩側的廊柱新貼了一副虎皮宣對聯：

雖無華屋朱門氣，卻有琪花瑤草香。

對聯上的書法清雋秀雅，是沈是如親筆所書。劉定之讚道「有趙子昂遺韻」，吳墨林誇其「顯王大令之風」。巴特爾聽了，一番詢問，才知道趙子昂是趙孟頫，王大令是王獻之。

沈是如早就差人將花箋請柬送出。傍晚時分，暑氣漸退，受到邀請的貴胄公子們攜著小廝僕從來到菡芬樓。早來的人搶先坐到靠前的桌旁，後來的人只得在稍遠的位置坐定。金農與往來的文人多有相識，他也坐在台下，與京城的幾個畫家朋友攀談起來。院中的人越來越多，嘈雜聲漸起。同是一個圈子的文人見了面，免不了一套冗長的寒暄，場面越發熱鬧起來。

吳墨林等人不敢在院子中露面，但都對這場盛會心嚮往之。經過汪力塔死纏爛打的央求，沈是如只好安排他們在月臺旁的一間廂房中躲著，允許他們在窗戶紙上捅個窟窿窺伺院中情景。吳墨林、巴特爾和汪力塔每人在窗戶紙上捅了個洞，向外看去。劉定之本有些猶豫，做這種事情實在不算體面，他口中嘟囔著：「我倒要看看京城裡的畫家都交談些什麼……」也在窗戶紙上捅了一個小洞，把臉湊了上去。

「竟然來了這麼多人，」吳墨林感慨道，「禹之鼎、王雲、焦秉貞、冷枚、沈崳……這些人都是京城書畫圈子中的俊彥名流啊……」

「怎麼還有個大鬍子鬼佬？」汪力塔驚訝地問道。

「那是宮廷裡的御用畫師郎世寧，他是歐羅巴人，」劉定之有些驚訝，「是如真有能耐，這樣的人也能請過來……」

一輪明月升了起來，月光如水銀瀉地，灑向庭院之中。七夕本是牛郎織女相會之期，也是女人家乞巧炫技的日子，而對於菡芬樓中的姑娘與賓客而言，卻另有一種風情。沈是如見台下賓客已滿，走上月臺，款款欠身，道了個萬福。眾賓客談笑聲立時減弱了幾分。

她清了清嗓子，大大方方地說道：「今日邀請大家前來，無非是要趁此美景良宵，論詩聽曲，觀舞賞畫。菡芬樓的姑娘們已經辛苦籌備多時了，特地為大家編排了幾段別致的舞曲。這幾段舞曲可不簡單，是參詳了歷代法書名畫的筆墨氣韻創出的舞技，普天之下，怕是只能在我們菡芬樓中看到。」

台下的賓客大多是書畫的行家，頓時倍感興趣，一個個坐直了身子，瞪大了雙眼。

沈是如笑了笑，清亮的嗓音響徹中庭：「第一個出場的姑娘，名叫小婉，她的這段舞，是從唐代書法家顏真卿的〈裴將軍詩〉（圖49）中汲取靈感，創出來的。」介紹完畢，她拍了拍巴掌，小婉從布幔後轉出。一身青衣，身材嬌小，兩手卻持著兩個銅錘。伴著一聲悠揚的簫聲，小婉陡然旋轉身子，隨著簫聲起伏，舞動起銅錘。

廂房之內，吳墨林等人看得目瞪口呆，巴特爾問道：「大師父，小婉姑娘的舞姿真的與顏真卿的〈裴將軍詩〉有關嗎？」

劉定之讚歎道：「〈裴將軍詩〉勁健雄奇、樸拙渾厚，這位小婉姑娘身子隨著銅錘而動，嬌弱柔美中有剛猛的內勁，反而有一種極強烈的反差之美，真有『戰馬若龍虎，騰陵何壯哉』之感，真令人歎為觀止！」

「編排舞蹈的一定是個高人！」吳墨林感慨道，「既通筆墨，又懂音律，才能將二者結合得如此完美！」

小婉舞罷，台下眾人喝彩聲不斷。大鬍子郎世寧激動地站起身，用生硬的漢語喊道：「天下奇觀！聞所未聞，見所未見！」

沈是如調皮地一笑：「郎先生莫要吃驚，好看的還在後頭。接下來要上場的姑娘喚作圓圓，她的舞，源自蘇東坡的〈黃州寒食詩帖〉，不過其中還有一些額外的變化……」

叫作圓圓的姑娘嫋嫋婷婷走上台，手中空空，只在腰間纏著一條絲帶，隨著一聲低沉遲緩的磬聲，圓圓移步換形，將腰間的絲帶舞將起來。初時緩慢，中氣十足，舞到一半，姿勢驟然變化，飄舞的彩帶如長槍大戟，迅捷飛動。

台下爆發出一陣喝彩。巴特爾看得迷糊，問道：「為什麼前後舞風變化如此之大？」

劉定之解釋道：「因為蘇軾的〈黃州寒食詩帖〉後還有一段黃庭堅的跋文。這件傳世佳作其實集合了宋代兩位頂級書家的作品。」（圖50）

「我想起來了，」巴特爾眼睛一亮，「還記得之前雞冠洞地圖上的那首詩，仿造的正是蘇東坡與黃庭堅的書風！前一段舞姿舒緩，後一段震顫迅捷，正模擬了兩個書家的筆墨！」

圓圓之後，又有數位女子上臺獻舞，但都不如前兩個驚豔絕倫。汪力塔終於忍不住問道：「沈老鴇舉辦這次雅集，可真是下足了本錢。不過我心裡有個疑問，難道菡芬樓純粹是義務表演，底下的看客一分錢不出？」

正當此時，獻舞環節結束，所有上過台的女子再次走到臺上，每個人手中持著一個卷軸。沈是如站在台前，嫣然一笑：「各位公子，我們姑娘的舞是從書畫中取得靈感的，所以咱家的姑娘們也都是女子中的丹青好手。請各位朋友上眼……」

臺上的女子一個個將手中卷軸打開，一幅幅山水花鳥展現在眾人面前。圓圓手中持著吳墨林畫的〈鴛鴦芙蓉圖〉，而小婉手中提著的則是劉定之的〈侍女敲詩圖〉。其他姑娘手中的畫雖然也秀雅可愛，卻遠不及圓圓與小婉手中的兩件。

吳墨林和劉定之正看得發呆，只聽臺上沈是如說道：「各位朋友，咱們的姑娘各自出了一件自己的作品，客官若有喜歡的可以喊個價錢，價高者得。」見台下賓客尚有些懵懂，沈是如耐心地繼續解釋道：「此環節雖然鄙俗，有些銅臭氣，但只是席間一樂而已，各位公子權當看我們小女子的笑話兒，捧個場兒罷了。」

座下一個名叫唐岱的文人說道：「說實話，前面的舞蹈已經足夠驚豔，但在下絕沒想到，菡芬樓中姑娘的丹青筆墨竟也有如此造詣。」

另一個老者撚著鬍鬚歎了口氣：「當真是女中豪傑。以前我也見過菡芬樓女子的畫，沒想到如今竟精進至如此地步……說句良心話，我的畫藝，是比不過臺上幾個姑娘的。」

眾人你一言我一語，對臺上的畫作極力讚美。吳墨林和劉定之兩個人聽得如同泡了個熱水澡，渾身毛孔舒張。巴特爾哈哈一笑：「大師父，二師父，你們現在成了妓女的代筆人啦！」

劉定之臉色一紅，吳墨林卻嗤之以鼻：「老子心甘情願，你這黃口小兒管得著嗎？」

很快，一場叫賣開始了。臺上的畫作逐個賣了出去，最後的〈芙蓉鴛鴦圖〉和〈侍女敲詩圖〉，競價尤其激烈。在座的都是行家，其中大多數又是不缺錢的富豪，再加上有的客人鍾情臺上的女子，想求一個枕席之歡，便一力要出個高價在姑娘面前博個出彩，因此價格越喊越高。最終〈芙蓉鴛鴦圖〉被唐岱以二百兩銀子買下，〈侍女敲詩圖〉被一個大腹便便的藏家以一百八十兩買下。吳墨林見自己的畫價格更高，心中洋洋得意。

「菡芬樓的名氣會傳遍京城的，」吳墨林說道，「經此雅集，此處將成為大清國文人畫家逛青樓的首選之地。」

「我真是佩服沈老鴇，」汪力塔由衷讚歎，「辦的這個雅集，又是跳舞又是賣畫兒，既誇耀了色相，又顯得高雅脫俗，好比山羊放了個綿羊屁，既騷氣又洋氣。更厲害的是，人家空手套白狼，從你們兩個老光棍手裡白白賺了畫，賣出去幾百兩銀子，這賺錢的本事當真是天下獨步！」

「我看沈小姐的目的不單單是為了錢，」劉定之篤定地說道，「她摸清了這個路數，就會將這樣的雅集一直舉辦下去，長此以往，菡芬樓將成為京城書畫交易、集散的重要場所，到那時候，咱們尋找到的寶貝也就不難出手了。」

汪力塔點了點頭：「劉大師的話說的沒錯，但我總覺得你們兩個送畫的光棍兒有些虧本，到目前為止，啥好處也沒有撈到。」

三、俠盜徐陵

青樓女子從師學畫，摸金俠盜入夥受邀

自七夕後，金農開始在京城的畫友中四處詢問打聽董其昌歸葬之處。但幾日過後，仍一無所獲。

汪力塔與巴特爾等得焦躁不已。吳墨林與劉定之卻氣定神閒，每日勤勉作畫，畫完一件，立即交付沈是如，冒名為菡芬樓女子所作，甘心成為小婉和圓圓的代筆人。

「大凡是不易動情的人，一動了情，就再也按捺不住了。」汪力塔貌似很有經驗地對巴特爾說道，「你那兩個師父就是如此。」

巴特爾正在練字，聽了這話，將毛筆擲在筆洗中，一臉怨氣道：「我這兩個師父現在教我書畫，完全不似往日熱心。我心中有氣，不吐不快，昨天夜裡還憋出一首詩來。」

「你說啥？寫詩？你在說笑嗎？就你這樣的糙漢，何時竟學會作詩了？」

「大師父教我讀了兩個月《聲律啟蒙》，又讓我背熟了平水韻，所以我……現在也勉強能作出詩來。」

「真是不敢相信，你且念給我聽聽，寫的是啥？」

「這是我作的第一首詩，抒發了我最近的悶氣……你聽了以後，千萬別告訴我師父。」巴特爾有些臉紅，將筆洗中的毛筆提出來，蘸了墨，邊寫邊念，「老鴇三十體似酥，腰間仗劍斬愚夫。雖然不見人頭落，暗裡教他骨髓枯。」

「好詩！好詩！」汪力塔大笑，「你那兩個小心眼兒的師父要是知道你寫了這首詩，不得扒了你的皮！」

又過了幾日，小婉和圓圓的畫作在京城中漸漸出了名兒，不少文人墨客慕名而來，巴望著一親女畫家的芳澤。小婉和圓圓初時尚可應付，後來總有人求著她們兩個現場作畫，非要親眼看見才甘休。小婉和圓圓雖然也是丹青能手，但畫藝如何比得上吳墨林與劉定之？沈是如於是就請吳墨林與劉定之親自教授小婉和圓圓作畫。為了在短時間內出效果，小婉和圓圓只突擊學一兩種偏門的畫法。小婉只學畫蝴蝶，圓圓只學畫梅花。每日裡吳墨林與劉定之輪流教授兩個女子，更沒有功夫搭理巴特爾了。

這一日，巴特爾見兩個師父又在畫室中為妓女演示畫法，按捺不住，推門而入，冷著張臉站在妓女身旁觀摩。他一會兒走到小婉那裡，一會兒又走到圓圓那裡，緊繃著臉，一句話也不說。

吳墨林正為小婉示範北宋趙昌〈寫生蛺蝶圖〉（圖51）中蝴蝶的畫法，只覺得紙面上忽的出現一個碩大的陰影，抬眼一看，只見巴特爾直愣愣地杵在桌前。巴特爾身軀龐大，似乎能抵得上兩個小婉。吳墨林瞥了他一眼，說道：「你既然來了，就好好旁觀，往那邊站一站，別擋住光。」

巴特爾只得往一邊挪了挪。坐在桌旁的小婉抬起頭，一臉歉然道：「有勞巴壯士了，小女子占了你師父的時間，萬勿責怪。」

巴特爾見面前的嬌小女子彬彬有禮，自己倒顯出一副小氣模樣，他想起七夕那一夜小婉掄起銅錘翩翩起舞的姿態，當時只覺得小小身軀竟有如此蠻力，一定是個潑婦。沒想到說起話來竟然如此溫婉綿柔。巴特爾甕聲甕氣道：「銅錘妹子，我就在一邊看著，不耽誤妳學習。」

吳墨林臉一黑，叱道：「沒教養的玩意兒，別瞎給人起外號。你這草原騖子真是滿口粗話！少說幾句，安安靜靜在旁邊看著。」

小婉連忙說道：「不妨，這個名字也沒什麼不好的……銅錘妹子，我倒是喜歡。」她調皮地向巴特爾眨了眨眼。巴特爾臉色一紅，看了一會兒，見吳墨林也不與自己說話，於是踅到劉定之那一桌兒。劉定之正耐心地為圓圓講解墨梅的「一筆三踢」之法，巴特爾站在一邊默默聽著。腦子裡卻總是閃現出小婉的笑臉，劉定之的話好似左耳進，右耳出，教的是什麼，巴特爾也沒聽進去。

小婉和圓圓本就在丹青水墨上頗有天賦，加以高人指點，進步飛快。尤其是小婉，頭腦聰敏，手頭靈巧，專攻蝴蝶一項，沒幾日就成果顯著。巴特爾每一次跟著蹭課，都會明顯地感覺到兩個姑娘進步神速，畫技進展之快，遠超自己。

「我到底有沒有作畫的天賦？」巴特爾忍不住，私底下問吳墨林，「二師父你當初說我是天縱奇才，為什麼我卻感覺自己比不過這兩個女子？」

「學畫的進境本就時快時慢，你現在恰好到了瓶頸期，」吳墨林解釋道，「而且我看你近期蹭課的時候，有些魂不守舍，心思不在畫上……你還是要從自己身上找找原因，為什麼進步慢，是不是有了什麼心障？」

蒙古漢子腹誹：我的心障再大，也沒你的心障大。

正當小婉和圓圓學得七八分像的時候，金農傳回了好消息——他打聽到董其昌墓葬所在何處了。

「說起來，董其昌的墓在士林之中還算有一些名氣……」金農對眾人說道，「董其昌有個再傳弟子，叫宋駿業，宋駿業恰好是蘇州人，家在太湖附近，幾年前親自去董其昌墓前祭掃過。我正是從宋駿業那裡打聽到的，據說董其昌的墓在太湖邊的漁陽山麓，風光秀美，平日裡不少江南的文人前去祭拜遊玩，我們只要到了漁陽山，再向當地人打聽便可找到墓地所在。」

「太湖邊的漁陽山……」吳墨林是南方人，對江南有些瞭解，「漁陽山在蘇州城邊，要到那裡，我們可以從通縣坐船，走運河一直南下。」

「董氏在當地是大族，」金農說道，「恐怕董其昌的墓旁邊還會專門安排守墓的鄉民，要掘墓尋寶，還得避開鄉民，並非易事。」

汪力塔點了點頭道：「我們這一次行動，說的難聽一些，其實就是挖人祖墳，一定要萬分小心，按照大清律，盜墓可是重罪！」

「汪軍門還挺瞭解，」吳墨林笑道，「你在山西綠營的時候，是不是也幹過這勾當？」

「多多少少接觸過一些，」汪力塔嘻嘻一笑道，「山西大墓多，盜墓的人也多，我沒進過墓，但也曾幫著盜墓賊銷過贓。說起盜墓，有一套嚴密複雜的手法，我們這些人並非專業幹這個的，又沒什麼經驗，需得有一個老手帶著才行。」

「汪軍門平時膽大包天，如今膽小甚微，這可不像你平時的作風，」吳墨林揶揄道，「但老汪這次說的有理，咱們這些人都沒幹過這一行，須得有個老手幫襯著。」

「我倒是認識一個盜墓的奇人，或許可以請來協助咱們。」金農向眾人拱了拱手，「此人與尋常盜墓賊絕然不同。江湖上盜墓的路數主要分兩派，一是文盜，二是武盜。文盜講究一個悄無聲息，以巧取勝；武盜講究的是速戰速決，以力取勝。但這個人卻自成一格，號稱『俠盜』。」

汪力塔嗤之以鼻：「挖墳就是挖墳，怎麼還跟俠義扯上關係？」

金農答道：「此人出身世家大族，後來家道敗落，做了盜墓賊。但他與尋常盜墓賊不同，他只盜那些奸商、貪官、惡霸的墓，因此號稱『俠盜』。」

「這可真是奇了，」汪力塔不信，「大多古墓是沒有碑文的，下墓之前，誰能知道墓裡頭躺的是誰？」

「這就是他的特異之處，」金農呵呵笑道，「此人熟讀史書，因此對於歷代知名的人物，都了然於胸。他下了墓，首先會看墓葬中的墓誌，查清墓主身分。若當時無法判斷，他就會從墓裡退出來，封了盜洞，回去查閱史料和地方誌，弄清了墓中人的行狀，再決定要不要二次進墓。如果地方誌中記載墓主生前做過很多善事，他就不會再進墓了。」

汪力塔張大了嘴巴：「我的老天爺，咱還是第一次聽說這麼窮講究的盜墓賊。不過，如果墓主人沒幹過啥壞事，也沒幹過啥好事，碰到這種人的墓，該不該盜呢？」

金農答道：「人之好壞實難評判，若墓主善惡難辨，的確是一件難事。碰上這種人的墓，他只取走一兩件陪葬品，賺個辛苦費就算完事兒了。」

劉定之有些猶豫，問道：「若真如冬心兄所言，那麼他會帶著我們盜董其昌的墓嗎？」

「董其昌難道是什麼好人嗎？」吳墨林不屑地說道，「明末民抄董宦的大事件，鬧得沸沸揚揚。據說董其昌夥同他的兒子、惡僕魚肉鄉里，甚至逼死人命。如此雅士穢行，導致民怨沸騰，鄉民聚集。老百姓最終放了一把火，將董家幾百間房子燒了。」

巴特爾奇道：「家都被燒了，他還有錢修墓嗎？」

吳墨林答道：「百足之蟲，死而不僵。董其昌雖然經此大難，卻仍留有部分家財。他家在當地的勢力雖然受損，但仍得到了官府的支持。」

「民抄董宦之事，誰對誰錯仍是未知，」劉定之連連搖頭，解釋道，「也有人說，董其昌自己的言行其實並無過錯，只不過是他的兒子和僕人行事乖張，才會遭此大禍。很難想像，整日裡優遊林下，以書畫鑑賞久負盛名的董其昌，會做出欺壓百姓的勾當。」

「得了得了，我們爭論董其昌又有什麼用？一百年前的事情，誰也沒親眼看過，哪兒說得清？」汪力塔有些不耐煩，「金老哥，你就跟那個俠盜說，我們進了董其昌墓，只找字畫，並不偷其他的瓶瓶罐罐，事後給他一百兩銀子，這個俠盜總會同意的吧？」

金農笑笑：「我與他頗有些交情，明日便去尋他問問，看他願不願意賺這一份錢。」

許久不說話的沈是如笑道：「金大哥自管去請這位俠盜，錢的問題不用在意，我們菡芬樓來解決。」

吳墨林擺擺手道：「怎麼能讓沈姑娘一力承擔此事？沈姑娘可先墊付這筆錢，最後等畫都出手了，再從得來的錢裡撥出一百兩還妳。千萬不能讓妳吃虧。」

沈是如笑道：「如此也好。」

幾日之後，金農帶著一個中等身材的漢子來到菡芬樓與眾人相見。只見此人目光幽深，走路無風，腳步聲如貓兒一般輕。他向眾人施了一禮，低聲說道：「鄙人徐陵，幸會諸位。」

四、八爺黨現頹勢

徐俠盜受激顯身手，陳青陽領命志消沉

徐陵面皮白淨，眉清目秀，看上去不像是盜墓賊，倒更像是一個書齋裡的秀才。

「你是幹盜墓的？」汪力塔有些不相信，他在山西見過的盜墓賊無不腌臢凶悍，個個髒得要命，土得掉渣，哪似眼前男子這般文質彬彬，「你都盜過什麼大墓？說給俺聽聽？」

徐陵也不氣惱，呵呵一笑：「這位朋友，我盜過什麼墓，斷不會對外人說的。」

「兄弟，不是俺老汪懷疑你——事關我們的性命，總得瞭解一下你的本事吧……」

徐陵的臉色冷了下來，一邊的金農苦笑道：「徐陵兄弟，我這個朋友心直口快，但並沒有惡意，你莫要怪他……」

徐陵輕輕歎了口氣：「也罷，我就給你們簡單露一手。」只見他略一提氣，收緊了腹腰。眾人見狀，以為他要練一套拳法。卻見他的腹腰越收越緊，胸部越來越粗壯，腹腔裡的氣彷彿都提到了胸腔之內。

「難道他是要憋一個大招？」巴特爾面色緊張，「不知什麼大招要提氣這麼久？」

這時，徐陵雙手掐住腰，對眾人說道：「你們看我的腰！」

眾人定睛看去，徐陵的腰居然變得出奇的扁薄。徐陵雙手掐腰，兩隻手的虎口卡在胯部，左右手的中指恰好能碰到一起。沈是如驚歎道：「天呀！五、六歲女娃娃的腰也沒有這麼細的！」

徐陵神色泰然，鬆開手，吸了幾口氣，腰腹瞬間恢復如初。

「還沒完呢。」徐陵說話間，活動了兩下肩膀，骨節吱嘎作響，倏然聳肩，只見他的上身突然縮成一個長筒形，肩膀擠壓靠攏，整個肩部比腦袋寬不了多少。

「你這是縮骨功！」汪力塔想起了什麼，臉色一變，語氣也恭敬了許多，「這可是江湖上極罕見的縮骨功，俺老汪只聽說過，這是第一次親眼見到。」

「你倒是識貨，」徐陵深深吐納幾次，調勻了氣息，笑了笑，「做我們這一行，常常鑽盜洞，我這身功夫，只是為了方便出入盜洞而已。」

「厲害！厲害！」汪力塔哈哈一笑，「這一回俺信了你的能耐啦！」

徐陵文縐縐地說道：「既然爾等要請我到墓裡走一遭，那麼必須得答應鄙人三個條件。」

劉定之點點頭道：「徐先生請講。」

「第一，進了董其昌的墓，你們都得聽我的，我說往東，絕不可往西，萬萬不可隨意行動；第二，進了墓，你們只取藏匿的那件寶貝，不可再拿其他的東西，只因董氏生平所行之事，難以評判善惡，不可盜光了他的隨葬品；第三……」

徐陵有些遲疑，看了看金農，又看了看沈是如，說道：「第三，冬心兄和沈姑娘不可下墓。」

沈是如一聽這話，滿臉不高興：「憑什麼我不能下墓？冬心先生長得胖，下墓不方便，在盜洞裡面容易卡住，他的確不應該下去，但憑什麼我也不能下墓？我從來沒進過墓室，好不容易有這樣的機會開開眼界，若不能下墓，實在太可惜了……」

徐陵心平氣和地說道：「我看妳生了一雙金蓮小腳，到了墓中閃轉騰挪，怕是不方便。況且自古以來，就沒有女人下墓的規矩。」

「我的腳雖小，但並未纏足。」沈是如臉色一紅，爭辯道，「我自小走南闖北，並未纏足。更何況我素來研習舞技，從小就練得腳步迅捷，身法雖不如徐先生，但也不輸尋常男子。再說了，規矩是人定下來的，自然也是可以更改的，世間哪有一成不變的規矩呢？」

沈是如的聲音雖然柔和溫婉，但言之鑿鑿，符合情理，難以辯駁。吳墨林笑道：「沈妹子，徐先生也是一番好意……」

沈是如垂下頭，聲如蚊蚋：「難道非得讓我脫了鞋襪給你們看看究竟纏沒纏足嗎？」

吳墨林和劉定之頓時把一顆心提到嗓子眼兒。女子當眾露出小腳，是一件極羞恥的事，饒是沈是如這樣出身青樓的女子，此時也覺面紅耳赤。徐陵見狀，只好笑笑說道：「罷了罷了，既然沈姑娘身法靈巧，咱就破個例，一起下墓便可。」

卻見汪力搭有些猶豫地說道：「我可不可以陪著金老哥在墓外守著？」

「你是不是怕了？」巴特爾噗嗤一笑，「想不到你這種人竟然也會怕鬼。」

汪力塔辯駁道：「我才不怕，老子膽子大得很。只不過上次去獨樂寺，踩斷了觀音菩薩的一根手指頭，俺老汪心裡一直惴惴不安。盜墓可是有損陰德的事兒。菩薩在天上看著哩，我就積點德，不下墓了。」

徐陵聽了這話，臉上微露不快之色，說道：「你不下墓便不下墓，無須找這麼多理由。如此也好，墓外總得留兩個人守著，你留在墓外，也沒什麼不妥。」

自此之後，徐陵住進了菡芬樓，只待與其他人一同出發。

自從七夕雅集之後，菡芬樓在京城聲名日盛。每天文人雅士往來不絕，當真是「談笑有鴻儒，往來無白丁」。京城裡的鑑賞家一提到菡芬樓，無不交口稱讚。不少書畫收藏的大戶，甚至以家中有無菡芬樓女子的作品為雅俗之分。不少書畫掮客來菡芬樓中購買姑娘的作品，婉兒的蝴蝶和圓圓的墨梅竟都供不應求。就在這前途一片大好的時候，沈是如卻決定暫時關閉菡芬樓，親自南下。院中的姑娘多有不解，紛紛勸阻，沈是如只好妥協，招來婉兒，叮囑她在自己不在的時間內，暫時接管菡芬樓的大小事務。婉兒表面看上去嬌小柔弱，實則內心剛強，腦子又靈活，是個古靈精怪的女子。起初婉兒嫌麻煩，不肯接管，只推脫自己沒有經驗，無法服眾。沈是如俏臉一沉，說道：「婉兒，姐姐一直以來是把妳作為菡芬樓的接班人培養的，妳莫要負了姐姐的心。此時正在要緊關頭，為何卻要退縮？」她見婉兒猶豫，又笑著說道：「妳且拿出七夕夜裡舞銅錘的氣勢來，誰敢不服！」婉兒無奈，只得從命。

陳青陽得到〈蘭亭序〉和〈嘉陵江山水圖〉的摹本以後，便當作真跡交給了胤禩。胤禩是風雅之人，自然曉得兩件作品的價值，頗為驚喜。隨即想到這兩件東西其實是為將來的災禍預備的後路，內心深處反而更覺得落寞和沮喪。

最近一段時日，八阿哥胤禩已經預感到胤禛的皇權越發穩固，皇帝對他的態度也日漸冰冷。為了一點芝麻小事，胤禛就可以大聲斥責他。斥責之後，又時不時給一些小恩小惠，這種帝王術實在卑鄙無恥，但胤禩偏偏又無可奈何。他心裡知道，皇帝正在不斷試探他的底線和耐心，一步步地瓦解自己的心志和骨氣。他又有些後悔，當初遺詔風波之時，就該聯合其他弟兄們鬧得更凶一些。

自大清太祖努爾哈赤以來，皇族之間爭權奪位的場面雖然慘烈，但勝利者並不會過分虐待失敗者的子孫。胤禩心中暗想，若自己將來倒臺，胤禛也許會看在血脈同源的份上，不會傷害他的子嗣。一旦被抄家，顯眼的金銀怕是留不住，但這兩件名作卻可以藏匿起來，足以保證自己的子孫日後生活優渥。這也許是他能夠為家人做的最後一件事了。

陳青陽看出胤禩的頹喪之態，安慰道：「八爺，事在人為，你萬萬不可意氣消沉。還沒到最後，鹿死誰手，終未可知。小人這邊也不會放鬆……據雙雙打探到的消息，吳墨林那夥人不日即將南下，還要再尋一處寶物，陳某定會為八爺拼盡全力，為八爺奪了這寶貝。」

胤禩強裝笑臉，擠出笑容，說道：「太好了！如此便有勞陳先生了。」

陳青陽出了王府，心中鬱鬱不樂。八爺黨的頹勢明顯，八爺自己的野心似乎也不復先前，自己費盡心力，為主人搶奪書畫，卻仍挽救不了大廈將傾之勢，想到此處，不免滿心沮喪。就在一年以前，八爺還是朝臣之中繼位呼聲最高的皇子，誰又能想到如今是這種局面？世事滄桑，真無法預料。他原本雄心萬丈，做起事情鬥志昂揚，如今只剩內心秉持的「仁義忠誠」支撐著自己走下去。

事情還是要繼續做的。他回到住處，跟李雙雙、王老七傳達了胤禩的指令。李雙雙心思細密，看出陳青陽有些消沉，問道：「陳大哥，你難道有什麼隱憂？」

陳青陽怔怔地看著窗外，歎道：「山雨欲來，大廈將傾……老七，李姑娘，你們可曾想過，若是八爺一黨徹底倒臺了，我們這些人要何去何從嗎？」

李雙雙想了想，說道：「九爺救過我的命，我自然是要聽他的指令，助他到底的。」

王老七張了張嘴，沒有說話。

陳青陽搖了搖頭：「罷了罷了，走一步，看一步吧……」

五、小獸辟古

河中畫舫詩情畫意，籠內小獸溫馴可人

為了南下，金農租了一艘雕鏤精緻的畫舫。據金農說，那船老大原本混跡於青幫，與他本就相識，頗值得信賴。金農交友廣泛，三教九流無所不涉，能結識此等人物，亦屬尋常。七月中旬，眾人挑了一個天朗氣清的日子，從通縣碼頭乘坐畫舫沿運河南下。吳墨林仍舊帶著他的牛尿脬，裡面裝著十幾隻蠹蟲，牠們都是蠹王後代。眾人自獨樂寺之行後，已經知曉吳墨林尿脬的來歷，再次見到這個奇怪的皮囊，總會想起這個皮袋子曾經裝滿人尿的模樣。吳墨林也不好意思一直將尿脬掛在腰間，將它存放在船艙的儲物間裡。儲物艙內還存放著徐陵的不少物件兒。盜墓需要的工具甚多，大包小包，林林總總，堆滿了半個儲物艙。

雖然在獨樂寺之外，巴特爾用假畫騙過了陳青陽等人，但那一夥陰魂不散的賊人仍是眾人心頭的隱憂。為了防止被人尾隨，吳墨林提議，在出行的頭幾日，每個人都必須窩在自己

的艙室之內，不能到船上露面。直到確認畫舫後面沒有可疑的船隻跟蹤，方可在甲板上活動。眾人依計照行，在各自艙室中憋了五、六日後，方才出了船艙。

這艘畫舫上的家什頗為奢侈。艙室乾淨整潔，又有一座飛簷翹角、玲瓏精緻的四角亭子立在船頭。亭子中擺放著案台、圈椅、茶几、果品。吳墨林等人坐在亭子中，或品茗，或論詩，或作畫，悠然嫻雅。船老大看起來持重老成，竟親自做起船夫，搖起船櫓來不緊不慢。畫舫在運河的碧波中向南而行。

吳墨林回憶起幾個月前身負皇命，在臘月的蕭瑟寒風中匆匆南下的日子，那時候身邊的侍衛們個個精悍勇武，如今這些滿洲勇士已經長眠於雞冠洞的毒氣中。一念及此，吳墨林不由得感慨時過境遷，物是人非。他又回憶起為皇帝修復遺詔那一晚的情景，每念及此，總會從心底生出寒意。所幸如今逃脫皇帝的魔爪，再也不必為性命擔憂。但有利益的地方，就總會有爭鬥，他想不通那一撥陰魂不散的匪徒究竟來自哪裡，又是如何得知自己一行人的行蹤。

七月中下旬，京杭運河兩岸綠樹成蔭，青山如黛。船頭的四角亭中，金農、吳墨林、劉定之和沈是如擺開了毛氈畫筆，以岸邊景色為題，每日裡作畫不怠。巴特爾在一邊磨墨裁紙，動作麻利，儼然成為一名殷勤的書童。徐陵獨來獨往，一臉陰鷙，很少與人交談。汪力塔百無聊賴，有一搭沒一搭地與眾人嘮著閒嗑解悶兒。他幾次想勾搭船上的人賭博，但除了他之外，所有人似乎都對賭錢沒有一絲興趣。汪力塔有些氣悶，忍不住數落起其他人：「你們都是畫瘋子嗎？在平地上畫畫還不夠，到了水上，整日裡搖來晃去的，筆都拿不穩，還畫個什麼勁？」

吳墨林瞥了他一眼：「老汪，你這就不懂了……在船上作畫，別有滋味。咱們這次要去

『拜訪』的董其昌，他老人家的很多作品就是在船上完成的。宋代的米芾，也有一艘專門用來畫畫的船，叫作『書畫船』。」

汪力塔聽得一愣又一愣，沒想到畫家的船也能扯出這麼多典故。

劉定之接著說道：「宋代黃庭堅有一首詩，其中有一句提到了米芾的船：滄江靜夜虹貫月，定是米家書畫船。江南文人在書畫船中賞畫、作畫，早就有此傳統。至於董其昌，他的老家就在松江，宦游天下之時，大多走水路，他在許多作品的題跋中都寫明了是在船上畫的。比如宮裡藏的一件〈葑涇訪古圖〉（圖52），正是他在船上繪製的一件佳作。」

劉定之的一番掉書袋聽得汪力塔昏昏欲睡，但沈是如卻心馳神往：「真想欣賞一下這件〈葑涇訪古圖〉啊！」

吳墨林連忙說道：「是如，我曾經臨摹過這件作品，與原作相比，幾乎是毫釐不差的。等回了京城的菡芬樓，便取出來給妳看。」

沈是如瞪圓了眼睛，欣喜地點了點頭，說道：「太好了！謝謝吳大哥和劉大哥。這次跟著你們出來，小女子真的是大長見識！」

巴特爾在一旁研磨墨塊，隨聲附和道：「沈姑娘，有妳在，我這兩個師父講授的學問比平時多了數倍，俺還得謝謝妳。」吳、劉二人臉色一沉，場面一時有些尷尬，一邊的金農和汪力塔聽了這話，忍俊不禁。

劉定之越看巴特爾越不順眼，說道：「小巴，你的畫藝沒有精進多少，嘴皮子上的功夫倒是有了不少提高。」

巴特爾憨憨地一笑：「大師父，我也覺得這些日子自己的畫進步緩慢。唉……興許是山水畫得膩歪了，不然我們換一換口味，請兩位師父教授一些其他東西的畫法吧？」

劉定之的臉色更加陰沉：「我是師父，你是學生，我教授什麼東西，難道要聽你的不成？」

沈是如笑道：「小巴兄弟說的也不無道理嘛……兩位先生，今日就不畫山水，換個題材作畫，也讓小女子開開眼界。」

劉定之眉毛一挑：「沈姑娘想讓我畫什麼？」吳墨林撚起一支毛筆，臉上的笑容更有一絲諂媚：「誰說在書畫船上作畫，就非要畫運河兩岸的山山水水？在我們這艘畫舫上，沒有這個規矩。」

「嘻嘻……那好吧，我提議，咱們就畫徐先生竹籠裡面的東西吧，」沈是如眨了眨大眼睛，指向在船頭靜靜坐著的徐陵，「徐先生，你快把竹籠裡的寶貝東西放出來，跟大家亮個相吧。」

徐陵臉上微微露出一絲詫異：「沈小姐當真心細如髮，不知妳何時看到我竹籠裡面的東西。」他隨即一笑，說道：「我竹籠裡的那件寶貝，算不得高雅之物，並不值得入畫。」

巴特爾卻來了興致：「高明的畫家，能將並不高雅的東西畫得雅致清新。徐大哥，你是沒見過我大師父的本事，他能把馬糞畫得……」

「徐先生……」劉定之打斷巴特爾的話，「若是徐先生不願意拿出來，我們也不好勉強。」

「徐兄，你就拿出來給大家看看嘛，」金農勸道，「這船上也沒有外人，看上幾眼並不礙事的。」

徐陵微微搖頭，也不說話，起身徑直回艙室中去了。汪力搭一臉不滿地嘟囔道：「拽什麼拽。明明是一個土裡刨食的盜墓賊，竟然神氣得跟個畫家似的。」

吳墨林放下了手中的毛筆，疑惑地問道：「沈姑娘，妳究竟在徐陵的竹籠裡面看到了什麼？」

沈是如表情誇張，用手比畫了一下：「那可是個稀奇的寶貝呢，我只是偶然間在儲藏艙中，透過竹籠的縫隙看過一次，有這麼大……上面還長著一層盔甲哩。」她正說著的時候，徐陵從艙門中走出來，手中拎著一個竹籠。他將竹籠輕輕放在船板上。竹籠上尖下粗，編製細密。

徐陵輕輕解開了籠子的頂蓋，然後將雙臂伸進竹籠，捧出一個大圓球。圓球上遍佈銀色的鱗片，在陽光下閃著光澤，就如武士盔甲一般。眾人瞪大了眼睛，紛紛盯著這個奇怪的球體。徐陵輕輕喚道：「還在睡覺？該醒醒了。」他用指關節叩了叩圓球，圓球開始聳動，一片片鱗甲窸窸窣窣地晃動起來。球體慢慢打開，伸展出一條長長的尾巴和粗短的四肢。

這是一隻穿山甲。劉定之、沈是如、巴特爾和汪力塔都是北方人，不認得這種動物，但吳墨林和金農生在江南，卻見過這種小獸。眼前的穿山甲似乎和尋常的穿山甲不同，牠體長足有五尺，鱗甲厚實堅固，前爪比一般的穿山甲更粗大，形似鉤鐮，頗為銳利。這隻穿山甲有些摸不清當下的情況，仰起尖尖的小腦袋，搖頭晃腦，吐出長長的舌頭，在徐陵的鞋上舔了幾口。

徐陵陰沉的臉變得溫存和煦，他蹲下身子，摸了摸小獸的腦袋，說道：「別害怕，辟古，有人要為你畫像，你老老實實待在這裡別動就好。」

沈是如驚奇地問道：「徐先生剛才叫牠什麼？牠有名字？」

「屁股，徐老哥管這東西叫作屁股。」汪力塔插話道，「這名字取得真有意思。」

徐陵一邊輕輕撫摸穿山甲的小腦袋，一邊答道：「牠的名字叫作辟古，辟地千里的辟，古往今來的古。你們莫要小瞧了他，這隻小獸可稱得上是搬山卸嶺、掘洞挖墓的神器！」他看向穿山甲的眼神中充滿溺愛，接著說道：「等我們到了漁陽山，牠就會派上大用場了。」

眾人圍攏在辟古身邊，翻來覆去地打量著這隻小獸。吳墨林笑著說道：「你可得好好看管牠，別讓牠在船上亂跑，我的皮囊裡面有蠹蟲，金貴著呢，別被牠給吃了。」

沈是如看向辟古的眼神充滿了愛意：「真是可愛至極，徐兄弟，牠難道不會抓開竹籠，把船底掏出一個窟窿？」

徐陵笑了笑，說道：「辟古是一隻專門訓過的『穿山鎖子甲』，忠誠溫順，沒有指令，牠是不會搗亂的。」他伸手在辟古腦袋上輕輕點了兩下，辟古趴伏在地上，側身躺倒。徐陵說道：「好了，你們不是要為牠畫像嗎？這就開始吧。」

巴特爾早已將墨磨好，又將一張空白的長卷展開鋪在毛氈上。沈是如提議道：「不如我們輪流作畫，在這長卷上一人畫一隻穿山甲，如何？」

眾人連聲稱妙，吳墨林第一個拿起毛筆，說了句：「承讓承讓，我老吳先來，權當拋磚引玉了。」

第十一章 夜探董其昌墓

一、畫舫鬥畫

沒骨雙勾畫風各異，起興用典優劣有別

畫舫的四角亭內，辟古安安靜靜地趴在地上。以穿山甲的智力，當然搞不清楚身邊的一群人究竟在做些什麼。牠趴伏的時間久了，漸有困意，瞇起小眼睛，正當快睡著的時候，只聽得身邊一個女人大聲讚道：「哇！吳大哥畫得真棒！」辟古被攪了清夢，有些氣惱，尾巴不安分得甩動了幾下。

吳墨林所畫的穿山甲，技法源於五代時期西蜀的宮廷畫家黃筌。黃筌的畫風細緻寫實，富貴典雅，在畫史上赫赫有名。吳墨林存了炫技的心思，在短短的一炷香時間之內，行筆連綿不絕，一刻不停，最終畫成的穿山甲精緻逼真，令人不敢相信是在如此短暫的時間內完成的，除了劉定之之外，眾人歎賞不已，就連徐陵也暗暗點頭。（圖53）

「誰來接著畫？」吳墨林將毛筆置於筆架山上，拾起長卷，對著未乾的墨蹟吹了吹氣。

劉定之呵呵一笑：「我來畫第二幅，只是鄙人不願沿襲前人舊格，徐先生，你可否將這

隻小獸換一個姿勢？」

徐陵點了點頭，彎腰撥弄了幾下辟古，辟古不太情願地換了一個姿勢，繼續躺在船板上。

劉定之撚起毛筆，濡墨吮毫，對著辟古端詳了片刻之後，在紙上勾勾點點，不到一炷香工夫，也畫了一幅穿山甲。他畫的穿山甲遠遠不及吳墨林逼真，但筆墨中卻另有文人的生秀清雅。畫中的穿山甲神情肅然，有林下高士之風。（圖54）

眾人一番歎賞，皆讚其筆簡神足。沈是如誇道：「一隻穿山甲竟也能表達出賢人高士的意態，正所謂『畫為心照』。劉大哥的畫，自是他心性的流露。」劉定之不住點頭：「沈姑娘是真正懂畫的人！」

第三個作畫的是金農。他的個人風格最是奇特，這也與他長期在揚州賣畫有關係。十幾年來，他為了打開市場，增加知名度，不斷強化自己怪異不群的畫風，最終走的是古拙天真、筆墨樸厚的路數。金農長期混跡於各種雅集筆會，習慣了即興作畫，因此他運筆的速度極快，須臾之間，便以粗糲的筆墨塗抹出一隻憨態可掬的穿山甲。眾人自然又是一番誇讚。（圖55）

接下來作畫的是沈是如，她羞赧地一笑，說道：「前面三位大師的作品筆精墨妙，可稱神品。小女子接下來的糊塗亂抹只能算作狗尾續貂。」說罷運筆潑墨，大筆橫掃，水墨恣肆，一反尋常女畫家的細謹工穩之風。水墨漬染衝撞之間頗見機巧，層次豐富的墨韻中又透出果敢剛健的風骨。眾人不禁拍手叫好。（圖56）

巴特爾左看右看，咂舌不已：「沈大姐，妳畫得真不賴啊！說實話，我覺得妳這幅畫並不比我兩個師父差多少。」

沈是如甜甜地一笑，目似秋波，動人心魄，說道：「大家謬讚了，小女子可當不起。這一幅算是超水準發揮了。好啦，我畫完了，下一個誰來作畫？」

「小巴，你來接著畫吧，」劉定之朝巴特爾抬了抬下巴，「算起來，你學了幾個月畫，也該有些模樣了。」

巴特爾硬著頭皮撚起筆桿，對著辟古打量了半天，仍未下筆。他平時是個率真的漢子，此時卻猶猶豫豫，心裡直打鼓。前面四個專業畫家的表現過於出彩，自己的三腳貓功夫實在拿不出手。

吳墨林說道：「小巴，你初時學畫的勇猛勁兒哪裡去了？怎麼婆婆媽媽的。現在還不落筆？」

巴特爾苦笑道：「二師父，我越學，心裡想得越多，想得越多，越覺得自己畫得不好，於是就越不敢畫。」

辟古不耐煩起來，牠縮了縮身子，卷成一個半圓。沈是如笑道：「你們看，辟古都等得心急了，小巴兄弟，你剛剛學畫，無論畫成什麼樣子，都在情理之中，何況我還指望著你的畫來襯托一下拙作呢！」

巴特爾聽了沈是如的開導，心中略寬。回憶起兩個師父運筆的架勢，也有樣學樣地塗抹起來。畫了一半，便搖頭道：「哎呀，糟糕，我把腦袋畫尖了，脖子畫粗了！」於是在穿山甲的脖子那裡修來改去，越抹越糟糕。劉定之歎了口氣道：「作畫最忌諱的就是描來描去，塗塗改改，畫得再差，也得一氣呵成。」

巴特爾面色微紅，停下筆，有些手足無措。正這時，一邊的徐陵眼瞅著辟古越來越不耐煩，心中不忍，說道：「巴兄弟，我與你合作這一幅吧！」他接過巴特爾遞過來的毛筆，在畫中穿山甲的脖子處添了幾筆，畫出一個洞口，改成穿山甲從洞穴中探出腦袋的模樣。（圖57）眾人吃了一驚，沒想到眼前的盜墓賊不僅熟讀史書，還有作畫的本事，單看這寥寥數筆，就知道此人路數純正，功底匪淺。

汪力塔在一邊看著眾人一個接著一個顯露身手，不覺有些失落。他覺得自己偶爾也能胡亂來幾筆，但沒人邀他作畫，自己也就不好意思出手。本來以為徐陵是個雞鳴狗盜之徒，沒想到也能露幾手鎮住場子，整條船上，只有他是個圈外人。他不甘寂寞地咳了一聲，打趣道：「哈哈，如今咱們這條船上畫家簡直多得成災了，不過呢，稀罕的東西多了也就不稀罕了……」他說了這句不冷不熱的話，見沒有人接茬兒，也就閉口不言。

徐陵從懷中摸出一個黑乎乎的小餅，塞到辟古嘴中。辟古滿意地大嚼起來。見眾人好奇，徐陵笑著解釋道：「這是我用螞蟻和蜂蜜製成的餅，最合辟古胃口，剛剛讓牠一動不動這麼久，也該給牠點甜頭。」辟古吃了螞蟻小餅，吐出長舌頭舔了舔爪子，然後一步三搖，逕自爬進了竹籠，繼續呼呼大睡。徐陵將竹籠頂蓋兒合上，拎著籠子走回了儲物艙。

劉定之指著六人合繪完成的畫卷，說道：「唐有韓滉〈五牛圖〉，宋有李公麟〈五馬圖〉，如今我們合繪的這一件，可取名為〈五甲圖〉。只是這一卷中只有圖畫，沒有題詩，倒顯得少了些文氣。不如我們每人寫一句詩，合成一首七律，題在畫後，豈不更助雅興？」

金農和沈是如皆表示贊同，吳墨林雖讀過唐詩宋詞，但很少寫詩，硬著頭皮也應承了下來。巴特爾推辭道：「七律正好有四聯，你們一人一聯就夠了，我肚子裡墨水少，就不摻和啦。」

「好吧，那我們四人一人一聯，就按照作畫的順序作詩吧，」劉定之向吳墨林擺出一個請的手勢，「請吳兄先來首聯。」

吳墨林本想尋些典故，覓些辭藻，無奈腦子裡一片空白，只能起了個平平淡淡的首聯：「有獸遍身穿鎧甲，皮堅肉厚美名揚。」

「好詩！」汪力塔拍著巴掌叫了聲好，見其他人一句話不說，自覺有些尷尬。其實吳墨林這句詩實在是稀鬆平常，在場懂詩的沒有一個叫好的。劉定之心中暗笑吳墨林文采匱乏，辭藻平庸，他略加思索，吟出頷聯：「逶蛇身跡分奸惡，槃辟行藏辨忠良。」

金農默念了兩遍，讚道：「好！『逶蛇身跡，槃辟行藏』化用晉郭象注《莊子．田子方》中的『槃辟其步，逶蛇其跡』，古人本用來形容龍虎之姿，定之兄用此典故，無異於點鐵成金，脫胎換骨，用來形容這頭小獸，更有一種妙趣！」

沈是如也附和道：「劉先生用典雖然生僻，卻不露痕跡，頗有江西詩派的遺韻。『分奸惡，辨忠良』更道出辟古掘墓發丘，單挑壞人下手的特點，更見儒家道統，正氣凜然。」

巴特爾和汪力塔聽得雲裡霧裡，吳墨林臉上平靜，心中卻暗暗佩服。他只怪自己在詩詞上用功不多，到了關鍵時刻，只能眼見對手舌燦蓮花，語驚四座。

頸聯該由金農來作。金農摸了摸自己的大腦門，吟道：「溫婉可人居竹簍，剛強精進裂荒崗。」劉定之讚道：「此句前後對偶，道出辟古休憩與開工之時的兩種狀態，有趣得緊！」

金農拱拱手道：「定之兄客氣，我這一聯淺白得很，遠不及你。」

最後是沈是如作尾聯，她似乎早已想好了，脫口而出：「輪回因果終有報，富貴雲煙夢黃粱。」

眾人齊聲讚賞，就連巴特爾和汪力塔也覺得這一聯收束全詩，大開大合，很有氣魄。吳墨林讚道：「人生還應多做善事，若一味不擇手段地追尋富貴，不過是一場黃粱之夢。死了把財富帶到墳墓裡，還得惦記著會不會被盜墓賊挖走，又是何苦呢？沈妹的尾聯雋永深刻，在下實在是佩服，佩服！」這段馬屁雖然略有些肉麻，但吳墨林講得嚴肅認真，倒讓人分不清是假意恭維還是真心讚賞。沈是如聽得臉色紅潤，面露嬌羞。劉定之和金農也稱頌不已，但兩個人都看出了沈是如詩句中的一處小小錯誤——嚴格說來，沈是如詩句中的「有」應為平聲，「黃」應是仄聲，方才合格押韻。即便耿直如劉定之，竟也權當沒看見這個錯誤，憋著沒有指出來。

四人輪流將自己所作的詩句題在卷尾，巴特爾手持畫卷，念了一遍這首七律：

有獸遍身穿鎧甲，皮堅肉厚美名揚。
透蛇身跡分奸惡，槃辟行藏辨忠良。
溫婉可人居竹簍，剛強精進裂荒崗。
輪回因果終有報，富貴雲煙夢黃粱。

巴特爾平生首次參與文人雅集，覺得趣味無窮，這種現場薰陶遠比乾巴巴地聽兩個師父授課有趣的多。他從心底感慨，漢人的詩詞歌賦、琴棋書畫當真是博大精深。細讀這首七律，每一聯都映襯出不同作者的性格特點。巴特爾嘿嘿暗笑了一聲，他雖然不太懂詩詞鑑賞，但通篇看下來，還是可以斷定——二師父吳墨林寫得最差。

二、無字碑

羊腸道口老農擋路，無字碑前徐陵開籠

過了徐州，水氣漸濃，京杭大運河連接著沿岸的江河湖泊，愈往南去，愈添迷濛秀美的江南風韻。畫舫過了鎮江，經丹陽、常州、無錫、蘇州，再向西折行，一路順暢，毫無阻滯。徐陵隨身攜帶的螞蟻餅已經被辟古吃得精光。穿山甲喜食昆蟲，對船上攜帶的食物提不起胃口，每日裡只能湊合著吃些風乾豬肉，聊以飽腹。徐陵見辟古無精打采的樣子，只好去河中撈些魚蟲、水蚤、龍蝨，給辟古打打牙祭。

這一日徐陵正捕捉水面上的龍蝨，突然見到水中躍起一條白色的大魚，銀色的細鱗閃著光澤。他正驚愕之間，只聽身後吳墨林笑道：「這是太湖周邊才有的白魚，形似鰷，色似鰷，是當地名產。只要看到了白魚，咱們就到了太湖了。」

徐陵抬頭望去，只見前方的水面漸漸開闊，煙波浩渺，和風溫煦。

「這就是太湖？為什麼湖邊的石頭不像太湖石？」巴特爾指著岸邊的石塊，只見水邊的石塊一層層壘疊，褶皺全都呈橫式排布。巴特爾疑惑地向眾人問道：「皇城裡假山上的石頭，大多是從太湖拉運過去的，一塊塊太湖石佈滿了大大小小的孔洞。但我看太湖邊的石頭一點兒也不像宮裡的太湖石，怎麼更像是疊糕？」

「你只知其一，不知其二，」劉定之拍了拍巴特爾的肩膀道，「所謂太湖石，大多以瘦漏透皺的多孔湖石為代表，太湖邊這種紋路層層疊疊的石頭，則是一種更名貴的賞石。元四家之一的倪瓚就專門畫這種石頭，他的折帶皴獨步天下，堪為一絕。」（圖58）

「原來倪瓚的折帶皴源自這裡，」巴特爾恍然道，「古人起名字也怪風雅的，若是我創出這種皴法，只能起名兒叫疊糕皴。」

沈是如忍俊不禁：「我卻覺得『疊糕皴』其實更加形象哩。此地山石樹木鐘靈毓秀，一片江南景，俱可入畫。難怪天下畫家九成出自江南，這樣風雅的水土，如何養不出才子佳人？」

吳墨林適時地插了句嘴：「沈姑娘這話我不認同，妳不就是北方人嗎？論才論貌，論書論畫，哪裡就輸了南方人？」

沈是如嘻嘻一笑，岔開話題：「到了太湖，我們就離漁陽山不遠了吧。死後能葬在此處，也算死得其所。董其昌真令人羨慕。」

吳墨林指向遠處起起伏伏的青巒，說道：「若之前打聽的沒錯，前面那一片連綿的矮山就是漁陽山了。」

漁陽山並不高，但青蔥翠靄，柔美溫婉。船老大將畫舫停靠在一個小小的碼頭。金農上了岸，打聽漁陽山下董家村的位置，一會兒便朝船上眾人招手：「下船吧，就在附近，步行數里即可到達！」

汪力塔留在船上照看行李物品，他長得凶惡，怕引起當地人的懷疑，其餘人登岸後朝著漁陽山麓進發。漁陽山下是大片農田。鄉民們耕作牧牛，辛勤勞作，到處都是一派田園牧歌的景象。

金農看到通往山上的小路旁蹲著一個抽著旱煙的老農，於是上到近前，拱了拱手道：「老伯，此處可是董家村？」

那老農留著長髯，戴著頭巾，雖是莊稼人的打扮，但衣著還算整潔。他抬眼看了看金農，說道：「此地正是董家村，不知外鄉人到這裡來做些什麼？」

「我們是從蘇州來的，都是嗜好書畫之人，」金農理了理一身的綢布褂子，笑道，「我們路過此地，得知前代大師董其昌墓在此山之中，因此特來拜祭，順便兒沾一沾思翁的靈氣兒。」

那老農咧開嘴笑了起來，一臉淳樸：「難得各位有心拜祭，董宗伯是我們董家村的先祖，你若要祭拜他，只需順著這條路上行，穿過一片桑林，便能看到一排石翁仲，那就是董思翁的墓地所在了。」

金農心下感慨：董氏宗族後人淳樸良善，哪似明末時期傳聞的那般橫行霸道？他剛想拱手道謝，只見那老農咳嗽了一聲，緩緩說道：「各位上山祭拜是可以的。只是來此地祭拜我們董氏先祖的遊人日增一日，鄉下人生活本來安靜平穩，因此時常受到攪擾。故而各位要上山祭拜，還要每人付五十文錢。」

說罷老農伸出乾枯如柴的手，掌心向上，比畫了一下，那意思再明顯不過——此樹是我栽，此路是我開，要想過此路，留下買路財。

吳墨林等人面面相覷，咂舌不已。巴特爾心裡不忿，嘟囔道：「從未聽說祭墓還要付錢的……這也太黑了吧！」老農提高了音量，粗著嗓子說道：「這位客人，你難道強要進山不成？」遠處的幾個田間除草的漢子似乎聽到了老農的說話聲，一個個直起腰身，面色不善，向金農等人斜眼瞥過來，眾人心中恍然——看來收取這筆買路財是董家村人一致的決定。若在此地為了五十文錢鬧起來，那就太不划算了。吳墨林連忙用手彈了巴特爾腦袋一下，賠著笑臉對老農說道：「老伯不必動怒，這筆錢我們付了就是。咱好不容易來一趟漁陽，既然走到了這裡，哪裡還差這幾十文錢呢？」

老農臉色緩和下來，點點頭：「還是你這漢子曉得事理。思白翁是我們的祖宗，又不是你們的祖宗，想要祭拜，難道不得經過我們的同意嗎？」

「老伯說得對……」金農連連點頭，從懷裡摸出一吊錢來，交給老農。那老農數了數錢，將多出的十幾文交還給金農，說道：「少一文錢，你們也進不去，但多了的我們也不要。咱講究的就是一個誠信經營，童叟無欺。」他收下錢，指了指山腰，說道：「順著這條路往山上走一里地就到了。夜間若要留宿，村裡可以提供飲食住所，每人一百文……」

「哈哈，多謝好意，住宿我們就免了……」金農連忙笑著擺擺手，若是住進了村裡，晚上行動必然更不方便。

順著老農指引的方向，吳墨林等人循著羊腸小路走進山中。沈是如低聲道：「金大哥，你在京城向宋駿業詢問董其昌墓地位置的時候，他難道沒有說過祭拜董墓要收費的事情嗎？」

金農搖了搖頭：「我問的那個人是幾年前來祭拜過的，也許是董家村人見這幾年前來祭拜的人越來越多，有利可圖，所以才開始收取費用。董其昌或許沒有想到，他死了之後靠墓地還能為子孫後代謀一條財路。」

巴特爾心裡仍有些不痛快，說道：「若是西湖邊的岳王墓被岳飛後代看管起來，那岳飛後人豈不是發了橫財？」

「花這點小錢，就能光明正大到墓地隨意閒逛，已經算是非常順利了，」許久沒有說話的徐陵突然說道，「相比於墓中的奇珍異寶，這幾十文錢又算得了什麼呢？」

吳墨林笑道：「徐先生莫要笑話，我那個徒弟看似粗莽豪氣，其實心裡也會算些小帳，關鍵的時候總不夠大氣，這方面他還要再磨礪磨礪，等他進了墓取了寶物，就不會再惦念著這幾十文錢了。」

巴特爾被吳墨林數落了幾句，心中腹誹：若說起摳門小氣，誰還比得過二師父你呢？

徐陵逐漸加快了步伐，說道：「前面似乎有一排石雕，若我沒猜錯，咱們就快到了！」

他伸手拍了拍背後的竹簍，低聲喝道：「辟古，打起精神來！一會兒就到你出場了！」

果然，前方有一條碎石子鋪就的狹窄神道，神道兩旁矗立著一人高左右的翁仲石像，另有石馬、石象等，分列左右。這是明代高等級墓葬常見的規制。神道盡頭，一座石碑赫然矗立，石碑底座果然壓著一頭神獸，神獸的模樣與畫中鴟吻相合。眾人急忙湊近了石碑，卻見碑上空無一字。

「奇怪，為什麼碑上沒有字？」巴特爾忍不住摸了摸石碑光滑的表面。

「這是無字碑，」劉定之皺眉道，「唐代武則天曾立了一塊無字碑，沒想到董其昌也立了這樣一塊碑。董其昌一生是非功過，難以評說，或許這正是他立無字碑的用意吧。」

金農想起了什麼，說道：「我記得宋駿業對我說，他祭拜董墓時，『憑弔空碑，感慨許久』。我當時還以為他說的是悲傷的『悲』，竟沒想到真的是空白的一座石碑！」

石碑後是石塊壘砌的墳墓，眾人圍繞著墳墓走了一圈兒，吳墨林低聲向徐陵問道：「這是石頭壘砌成的墓，挖起來怕是不容易吧！」

徐陵微微一笑，不置可否，將背後的竹籠取下，擱在地上，打開頂蓋，喝道：「出來吧！辟古！該你出場了！」

竹籠中的辟古聽到主人興奮高亢的聲音，睜開惺忪的睡眼，吐舌嗅了嗅氣味，從籠子裡爬了出來。

三、夜遇惡犬

擇天時選地利探墓，拋肉乾放辟古逃生

徐陵從懷中掏出一個小小的布囊，解開囊袋，讓辟古嗅了嗅。辟古立即在墳墓周邊繞起了圈子，這裡聞一聞，那裡刨一刨。

巴特爾問道：「徐先生，布囊中裝的是什麼？」

「裝的是石灰粉。」

「為什麼要讓穿山甲聞石灰粉？」

徐陵正專注地盯著辟古的一舉一動，有些不耐煩地回答道：「明末大戶人家的墓葬，大都用石灰混合糯米、黏土製成『三合土』，用來砌築墓室。辟古循著石灰的氣味挖下去，就會挖出一條盜洞來。」

「為什麼辟古要轉來轉去？牠現在活似一隻四處找地兒埋屎的貓。」巴特爾頗有打破砂鍋問到底的精神，「直接讓牠從墳頭上豎直挖下去不就行了嗎？」

徐陵耐著性子繼續解釋道：「這座墳的最外層是用大石塊堆疊起來的，穿山甲的爪子再厲害，也挖不動如此堅硬的石塊。但泥質太鬆軟也不行，稍稍挖出一點土，洞口就會塌陷。所以牠轉來轉去，是為了尋找土質軟硬適中，方便下手的位置。」

吳墨林稱讚道：「辟古不愧是行家——行家一伸手，便知有沒有。我們今日算是開了眼界了。」

辟古似乎找到了一處合適的挖洞地點，伸出兩隻利爪，擺出刨坑的架勢。正在此時，徐

陵卻用兩指撮住下嘴唇，輕輕吹了個口哨，辟古停住了動作，轉了個身，搖搖擺擺爬回了竹籠。

巴特爾有些性急，問道：「為什麼不讓辟古繼續挖？」

「小巴你是真傻還是假傻？」吳墨林歎了口氣，「現在是大白天，不知道還有沒有其他人前來祭拜董其昌的墓園，我們這時候怎麼敢下手呢？」

徐陵抬頭看了看天色，說道：「不錯，做我們這一行的，也講究一個天時地利人和，所謂天時，就是要在合適的時間下手。」

巴特爾接著問道：「那麼地利、人和呢？」

徐陵解釋道：「所謂地利，就是要將盜洞挖得准，挖得快；人和，就是下墓的一夥人要齊心合力，絕不能對同伴心懷歹意。不少人為了獨吞財寶，將同夥害死在墓中，所以選擇合適的夥伴，在我們這一行額外重要。」

正在此時，遠處傳來腳步聲，徐陵立即閉口不言，將竹籠蓋好。只見三、四個文人打扮的中年男子踱步而來，原來他們也是來董其昌墓地的遊人。為首一個瘦高文士向吳墨林這夥人打了個招呼，笑道：「你們也是付了五十文錢上山的嗎？」吳墨林笑著點了點頭。那個瘦高的文士打趣道：「山下的老農收起錢來當真不含糊，丁是丁，卯是卯，毫無商量餘地，當真是一視同仁，童叟無欺。」

這三、四個文人也是來專程祭拜董其昌的，與吳墨林等人素不相識，兩撥人客套了幾句後，就分道揚鑣了。臨走之時，劉定之端端正正朝著董其昌的墓碑下跪磕了三個頭。吳墨林等人見狀也跟著拜了幾拜。下山途中，吳墨林一夥人又遇到一撥前來祭拜董其昌的文人墨客。沈是如輕輕感歎：「董家村人實在是太會做生意了！」

「只是一座墳包而已，那些石人石馬也沒什麼看頭兒，為什麼會有那麼多人來祭拜呢？」巴特爾有些不解，「為了看一眼董其昌的墳頭兒，就要花五十文錢，實在是有些不值。」

劉定之聽了眉頭微蹙，叱道：「董其昌在文人畫家的心中乃是南宗畫派的集大成者，他的功績和成就是無可撼動的！祭拜之行，蘊含的是我輩中人對南宗文人正脈千百年來道統的堅守。」

巴特爾似乎有些醒悟：「我明白了，畫家們祭拜董其昌，其實就類似於讀書人拜孔子，道士拜老子，和尚們拜釋迦牟尼。」

劉定之有些發愣，這還是他第一次聽到有人將董其昌比作宗教中的人物。他正在仔細思索書畫之於宗教的區別，卻聽吳墨林笑起來：「小巴說的倒也有趣，各行各業都有需要祭拜的祖師爺。只是做修復的似乎是個窄門的行當，倒沒聽說要拜哪個高人。」

沈是如和徐陵聽了，心中也有些觸動。青樓女子拜管仲，盜墓賊拜曹操，說到根子上去，其實和畫家們拜董其昌沒有什麼本質的區別。

吳墨林等人下了山，又遇到山腳守著路口的老農。老農見吳墨林等人下山，略略點了點頭，問道：「你們真的不住宿嗎？每人一百文，並不算貴，剛才的一撥客人都已經安排住到村裡去了，你們難道不考慮一下嗎？」

吳墨林笑嘻嘻地說道：「老伯，我們睡慣了船艙，就不叨擾貴地啦！」

老農有些失望，看著吳墨林等人走遠，喃喃自語：「五百文又賺不到了……」

自南下以來，「觀音二娘」李雙雙明顯覺察到陳青陽和王老七有些灰心喪氣，對追蹤一事心不在焉，不復往日的熱情。王老七總是盯著他那根斷指黯然神傷，陳青陽則常常悶坐在船艙中，每日裡喝了酒之後便寫字畫畫，聊以解悶。李雙雙心裡明白，八爺黨眼看著大勢已去，陳青陽和王老七志氣凋喪，也實屬情有可原。但旁人或許可以當一天和尚撞一天鐘，渾渾噩噩消磨光陰，但她李雙雙卻不能這樣。

李雙雙是要向九爺報恩的。

當年她逃出妓院，雪夜中昏倒在街頭，是九爺救了自己的命，又是九爺請人教授了自己武技和舞藝，使自己有了安身立命的本錢。如果說八爺對陳青陽有知遇之恩，那麼九爺對李雙雙則是救命之恩。因此，當旁人懈怠之時，只有李雙雙依舊盡心竭力地辦著主人交代的任務。她自認這輩子命苦，但卻不會虧欠任何人施予自己的恩情。

陳青陽心思慵懶，索性將大小事務，都委託李雙雙辦理。跟蹤所需的人員調配、物資安排，船舶雇傭，幾乎全部都由李雙雙處置。一路上，李雙雙為了不使吳墨林等人疑心，連續更換了八艘船，不遠不近地尾隨著沈是如的那艘畫舫。

李雙雙命人將船停靠在距離沈是如畫舫一箭之外的另一處水岸邊，周邊蘆葦叢生，倒是一個隱蔽的所在。前方的探哨帶回了消息，她據此推測，吳墨林等人的目標，極有可能正是董其昌的墓葬。

「什麼？他們難道要盜墓了？」陳青陽這一日喝了很多酒，醉醺醺的，眼睛都快睜不開了，「有趣有趣，第一次在西湖，第二次在山洞，第三次在寺廟，這一次換成墳墓了，哈哈哈……每一次都不重樣兒，有趣！」

王老七陪著陳青陽喝酒，他酒量很差，大著舌頭說道：「以前是跟活人打交道，如今換成死人了……那夥人還真是能折騰。」說完，倒頭就趴在桌子上睡過去了。

陳青陽笑著說道：「吳墨林那夥人該煩死我們了，咱們還真是陰魂不散的跟屁蟲啊……

是啊，咱們就是一群跟屁蟲，永遠跟在人家後面，自己什麼也沒撈到……」

李雙雙見陳青陽迷迷糊糊的樣子，勸道：「陳大哥，你就少喝一點酒吧，正事要緊。」

「好好好，我聽雙雙姑娘的！」陳青陽瞇著眼睛，笑著點點頭，「該出力的時候，我一定會出力的！我怎麼能讓咱的雙雙失望呢？」

李雙雙臉色一紅，心中暗想：陳大哥剛才說什麼來著？「咱的雙雙」？他說「咱」而不是「咱們」，這究竟是什麼意思？人家都說酒後吐真言，陳大哥難道說出了心裡話？

夜已深，漁陽山下，萬籟俱寂。吳墨林、劉定之、巴特爾、金農、沈是如和徐陵輕輕地走下船，船上艄公尚在艙中呼呼大睡。眾人輕手輕腳，上了岸，向漁陽山中的董其昌墓走去。他們的腳上穿著徐陵專門準備好的千層底布鞋，走起路來如貓兒一般悄無聲息。

徐陵在夜間的視力遠超常人。他走在最前面。走了一會兒，他停下腳步，指著百步開外的董其昌墓，對眾人低聲說道：「不好，有什麼東西擋在前面。」

吳墨林等人瞪大了眼珠子，極力看向一百步開外的地方。隱隱約約地，他們看到了四、五對兒泛著綠光的眼睛。那些眼睛似乎漂浮在半空中，正好處於神道兩側石像的位置上。

山中傳出一聲淒厲的鴞聲，草叢中的蟲子低聲鳴叫，天空中的月亮被一朵烏雲漸漸遮住，四周更加黑暗，遠處的綠色眼睛瞪得更大了。吳墨林等人汗毛乍起。綠色的眼睛似乎轉動了一下，向吳墨林等人看過來。

「那是什麼東西？」汪力塔戰戰慄慄地問道。

「我也看不清楚，」徐陵鎮定地說道，「你們先站在原地不要動，我慢慢摸過去看一看。」

徐陵慢慢挪動腳步，向那綠色的眼睛移動過去，一百步，八十步，五十步，他終於看清楚了，四隻牛犢大小的狼犬靜靜地站在神道兩側，脖子上拴著鐵鍊，鐵鍊的另一端繫在墓邊的大槐樹上。就在此時，這些巨大的狼犬也看到了徐陵，頓時狂吠起來。四隻狗的叫聲此起彼伏，將寂靜的夜空撕裂，引得周邊樹上棲息的鳥雀撲簌簌飛起。距離董其昌墓地不遠處，一個農戶的屋內亮起燭光，隨即便有人開啟門扉，急急地朝著路口走過來。

徐陵暗叫不妙，迅速回身撤退。他動作輕柔，腳步卻十分迅速，很快便趕到吳墨林等人身邊，低聲道：「快撤！」六個人顧不了許多，急忙向畫舫的方向跑去。

走出房門的不是別人，正是白日裡的那個老農，他是董家村的族長，正住在董其昌墓室附近的農舍中。這老農走到四隻巨大的狼犬身邊，解開了鐵鍊，狼犬瞬間朝著吳墨林等人撤退的方向狂奔而去，一邊狂奔，一邊狂吠。

聽到身後的狗叫聲越來越近，眾人頭皮發麻，只得全力猛跑，六人中屬劉定之腳力最差，沒跑幾步遠就慢了下來。吳墨林焦急地對徐陵說道：「不成，得想個辦法，兩條腿肯定是跑不過四條腿的！」

徐陵急中生智，從懷中取出辟古食用的乾肉條，使勁向後扔出去。幾條狼犬追了一陣，突然在途中嗅到肉香，一時間，本能驅使牠們停了下來。幾條狗大快朵頤，將徐陵丟下的乾肉條瞬間吃了個乾乾淨淨。吃完之後，狼犬精神抖擻，又向徐陵等人追去。

「媽的，這些狗吃得太快啦！」汪力塔一邊跑一邊罵道，「就這麼個跑法兒，一會兒工夫咱們就得被狗攆上的！」

情急之下，徐陵頓住腳，將背後的竹籠取下，打開籠子，放出辟古。

「你要幹什麼？」沈是如的聲音帶著一絲顫抖，「徐大哥，你難道要犧牲辟古？」

「畜生終究是畜生，人命要緊！」汪力塔咬牙說道，「這時候管不了那麼多了！」

「辟古不會有事的，牠會打洞。」徐陵白了汪力塔一眼，輕輕摸了幾下辟古的腦袋，說道，「辟古，快點挖洞，等安全了，咱們再相見不遲！」

狗吠聲越來越近，辟古也慌了神，立刻挖起洞來。其餘人顧不得辟古的安危，向來時的方向逃竄而去。

四、「愚公移山」之計

青陽逃亡夜半發噱，徐陵探墓凌晨定謀

吳墨林的胸膛劇烈地起伏著，上氣不接下氣；汪力塔一張紫色大臉上掛滿了汗珠，活像潑了水的圓茄子；金農矮胖，一身的肥肉酸痛不已；沈是如喘息不停，俏臉緋紅；最慘的是劉定之，他拼盡全力，快把肺跑炸了，途中被絆了一腳，跑掉了一隻鞋。

此起彼伏的犬吠聲終於越來越遠，辟古顯然吸引住了猛犬的注意。徐陵止住了腳步，對眾人說道：「你們回畫舫，我回去看看情況。」

金農知道他心繫辟古安危，叮囑道：「徐兄弟萬萬注意安全。」

「我看你暫時別回去了，」吳墨林勸道，「等過了今晚再去找也不遲，千萬不要暴露了自己。」

「你們放心吧，」徐陵語氣平靜，「我不會亂來的。」他背著竹籠轉身而去，很快就消失於夜色之中。

吳墨林等人回到畫舫，驚魂甫定，回憶剛剛發生的一切，只覺得如電光火石。汪力塔長長舒了口氣，說道：「真他娘的刺激，老子平日只攆過狗，被狗攆成這個鳥樣，倒還是平生第一次。」

巴特爾卻站在船頭東張西望，臉上冒出幾滴冷汗，一副惴惴不安的樣子，吳墨林問道：「小巴，你被狗嚇掉魂兒了嗎？」

「不是狗呀……見鬼，你們往回跑的時候，有沒有感覺到，不僅僅是我們幾個人在跑？」巴特爾語氣猶疑，在月光的照耀下，臉色顯得分外慘白，「為什麼我覺得距離我們不遠的地方還有什麼東西在跑？我似乎還聽到有什麼東西一邊跑一邊發出奇怪的笑聲……」

巴特爾這句話說完，畫舫上安靜了片刻，沈是如的俏臉都被嚇綠了。汪力塔咕嚕一聲咽了口唾沫，一臉驚恐地問道：「我說小巴，你可別嚇唬人啊，今天夜裡，除了我們在跑，就是狗在跑，哪還有別的東西？」

劉定之面色一沉：「子不語怪力亂神，小巴，你大概是跑出幻覺了吧……」

巴特爾目光呆滯，歎了口氣：「我倒希望是幻覺。」

然而，巴特爾並沒有出現幻覺，他聽到的笑聲也是真實的。就在四條猛犬追趕他們的時候，陳青陽那夥人也在逃跑，只不過跑在巴特爾等人的前面，兩夥人相距不過五十步左右的距離。

是夜，陳青陽、王老七、李雙雙和幾個八爺府的家丁本來亦步亦趨地跟蹤著吳墨林等人，沒承想後者被狗攆得調頭逃跑，這些跟蹤者沒辦法，也只好發足狂奔。陳青陽酒勁兒還沒消退，跑著跑著，只覺得眼下的境遇正如自己的人生，沒有方向，只是被事情推著奔跑而已。他想到前途渺茫，悲從中來，又覺得此事無比荒誕，加上酒勁兒還未消退，於是嗤嗤冷笑了幾聲。大家都在狂奔，本來無人察覺，只有巴特爾從小在草原打獵，聽聲辨位的本事遠勝旁人，這才被他聽了出來。

直到半天亮的時候，徐陵才返回畫舫，竹籠中背著辟古。眾人見徐陵神色如常，竹籠中的辟古毫髮無損。大家喜悅之餘，亦感到驚訝莫名。

吳墨林嘖嘖稱奇：「徐兄弟，你是怎麼找到辟古的？」

徐陵將竹籠放在甲板上，舒展了一下筋骨，不緊不慢地說道：「要找回辟古，其實也並非難事，沒什麼好吃驚的。今天折騰這麼晚了，有什麼事，我們明日再說吧。」

「你不告訴我們如何找到辟古，我會好奇得睡不著覺。」巴特爾不滿地說道。

所有人的臉上都寫滿了期待和好奇。徐陵無奈，只好解釋起來：「當時我與你們分開以後，悄悄往回走。只見四條惡狗圍著一個洞口嘶吼。惡狗聞到洞裡辟古的氣味，也聽到辟古在洞中挖掘，因此激動地渾身發抖，尾巴亂顫，在洞口瘋狂地扒土。」他說到這裡，看到眾人緊張的神色，呵呵一笑，說道：「狗挖洞的速度，當然比不上我的辟古。我怕的不是狗，而是人。」

「此話怎講？」巴特爾問道。

徐陵挑了下眉毛，說道：「狗只知道守在洞口，但人卻有招數把辟古逼出來。」

「我知道用什麼招數！」巴特爾一臉興奮，「我小時候在草原狩獵，遇到逃進洞裡的耗子，要麼用煙熏，要麼用水灌，總能把耗子從洞裡逼出來。」

徐陵點了點頭，繼續說道：「我當時怕的就是那個老農用煙把牠熏出來。當時我正想辦法的時候，那個老農趕了過來，我的心頓時提到了嗓子眼。但老農看到惡犬掏洞，卻非常生氣地罵道：畜生！我當是什麼事情，引得你們狂叫不已，原來是要追一隻野獸，害得我半夜爬起來，攪了我的清夢。」

汪力塔嘻嘻笑道：「那個老農也是個糊塗蛋，竟然以為狗攆的只是個尋常的野獸而已。」

「老農將四條狗驅趕回去，重新拴在墓碑邊的樹幹上，然後就回家去了。可憐那四個畜生，不會說話，有口難言，只能眼巴巴地看著辟古逃之夭夭。」徐陵露出一絲笑容，繼續說道，「我到了辟古挖掘的洞口處，輕輕吹了聲哨子，卻不見任何動靜。想來辟古在狗吠聲中用了十二分力氣挖洞，現在已經不知道挖到哪裡去了，因此聽不到我的哨聲。」

「那你是怎麼找到辟古的？」巴特爾瞪大了眼睛，「你先等一下，先讓我猜猜……是不是用食物誘導牠出來的？不會，你那些螞蟻餅已經被牠吃光了……」

徐陵哈哈一笑，說道：「小巴兄弟只猜對了一半，我確實是誘牠出來的，不過，我用的不是食物，而是這東西。」說著他從懷中掏出一個鼻煙壺，在眾人面前搖了搖，瓶中有液體晃動的聲音。

「這瓶裡面裝的，可不是鼻煙，而是母穿山甲的尿液，」徐陵看到眾人驚愕的神情，解釋道，「辟古是一隻公穿山甲，這段時間正發情，對母穿山甲的尿液異常敏感，幾里地之外都能聞到這股子氣味兒，只要將這瓶中的尿液灑在洞口，辟古就一定會循著氣味找回來的。」

眾人這才恍然大悟，既覺有趣，又覺新奇。劉定之雖然一貫嚴肅，此時也笑起來：「古人說，食色，性也。辟古也不能免俗……」

徐陵將小瓷瓶收回懷中，接著說他一夜的經歷：「我將辟古收回籠子裡，隨後繞著漁陽山腳走了許久。探查了一圈兒周圍的地形之後才返回畫舫。」

沈是如笑道：「徐先生總是這樣不疾不徐，我看他時時刻刻都是成竹在胸的樣子哩……」

「你可曾有什麼新發現？」金農用袖子擦了一下光亮腦門上細密的汗珠，「看徐兄弟成竹在胸的樣子，似乎是想到了進墓的方法。」

徐陵不置可否地伸出食指，在眾人面前晃了晃：「目前我只有一個辦法，既是最笨的辦法，也是最保險的辦法。除此之外，我再也想不到其他招數了。古人盜墓的辦法多種多樣，但總歸不過一個『挖』字而已，只不過有的時候要用巧勁兒，巧勁兒用不上的時候，就只能靠笨辦法了。」

徐陵環視眾人，一字一頓道：「我說的這個笨辦法，在我們行內叫作『愚公移山』。我們須得隔遠了董其昌墓，在不引起四條惡狗的注意下，挖出一條長長的盜洞，直通墳墓中心。我估算了一下，咱們之前被狗盯上，距離墳墓有五十步左右，要避免引起狗的注意，我們就得在五十步開外的距離挖洞，而且動作要小，聲音要輕。」

「等一下，我有個好主意，」汪力塔打斷了徐陵，「我們可以準備幾個肉饅頭，裡面塞上砒霜，丟給惡狗，藥死牠們，然後在墳墓上打洞，豈不是簡單許多？」

徐陵搖了搖頭，說道：「那個老農的家就在墳墓不遠的地方，之前我蹲守在董其昌墓周圍，發現這個老農在半天亮的時候就會起夜出門解手，解手後順帶著就會到董其昌墓前看一眼。就算我們毒翻了四條狗，也避不開那個老農啊！」

吳墨林歎了口氣：「若是這樣，那就只能依著徐先生的笨辦法，挖出一條五十步長的盜洞了。只是五十步長的盜洞得挖多久？我們一個晚上挖的完嗎？」

徐陵搖了搖頭：「在辟古的協助下，我們一個晚上，頂多能挖出二十步。咱們得花三個晚上的時間，才能挖通。」

「三個晚上？」汪力塔一臉懊喪，「我們所有人都要出動嗎？」

徐陵說道：「沈小姐可以留在畫舫看家，這種腌臢活計不必女子出手。除了沈小姐之外，所有人都得出動。每人各有分工，都得按照我的部署行動。」

五、思白之棺

掘土運泥蓬頭垢面，破墓開棺冥想苦思

來到此地拜訪董其昌墓的遊人，大多乘船而來。遊玩一日以後，便啟程回返，因此漁陽山董家村碼頭附近的船隻，很少停留超過兩天。為了避人耳目，吳墨林等人將畫舫安置到更遠的一處蘆葦蕩中。畫舫的船老大聽從金農的安排，也不多問。畫舫停靠的岸邊又生著幾桿晴竹，此處景色像極了倪瓚的山水畫，但此時眾人都已無心賞景了。

第二天夜裡，徐陵率著吳墨林、劉定之、汪力塔、金農、巴特爾上岸。幾個人貓著身子，來到距離董其昌墓地六十步開外的一處亂草叢中。徐陵從籠子裡放出辟古，讓牠嗅了嗅石灰粉的氣味，然後指定一處軟硬適中的泥地，令辟古開挖。辟古卯足了勁兒，掄起巨大的前爪，掘起土來。一眨眼工夫，就挖出一個洞。但洞口過於狹窄，只容得穿山甲通過，因此徐陵等人就在辟古身後擴大盜洞的空間，接力傳遞出土石。汪力塔和金農守在洞外，將遞出的土石搬運到遠處撒落，以防被人看出痕跡。

在徐陵的帶領下，吳墨林等人連續挖了兩夜，一個個累得腰酸背痛，叫苦不迭。到第三天出發時，徐陵叫上了沈是如。沈是如欣喜不已，問道：「難道今日就要挖通了嗎？」徐陵點了點頭道：「我已算過了，墓破之時，就在今夜。」

這一夜，沈是如也參與到掘土、運土的工作之中，只是眾人對她額外照顧，她雖是塵土蒙面，卻並未覺得十分勞累。男人們挖了兩個時辰，仍不見墓室，一個個對徐陵的話懷疑起來。巴特爾碩大的身軀蜷縮在狹小的盜洞之內，汗液混雜著塵土，忍不住抱怨：「該不是方向搞錯了吧？那穿山甲畢竟是隻畜生，我們不該那麼相信牠。」

丑時一刻，盜洞最前方的辟古挖掘的速度突然慢了下來，徐陵抓起辟古挖出的碎渣，放在鼻子下嗅了嗅，精神為之一振，向身後低聲喊道：「成了！我們已經挖到了三合土這一層了！挖穿了三合土，就可以進入墓室！」

眾人瞬間提起了精神，更加賣力地擴洞運土。董其昌墓的三合土封固層堅硬厚實，辟古挖了好一陣，仍未挖穿。三天來，牠尖銳無比的前爪已經被磨鈍了許多，如今遇到三合土，更覺費力。牠的主人在身後不斷為牠打氣——徐陵不斷地吹著尖銳的口哨聲，這是敦促和鼓勁兒的口號。

眾人在徐陵身後，聽到持續不斷，悠長綿柔的口哨聲，一個個頓生尿意。幾個大男人在洞裡憋了三個多時辰，聽到這種聲音，不覺膀胱一陣發脹，只能一邊強憋著，一邊盼著辟古趕緊挖進墓穴。

終於，辟古挖穿了厚實的三合土層，又刨開了最內層的墓磚，一股奇異的氣味從墓室中飄散出來，順著盜洞，散入每一個人的鼻腔中。

「這是不是毒氣？聞起來好奇怪！」巴特爾在徐陵身後急急地問道，「古人不是有很多墓葬防盜的手段嗎？咱們會不會遇上了？」

吳墨林仔細嗅了嗅，說道：「這氣味好似麝香中混合了樟腦，並不似毒氣。」

徐陵鎮靜地說道：「墓中除了水銀氣和屍臭之外，幾乎沒什麼其他毒氣。而且辟古是可以嗅出毒氣的，牠既然沒有什麼反應，就應當是安全的。」

眾人這才放下心來。小心翼翼地從洞口跳入董其昌的墓室之內。盜洞正好開在墓室北側牆壁上，距離地面四、五尺高。沈是如最後一個從洞裡鑽出，落在地面。吳墨林瞅準時機，在沈是如落地的剎那，壯起熊心豹子膽，探出雙手去扶，正扶在沈是如的腰上。黑暗中無人注意，吳墨林膽子又壯了幾分，伸手握住沈是如的小手，輕輕捏了一把，說道：「沈姑娘當心腳下。」沈是如饒是風月場中的老手，卻也沒料到有人會在墓室中對自己「下手」，不免吃了一驚，臉上微紅，心中暗笑，故作矜持地推開了吳墨林的鹹豬手。

徐陵從背囊中取出火摺子，引燃隨身攜帶的四根火把，分交給其他人。徐陵舉著火把，在墓室中轉了一圈，眾人這才看清楚墓中的情景。

董其昌是劉定之頂禮膜拜的偶像，此時此刻，眾人之中要數劉定之最為激動。他彷彿窺探到了董其昌藏得最深的那部分隱私，既覺得自己僭越無禮，又覺得興奮莫名。環顧整個墓室，他的眼神中充滿了貪婪，又透著些瑟縮。

這是一個磚砌墓室，墓室內部空間並不算大，與普通臥房相當，乃是晚明時期世家大族造墓常用的構型。墓室內部空間呈半球形，穹頂並不高。巴特爾踮起腳尖，摸了摸穹頂，笑著說道：「這裡面的構造，就和草原上的蒙古包沒什麼區別。我還以為這個墓室會有多宏偉呢。」

一座四四方方的石棺材擺放在墓室的正中央。墓室中的香氣，正是從棺材上散發出來的。眾人舉著火把挨近了石棺仔細查看，發現棺材的四面佈滿了彩畫。此彩畫用礦石顏料繪成，吹去浮灰，金碧乍現，光彩耀目。畫中內容頗為繁複，細看之下，竟有人物械鬥、房屋傾頹、河流漫布、宮觀焚燒之景。畫中山川景物互相連屬，而人物的場景卻分段表現。每段場景中的人物服飾均有所區別。

「畫裡經營位置的方法，讓我想起宮裡那件〈韓熙載夜宴圖〉，」劉定之對眾人說道，「雖然每一段畫面表現的情狀不同，但全部用景物連貫串通，因此大體看上去，仍然是一幅完整的畫。」

吳墨林點了點頭：「從筆墨技巧和用筆習慣判斷，這幅彩畫應該是項守斌所作。」

「真的是項守斌畫的？」沈是如有些吃驚，「項守斌的畫，為什麼會出現在董其昌的棺材上？」

「我二師父火眼金睛，向來沒有看走眼過。」巴特爾的馬屁令吳墨林通體舒坦。蒙古漢子盯著棺材蓋子，心中有些急切：「咱們什麼時候開棺材？我都等不及了。」

徐陵向棺材拜了拜，口中念念有詞：「思白翁，以你在史籍裡的描述來看，可真算不上什麼好人。好人能引得鄉民把自己宅邸燒光嗎？因此今日啟棺，擾你清靜，也算是你陰德有虧了。」說罷他從背囊中取出一個扁頭鋼鏟，將鏟子插進棺材蓋下的縫隙之中，猛力撬動，其他人在一邊用力推棺材蓋，眾人合力之下，慢慢將棺材的石板蓋子移開。隨著棺材蓋子的開啟，一陣濃烈至極的香氣從棺材中飄散出來。

「人家的棺材內都是屍臭，為什麼董其昌的棺材香氣撲鼻？這還真是應了他這『香光居士』的雅號了。」徐陵一邊說，一邊將火把伸進石棺之內探去。

在火光的照耀下，棺材內的景象令人大吃一驚。只見石棺內並不見人骨屍身，而是整整齊齊碼放著筆墨紙硯等一干文房用具。棺內的香氣正是由十幾錠墨塊散發而出。吳墨林拾起一錠墨塊，仔細看了看，恍然道：「這墨塊中混合了麝香、豆蔻等香料，我們之前聞到的香氣，正是從墨塊中散發出來的。」

棺材中的文房用具品類繁多，吳墨林仔細清點一番，共有十數種，其中包括六尺宣紙一刀，墨塊十錠，棕刷一支，排筆一支，毛筆一支，端硯一方，另有兩個紗布包，裡面鬆鬆軟軟，似乎蓄著棉花，不知是何用處。最奇怪的是棺材裡還放了一個瓷瓶，瓶口用蠟密封。徐陵搖了搖瓶子，只聽得裡面有液體搖晃的聲響。巴特爾取出匕首，將瓶口的封蠟割去，小心地嗅了嗅瓶口，說道：「是酒！」

看著這些七零八碎的東西，在場眾人頗有些摸不到頭腦。巴特爾撓了撓頭，說道：「書史中說，唐代書家懷素練習書法，特別用功，並將用廢的毛筆積攢起來，成了一個『筆塚』，莫非董其昌效仿懷素，為自己建了一個『文房塚』？」

徐陵點了點頭：「有道理，古人有衣冠塚，董其昌是個書畫家，自己造了一個文房塚，也說得過去。」

劉定之卻搖了搖頭，皺著眉頭說道：「你們難道不覺得奇怪嗎？董其昌是一個文人，他若是建造一個文房塚，必然收集自己平生常用的文房用具。這具棺材之內放置筆墨紙硯，都不奇怪，但為什麼還放了棕刷、排筆和紗布包？那瓶子酒和紗布包又是做什麼用的呢？須知這些東西，與董其昌的文人身分絲毫也不沾邊啊。」

吳墨林暗自點頭，劉定之所說的，正合他心中所想。

沈是如既興奮，又好奇，她指著棺材說道：「各位大師，擺在咱們面前的是一個謎題。咱們現在可以將所有的線索攏出來捋一捋了。現在這座墓中的東西其實並不多，只有一個棺材而已。棺材四面畫著壁畫，裡面裝著這一干物件兒，我相信，這其中必然有著什麼聯繫。謎面就在眼前，大夥兒再加把勁兒，努力想一想！」

在沈是如熠熠發光的眼神鼓勵下，墓室內的男人們圍著棺材苦思冥想起來。

第十二章　文房塚之謎

一、無盡藏

文房塚原是工匠物，棺材板本為傳世書

在這些文房物件兒之中，最為奇特的便是兩個綿軟而有彈性的紗布包兒，吳墨林總覺得在哪裡見過這個東西，一時間又想不起來，苦苦思索良久，剎那間靈光乍現，叫道：「我知道這些東西是做什麼用的了，這一堆東西壓根兒就不是什麼『文房塚』！」

他的嗓音因為興奮而有一絲顫抖：「這些七零八碎的物件兒，其實是專門用來製作拓本的工具！」

眾人茅塞頓開，只有巴特爾仍然一臉迷惑地問道：「製作拓本？二師父，你說的是那種黑底兒白字的拓本嗎？做拓本難道還要用到紗布包和白酒嗎？」

吳墨林點了點頭：「不錯，那紗布包其實應該叫作『拓包』，是做拓本時撲墨的工具。但現在工具有了，卻不知道要拓印什麼東西？整座墓室之內，既不見石碑，也不見棗木雕版，光有這些捶拓的工具，又有何用呢？」

吳墨林說的句句在理，眾人陷入沉默之中。

徐陵繞著棺材走了一圈兒，輕輕咳了一聲，打破了墓室中令人壓抑的平靜，緩緩說道：「如果我沒有猜錯，你們需要捶拓的，正是這棺材。」

吳墨林等人聽罷一愣，似乎都沒有搞清楚徐陵的意思。巴特爾一臉認真地說道：「徐先生，就連我這初入門的都知道，拓本須得在凹凸不平的石碑上製作，這棺材四面的彩畫是平的，無論如何也是拓不出東西的。徐先生盜墓是行家，對書畫，還沒入門哩……」

徐陵冷峻的面龐難得地綻放出一絲笑容：「我常年盜墓，在昏暗之中，我的眼睛比你們看得清晰，你們仔細看看壁畫，難道真的是平板一塊嗎？」

眾人這才連忙細細觀看棺材四壁的彩畫，果然似乎有些細微的凹痕。吳墨林輕輕地撫摸石面，驚歎道：「果然如徐兄弟所言，彩畫的表面有淺淺的刻字，像是彩畫的題跋注釋，只不過被色彩鮮豔的礦石顏料覆蓋，乍一看，根本就注意不到。」

沈是如撫摸著彩畫的表面，歎道：「我明白了，棺材上的彩畫原來是一個障眼法，遮蓋了色彩之下的雕刻文字！」

如此一來，棺材內的捶拓工具便終於有了用武之地。整個墓室之內，只有吳墨林瞭解捶拓的步驟，但他也只是看過別人捶拓，卻從未親手試過。但吳墨林這樣天生的巧匠，只需見過一次捶拓過程，就能依著記憶操作起來。

他先是用棕刷蘸取瓷瓶中的白酒，然後掄動大臂，抖動手腕，手肘起落之間，將棕刷上的白酒均勻地撣在棺材之上。沈是如見他動作瀟灑，讚道：「吳先生撣得好勻呀！」劉定之卻斜著眼說道：「哎喲，老吳，你這一次為何不用嘴噴了？」

吳墨林嘿嘿一笑，小聲對沈是如說道：「老劉是想害我呢，一百年前的白酒，誰知道裡面有沒有髒東西……」

說罷，吳墨林又將宣紙覆在濕潤的棺材壁上，用棕刷排平。吳墨林一邊揮動棕刷，一邊對巴特爾解釋道：「其實，做拓本前潤濕石碑，一般用的是白芨的汁液，而不是白酒。白芨容易變質，變質以後就會失去黏性，但白酒卻可以長期存儲，同時具備一定的黏性。董其昌和項守斌也許早就考慮到這一點，在二百年前就為我們準備好了最合適的捶拓工具。」

酒使得宣紙緊緊地貼合在棺材表面。那只棕刷上下翻飛，在吳墨林手中如同一件神兵利器。吳墨林一邊做活兒，一邊朝著劉定之努了努嘴：「老劉，快點給我磨墨，別拖延。」劉定之只好屈就自己，做了吳墨林的書童，他將棺材中的硯臺和墨塊取出，在硯臺的硯池之內滴了些白酒，隨後用一根黑中泛著紫光的油煙墨在硯臺上迅速研磨起來。

「這墨塊是頂煙絕品！南唐的李廷珪墨，想來也不過如此……」劉定之一邊研磨，一邊感歎，「瞧瞧這墨色，烏黑中泛著紫光，一片清光，奕然動人，應是明末製墨名家程君房所造。世人皆稱董思翁用墨絕無煙火食氣，殊不知有如此上佳墨品，焉能不出佳作？」

「行了，老劉，你若真是喜歡，出去的時候隨手帶幾個墨塊就行了，估計也能賣不少錢。」吳墨林一邊說，一邊將宣紙與石棺貼合緊實後，用紗布包蘸了硯臺中的墨，在宣紙上輕輕拍打起來。富有節奏的「啪啪」聲漸次響起，潔白的宣紙被紗布拓包撲打上墨痕。在漆黑的墨色中，在四溢的香氣中，一個又一個筆路細膩的文字慢慢顯現出來。首先出現的兩個字是「畫經」，以隸書刻成，緊跟其後的是大段大段的小楷。小楷的書風生秀，字勢飛動，一見便知是董其昌的手筆。

「吳大哥，你的手法真熟練。」沈是如讚道。

「將捶拓之法分門別類，濃重者有烏金拓，清淡者有蟬翼拓，」吳墨林撲打著拓包，嘴裡也不閒著，「咱為了節省時間，用的正是擦拓的辦法。」

隨著吳墨林的不斷捶拓，越來越多的文字顯現出來。沈是如在一邊緩緩念了出來：「顧愷之人物畫有兩種，其一用線如春蠶吐絲，如〈裴楷像〉；其一敷色濃豔，光彩耀目，如〈維摩詰像〉……」

捶拓出的文字越來越多，沈是如讀了許久，拓文中描述的畫家，從顧愷之、張僧繇、曹不興到王維、大小李將軍，直至元代諸家，敘述簡省而翔實，沒一句廢話，真材實料。這些文字記載的內容，其實就是一部古代繪畫的簡史，但眾人越聽越覺得奇怪。在董其昌的記載之中，很多古代名家的風格，都與尋常畫史的記載不同。拓本中列舉的作品，也都是失傳已久的名作。

很快，拓文被全部捶拓出來，共有六、七千字，文字最後還有一段跋語，字體與前文迥異，落款刻著「項守斌跋」幾個字。沈是如將這段跋文讀了出來：「董思翁此書名曰《畫經》，其意竟與《十三經》相類乎？蓋此書發前人未發之言，又有真憑實據，為古今畫史匡正糾謬，實乃曠世奇書，為學畫人之津梁，鑑賞家之祕笈。足可與唐張彥遠《歷代名畫記》比肩，思翁生前將此書託付於余，既恐曝之於世，又恐湮沒無聞。余謹依其託，造此假塚，藏之於內，一石一畫，俱依董翁遺命而做。得此書者，實獲思翁之無盡藏也。」

吳墨林讀罷這段文字，說道：「項守斌這段書跋，最關鍵的資訊，你們看出來了嗎？」

見眾人尚懵懂，吳墨林忍不住說道：「最關鍵的，就是項守斌書跋中的『得此書者，實獲思翁之無盡藏也』這一句。這句話從表面上看，是說讀了這本書，得到了古書畫的精髓，但其實仔細想，此處『無盡藏』的措辭總讓人覺得有什麼深意。項守斌隱含的意思很可能是說，在這本書中隱藏著線索，指向董氏無比珍貴的書畫藏品！」

「不錯，」劉定之難得對吳墨林表達了認同，「既然能用『無盡藏』三個字來形容，那他藏品的規模可想而知……」他沒有繼續說下去，但大家此時都已經明白，項守斌所謂的「無盡藏」，正是董其昌藏匿的古代書畫。說不定這些藏品還與《畫經》中描述的作品有什麼關係。眾人不禁猜測：難道，這些失傳的名作仍舊藏匿在這座墓室之內？

正在此時，徐陵提醒道：「我說諸位，我可得說你們一句，在墓裡耽擱的時間不可太久，你們有什麼事情可以出了墓再考慮也不遲。」

吳墨林笑道：「徐先生，請再給我們一點時間，寶物可能就在墓中，我們不能半途而廢。寶物的線索九成就在這棺材四壁的彩畫和棺材上的文字中。請容我們再想一想……」

徐陵心裡有些擔心，這些人不知道盜墓的危險——在地下多停留一刻，就增加一分變數。他有些不耐煩，圍著棺材轉了一圈，仔細看了看壁畫的內容，神色有些疑惑。沈是如問道：「徐先生又發現了什麼奇怪的地方嗎？」

徐陵說道：「從三代到明清的墓葬，我都有過接觸，對於每個時期墓葬的佈置陳設，乃至於壁畫明器的樣式風格，我都頗有研究。以我的經驗，明末的世家大族所用的棺材多用木頭製成，絕少用石料。即便用了石料，也大多在石料上雕刻花紋，很少在石頭上繪製彩畫。而且墓葬中的繪畫，大多表現墓主人生前的富貴生活或升天後的祥和世界，絕不會描繪火災水患、械鬥兵亂的場景。」

「董其昌可能是個特例，」巴特爾在一邊煞有介事地說道，「以我的經驗，大凡從藝之人，性格都有些古怪，作風都有些出奇，董其昌既然是個大書畫家，行事作風當然與普通文人有區別，咱們不能用尋常眼光來看他。」

沈是如嘻嘻一笑：「小巴，你熟悉的從藝之人，不外乎你的兩個師父，他們兩個，本就是有些奇怪的人，不能代表天下從藝之人的。」

吳墨林和劉定之的心臟莫名地緊縮了一下，不知該高興還是該傷心。吳墨林咳了一聲，說道：「大家甭搭理小巴閒扯淡。徐先生提供的觀點值得我們深思……依徐先生所言，石棺上的壁畫，或許是董其昌故意設置的一條線索。咱們得先把壁畫的內容搞清楚……時間緊迫，大家各抒己見，這個時候就不要藏著掖著了，我們集思廣益，或許能夠搞清楚壁畫的含義。」

徐陵直言道：「一般墓室壁畫中人物的衣冠服飾，只呈現墓主人所處時代的特點。但此處的壁畫卻不同，從棺材東壁順時針環繞，經南壁、西壁到北壁，每一段畫面中人物的衣冠服飾都截然不同，而且從服飾來看，出現的年代越來越晚。我進過的墓葬比較多，因此對各個朝代的服飾有些印象，可以斷定，壁畫中的故事一共分為七段，分別是南北朝一段、隋代兩段、唐一段、北宋一段、南宋一段、明末一段，這幅畫是依照朝代的更迭畫出來的。」

吳墨林點了點頭，接著說道：「我來說說我的看法，我以為，這些彩畫描繪出了每個時代的一件歷史故事。然而這些歷史故事似乎又比較冷門，不是我們熟知的題目。」

沈是如說道：「這些畫面中表現的不是火災，就是水患，可以為這幅彩畫起一個名字了——〈歷代災禍圖〉。」

正此時，劉定之眼睛一亮，彷彿有清光從他的瞳孔激射而出。他神采飛揚，哈哈笑道：「沈姑娘，多謝妳，我知道這些彩畫畫的是什麼了！」

二、書畫劫難史

人禍天災歷歷在目，左圖右史娓娓道來

或許是因為不願在墓中耽擱時間，劉定之這一次並未賣關子，快速地道出他的發現：

他指著棺材，說道：「你們仔細看這第一段彩畫，畫的是一個戴著冕旒的帝王想要縱身於烈火之中，卻被宮女拉住的場景。古代自焚而死的帝王並不多，我能想到的只有兩個，其中一個是商紂王，然而之前徐先生說過了，這第一段畫中的人物穿戴的是南朝時期的服飾。那麼，這幅畫中的帝王就只能是南朝時期的一個君主──」

劉定之略微停頓了一下，目光掃視其他幾人，繼續說道：「這第一段彩畫，畫的是南朝梁元帝蕭繹焚燒內府珍藏書畫的場景！當初西魏攻下了南朝的江陵。江陵失守前，梁元帝蕭繹將法書名畫和典籍二十四萬卷付之一炬，他自己也欲投入火中，與其珍藏同歸於盡，但為宮嬪阻攔。他投降西魏後被殺，仍舊難逃一死。梁元帝收藏的書畫集南朝歷代皇室珍藏，頗為可觀，可惜卻被他付之一炬，此實為書畫歷史上的第一次大浩劫！」

「蕭繹？為什麼我聽這個名字這麼熟悉？」巴特爾翻著眼睛嘀咕著，「我想起來了，之前我們在杭州找到的那個金蛋上畫的是〈蕭翼賺蘭亭圖〉，裡面也有一個蕭翼。看來叫蕭翼的都不是啥好人……」

「你不要打岔，」劉定之繼續說道，「我們再看第一段彩畫上刻製的文字內容，正是描述南朝時期幾個重要畫家的作品，如顧愷之、張僧繇，均為南朝時期的大宗師。董其昌的用

意，大概是為歷次書畫劫難中倖存的畫作豎碑立傳，是為這些劫餘的稀世珍寶編著史書！」

「你們再看第二段，拓印的文字裡講的是隋代畫家展子虔、楊子華、鄭法式等人，而彩畫中繪製的是一艘大船在激流中作傾覆之狀。其實這裡畫的是隋末唐初的事情——歷史上，李世民先後滅王世充、竇建德，攻伐天下之時，隨時隨地搜集隋朝遺珍，後來他命司農少卿宋遵貴隨船裝運書畫珍品，沿著黃河逆流而上護送至長安，途經三門峽，水流湍急，船隻覆滅，這是書畫歷史上的第二次浩劫！」

巴特爾聽了咂舌不已：「不是火災就是水患，古書畫碰上這兩樣災難，可真算是萬劫不復！」

「第三段畫的是一個宦官打扮的男人提著包裹在宮殿樓宇中穿梭的景象。畫面正中一處大殿裡端坐著一個皇帝，只是這位皇帝沒有鬍鬚，朱唇玉面，是一個女皇，沒錯，她就是大唐女皇武則天，這個提著包裹的人正是她的男寵張易之。張易之得寵之時，隨意出入大內，又領命召工匠修復裱褙宮內藏畫，從中根據原作進行臨摹，參照原裝裱褙，將真跡偷換出宮，據為己有，張氏伏誅後，其藏畫亦流轉散佚，這是書畫史上的第三次劫難。」

劉定之說著拿眼睛瞟向吳墨林，以工作之便偷偷臨摹皇家藏畫的事兒，吳墨林已經幹了十幾年。吳墨林被劉定之瞅的滿身不自在，說道：「老劉，張易之是偷梁換柱，和我不一樣。而且我給你提個建議——你不必每一段都說得那麼詳細，時間緊迫，大體說一說就行啦！」

劉定之加快了敘述的速度：「第四段，畫的是髡髮的胡人燒殺搶掠，一個漢人皇帝裝扮的囚犯手戴鐐銬，被押運到囚車上的場景。這是北宋被金人攻滅，宋徽宗被擄去北地，開封城文物慘遭損毀的景象。此乃書畫史上的第四次大浩劫。」

「唉！金人後來被我們蒙古人滅了，蒙古人也算為宋徽宗報仇了……」巴特爾插嘴道，「可是沒過幾十年，蒙古又滅了南宋，說起來，蒙古人滅了世上幾乎所有的國家，不知道我的老祖宗們四處征伐的時候，毀了多少文物……」

「第五段，畫的是一排劊子手行刑的畫面，上首端坐著一個頭戴冕旒的帝王，他那張地包天的鞋拔子臉顯露出他的身分——你們應該也猜到了，他就是明代的開國皇帝朱元璋。朱元璋殺人無算，尤其對江南文人官僚，毫不心慈手軟。當時知名的文人畫家，十個有八個都被他以各種莫須有的由頭給殺掉了。你們看跪著的那些犯人，腦袋後面的插板上寫著『王』、『趙』、『盛』等字，其實這些犯人正是當時最負盛名的畫家王蒙、趙原、盛著等人。這也算是書畫史上的第五次浩劫吧。但這一次和前幾次不同，前幾次是書畫作品的浩劫，這一次是書畫家的浩劫。」

「這裡我不太明白，」巴特爾問道，「難道這些畫家都是被一起砍頭的嗎？」

「當然不是同時被殺的，他們中的大多數也未必是被砍頭而死，明初的死刑五花八門，」劉定之解釋道，「而且朱元璋也不會親自監斬，這幅畫只不過表達這麼個意思罷了。」

巴特爾點了點頭：「難怪後來流傳的朱元璋畫像那麼醜陋，他殺了那麼多畫家，簡直就是畫家的剋星，自然沒人願意把他畫得好看。」

「第六段，畫的是一片屋院連屬的大宅被烈火焚燒，許多百姓揮舞鋤頭鐮刀，投擲石塊的場景，如果我沒有猜錯，這部分畫面描繪的是『民抄董宦』的歷史，即董其昌宅邸被鄉民焚燒搶劫的場面。也許在董其昌看來，這是書畫史上的第六次浩劫。」

「與這段畫面相對應的文字內容，講的是南宋及元明諸家的畫風。這一段的內容也最為豐富，列舉的書畫足有一百多件，其中論述元代大家趙孟頫的文字及作品最多。這段彩畫也最為奇特，你們看，烈火之中，竟有一隻龍頭魚身的怪獸蹲伏在院落中心，怪獸的四周竟無一絲火苗。若我沒有猜錯的話，這隻怪獸，正是鴟吻。」

「大家仔細看鴟吻的嘴裡，咬著一個大包裹。鴟吻本來是雕刻在屋簷上的神獸，嘴裡含著屋脊，取其辟火之意，但此畫中的鴟吻，卻蹲坐在院落之內，嘴裡還叼著東西，這是什麼意思？各位可有什麼解釋？」

「鴟吻的形象，不僅僅出現在這裡，」劉定之皺著眉頭，繼續分析道，「各位還記得項守斌的那張〈讀碑圖〉嗎？碑石頂端也有兩隻鴟吻，可見這是董其昌和項守斌故意留下的線索。」

沈是如的纖纖玉指指向彩畫中鴟吻口中的包裹，說道：「鴟吻既然是辟火的神獸，那麼牠口中的東西，究竟是什麼呢？」

「我猜測，那正是董其昌的藏畫。」吳墨林語氣篤定地說道。

「沒錯，我也是這樣想的，」劉定之難得對吳墨林的話表示贊同，「你們細看這個包裹，空隙處似乎有些柱形的物件兒，那不正是裝裱好的卷軸嗎？這幅畫也許是想告訴我們，這場民抄董宦的事件後果似乎並不像史書所說的那麼嚴重，董其昌的藏畫，被保存下來了。」

所有人倒抽了一口涼氣，若果真如此，董其昌那些被燒掉的藏畫，應該仍留存於世，劉定之看著眾人驚訝而又惶惑的表情，似乎有些滿意，緩緩說道：「我還沒說完哩，最後還有一段彩畫，也是最奇怪的一段。」

最後的這段彩畫，的確是棺材上所有繪畫中最為奇特的一段。畫面上描繪了一座山丘，其上有傾圮的塔樓，有蹲伏的惡虎，有插在土石中的刀劍，最奇怪的是山丘的中心畫著一塊巨大的平臺，上面端坐著一個和尚，周圍環繞著一群信徒。

「如果我沒有猜錯，這段畫，畫的是未曾發生的浩劫！」劉定之看向眾人的眼神中充滿了凝重，「整個山丘就是九州大地，蹲伏的惡虎象徵北方的胡虜，山中的刀劍象徵中原四起的兵災，傾圮的塔樓和肆虐的流水象徵不可預知的天災，這些都是董其昌和項守斌預想中的，還沒有發生的第七次劫難！而山中的和尚和一眾信徒，似乎是在祈禱著什麼，他們或許在祈禱傳世書畫躲過未來的災難！」

「然而，該來的災難終究沒有躲過，」劉定之重重歎了口氣，「董其昌死後沒幾年，李自成起兵造反，清兵南下，九州大地就如畫中傾圮的高塔。江南十城九屠，無數傳世真跡，都在這亂世中遭了厄運。覆巢之下，豈有完卵……」

吳墨林緊緊盯著最後一段的山丘景色，突然開口說道：「我倒是對最後一段彩畫有不同的看法。」

三、束手就擒

細讀拓文疑義相析，陡生變故束手就擒

劉定之「喔？」了一聲，問道：「吳大師有何見教？」

吳墨林說道：「你對前面一段段彩畫的解釋，都還在理，大體上說得過去。只不過對最後一段的解釋卻未免牽強。照你所說，山丘上的老虎、歪塔、刀劍、水流都代表災難，那麼對書畫損害最大的火災為何沒有出現呢？你既然說和尚念經是為書畫祈福，但畫上的和尚卻似乎不是在做法事，而是在講經。你看座下的聽眾，一個個都是文士模樣，而且那幾個文人坐姿慵懶，歪歪斜斜，顯然不是祈福的樣子，這怎麼說得通呢？」

劉定之也覺得自己的解釋有些牽強，悻悻然說道：「你既如此說，可有什麼高深的見解？」

吳墨林兩手一攤：「我現在只能聽出你的見解有問題，但沒更好的想法。」

沈是如將拓片上的最後一段畫展開，看了看上面的文字，說道：「最後的那段文字內容也有些奇怪，前面的每一段彩畫上的文字都對應著各個時代的畫家，但最後一段的內容卻是闡發畫論，洋洋灑灑近乎一千來個字，說的都是董其昌對書畫的理解和認識。」

「我來念一遍最後一段文字，說不定文字中隱含著什麼線索。你們聽到奇怪之處，可以隨時打斷我。」沈是如對著拓片，開始誦讀。

「翰墨之事，余苦心經營，迄今七十餘載，概書畫之境，柳暗花明，層層累進，無窮盡也。人生百年，如白駒過隙，欲窮道則至難。而文人畫之道統已歷千年。向有妄人，大肆宣揚摒棄傳統，自出於新，此何異於天人說夢。窮一人百年之力，安能抗衡千年畫史？是故學書畫者，必與古為徒，若非盡研前人遺跡，安能窮神變，測幽微？然學古不易，非大機緣者，不可學，亦不能學也。前賢遺跡，百不存一，煙雲散盡，至不易得。更有贗偽者夾雜其中，魚目混珠，濫竽充數。即有摹本，代代勾描，亦漸失神采。諺云：『書三寫，魚成魯，帝成帚。』傳世真跡之難得，實為學書畫者之要緊關捩……」

「等等！」劉定之指著拓片中的一處，打斷了沈是如的誦讀，「這句話有些奇怪，『魚成魯，帝成帚』，這句諺語出自晉代葛洪《抱樸子》中的『書三寫，魚成魯，帝成虎。』本意是指文字傳抄之後容易出現錯謬，將魚字錯寫成了魯字，而將帝字錯寫成虎字。但在董其昌的引用中，卻把『虎』字換成了『帚』字。這會不會是董其昌故意留下的線索？」

巴特爾有些不解，問道：「魚錯抄成魯字，倒是可以理解，但帝字怎麼會錯抄成虎字呢？這兩個字本來就不像，為什麼會抄錯？照我看來，帝字錯抄成帚，似乎更加令人信服。」

「不不不，你說的只是楷書這種字體，」吳墨林若有所思地說道，「帝的草書和虎的草書是極為相似的，這一處的確是董其昌引用錯了，而且……」他與劉定之對視了一眼，語氣肯定地說道：「這一定是董其昌故意為之。」（圖59、60）

「虎……」沈是如若有所思地說道，「虎是什麼意思？」

「接著讀下去吧，」劉定之說道，「看看後面還會不會出現什麼奇怪的地方。」

沈是如點了點頭，提起一口氣，正要繼續誦讀，突然聽到盜洞中傳來一聲清晰卻遙遠的呼喊聲，「——快逃！遇到劫匪啦！」

這一聲呼喊，正是盜洞之外守候的汪力塔發出來的，他的聲音隔著五百步遠，通過地下傳到墓室之內，聲音雖然不大，每一個字卻清晰可辨。

「出事了，」徐陵低吼了一聲，「我就說嘛，不要在地下拖延太久，久則生變，地面上發生了什麼，咱們現在什麼都不知道！」

眾人的心都提了起來，紛紛將耳朵湊近墓室中的盜洞，仔細聽洞外的聲音。只依稀聽得外面一陣金鐵交鳴的打鬧之聲夾雜著狗吠，頗為嘈雜。隨後便傳來汪力塔的一聲慘叫，接著又聽到他罵罵咧咧的聲音。而後，金農的聲音又通過盜洞傳了過來：「把辟古放走！把辟古放走！」盜洞外面似乎安靜了下來，但片刻之後，又有一陣嘈雜聲傳來，洞外似乎又一次變得鬧哄哄，更有許多男女老少的呼喊聲、咒罵聲以及乒乒乓乓的金鐵交擊之聲。

「現在怎麼辦？」吳墨林的聲音有些顫抖，他強行鎮定自己的情緒，向徐陵問道，「金農喊的那一聲『把辟古放走』是什麼意思？」

徐陵說道：「按照現在的形勢，再另打一條盜洞出去，已經來不及了。咱們已經成了甕中之鱉。於今之計，只有如冬心先生所言，讓辟古自己打一個洞先走。不過，辟古不能就這麼直接走掉……我們得讓牠帶一點東西離開。」

徐陵一邊說，一邊迅速地將已經晾乾的拓片疊起來，又轉頭對眾人說道：「你們有沒有什麼結實一些的皮囊包袋，能將這拓片裝起來？」

眾人隨身所帶的囊袋，要麼太大，要麼太小，要麼太沉重，要麼太輕飄，徐陵覺得不太合適，轉眼瞥到吳墨林腰間的牛尿脬袋子，指著袋子說道：「這袋子正合適，吳先生，可否借來一用？」

吳墨林有些不捨，略有猶豫地摘下腰間的尿脬袋子。他以前每次出行隨身攜帶蠹蟲，已經成了習慣。於他而言，蠹蟲既是財產，也是寵物。因此他這一次南下之前，雖將大部分蠹蟲蓄養在菡芬樓，但仍隨身帶了幾隻。吳墨林歎了口氣，將牛尿脬中的蠹蟲倒出，蠹蟲落地，轉眼就不見蹤跡。辟古興奮莫名，竟要去捉，卻被徐陵按住不動。

吳墨林有些不捨地將空空的尿脬袋子交給徐陵。徐陵將拓片裝入尿脬袋子後，用布條紮緊，又將尿脬袋子緊緊地綁在辟古的小腹下方。

此時，盜洞的洞口又傳來一個聲音，這一次，不是汪力塔，也不是金農，而是白日裡蹲守在山腳下的那個老農。那老農的聲音中帶著憤怒的顫音：「洞裡的賊人們！你們快給我乖乖滾出來！」

「完了，完了，」巴特爾有氣無力地說道，「咱們挖了他家的祖墳，他一定饒不了我們了。」

沈是如的俏臉也因驚嚇而顯得蒼白，她小聲地詢問徐陵道：「徐大哥，本朝盜墓賊被抓了現行之後，不知會遭受怎樣的刑罰？嚴格說起來，咱們盜的這座墓應該算一座空墓，裡面其實沒什麼有價值的東西呀！」

「按本朝律令，盜墓的罪犯輕則流放，重則砍頭，我們總歸是掀了人家的棺材，無論如何，牢獄之災是免不了的，」徐陵頭也不抬，將辟古身上的牛尿脬綁緊後，溫柔地拍了拍辟古的腦袋，輕輕說道，「走吧，辟古，你就暫時躲在這座山裡吧。」隨後，他噘起嘴唇，吹了一聲尖銳無比的哨聲，辟古搖了搖尾巴，在墓室內的牆壁上挖掘起來，片刻之後，辟古就攜帶著牛尿脬，遁於無形。

這時，老農的聲音又從盜洞口飄了進來：「你們這些混蛋，再不出來，我就用煙熏死你們！」

徐陵的臉色變得陰沉起來，他對著盜洞口大聲喊道：「我們這就出來！」他喊完了這一句，扭頭對其他人說道：「眼下這情形，咱們只能先出了洞再說了。」

眾人一個個垂頭喪氣地再次爬進盜洞，卻見吳墨林留在最後，雙眼緊緊盯著棺材上的彩畫。徐陵督促道：「走吧，吳先生，你就算多看它一眼，也帶不走它。」

吳墨林歎了口氣，說道：「我是帶不走這棺材，但要記住棺材上的畫，多看一刻，便能多記住一分。一旦我們將來逃出這個村子，就只能靠著記憶回想棺材上的畫了。」

徐陵忍不住暗暗讚歎：這個匠人倒是真有一些處變不驚的本事。

吳墨林天生就有一種圖像記憶的才能，這是他在長期的工作中鍛鍊出來的。以往他在修復古畫之時，常常遇到修復過程中畫面色彩脫落，或者因失誤而造成畫面殘損的情形。遇到這種情況就需要他根據記憶重新將缺失的部分補畫回去。因此，對於複雜精細的畫面，他可以在短時間內牢牢記在腦海中，即使隔一段時間，仍然可以背摹出來。

在確信自己牢牢記住棺材上最後那幅彩畫之後，吳墨林突然拾起之前拓碑時用的毛筆，蘸了墨汁，就要在彩畫上塗抹。他要破壞棺材上的彩畫，以防董其昌藏畫的線索被別人得到。

「吳先生，不可！」徐陵急忙喊道。

「你在幹什麼？」劉定之半個身子都已經進入盜洞，扭頭看到這情形，驚詫不已，「你要毀了它不成？」

吳墨林的毛筆舉在半空，咬著牙說道：「我們不能為別人留下線索！」

「如果我們死了怎麼辦？難道就讓這線索永遠斷了？」劉定之縮著身子退出盜洞，急奔過來，奪下了吳墨林手中的毛筆，遠遠丟開，怒斥道，「你這行徑，是滅絕文脈之舉！」

此時墓穴中只有吳墨林、劉定之和徐陵三人，其他人都正在盜洞中向外爬去。徐陵歎了口氣，說道：「這些古書畫是所有習畫者的寶藏，非一人之私產，劉先生說的有道理，吳兄弟，為了天下的學畫人，我們還是留下這個線索吧。」

吳墨林有些羞愧，眼前的盜墓賊似乎都要比他更有覺悟，他無奈地歎了口氣，縮著脖子，失魂落魄地進了盜洞，尾隨著眾人慢慢向洞口處挪動身子。

半刻鐘以後，他們爬出了盜洞。洞口周圍聚集著幾十個人，這些人都是董家村的村民，他們一個個怒火中燒，睚眥欲裂，看那模樣，似乎只有將眼前的盜墓賊挖心割肝方才解恨。

為首的那個駝背老者正是白日裡蹲守在漁陽山下的老人。

幾個年輕的村民情緒近乎失控，大聲叫嚷道：「打死他們！殺了他們！」，「族長，不能饒了他們！」那老農正是董家村的族長，此時他已經認出這夥人就是前些日子進山的遊客，他的眼睛似乎要噴出火來，沙啞著嗓子，命令身邊的漢子道：「將他們綁了！扔到祠堂中去！」

四、假畫救命

祠堂問審滿口胡話，陋室造假一線生機

幾個精壯的漢子攥著粗麻繩走上前來，將吳墨林等人捆了個結結實實。鄉下人沒有捆過人，只捆過豬。吳墨林等人的手腳被捆綁在一起，動彈不得，活似待宰的生豬。一個村民將麻繩纏在沈是如胸前，忽覺異樣，嚷起來：「這賊竟是個女人！」老族長朝地上啐了口唾沫，罵道：「這年頭人心不古，世風日下，連女人都出門幹起掘墓的行當了？一道綁了！扛去祠堂！」

吳墨林等人被村民們扛到一座建制宏大的宅院之內。只見房檐高聳，廳堂寬闊，董家村幾個德高望重的老人端坐在堂前。堂內正中懸掛著宗譜，兩側是董氏歷代祖先的畫像，其中有一件高頭大軸尤為矚目，畫中一人身著大紅色一品朝服，身側一列小字，寫著「董文敏公像」。

吳墨林偷眼觀瞧，整個祠堂呈高雅的氣象，只見正廳側壁楹柱之間的白牆上掛著不少立軸，上面畫著山水花鳥，也有行草書。他暗忖：董家村人真不愧是董其昌之後，就算是落沒了，書畫的種子畢竟沒有斷絕。再仔細看那些畫，落款寫著「沈石田」、「文徵明」，俱為一時宗師名彥，細看筆墨，甜俗市井，卻都是一些偽作而已。正要再作細觀，卻見先前那個老者將拐杖重重地在地磚上敲了敲，朗聲喝道：「可惜之前跑掉了一撥賊子！眾位老哥哥們，咱們商量個對策，究竟該怎麼處置這些混蛋？」

堂前坐著的幾個人都是董家村德高望重的老者，其中一個說道：「盜人祖墳，壞人風水，十惡不赦，就該千刀萬剮！」

另一個老人更顯狠厲，沉聲道：「將他們的手剁了，再送官府！犯下這種大罪，不是砍頭，便是絞刑！」

這時，一個精瘦的漢子快步走入堂內，在駝背老族長耳邊低語了幾句。老者臉色大變，思索片刻，摒退其他年輕的圍觀村民，大堂內只留下在座的幾個老者和那個精瘦的漢子。老族長面色陰冷地說道：「剛才我們的人順著盜洞進了墓中，發現祖宗的屍骨已經沒了，墓中棺材已經被打開，也不見任何明器財寶。這群殺千刀的賊子實在太缺德了！若是盜墓也就罷了，香光老祖的屍首，被你們弄到哪裡去了？」

吳墨林叫起撞天屈來：「老族長，實話實說，我們開棺是真，但棺材裡面並不見屍骨，更沒見到財寶啊。」

「董超，你仔細搜尋了嗎？」駝背族長皺著眉頭向那精瘦漢子詢問道。

「我將墓中的所有東西都翻了個遍，只看到一些筆墨紙硯，並不見金銀財寶。或許那些墨塊還值一些錢財。至於老祖的屍骨，一點蛛絲馬跡都沒有找到。」

「說！到底怎麼回事？」族長的駝背微微顫抖，他怒吼道，「老祖的屍骨究竟哪裡去了？」

徐陵歎了口氣：「老人家，請你冷靜冷靜。這座墓並非真墓，墓中本就未曾埋入屍骨。」

族長的嘴角抽動了一下，對精瘦的漢子說道：「董超，你搜一下這些人，看看他們身上有沒有藏著什麼東西？」

叫作董超的漢子將吳墨林等人逐個搜身，從巴特爾身上摸出一個腰牌，上面寫著「一等侍衛巴特爾」，原來巴特爾一直將這塊腰牌留作紀念，帶在身邊。鄉下人並不知道「一等侍衛」是什麼東西。董超將牌子隨手丟在一旁，接著搜身，又找出一張長長的紙卷，上面畫著五幅穿山甲，後面又題了一首詩。董超指著眾人說道：「這是你們從墓葬裡面偷出來的嗎？」

吳墨林忙回答道：「你細看，這紙墨如新，未經裝裱，非是舊物。這是我們五個人之前閒暇時合作的一幅畫。你若是不信，我們現場再給你畫一遍。」

董超也不相信這一卷畫著穿山甲的畫作能是什麼值錢的玩意兒，呵呵冷笑道：「好嘛，原來你們這些混蛋還會舞文弄墨。」說罷將紙卷與那腰牌一併收拾起來，接著搜身，卻再也找不出什麼值錢的東西。

老族長咬牙切齒道：「墓裡一定是有財寶的，否則你們的同夥為什麼會在洞外爭吵打鬥？他們一定是拿到了你們運到洞外的寶物，又因為分贓不均才打起來的！」

吳墨林等人面面相覷，一臉茫然，洞外剛剛究竟發生了什麼，他們其實也是一頭霧水，無從知曉。吳墨林壯著膽子，試探著問道：「老族長，洞外如何發生爭鬥，可否告知小人？」

「你們這群強盜起內訌了！」老族長怒不可遏地說道，「若非他們打的乒乒乓乓，鬧得不可開交，我們又怎麼會發現有人盜墓？」

董超也在一邊附和道：「這群盜墓賊窩裡鬥，雙方都有七、八個人，有的發飛鏢，有的射弓箭，刀槍棍棒攪在一起，劈里啪啦打作一團，兩方勢均力敵，若是我們不到場，不知會打到什麼時候呢！」

「你說什麼？每一邊都有七、八個人？你們看清楚了嗎？」吳墨林越聽越糊塗，洞外只有金農和汪力塔是自己人，怎麼會有七、八個人相互對陣呢？

「事到臨頭，你們還在裝傻充楞，竟然反問起我們來了！」堂上另一個老者怒喝道，「抽他的耳光！看他還老不老實！」

董超做勢就要上前打吳墨林耳光，吳墨林連忙縮著脖子叫起來：「且慢！各位老鄉，實不相瞞，我們在地底下，兩眼一抹黑，並不知道地面上發生了什麼。我們之所以來盜墓，也絕非是為了財寶，而是對文敏公敬佩至極，將其視為畢生偶像，所以才拼死也要進到墓中。」

「你這巧言令色的賊人，」駝背老族長幾乎要氣暈過去，「若你們真的崇敬文敏公，為什麼要破壞他的墓葬？這難道不是擾了文敏公的清靜嗎？」

吳墨林苦著臉說道：「老族長你有所不知，江湖上一直有個傳言，據說文敏公臨死前窮盡最後的精力，畫了他平生最為得意的一套冊頁，然後擱筆氣絕而亡。這套冊頁也就隨葬入墓。我們這幾個人對文敏公因愛生痴。咱之所以盜墓，不過是為了一睹文敏公一生最為得意的佳作！」

「江湖上有這樣的傳說？」駝背老族長挑了挑眉毛，「為什麼我們董其昌的後人卻不曉得？」

吳墨林歎了口氣，說道：「自古以來，大凡是個知名的文豪，總會被江湖上的閒人編排出各式各樣的臨終故實。唐代以後，有傳聞說李太白喝醉了酒，俯身撈取水中月亮被淹死。杜甫呢，傳說是在餓極之時，受到朋友款待，結果牛肉吃得太多，被撐死了。其實考諸正史，根本見不到這樣的記載，但總有人相信這樣離奇的說法。董文敏這樣的書畫巨擘，文壇宗師，江湖上有怎樣的傳說都不足為奇。可恨的是我們仍然信了這樣的傳聞，唉……這也只能怪我們對文敏公的書畫過於痴迷，以至於分不清傳聞與事實，現在回想起來，我們的所作所為，當真是荒誕至極，可悲可笑！」

巴特爾、徐陵、沈是如等人打心眼兒裡佩服這個修復匠人急中生智的本事。劉定之暗中感慨，別看這個工匠沒讀過幾本書，但他編排史料，引用掌故的本事還真令人瞠目。

堂上的幾個老者沉吟不語，顯然不太相信吳墨林的話。族長冷哼一聲，說道：「你自稱精通書畫，可有什麼證據？」

吳墨林見對方的語氣稍稍緩和，事情似乎略有轉機，心裡微微一寬，說道：「不瞞你說，我們幾個的的確確都是書畫的行家。就拿鄙人來說，浸淫畫藝數十載，閉著眼睛也能仿出趙子昂的鞍馬，抓著掃帚也能畫出沈石田的山水。這可是實實在在的能耐，鄙人不敢有一句虛言！你看那卷搜出來的穿山甲，頭一幅就是鄙人所繪的。」

「你既然有這樣的水準，又何須得到文敏公真跡？自己造張假畫出來不就行了？」一個老人反問道。

「問得好！老人家正問到了關鍵處！」吳墨林立即回答道，「傳說中文敏公留下的絕筆和他以往的畫風十分不同，乃是集畢生功力新創之境界，那可是我們這些模仿者想像不出來的神品之境啊！為了一睹這世間絕品，我們才犯下如此大罪！」

見堂上的幾個老者皺緊了眉頭，吳墨林壯起膽子，指著祠堂裡懸掛的幾幅名家字畫，說道：「鄙人句句屬實，鄙人對歷代大師的筆性爛熟於胸，為了研究古人書畫，窮盡畢生精力，不惜拋家捨業。如果幾位老丈不相信，那麼鄙人就要斗膽證明一下自己……這祠堂上掛著的沈周、文徵明的字畫，鄙人看一眼就可以斷定——都是假貨……而且水準太差，筆粗墨惡，應該是低級的蘇州片。」

吳墨林故意把話說的難聽，以此證明自己眼光卓絕，更顯得自己心眼耿直，不說假話。駝背的老族長臉色一沉，心中咯噔一下。祠堂中的這些古代字畫都是他從蘇州的地攤上淘弄回來的東西。老族長本來也沒把這些東西當作真跡，只當作祠堂的裝飾品。自從懸掛上之後，整個祠堂內似乎多了一些清雅幽靜的文氣。村裡人也看不出真假好壞，只有族長心裡知道這些古畫都是假貨。聽到吳墨林這麼一說，他心中暗想，難道這些盜墓賊當真是一群精通書畫的「雅盜」，聽信了不靠譜的江湖祕聞，為的只是文敏公墓裡的臨終絕筆？

吳墨林繼續鼓動三寸之舌，趁熱打鐵：「各位朋友都是董畫聖的後裔，說起來，你我皆是書畫圈子裡的行家。搞書畫的人盜墓，怎麼能和尋常的土夫子等量齊觀呢？說白了，我們是抱著交流和學習的敬仰之心，惴惴不安地進入文敏公的墓中，怎料沒見到一件文敏公遺作，卻只見到棺材裡的筆墨紙硯。求各位老丈開開恩，看在我們一片誠心的份兒上，懇請不要將我們送到官府。」

看到堂上幾個老者的臉色陰晴不定，吳墨林又說道：「如果將我們送到官府，董家村祖墳被盜一事，必然公之於眾。到那時，董家村不僅僅丟了面子，更是失去了一眾瞻仰的遊客，你想啊，那些遊客一旦聽說這是一座空墓，誰還會來憑弔呢？到了那時節，老丈又去哪裡收取遊客的觀光費呢？」

這番話說到了堂上諸人的心坎裡去了。村裡人還指著這筆收入改善生活呢。老族長立刻吩咐董超道：「你馬上去跟村民們說，墓葬並沒有被盜，賊人的盜洞還未打通便被我們發現了。千萬不可將實情洩露出去！」

董超立即退出祠堂，老族長沉默了一會兒，一雙眼睛在吳墨林等人身上掃來掃去。他想起之前曾有不少遊人詢問董家村人是否仍留有董其昌遺留的畫作，有人甚至願意出高價購藏。老人心中漸漸有了一個主意，他慢悠悠地對吳墨林等人說道：「你這人油嘴滑舌，說的是真是假，我一時間也無法分辨。依我看，不如這樣……你們既然說自己精通書畫，精於模仿，那麼就用行動證明吧。我給你們十日時間，若你們能造出十件董其昌的書畫，我才信了你們，否則……你們應該知道，祖墳被挖的鄉民會有多麼憤怒……」

堂上的其他老者紛紛點頭表示贊同——若是這群人能造出十件以假亂真的古畫，那將會換來一大筆錢財。吳墨林等人懸著的心終於放下，至少董家村暫時不會將他們扭送官府了。吳墨林賠著笑臉繼續說道：「老族長放心，我們造的古畫，尋常人根本看不出真假，拿去出售，真正懂行的人都會出大價錢的！」

老族長的神情終於緩和下來，嘴角難得地露出一絲笑意：「好，我等著你們的傑作。若是造不出來……自有你們好受的。」

眾人終於鬆了口氣。誰能想到，最終救了他們命的，是造假這種不光彩的勾當。

很快，吳墨林等人被扭送到族長家中的一處廂房之內。族長命令董超帶人在廂房門外日夜看守，並提供造假所需的一切工具。村子裡並不缺筆墨紙硯，至於棕刷、馬蹄刀等物，族長已經令人專門去縣城採購。

事已至此，為了活命，吳墨林等人不得不在董家村造起假畫來。

五、憶舊事

辨雅俗道盡平生志，訴衷心回憶舊時悲

在南下之前，沈是如想像中的旅程是輕鬆宜人的，是妙趣無窮的，也是風光旖旎的。她甚至夢到過太湖岸邊的董家村，那是一個民風醇和、美如桃源的所在。萬萬沒有想到，此時的自己竟然會與四個男人關押在鄉民的陋室之內，同吃同住，被迫做著造假畫的勾當。

雖然條件艱苦，但沈是如很快就沉浸在新的「工作」中了。為了儘快造出肖似古人的偽作，幾個人開始了分工合作。吳墨林操縱全域，負責繪畫、起稿；劉定之負責書法以及編造題跋文字；巴特爾負責打糨糊，備材料；徐陵在吳墨林的指導下進行做舊；沈是如則是機動人員，哪裡需要去哪裡，隨時根據吳墨林的指示行動。當然，在大多數情況下，吳墨林都會安排沈是如為自己研墨、抻紙、調色、扇風、擦汗……這位匠人將畢生技藝全部施展開來。他的筆墨技巧如行雲流水，他的做舊方法似鬼斧神工，他的指示命令若大將臨陣，揮斥方遒——在沈是如眼中，此時的吳墨林就是個書畫造假的神。

老族長家中的廂房既狹小又悶熱，潮濕的空氣中混合著男人們的汗酸味兒。但就在這斗室牢籠之內，誕生了有史以來最為精妙絕倫的董氏偽作。當老族長拿到第一件假畫時，心中

的震撼無以復加。老人顫顫巍巍地從一個祕匣中取出董其昌傳之子孫後代的十幾個自用印章，交給吳墨林。等吳墨林做舊後鈐上董氏的真印，就更無法分辨真偽了。

族長將鈐好印章的假畫呈給那些來村子裡祭拜董其昌的文士，得到了遊客們的交口稱讚，竟有人願出百金購買，族長驚愕之餘有些恍惚——這些混蛋們竟然真的造出了與文敏公水準等同的畫作，這意味著什麼呢？對村子而言，這未嘗不是好事，但對先祖而言，卻實在是一種莫大的褻瀆。

廂房的大門被一把大鎖扣住，門外蹲守著幾條狼狗，院外又有七、八個漢子輪流看守，管事的人正是族長的親孫子董超。這董超是個健談的人，時不時進入廂房之內送牢飯、換淨桶，借機與吳墨林等人攀談閒扯。造假開始的第一日，董超透露，老族長派人細探董其昌墓室，發現墓中另有一條狹窄的盜洞（其實是辟古遁走挖出的隧道），族中掌事的老人們因此起疑，以為吳墨林等人仍舊不老實，私下瞞著什麼事情。關於如何處置盜墓賊，也因此有了分歧。造假開始的第二日，董超又透露，新造的假畫獲得一致好評，族長考慮暫留他們一命。第三日，董超又帶來消息，說有的老者認為造假出售，是對祖先不敬，還應將罪犯們送入官府。第四日，據董超說，村裡的老人們終於決定，要用這筆錢建造私塾，延請教書先生，砸鍋賣鐵也要供出幾個讀書種子，恢復先祖的榮光……就這樣，吳墨林等人每日裡聽著董超帶來的各種消息，一會兒高興，一會兒緊張，一會兒絕望，一會兒又心生希望。眾人心情起伏不定，只能拼了全力，造好每一件假畫。

到第十日夜裡，十件假畫終於完工，五個人身心俱疲，癱坐於地面上。屋子裡的蠟燭也即將燃盡，昏暗如豆的燭光中，席地而坐的五人你看看我，我看看你，不由得都苦笑起來。

巴特爾借著窄窗透入的月光，看了看自己起皮浮腫的大手：「這幾日雙手泡在糨糊裡，都泡得發白了……我們以後會不會成了董家村的搖錢樹？他們不會關我們一輩子吧……」

「難說，但好歹活下來了。」吳墨林緊繃的神經終於舒緩下來，「只要我們對董家村有用，就還有一絲希望。」他不由想起幾個月之前為胤禛修復遺詔的情景，當時他怕新君殺自己滅口，同樣存了這樣的想法——只要對方覺得自己有用，便不會下死手。

「是的，至少，我們還活著……」徐陵的神色依舊冷峻如常。

時近中秋，廂房之外的蟲鳴聲嘹亮而急促。劉定之聽著此起彼伏的蟲聲，思緒萬千，人生一世，命運當真起伏不定，前一刻談笑風生，後一刻便身陷囹圄。命運似乎總是在戲弄他們。

「如果，我是說如果，」劉定之突然開口說道，「如果我們真的就死在這裡，你們會有什麼事情沒完成而後悔嗎？」

吳墨林呵呵笑道：「怎麼？到了這個時候，老劉竟然起了文人性情，開始多愁善感了嗎？」

劉定之滿面慘澹之色，搖了搖頭說道：「孔夫子云：『未知生，焉知死。』我平日絕少想到死後的事情。這是第一次，我如此強烈意識到人在死之前應該做出一點有意義的事情。只有這樣，臨死之時或許才不會後悔。」

巴特爾茫然道：「大師父，你有答案了嗎？」

劉定之目光中透出一絲堅毅，說道：「《左傳》有云：『太上有立德，其次有立功，其次有立言，雖久不廢，此之謂三不朽。』我做不成官，幹不成事，立德與立功都沒指望，只能寄託在立言上面了。如果我活下來，必定先要全力完成《畫史》的書稿，為後世存一部不朽之作。我要細細剖析南北宗繪畫之高下異同，將南宗畫之玄妙付諸文字。寫完了這本書，我大概才不會死不瞑目。」

巴特爾轉頭問吳墨林：「二師父呢？」

吳墨林呵呵一笑，思索片刻，說道：「我這一輩子，幾乎將所有精力全用在書畫修復上了。其實我做這些事，原本是天性使然，只是覺得自己可以做好，便一直努力做下去。要說做什麼才能在臨死之時不後悔……我想，大概是一輩子按照自己的想法隨心所欲地活著，賺到足夠的錢，找到心愛的女人，吃了想吃的菜肴，活出個自在，死之前大概就不會後悔吧。」

劉定之聽了，撇了撇嘴道：「反正以後是死是活，誰也說不準了。此刻我也不必藏著掖著，就直說了吧——你吳墨林便是為私利而活在世上的人，其俗在骨，無藥可醫。任你臨摹古人如何肖似逼真，依舊沒學到一丁點兒高士風範，唉……古人云，書畫可以醫俗，這句話在你身上沒一點兒靈驗。」

吳墨林聽了這番挑釁之語，似乎並未放在心上，嘻嘻一笑：「得了吧，劉大人，在你看來，著書立說就是高士，造假賺錢就是俗人？我並不這麼看。寫書沒什麼了不起的，不過文字遊戲而已。寫字畫畫更沒什麼了不起，不過雕蟲小技罷了。人生一世，草木一秋，就如同窗外的蟲兒，奮力叫出各種各樣的聲響，到了冬天都得在寒風中凍死。你卻非要討論哪隻蟲兒的叫聲比哪隻更好聽？」

「二師父，我總覺得你有什麼不可告人的祕密，或者有過什麼難以言說的經歷，」巴特爾挪了挪屁股，更加靠近吳墨林，用胳膊肘碰了碰他，說道，「二師父，我們現在前途未卜，將來是死是活仍未可知，我一直想問二師父一個問題，否則臨死也覺得疑惑。」

吳墨林瞥了一眼巴特爾，這小子現在越發放肆了，跟自己說話沒大沒小的。然而不知道為什麼，在這個夜晚，吳墨林卻覺得並不孤獨。他一輩子除了金農沒有什麼朋友，但現在卻添了幾個可以稍微打開心扉的同伴，他倒不介意講一些自己的故事了。

「你想聽什麼？我的那點兒事，沒什麼值得講的。不過呢，你既然想知道，那你就問吧，能說的我就說出來，權當滿足一下你的好奇心。」

巴特爾來了精神，問道：「那我就問了，二師父，你這修復和造假的本事是從哪裡學來的？我們手藝人總要講究個師出有門吧，你難道沒有師父嗎？」

吳墨林的臉色有些黯然，他沉默了一會兒，開口說道：「我當然是有師父的。我小時候命苦，父母很早就都去世了，家中也沒什麼親戚，六、七歲就流落街頭，成了一個小乞丐。我的師父見我可憐，又見我有些伶俐，就收養了我，把我養在他的家中，做了他的學徒。我的修復技藝和造假的本事，一半是我自己琢磨出來的，一半是我師父教的。」

巴特爾問道：「你的師父，不，我應該叫二師祖，現在還活著嗎？」

吳墨林搖了搖頭：「我不知道，我已經二十多年沒有和他相見了。」

「怎麼，你和你的師父鬧翻了？是為了錢的事？或者是……你犯了什麼大錯，被師父掃地出門了？」劉定之也來了興致，見吳墨林神色越來越傷感，自覺不該問的這麼直接露骨，於是語氣緩和下來，接著說道，「不管是什麼事情，師徒如父子，有什麼心結，二十多年仍然解不開呢？」

吳墨林沉默了，他並不願意回憶年少時的那段經歷。但他越是沉默，眾人的興致越高。

「吳先生，你就說吧，說出來，大家也幫你想想辦法，不要總憋著。」沈是如也攛掇著。

吳墨林看了一眼沈是如，歎了口氣，說道：「多的我就不說了，我和師父鬧翻，是為了一個女子。在這件事上，我並沒有過錯。」

巴特爾哈哈大笑，說道：「二師父，你莫非小時候調戲師娘，被師父發現，逐出師門了？」

吳墨林的眼神中有一股子說不出的憂傷和悵惘，他說道：「我怎麼可能做出那種事？我說過了，我沒有過錯。」

吳墨林的回答令眾人愈發好奇。整日裡嘻嘻哈哈，油滑市井的吳墨林從未似今天這般，眼神中流露出深深的傷感和痛苦的愁思，大家都明白，那段經歷大概難以啟齒，不便刨根問底。劉定之心中暗想：原來這個工匠也有過心酸往事。大概年輕時受過親密之人的莫大傷害，如今有這一身甜俗邪賴之氣，乃是受過心靈傷害之後的自我保護，倒也合乎情理。

一時間小屋之內無人說話，巴特爾終於忍不住，嬉皮笑臉地拍了拍吳墨林的肩膀，問道：「二師父，你就說說你師父與你究竟是如何鬧翻的吧。你不說，我今晚怕是好奇地連覺都睡不好。」

「就是，說說嘛，」沈是如心中莫名有一絲醋意，又十分好奇，說道，「吳先生，咱們這些人都算是過命的交情了，共同經歷過生死劫難，有什麼不能說的呢？」

就連許久沒有說話的劉定之也開口說道：「也許是什麼醜事，他說不出口吧，算了，我們也別逼迫他了。」

吳墨林鄙夷地看了劉定之一眼，說道：「難得劉大師使出了激將法，也罷也罷，我就算告訴你們也沒什麼。畢竟我們現在這種處境……明天是死是活還不知道，索性我就說了吧。」

圍坐的眾人一個個豎起了耳朵。

吳墨林的眼神變得有些迷離，一些許久未曾觸碰的記憶再次浮現在他的腦海中，他的語調不同以往，有些凝重和遲緩：

「我的師父名叫周遊，是蘇州的書畫修復匠人，但他後來不做修復，專做造假，因此隱姓埋名，悶聲發財，因此知道他的人並不多。

我師父一共有兩個徒弟，除了我，還有一個女孩兒，比我小兩歲，名叫羅蘭。羅蘭也是師父收養的孤兒，我們兩個從小就在師父家中學藝。師父是個單身漢，家裡只有我們三人而已。於我而言，師父就如同父親，是我兒時最依賴的人。」

吳墨林說到此處，停頓了一會兒，深深地看了沈是如一眼，接著又說道：「我的師妹羅蘭與我一起長大，我……從一開始，就喜歡上了師妹。」

說到此處，吳墨林的面色微微泛紅，所幸屋內燭火微弱，他面色的變化並不明顯。眾人也一個個豎起耳朵，聽得全神貫注。巴特爾嘿嘿笑了兩聲，低聲敦促：「後來呢？後來呢？」

「我一直認為師妹就是我未來的娘子。然而我沒想到的是，我師父的想法竟然和我一樣……我是說，我的師父在喜歡師妹這一點上，和我的想法一樣……」

眾人的眼睛瞪得溜圓，巴特爾有些結巴地說道：「你師父……你師父難道不是從小把你師妹養大的嗎？」

吳墨林長長地歎了口氣：「我知道你是什麼意思，然而……人家兩人畢竟是師徒關係，不是父女關係。」

「然後呢？你是什麼時候發現你師父喜歡你師妹的？」沈是如忍不住問道。

吳墨林的聲音變得弱了幾分：「就在二十五年前，我十六歲那一年的一個晚上，我正在院子裡熬普洱茶湯，用那茶湯將紙做舊。活計正做到一半，師父走了過來，用帶著玩笑的口吻對我說，以後我得管羅蘭叫師娘，不能再叫師妹了。我當時正端著一盆普洱茶湯，一驚之下，整盆茶湯掉到了地上。」

六、暗中示愛

暗屋內工匠巧示愛，燭光中俠盜訴冤情

「你這個榆木腦袋……」劉定之忍不住揶揄道，「你之前難道沒有一點察覺嗎？」

「絲毫沒有一丁點兒察覺，」吳墨林皺著眉頭說道，「你也甭笑話我，我那時候才十六歲，對男女之事懵懵懂懂。以為師父對師妹的好，只是師父對徒弟的關心和愛護罷了。」

「請恕我打斷一下，」沈是如好奇地問道，「你師父當年多大歲數？他雖然喜歡你師妹，但你師妹難道也喜歡你師父嗎？」

吳墨林有氣無力地答道：「我本以為師父是一廂情願，但後來才知道，羅蘭和師父是兩情相悅的。當年我十六歲，師妹十四歲，我師父也不過才三十五歲……」

巴特爾咂舌不已：「你這個師父的師德似乎有些問題……怎麼可以跟徒弟搶媳婦呢？」

吳墨林哼了一聲，說道：「當年師父讓我改口叫師妹為師娘的時候，我能看得出來，他也有些難堪，大概也覺得對不住我這個徒弟，但在情愛面前，師徒情分總要排在後面。後來，我眼睜睜看著他們兩人喝了交杯酒，結了婚，入了洞房，做了夫妻。我傷透了心，甚至

覺得有一些噁心——我在師父家再也住不下去了。每次見到羅蘭，我不知該叫師娘好，還是叫師妹好。師父和師妹大概也覺得我彆扭礙眼。我只能離開師父。蘇州我是待不下去了，於是就到了揚州，開了吳氏裝裱作坊，從此自立營生。從那以後，我再也沒有聯繫過師父和師妹。」

眾人聽到這裡，無不對吳墨林心生同情。就連劉定之也唏噓不已。劉定之心中暗想：難怪吳墨林油滑世俗，摳門小氣，這種年少時徹底傷過心的人，大概總會有一些人格缺陷。

吳墨林深深吸了口氣：「我自從離開蘇州，到了揚州之後，變得有些孤僻，不願與人交往。後來認識了金農。再後來，認識了老劉、巴特爾、汪力塔和是如。說句實話，我這輩子最親近的人只有你們了……如今身在困局，生死未卜，但有各位相伴，我老吳就算死了，也不覺得孤單。」

這番話令眾人心中感動。

吳墨林繼續說道：「不怕各位笑話，我自從與師父、師妹分別，只覺得人生寂寥，唯有馬蹄刀和棕刷相伴，直到遇到金農，遇到各位朋友……」他說到這裡，微微側身，他的身邊正坐著沈是如。他直視著沈是如秋水如波的一雙眸子，心中突然有些緊張——之前說的這麼多話，其實並不重要，重要的是自己接下來要引出的幾句肺腑之言，不知接下去的話能否打動眼前這個美人。

吳墨林對沈是如笑了笑，自嘲似的說：「我是個有執念的人，二十多年了，曾經的執念慢慢消退，只是因為有了新的執念。我不再孤獨了，只因我的心有了寄託，有了歸屬。」

劉定之聽了這段略顯肉麻的話，也感慨不已，沒想到自己在吳墨林心中竟有這麼重的分量，其實他們兩個雖然經常鬥嘴，但也算生死之交，患難與共的知己了。只是……劉定之總覺得吳墨林今天哪裡有些不對勁。這個小子向來油滑狡詐，不會沒來由地對別人推心置腹，他一定有其他目的。劉定之疑惑地看向吳墨林，他猛然發現，吳墨林和沈是如坐得是如此相近，他心裡暗叫不妙。他瞪大了雙眼，在昏暗的燭光中，看到吳墨林在說話的時候，輕輕用手指觸了觸沈是如支撐在地上的手，沈是如慢慢將手縮回，臉上飛起一片酡紅，在燭光的照耀下燦若雲霞。劉定之瞬間明白了，吳墨林在告訴沈是如，她便是他的新的執念。劉定之轉頭看向巴特爾，巴特爾仍舊是一臉感動的呆傻相，仍沉浸在二師父的肺腑之言中，這傻瓜還以為自己也是吳墨林「心有歸屬的人」呢！劉定之心裡湧起一陣惡寒，原來吳墨林這混蛋借機表白！他正抓心撓肝地思考如何把沈是如的心拽回來的時候，許久未曾說話的徐陵突然開了腔兒，說道：「每個人都有各自的執念，誰活得都不容易。」

「你呢？徐先生你的執念呢？」沈是如微笑著問道，「你是一個文人，熟讀經史，卻做了盜墓的勾當。你的執念又是什麼呢？你做什麼事情，才不會在死前後悔呢？」

劉定之仔細端詳沈是如的表情，似乎這女子已經從害羞和局促中緩了過來。劉定之暗暗鬆了口氣，心想：還好，還好，沈是如的神色這麼快就恢復了正常，說明吳墨林表白和摸手的效果並不算顯著。

徐陵的回答卻也直接：「我的執念嘛……就是盜盡天下偽善名士的墓穴。」

徐陵見眾人面露驚愕，呵呵一笑：「要解釋我的執念，你們須得耐心聽我的故事……我的故事，略有些曲折漫長。」

沈是如笑道：「長夜漫漫，徐先生請細細講來，我們洗耳恭聽。」

徐陵的聲音沉鬱而冷峻：「我是福建莆田人，本生於富貴之家。我們家在莆田是遠近聞名的富戶，經營了上百年的藥材生意，家大業大，惹了不少人豔羨。但只因一個沽名釣譽的清官兒胡亂斷案，家道自此轉衰，我也因此走上了盜墓的路。」

「清官如何會胡亂斷案？」吳墨林問道。

「此事還得從頭說起，」徐陵的臉色變得陰沉起來，「我爺爺八十歲無疾而終，我父親便為他選了一塊吉地，所在雖然偏僻，但風水極佳，擇日便要入土安葬。有一個鄰居，不知聽信了哪個風水先生的話，得知我們家選中的墓地是一塊難得的吉壤，於是就起了占為己有的心思，竟告到官府裡去，說我們家新選中的墓穴占了他們家祖上的墓。這知縣名叫吳興祚，自詡兩袖清風，廉潔為民。這吳興祚沒有細細審案，想當然地以為我父親借著家勢欺凌鄉民。我父親與那奸民公堂對峙，父親爭辯：『這是小人家裡新造的墳，泥土石灰糯米漿都是新的，如何說是他家舊墳？』那一家奸民卻說道：『此墳本是我祖上的墓，只是經久未修，很少打理。他家憑著富豪勢大，就強佔了去。』吳興祚於是領著典吏，押著我父親和那奸民，到我家墳頭查看。卻見山明水秀，鳳舞龍飛，確是一塊吉地，再看墳頭，均是新土。那奸民卻說，地下的老土是他家的。吳興祚令人取來鋤頭，把新土刨去，刨得深了，刨出來一個石碑，上面依稀有字，揩去泥沙，只見上面寫著『某某之墓』，旁邊數行小字，卻是那奸民祖上的名字。」

「這可奇怪了，」巴特爾瞪大了眼睛，「難道你家選定的墓地真的是那家人的祖墳？」

徐陵冷哼一聲，說道：「那吳興祚見到石碑，將我父親押入牢房。我母親傾盡家財，四處打點，錢雖然花出去了，但吳興祚為了博取鋤強扶弱的名聲，將父親定為流放之罪。我父親本是文弱的人，經不起獄中各種刑罰，又自覺奇恥大辱，顏面喪盡，沒幾日便上吊死了。我母親哭成淚人，過了幾年也去世了。全家只留下我和我弟弟兩人。我們倆在鄉里受盡白眼，只靠著所剩無幾的祖產苟活於世。」

「待我長到十八歲，一個醉漢找上門來。此人原本是那家奸民的朋友，後來二人生了嫌隙，轉而生恨，於是趁著酒醉，將當時那奸民的行徑告知我們兄弟二人。原來奸民覬覦我爺爺墓地風水好，心生一計，將石碑刻成字，偷偷埋在我爺爺的吉壤之下，待臨到我爺爺下葬前，才去告狀。」

眾人聽到此處，無不咬牙切齒，巴特爾大罵：「實在是奸詐至極！無恥至極！」

「我與我弟弟聽了此事，咬碎鋼牙，氣炸胸膛。我們籌畫停當，一天夜裡，去將那奸人的祖墳全部刨了，將那墓中金銀首飾，全部盜走。」

「幹得好！」吳墨林重重點頭，「理應將他們家十八代祖墳都給刨空嘍。」

徐陵搖了搖頭：「只是我們兄弟二人，勢單力薄，做下此事，不敢在當地停留，只好遁走江湖，從此便靠著盜墓為生了。但我心中最為氣憤的，卻是那個『清官』吳興祚，他心中存了沽名釣譽的心思，胡亂冤枉好人，以致我父母含恨而終。然而此時吳興祚已經去世。我與我弟弟跋山涉水，好不容易找到他的墓，破了墓，進去一看，這人哪裡是什麼清官。傳說他兩袖清風，一貧如洗，墓中卻堆滿金銀明器，十分奢華，其中竟有我母親當年託人打點送給他的珠寶首飾。我和我弟弟一氣之下，將吳興祚的墓也盜了個乾乾淨淨。」

「自此之後，我便覺得天下讀書人都有兩副面孔，那些為民請命的當世大儒，大多都是虛偽狡詐之人而已。我心中憤恨莫名，發誓要盜盡天下清官之墓，若他墓中寒酸，便也罷了，若墓中金銀堆砌，不合清官之名，我便將他盜得乾乾淨淨！當然，遇到貪官的墓，我是更不會留情的。」

吳墨林拍手稱快：「哈哈！奇人奇事，老兄所作所為，真乃陽界判官！」

徐陵接著說道：「話說回來，董其昌的墓，也令我十分好奇。我讀過史書，他在歷史中便有兩副面孔，一個是清雅的一品大員，一個是魚肉鄉里的惡霸，我真想知道，他的墓中隨葬明器是否會證明他到底是個什麼樣的人。」

「只是，答案沒有找到，卻被抓了個現行，」徐陵哈哈一笑，「不過我現在就算是死掉，卻也沒什麼後悔的了，如果說後悔，那便是盜的墓還不夠多，不過癮！」

「對了，我突然想起一個問題，」沈是如忽閃著一雙大眼睛，問道，「你的弟弟現在何處？」

徐陵的眼神變得溫柔起來：「我弟弟做的也是盜墓的行當，若是我死在這裡，他應該會蠻傷心的吧……」

正在此時，廂房正中的泥土地突然裂開一道細紋，巴特爾揉了揉眼睛：「是我眼花了嗎？地面是在顫動嗎？」

七、辟古再救眾人

打地洞辟古施援手，用巧計董超慘中招

眾人盯著房間中心的地面，只見一塊土磚微微顫動，地下傳出窸窸窣窣的聲響。

土磚拱動的幅度越發明顯，窸窸窣窣的聲音漸漸清晰。徐陵的臉上忽的掠過一絲笑意，似是自言自語道：「等了十天了，你可算是來了。」

土磚終於被什麼東西拱開，一條尖尖的舌頭從磚石之間的裂縫中探了出來，隨即，小小的腦袋從地裡升上來。

「辟古！」眾人又驚又喜。徐陵走上前蹲下身子，滿是愛憐地摸了摸辟古的腦袋。

這時候，地下又傳來一個聲音，將眾人嚇了一跳。只聽一個低沉的男人聲音從磚縫裡傳出來：「哥，是我，我來救你們了。」

辟古很快從地下鑽出來，將頭拱在徐陵懷裡，蹭來蹭去。緊接著，一個男人的腦袋從地下探了出來。此人三十歲左右年紀，長相與徐陵有幾分相似，但面龐更顯清瘦，比起徐陵，眉宇之間更多了幾分純真。

這人先是向屋內環顧一周，向呆若木鷄的吳墨林、巴特爾等人微笑著點了點頭，算是打了個招呼。徐陵低聲對眾人說道：「說曹操，曹操就到。給你們介紹一下，這就是我的弟弟，名叫徐谷。」

徐谷說道：「各位朋友，我是金冬心先生找來幫忙的，金先生和汪力塔大哥在一里之外的洞口處等候。咱們這就順著地道逃出去吧。」說著他的腦袋縮了回去，不知用什麼器具，在地下刨挖起來，地面裂縫處的泥土逐漸坍塌，露出的洞口越來越大。

徐谷身子一縱，從擴大的洞口竄到地面之上，輕巧如燕。他的手上抓著一隻平頭鐵鏟，另一隻手撣了撣身上的塵土，說道：「事不宜遲，我們快走吧。」

眾人大喜，正準備下地洞逃跑，卻見吳墨林未有動身的意思，他的目光猶疑不定，問道：「這事情有些蹊蹺——金農為什麼這麼快就找到了你？」

徐谷說道：「這件事嘛……說來話長，我恰好在這附近遊蕩……總之，是金先生找到我的，你們一出洞口，就會看到金先生，到那時我們再細說詳情，可好？」

吳墨林的臉色嚴肅起來，他繼續問徐谷道：「且慢，我還有個問題——你是如何找到辟古的？辟古身上的拓片可還在嗎？」

徐谷答道：「我大哥豢養的辟古與我亦是相熟，我用母穿山甲尿液將辟古引來，辟古身上的拓片如今正在金先生處。吳大哥，事不宜遲，咱們就趕快動身吧！」

吳墨林點了點頭，說道：「拓片安全就好……」他又搖了搖頭：「不行，我現在還不能走。」

巴特爾正要向洞口跳下去，聽到吳墨林不願逃走，急了起來，問道：「二師父，你還等什麼呢？此時不逃，更待何時？」

吳墨林皺起了眉頭，說道：「如果我們現在逃跑，那麼之前辛辛苦苦造出來的十件假畫，豈不白白送給了董家村？不行，我還要把那幾張畫騙回來，然後再逃。」

徐陵急道：「吳先生，不過是十件假畫而已，你以後再造出來不就行了？」

「不，不能白白便宜了他們，」吳墨林一臉的不甘心，「這十件假畫，窮盡我畢生所學，又得到諸位朋友的協助，意義不同尋常，我必須拿回來這十張畫。」

眾人都覺得吳墨林有些任性，紛紛勸他適時收手。沈是如眨著那雙杏眼，柔聲細語地勸道：「吳大哥，那幾件假畫再值錢，也沒有命值錢呀！聽是如一句勸，咱們就別管那些身外之物了，等我們逃離此地，來日方長，好嗎？」

沈是如的話沒有起作用，吳墨林依舊繃著一張臉，沒有要動身的意思。

劉定之冷哼一聲道：「你這匠人的市井氣又上來了？十張假畫而已，何至於因小失大？以前我總覺得你吝嗇摳門，沒想到竟然摳到如此地步，連命都不要了？」

吳墨林的面色微微轉紅，欲言又止，看了看徐氏兄弟二人，歎了口氣，說道：「唉！我哪裡是真的捨不得那幾幅假畫呢？我跟你們說了實情吧。你們還記得棺材上最後一幅彩畫嗎？當時我們都認為那幅彩畫中隱藏著下一處寶藏的線索，但當時我們走得匆忙，未能將那幅彩畫臨摹下來。我只能在臨走前將那幅畫努力記在腦子中。為了防止忘記這張畫，我將此畫中的主要景物左右旋轉顛倒，畫在第一張假畫之中了。只要取一面鏡子，立在那張假畫之前，鏡中之畫，便是棺材上那幅彩畫的臨本了！」

「我說呢，你在造第一張假畫的時候，先是在畫紙背面起了個稿，沒想到是要畫出左右相反的臨本！你連我們也瞞住了？」沈是如驚訝地說道，「可是，我記得棺材板上的原畫中有老虎、刀劍、僧人等，但那件偽造的山水畫中，並未見到這些東西啊？」

吳墨林對沈是如嘿嘿一笑，抽動的嘴角稍顯猥瑣之態：「是如妹妹小看我了，我怎麼可能做得那麼露骨呢？在那張假畫中，我以矮小的杉木代替刀劍，以怪石代替老虎，以枯木代替人物，如果我們能取回那件偽造的假畫，我便能根據那張畫，勾畫復原出棺材上的彩畫。」

沈是如看向吳墨林的眼神中盡是欽佩服膺之色。

劉定之沉吟半晌，說道：「你現在難道就不能憑著回憶復原出來了嗎？」

吳墨林無可奈何地歎了口氣，搖頭道：「剛被抓進來造假的時候，我的記憶最為牢固，現在過了十天，原畫中的部分細節已經淡忘。若現在要我憑著記憶復原，必然有所遺漏。」

眾人面面相覷，一時間猶猶豫豫，不知如何決斷。沈是如問道：「吳大哥，你既然說要騙回那張畫，可有什麼辦法了？」

吳墨林瞇起眼，撚了幾下稀稀疏疏的山羊鬍子，說道：「辦法嘛，我倒是有一個。咱們只需說那些假畫尚有紕漏，不夠盡善盡美，要求董家村族長把畫交給我們再加工一下，不就拿到之前的假畫了嗎？」

「紕漏？什麼紕漏？」劉定之說道，「我想不出。」

吳墨林嘿嘿一笑：「老劉，我們這些行家要糊弄那些外行人，豈不是輕而易舉之事？隨便找個理由，我就能把那些假畫騙到手。」

眾人見吳墨林信心滿滿的樣子，如同吃了一顆定心丸。為了那幅棺材上彩畫的線索，大家只能繼續待在這斗室之內。徐谷只好帶著辟古退回洞中，原路返回。眾人將坑洞填平，又挪了張凳子掩蓋痕跡。

第二日，董超進到屋中，皮笑肉不笑地說道：「各位所造的十件假畫是否成功，還要等待市場的檢驗。眼下幾個來村裡祭拜文敏公的文人已經訂購了幾件，目前來看行情不錯。族裡主事的老人們經過反覆商討，決定暫時不把你們送到官府中去，但考慮到你們掘人祖墳，實在是罪大惡極，事情不能就這麼算了。族長說，接下來你們須得培養出幾個年輕人，將這手藝傳給董家村的後輩，什麼時候將手藝傳授下來，什麼時候才可以離開。」

吳墨林滿口答應道：「請超兄告知老族長，我們願意傾囊相授，以此贖罪。只不過之前偽造的那些假畫，還有一個紕漏，我竟給忘了！還得將那些畫收回來加工一下，方可流到市面上去。」

董超問道：「什麼紕漏？為什麼直到此時你才發現？」

吳墨林努力裝出一副憨厚的笑容，說道：「我今日無意間嗅了嗅你們提供的墨塊，這才發現你們供給的墨塊品質是有大問題的……」

吳墨林將硯臺邊的墨塊撿起來，拿到董超鼻子底下說道：「董超兄弟，你仔細嗅一嗅，是不是有點臭？」

董超吸了吸鼻子，皺著眉頭說道：「似乎確實有一絲絲的臭氣。」

「不錯！這就是紕漏所在！」吳墨林斬釘截鐵道，「製作墨塊，需要用膠水調和松煙或者油煙，品質比較差的墨塊，用的膠水就不太講究，常常是變質發臭的膠水。」

董超再次嗅了嗅墨塊，問道：「發臭又如何？難道用這種墨畫出來的畫就會有什麼問題嗎？」

吳墨林假裝很親昵地拍了拍董超的肩膀，說道：「董超兄弟說對了！你可知你的先祖文敏公用的是什麼墨嗎？董其昌在世的時候，對筆墨紙硯是極其講究的。他用的紙張，是品質最好的皮紙，他用的墨，也是天底下製作最為精良的頂煙絕品。董其昌用的墨塊中混合了麝香、冰片等各種香料，香氣襲人。因此他畫的畫，也有一股子淡淡的香氣。董其昌又號香光居士，他為什麼給自己起了這個號？我猜測，大概正是因為他的筆墨既有一股子芳香氣味，又泛著晶瑩的墨光。但我們之前造的假畫忽略了這一點。我本來還以為你們提供的墨塊肯定是最上乘的頂煙佳墨，沒想到品質竟然如此低劣……唉，也怪我沒有事先提醒……」

「這可不是小事，」董超焦急地問道，「那麼，用什麼辦法補救呢？」

吳墨林的眼睛頓時亮了起來：「其實補救起來也不難，只需我將麝香、白芷、冰片等藥材搗碎混合，熬成汁水，在畫上均勻塗抹即可。董超兄弟，你只需要將那些假畫帶過來，我用一天時間，就能將它們刷染一遍，由臭轉香，自此之後，便天衣無縫，無人能看得出破綻。」

董超很快就將此事上報族長。駝背老族長有些汗顏，自己村子裡用的墨塊的確是從地攤上淘購來的便宜貨，用來模仿先祖的山水畫，的確是不甚講究的。早知如此，他就命人從董其昌墓中撿一塊墨出來用了。他趕忙按照吳墨林的要求，將那十張假畫送了回去。

拿到假畫的當天夜裡，吳墨林等人搬開地磚，靜悄悄地從地道逃離。直到第二天董超前來送飯的時候，才發現屋子裡已經空無一人。地面上留下一個黑黢黢的空洞，董超氣急敗壞地進入洞中，爬了一刻鐘，出了洞口，卻見洞外是村西的一片矮樹林。那一夥狡猾的賊人，早就不見蹤跡了。

第十三章　聶社

一、最高機密

逃生天船夫呈臂力，入莊園金農吐實情

吳墨林等人剛剛爬出地道，早有徐谷在洞口迎接。黑暗中，眾人發足狂奔，遠離董家村而去。直奔到漁陽山下一個廢棄的渡口。水岸邊長滿了野草，足有一人多高，草叢中停靠著一艘小船，船上立著個頭戴斗笠的艄公，見有人來，吹了聲短促的口哨，聲似鴟鴞。徐谷也吹了一聲，以做應答的暗號。眾人跳上船，艄公將那一根長竹竿在水中一點，小船飛也似的蕩開，駛入太湖的茫茫煙水之中。

「後面沒人跟蹤吧？」徐谷低聲問道。

「放心吧，這一次不會有人跟著了。」那船夫回答道。

巴特爾仔細端詳那艄公，猛地一拍巴掌：「這位老漢，不就是我們南下乘坐的畫舫上那位掌舵船夫嗎？」

艄公將頭上的斗笠掀到背後，咧嘴一笑：「小兄弟眼神不錯，正是在下。各位朋友，別

來無恙？」

吳墨林銜老漢抱了抱拳，心下一怔，他之前從未認真打量過這個艄公，而今仔細一看，此人皮膚白皙，臉上褶皺雖多，但無風吹日曬之跡；牙齒潔白整齊，絕非鄉村野夫之貌。觀其神態，平和儒雅，迥異於尋常的販夫走卒。吳墨林又瞥了一眼身邊的徐谷，見其恂恂然有書生氣，與乃兄神貌相合。此三人都是金農找來的幫手，為何都透著一股子高士賢人的氣質？況且自己與金農相識多年，為何從未聽他提起這三人？金農又是如何湊巧找到了徐谷來解救自己？那天晚上進入墓室之後，墓外的打鬥究竟又是怎麼回事？一切疑問似乎都集中在金農身上。

艄公覺察到吳墨林的驚疑之色，與徐陵、徐谷對視一眼，三人本欲說些什麼，又似乎不好開口。

最終還是吳墨林忍不住問道：「你們三人應該早就互相認識了吧……這位艄公大哥，能介紹一下自己嗎？」

那艄公輕輕歎了口氣，一邊搖櫓，一邊說道：「吳老弟見笑了。鄙人不才，姓傅名綸，只是金冬心請來幫襯的船夫罷了。」

傅綸談吐溫和，氣度雍容。巴特爾搖了搖腦袋：「我就沒見過你這等氣質儒雅的船夫。」

吳墨林待要再問，身邊的徐谷微笑著拍了拍他的肩膀，說道：「吳兄不必心急，等你見了金冬心，一切便都知曉了。」

吳墨林苦笑道：「我現在最想知道的就是……那天我們到了墓室之內，外面發生的打鬥究竟是怎麼回事？我聽董家村人說有兩夥人爭鬥，每一方都有七、八人。洞外分明只有汪力塔和金農，如何會有七、八人？」

傅綸、徐陵、徐谷三人交換了一下眼神。最後還是船夫傅綸開口說道：「唉……一會兒你就會看到金冬心了，到時候你問他就好。」

傅綸雖然身子消瘦，但他的雙臂肌肉虯結，搖起船櫓，速度飛快。小船駛入一條河道，東拐西繞，停在岸邊。只見岸上早有數人等在那裡。徐陵與岸上的人以口哨聲為暗號接頭。眾人下船之後步行。片刻之後，來到一個莊園之前。這座莊園造得頗有排場。屋頂鋪排黛青色的小瓦，院牆是白色的竹編泥牆。大門上有一塊朱漆的匾額，寫著「泉林莊園」四個大字，門口處立著兩人，一個身形矮胖，一個孔武健碩，正是金農與汪力塔。

金農快步上前，緊緊握住吳墨林的手，說道：「兄弟們受苦了，現在你們終於安全了！來，隨我進莊園。」說罷便拉著吳墨林，引著其他人進入莊園之內。

「你們現在應該有一肚子疑問吧，」金農對吳墨林等人眨了眨眼，笑道，「首先說明一點，我雖然有些事情瞞著你們，但並無圖謀錢財，欺詐隱瞞之心。」

金農引著眾人，進入莊園深處一個會客廳之內。眾人剛進門，廳內站起三個文士，各個面露微笑，對吳墨林等人點了點頭，好似久別重逢的朋友。但吳墨林等人卻並不認得他們。金農掩上房門，拉起廳內一個老者，向眾人說道：「大家認識一下吧，這位是此處泉林莊園的主人，姓孟名士達。論起篆刻的學問，當世無人能及。」

孟士達擺了擺手道：「冬心老弟過譽了。」

金農接著介紹另一個黑瘦的文士道：「這位姓宋名振堂，別看他文質彬彬，其實醉心於造紙術，一生鑽研古法，也是當世罕有的人物。宋先生鑽研古法，古代的澄心堂紙、金粟山藏經紙、宣德紙之類的名紙，他都能仿造得八九不離十。」

宋振堂微微搖頭道：「雕蟲小技，無足道爾。」

金農最後拍了拍第三個文士的肩膀，此人濃眉大眼，方唇闊口，氣質軒昂。金農介紹道：「這位姓胡名可，乃當世雕版高手。潛心雕版幾十載，以一己之力復原了前人餖版拱花之技。」

胡可呵呵笑道：「汗顏汗顏，冬心兄謬讚了。」

這三人雖然言辭謙虛，但觀其神態，其實頗為自負，眼神中並無謙遜惶恐之意。

雙方抱拳施禮，吳墨林心下暗忖，金農雖然大加讚賞對面三人，但那三個人卻著實沒有什麼名氣。若真是當世高手，怎麼會從未聽聞他們的大名？正心中打鼓的時候，金農接著說道：「至於徐陵、徐谷和傅綸，你們大概也已經相互認識過了。只是你們恐怕還不瞭解，徐陵、徐谷兩兄弟除了擅長探墓，亦是壁畫高手。而傅綸兄則精於石雕，你看他雖然身子瘦，但臂力極其驚人，其實那都是掄錘子練出來的。」

金農找來的這幾個人，都是從藝之人，每個人都精於自己的行當，從職業上說，都是一群「藝匠」，又都透著一股子文士的清雅之氣。劉定之有些不明所以，呆了片刻，想起還沒有介紹自己，正要自我介紹一番，話還沒說出口，卻聽金農說道：「劉兄，你就不必介紹自己了，我早就把你們的詳情跟他們介紹過了。」

吳墨林心中疑惑不已，難道金農也將尋寶的事情全部告知了其他人？他終於忍不住了，看向金農的眼神中帶著一絲怒氣，冷冷說道：「冬心兄，你我相識二十幾載，我將你看作交心的朋友，你現在跟我說實話，你究竟做了什麼？」

金農苦笑著衝吳墨林拜了一拜，直起身子的時候，竟然有些不敢直視吳墨林咄咄逼人的目光，說話的聲音也變得低沉：「我確實對不住吳兄，瞞了你許多事情。今夜我便向你和盤托出，我相信，你終會原諒我的。」

他深吸一口氣，緩緩說道：「我們，都是贔社的成員。」

「什麼社？」巴特爾沒有聽明白。

「贔社，贔屭的贔，社稷的社。」金農輕輕地說道，「龍生九子，其中一子即為贔屭。文人結社，本屬常事，但贔社卻非同一般……贔社，恐怕是世上最奇特的社了。吾輩之社，非是為了吟詩作畫，也非是為了結黨牟利，目的只有一個——只為存續古物，保留文脈。」

「這是什麼意思？」吳墨林瞪大了雙眼。

「我們贔社，唯一的目的就是複製古物，為天下的藝術珍品，留存一份足以亂真的副本！」

「你們成社多久了？」

「自北宋末年金人南下，汴梁城破，中原古跡大多毀於戰火，從那時候起，贔社就成立了，迄今已有六百多年。第一任社長非是旁人，正是北宋的最後一個皇帝——宋徽宗趙佶。」

「你說什麼？」吳墨林等人大吃一驚。

「不錯，正是宋徽宗本人。他在政事上確實不怎麼在行，但在書畫、金石、文玩古董的鑑賞品評上面，實是天下第一的奇才。實際上，金人包圍汴京的時候，北宋上上下下一片恐慌。但趙佶心裡最放不下的，卻是他宮中珍藏的古玩書畫。他擔心這些稀世珍寶會毀在敵人手裡，於是祕密成立了一個組織，專門來複製皇宮收藏的文物，並將複製品祕密保存起來。這個專門負責複製文物的組織，就是贔社。」

「如此說來，贔社是官方背景了？」劉定之問道。

「不，贔社成立之初，就是一個民間組織。宋徽宗趙佶認為，自古以來，古玩書畫多集中於皇室收藏，遇到災難，往往全部都會被毀掉，因此需要在官方之外祕密成立一個戒律森嚴的民間組織，無論是朝代興廢，還是世事變遷，這個組織都可以繼續留存下去。」

「後來，北宋果然為金人所滅，汴梁城中的古物，大多也毀於一旦。但有賴於贔社的努力，皇宮中的一些稀世珍寶大多保留了一份複製品。」

吳墨林皺起眉頭：「我有些不明白，為什麼宋徽宗不把這些宮中的古物藏匿起來呢？」

「宋徽宗當然將這些真跡藏起來了……」金農重重歎了口氣，「而負責藏匿真跡的，是另一個祕密組織，名叫鴟社。鴟，即鴟吻的鴟，鴟社也是宋徽宗祕密成立的組織，之所以用鴟這個名字，是因為傳說鴟這種神獸有著避災的能力。當年金兵南下，中原地區的古物珍玩大多被毀，但有賴於鴟社，仍舊保存了一些稀世珍品。」

巴特爾咂了咂嘴，忍不住說道：「我想起來了，鴟吻是房屋上的裝飾。贔屭是馱石碑的那隻王八……我覺得，還是鴟社這個名字更好一些。」

金農笑著搖搖頭，說道：「宋徽宗用這兩個名字，是有深意的。鴟吻在屋脊上，贔屭在石碑下，一上一下，正好成對。鴟社的目的是保護真跡，贔社的目的則是複製存檔，說白了，就是作偽，只不過不為牟利罷了。這兩個組織，實際的功能是一樣的，無外乎是為了保存古物。從北宋末年到現在，鴟社與贔社延續了六百多年，但兩個組織之間並無統屬關係。為了保密，兩個組織的成員數量也極為有限，而且互不知曉。」

劉定之突然想起了什麼：「我記得項守斌留下的那一幅線索圖中，石碑上畫的正是鴟吻，難道……」

金農點了點頭：「你說的對，如果我猜得沒錯，項守斌就是鴟社的成員，而且他在鴟社中的地位一定是極高的。在那幅畫中，鷄吻其實是一種暗示，暗示他的身分。」

吳墨林等人聽得發愣，汪力塔插了一句嘴：「我老汪當初知道了這個消息，和你們現在的反應也差不多。」

吳墨林越想越覺得震驚，他問道：「當初你向左必蕃推薦我，攛掇我入宮修畫，是不是早就有了打算？」

金農點了點頭：「不錯，那時候我已經是贔社的成員了，我之所以極力推薦你進入皇宮，為的就是讓你臨摹宮內珍藏，為贔社的寶藏再添幾件摹本！」

吳墨林心裡就像各種調味瓶打翻在一處，五味雜陳，他呆了呆，接著問道：「為什麼在這十幾年之中，你沒有引薦我進入贔社？」

金農的神情露出一絲尷尬，說道：「兄弟，恕我直言，能入贔社者，皆是棄功名如敝屣，愛古物如生命的決絕之人，吳兄在俗世的牽絆太多，我猶豫再三，也就沒有拉你入社。」

吳墨林頓時好似噎住了一般，皺了皺眉，反詰道：「那現在你將這一切都告訴了我們，是要吸納我們入社嗎？」

二、吳墨林心懷不忿

莽軍漢義氣護同伴，怒匠人心酸斥友人

金農說道：「我並未將贔社的一切情形都告訴你們，關於贔社的最高機密，只有社中少數幾人才有資格知道。我僅僅是向你們粗略介紹了贔社成立的目的和宗旨。」

金農頓了頓，語氣變得溫和：「你們現在都與朝廷脫離了關係，每個人都孑然一身，並無牽掛，正合乎贔社的招納條件。最重要的是……我在與你們相處的這段時間之內，仔細觀察過你們中的每一個人。你們並不是全無瑕疵的正人君子，你們之中有出身青樓的老鴇，有背叛皇上的大內侍衛，有貪汙腐敗的武官，還有喜愛錢財的工匠，你們都不是完人，但你們身上有兩條最要緊的品格——對文物的痴迷，以及對朋友的忠心。」

「至於加入贔社的好處……」金農說到這裡，目光轉向吳墨林，「贔社中珍藏的所有古代書畫的複製品，你們皆有機會見到。從先秦兩漢到明末，從書畫簡帛到金石鐘鼎，幾乎無所不包。對於鍾情古物的人而言，這意味著什麼，我大概也不必多說了。」

「然而，加入贔社，就得擔負起相應的責任。」金農頓了頓，繼續說道，「贔社成員，絕不可洩露社中機密，即便對子女親屬，也必須嚴守祕密。如果洩露機密或者背叛本社，按照社中的規矩，會遭到嚴厲的懲罰。嚴重者甚至會遭到本社的追殺。贔社中的成員，平時最要緊的任務，便是利用各自的技能和優勢，尋找歷史上的知名古物，進行複製的工作。」

「我真心希望你們加入贔社，」金農的眼神一片誠摯，「如果你真的痴情於書畫，加入贔社，你絕不會後悔的。你將會看到這輩子都無法想像的古代真跡摹本。而且我們的摹本……與真跡幾乎沒有任何差異。」

巴特爾第一個喊道：「我加入！」隨後，劉定之、沈是如也表示願意加入贔社。就連汪力塔也沉聲說道：「俺也加入。」

只有吳墨林尚未表態，他呵呵一笑，戲謔似的說道：「冬心兄，你說我們幾個人痴情古物，倒沒什麼不妥，但你身邊站著的老汪可不是這樣的人。他大概只會想著倒騰假貨賣錢……你倒是放心讓他入社？」

汪力塔眼睛一瞪，從牙縫裡迸出幾個字：「老吳也忒瞧不起人了……」

金農卻說道：「對汪力塔，我自然是放心的，老吳，如果你知道那天夜裡發生的事，就不會覺得讓汪力塔入社有多麼奇怪了。老汪平時看著犯渾，其實是個很仗義的人，那天晚上，他做的事情足夠義氣，這樣的人，輕易不會背叛我們。」

吳墨林挑了挑眉毛：「我正想知道那天夜裡到底發生了什麼。」

金農長舒一口氣，說道：「那天晚上，就在你們進入墓穴不久，突然有一夥人出現在我和汪力塔面前。他們正是上次薊縣獨樂寺劫道的那夥匪徒。我記得很清楚，其中一個大漢的右手只有四根手指。那些匪徒倒也不想要我們的性命，只是用弓箭瞄著我們，迫使我和老汪不要出聲，威脅說只要出聲，就射死我們。我猜測，他們大概是想等著你們出洞的時候，一舉擒拿我們所有人。」

「汪力塔卻冒死向你們喊話，讓你們趕緊逃跑。他剛喊出這句話，那四根手指的壯漢發出飛石，正打中了他的嘴巴，一顆門牙也被打落。」

眾人看向汪力塔，只見他雙唇緊閉，面色尷尬。難怪到了莊園之後，汪力塔便少言寡語，即便說話，也不似以往那般粗聲粗氣，眾人還以為他受了什麼刺激，變得沉默寡言，原來只是「羞於啟齒」罷了。

「那夥人見汪力塔不顧死活，這就要上前來綁住他。但此時，我的幫手也趕到了。於是雙方便乒乒乓乓打鬥起來。」

「你的幫手？你哪裡來的幫手？」吳墨林問道。

金農答道：「我在南下之前，早已想到上次獨樂寺之行遇到的匪徒一定不會善罷甘休，他們既然能打劫我們一次，就會有第二次，第三次。於是我便祕密下令，讓傅綸和徐谷帶領贔社中幾個武藝不錯的成員尾隨著我們行動，如有意外，隨時接應幫忙。尤其是碰到匪徒的時候，必須及時救援，以防取得的寶物落入他人之手。」

眾人驚愕地看向傅綸和徐谷。傅綸不好意思地笑了笑：「小老兒江湖綽號『麒麟臂』，除了會雕刻石頭，多少還懂一些拳腳棍棒，各位見笑了。」

「等等，」吳墨林打斷道，「為什麼我們第一次盜墓時被狗攆，不見贔社的人解圍呢？」

金農笑道：「我吩咐過傅綸，不到萬不得已，不能出手。底牌總要留到關鍵時刻嘛。那四條惡犬雖然把大家嚇個半死，但好歹沒到危急關頭，況且當時徐陵也順利解了圍，因此躲在暗處的贔社成員也就沒有現身。」

吳墨林點了點頭：「好吧，你接著說那晚打鬥的事情吧。」

「我們的人與那夥人鬥在一處，初時兩方人馬都害怕聲音搞得太大，把村民引出來。但打著打著就打紅了眼，哪裡會顧忌那麼多。尤其是對面那個四指漢子，每次發出飛石，都會咧嘴大喝一聲，響如驢叫。很快，董家村人就聽到了打鬥聲。當時我們也沒有太在意。畢竟鄉野小民大多懼怕江湖人士，遇到這種情形都怕濺一身血，避之唯恐不及。誰料董家村有人遠遠看到了盜洞的洞口，村民們見此事關乎他們自己的祖墳，越聚越多，來勢洶洶，一個個拿著鐵鍬鋤頭，要上來和我們拼命。我們和那夥劫道的匪徒這下子全都傻了眼，只好收起兵器，先行撤退。」

「但汪力塔兄弟卻寧死不願離開，我勸他趕緊逃走，以後慢慢設法營救你們。但老汪當時像瘋了似的，死守在盜洞口，說他跟你們是過命的交情，不能丟下你們不管。患難見真情，烈火試真金，老汪的的確確是個夠義氣的漢子。」

汪力塔茄紫色的大臉現出一絲扭捏之態，抿著嘴嘟囔道：「鷄冠洞裡的事情俺老汪還記著呢……俺與你們，可不就是過命的交情嗎？何況那晚突然出現了幾個幫手，俺也是一頭霧水，心裡發慌，只覺得守在洞口方才妥當。」

金農苦笑著說道：「我看當時情況危急，必須把汪力塔帶走，於是對傅綸使了個眼色，傅綸一錘子將汪力塔打暈，這才背著老汪逃走。」

汪力塔揉了揉自己的臉頰，想起那晚挨的一錘子，笑道：「他娘的，還得說人家老傅身手好，真不愧『麒麟臂』之名，確實是練家子出身，那一錘子不輕不重，恰好能把我打趴下，卻沒把我打殘，力氣使得恰到好處！」他說話的時候，嘴裡漏風，聲音不同以往。眾人仔細一看，果然少了一顆門牙。

「當天夜裡的那場戰鬥就是這樣結束的，」金農從懷中取出一張折疊起來的紙包，在眾人面前晃了晃，說道，「在這之後發生的事情你們也知道了，辟古帶著這件拓片，從墓室中逃了出來。徐谷利用母穿山甲的尿液找到了辟古，從牠腹下取了拓片。我們的線索，至今仍未丟失。」

金農的目光再次轉向吳墨林，眼神中滿懷期冀：「墨林兄，現在只有你還未決定是否加入贔社……兄弟，難道你還有什麼顧慮嗎？」

「你真的拿我當兄弟？」吳墨林的聲音猛地提高了八度，再也按捺不住心中的怒火，「我在你心裡，怕只是一個用來利用的籌碼罷了！十幾年前，在揚州，你曾對我說，你之所以向先帝推薦我入宮修畫，完全是為了我的前途著想，其實你都是為了自己的目的吧！當年你與我結交，為的就是利用我的技術摹製古畫吧！」

吳墨林心中翻江倒海，二十多年來，他的交際圈子極其狹窄。雖然時常感慨人生寂寥，但一想到金農，心裡總有一絲溫暖，並不覺得十分孤獨。但此時此刻，吳墨林卻覺得自己與金農的友誼如同夢幻泡影，充斥著虛偽和狡詐，自己多年以來付出的真心，顯得愚蠢而廉價。

「我在你心裡，和他們是一樣的嗎？」吳墨林指著劉定之等人，「你觀察了我十幾年，觀察了他們十幾天，然後，你現在說，你覺得我夠格了，應該拉進贔社？他們現在一個個都是烈火試真金的漢子，我卻是個需要觀察十幾年的齷齪小人？」

吳墨林的三角眼瞪得越來越大，心中泛起酸楚之感，他嘿嘿冷笑了一聲，又說道：「哦，我明白了。現在我們快要把項守斌和董其昌的寶貝都找齊了，這時候你拉我們入社，你是不是想說，入了這個什麼王八羔子社，找到的寶貝是不是就得充公，交給這個贔社了？」

「你覺得你這樣一邀請，我就會加入，是嗎？」吳墨林目光灼灼地瞪著金農，越說越激動，「你說得天花亂墜，好像贔社有多麼高尚似的……好，好，好，就算贔社是真的好，那又如何呢？你既然看不起我這個工匠，我不湊這熱鬧也就罷了！你們贔社中人好好商量接下來的事情，鄙人就不摻和進來了！」

吳墨林說罷轉身就走。他推開門，邁過門檻，頭也不回，一副割袍斷義，決絕冷酷的樣子。剛出了廳堂，他突然想到，現在身無分文，又不認識路，出了大門往哪裡去？再說了，沈是如還在贔社，自己這一走，以後還怎麼跟她見面？想到這裡，腳步也就慢了下來。

正在此時，金農從屋子裡追了出來。

「墨林兄，留步！」金農跑得太快，一身肥肉亂顫，不免氣喘吁吁，「兄弟我瞞了你這麼久，確實對不住你，你要是實在氣不過，你就打我一頓，或者捅我一刀，如何？」

吳墨林氣鼓鼓地說道：「在你心裡就沒有我這麼個朋友！虧我一直以來對你一片誠心！」

金農苦著臉道：「我知你心裡委屈，但我金農可以向天發誓，在我心裡，你是我這輩子最親近的朋友！如有虛言，人神共憤，天打雷劈。」

「那我問你，為什麼在這個時候才讓我加入贔社？先前你都幹什麼了？」

金農咬了咬牙說道：「好！那我直說了！因為你是工匠出身，又貪愛錢財，我一直不太信任你！但是現在我承認我錯了！你是鐵骨錚錚的漢子！你就原諒金某人吧！」

吳墨林的臉漲成了豬肝色。這時，廳內眾人也紛紛出門，勸吳墨林回去。

巴特爾皺著眉頭說道：「二師父！你這是要走嗎？我還得傳你的衣缽哩！該學的技術，我還沒學到家呢。」

汪力塔勸道：「老吳，不是俺說你，怎麼小肚雞腸，扭扭捏捏，跟個娘們兒似的？金先生想必有他的難處，你就不能體諒一下嗎？再說我們幾個人一直也沒分開過，你就這麼無情，非要離開我們，自己一個人單幹？」

這兩個糙漢的話無異於火上澆油。正這時，劉定之慢條斯理地繼續勸道：「我說老吳呀，你無非是覺得自己在金先生眼中本該比別人更加重要而已。今日老金卻將你與我們一視同仁，你一時間氣不過罷了。其實你冷靜下來想一想，老金的做法是對的——正是因為他瞭解你，怕你說漏了嘴，或者怕你禁不住誘惑，做出什麼錯事，才沒有那麼早拉你入社。最瞭解你的，往往是你的朋友，而不是你自己呀！」

劉定之的話就像一條條滑膩的肥蛆，鑽入吳墨林的耳朵裡。

最後，沈是如款款上前，用一雙嫩如蔥根的柔荑牽住吳墨林的衣袖，輕輕搖了搖，柔聲細語道：「吳大哥，你真的要走嗎？金農早先也沒有把贔社的事情告訴我呀，我和他也很早就相識了……我心中其實也有些生氣的。但轉念一想，不提早告訴我們，或許也是懼怕給我們添加過多的負擔和責任。一個人背負太多祕密，未必是什麼好事。你就消消氣吧……難道你真的要走嗎？求求你，留下來吧。」

沈是如的眼睛如秋水流波，兩顆眸子似乎蕩漾著無盡的情思。吳墨林的一顆心慢慢軟了下來。

「這……我……」吳墨林不知說什麼好。

金農上前攀住吳墨林的肩頭，笑著說道：「你看，老吳，這麼多人央求著你回來，你就別執拗啦。」說著他朝著巴特爾使了個眼色，巴特爾會意，拽住吳墨林的一隻胳膊，同金農一道將吳墨林拉回屋內。

三、聽琴入社

〈聽琴圖〉前宣誓入社，拓片文中尋疵解謎

吳墨林半推半就，被眾人簇擁著回到屋中，心中仍然氣不過，對金農說道：「你們若硬是要我加入贔社，必須答應我兩個條件！」

金農滿臉堆笑：「墨林兄儘管說。」

吳墨林冷哼一聲，說道：「第一，我入了贔社之後，若有朝一日想要退出，便可以自由退出，贔社不得阻礙；第二，我們尋找的這一批古代書畫，並不屬於贔社，咱們還得按照原來定下的規矩分錢。」

金農先是一愣，接著點了點頭，笑著說道：「都依你，都依你。找到了寶藏，我們贔社只做出摹本保存就可以了。」

吳墨林僵硬的面色稍稍緩和了一些，接著說道：「也罷，那我就再信你一回。」

金農終於鬆了口氣，又鄭重其事地說道：「各位朋友，贔社有六百年的歷史，成社既久，自然就有些繁文縟節，加入贔社之前需得有個儀式。這是先輩傳下來的，我們得遵照著去做。各位且隨我這邊來。」他引領著眾人來到廳堂內一角落處，只見孟士達、宋振堂、胡可等人早已忙活了半天，將一個香案擺在地上，案上放了一個香爐，又將一幅立軸從房梁上懸下來。立軸上畫著三個文人，中間一人道冠玄袍，輕撫琴弦。兩邊的文人神色恭敬地聽著琴音。畫中一株老松蜿蜒而立，右側寫著三個大字「聽琴圖」。（圖61）

「莫非這是大名鼎鼎的〈聽琴圖〉？」劉定之大感詫異，「皇宮裡也藏了一件〈聽琴圖〉，難道……這一件才是真跡？」

金農搖了搖頭說道：「兩件均非真跡，真跡收藏在贔社中。我們贔社這一件是北宋時期的摹本，也是贔社製作的第一件摹本。畫中撫琴之人，便是宋徽宗趙佶，右側身著紅衣者即為蔡京，左側著藍衣者則是童貫。當天趙佶召集蔡京和童貫二人，為他們二人撫琴一曲。這首琴曲名為〈墨音〉，乃徽宗自創。這首古曲，一直悄悄傳承至今。」

孟士達奉上一架古琴，金農接過琴，笑著說道：「每次有新人入社之前，總要聽這一首

琴曲。徽宗在這首琴曲中藏著自己的心意。」說著，金農撥弄琴弦，彈奏起來。嫋嫋的琴音

有出塵的清曠之感，變化的節奏中不失莊重和典雅，回環往復的音調似乎又像是一個高士在

反覆叮嚀和囑託些什麼。

彈奏完畢，金農說道：「徽宗在這首琴曲中表達了他當時的焦慮。彈奏完這首曲子，徽宗便命令童貫和蔡京去辦一件頂要緊的事——那便是安排創辦贔社和鴟社的任務。說出來你們一定會吃驚的——贔社的組織者是童貫，鴟社的組織者則是蔡京。而這首琴曲，是我們贔社和鴟社共同的暗號。聽到這首曲子，你就知道彈奏之人必定隸屬於兩社之一。」

「這件〈聽琴圖〉，描繪的正是贔社與鴟社初創的場景。我們贔社但凡有新人加入，總要將徽宗的琴曲彈奏一遍，在這幅畫前焚一炷香，然後磕三個響頭，念一遍誓詞，幾百年了，這一套儀式從未改變。」

沈是如大感不解，「咦」了一聲：「如此說來，童貫竟然是你們組織的第一任主事者？我記得童貫是個太監，太監不是不長鬍子的嗎？為什麼畫裡的童貫長著鬍鬚？」

金農呵呵一笑道：「沈姑娘有所不知，童貫年近二十歲才淨了身子，據史料記載，他身材魁梧，陽剛之氣十足，臉上確有鬍鬚。這幅畫畫得並沒有錯。」

巴特爾撇了撇嘴：「一個閹人成了贔社的頭兒……說起來真是有些丟人。」

金農語氣嚴肅地說道：「閹人又如何？司馬遷難道不是閹人嗎？一個人傑出與否，和他是不是閹人並無干係。」

吳墨林突然想起了魏珠，他暗暗贊同金農的觀點：是的，金農說的也對，太監裡也有謙和仁愛的良善之輩。

「只是……這童貫和蔡京都是歷史上著名的大奸臣，」劉定之皺眉道，「這樣的奸臣，

竟然成了贔社和鴟社的開創者，想來總令人唏噓不已。」

一邊的徐陵忍不住開口說道：「歷史都是後人撰寫的，且大半均為杜撰。真實情況如何，我們是無從知曉的，這也是我為什麼如此熱衷於盜墓的根由——一個人的隨葬品往往才最可能顯露出他真實的品格。童貫的墓，我是拜訪過的，清貧如一寒士，墓中隨葬，無非陶瓶瓦罐，告身文書而已，可見他並非後人所說的那般貪財。」

金農點了點頭道：「話說回來，就算他們是奸臣，也並不妨礙他們在書畫古物上的貢獻。臧否人物，要一碼歸一碼，若論起保護古物，存續文脈，蔡京和童貫的確功不可沒。」

吳墨林卻並不在乎童貫和蔡京的為人做官究竟如何，他貼近了〈聽琴圖〉，仔細端詳起來。在京城造辦處時，他曾經臨摹過皇宮所藏的〈聽琴圖〉，印象頗深。對著〈聽琴圖〉看了好一會兒，奇道：「這一件摹本幾乎與皇宮那件沒有什麼區別。畫中的宋徽宗根根鬚髮纖毫畢現，用筆沉著穩健，卻不失自然生動，一定是高手所摹。」

金農頗為自豪地說道：「這是幾百年前贔社中高手所製的摹本，自然是與真跡相差無二的。」

吳墨林嗤笑道：「既然如此，為何當初要薦我入宮，直接推薦你們的人不就可以了嗎？」

金農歎了口氣，說了實話：「當年，本社擅摹書畫的幾個高手恰巧不在揚州，我也只能推薦你了。」

吳墨林心裡又竄起火來：「原來我只是你在情急之下不得不用的棋子兒……」

金農解釋道：「吳兄，話不能這麼說，當時我也是為了你好。我若是不推薦你，你又哪裡來的機緣，能在皇宮中看到那麼多古畫？」

吳墨林冷笑了幾聲，岔開話題：「你們既然也有擅長摹畫的高人，平時也靠著賣假古董賺了不少錢吧。」

金農答道：「我們贔社有一條規矩，摹製的東西入藏本社，可供本社成員觀覽，但絕不外流，更不會售賣牟利。」

〈聽琴圖〉前擺著一個銅質小香爐。香爐的形狀是一隻憨厚可掬的贔屭。金農恭恭敬敬地點了三炷香，然後帶著眾人跪在地上，念了一遍誓詞，詞曰：

書畫篆刻，金石古籍，牙雕青銅等諸多門類，只小技耳，於道未為尊。然我輩浸淫日久，沁骨蝕心，一生為此，不復他志。遂與同道人立誓盟約，乃入贔社，以傳承藝道，存續名跡為任。蚍蜉之力，不能撼天動地，但知不可而為之，是為殉道也。

金農念一句，眾人跟著念一句，最後念到「殉道」時，吳墨林心裡不太舒服，他對任何試圖攛掇別人奉獻生命的組織都抱著懷疑和警惕。

念完了誓詞，金農帶著眾人「篤篤篤」磕了三個頭，然後起身。徐陵、徐谷撤去香案和畫軸，儀式這才結束。汪力塔說道：「行了。琴也彈了，頭也磕了，誓詞也念了，咱們該幹正事兒了吧。」

於是金農命人將那張辟古從墓中帶出的拓片取了出來，在眾人面前打開，說道：「各位，這張從董其昌棺材上捶拓下來的拓片，你們可還有印象嗎？那晚在墓中，你們可曾研究過？」

劉定之的眼睛一亮，說道：「當時在墓穴之內，我們發現拓文中最後一段文字與之前的內容大不相同，與這段拓文相對應的彩畫也有些詭異，因此大家猜測線索就隱藏在最後一段拓文和其對應的彩畫之中。記得當時我發現拓文前半段有一句『書三寫，魚成魯，帝成帚』，這句話分明是董其昌引用錯了，將『虎』錯寫成了『帚』。」

金農點了點頭：「既然如此，我們接著看後面的拓文，或許還會發現些線索。」

於是眾人細細閱讀最後一段文字：

「學畫者既有學古之根基，又必得陶養性情，滋潤心神。故古人言，外師造化，中得心源。無放達清靜之心，只斤斤於前人繩墨，易墮野狐禪中。蓋人之本性不同，心之所向亦有所差。以余而論，出將入相，封妻蔭子，實不若臥遊江山，寄情紙墨。余雖無經世之能，但一泉一壑，自謂過之。既有此心，便是學畫之所本也。考諸畫史，前代大師品次錯亂，眾說紛紜。後世人如亂花迷眼，難得真諦。畫派之爭已歷千年，各說各理，聚訟紛紜。高低次序，難以決斷，余以為學畫者必得於亂序中尋其不亂者。兼顧兩極而得其中，方有大成。故得中庸者，方為透網鱗也。」

這是《畫經》中的最後一段。眾人看罷，只有金農和劉定之露出若有所思的表情。二人對視，默契地微微點頭。其餘人等，皆丈二和尚摸不到頭腦。

劉定之環視眾人，故作遺憾之態：「看來只有冬心先生和我看出了這段文字的端倪，怎麼，如此明顯的線索，你們還沒看出來嗎？」

「得，又到了大師父賣關子的時候，」巴特爾對劉定之嘟囔道，「你就別折磨我了，有什麼發現，就趕快說出來嘛，何苦每一次都逗弄得我們百爪撓心。」

沈是如也一臉不滿地嗔怪道：「定之先生一向喜歡吊人胃口，我們都在這兒乾巴巴兒等著哩。」

劉定之不緊不慢道：「各位，這一處線索是很明顯的。線索就在這一句之中——『余雖無經世之能，但一泉一壑，自謂過之。』若是熟讀三墳五典的人，不難看出其中的蹊蹺。巴特爾，我一直督促你讀書，你且來說一說這句話的字面意思吧。」

巴特爾知道師父是在考校自己，一貫大大咧咧的蒙古漢子此時顯得有些局促扭捏，說道：「這句話，意思是不是說董其昌自認為在做官方面比不過別人，但在遊覽山水方面，自我感覺十分出色，無人能及呢？」

劉定之微微點頭，似乎還算滿意：「你說的大體意思是對的。那我再問你，這最後一句話——『一泉一壑，自謂過之』，你可知道，典出於何處？」

巴特爾搖了搖頭：「連二師父都不知道，我哪裡會知道呢？」

劉定之斜著眼睛瞥了一下吳墨林，悠悠然道：「這個典故並不算生僻，出自《世說新語》。《世說新語》中記載了一則故事，東晉明帝詢問當時的名士謝鯤：『時論都將你和庾亮相比，對此你有什麼看法？』謝鯤答道：『端委廟堂，使百僚準則，臣不如亮；一丘一壑，自謂過之。』意思是說為百官做榜樣，自己不如庾亮，但若論寄情山水林泉的志趣，卻要超過庾亮。後人便以『一丘一壑』代指高士寄情山水之地。」

「我明白了……」巴特爾恍然大悟，「也就是說，董其昌把『一丘一壑，自謂過之』故意寫成了『一泉一壑，自謂過之』，對於不懂這個典故的人，看不出什麼差錯，但如果知道一丘一壑的出處，就很容易看到這裡用錯了一個字。如此說來，上一段用錯的字是個『虎』，這一段是個『丘』，連起來，便是……虎丘！」

「不錯，正是虎丘！」金農的眼神熠熠發光，興奮地說道，「這最後一篇拓文中隱藏的線索，正是蘇州的虎丘山。距離此處，不過一日的水路。」

四、虎丘之謎

依偽作循跡復原本，查詭異剖析解迷局

「虎丘這座山，說大不大，說小也不小，但若論天下哪一座山中古跡最多，虎丘可占魁首。」金農將目光轉向吳墨林，接著說道，「如果最後的線索藏在拓文和那幅彩畫之中，那麼，我們現在已經可以從拓文中斷定寶藏就在虎丘之中，至於寶物具體的埋葬地點，大概就與棺材壁上的最後一幅畫有關。這段拓文所處的位置，也正好在這幅畫上。兩者是互相對應的關係。」

於是眾人都以期冀的眼神看向吳墨林。吳墨林的面色陰晴不定，他的腦中飛快地閃過無數念頭。他瞥了一眼金農，回憶這天夜裡的經過，總覺得自己此刻仍在被人利用，心中湧起一種莫名的疏離感。他躊躇了一會兒，終於說道：「小巴，去將我帶回來的那幅董其昌假畫找出來。」

巴特爾興沖沖地從隨身包裹中翻檢出那幅偽作，交給吳墨林。吳墨林將這幅畫翻轉過來，背面朝上放在桌案上，對眾人說道：「我當時牢牢記住了棺材上最後一幅彩畫的樣子，並將其山體佈局左右翻轉，做成了這幅董其昌偽作。至於畫中的一些刀劍、人物，都替換成山石林木之類，但只要好好回憶，大概都能復原。」

金農大喜，說道：「那就請老弟趕緊將原作畫出來吧。不知你要多久才能復原出來？」

吳墨林遲疑了一會兒，說道：「明日一早，我會把復原好的畫交給你……不過我須得獨自一人，無人打擾，方能集中注意力根據董其昌的偽作將其復原出來。」

金農盯著吳墨林發黑的眼圈兒，心知他所說的也合情合理。莊園主人孟士達連忙騰出一間空房，為吳墨林安排安靜的工作場所。劉定之等人也都在莊園主人的安排下進入房間歇息去了。

吳墨林進了屋子，合上門，在桌案前坐下，卻沒有立即開始復原棺材上的彩畫，他還在猶豫是否應該這麼做。因為在此時此刻，他並不像以往那樣信任金農了。這個外表憨厚的大哥，實際的身分竟然是一個祕密組織的高層人物，而且隱瞞了自己十多年，並在很早以前就利用了自己，甚至改變了自己一生的軌跡——吳墨林討厭這種被利用被隱瞞的感覺。猶豫了一會兒，他歎了口氣，終究心軟了下來，提起筆來，開始集中精神復原棺材上的那幅畫。

過了幾個時辰，他終於畫完了。此時的吳墨林精神恍惚，實在是太累了，從董家村逃出來，直到現在，也沒睡一個囫圇覺。他只覺得腹中飢餓，精神萎靡，想去找金農要一些茶點充饑。於是輕輕打開房門，走向之前那一間房屋。

泉林莊園雖大，但吳墨林記憶力很好，他很快就找到了。屋子裡仍然亮著燭光，他剛要推門進入，忽然聽見屋內有人談話的聲音。他遲疑了一下，將耳朵伏在窗櫺上。

原來是金農、傅綸、孟士達等人仍在討論些什麼。只聽孟士達說道：「金大哥，這樣真的好嗎？」

金農道：「目前只能先讓他們全力協助我們尋找這批董其昌藏畫了。」

吳墨林心中一凜，他明白，金農口中的「他們」正是指自己這夥人。

只聽傅綸說道：「如果他們將來發現找到的真跡不會按照約定分成，我們該怎麼辦？」

金農說道：「我剛才答應吳墨林的條件，只是權宜之計。如果找到董其昌的藏畫，讓他們依然按照原定的規矩分成，那麼勢必要售賣這些真跡。這對這批古物無疑是不負責任的行為。我們應當將這批東西複製之後，保存在贔社之內，不能將這些東西賣出去。」

聽到這裡，吳墨林心中火冒三丈，差點忍不住破口大罵起來。但他強忍住，繼續聽下去。

傅綸的聲音充滿了憂慮：「我們這樣做雖然是對的，但終歸虧待了吳墨林他們。要麼……我們贔社是不是該給吳墨林他們一些補償？」

金農說道：「我們的資金畢竟也不寬綽，只能給他們一些象徵性的補償罷了……到時候慢慢跟他們講道理，他們應該會妥協的吧。畢竟董其昌的藏畫都是文人畫之精粹，絕不能隨隨便便賣予私人。眼下我們只能先答應他們的一切要求，等找到了東西，再說其他的也不遲。」

孟士達說道：「我看那個劉定之和沈是如倒像是有大格局的人，應該不難說服，但其他幾個人都有些市井氣，怕是難以講得通道理。」

一陣沉默之後，金農說道：「捨私心而為藝術，是我們贔社中人該有的胸襟。如果他們將來做不到這一點，那我們……我們也沒辦法，只能用強迫的法子了。」

聽到這裡，吳墨林的心沉了下去。他輕輕地轉過身，回到了自己的房間。他陰著臉，看著桌案上剛剛復原的畫作，面頰抽動了幾下。

他又在桌案前坐下來，開始研墨潤筆，重新畫出一張復原之作。（圖62）

第二日天還未亮，金農就開始佈置手下人安排船隻，做好去虎丘的準備。太湖周圍的水路四通八達，只要乘坐一葉扁舟，便可以從漁陽山通航到虎丘。在金農和莊園主人孟士達等人的指令之下，贔社就像一個多重齒輪交錯咬合的機械裝置，迅速運轉起來。

這一次金農挑選了一艘寬大的馬船，又增派了二十多個練家子好手。徐陵、徐谷兄弟兩人帶領他們，乘坐於另外一艘船中，遠遠尾隨，暗中護航，以備不測。

清晨時分，吳墨林從他的屋子中走出來，沉著臉踏上馬船，船艙中金農等人早已等他多時。他掃視了一眼眾人，目光在金農身上停了停，從懷中取出那幅復原完成的圖畫，呈現在眾人面前。

眾人圍著彩畫仔細觀瞧，均覺得畫中景象甚是奇怪。金農率先開口：「此畫有一個詭異之處——大家應該也都看出來了，此畫中竟出現了三位畫家的畫風。」

「冬心先生說的不錯，這幅畫中不同畫風的差異相當明顯，」劉定之指著畫面侃侃而談，「這一處山石樹木的畫法是典型的『米點法』，純用圓點積墨而出，一片氤氳之氣，正是北宋時期米芾所創的『米氏雲山』；下方這一處林木瘦硬古奧，用筆綿密尖峭，筆露飛白，卻是唐寅的畫風；再加上畫面中其他各處項守斌本來的畫風，共可見到三家面貌。當然，要得出這些結論，前提都必須是老吳復原的時候沒出差錯。」

吳墨林說道：「原作裡面，這三家畫風的區別我記得很清楚，自然不會出錯。更何況我還有偽造的那件董其昌假畫為依據，應該不會出什麼紕漏。但此畫中最詭異的地方，可不只有你剛才說的這些。」

「我當然已經看出了其他詭異之處，」劉定之伸手指向畫面底部的劍與槍，說道，「大家看，畫面底部的劍與槍，為何交叉在一起？項守斌為什麼要這麼安排？這裡面一定有什麼線索。」

「的確奇怪得很，」巴特爾興奮地指著畫面說道，「而且你們看，這支槍竟然和劍一樣長，按常理說，槍要更長一些。」

劉定之摸了摸下巴，心中一動，說道：「有沒有可能那根本就不是一支槍，而是一支毛筆呢？奇怪，奇怪……」他皺著眉頭想了一會兒，陡然間哈哈笑起來，把眾人嚇了一跳。只見劉定之得意地說道：「我想起來了，虎丘中的古跡中，有一處叫作『試劍石』，那塊石頭中間有一道裂縫，就如同刀劍劈開似的，畫中那塊石頭上插著一把劍，豈不正是試劍石嗎？」

「那旁邊的那支槍呢？」汪力塔問道。

「那不是槍，而是一支毛筆，」劉定之說道，「你們仔細看毛筆的筆尖，正頂在石壁上，順著筆尖，可以看出這是『虎』字上面的部分。這正是虎丘山中顏真卿親筆題字的刻石！傳說顏真卿在石壁上留下『虎丘劍池』四個大字，至今仍然能夠看到！」

「有道理！」沈是如喜道，「只是不知為何要把毛筆和劍交叉在一起呢？」

劉定之沉吟道：「這我就想不出來原因了，老吳，你確定自己的復原沒出任何差錯？」

吳墨林兩手一攤，一臉不耐煩道：「劉大師，你若是有本事復原，自己來便是了，說這麼多又有什麼用呢？」

金農歎了口氣：「總而言之，就目前掌握的線索來看，這張畫中所描繪的，無疑正是虎丘山的地貌。畫中有米芾、唐寅、項守斌三家畫風，另有一把劍和一支筆交叉在一處，不知是什麼意思。一定是項守斌有意為之。」

這時，傅綸在一邊咳了一聲，說道：「各位，鄙人可以提供一些想法，權當拋磚引玉。」

「傅兄快說。」金農喜出望外。

傅綸說道：「你們也都知道，我是石匠出身，因此對各地名勝中的摩崖石刻頗為熟稔。虎丘中文人留下的石刻文字遺跡有三、四十處之多，其中就有米芾、唐寅、王羲之、顏真卿等著名文人留下的。圖中仿造米芾、唐寅的山水畫，是否代指虎丘中兩人的題記文字呢？」

眾人眼睛一亮，都覺得傅綸所說的線索極有用處。金農點了點頭，說道：「傅綸兄所言有理，只是……傅兄還記得米芾和唐寅留下的石刻文字是什麼嗎？」

傅綸搖了搖頭說道：「這我可就不記得了，只有到虎丘現場查看方才知曉。」

「得！還等什麼呢，咱們這就準備去虎丘吧！」汪力塔來了精神，大聲道，「算起來，我們去過了西湖、鷄冠洞、獨樂寺和漁陽山，虎丘算是第五處了，好飯不怕晚，更好的東西一定是留在後面的。」

「事不宜遲，」吳墨林點點頭道，「只怕這棺畫上的線索被董家村人洩露出去，有人與我們爭搶，咱們還得抓緊時間，儘快去虎丘探探究竟。」

五、陳青陽生棄意

報府衙開棺掘董墓，望太湖提劍刻愁詩

卻說吳墨林等人從地道遁逃之後，董家村可算是鬧翻天了。老族長將董超罵了個狗血噴頭。一想到本已到手的十件董其昌偽作竟全部被騙走，老族長氣得心顫肝搖，一連幾天徹夜難眠。族中幾個長老也都埋怨族長處事不周，辦事不力。幾個歲數大的老者越想越氣，不顧族長勸阻，竟將此事上告當地縣衙。只說盜墓賊偷走董其昌墓中十件書畫精品，請官府幫忙追回祖先遺物。

當地縣令命典吏前往董家村查案，並收取物證。董超將先前從吳墨林等人身上搜取的牛尿脬、腰牌等物交給典吏。典吏將物證帶回縣衙給縣令過目。誰知縣令幾年前曾在大內乾清宮做過筆帖式，親眼見過皇宮侍衛身上的腰牌。縣令暗自懷疑董其昌墓被盜和當今皇上或許有什麼干係，他愈想愈是心驚，於是將此事上報府衙。

蘇州知府陳鵬年也覺得這腰牌是個要命的物件兒。陳鵬年心想：怕不是當今皇上缺錢缺瘋了，抄活人的家還不夠，竟打起了死人主意？傳說三國時期的曹操曾設發丘中郎將之職，指使專人盜墓斂財，以資國庫，胤禛不會也這麼幹吧？若果真如此，就絕不能將這塊腰牌公之於眾。但若是皇上的侍衛私自盜墓，與皇上並沒有直接關係，那就不能放任這夥盜墓賊不管。思來想去，心中也沒個決斷。忽然他記起一件事來——皇帝身邊的紅人李衛近日正住在蘇州府衙之內，何不去找他商量此事？

原來，李衛奉胤禛之命遷官南下，趕往雲南鹽驛道任職，正路經江蘇。江蘇是賦稅重地，又有不少八爺黨成員盤踞在此。胤禛命李衛途徑江南時順便去一趟蘇州，雖無查驗考核之名目，實際行的卻是「探訪使」之職。李衛這幾日恰好住在蘇州府衙之內。陳鵬年親自拿著腰牌，去請李衛過目。李衛細看腰牌，只見上面赫然刻著「一等侍衛巴特爾」幾個漢字，頓時大吃一驚。

就在幾個月之前，巴特爾等人失蹤的消息傳回京城時，李衛還以為這夥人在尋寶途中遭遇不測，頗為此歎惋感慨一番，沒想到這個傢伙竟然還活著。得知巴特爾在董家村的行徑之後，李衛心中大怒——同樣是胤禛的家奴，自己拼死拼活為胤禛賣命，巴特爾卻不顧廉恥，為了私利叛變，幹起盜墓尋寶的勾當。他又記起臨行前胤禛對自己的叮囑：「朕要用你做大事，首先要將你外放出京，讓你到地方長長見識，歷練一番，你不要辜負了朕對你的厚望。」李衛對皇上感激涕零，立功心切。他心中越是感念胤禛的恩情，就越是痛恨巴特爾的背叛之舉，於是暗自發誓，一定要全力擒拿巴特爾，做完此事，再南行履職。

很快，一隊官兵入駐董家村，士兵們奉李大人和知府大人的手諭，掘開了墳墓。董家村男女老少被官兵視作「閒雜人等」阻擋在墓地幾十丈開外。村民們驚懼不已，遠遠看著董其昌的石棺材被士兵拖出地面，搬上牛車，拉入縣衙。

董其昌墓被盜一事，終於大白於天下。族中當初主張報官的幾個老人垂頭喪氣，到了此時，心中方有後悔之意。他們當初報官的時候，本來指望著將那批假畫追討回來就罷了。如今看來，假畫能否追回來尚且未知，祖先的墳墓倒是徹底遭了殃。況且墓中書畫被盜的消息傳出去，很可能使得十張假畫名聲大噪，古董掮客們反倒相信盜墓賊手中的假畫是真跡，這豈不是便宜了那夥盜墓賊？

眼見著府衙的官兵們在董家村出出進進，老族長心痛之餘，兀自納悶兒——按常理說，董家村的事情應該由縣衙處置，怎麼會驚動了知府衙門？難道知府大人陳鵬年是自家老祖的狂熱信徒，非要徹查此事為董其昌報仇不成？

李衛親到縣衙，圍著石棺材轉了幾圈，眉頭緊鎖，滿腹疑雲。他從來沒有見過這樣花裡胡哨的棺材。他回憶起汪力塔曾經講述過的項守斌的故事，盯著棺材上的彩畫，心中漸漸有了計較，於是對身邊猶自疑惑的知府和縣令說道：「請為我找幾個本地知名的文人，須得是熟知畫史、書史的那一類人。」

見李衛一臉嚴肅，滿面陰雲，陳鵬年心知此事非同小可。在陳鵬年和縣令的緊急召集下，漁陽山附近幾個有名的文人受到邀請，集合於縣衙之中。

李衛對幾個人拱了拱手，陰著臉說道：「在場的都是本地知名的飽學之士，不瞞眾位，這棺材上的圖案藏著一些祕密，畫中大概藏著一處地點，哪位要是能解得出來，我便向皇帝舉薦他考選博學宏詞科，另有百兩黃金相贈。若是解不出來，我便送你們一人一塊匾，上面用紅漆寫著『浪得虛名』，然後將這塊大匾掛在你們各家門口。」他頓了頓，臉色更加冷峻，說道：「本官隨身帶著天子令箭，說到便會做到，絕無半句戲言。」

一眾人聽得愣在當場。陳鵬年早就知道李衛行事粗魯，不合常理，官員們私底下給他起個外號叫「李瘋狗」，今日見其行事，的確名副其實。

李衛說罷，轉頭看向陳鵬年和縣令，銳利有如鷹隼一般的目光盯得陳鵬年渾身一陣瑟縮。陳鵬年擠出一個殷勤的笑臉，低聲問道：「李大人，還有什麼需要下官去辦的？」

李衛板著臉說道：「兩位大人也是讀書人出身，盡可幫忙看看這棺材的蹊蹺。」

陳鵬年與縣令點頭哈腰，只能照辦。

卻說盜墓那一晚，陳青陽本以為自己這夥人可以輕鬆制伏盜洞之外的汪力塔和金農，誰知對方請來了一批幫手，絲毫未占到半點兒便宜。王老七為了保護李雙雙，肩頭被一個瘦子用石錘砸中，鼓起一個大包，至今仍未消腫，短時間內是沒法兒投鏢了。自那之後，他們只能隱藏起行跡，在董家村附近窺探監視，伺機而動。又過了幾日，陳青陽正待進村打探消息，卻見官兵前來掘墓開棺，攪得董家村一片雞飛狗跳。陳青陽問了村民，這才知道吳墨林等人早已逃之夭夭。

陳青陽呆坐在太湖岸邊，舉目遠眺，太湖水域遼闊，一望無際。天邊的烏雲如同凝結的墨團，籠罩在這煙波水澤之上，他突然覺得心灰意懶。他緩緩垂下頭，盯著眼前佈滿孔洞的湖石發愣。湖石上的孔洞密密麻麻，相互通連，幾隻螞蟻在孔洞之間穿行往來。陳青陽覺得自己就像那些螞蟻，左衝右突，進進出出，迷失在複雜多變的路途之中，永無出頭之日。太湖水面煙波浩渺，一望無際。他又想起元代畫家倪瓚泛舟太湖，無視名利的瀟灑自適，暗笑自己斤斤於功名利祿，終究變成了一隻爬上爬下，團團打轉的蟲蟻。

他起了詩興，於是解下腰間佩劍，尋了一處平坦的湖石，刻下一首詩：

苦憶雲林子，（倪瓚號雲林子）
風流不可追。
明朝散髮去，
弄棹泛天涯。

他正沉浸在愁緒中，忽聽得背後有人道：「陳大哥的詩真好。」

陳青陽扭過頭來，見是李雙雙，一臉憊懶地苦笑道：「二娘來的悄無聲息，身手當真了得。」

李雙雙臉色一紅，低下頭來，說道：「這幾日見陳大哥意氣消沉，雙雙心裡總是有些擔心。陳大哥，你真的……不想繼續做下去了嗎？你一身的本領，才氣過人，膽略卓絕，難道就甘心散髮弄棹，泛舟天涯？」

陳青陽心中如一團亂絮。他突然有些討厭面前這個多管閒事的女子。八爺黨大勢已去，就算他們做成了此事，得到了全部寶物，也只不過是在頹勢中替主子挽回一點好處罷了，除此之外，也只不過是成全了自己忠誠仁義的名節。有時候陳青陽甚至認為自己應該換一個主子，不能在八爺這一棵樹上吊死。但這樣的話，他又怎麼能對李雙雙說出口呢。

李雙雙見陳青陽面色沉鬱，並未答話，便走到陳青陽身邊，挨著他坐下來，又保持了微妙的距離，躊躇著說道：「陳大哥，我們畢竟受過八爺和九爺的恩惠，無論如何，總該把該做的事情做了，也算還了他們的知遇之恩……」

陳青陽僵硬地點了點頭。

李雙雙鼓起勇氣，繼續說道：「等我們替八爺和九爺做完了這一件事，將寶物交給八爺他們，替他們的後人留一條後路，以後如何，就不是我們能掌控的了。到那時，我們倆一起泛舟天涯，遊蕩江湖，也算心無愧疚了。」她說到「我們倆一起」的時候，聲似蚊蚋，心中突突亂跳。

若是往日，以陳青陽之聰敏，自然能覺察到李雙雙的意思。但他此刻心中煩亂，尚且沉浸在自己的詩句之中，並未察覺到李雙雙的表白。他只是敷衍地點了點頭。

李雙雙心中一陣歡喜：陳大哥願意和自己在一起！她低下頭，纖纖素手局促無措，擺弄著衣角露出的線頭。此刻，李雙雙感覺周遭的空氣似乎都凝固了。她心想：大概陳大哥就像自己一樣，既激動又害羞，不知道說什麼好吧！是的，陳大哥雖然英雄無敵，但對於兒女之情，原來也是個害羞的人兒……

「眼下我們雖然斷了吳墨林等人的線索，但可以從官府這一條路試一試，」李雙雙好不容易打破了沉寂，說道，「咱們八爺黨樹大根深，八爺、九爺和十爺的門生故吏遍佈江南，難道在此地就找不到一兩個能通氣的人，探聽到府衙的內部消息？」

陳青陽心不在焉地「嗯」了一聲，說道：「眼下也只能從這一條路著手了。」

第十四章 師徒重逢

一、回師門

泊舟安頓虎丘山下，雇船急行蘇州城中

時近中秋，北方暑氣漸消，但江南依然濕熱難耐。太陽升起之後，迅速變得悶熱起來。天光陰翳，鉛雲連綿，天地間彷彿被一頂巨大的蒸籠大蓋捂住，濕熱的空氣被急劇壓縮，令人喘不過氣來。

馬船在河道中快速前行。眾人在船艙中憋悶難耐，紛紛到甲板上透氣。汪力塔索性將上衣脫了，露著亂蓬蓬的胸毛，挺著黢黑的肚腩，也不顧沈是如的白眼，一邊搖著扇子，一邊對身旁的金農說道：「老金，南方太熱了，這種熱又不是北方那種爽爽快快的熱，悶得人喘不過氣。你們贔社在北方有分支吧？我以後申請到北方去做個頭目，俺這身子，真受不了南方的熱氣。」

巴特爾呵呵笑道：「你才進了贔社幾天？就想著做一個頭目了？」

「就憑咱們立下的功勞，贔社理所應當給咱每個人都封個官，尤其是鄙人我，這藏寶圖最初的線索，就是從我祖上得到的。」汪力塔放大了聲量，「就算是給皇上當差，立功以後還得給個官做呢。」

說到「給皇上當差」，巴特爾想起自己的腰牌還在董家村人的手中，心中有些惶恐不安，說道：「先別想那麼遠，眼前的事情就夠讓人煩心了。你們說，董家村會不會報官呢？我們的事情該不會暴露吧。」

金農安慰道：「我已經派出人去打探董家村的消息了，不過就算董家村的人報官，官府的人一時半會兒也解不開那迷局。」

吳墨林附和：「況且尋常人看到那口花裡胡哨的棺材，只會覺得奇怪，怎麼會想到其中隱藏著寶藏的線索？就算萬一我們的身分暴露了，等到消息傳到京城皇帝的耳朵裡，至少要個把月的時間，到那時，我們早就把寶藏找到了。」

金農點了點頭：「話雖如此，但我們的行動能快一些還是快一些，遲則生變。」

「我有個疑問，憋在心裡許久了，」劉定之用手帕擦了擦汗，有些猶豫地說道：「實際上，我們曾經找到的，以及將要去虎丘尋找的古書畫，全部都是鴟社的藏品。按道理來說，贔社與鴟社同出一系，宗旨相似，都是為了存續古物，保留文脈。我們是不是應該將真跡複製之後，留下摹本，再將原作奉還鴟社？」

「老劉，你這操的是哪門子閒心？」汪力塔嘟囔道，「誰讓他們自己看管不善呢？既然鴟社的人找不到，就不要怪贔社的人替他們收了這些寶貝。」

金農聞汪力塔之語，臉色數變。他拍了拍劉定之的肩膀，說道：「定之兄是磊落君子，所思所念均是光明偉正之事。只不過我們對鴟社的情形一無所知，就連誰是鴟社的成員都不知道，還怎麼送還真跡呢？」

吳墨林斜眼看著金農，一語不發。

「說起來，我倒是見過不少描繪虎丘的山水畫，」沈是如岔開話題，說道，「虎丘自古便是文人鍾情之地，號稱吳中第一山。蘇軾也曾說『到蘇州而不遊虎丘，乃憾事也』。可見虎丘在歷代文人心中的地位。文人畫家因此而鍾情於虎丘者，不在少數。明代的沈周、謝時臣也都畫過虎丘圖。晚明畫家陸治有詩云：『方外標靈境，寰中攬秀圖。』一想到虎丘就在前面，無數名士的石刻就在山中，是如真的是興奮莫名。」

若是這段話從劉定之口中說出，吳墨林一定會覺得對方是在掉書袋，但從沈是如口中說出，卻使吳墨林生出欣賞之感，他及時地拍起了馬屁：「我發現沈姑娘即便是遊山玩水，也和尋常人不同。一般人只是看個光景兒，湊個熱鬧，沈姑娘見景生情，想起來的是前人的詩詞書畫，尋覓的是歷史的遺跡，這等懷古幽思，真令在下心生敬佩。」

沈是如臉上現出一抹羞赧的笑意，劉定之心下感慨：是如啊是如，如此做作和刻意的奉承話難道對妳也會起作用嗎？人們都說「千穿萬穿，馬屁不穿」，真乃至理名言。他不由得暗暗歎了口氣，舉目遠眺，卻見遠處一座小山孤零零矗立在平原之上，隨著馬船的行進，小山的輪廓越來越清晰。

「那就是虎丘。」金農指著那座饅頭狀的小山包說道。

「大名鼎鼎的虎丘原來就是這麼個樣子，看起來沒什麼出奇之處呢。」沈是如感歎道。

到了虎丘山腳下的山塘河。傅綸將馬船停在一處稍顯僻靜的所在。這時候天突然變了臉，天空的陰雲越聚越厚，漸有雨滴飄落下來。雨滴越來越大，砸在船頭，洇成一個個濕點。很快，雨滴連綴成水簾，自天穹潑灑而下。虎丘雖然近在眼前，但這時候已不適宜上山尋找線索。於是眾人商定就在船中歇息，養精蓄銳，明日一早，再上虎丘。

其他人回到艙室中歇息，唯獨吳墨林站在甲板上。他望著暴雨怔怔地出神。過了一會兒，吳墨林在船艙中找了一件蓑衣，偏要上岸逛一逛。金農勸他，他卻說道：「我心裡煩，要上岸隨便走走，散散心，怎麼，不可以嗎？」

金農道：「兄弟，這都什麼時候了，外面天氣不好，你就不要節外生枝了，好好在船上休息，明日還要上山做正經事兒呢。」

吳墨林斜瞥一眼金農，說道：「別『兄弟，兄弟』的叫得那麼親切，你將贔社的事情瞞我十幾年的時候，可曾想到『兄弟』二字？我要去哪裡，便去哪裡，怎麼，你還要把我關在船艙裡面不成？」

金農心知吳墨林仍在和他慪氣，自知理虧，只好苦笑著說道：「你若是非要上岸，不能獨自一人外出，為了安全考慮，得安排幾個人陪你。」

吳墨林瞪大了他那雙三角眼，似乎更加憤怒了，低吼道：「你當我是三歲小兒？還是說你擔心我逃跑，信不過我？老金，看不出來啊，你這些彎彎繞繞的心眼兒還挺多呢……你時常說自己要追求淳樸古厚的畫風，怎麼著？畫風淳樸了，人品就反著來了？」

金農被他噎的一句話也說不出口，只好擺擺手道：「我理虧，我對不住你，你自己下船吧，不過你要注意安全，天黑之前，一定要回來啊！」

吳墨林呵呵冷笑道：「行啦行啦，我又不是三歲小兒，你放心就是。」他扔下這兩句話，披著一件蓑衣，扭頭下了船，逕自走遠了。

金農站在甲板上，眼見吳墨林沿著河岸走遠，消失在迷濛的雨簾之中。進虎丘山的路只有一條，全在金農的視線之內。只要吳墨林不上山，就說明他沒有存著捷足先登的意思。金農鬆了口氣，撐開一把油紙傘，坐在甲板上，盯著虎丘山門的方向，靜靜等待吳墨林回來。

眾人知道吳墨林上岸散心去了，也都覺得情有可原。畢竟吳墨林被金農隱瞞了這麼久，現在一身怨氣，實屬正常。只有劉定之突然想起了什麼，他清楚的記得吳墨林曾在董家村說過，吳墨林的師父正住在蘇州。劉定之剛冒出這個念頭，恰巧巴特爾前來詢問古人如何描繪雨景，於是轉了心思，專心去應付徒弟的問題了。

卻說吳墨林越走越快，確信自己離開金農的視線之後，尋到一艘載客的烏篷船，摸了半兩碎銀子交給艄公，吩咐道：「我要去蘇州城內桃花坊，越快越好，若是半個時辰內能趕到那兒，我再給你半兩銀子。」

有錢能使鬼推磨，蘇州城內水網密佈，艄公拼了命搖櫓，不過一炷香工夫，便到蘇州城中。吳墨林額外付了艄公半兩銀子，叮囑道：「再過半個時辰，我還坐你的船回去，你停在附近便可。」他理了理衣衫，抖擻精神，披了蓑衣，登上岸去。

他要找的正是師父的家。

他環顧四周的街道樓閣、行人車馬，一切彷彿還是二十多年前的樣子，但似乎又有些不一樣。他循著記憶，來到一處宅院門前，叩響了門扉。

一瞬間，吳墨林記起很多事情。就在二十五年前的一天，就在這一處宅子之內，他的師妹變成了他的師娘。當時自己想不通師妹為何跟了師父，多年以後才明白過來，自己當時只是個十六歲的少年，論起追求女孩兒的伎倆，怎會比得上三十五歲成了精的男人呢？

周遊和羅蘭成婚以後，吳墨林就離開了蘇州，去往揚州開了個店鋪。但在那之後的無數個夜晚，他總會夢到師父當年手把手教自己和師妹刷糨糊、補破畫的情景。他不願這些場景出現在自己的夢中，這些夢只會讓他更加傷心和憤怒。

自那以後，吳墨林為了忘記師父，忘記師妹，一心全撲到修復的手藝中去了。他覺得這個世界上最可靠的是自己的馬蹄刀和鬃刷。他的修復技藝變得爐火純青，造假技術已經無人可及，但內心卻是冷寂的。這個世界能夠吸引他的，除了錢，就是造假的快感以及身在行業巔峰的自豪。

但時間會改變一切。到揚州幾年之後，吳墨林認識了金農，二人引為知己。過了幾年，吳墨林少年時的心靈創傷慢慢癒合，但也變得更加世俗、油滑和狡黠。直到他開始和劉定之四處奔波，為皇帝尋找寶物，結識新的朋友，經歷各種艱難險阻，在雞冠洞內與汪力塔等人結拜，後來又收了巴特爾做徒弟，他變得更加忙碌，不再覺得孤獨，夢中也不再出現師父和師妹的身影。

遇到沈是如，他似乎又重新找到了年輕時心動的感覺。吳墨林覺得自己的春天又回來了，雖然來的有些遲，有些慢，但好歹是來了。在董家村，他和沈是如等人被關押的時候，雖然命在旦夕，但並不覺得害怕。他們互相吐露過去的不堪，訴說人生的執念，他覺得那時的心是溫暖和有所慰藉的。

然而，他與劉定之等人好不容易逃出董家村後，聽到金農那段談話，吳墨林再一次感覺自己被欺騙和利用了，孤獨感重新侵蝕了他的內心。他這輩子最親密的朋友原來一直在戲耍自己，一直看不起自己！彼時的震驚和心痛，就跟二十多年前師父通知自己要和師妹拜堂成親的感覺一樣——那是被最親密的人背棄時的委屈和憤懣。

二、師徒合謀

一別廿載故人相見，三言兩語師徒定謀

吳墨林敲了一陣門，無人應答，暗暗歎了口氣，自忖時間過去這麼久了，恐怕師父和師妹早就不住在這裡了。

他正欲轉身離去，「吱呀」一聲，門開了。開門的是一個年約四十的女子，兩個人互相盯著，半天才認出對方。

羅蘭驚叫一聲，差點把傘丟到地上，扭頭便喊：「老周，快過來看吶！看看誰來啦！」

周遊趿拉著一雙布鞋，從屋裡走出來，見是吳墨林，也愣了半天。羅蘭忙關上大門，將吳墨林拉入堂屋內。吳墨林看著羅蘭牽住自己衣袖的手——這雙手早已不如二十幾年前那般白嫩纖細，看來歲月不饒人，師妹真的已經老了。

三人圍著一張桌子坐定，相顧無言。周遊為吳墨林倒了杯茶，將茶杯緩緩推到吳墨林面前。這是一杯極濃的茶。吳墨林端起茶杯，啜了一口，開口道：「師父，你還是和二十五年前一樣，把紅茶和普洱兌到一起喝。」

周遊說道：「是的，和以前一樣。你也知道，我把紅茶和普洱混起來煮成湯汁，目的是為了將紙染舊。喝茶嘛，只是順帶著的事情。」

眼前的茶湯還是二十五年前的味道，吳墨林心中一時間五味雜陳，但一想到當初師父和師妹成婚之時卿卿我我、甜甜蜜蜜的場景，他的心又硬了起來。

吳墨林慢慢端起茶杯，又喝了一口，對周遊露出僵硬的微笑，這是他在京城時經常對同僚露出的微笑。他告誡自己，此時此刻他和師父、師妹之間只有生意關係。他緩緩道：「師父，我有一樁天大的買賣送在你面前，要不要和我一起幹一票？」

周遊一臉錯愕，幾十年不登門的徒弟，剛見面竟然要跟自己談生意？

羅蘭在一旁嗔怪道：「墨林，你二十五年沒來看我們，一見面就聊這個？你這些年……過得還好嗎？」

「我這二十多年過得如何，現在沒工夫細說，」吳墨林見窗外雨點密佈，天色漸暗，語氣中帶了幾分急切，「時間緊迫，我在今晚蘇州城門關閉前還得回去。接下來我長話短說，告訴你們這一單生意的來龍去脈。」

吳墨林簡要地將事情的大體情形講述了一遍，周遊和羅蘭聽得雙眼圓瞪，心中劇震。最後說到虎丘山中藏寶之事，周遊更是驚訝得無以復加。

「既然你們已經約定去虎丘搜查董其昌藏畫的下落，你又找我這個老頭子做什麼呢？」周遊問道。

「我要你幫助我，把這虎丘山中藏匿的書畫取走。我要自己找到虎丘的所有藏畫。」吳墨林絲毫沒有半分猶豫地說道。

「你的意思是說……你要背叛你的那些朋友？背叛那個贔社？」周遊皺起眉頭，「你為什麼要這麼做？」

吳墨林一時語塞，又想起金農講述贔社時侃侃而談的表情，那表情現在對於他而言充滿了虛偽。他歎了口氣，答道：「我被人利用了十多年，你說我背叛他們，但他們又何嘗對我付出過真心？我不過就是個工匠而已，工匠本來就不該和那些文人為伍，工匠本來就不該奢談什麼道統文心……工匠就該為了自己去活。」

周遊欲言又止，羅蘭卻忍不住說道：「雖然那位金先生的確對不起你，但你這麼做，是不是也有些過分？」

「我怎麼了？我又沒有想讓他缺條胳膊少條腿！」吳墨林突然提高了音量，「我只要拿到這全部的董其昌珍藏，然後，我就可以據此擺佈金農！我最後可以把這些寶物送給他，也可以不送他。我也沒打算自己獨吞，我最希望的，還是將找到的寶藏按最初的規矩分成。當然了，最後怎麼處置這些東西，還要全憑我的心情！我要讓他們都知道，他們一向瞧不起的匠人，最後可以決定這件事情的結果！」

「你這又是何苦呢？」羅蘭的聲音軟了幾分，她試圖安慰吳墨林，「墨林，你從小氣性就大，這麼多年了還沒改。聽我一聲勸，別跟他們較勁了，好嗎？」羅蘭本來還想說「也別跟我們兩人較勁了，咱們師門也該團圓了」，但這句話就在她的喉嚨裡打轉，終究沒有說出口。

吳墨林將杯中的茶一飲而盡，挑了挑眉毛，說道：「我本來就不是什麼大善人，當初在鷄冠洞裡，就想捲了所有寶貝一跑了事，只不過人命關天，實在過不去心裡那道坎兒，才救了他們的命，所以我即便最終取了虎丘的寶貝，就算一點也不分給他們，也不欠他們什麼——行了，我已經把事情的經過都告訴你們了。現在，這筆生意擺在你們眼前，如果你們幫我，我便給你們兩千兩銀子作報酬，這些錢是我的畢生積蓄。現在你們不要考慮和我過往的情分，單單從利益方面考慮要不要接下這單生意，行還是不行，儘快做出決斷吧。」

周遊的神色有些黯淡，臉上皺紋看起來更深了。他想了想，又與羅蘭交換了一下眼神，說道：「我答應你，其實無論你給不給我這一筆報酬，我都會答應你。只是……我要如何幫你獨吞這些古書畫呢？」

吳墨林僵硬地點了點頭，說道：「我不會食言，該給的銀子一分都不會少。至於辦法，我早就想好了。早在金農告訴我贔社真相的那天夜裡，我就已經計畫好了。」他抬眼看了看師父和師妹，又露出僵硬的微笑。

很快，吳墨林就將他的計策和盤托出，周遊和羅蘭聽罷面面相覷。周遊忍不住說道：「我說墨林啊，二十多年了，你的修復技術和作偽的手法不知道有沒有長進，但論起陰謀詭計，的確大有進步。為師……為師不知該說什麼好了。」

羅蘭舉起袖子，掩口輕笑起來：「這麼多年了，你的腦瓜兒還是那麼靈光。」

吳墨林看到羅蘭袖口處打了一個補丁，環顧屋內，只見周遭陳設樸素平常，心中疑惑：難道這些年師父沒有賺到什麼錢？以師父的本事，不該如此啊！他本欲問一問對方二十幾年來過得如何，又忍著沒有問出口。來的時候，他已經決定，只把這一次見面當作與人談生意，他不願再觸及過往，也不願再為某些人付出感情。他隨即站起身，準備告辭。

「你這就要走了嗎？」羅蘭問道。

「是的，我該說的都已經說完了，你們也都答應了，是時候回去了，不然金農他們該起疑心了。」

「離蘇州城門關閉還有一陣子，」周遊用低沉的嗓音說道，他似乎又擺出二十多年前做師父的威嚴來，「你坐下，跟我說說，你的技術現在到哪一層了？你可曾收過徒弟？可曾有過婚配？在京城的差事如何？在皇宮裡看過什麼好畫？」

吳墨林和周遊雖然二十多年未曾相見，但師徒名分仍在。他不能無視師父突然間變得嚴肅的問話，只好答道：「若論修復技術，比起你應該已不分高下；若論作偽技術，我比你應當超出不少。至於徒弟，倒也收了一個，資質非常平庸……」

「如果你們還有想問的事情，等這件事結束以後，再問也不遲，我真的要走了。」吳墨林的手已經按在了堂屋的門閂上，頓了頓，見師父和師妹不再挽留，終於鬆了口氣，推開堂屋的門，走了出去。

來時的烏篷船仍然在不遠處的水面上停靠。吳墨林快步走過去，交代了船夫幾句，烏篷船隨即沿著原路疾行而去。吳墨林扭頭向師父家看去，只見羅蘭和周遊不知何時出了屋子，站在大門口，向自己這邊望過來。雨已經變小了，但河面卻似乎飄起一層霧氣。朦朧中，吳墨林看到周遊撐著傘，羅蘭挽著周遊的胳膊，頭輕輕靠在周遊的肩頭。

「看起來，他們兩個的感情很好，」吳墨林暗想，「只是剛才沒來得及問，不知他們有沒有孩子。」

趕在蘇州城門關閉之前，吳墨林從水路出了城門，不一會兒工夫，他便回到了山塘河的馬船上。日頭西墜，虎丘山漸漸籠罩上一層金色的餘暉。金農一直在馬船的甲板上等待，見吳墨林安然回歸，終於鬆了口氣。

三、假虎丘，真劍池

虎丘山前論說風水，劍池水邊參詳刻石

第二日清晨，傅綸將馬船停靠在虎丘前的山塘河岸邊，下船之處即在虎丘山腳之下。眾人沿著臺階拾級而上，便見一座巨大的山門橫亙在半山腰處。山門口斜倚著兩個衙役，正嗑著瓜子嘮閒嗑，不時瞟一眼路過的遊人。

「事情不太好辦了，」金農搔了搔額頭，「我只知虎丘是江蘇人文重地，卻沒想到官府

竟然派了專門的衙役來看管。」

汪力塔卻有些不屑：「只不過是兩個老雜役罷了，在不在三班之內還是兩說哩，你看他們懶洋洋的樣子，哪裡有精力看管這麼大的虎丘山？如果這幾個老雜毛多管閒事，我們就揍暈了他們。」

「就數你路子野，」吳墨林挑了挑眉毛，「先不要管那幾個雜役，咱們先扮成普通遊客，進山找找線索。」

眾人繼續向山上走去。一路上見到不少遊人。沈是如眺望一番，說道：「一眼看去，在這虎丘山中遊玩的大多是文人打扮。小小一座虎丘山竟然對讀書人有這麼大的吸引力。」

金農壓低聲音，向其他人介紹道：「虎丘之所以出名，一是靠山中泉石幽奇，意境深邈；二是靠吳王闔閭的顯赫名聲。」

巴特爾好奇地問道：「虎丘怎麼會跟吳王闔閭扯上關係？」

「傳說整座虎丘山其實就是闔閭的王陵。」劉定之環顧周邊的地勢，說道，「我不大會看風水，但觀此山的體勢雖然不算高大，卻是方圓幾十里最高的山峰。此山西臨太湖，東接蘇州城，前無援，後無推，孤行獨峙，四周有河渠環抱，看樣子倒像是個風水寶地。」

吳墨林卻搖了搖頭道：「關於墓地的風水，我略知一二。好的墓地須得前有照，後有靠，也就是說，前面得有水，後面得有山，你看這虎丘，孤零零一個山包，前面雖有一條山塘河，後面卻是一馬平川，哪來『靠山』？更何況，吳王闔閭藏於虎丘的傳說已經流傳了上千年，但誰也沒有挖到吳王闔閭的墓。」

劉定之辯道：「在吳王闔閭的時代，風水堪輿之術未必與後世一樣。何況吳國當時尚屬蠻荒之地，衣冠服飾、喪葬儀軌與中原諸國畢竟不同。」

「說起墓葬之事，恐怕你們都沒有我們兄弟兩個知道的多，」徐陵笑道，「據說吳王闔閭墓陪葬了幾千隻寶劍，墓穴就在虎丘的一個水塘底，這個水塘因此得名劍池。但這都只是傳說而已。秦始皇嬴政、三國時的孫權都曾經試圖發掘吳王闔閭之墓，企圖找到那三千把寶劍，但都未曾成功。」

眾人一邊說，一邊順著山道上行。忽見山道東側一塊大石，外觀近橢圓形，中有一道整齊的裂縫。劉定之撚鬚微笑道：「這塊裂成兩半的大石頭叫作『試劍石』，此石中開如截，兩個斷面筆直光滑，如刀劍劈開一般。你們還記得畫中石頭上插著一把劍嗎？如此說來，這塊石頭豈不正是畫的底部正當中那塊石頭？」

眾人圍攏上前，汪力塔用手指摳了摳大石頭的裂縫，哂笑道：「什麼『試劍石』，我看倒不如叫作『光腚石』。中間那道縫子，豈不正是腚溝子嗎？」

眾人忍俊不禁，劉定之搖頭道：「你也太煞風景了。你可知圍繞這塊石頭，古人留下多少詩作嗎？傳說這是吳王闔閭試『干將』、『莫邪』兩柄名劍，劈石而成。古人於此多有感慨，宋人周弼作詩云：『吳王鑄劍成，自謂古難比。試之高山嶺，不裂斷橫理。』我只是讀過這首詩。今天親眼看見，原來真正的試劍石是這等模樣。」

汪力塔撇了撇嘴，說道：「干將、莫邪我是知道的，難不成這兩把寶劍也被吳王藏在虎丘山中？」

眾人正對著這塊試劍石指手畫腳之時，又有數位文人打扮的遊客圍攏上來，也來觀賞這塊奇石。吳墨林見周圍人漸漸多了起來，笑道：「文人傳說，做不得真的，我們且繼續上行吧。」

眾人又沿著山路上行，經過真娘墓，孫武亭，又走過千人石、二仙亭等古跡。其中多處古跡均能與董其昌墓中彩畫中的細節一一對應。眾人按圖索驥，以實景印證圖畫，興致盎然，不亦樂乎。

又經過一道月洞門。此處古跡更多，路旁山石上凡有平坦之處，皆留有古人石刻。有一塊巨大的石壁立在月洞門邊，石壁上刻著「虎丘劍池」四個擘窠大字。「虎丘」在右，「劍池」在左，書風渾厚有力，遒勁方正。劉定之快步上前，摩挲著石頭上的字跡凹痕，一臉激動地說道：「傳說這四個字出自唐代大書法家顏真卿的手筆，但由於年代久遠，『虎丘』二字風化剝落，漫漶不清，因此明代人重刻虎丘二字，與『劍池』舊刻石並列於此。因此素有『假虎丘，真劍池』的說法。」

正在劉定之侃侃而談之時，卻見月洞門旁有個蹲坐著的老者站起身，施施然走到近前，一邊用指尖剔著牙，一邊說道：「這位朋友說的沒錯，雖然聽你的口音不是蘇州本地人，但對這虎丘山上的刻石典故頗為瞭解。你們仔細看，這『虎丘』二字的鑿刻方法和『劍池』很不一樣，老話兒說『粗大明』，明人的刻法顯然更加粗糙一些。這四個字，確實是兩個時代的東西。」

「老人家，你是？」金農拱了拱手問道。蘇州有不少喜愛文物的好事者，在此地遇到一位，眾人也並不覺得奇怪。

「我呀，只是個年老體衰的小吏罷了。最近幾年，總有人在這虎丘山中亂寫亂畫，私自鑿刻石頭，因此上面派我守在這裡，守著這些金石古跡。」那個乾瘦的老者笑了笑，指了指馬褂上磨洗得快認不出來的「吏」字。這老者似乎是個自來熟，又說道：「說起這『虎丘劍池』四個字，單從字體的架構來看，也是略有不同的。你們看顏真卿這幾個字，雄強之中不失生動流轉之氣，這是後人難以模仿的……」

老吏的唾沫星子四處飛濺，兀自滔滔不絕說個不停。金農身後的傅綸忍不住打斷了他：「這位老先生，我之前也曾數次來到虎丘，為何沒有在這裡見到你呢？」

老吏答道：「老兄有所不知，鄙人先前在虎丘山上負責監管塔廟樓閣的修繕營造。你們看到山上那座斜塔了嗎，前幾年官府下了不少本錢，要把它修正了，老頭子我就是監工。後來工程的難度實在太高，也就不了了之，那座塔仍然是斜的。哎，白花了多少冤枉錢……再後來，又派我去寺廟裡監管營造佛像的事情。總之虎丘山上許多雞零狗碎的事情都由我來監管。前些年總是在山上的寺廟中辦差，因此你看不到我也是正常的。現在我年老了，就向長官申請在這虎丘山中做個古跡的看守員，防備遊人在石壁上私刻文字，你們不知道，我們蘇州人別的不喜好，只喜好到處題字刻石……」

傅綸疑道：「我看山門已有兩個衙役，為何山上又增設一個？」

老吏露出輕蔑的表情：「那兩個雜役是衙門三班裡品級最低的兩個，連皂隸都及不上。我和他們不一樣，我曾給學正大人做過書手，也讀過兩天三墳五典，多少算個讀書人。在這虎丘山中，大大小小的事情，我都管得著！」

這老吏非是旁人，正是吳墨林的師父周遊假扮的。周遊侃侃而談，別人問一句，他回十句，那喋喋不休的樣子令金農想起獨樂寺中的一超法師。

過了好一會兒，周遊直說得口乾舌燥，吳墨林悄悄給了個眼色，周遊便轉身溜達到別處去了。沈是如苦笑道：「都說蘇州是人文薈萃之地，沒想到一個老吏也懂得這麼多。」

「江南的讀書人太多了，考中功名的畢竟是少數，很多讀書人最後只能做了小吏或者幕僚。」金農見那老人遠去之後，方才對眾人解釋道，「山門有雜役，山上有個老吏，一路上又有這麼多文人閒客，咱們若要在這座山中大動干戈，怕是千難萬難啊。」

眾人士氣低落，行步也變得緩慢起來，轉過「虎丘劍池」的刻石，便是一處由西南向東北傾斜的巨大磐陀石。石呈絳紫色，平坦如砥，寬達數畝。舉目之間令人頓感境界開闊，氣勢宏偉。劉定之環顧四周，一拍腦門，恍然道：「這裡是『千人石』，因可容千人，而得名！此處風景，在那張復原圖中，亦有所描繪！」

眾人在千人石上徘徊了一陣子，又向前行，走到一處水池旁邊。此地幽僻清靜，給人一種陰森蕭然的感覺。水池周圍石壁合抱，池底以大石累疊而成，甚是平滑。金農道：「此處應當就是聞名遐邇的『劍池』了。」

沈是如環顧劍池，只見周邊巨石上都有隱隱約約的鑿刻痕跡，不禁感慨：「好一座虎丘山，處處有古人的遺跡，每一塊石頭，每一處景點的背後似乎都有一個故事。」

劉定之指著劍池岸邊另一處峭立的石壁，說道：「沈姑娘所言不虛，這裡的遺跡多不勝數。你們看，那塊大石上鐫刻著『風壑雲泉』四個大字，據說這四個字，出自宋四家之一的米芾之手。」

他指著池底又說道：「我曾在明人筆記中得知，此處便是吳王闔閭墓葬的入口。」

「秀才不出門，便知天下事，劉先生雖是北方人，對江南名勝也如此熟稔。」金農讚道，「你說的不錯，不少人曾經懷疑劍池便是闔閭墓的入口。說起來，最早提出此說的是唐伯虎和王鏊。據說有一次唐伯虎和王鏊同遊虎丘，正趕上那一年劍池乾涸，他們發現了劍池底一處三角形洞口，懷疑是吳王墓的入口，並將此事上報蘇州官府。官府反覆勘察，終因無所發現而草草收場。」

「當年唐伯虎和王鏊遊歷虎丘的時候，曾在劍池岸邊的峭壁上留下了石刻題記，」傅綸指著水池邊的一處平滑的大石，「你們看，那不正是唐寅和王鏊同遊至此的證據嗎？」

眾人順著傅綸指引的方向看去，果然看到靠近水面的一處石壁上鑿刻著數列文字，記載著唐寅等人於明正德七年遊覽虎丘時發現劍池水底三角形洞口的經過。

「這地方陰森森的，似乎沒什麼可看的，」吳墨林督促道，「我們快去別處再瞅瞅吧……」

四、是敵是友

試劍石縫探寶無果，烏篷船艙突遇故人

路過劍池，便是雲岩寺、望蘇台、萬景山莊。眾人一路走走停停，大概過了兩個時辰，漸覺疲累。等到轉遍了整座虎丘，方才發覺虎丘山被一條環山河渠包圍。河道上又設兩座橋梁，但山北的那一座橋梁現已坍塌，正在維修。若想從虎丘山走出去，只能沿原路下山。

劉定之將他見過的所有古跡在腦中重新過了一遍，試圖將實景與棺材上的圖畫相互勾連，並從中尋找線索。「闔閭、顏真卿、唐寅、米芾……」劉定之口裡念叨著，眼睛漸漸亮了起來，「以唐寅畫風繪就的山石林木代表的正是劍池邊唐寅留下的題記；米點法畫出的部分正是指米芾所題『風壑雲泉』四字刻石！此外如千人石、試劍石、顏真卿題壁刻石，均在復原畫中有所呈現。棺材上彩畫中所描繪的每一件景物，皆有所指。」

「但寶藏究竟藏在何處？」巴特爾問道。

劉定之環顧四周，待身邊的幾個遊人遠行後，壓低聲音道：「拓文的最後一句是這樣說

的：『考諸畫史，前代大師品次錯亂，眾說紛紜。後世人如亂花迷眼，難得真諦。畫派之爭已歷千年，各說各理，聚訟紛紜。高低次序，難以決斷，余以為學畫者必得於亂序中尋其不亂者。兼顧兩極而得其中，方有大成。故得中庸者，方為透網鱗也。』你們難道不覺得最後這一段話有什麼奇怪之處嗎？」

「的確很奇怪，」金農道，「董其昌一直是南宗畫派的擁躉，向來看不起北宗畫，他怎麼會說出兼顧兩家之長的話呢？而且董其昌在他傳世的文章裡對歷代畫家孰優孰劣一直持有非常堅定的態度，到這裡怎麼就變成『品次錯亂』了？」

汪力塔說道：「這有什麼奇怪的呢？但凡是個人，想法總會變的。說不定董其昌臨死前想法就改變了呢，他又是好面子的人，不願公之於眾，只能刻到棺材板兒上去了。」見巴特爾和吳墨林微微點頭，汪力塔受到鼓舞，繼續又道：「人在臨死的時候往往都會改變想法，我爹臨死的時候就突然轉了性，勸我多讀些書……」

「一派胡言，」劉定之毫不客氣地打斷了汪力塔，搔了搔頭，並不太確定地說道，「我認為董其昌之所以說出這樣言不由衷的話，只是因為他意圖留下寶藏的線索，故意說出這樣的話罷了。你們再仔細體會一下他說的那句話：『必得於亂序中尋其不亂者，兼顧兩極而得其中，方有大成。』這是什麼意思？兼顧兩極而得其中，是不是指畫面中心處的古跡？」

劉定之越說越快：「從復原圖來看，畫面中心處的古跡無非有兩處，一是試劍石，二是千人石，但千人石過於寬大，而且稍微偏斜。試劍石的位置恰好在畫面正中心，難道……寶藏藏在試劍石那裡？可是……不會這麼簡單吧……」

汪力塔扭頭就向試劍石的方向飛奔而去，卻被傅綸一把拽住。傅綸雖然羸瘦，膂力卻極大，將汪力塔扯的一個趔趄。汪力塔瞪著眼叫嚷起來：「你要幹什麼？」

傅綸道：「你們被盯梢的次數還少嗎？這一次不能露出馬腳，得裝作遊人，慢慢踅到試劍石那裡。」

汪力塔歎息了一聲，無可奈何地盯著傅綸鉗子一樣的手，只好順從。一夥人踅著步子，裝作閒適的遊人，再次返回試劍石的位置。

眾人圍著巨石轉了幾圈，未發現異樣之處。汪力塔蹲下身子，伸出手指去摳那石頭中間的裂縫。他手指粗壯，勉強插進裂縫之內，卻塞在縫隙中拔不出來。無奈之下，只好向裂縫中吐了幾口唾沫，發出蠻力，將指頭拽了出來。

巴特爾尋了根小樹枝，在石頭的裂縫中又捅又摳，仍舊一無所獲。汪力塔性急起來，在地上拾起一塊大石頭，一臉狠戾之氣，怒道：「待我敲碎了看看裡面到底是啥！」說著就要往試劍石上砸過去，剛剛抬起胳膊，傅綸抬手便掐住汪力塔的手腕。汪力塔吃痛，叫嚷起來：「傅老頭兒，你是和我過不去嗎？」

傅綸捏著汪力塔手腕的力道絲毫未減，低聲道：「別毀了古物，記住，你是贔社的人。」

汪力塔只好垂下胳膊，扔了手裡的石頭。傅綸蹲下身，輕輕用指關節叩擊試劍石，屏氣凝神聽著叩擊發出的聲音。他將這塊巨石敲了一個遍，然後搖了搖頭，說道：「試劍石內是實心的。」

一邊的徐陵說道：「會不會在試劍石底下的泥土中？我們不如將試劍石挪個位置，把底下的土挖開看看。」

「這塊石頭怕不是有幾萬斤重，哪裡那麼容易挪窩兒？」金農搖了搖頭道，「況且此處正在上山路上，遊人來來往往，人多眼雜。我們大張旗鼓地挪石頭，一定會引起別人注意的。」

「我們還是回去再慢慢想個辦法吧，」吳墨林提醒眾人，「不要在此處停留太久，惹人生疑。」

「嗯，老吳說的對。我們先回去吧，」金農做下決斷，「回去再慢慢想個萬全之策。」

眾人循著來時路下山，出了南山門，再經海湧橋出山。剛進船艙，卻聽到昏暗的艙室內傳出一個低沉的聲音：「冬心先生別來無恙？」

金農大吃一驚，身邊的徐陵猛地從腰間拔出短刀，護在金農身前。

此人哧哧笑了幾聲，絲毫沒有怯意。他對金農等人招了招手，說道：「鄙人姓陳，名青陽，江湖上略有些名聲，人送綽號『多面鬼才子』。各位不必緊張，咱們其實都是老朋友了。」

金農已經辨認出對面的人正是前幾次搶劫書畫的領頭之人。此人孤身前來，未帶一個侍從，金農心中暗暗佩服對方膽略過人。

陳青陽帶著幾分戲謔的語氣說道：「怎麼？大家為何僵在這裡？放輕鬆一些，我這一次並非是要與你們為敵。我此次過來，只是想與你們談一談罷了。」

卻見金農躬身向陳青陽拱了拱手：「不知陳兄有何見教。」

「冬心先生的大名陳某人素有耳聞，」陳青陽並未直接回答問題，他笑著將目光又投向吳墨林等人，說道，「這幾位仁兄，我也都認識，這位是吳墨林，這位是劉定之，那兩位壯漢是巴特爾和汪力塔。哈哈，鄙人對你們的事情，其實瞭若指掌。」

「你到底是誰指使的？」吳墨林冷冷說道，「你應該早就監視我們了，而且，你絕不是皇帝的人。」

陳青陽露出欽佩的神色，對吳墨林點了點頭，說道：「吳大師猜的沒有錯，早在你買牛尿脬的時候，我就認識你了。呵呵，你不必吃驚，也不必知道我的底細。我之前為誰賣命已經不重要了，重要的是現在，我要和你們合作，而不是為敵。」

「合作？你要我們做什麼？我們跟你合作又有什麼好處？」吳墨林冷哼一聲道，「換句話說，我們憑什麼與你合作？」

「憑的是你們當前的處境，」陳青陽微微搖了搖頭，一臉關切地問道，「怎麼，你們難道還不知道嗎？官兵已經進了董家村，董其昌的棺材也被拉到縣衙中去了。你們知道是誰在主持此事嗎？不是旁人，正是你們的老相識——李衛。我相信，不久之後，他就會解開謎題，把虎丘翻個底朝天。」

「看你們吃驚的神情，大概真的還不知道此事……」陳青陽呵呵笑道，「說起來我算是救了你們一命，若是你們在虎丘找東西的時候正趕上李衛搜山，栽到他手中，怕是要遭殃了啊。」

吳墨林等人面面相覷，不知陳青陽的話是真是假。金農扭頭低聲吩咐身後的徐陵：「快去探探虛實。」徐陵點點頭，轉身出了船艙。金農對陳青陽笑了笑，說道：「不知這位兄台想怎樣與我們合作呢？」

「你們剛才在虎丘山上搜查了半天工夫，對著那一塊試劍石摸來摸去，終究不敢下手，無非是找不到合適的時機，怕引人注目罷了，」陳青陽輕輕拍了拍自己的胸口道，「但是，我有辦法透過官府的途徑，為你們找個恰當的由頭，仔仔細細將虎丘山探訪清楚，找出寶藏。」

「你說得輕巧，好像你認識蘇州知府似的，」吳墨林撇撇嘴道，「你真有這麼大能耐的話，為什麼不自己動手呢？」

陳青陽笑著拍了拍巴掌，說道：「吳大師懷疑的有道理。董其昌的棺材現在正在李衛那裡，墓室也被官兵把守著，我已經得不到任何關於寶藏的線索了。因此與你們合作，是我眼下最優的選擇。」

「你找的官府中人是誰？」劉定之問道。

「我找的人是蘇州府學正，學正這種官雖然沒什麼實權，卻主管一地的文教。咱們可以借著整理保護蘇州古跡文脈的由頭，手持官府明令，到虎丘山上製作拓片。有了這個由頭，你們就可以隨意搬動虎丘山上的石頭了。」

金農點了點頭，說道：「那麼，陳先生，你與我們合作，想要什麼好處呢？」

陳青陽以一種近似玩味的表情看著金農，好一會兒才開口說道：「鄙人無意與你們為敵，要的並不是那些破爛書畫。我只要錢。不多，我只要十萬兩銀子。」

五、試探

談交易討價無還價，昧銀票有心算無心

當陳青陽說出「十萬兩銀子」這幾個字的時候，他的臉色瞬間變得陰沉而嚴肅，他的眼睛也不再閃著戲謔的神采，而是透出幽深和冷酷的光。

金農感覺船艙內的空氣剎那間凝滯起來，對方已經清晰地、鄭重地提出條件，而且這個條件恐怕沒有討價還價的餘地。對方明面上提出的是合作的請求，實際上還帶著暗地裡威脅他們的意思。他作為贔社當下的主事者，一時之間也拿不定主意。

眾人正在驚愕躊躇之間，吳墨林開口說道：「鄙人早已聽聞江湖上『多面鬼才子』的名號（其實他從沒聽說過），以前有心結識，誰曾想第一次見面，竟在這種境遇之下。我當然相信陳兄弟的為人，但恐怕其他人並不會輕易信任你。」

金農附和道：「陳兄弟，十萬兩銀子可不是小數目。你也知道，我們這些人都是些窮書生，搞寫字畫畫的，哪裡比得上做官經商的有錢呢？即便我們砸鍋賣鐵，拿出這些錢，如何敢保證陳兄弟一定會辦成此事呢？」

陳青陽「嘿嘿」冷笑了幾聲，說道：「你們能調集如此雄厚的人力、物力，就別在我面前哭窮了。你們昨夜藏身的泉林莊園，沒有五萬兩銀子怕也買不下來吧。你們不相信我，怕我收了錢不辦事，這也可以理解。這樣吧，我可以分次收錢，事情每有一段進展，你們便給我一部分銀子，這樣你們總該放心了吧？」

吳墨林雙眼放光，問道：「怎麼個分段法？」

陳青陽道：「我已經把李衛發現董其昌墓葬的事情告訴了你們，單單這個消息，總該值兩萬兩銀子吧。你們先把這筆錢付給我，隨後我會安排蘇州學正下一道正式的指令，寫出文書，簽上官府的押署。等我把學正的批文交給你，你們再付我三萬兩銀子。最後等你們搜查完虎丘，找到寶貝之後，再付給我剩下的五萬兩銀子。怎麼樣？我的提議夠合理吧？」

「如果我們搜查完畢，仍舊未找到東西呢？」吳墨林問道。

「如果你們最終仍舊沒找到寶物，最後那五萬兩銀子，我便索性不要了。」陳青陽兩手一攤，豪氣干雲地說道，「當然了，你們別想著找到寶物之後假裝一無所獲——我會安排我的人跟著你們行動。你們的一舉一動，皆在我的監視之下。怎麼樣，夠公道吧？」

彷彿看出金農等人的疑慮，陳青陽接著說道：「你們放心，我只會安排一個人——只有一個人而已，只做監視之用，不會試圖搶奪你們的寶物。」

「如果你們拿到寶物之後就逃，我留下的人也攔不住你們，但是……」陳青陽陰惻惻一笑，說道，「若是你們最後毀約，我便會將你們曾經藏身的泉林莊園告知李衛。按照李衛的作風，他會對你們展開全力搜捕。我想，你們是不會冒險的。」

金農道：「陳先生，請在船艙中稍等片刻，我們出去商量一下。」眾人從小小的艙室內魚貫而出，來到船尾，商量起來。金農說道：「我看這法子可行，畢竟咱們現在也沒有其他辦法了。」

「我還是有些信不過他，」吳墨林說道，「就怕他最後把我們一鍋端了，還搶走寶物，我們賠了夫人又折兵，一無所獲。」

「他說過的，只留下一個人跟著我們，」劉定之說道，「只有一個人而已，能掀起什麼風浪？到時候我們多安排一些人手也就是了。」

吳墨林搖了搖頭，說道：「這個陳青陽，跟我們說他只要錢，不要寶物。但之前那幾次搶劫我們的時候，目標可都是那些古書畫。這一次，變化為何這麼大呢？更何況現在我們聽到的只是他的一面之詞，董家村究竟發生了什麼，咱們還得等徐陵的消息來驗證一下。」

「徐陵應該很快就會有回信兒的，」金農點了點頭，一臉凝重地說道，「話說回來，這陳青陽之前搶到的那些古書畫都是些仿品和摹本，到現在他還蒙在鼓裡吧。」

巴特爾嘿嘿一笑，說道：「那個什麼鬼才子，道行比起二師父還差一些，看他這樣子，一定還不知道之前搶的東西是假的。」

「噓！巴特爾你小聲些，那個人還在船上！」吳墨林做了個噤聲的手勢，「現如今，我們是被他們牽著鼻子走，究竟怎麼做，還得聽金農的。」

金農眉頭緊鎖，心亂如麻。事到危急時刻，如一座五行山壓在身上，透不過氣。現在的決斷至關重要，他必須儘早下定決心。

「他娘的，若董家村發生的事情真如陳青陽所說，我們就跟他合作！眼下先答應著。」金農咬咬牙，罕見地說起粗話，他揮起粗短的胳膊，一拳向空氣中砸去，「事不宜遲，機不可失，咱們這一回就賭一把。」

眾人回到船艙，金農向陳青陽抱了抱拳，一臉鄭重地說道：「陳兄，我們願意與你合作，明日一早，我們在此地會合，我會帶上兩萬兩銀子的銀票，你只需帶來本地學正的公文即可。」

陳青陽的臉拉得長長的，說道：「不是兩萬，需得是五萬，剛才說了，給你們消息，是兩萬，給出官府公文，是三萬，加起來，是五萬，一分不能少的。」

金農哈哈一笑，說道：「那公文若是偽造的怎麼辦？我們得用過之後才知道是不是真的，不能提前付款。」

陳青陽歎了口氣道：「那公文上面有官印，有江蘇學正的畫押，假不了的。」

金農卻說道：「第一次合作，總該謹慎些的。」

陳青陽越發不耐煩起來：「你一個浸淫書畫幾十年的文人，想不到對錢財如此計較。明日早上，五萬兩銀票，一分也不能少！否則咱們免談。」他作勢便要起身離開。

金農連忙按住陳青陽，說道：「好好好，都依你！明日日出時分，我會按照你說的去做。」

陳青陽冷著臉出了船艙。這時從對面船塢中飛馳出一艘小艇，陳青陽腳尖一點，身子輕飄飄地躍起，跨過一丈多距離，落在小艇上。那小艇掉頭而去，愈行愈遠。汪力塔拍了拍金農的肩膀，嘻嘻笑道：「想不到老金你談起錢來倒挺市儈，之前文人的那套清高哪裡去了？」

金農摸了摸稀疏的鬍鬚，說道：「我豈是為了那幾萬兩銀子優柔寡斷的人？剛才不過是試探對方。」

「喔？」吳墨林奇道，「試探出什麼了嗎？」

金農長長舒了口氣，說道：「試探出了，看來，這個陳青陽對錢是真的計較。這是好事兒，起碼說明他在乎這些錢。如果他在乎的是錢，那事情就好辦了，怕的是他不在乎錢，而是在乎那些寶貝。」

「贔社可真有錢，五萬兩銀票，說拿出來就拿出來，」汪力塔咂了咂嘴，「金老哥兒，我能從社裡先支個幾千兩銀子花一花嗎？」

金農斬釘截鐵地回答：「那是萬萬不可能的。」他轉頭又對傅綸說道：「速速去找些人手，能找多少人，便找多少人，明日須得守在虎丘周圍，以防不測！」

陳青陽所在的小艇飛快地駛到一艘大船附近，他登上大船，王老七與李雙雙已經在甲板上等候多時。

「陳大哥，事情怎麼樣？他們答應了嗎？」李雙雙急切地問道。

「答應了，」陳青陽點了點頭，眼神中閃過一絲倦意，「看樣子，他們倒是相信我只是為了錢才跟他們合作。」

「陳大哥裝什麼像什麼，」王老七翹起大拇指，「只不過，對方勢力不容小覷，我們最後能把寶貝搶到手嗎？」

「搶奪寶物之事，還得徐徐圖之，」陳青陽歎了口氣，有些無可奈何，「老七，你跟著他們上山尋寶，但不可動手。我與雙雙帶著人在山腳下守著。等他們下了山，將寶物搬上了船，我們再找機會行事。眼下我們就在李衛眼皮子底下，千萬不能輕舉妄動。」

王老七點了點頭，撓了撓腦袋，想起了什麼，問道：「陳大哥，不知他們答應給你多少銀子？」

陳青陽若無其事地答道：「對了，這件事我還忘了說，他們答應給我們六千兩銀子做定金。老七，雙雙，這六千兩，咱們就三人分了吧。一人兩千兩銀子，也算這段時間奔波辛苦的一點補償吧。」

王老七興奮地兩眼放光，連連說道：「我就知道，陳大哥不會虧待我們這些兄弟的！」

當天夜裡，徐陵將董家村的消息傳了回來。眾人這才確信漁陽山下發生的一切與陳青陽所說的一般無二。傅綸得了金農的命令，迅速調集了贔社當下能夠找到的所有人手，安插佈置在虎丘山各處。

第二天日出之時，金農等人按照約定，將馬船停在虎丘山門前的山塘河中央。片刻之後，陳青陽乘著一艘小艇，不緊不慢地靠了過來。

清晨的霧氣在河面上升騰，虎丘山中雲岩寺的鐘聲響起，回蕩在山麓之間。金農摸了摸懷裡的銀票，心中雖有些惋惜，轉念又想，這些錢財與虎丘山中的古書畫相比，或許連個零頭都不及。他心中略略寬慰，正這時候，小艇上的陳青陽足尖輕輕一點，跳到了金農等人所在的船上。

第十五章　虎丘山尋寶

一、各懷鬼胎

鬼才子尷尬勸停手，老衙役多事求旁觀

不待金農邀請，陳青陽逕自走入船艙中去，彷彿他才是這艘船的主人。金農、吳墨林等人只好尾隨陳青陽魚貫而入。

船艙內頗為狹窄，勉強容納得了六、七人而已。眾人圍著艙內一張小桌坐定，汪力塔和巴特爾擠不進去，只能擠在艙門入口處。逼仄昏暗的空間彌散著緊張而焦慮的氣氛，但陳青陽卻顯得從容淡定。他不緊不慢地從袖子中取出一紙公文，在眾人眼前晃了晃，只見文書上有一段文字，寫著學正命令蘇州官吏組織工匠訪拓虎丘石刻的指令，文字之後鈐著一方碩大的紅色印章，鮮豔的朱砂色泛著明晃晃的印油，在昏暗的船艙中額外醒目，那正是蘇州府學正的官印。

「你們只要把這封批文給虎丘山門口守衛的雜役看過，便可在這山裡裝作學正委派的拓工，如此便可隨意挪動搬運刻石，若有人質疑，只需拿出這一紙文書即可。」一說罷，陳青陽

將那紙文書按在身前的案子上，用指節叩了叩桌面，抬眼看向金農，又道，「我的事情已經做好了，接下來是你們履行約定的時候了。」

金農從懷中取出一疊銀票。五萬兩可不是小數目，須得二十五張兩千兩面額的銀票才能湊夠。這一疊銀票使得船艙內的空氣陡然間變得燥熱起來。陳青陽滿意地點了點頭，左手將案子上的公文推向金農，右手伸向金農遞過來的銀票。

金農鬆開遞過銀票的手，正要拾起案子上的公文，卻見陳青陽的手指緊緊按在公文上不放。金農的心頓時提了起來。

「你想幹什麼？」汪力搭伸手摸向腰間的佩刀，他在山西綠營的時候見慣了臨場變卦，事後反悔的情景。見此情景，便認定陳青陽要毀約耍賴。

陳青陽不答話，左手仍然死死按住批文，右手緩緩舉起銀票，拇指與食指輕輕一撚，將一疊銀票撚開，呈扇形，對著船艙門口投射進來的光線，瞇著眼睛仔細看了半晌，確信銀票為真，方才鬆開左手，將公文交給金農。這之後，陳青陽再未言語，走出了艙門，跳到自己來時的那艘小艇上，對小艇上另外一個方面大口的漢子交代了幾句，那漢子點了點頭，便登上金農的烏篷船。

小艇隨即離去，烏篷船上，方面大口的漢子衝著金農抱了抱拳頭，說道：「各位朋友，我便是跟著你們上山的人了，咱就在一邊看著，你們該做什麼就做什麼，不必拘束。」

這漢子抱拳的時候，眾人分明看到他的右手少了根食指，恍然間明白過來：正是眼前這漢子，曾參與獨樂寺之外的那場打劫，結果不小心摸到牛尿脬裡的蠹蟲，被吳墨林欺騙，還以為自己中了蠱毒，自斷食指。

王老七見對面幾個人的眼睛盯著自己的手指，一個個臉上露出憐憫的表情。他有意無意地將抱拳的手垂下，慢慢背到身後，說道：「各位朋友，之前咱們曾打過照面，有過些紛爭，不過是各為其主罷了。」

聽到王老七這麼說，眾人心中都鬆了口氣。金農忙不迭點頭道：「這位英雄說的有理，冤家宜解不宜結，我們之間又不存在什麼殺父奪妻之仇，過去的就讓它過去吧。」

王老七的嘴角抽動了一下，他強裝一副笑臉，心裡暗暗罵娘。回想自己自從食指被斬斷之後，投鏢的準頭兒再也不復從前。更讓他氣憤的是，每次見到雙雙，舉手投足間他總是那麼的不自在，害怕雙雙看到自己的殘手。就在前些天，在董其昌墳墓盜洞旁邊，自己又被一個掄錘子的瘦子砸了一下，差點沒緩過氣來。王老七咬了咬牙：這都怪對面這些王八蛋！等到陳大哥瞅準時機一聲令下，老子首先就要剁掉吳墨林的一根手指頭，然後狠狠揍一頓那個掄大錘的混蛋！

卻說陳青陽，立在小艇的甲板上，懷揣著一大疊銀票，長長地歎了口氣。一會兒工夫，小艇行到碼頭，李雙雙正一臉殷切地等在那裡。陳青陽上了岸，雙目怔怔地盯著李雙雙的臉，許久沒有說出話來。突然，他伸出一隻手，輕輕握住了李雙雙的手，將她牽到一處僻靜無人的地方。

「陳大哥……你、你有什麼事情？」李雙雙的心突突地跳起來，說起話來語無倫次，「陳大哥，你、你要幹什麼？」

「雙雙，妳一定要將此事做到底嗎？其實，我們現在收手，退隱江湖，不是很好嗎？」

「陳……陳大哥，」李雙雙的呼吸越發急促起來，「我知道你的心了，我……我會跟著你退隱江湖的，一輩子都跟著你。你要怎麼樣都可以……我什麼都聽你的。」

陳青陽愣住了，他的本意只是勸李雙雙收手而已，並沒有示愛之意。陳青陽突然不知道說些什麼好，咳了一聲，說道：「我是說，我和老七，和妳，和這些兄弟，全都停手不幹了。我已然拿到一筆定金，咱們分了這筆錢，便不蹚這渾水，從此退隱江湖，難道不是很好嗎？」

李雙雙抬起眼睛，眼眸中似乎藏著一汪秋水，蕩漾著柔柔的波光。她點了點頭，說道：「陳大哥，我知道的，你怕我們兩個人走掉之後，對其他人沒法交代，只好拉上他們，大家一起散夥。」

陳青陽皺起眉頭，正要解釋，卻見李雙雙低下頭去，囁嚅道：「或者說，陳大哥……你是不是怕雙雙發生什麼意外？沒事的，不會有什麼意外的。咱們做完最後這一票，有始有終，報答了八爺、九爺和十爺的恩情，便可以一身輕鬆地隱遁江湖。到那時，我們兩個無論去哪裡，做什麼，都是你說了算，好嗎？」

陳青陽呆呆地看了李雙雙一會兒，輕輕搖了搖頭，彷彿下定了什麼決心，從袖子中取出一個耿絹布囊，交到李雙雙手中。他的語氣出奇的平靜：「雙雙，我去山後看看其他兄弟的情況。我留給妳一個布囊，若是我半個時辰之內仍未回來，妳便打開布囊，裡面有接下去的計策。」

說罷，陳青陽目光決絕，轉身而去。李雙雙緊緊握著這布囊，心裡想道：「有什麼部署難道不能當面說嗎？難道陳大哥非要學那三國時候的諸葛孔明，為手下將軍留下什麼錦囊妙計？看不出來，陳大哥其實還挺調皮的。但這種調皮的行為，不是正顯示出陳大哥武人性情中夾帶著的文人浪漫嗎？李雙雙喜歡這種偶爾出格的行徑，這正說明陳大哥不是一個古板無趣的人。也有可能陳大哥對自己有什麼話羞於出口，寫在這布囊之內？她胡思亂想著，一臉酡紅，踱步到山門附近，對手下幾個人囑咐一番，按照之前的計畫，將手下散在山門口，靜靜等待半個時辰以後解開布囊。

卻說金農那邊，贔社的幾個社員取出早已備好製作拓片的一干物件兒，登岸上山。路過山門，金農將那紙公文向山門口的雜役亮了亮，兩個雜役聽說是蘇州府學正派來拓碑的工匠，仔細將公文檢查一番，確認無誤後，向眾人擺擺手，不耐煩地說道：「去吧，去吧。」眾人暗喜，快步上山，直奔著試劍石而去。

很快眾人便到了試劍石前，汪力塔與巴特爾齊力搬起石頭的一頭，將整塊試劍石豎立起來。然後，巴特爾取出一把短鍬，在裸露出來的地面上迅速挖掘起來。金農等人取出拓包、拓紙、白芨水和墨，裝模作樣在試劍石上做起拓片。其他幾人圍在周圍，用身子擋著試劍石，儘量隔開往來的遊人投來的好奇目光。

拓包在試劍石的表面發出「砰砰砰」的響聲，金農等人全神貫注地聽著是否有空洞的異響傳出。巴塔爾和汪力塔則在奮力挖掘，挖到一尺多深，只聽「噹啷」一聲響，巴特爾的鐵鍬碰到一塊硬物。汪力塔喜上眉梢，連忙用手撇去那硬物上的浮土，卻發現只是一塊鵝卵石，眾人大失所望。汪力塔罵罵咧咧道：「他娘的，只是一塊石頭罷了。難道東西還在下面？來，小巴，咱們兩個繼續挖！」

就在這時候，一個蒼老的聲音在眾人身後響起：「喂，你們在幹什麼？」

假扮成老吏的周遊，出現在眾人的身後。

「我們是奉了學正的指令前來拓碑的，」金農賠著笑臉，取出袖子內的官府批文，在老吏眼前展開，「老人家，你看，這是蘇州府學正的官印。」

周遊滿臉狐疑，湊上前去仔細審查了那一紙批文。又瞥了一眼試劍石上的拓紙，問道：「這官府的批文倒是貨真價實的，但你們為何在這試劍石上製作拓片呢？這塊石頭上並無文字啊？」

「這個嘛……說起來，原因頗有些複雜……」金農結結巴巴，一時間想不出答案。

「老人家問得好！正問到點子上去了，」吳墨林忽然插口道，「咱們學正特意囑咐過，有些石頭上的文字早就漫漶不清，一眼看去，似乎沒有文字鑿刻在上面，但做成拓片，卻有可能看到細微的字跡。所以這一次學正特地叮囑，儘量要多拓一些石頭，即便是那些看起來沒字的石頭也不能放過。」

周遊點了點頭，說道：「是啊，咱們蘇州府學正算是個明白人。不經捶拓，很多石刻文字與石花混在一處，確實是顯現不出來的。」他又好奇地指了指巴特爾挖出的坑洞，問道：「為什麼又要挖坑？」

「哈哈，老人家，你來猜猜，是什麼原因？恐怕你想不到呢。」吳墨林呵呵笑著說道。

周遊眼睛亮了起來，他摸著花白的鬍鬚沉吟了一會兒，說道：「鄙人在虎丘看守多年，也是第一次碰到這種新鮮事兒，難道……哪本史籍中記載著試劍石下面埋著什麼東西？」

吳墨林拍著巴掌笑道：「老人家心思敏捷，猜的不錯！其實是之前一個蘇州文人在書肆買到一本洪武年間的手抄書，不知是誰所寫，裡面記載著試劍石底下還埋了一段殘碑。那文人將此事告知學正，學正才命令我們挖一下試試。」

「有趣有趣！我在虎丘蹲守了大半輩子了，第一次聽說這種稀奇事。若是真挖出了老碑，說不定是一件轟動天下的奇聞！那真是功德無量啊！」周遊一臉興奮，「不瞞你們，我雖然一輩子只是個小吏，但也是秀才出身。我這輩子沒別的嗜好，就喜歡那些金石文字。各位朋友，能否允許我在一邊觀摩觀摩，我老頭子也想見識見識這塊古碑。」

見老人滿臉期冀，似乎打定主意要黏在這裡看熱鬧。汪力塔的眼神露出凶光，他的手摸向腰間的短刀，身子慢慢挨近了老吏。吳墨林連忙側身擋住汪力塔，使出眼色，阻他出手。氣氛陡然間緊張了起來，就連在一邊圍觀的王老七，也瞪大了雙眼，攥緊了拳頭。

二、石中寶

碎嘴師父依計行事，精明徒兒籌謀獨吞

眼見著老吏賴在試劍石這裡不走，眾人一時間無計可施。正在一籌莫展之時，吳墨林湊到周遊面前，擠出一個笑臉，說道：「我見老人家你學識頗為淵博，對拓片似乎很有研究。我們一會兒還要去劍池水邊的崖壁上捶拓，那一處石壁臨近水面，潮氣大，石頭跟前兒又無立足之地，正不知如何製作拓片？到底應該用擦拓，蟬翼拓，還是烏金拓？」

周遊哈哈一笑，說道：「你算是問對人了，說起捶拓之法，整個蘇州城，怕也找不出幾個人比我更懂更明白。水邊的石刻，捶拓起來確實要多費一些事，但也不是沒有辦法……」周遊正待要詳細講解捶拓的方法，卻被吳墨林打斷：「得，得，得，你光是說，我也不知道具體如何操作。咱手藝人傳授技藝，講究的是親身垂範。老人家你好人做到底，不如陪我去劍池，親自指導一下如何？」

周遊裝作為難的樣子：「我還想留在這裡看看試劍石上能不能拓出什麼文字，坑裡能不能挖出古碑哩。老弟，你等我一會兒，等這試劍石拓完了，坑也挖完了，我再跟你去劍池，你看如何？」

吳墨林笑嘻嘻地拽著師父的胳膊就往劍池的方向拉，一邊拉，一邊說：「老人家，等他們這裡挖出了什麼東西，派個人專門去劍池通知我們不就行了？咱們不必在這裡浪費時間，你先陪我去劍池那邊。」

「這麼著急？官府雇的工匠做事，什麼時候變得如此盡心盡力？」周遊半開玩笑似的說道，「那好吧，我老頭子就去教教你怎麼在水邊的石頭上捶拓。」他本就瘦骨伶仃，幾乎被吳墨林架起了身子，朝著劍池的方向走去。吳墨林隨身帶著製作拓片的工具，扭頭對金農等人眨了眨眼，金農輕輕點了點頭。等吳墨林和老人走遠，金農等人終於鬆了口氣，眾人加足馬力，重新開工。

「二師父真了不起，」巴特爾一邊掄鐵鍬，一邊感慨，「要說隨機應變的本事，還得看我二師父。」

汪力塔也讚道：「老吳關鍵時刻顯出高風亮節來了，寧可不親身參與挖寶，也要引開那礙事的老賤鳥兒。」

劉定之卻在納悶兒：吳墨林剛剛的行為，有些不像是他慣常的做事方式……若在平時，這個工匠說什麼也不會主動出頭。

卻說吳墨林與周遊走了幾十丈遠，周遊扭頭四處觀望，然後拍了拍吳墨林的肩膀，說道：「行了，別攙著我了，我還沒老到走不動路。」

吳墨林答道：「你以為我願意攙著你？你身上一股子酸味兒，跟糨糊餿了似的，我聞著渾身都難受。我說師父，你就不能洗洗澡嗎？師母難道不覺得噁心嗎？」

老人的臉有些發紅，氣不過，哼了一聲：「人老了身上自然就會有這個味道……你能不能對我放尊敬一些？好歹我是你師父，咱們雖然幾十年沒見面了，但還沒正兒八經地斷絕師徒關係呢。」

吳墨林嘴上說著刻薄的話，但看到師父乾瘦衰老的模樣，心中升起憐惜和不忍之情。過往的恩恩怨怨，似乎都變得沒那麼重要了。

周遊見徒弟的臉色稍稍緩和，二十多年前的疙瘩雖然沒有完全解開，但眼下看來，這個徒弟似乎不似以前那樣怨恨自己了。周遊趁熱打鐵，挨近了吳墨林，笑著說道：「我說小林子，還得說你這小子點子多，沒想到你那些朋友真被我們給騙了。」

很快，師徒二人來到劍池邊，找到了唐寅的石刻文字。

周遊興奮道：「你確定是這裡？能不能跟我說說你是怎麼猜到的？」

吳墨林頗不耐煩：「沒時間細說，等真的找出來了，以後說的時間有的是……」

吳墨林正要取出隨身攜帶的捶拓工具，周遊卻從樹叢底下找出一個麻布袋，裡面早就備好了各式各樣的器械，不容分辯地說：「還是用我的吧。」他翻出一根粗麻繩，遞給吳墨林。吳墨林將繩索的一端綁縛在石壁上的一棵樹幹上，另一端捆在腰間，慢慢垂下繩子，將身子蕩到水面之上。

周遊在石壁上遞來鬃刷和拓包，吳墨林仰著頭，看到師父的眼神中閃過一絲關切，他立即躲開了師父的目光。

「喂，我說小林子，你心裡還是恨我的，是吧？」周遊嘟囔了一句。

吳墨林將身子慢慢垂下，一邊在石壁上摸索唐寅石刻題記的凹痕，一邊說道：「師父，你就別碎嘴子了，現在不是敘舊的時候。」

這塊石壁上的石刻文字並不多，只有寥寥數字，內容無非是唐寅與某某人到此一遊，刻字為念。吳墨林用他那細長瘦削的手指在石刻的凹痕處摸來摸去，感受著石壁的每一處肌理。石壁上，斑駁的青苔在龜裂的縫隙中生長、蔓延。吳墨林為了仔細觀察石壁的細節，取出腰間布囊中的一把鬃刷，在石壁的青苔上用力刮擦，將所有的青苔剔除乾淨。漸漸的，唐寅石刻文字周圍的青苔全部被剔光，吳墨林清晰地看到了石壁上的每一處褶皺和裂縫，他努力地尋找著疑似人工打磨和加工的痕跡。

吳墨林緊緊盯著眼前的石壁，石壁上的每一處紋路，彷彿幻化成一個又一個圖案，在吳墨林的腦中迴環往復。突然，他似乎發現了什麼。那是一處弧形的裂縫，他的手指沿著這條裂縫輕輕地移動，這條裂縫先是向右上方翹起，然後急轉而下，而後向左邊轉過去，最終形成一個閉合的圖形。

他的心臟砰砰跳了起來，這是鴟吻的形狀！吳墨林用指節輕輕叩了叩這個圖形的中心，回聲敦厚沉悶，這表明石頭內部是實心的。

周遊在石壁上方探出腦袋，低聲道：「小林子，找到線索了嗎？」

吳墨林抬起頭，見到一臉急切的師父，問道：「你帶錘子或者鑿子了嗎？」

周遊皺起眉頭：「你想幹嘛？我說徒弟呀，幹我們這一行的，得有個底線。你要是想破壞古物，那可是缺大德啦！」

吳墨林焦急地低吼起來：「我想要敲碎的那一塊石頭上面沒有文字，算不上古物！」

「好吧，我扔給你一個錘子，你接住了！」周遊從石壁上方扔下一把錘子，吳墨林一把接住，掂量了幾下，覺得十分趁手。再看錘子的把手，上面刻著一個「吳」字。原來這是吳墨林二十五年前在師父家做學徒時專用的錘子。他離開師父家時，沒有帶走一件東西。一晃二十多年過去，沒想到師父仍然保管著。

吳墨林舉起錘子，對準鴟吻形裂縫的中心位置，敲了下去。一下、兩下、三下……石塊的表皮迸出細密的裂紋，一塊又一塊碎石窸窸窣窣地掉落下來。敲擊聲引起了過往行人的注意，不少遊人朝著吳墨林這裡投來好奇的目光。吳墨林只好側過身子，用身體遮擋住這塊碎裂的石頭。

被敲碎的石塊呈薄片狀，表層的石片脫落後，露出堅硬的、白色的沙質土層。吳墨林湊上前去，仔細嗅了嗅，這股子氣味正與董其昌墓葬週邊的三合土氣味一模一樣。事實上，這層白色的沙質土層堅固無比，似乎正是三合土灌注而成。吳墨林興奮地汗毛都豎了起來。他仰頭對上方的周遊低聲道：「師父，你帶鑿子了嗎？」

周遊看不到具體的情況，不知吳墨林是否找到寶貝，一時間心急火燎。他在工具袋中搜尋一番，說道：「我這裡只有一把大剪刀，你師娘平時用來裁切裝裱書畫的鑲料，勉強可以當作鑿子來用。」他將剪刀用繩子拴住，緩緩垂下去，吳墨林接下了剪刀，卻見剪刀把手上繫著一個紅色繩結，他認得這個繩結。製作這種繩結的手法，是師妹常用的。二十五年前，他的師妹就有一個習慣——總喜歡在她的工具上打一個繩結，當作記號。

吳墨林握住剪刀，向堅硬的三合土狠狠戳進去。三合土既可隔水，又抗壓牢固，以三合土作外層的封固，裡面便極可能就保存著董其昌的藏畫。然而，岩石背面三合土的面積並不大，由此可見，其中藏匿的東西所占的空間是相當狹小的。難道董其昌的藏畫只有寥寥數件而已？

吳墨林加快了挖掘三合土的速度，正當他手臂酸麻的時候，剪刀的尖頭突然觸碰到什麼堅硬的東西，發出「噹啷」一聲脆響。當他將所有的三合土都清理掉之後，伸進手去，摸到了一個長方形的石盒子。石盒頗為沉重，他用盡力氣，將石盒從石壁中掏了出來。只見這是一個長方形的盒子，一頭微微翹起。猛然之間，他想了起來。在董其昌墓中的那具棺材，正和這個石盒的形狀一模一樣。

三、驚覺叛變

剔青苔挖洞鑽硬土，抹唾液揉磚見紙毛

周遊在石壁上方低聲敦促道：「我說你弄好沒有？為什麼還不上來？到底找到什麼了？哎呦呦，可真急死我了……」

吳墨林聽到師父的催促，本想這就立刻爬上去，但見石壁上留下一個空洞，總覺不妥。他是個修復匠人出身，下意識地覺得要將一切破洞補好。於是他將石盒子夾在胳肢窩下，騰出兩隻手來，到處去掰石壁周圍的青苔，最後將青苔堵到空洞之內。隨後周遊將他拉到了石壁頂上。

周遊興奮地湊到吳墨林跟前，一臉的緊張，滿面皺紋似乎都糾纏到一處，雙眼死死盯著吳墨林的胳肢窩，急吼吼地說道：「快給為師看一看！」

吳墨林撇了撇嘴，說道：「你急什麼？反正最後這東西也不歸你，咱們早就說好了，我只給你兩千兩銀子作報酬。」

「你真是掉錢眼兒裡去了！這麼多年了還沒改。」周遊有些生氣，沉著臉低吼道，「為師只是想開開眼界，哪裡會有其他的心思？」

吳墨林拉著師父走到一叢矮樹之後，見四處無人，方才從胳肢窩底下拿出石盒。此時他才細細端詳這個石盒子。石盒的頂蓋上似乎刻了一些小字，不過甚是模糊，看不清晰。

周遊「呸」地一口，將唾沫吐在手心，然後翻手將唾沫塗抹在石盒頂蓋上，經過濕潤之後，石盒上的字跡顯露出來。吳墨林皺著眉頭湊近了石盒，忍著師父唾沫的腥味兒，將石盒上的文字讀了出來：「透網金鱗，休雲滯水。搖乾蕩坤，振鬣擺尾。千尺鯨噴洪浪飛，一聲雷震清飆起。清飆起，天上人間知幾幾？」

「這些字倒是都認得，只是不知說的是什麼意思。」周遊皺眉說道。

吳墨林斜眼看著周遊道：「我說師父，咱們做這一行的，多少也該讀點書吧。」

周遊道：「你還真是出息了，那你倒是說說，這首詞是什麼意思？」

吳墨林沉思片刻，說道：「這首詞嘛，說的就是一條漏網的魚，牠脫了網，搖頭擺尾，神氣的很。」

周遊笑道：「這還值得寫一首詞？」

吳墨林搖了搖頭，說道：「你不懂，這首詞是有深意的。我記得董其昌棺材上那段拓文最後一句是『兼得南北二宗之神韻者，方為透網鱗也』，所謂的『透網鱗』，就是掙脫漁網的魚，以此比喻領悟到書畫真諦，達到極高境界的書畫家。」

周遊讚道：「一別二十多年，沒想到你懂得這麼多了。既然如此，這石盒子裡裝的會是什麼呢？」

吳墨林試圖將石盒的頂蓋掀開，卻發現頂蓋牢牢卡嵌在盒子上，無論如何用力都打不開。他心中也萬分好奇，到底這石盒子中裝的是怎樣的古代珍品，才配得上「透網鱗」這個稱號？吳墨林心中焦急起來，董其昌的寶藏一定不會這麼輕易獲得的，看來這石盒子定要花費一番工夫才能打開。

周遊在一邊看了半天，伸出枯瘦的手指，在石盒的頂蓋上一推，盒蓋竟然輕輕鬆鬆地滑了出去。周遊哈哈笑道：「這蓋子原來是側推的，裡面有卡槽，我說徒弟，你只對書畫有研究，對石匠活兒知道的還少著呢。好在我吃過的鹹鹽比你多一些，不然你還不知道要搞多久才能弄明白……你說，我剛才這一招，像不像『透網鱗』？」

周遊又開始嘴碎，吳墨林卻不在意師父說了什麼，急不可耐地向石盒中看去。

盒子中靜靜躺著一塊長條形的方磚。

「磚頭？開什麼玩笑？」周遊驚訝地瞪大了雙眼。

吳墨林輕輕地撫摸這塊方磚，只覺得這塊磚有一種出人意料的溫潤質感。方磚那深沉的赭黃色顯得陳舊而古老。他將磚抓起來，更加驚奇地發現這塊磚重量很輕，遠比一般的石磚要輕得多。他又嗅了嗅方磚的氣味，只覺得磚上散發著一股花椒的味道。他用指甲輕輕地劃了劃磚的表面，磚面並不堅硬，若再用些力氣，甚至能摳破磚皮。吳墨林不知道自己找到的這塊磚頭究竟是不是董其昌藏匿的寶物，難道他找錯了，寶物另有藏匿之處？自己要不要在這裡繼續耽擱一段時間研究一下這塊磚頭呢？

正在吳墨林一頭霧水，百思不解的時候，卻見周遊「呸」的一聲，向左手掌心裡吐了一大口唾液，然後用右手食指蘸了一點，向磚頭上抹去。

「師父！你忒噁心了些！旁邊就是劍池，你去蘸一點劍池裡的清水不行嗎？」

「哎喲，你怎麼這麼婆婆媽媽……二十多年不見，淨讀了一些破詩爛詞，什麼時候變得開始窮講究了？」周遊不顧吳墨林嫌棄的眼神，繼續用蘸著唾液的食指輕輕在磚頭表面揉搓，一邊揉，一邊說道，「你忘了我曾經教你的了？咱們身體上的東西用處頗大。頭油可以做包漿，皮垢可以去浮光，唾液的用處更多，比起一般的清水，唾液性黏稠，久而不乾，其中若有膠質，可以潤筆，可以調色，可以試紙絹之生熟……」

周遊嘴上嘟嘟囔囔說個不停，揉搓的動作卻絲毫沒有停歇。他用食指的指腹揉了幾十下，卻見指頭上附著幾絲灰色的纖維。周遊又舔了舔自己的指頭，滿是皺紋的臉上突然像是菊花盛開一般，綻放出笑容。吳墨林也湊近了細細看著他的指尖，說道：「難不成你把手指上的死皮搓掉了？」

「瞎說！你仔細看！這是死皮嗎？」

吳墨林再次細細觀瞧，不禁驚呼：「是紙毛？怎麼會是紙毛？」對於一個修復師來說，紙毛其實是常見之物。每當修復紙質畫作的時候，總要將原畫命紙（緊緊貼合畫心的一層裝裱用紙）去除，在去除的過程中，就需要修復師將畫作濕潤後，用指頭揉搓命紙，搓下來的東西就像洗澡時搓下的泥垢一般，名曰『紙毛』。雖然吳墨林對紙毛再熟悉不過，但周遊剛剛揉搓的不是紙張，而是一塊磚頭，磚頭上怎麼會搓出紙毛？

周遊滿是皺紋的臉又綻放出笑容，拍了拍吳墨林的肩膀，說道：「如果我猜的沒錯，這是一塊紙磚！或者叫作書畫磚！」

「紙磚？紙怎麼會做成磚頭？」

周遊點了點頭，說道：「這並不奇怪，你應該聽說過書磚吧。」

吳墨林回答道：「書磚自然聽說過，古籍受潮，被重物壓的時間久了，書頁便會黏連，一本書就變成了一塊薄磚的樣子。」他突然恍然大悟，興奮地說道：「你是說——董其昌特地將書畫做成了這副樣子保存？」

「不錯，」周遊輕輕撫摸著這塊紙磚的表面，說道，「依我看，董其昌將幾十張書畫折疊成一樣的大小後，浸透了稀糨糊水，再疊壓在一起，用極重的重物壓實，表面再塗刷舊色，混入花椒水防蟲，就成了現在這個樣子。這個製作過程，大概就和西北人做切糕，保定人做醬驢頭相似。只是董其昌為什麼要用這種辦法保存書畫呢？」

「不外乎三個目的，」吳墨林摸了摸山羊鬍子，說道，「第一，這種方法做成的書畫之磚，可以濃縮幾十件文物於一體，節省了存儲空間；第二，做成的書畫磚外表酷似普通的磚頭，對於一般的盜匪士兵而言，根本無從判斷其中的價值，只有我們這樣的行內人，才知道這不是一般的磚頭；第三，這種書畫磚其實可以還原成一張張書畫，對於我們這種人而言，不過是多費些功夫罷了，但並不會對原作造成什麼損害。」

「走，跟我回家，我們一起把這書畫磚的謎底給揭開。」周遊拽住吳墨林，神采奕奕地說道，「我倒要看看，這寶貝究竟和『透網鱗』有什麼關係。」

「換上這些衣服，別讓那矗社的人發現你，咱這就下山。」周遊說著從裝工具的包袱中取出一件長衫和一個竹斗笠。吳墨林穿戴完畢，只覺得周身都是周遊身上的氣味兒。這氣味就像普洱茶受了潮發了霉，雖然並不好聞，但此時也顧及不了這麼多。兩個人喜滋滋地收拾好工具，帶上石盒，朝著山下走去。

卻說金農等人在試劍石那裡折騰了半天，掘地三尺，將地下水都挖了出來，仍一無所獲。眾人灰心喪氣，一籌莫展。金農給大家打氣：「繼續挖！說不定藏在更深的地方！」

劉定之越來越覺得寶藏不會在試劍石這裡，他吩咐巴特爾道：「去劍池那邊看看你二師父怎麼樣了？」巴特爾領師命而去，半刻鐘後呼哧帶喘地返回，急道：「二師父和那個老吏都不見了！」眾人大驚，劉定之的臉色陰晴不定，說道：「我一直覺得奇怪，吳墨林定是在搗什麼鬼！」

金農緊鎖眉頭，心裡越來越沒著落，他越想越怕，此時他唯一的念頭就是趕緊找到吳墨林好生盤問一番。回憶前些天發生的事情，似乎一切太過於順利。整張復原圖都是吳墨林一手繪製的，所有線索幾乎全部都是吳墨林引導出來的。難道這心思縝密的義弟叛變了鼂社？金農終於下定了決心，對眾人說道：「定之兄，你和巴特爾、傅綸仍然留在試劍石這裡繼續尋找，其他人分散開來，在這虎丘山中找尋吳墨林的下落。我親自去山門處守著，如果吳墨林下山，必經山門。你們一有消息，便去山門那裡尋我！」

眾人聽命行事，正要四散之時，卻聽王老七吼道：「且慢！我算是看明白了！你們別想耍花槍！」

眾人驚愕地看著王老七，只見他的嘴角抽動了幾下，呵呵冷笑道：「這都是你們故意布的局吧！為了避開我，設計了這麼一齣戲，讓那吳墨林和老吏去找寶物，找到之後又裝作他們叛變了，這樣一來，你們就不必支付剩下的銀子了！只付六千兩銀子就想占這麼大的便宜？真是好計謀！可惜被我老七識破了！你們這群背信棄義的小人……」

金農一頭霧水：「六千兩？不是五萬兩嗎？」此刻金農的腦子裡就像各種顏料碟子打翻在一起，亂糟糟理不清頭緒——吳墨林還沒找到，眼前的莽漢又要鬧事，他的腦子嗡嗡作響。他只好苦笑著說道：「好漢！你看我們像是演戲嗎？你若真的信不過我，我也沒辦法，眼下事情緊急，由不得你了。」

王老七大怒，但也無計可施。現在只有自己一人，想當初陳青陽多派幾個人來盯著就好了。他一把扯住金農，說道：「我跟你去山門那裡，你休想逃出我的視線！」

金農無奈，他可沒工夫跟王老七攀扯，只好由著老七跟隨自己去往山門。眾人依了金農的命令，迅速四散開去，只留下劉定之、傅綸和巴特爾守在試劍石這邊繼續尋找寶藏的線索。

四、混戰

雙雙助陣變故突起，師徒觀戰亂局一團

吳墨林與周遊二人早在金農有所覺察之前就已經下山了。吳墨林穿著師父的長褂，戴著斗笠，走過山門，順臺階一路到山腳之下。

周遊急不可耐地想趕回蘇州城家中，要將那塊書畫磚層層揭開。但吳墨林卻將周遊拉進一家人聲嘈雜的行腳店中，落座後叫了兩大碗涼茶。茶攤四周遊人甚多，往來穿梭不斷。店門口還有不少雜耍的藝人。此處店鋪鱗次櫛比，街道上有耍猴的，拉三弦的，要把式的，熱鬧非凡。吳墨林與周遊隱藏在茶攤之中，彷彿兩條小魚兒混入魚群，尋常人根本不會注意。

「咱們快回去吧，你難道不想知道那塊紙磚裡面有什麼嗎？」

「少安勿躁，東西鐵定是我們的了，倒不急在這片刻之間。我要親眼看看金農他們下山後的行動。」

「你只是想看看人家沒找到東西失望的樣子吧……照我說，咱們還是快走吧，為師急著鑽研那塊畫磚。」

吳墨林悠然自得地端起茶碗，啜了一口，甘爽的茶湯沁透心脾。他揚著眉毛對周遊說道：「咱們的合作其實到此已經結束，你要是想走，自己走便是。至於答應你的兩千兩銀子……銀票尚且在京城，存放在朋友那裡（即沈是如的妓院）。你放心，我一回了京城，就取了銀票到蘇州交給你。」

「放你娘的羅圈兒屁！我還以為銀票就在你身上呢！」

「師父，你應該瞭解我的為人。我這個人雖然有諸多毛病，但從未背信棄義。」

「這倒是，但既然眼下你付不出錢，我就得一直跟著你。」

「那你就老老實實坐在這裡，陪著我！」

周遊無奈地歎了口氣。他發現吳墨林早已不是二十多年前那個聽命於己的徒弟了。徒弟長大了，有本事了，就知道怎麼擺佈師父了。但周遊從內心深處又希望和吳墨林多相處一段時光，畢竟那是他從小養大的徒兒。

「我說小林子，他們怎麼還不下山呢，」周遊的嘴巴似乎閒不住，他朝著山門處眺望，有些擔心地說道，「他們該不會發現你不見了，四處尋找你吧。」

吳墨林哼了一聲，說道：「那是肯定的了，他們遲早會發現我已經不在劍池那裡了。」

「你說，他們會怎麼想？」周遊絮絮叨叨地分析道，「有兩種可能，第一，他們會擔心你的安危，怕你被誰擄走了；第二，他們會懷疑你背叛了他們，你說，他們更傾向於哪一種？」

吳墨林其實也想知道金農一方的反應。他的目光鎖住山腳下通往山門的臺階，沉默無語，並未回答周遊的問題。

盯著山門的人不僅僅只有吳墨林和周遊。李雙雙帶著幾個王府侍衛遊蕩在山腳下，也時時刻刻關注著山上的動靜。她的手緊緊攥著陳青陽留給自己的錦囊。按照陳青陽的囑咐，只有當他離開半個時辰後，李雙雙才可以打開這個錦囊。李雙雙抬頭看了看太陽，從太陽的位置大致推測過去的時間。約莫半個時辰已經過去，她便解開了錦囊的紮帶。囊中是一張疊好的箋紙，她展開紙，上面是陳青陽寫下的一段筆意瀟灑的行草書法，陳青陽的用筆使轉圓勁，風流磊落。李雙雙感慨了一句「字如其人」，再去讀那短箋上的文字：

雙雙，見字如面，我已遠離此地，不必尋我。妳與老七既有報主之心，繼續依本心去做便是，妳聰敏決絕，可主持一切大事。錦囊中另有四千兩銀票，送予你們，好自為之。青陽頓首。

李雙雙捏著短箋的手不由自主地顫抖起來，她又讀了一遍，目光停留在「好自為之」四個字上。淚水不知不覺地滑出臉龐，滴滴答答落了下來。

她腦子裡一片空白，不知道接下去該做什麼。她不明白陳青陽為什麼要這麼做——這個男人曾經親口讚過自己的舞技如公孫大娘，還曾為自己吟詩一首；之前在漁陽山，他喝醉了，還念叨著「咱的雙雙」；在太湖邊上，他分明說過要和自己一起泛舟歸隱；就在剛剛，他不是也說，想要和自己一起退出江湖嗎？這些事，一樁樁一件件，她都記得清清楚楚。

然而，陳青陽就這麼走了，只留下一句「好自為之」。號稱「多面鬼才子」的他，最完美的計策卻用在了自己同伴的身上。

「李姑娘？妳怎麼了？」身邊一個王府侍衛的問話在耳畔響起。

她擦了擦眼淚，勉強露出一個笑容。此時正是要緊的時候，她要挺住，一如她少年時遇到苦難那樣堅強地面對人生。她抬眼看了看虎丘山，努力平復心神，對手下說道：「等金農他們下山時，我們再去和王老七碰個面，咱們要不要行動的前提，是得知道那撥人有沒有找到東西。」

「李姑娘，妳看，山門口那兒的那個人，是不是王大哥？」侍衛突然指著遠處的山門說道。

李雙雙的眼淚還沒乾，她揉了揉眼睛，仔細看去。山門附近的兩個人，確實是王老七和金農。兩個人站在山門附近，似乎是在等人。王老七一臉的急躁和憤怒，金農的表情卻充滿了無奈。

李雙雙仔細盯著他們兩個人的口型，試圖辨認出二人的話語。她能夠依稀辨認出，王老七在恐嚇金農：「你……騙我……饒不了你！」王老七的嘴又大又方，說起話來嘴巴的形狀變化明顯，李雙雙遠遠看去，就能猜個八九不離十。但金農的面龐肥胖，嘴巴又小，說起話來就沒有那麼容易分辨，她只能大概猜測出金農的回答：「放心……五萬兩銀子……早就……你們不會吃虧……」

王老七的臉色大變，李雙雙的心也咯噔一下，她看到王老七的嘴巴抽動著，一臉疑惑地問道：「五萬？分明是六千兩啊……」

李雙雙想起錦囊裡的銀票，她剛剛看過了，的確只有四千兩。只見金農伸出胖乎乎的巴掌，在王老七面前晃了晃，口型清晰可辨：「一共十萬，還剩五萬……」

王老七滿臉疑惑地皺起眉頭，露出一副迷惘的表情。

李雙雙的心瞬間沉了下去。一想到從頭到尾都是陳青陽在和金農打交道，李雙雙全都明白了。

王老七對於陳青陽的不辭而別一無所知，同樣，李雙雙對於虎丘山中到底發生了什麼，也一頭霧水。她敏銳地意識到事情已經到了危急的關頭，便決定親自到山門處去向王老七問個究竟。

王老七正在獨木難支，惶惑不安的時候，突然看到李雙雙領著人奔向自己，不由得心中大喜。

「雙雙！妳來了！」王老七扯住金農的胳膊，一臉獰笑，「這回我們的人來了，你想跑也跑不了啦！」

「王大哥，發生了什麼事？」

「他娘的這夥人想賴帳，故意支開了那個吳墨林去找寶貝，他們卻裝作一無所獲。這點兒伎倆可蒙不了俺！」

「原來如此……」

「雙雙，妳的眼睛怎麼紅紅的？對了……老陳呢？」

「他走了，退出了。」

「什麼？」

「此事後面再說，眼下要緊的是寶藏！」

「都是這胖子出的主意！他是這夥人的頭兒！咱們抓住他，讓那幫人用寶貝來換！」王老七的大手像鉗子一般牢牢攥住金農的胳膊，把金農疼得齜牙咧嘴。李雙雙向周圍的侍衛使了個眼色，幾個人一起上前，這就要把金農脅迫下山。

這時候，刺斜裡衝出四、五個漢子，他們都是贔社成員，與王府侍衛扭打在一起，另有一個贔社壯漢，衝向王老七，手裡握著一把匕首，猛地向王老七的胳膊刺去，王老七急忙鬆開攥住金農的手，擺出架勢迎敵。於是兩撥人乒乒乓乓打作一團，引得周圍的遊人大呼小叫。遊人最喜熱鬧，見到山門處有人打群架，奔相走告，蜂擁而至。山門附近兩個守門的差役也饒有興味的在一旁觀戰。

打鬥聲越來越大，很快，虎丘山中其他各處的贔社成員都得知了變故的發生。沈是如本來在劍池附近四處尋找吳墨林，卻見許多遊人朝著山下湧去。等她跑到山門附近，在混戰的人群中，發現了一個略顯纖弱的身影。那人手裡舞著一把長劍，身著女裝，劈砍騰挪的身姿極富韻律感和節奏感。沈是如心跳加速，她不由自主地走得更近了，終於，那個纖細瘦弱的女人轉了個身，露出了清秀的面龐。沈是如愣在原地——是李雙雙！是她請去教導菡芬樓姑娘舞技的雙雙姑娘！

沈是如終於明白過來——為什麼他們南下的行蹤會暴露，原來是這個狡猾的女人騙取了自己的信任。早在京城，李雙雙就得知了他們南下的目的地！她一陣眩暈，想到自己曾經還把李雙雙當作知心的好姐妹，原來是瞎了眼，蒙了心！一貫平和溫柔的沈是如此時怒不可遏，一股惡氣堵在胸口無處發洩，憋得難受。她蹲下身，胡亂撿了一塊石頭，便要衝上去砸向李雙雙。但當她剛剛邁動腳步，突然有人從背後抱住了她的腰。劉定之的聲音從身後響起：「是如！冷靜！」

從山上趕來的劉定之不顧一切地猛衝過來抱住了她。這恐怕是劉定之平生跑得最快的一次了。即使是他在董家村被狗攆，也沒有這一次跑得快。

沈是如回頭見是劉定之，扭著身子掙了幾下，卻掙脫不開。她又急又氣：「你放開我！」

劉定之第一次如此近距離地觸碰沈是如，他的臉漲得通紅，摟住腰肢的胳膊卻絲毫沒有鬆開。劉定之咬著牙關說道：「不行的，是如，咱們本來就不是打架的料，上去幫忙，只能越幫越忙！」

沈是如沒辦法，只好衝著李雙雙聲嘶力竭地吼道：「妳這個奸細！妳這個歹毒的小人！」

吳墨林和周遊遠在山腳之下觀望，剛剛發生的一切都落在眼中。雖然他們聽不到現場的聲音，但急劇變化的情景卻把二人驚得目瞪口呆。一邊的周遊捅了捅他的後脊梁，說道：

「喂，你說他們打起來，是不是和你有直接的關係啊？」

事情的發展超出了吳墨林的預料，他只能在心中暗暗祈禱：千萬別打出人命。他開始後悔，或許自己不該戲耍金農那些人，真要是出了人命，就得算在自己頭上，這樣一來，他下半輩子就再也不得安生了。

五、官府劫寶

嗩吶聲模擬古琴曲，李二娘慟哭王老七

正在吳墨林心裡七上八下的時候，周遊再次捅了捅他的脊梁骨。

「幹什麼？」

「你說，如果他們知道一切是你搞的鬼，你會不會眾叛親離啊？」

「別說風涼話了，我也沒想到會這樣。喂，你幹嘛又戳我脊梁骨？你煩不煩？」

「我說徒弟，你看看山塘河那邊……」周遊抬手指向河道。

就在周遊手指的方向，四、五艘大船順著山塘河向虎丘山航行而來。船上站著一隊隊官兵，人人持握钁頭、鐵鍬、斧頭、錘子等物，只有少數幾個官兵帶著兵刃弓矢。

船隊距離虎丘山越來越近，一個身材瘦削的漢子從船艙走出，站在甲板上。那漢子向士兵打了個手勢，於是便有船夫吆喝著停船靠岸。那漢子聽到虎丘山上有打鬥之聲，滿臉狐疑地望過去。身邊幾個隨從在一邊指指點點，互相交談著什麼。

吳墨林倒抽一口涼氣，腦子裡「嗡」的一聲響——那瘦削漢子非是旁人，正是李衛。

話說李衛和蘇州知府陳鵬年臨時召集了幾個當地知名的讀書人，夜以繼日地對董其昌的那具空棺材鑽研。李衛恩威並施，幾個學者徹夜未眠，熬紅了眼睛，在棺材上的每一處細枝末節尋找線索。終於有人在拓文中發現了藏寶之地應為「虎丘」，但至於藏匿在虎丘山中何處，那些讀書人尚未揭開謎底。但李衛已經等不及了，他立刻點出蘇州府衙的幾百個士兵，配發鎬頭、鐵鍬等掘土碎石的工具，天一亮就啟程趕往虎丘，誓要將整個虎丘山翻個底朝天。

李衛行事之快，遠超吳墨林的想像。更使吳墨林吃驚的是李衛的做派。只看那五船官兵的架勢，似乎不是要找寶物，而是要將整個虎丘鏟平。吳墨林越想越怕，山上兩撥人正在打鬥，山下又來了更難纏的對手，金農、劉定之那撥人真要送了命，他可就百死莫贖了！

他又望向山門處，只見贔社中的成員仗著人多勢眾，漸漸占了上風。金農被傅綸護在身後，已然脫離了王老七的控制。但王老七和李雙雙卻絲毫沒有停手的意思。李雙雙心中對陳青陽失望，更燃起一股怒火，趁著打鬥傾瀉出來。她的招式越發凌厲，一劍快過一劍，劍劍攻向敵人的要害。王老七見她劍法過於狠戾，險招不斷，很是擔心她的安危，於是拔刀護在雙雙身側，時不時向傅綸扔出幾個飛鏢，欲報當日一錘之仇。

李衛的船已經靠岸，情急之下，吳墨林拔腿就要奔上山去通風報信，卻被周遊一把拽住。周遊急道：「等到你跑上去了，人家官兵也都趕過去了，哪兒還來得及？」

吳墨林此刻已經急得滿頭大汗：「不行啊！不行！總得通知他們趕緊逃跑啊！」

周遊仍然緊緊拽著他：「來不及啦！」

吳墨林急得直跺腳，環顧四周，猛然發現茶攤不遠處有個耍猴的中年男子，腰間掛著一個嗩吶。吳墨林靈光一閃，生出一個主意。他猛地掙脫了周遊的手，飛也似的跑過去，從男子腰間一把扯下了嗩吶，轉身問周遊道：「師父，你可會吹嗩吶嗎？」

周遊愕然地搖了搖頭。

吳墨林又問耍猴的男子道：「這位大哥，你會吹嗩吶嗎？」

耍猴的男子是個五十多歲的老頭兒，一愣之下，答道：「會，會一些。」

吳墨林立即將嗩吶塞到男子手中，又從懷裡掏出幾塊碎銀子，一併塞給他，急切地說道：「我哼一個調子，你按照這個調子使勁兒吹嗩吶！只要你吹得響，這些銀子都是你的！」

那男人怔怔地盯著銀子，這些銀子足有四、五兩之多，夠他半年表演耍猴的收入。吳墨林急不可耐，劈手奪去銀子，吼道：「到底吹不吹？吹了這銀子就是你的！」

「吹吹吹！吹就是了，你幹嘛那麼凶？」男子搗蒜似的點頭。

「聽好了，按照這個調子吹。」吳墨林隨即哼出了一段小調。

嗩吶聲隨即響起，吳墨林在一旁喊道：「再大聲一些！」男子鼓足了腮幫子，使勁兒吹起來，嗩吶響聲極大，將吳墨林雙耳震得嗡嗡作響。綿長刺耳的聲音瞬間傳遍了整個虎丘山。他身邊的猴子從未聽過主人吹得這麼響亮，全身的毛髮都炸了開來，一對猴眼滿是驚恐。

男子白日裡耍猴賺錢，晚上偶爾接一些白活兒，專給送殯的吹嗩吶。因此他吹的嗩吶曲自然而然便帶著哭喪的腔調。然而，吳墨林此時卻覺得這嗩吶聲猶如黃鐘大呂一般悅耳動聽。

「很好，繼續吹！再大聲一些！使勁兒吹！別停下來。」吳墨林在一邊敦促道。

嗩吶聲直上雲霄，驚得周圍雜色人等紛紛側目而視。

山門附近打鬥的蟲社成員聽到嗩吶聲，初時尚覺奇怪，越聽越覺得熟悉。金農第一個反應了過來——這嗩吶聲豈不正是宋徽宗為童貫和蔡京演奏的古琴曲開頭的片段嗎？這首曲子早已失傳，只有蟲社的人才聽過。此時此刻，嗩吶反反覆覆吹出來的正是曲子開頭的一段旋律，聲音淒厲急促，極其刺耳。

金農聽到這催命似的嗩吶聲，怔了片刻，扭頭對周圍的蟲社成員說道：「這難道是咱們的人發來的暗號？」他當機立斷：「撤！朝著嗩吶聲的方向撤！」

蟲社的成員們收起兵器，向山下四散逃去。王老七和李雙雙不明所以，只得追著蟲社的人跑下山去。

李衛就像一條嗅覺敏銳的獵犬，隱隱感覺山門處的打鬥不同尋常。他快步走上岸，迎面撞上了從山下衝下來的蟲社成員。李衛眼尖，看到混在人群中壯碩高大的巴特爾。

「射箭！射箭！向那個高個子射箭！」李衛向身後的士兵們大喊，用手指著巴特爾的方向。

但他身後的士兵大多肩上扛著鎬頭和鐵鍬，只有五、六個人攜帶弓弩。陳鵬年急道：「那壯漢身邊有許多百姓，只怕弓箭傷及無辜啊！」

李衛雙眼一瞪，罵道：「射死了無辜之人自有我頂著，你他娘的算是哪根蔥，在我跟前指手畫腳？」

陳鵬年縮了縮脖子，不敢再言語。李衛繼續喝道：「射箭！快射！」

士兵們原本都聽命於陳鵬年，此時迫於李衛的威嚇，只好彎弓搭箭，五、六支箭射向巴特爾的方向，但準頭和力道似乎都差了一些。人群如四處奔脫的鹿群，驚叫聲不絕於耳。所幸的是，這幾支箭全部射空，未中一人。

「全是廢物！酒囊飯袋！再射！再射！若是再不中，我罰你們一年的薪俸！」李衛氣得大叫起來。

重罰之下，必有勇夫，第二次發出的弓箭如飛蝗一般射向巴特爾。但巴特爾弓馬嫻熟，早有防備，身子一扭，腦袋一低，便躲了過去。他遠遠發現了李衛，扭頭大喊道：「李大人！你走你的陽關道，好好伺候你的主子，做好你的奴才，別跟我這樣的江湖人計較！」

李衛暴跳如雷，氣急敗壞地喊道：「繼續射，這一次朝手裡拿著兵器的人射箭！隨便射中哪一個，老子獎銀一百兩！」

更多的士兵聚攏過來，聽說射中便有獎勵，士兵們的雙眼熠熠放光，第三次搭弓射箭，個個將牛角硬弓用力拉滿。這一次足足有二十多支箭疾射而出，勢如追風，迅如激電。巴特爾已然跑遠，追在他身後的是李雙雙和王老七。王老七緊緊追隨在李雙雙左右，忽見一陣箭雨襲來。他絲毫沒有猶豫，大叫一聲：「雙雙小心！」將身子一橫，擋住了李雙雙。

李雙雙聽到身後一聲悶哼，回頭一看，只見老七的前胸露出一個箭頭，這支箭貫穿了他的身體。鮮血順著箭頭滴滴答答落下，砸在地上，迸出星星點點的血花。

王老七慘然一笑，他的大嘴咧了咧：「雙雙，別管我，快跑……」他雖然中了箭，但身子卻像鐵塔一般直直地站立著。

李雙雙的眼淚不由自主地流淌出來，她哭道：「我不跑，我陪著你。」

「快跑，再搭上一條命，不值得。」王老七吐出一口鮮血，聲音虛弱了幾分，但心中翻起一股熱浪，感覺又甜又苦又帶著酸澀。他晃了晃身子，一陣眩暈的無力感襲來。

「不，不，我陪著你。」李雙雙上前摻住王老七，哽咽著說道，「我陪著你，我不逃。」

老七苦笑著，目光漸漸渙散迷離，他努力睜開眼，看著李雙雙哭紅了的雙眼，用盡最後的力氣緩緩說：「真想……再看一次妳跳的『公孫大娘舞』……」他說完這句話，身子一歪，向地上栽倒，昏了過去。李雙雙再也忍不住，號啕大哭起來。

「你為什麼這麼傻！為什麼要救我！」她嗚咽著，搖著王老七的胳膊。

王府的侍衛們卻不願意陪著李雙雙等在這裡，早已扔了兵器，自顧自四散逃去。很快，李衛率人趕了過來，士兵們將李雙雙和王老七團團圍住。李雙雙仰起臉龐，瞪著李衛，一字一頓地說道：「只要你救活他，要我做什麼都可以。」

李衛冷著臉，派人將王老七抬走，命令陳鵬年立即尋找大夫為王老七清理箭瘡，開藥治療。李雙雙緊緊跟在王老七身邊，她現在只有一個念頭——一定要讓老七活下去。

六、會合

波臣派畫師繪肖像，穹窿山別業顯窮酸

吳墨林遠遠看到矗社成員們均已下山，向著自己的方向聚攏而來，終於鬆了口氣。又見李衛帶人將王老七團團圍住，心中暗覺不妙。但這個結果總歸是自己可以接受的。

金農、巴特爾等人見到了吳墨林，又發現他身邊站著的老吏，都有些疑惑不解。吳墨林湊近了金農的大腦袋，小聲耳語道：「此時情況緊急，我不宜多做解釋，接下來我們恐怕會

被李衛全城搜捕，因此不能再在這個地界兒露面了。大家最好分頭行動，六個月以後，明年的三月初一，咱們在蘇州城的南大門匯合。」

吳墨林不等金農回答，走到沈是如身邊，直勾勾地盯著沈是如的雙眼，說道：「是如，現在情況緊急，咱們應該分頭行動，妳就跟我走吧。」

沈是如倉促間不知如何答話，正在扭扭捏捏，金農卻走過來，隔在吳墨林和沈是如之間，冷聲道：「吳墨林，你必須和我們在一起……董其昌的藏畫，應該就在你手裡吧。」

「沒有，我沒找到。」吳墨林回答得斬釘截鐵。

金農哈哈一笑道：「我看你包袱挺沉的，我幫你背一會兒吧。」

吳墨林包袱中正是先前找到的石盒，他哼了一聲，說道：「這都什麼時候了，還提什麼藏畫，都快散了吧，再磨蹭，就該被李衛找到了！」吳墨林又轉向沈是如，他心知情況緊急，因此也不顧多人在場，厚著臉皮對沈是如說道：「是如，妳跟我走吧……我對妳的心，妳該瞭解的。」

一旁的劉定之愣住了，張大了嘴，一會兒看看沈是如，一會兒看看吳墨林，百感交集，心中默念：是如！給他一耳光！

「師父，我呢？既然是分頭行動，你就這麼扔下我？」巴特爾往前一步，橫在吳墨林面前，「我是你徒弟啊！是你衣缽傳人啊！你要撇下我嗎？」

「你……你想跟著我也成……」吳墨林有些無奈地說道，「這個你自願就行。」

「這是你徒弟？」周遊打量著巴特爾，滿意地點點頭，「小夥子精氣神不錯，看來，我們師門有後了！」

吳墨林向遠處眺望了一眼，見虎丘山下四處都有官兵，正在到處搜查。他不再多費口舌，扭頭拉著周遊就走。他和周遊走了幾步，一回頭，卻見金農等贔社成員全都緊跟在身後，他怒目圓睜，低聲吼道：「你們不要命了！這麼多人跟著，被人發現怎麼辦？」

金農卻向吳墨林逼近了一步，堅定地對視著吳墨林的雙眼：「你必須跟我們在一起！就算你想走也走不了。」他身邊的其他贔社成員此時也上前一步，面色不善，緊緊盯著吳墨林。

吳墨林咬牙切齒，跺著腳說道：「行行行，你這是赤裸裸威脅我了？但就算是你們跟著我，也別帶這麼多人啊！這麼多人太引人注目了！」

金農轉頭對身後的徐陵、傅綸等人說道：「只有你們兩個跟過來，其他人先散去吧，讓贔社的其他兄弟自行躲起來，那個泉林莊園怕是要暴露，不要留在那裡。」其他贔社成員領了令，四散而去。

吳墨林腳下步子不停，嘴裡仍然在罵罵咧咧：「一群跟屁蟲，厚臉皮……我只想帶是如走，巴特爾硬要跟過來也成，至於你們……」他轉身指了指其他人，說道：「一個個腆著臉，真不知趣兒。」

但他的話只是令其他人更加憤怒，卻並未使他們離開。

周遊卻笑了，拍了拍吳墨林的肩膀，說道：「算了算了，他們要跟過來，就跟過來吧。我帶你們先去一個地方藏起來，先把這風頭避一避。至於後面如何，你們自己慢慢商量吧。」

吳墨林見師父發了話，只好無可奈何地點頭道：「沒辦法，只能先這樣了。」他想了想，又湊近了周遊說道：「你不會帶他們去你家吧？照我說，千萬別去你家，太危險了！再說，這麼多人去你家，師妹……不，師娘該不樂意了。」

周遊搖頭笑道：「放心吧，我帶你們去的地方比較偏僻，是我自己修造的一處別業。」

「別業？」吳墨林吃了一驚，先前他在蘇州城中看到師父家中一副清貧之相，真不敢相信周遊還有錢來修造別業。

周遊狡黠地向他眨了眨眼睛：「別小瞧了你師父，我能做你的師父，還是有些能耐的。」

一行人不再爭論，加快了步伐，迅速消失在虎丘山下來來往往的人群中。

卻說李衛請來了蘇州最有名的大夫為王老七療傷。經過一番救治，王老七終於睜開了眼睛。那大夫鬆了口氣，對一邊的李雙雙說道：「只要靜靜修養一陣子，他就應該無礙了。得虧箭頭避開了心臟，他的身子又壯實，這才逃了一命。」

李雙雙抹了抹眼淚，終於露出了微笑。她輕輕地握住王老七那隻斷指的手，老七的手一顫，不由自主地要往回縮，但他終究沒有縮回去。李雙雙的手纖細而滑膩，手上似乎還帶著她的眼淚。王老七咧嘴笑了笑，試圖舉起另一隻手為李雙雙揩去臉上的淚珠，但手剛剛抬起，就扯得胸口一陣劇痛，只能垂下胳膊，虛弱地說道：「妳說這箭頭怎麼會避開心臟呢？難道俺的心長歪了？這怎麼可能，俺老七的心可是正得很吶！」

李雙雙被王老七逗得破涕為笑，說道：「箭傷還沒好，話卻還是這麼多……」她溫柔地看著王老七，心裡想，如果沒有旁人在場，她或許會吻他的。王老七的胸口雖然疼痛，但被李雙雙的柔情籠罩，一顆心像是泡在蜂蜜水裡一般。他輕輕捏了捏李雙雙的手指，笑著說：「俺能讓妳這樣看著，就算再被射一箭也值了。」

「你們兩個先別高興太早，是死是活還未可知呢。」一個低沉的聲音在李雙雙身後響起，李衛走近前來，說道，「行了，人也救過來了，這位姑娘，按照約定，妳應該把妳知道的一切都告訴我了吧。」

「我告訴你，你會放了我們嗎？」李雙雙問道。

「只要妳說的是實情，我定會饒你們不死，何況我倆之間並無冤仇，我只是替皇上辦事而已。我李衛行事，一貫說到做到，絕不食言。」李衛拉過一個矮凳，坐了下來，「說吧，把妳知道的都說出來！如果妳說的對我有用，或許，我會考慮成全你們這一對兒鴛鴦眷侶，但若有一句假話，我會毫不猶豫地殺了你們。」

李雙雙直視著李衛那雙鷹隼一般的眼睛，心知無論如何，也只能暫時信了對方的承諾，她平靜地將她知道的所有事情全部都講了出來，其中也包括她和八爺、九爺的關係。李衛一邊聽，一邊問，大概半個時辰之後，他站起身，對身邊的陳鵬年吩咐道：「限你兩個時辰內，去給我找來蘇州城最厲害的人物肖像畫師。」

陳鵬年問道：「李大人，你要哪一家流派的人物畫師？須知此地的畫家流派眾多，不知哪一家合乎你胃口？」

李衛眉頭一皺，忍不住罵道：「你奶奶的，老子哪裡曉得什麼流派？你只需去給我找來畫得最像的畫家即可。畫得好不好倒是無所謂，關鍵是要畫得像！」

陳鵬年滿臉賠笑，屁顛顛地領命而去，說來奇怪，李衛越是罵他，他越是覺得和李大人親近。陳鵬年很快就找來了一個知名的肖像畫師。畫師是個四十歲左右的男子，對李衛拜了拜。陳鵬年介紹道：「此人師承明代曾鯨的波臣派，又兼得西洋歐羅巴寫生畫法，專為蘇州富戶描繪畫像，渲染烘托的本事堪稱一絕，尤其是對人的骨骼氣質之模擬，堪稱……」

「行了行了，什麼渲染不渲染，氣質不氣質的，我只要畫得像！」李衛不耐煩地擺了擺手，說道，「李雙雙，還有王老七，你們來描述一下那些逃犯的長相，讓這位畫師畫出來。」

畫師取來筆墨紙硯，依據李雙雙和王老七的描述，用一隻炭條起稿，一邊畫一邊拿給李雙雙和王老七看，根據他們的意見修改。不多時，畫師便畫出了李雙雙和王老七印象最深的幾個人的肖像。李衛滿意地將這些肖像畫收拾起來，命人儘快臨摹出十幾份副本，張貼於蘇州各處鬧市及城門附近，標為朝廷要犯，懸賞捉拿。李衛口含天憲，身齎密詔，整個江南官場無有不從，一時之間，全蘇州的捕快都動員起來，按照畫像四處搜拿吳墨林等人。

至於如何處置李雙雙和王老七，李衛還未決斷。李衛有些猶豫：他們已經招供自己是八爺黨，八爺黨自然是皇上的敵人，那就不該放了他們……但若是不放他們，又該如何處置呢？

等通緝的畫像張貼到蘇州城各處的時候，周遊早已經帶著吳墨林等人，從山塘河出發，繞過蘇州城的護城外河，又經胥江水路，來到一處叫作「穹窿山」的地界。周遊的別業就建造在這穹窿山之中的一小片平地上，前不著村，後不挨店，位置非常偏僻。尋常富豪人家修建別業，總會選擇風景秀美之處，但周遊修建的別業周遭景色卻異常普通。

別業的院牆倒修得又高又壯，院門由兩塊厚實的杉木板組成，用一把大鐵鎖鎖著。吳墨林等人剛走近院門，只聽見裡面響起狗吠聲。隨即有人前來開門。

「老闆，你過來啦！」一個長得像瘦猴的中年男子將院門打開，只見門內站著一隻大黃狗。眾人再向院子中看去，不免啼笑皆非。原來，周遊的「別業」只不過是五、六座高大的茅草房而已。

「老闆，今天怎麼帶了這麼多人過來？」那開門的瘦猴兒眨巴著眼睛，好奇地問道。

「這個不用你管，你就當沒有看到！」周遊板著臉，居高臨下地說道，「你讓其他人老老實實待在屋子裡，別讓他們看到這些人。」

「行勒，聽你吩咐就是！」瘦猴果然不再看眾人一眼，轉身走遠。

周遊轉身彎腰，向眾人做出一個「請」的姿勢：「各位請去我的房間暫時安頓一下。」

第十六章 造假工坊

一、穹窿山中藏富貴

茅草農舍蘊金藏玉，造假販子提議折中

周遊的房屋是一個獨立的三開間茅草房，與周圍幾座房屋相比，似乎更加高大一些。從外面看，除了比普通農家住宅主屋更加敦實之外，幾乎沒有什麼差別。但吳墨林還是發現了一些不同尋常之處。他察覺到這棟房子的立柱比一般的民居更加粗壯，立柱表面木紋細密、黝黑而富有油脂感，非是尋常的木材。房子的屋脊足有一丈五尺多高，屋頂雖然覆蓋著茅草，但在房檐處卻能看到茅草之下鋪墊著整齊的大片青瓦。

周遊看到吳墨林等人對茅草房饒有興趣，呵呵笑著，將房門鎖打開，說道：「各位對我這房子似乎都很好奇……也不妨告訴你們，我這房子用的木料是湘西烏木大料，用的瓦片是臨清作坊燒製的。即便是屋頂的茅草，也是太湖邊灘塗上的茅草，莖稈粗壯得很吶。」

「各位，請進，別客氣，屋子裡有些亂糟糟的，不知道你們要蒞臨寒舍，沒怎麼收拾，且將就些吧。」周遊滿臉堆笑，將眾人請進了房間。

經過門框的時候，吳墨林發現房子外牆雖是土牆，卻似乎在土中摻和了糯米和紅泥，看上去極其堅固密實，且牆體比一般民居厚了三倍有餘。窗戶竟然有內外兩層，一層向外開，一層向內開，窗戶紙也非比尋常，用的是堅韌厚實的高麗皮紙。吳墨林暗暗猜測，師父安裝這樣設計的牆體和窗戶，用料又如此講究，不外乎是為了保障房屋內氣溫和濕度的恒定。想來這間房子必定是用作書畫修復作坊。

進入屋內，映入吳墨林眼中的場景證實了他的猜測——室內佈局極其寬敞，三個開間的隔斷全部打通，一張足足有兩丈長的紅漆大案橫亙在屋子中央，案子上是各種各樣的書畫修復工具。門對面的牆面上矗立著一丈多高的紙糊的牆，紙牆上綳著幾張古畫。

「這間房間可真有趣，」巴特爾好奇地打量著屋子裡的陳設，說道，「這些工具我二師父也都有，只不過論起規模來，比這裡要差一些。」

周遊直點頭：「你師父那些玩意兒都是小打小鬧，比起我，差的可不是一星半點兒。畢竟我是他師父，你呢，還得管我叫一聲師爺。」眾人至此方才知道周遊的真實身分。巴特爾倒也爽快，衝著周遊抱拳行禮：「師爺，您老好。」

屋子裡只有一把椅子。周遊自顧自一屁股坐在了椅子上面，仰著臉對眾人說道：「我呢，名字叫周遊，此處是我的別業，也是我的作坊。這院子裡的其他人都是我雇傭的工匠，他們應該不會洩露你們到這裡來的消息。你們在我這裡暫時避一避風頭，是完全沒問題的，但不能隨意出入院門。夜裡睡覺，就睡到大紅案子上面，我會為你們準備鋪蓋。至於那個女娃娃，嗯，院子東頭還有個小房間，妳可以住進去。條件有限，大家湊合一些吧。」

「至於你……」周遊指著吳墨林說道，「這裡沒有多餘的空房，你總不能跟女娃娃睡一個屋子吧？畢竟你們還沒成親哩。要麼你也睡這間屋子的紅案子上面得啦！」

吳墨林有些尷尬，連連點頭，說道：「我睡在這裡自然是沒有問題的，無論如何，這裡的條件也比董家村好多了。」

突然，金農一拳頭砸在紅案子上，發出一聲巨響，嚇了眾人一跳。大家從未看到金農如此失態，只見他憤怒地吼道：「我不關心睡在哪裡！吳墨林，事到如今，你應該解釋一下在虎丘上發生的事情了吧！你的這個師父假扮成老衙役，設計誆騙了我們所有人！這件事，你要好好給我解釋一下！」

周遊一蹦從椅子上彈起來，猛衝到金農跟前，金農以為他要打自己，嚇得渾身一哆嗦，但周遊卻俯下身摩挲這紅案子的大漆面兒，一臉心疼地說：「我說你呀，生氣歸生氣，幹嘛用那麼大力氣捶案子？我這大漆案子做起來有多費勁你知道嗎？捶壞了你賠得起嗎？」

金農鐵青著臉，但吳墨林的神色卻異常淡然，他似乎早就等著金農的問話。他不慌不忙地走到金農面前，直視著他的眼睛說道：「我說冬心先生，你現在還能道貌岸然地腆著臉跟我發火？我剛剛不計前嫌救了你的命啊！你做的那些糟爛事兒，我還一句沒提呢！」

吳墨林轉向其他人，慢條斯理地說道：「你們大概還不知道吧，這位金先生和他的贔社，其實一直想吞了董其昌的藏畫。我們之前早就談好的賣畫分成的約定，在冬心先生眼裡就是小孩子過家家，根本沒當回事兒！」

「此話怎講？」汪力塔瞪大了雙眼問道。

於是吳墨林將他在泉林莊園偷聽到的金農等人的對話複述了一遍。金農、徐陵和傅綸聽得一陣心顫。吳墨林講完之後，皮笑肉不笑地說道：「嘿嘿，既然冬心先生不講情面，我也只能玩點兒陰的。人家是正人君子，搬出保護文脈，存續古物的大道理，誰又能反駁呢？憑著這個大道理，冬心先生自然就可以理直氣壯的吞沒這些寶藏。」

「我沒想著自己吞沒，我想的是交給贔社保管！將這批東西交給最適合保護它們的人！」金農辯解道。

「是啊，你大義凜然，但你不能綁架著我們和你一起大義凜然。」吳墨林冷冷地回應道。

金農皺著眉頭看向劉定之和沈是如：「定之，是如，你們怎麼想？難道你們覺得不該把這些古畫交給最適合保護它們的人嗎？古人云，『過目即為所有』。既然我們有緣看到這些古畫，不就相當於擁有它們嗎？」

劉定之沉吟不語，沈是如冷冷地說道：「我並不反對董其昌的藏畫由贔社的人來保管，但你終究不該瞞著我們。」

汪力塔卻沒有那麼客氣，他指著金農的鼻子罵起來：「你這個矮冬瓜，他娘的一肚子壞水！不管你說的如何天花亂墜，老子到頭來卻是一分錢沒撈到，只是為了你的道義累死累活地白忙活一場——天底下就沒有這樣空手套白狼的事情！」

「老汪話糙理不糙。」吳墨林讚許地直點頭。

巴特爾沉思了一會兒，說道：「要麼不如這樣，我們為這些藏畫估個價，然後贔社出錢，從我們手裡買下來不就可以了嗎？」

金農歎了口氣：「若是只有幾萬兩銀子，倒還好說，怕的是這批東西價值太大……你們或許不知道，之前付給陳青陽的那五萬兩銀票，就已經讓我們贔社捉襟見肘了。後面的五萬兩，還等著莊先生把泉林莊園抵押出去湊錢呢。得虧後面官兵介入，亂了套，我們也因禍得福，把剩下的五萬兩銀子給省掉了。」

「所以你就想強佔，是嗎？」吳墨林哼了一聲，眼神之中盡是鄙夷，「雖然你對我如此不仗義，然而，我最後還是心軟，把你給救了。你現在非但不感激，竟然還跟我拍案子？」

金農歎了口氣，語氣也軟了下來：「吳兄，我知你仗義，但我當初不是也去董家村救你們了嗎？」

「那是因為你得靠著我們來揭開董其昌棺材上的謎團，到底是不是真心營救，只有你自己知道。」

「好啦好啦！我說你們也別吵了，」周遊擺了擺手，說道，「我倒是有個辦法，可以給你們做一個調解。」

眾人都看向周遊，一臉不解。周遊用他枯瘦的指關節輕輕叩了叩紅漆大案，一臉認真地說道：「各位朋友，贔社出不起這份錢，還想得到這些寶貝，那麼，我提議，我來出這份錢。」

「你瘋了嗎？你哪有這麼多錢？」吳墨林吃驚得張大了嘴巴。

「你是什麼意思？你的意思是你出這份錢，買下來，然後送給贔社？」金農瞪大了眼睛問道。

周遊道：「實話告訴你們，我可比你們想像的有錢多了。當然，我不是白送，你們得答應我三個條件。」

「什麼條件？」金農急切地問道。

周遊說道：「第一，得允許我來製作這些藏畫的摹本；第二，以後只有我能往外賣這些畫的摹本，贔社只有保存真跡的份兒；第三，這些藏畫的價格須得經過我們雙方協商，須得比市場價稍低一些。」

「你所謂的賣摹本，其實就是賣假畫吧……」金農環顧整個屋子，說道，「我早看出來了，你的這個作坊，其實不是什麼裝裱修復的作坊，裝裱的作坊沒必要建造在山裡避人耳目。其實這兒就是個造假畫的地方吧！」

周遊不置可否地說道：「你以為我哪兒來的錢呢？」

「等等，你先等等，」吳墨林瞪圓了雙眼，一臉驚疑，「我也瞭解造假，但是造假能賺到這麼多錢？」

周遊呵呵笑道：「我的這個作坊，乃是多人合作，分工細緻明確，非是一個人單打獨鬥。因此產出的速度百倍於個人。說句不客氣的話，最近這幾十年以來，整個市面上一半的假畫，都出自我手。況且我平時也不愛花錢，只愛攢錢，我已經攢了幾十年了。」

眾人驚愕不已。汪力塔感慨道：「行行出狀元，不管做什麼，做好了都能掙錢啊！沒想到啊沒想到，俺這輩子見到最有錢的人，除了皇帝竟然就是老周了。」金農也歎了口氣：「世事難料，今日我竟然會身處天下最大的假畫製造窩點之中……周先生，你的提議，請容我再仔細考慮一番……」

許久未說話的劉定之忽然開口道：「這位周先生，你的提議，我斷然不從。你用這些藏畫做成假畫，拿出去矇騙別人，混淆畫史，就是對歷史的褻瀆，也是對書畫藏家的傷害。」

「我摹的古畫，與真跡一般無二，買的人當作真跡買下來，他們以後再出手，價格也不會降，因此我賣假畫，不會對別人造成任何的傷害。至於所謂的『褻瀆歷史』……我以為，造的不好才是褻瀆，我這種最高水準的仿造可以說是向歷史致敬。」周遊不以為然地辯解。

「真的就是真的，假的就是假的。」劉定之厲聲說道，「即使你做得再像，也還是假的。即便我看不出和真跡的區別，但不代表以後就沒人看得出來。只要你賣的是假畫，就是對真畫的褻瀆，是對先人的不敬，是對畫史的混淆。」

「可是當初你在董家村不是也親自參與造假畫了嗎？那時候怎麼不見你拒絕？」吳墨林問道。

「那時候是被逼無奈的，儒家所謂的『權變』之術，像你這種工匠是無法理解的。」劉定之振振有詞。

周遊無奈地搓了搓手，轉向吳墨林，揶揄道：「小林子，你之前說的沒錯，這個姓劉的當真是個難纏的主兒，真就像塊茅坑裡面的石頭，又臭又硬。」

劉定之輕蔑地掃視了周、吳二人一眼，哼了一聲道：「巧舌如簧，混淆視聽。你們師徒兩個才是一丘之貉。」

「這樣吧，我想了一個折中的法子，」金農沉默了一會兒，試圖打個圓場，說道，「你要製作摹本賣出去，也是可以的，但我有一個條件，必須在每一份摹本上做上特殊的標記，以待後人發現這是偽作。」

周遊撓了撓頭：「那豈不是害了後面接盤的買家？留下標記，總會有人發現的，被發現了，就肯定會砸在買家的手裡，你這麼做，才是傷害了藏家的利益，實在是有損陰德！」

「我想了一個辦法，」吳墨林咳了一聲，「只需在製作摹本裝裱時用的糨糊裡多加一些白礬和白醋，就會加快紙張的朽爛，兩三百年之後，這件東西就會碎裂成渣，這是個遲緩的、漸變的過程，東西越來越破，也就越來越不值錢，時間拉長了，收藏的人也就感覺不到什麼痛苦了。到最後，這張畫就完全化為齏粉了，也就不存在什麼褻瀆畫史之類的事情了。」

「你這辦法行得通！」周遊不住點頭，「我們還可以在摹本的紙上刷染一些糖漿，多招些蠹蟲。」

「沒錯！」吳墨林的眼睛亮了起來，「我們甚至還可以在裝裱的軸頭、紙絹的縫隙裡面塞一些蠹蟲的卵，讓蠹蟲在裡面孵化。這方面的活兒，我可以來做。」

「哈哈，好徒兒，離開我這麼久，我看你修復東西的本事似乎沒什麼長進，毀東西的本事倒是見長！」

氣氛變得輕鬆起來，眾人也紛紛點頭，贊同了吳墨林的方法，就連劉定之也同意了這種方案。

二、信仰崩潰

架火爐上演蒸揭法，設賭局站隊南北宗

吳墨林將那塊方形的畫磚從石盒子裡取出，輕放在紅漆案子上，經過這一天的顛簸，畫磚竟然完好無損，並無任何磕碰，也不見有絲毫磨損。

劉定之的目光鎖在畫磚上，表情略顯呆滯，突然，他猛地轉頭，向吳墨林問道：「告訴我，你是怎麼找到的？棺材上的那幅畫到底隱藏著什麼線索？」

吳墨林嘿嘿一笑，從懷中取出了自己在泉林莊園中最初復原的那幅畫，然後又向金農要出了第二次復原的畫作，他將兩張復原圖擺放在一起，對眾人說道：「我那天夜裡聽到金農與傅綸的談話，一氣之下，將已經復原的畫收了起來，重新畫了一件新的復原圖，專為誤導你們。你們來看看，左右兩張復原圖，有什麼區別？」（圖63）

眾人湊上前來，一番檢視。兩張畫幾乎一模一樣，但若是細細觀察，便可發現其中諸多景物的細枝末節有些許不同。

吳墨林說道：「你們仔細看最左側這一株枯樹，依照地面上樹根的位置，這棵樹的樹梢本來應該在畫中千人石的前方，但其頂上的樹枝卻穿插到千人石之後去了。在畫中類似的情況出現了好幾次，再看那把劍和那支毛筆，劍和樹枝以及右上方米點法畫出的小樹和千人石之間疊壓的位置關係，這三組景物的前後位置關係也都是錯亂的。我為了阻止你們找到寶藏，在第二張復原圖中將這些前後疊壓錯亂的局部稍加改動，將線索抹去，畫面中景物的位置關係就變得正常了。我早就猜到，真正的線索應當隱藏在這些錯亂的疊壓關係中。」

劉定之長歎道：「吳墨林啊吳墨林，你可真是夠狡詐的了，你害得我好苦，我其實早就懷疑你是不是在復原的時候出了差錯。但憑著我的回憶，又覺得你給我們的那件復原的畫作與原畫似乎沒什麼區別。你這一招真夠陰險的……」

吳墨林略帶歉意地笑了一聲，說道：「我改動的地方很小，怕的就是你們對棺材上最後那幅畫仍有記憶。」

「好了好了，吳大哥，你該講一講如何解謎了。」沈是如頗有些急切。

「別急，容我慢慢為妳抽絲剝繭，」吳墨林微笑著對沈是如說道，「首先要說的是，一幅畫中出現這麼多前後位置錯亂的情況，明顯是作畫者有意為之。南朝謝赫提出繪畫六法，歷代畫家奉為圭臬，六法之一便是『經營位置』。一幅畫裡的山石林木，位置分明，各居其位，是畫家必備的常識。項守斌這樣的名家，當然不會犯這樣的低級錯誤，這一定是他有意留下的線索。按照這些景物底部所處的位置，它們從前到後的次序應該是：顏真卿的『虎丘劍池』刻石，試劍石上的寶劍、唐寅畫風的枯樹、千人石以及米點法的小樹叢。但如果按照景物末梢處的疊壓關係來看，從前到後排列，它們就變成了：米芾、千人石、唐寅、試劍石、顏真卿。」

劉定之的眼睛越來越亮，嘴唇哆嗦了一下，試圖說些什麼。

吳墨林對劉定之點了點頭，說道：「老劉可能已經猜到了。不錯，你們應該還記得棺材上《畫經》的最後一段文字吧？『畫派之爭已歷千年，各說各理，聚訟紛紜。高低次序，難以決斷，余以為學畫者必得於亂序中尋其不亂者。兼顧兩極而得其中，方有大成。故得中庸者，方為透網鱗也。』請大家注意這一句：『必得於亂序中尋其不亂者。兼顧兩極而得其中，方有大成。』在原畫混亂的疊壓位置關係中，排第三位的是唐寅的枯樹，而若按照畫中景物底部的空間位置排序，唐寅的枯樹仍舊排在第三位，這就說明，正是枯樹才符合亂序中的『不亂者』這一條件，而整座虎丘山中和唐寅有關的古跡只有那一塊刻有唐寅題記的石頭。只有它，才算符合『兼顧兩極而得其中』。至於畫面正中心的那塊試劍石，不過是個障眼法罷了。」

眾人至此方才恍然大悟。

劉定之哆嗦著伸出手，輕輕摸著畫磚的表面，口中喃喃念叨著「思翁……思翁……」。

他閉上了雙眼，全心全意地用觸覺去感知董其昌留存下來遺物的全部氣息。

吳墨林毫不客氣地將劉定之的手推開，一臉嫌棄地說道：「別摸了，有什麼好摸的？你摸來摸去，它還是一塊磚，能變成書畫嗎？這不還得靠我們工匠來把它復原嗎？」

「可是……這可怎麼復原啊？」沈是如問道。

周遊與吳墨林對視一眼，點了點頭，異口同聲道：「蒸！」

周遊旋即取來一個紅泥小火爐，放入炭火，又取來一個蒸籠和一口鍋，添了水，架在火爐上，再將畫磚小心翼翼地放置於蒸籠中的屜盤上。鍋中的水很快就沸騰了，上竄的水汽漸漸滲進畫磚之中。周遊和吳墨林控制著炭火燃燒的溫度，一會兒添水，一會兒加炭，就這樣蒸了半個時辰之後，吳墨林撤去炭火，待畫磚慢慢冷卻，將其取出。此時原本堅硬的畫磚表層已經鬆軟膨脹。

「神了！」巴特爾讚道，「它怎麼就變軟了呢？」

周遊解釋道：「我說徒孫啊，你還看不明白嗎？表面看，這是一塊磚，其實不過是將許多書畫用糨糊疊壓在一起。糨糊乾了就變硬，遇到熱氣就軟化了，其實並沒什麼稀奇。」

吳墨林用一支竹起子輕輕從畫磚表面挑開一道縫隙，又用一根針錐小心地從縫隙探入，慢慢地將畫磚最外一層的紙張剝離下來。

所有人都屏氣凝神，靜靜地等待第一張畫的展開。巴特爾輕輕碰了碰劉定之的胳膊，問道：「大師父，你猜猜，這畫磚裡面會是誰的畫？」

劉定之在心中曾幻想了無數次董其昌密藏的古代書畫是何種風格樣式，他深吸一口氣，說道：「董思翁一生致力於追索南宗畫的遺跡。在他心目中，南宗畫之先賢，首推董源、米芾諸人。其中他對董源最為熱衷。我猜這畫磚中的東西，八成和南宗畫派的早期宗師有關。」

但吳墨林卻對劉定之的推論嗤之以鼻：「我看未必，這第一張畫，也可能是北宗畫家的手筆。你難道忘了董其昌棺材上的拓文裡是怎麼說的了嗎？他說最好的畫家應該是南北宗並重。」

「那套說辭明顯是他為了設置謎題故意留下的線索，」劉定之搖了搖頭，「從董其昌留下的諸多畫論來看，他是瞧不起北宗的。他甚至說過，北宗畫家們『為造物者役』，不如南宗畫家懂得養生，所以活得都不長。思翁反覆強調北宗畫太匠氣，又不夠含蓄，往往有板刻之嫌。他有這樣的想法，怎麼會有興趣收藏北宗畫呢？思翁平生最討厭的就是匠氣！」

吳墨林停下手，抬眼盯著劉定之，冷冷道：「劉兄，要麼，你和我賭一局，就猜猜這畫磚裡的第一層畫，到底是南宗傳派，還是北宗傳派。」

劉定之嗤笑道：「吳兄這不是自找苦吃嗎？我說你呀，還是專心把畫都給揭出來，將自己該做的事做好吧。」

吳墨林心中升起怒意，將針錐和竹起子放在案子上，正色道：「劉定之，這麼久以來，你從心裡一直都認為自己對書畫的見解遠高於我。究其原因，不過是因為你骨子裡對匠人的鄙視罷了。我今日非要和你打這個賭不可。我們就把這個賭，作為咱們兩人在書畫見識上的最後較量吧。」

劉定之也認真起來，說道：「也好，我答應你。」

「你們賭什麼？」汪力塔一聽到「賭博」兩個字，立刻興奮起來，他已經很久沒有扔骰子了，「你們是賭錢呢還是賭東西？」

吳墨林指著劉定之說道：「這樣吧，如果我贏了，那麼我從此以後就是巴特爾的大師父，你劉定之就是二師父。而且你從此以後，再也不許說『匠氣』二字！這兩個字從你嘴裡說出來，簡直臭不可聞，我不想再聽到了！」

劉定之說道：「沒問題，那如果我贏了，你要答應我，以後再也不做造假的勾當！」

「可以，那就說定了！」

「誰若是不遵賭約，誰就是人中敗類！」

「行，誰要是毀約，誰就是個王八蛋！」

汪力塔興奮得雙眼冒光：「只有你們倆人不夠熱鬧，這樣吧，我們也賭吧！我們不賭別的，賭別的傷感情，咱們就賭錢，每人拿出一千兩銀子來賭，如何？」

巴特爾大感興趣，說道：「有意思！我也參加！但我沒有一千兩，我就先欠著，等畫賣了錢再付款。」

汪力塔興致勃勃，殷切地勸金農、沈是如道：「各位朋友，你們難道不參與嗎？表面上這是一次賭博，其實呢，這是一次對董其昌他老人家真實想法的推測！誰賭對了，就證明誰瞭解真正的董其昌！來吧！諸位！錢不錢的不重要，重要的是參與！」

沈是如笑道：「那我也參加好了。」

金農與傅綸、徐陵三人交頭接耳討論了一陣子，傅綸低聲對金農說道：「冬心兄，你若是能拿得准，賭一次也無妨，贏了的錢正好充作贔社的會費。」金農點了點頭，說道：「我們三個也湊個熱鬧。」

於是，除了周遊之外，在場所有人都參與了這場賭局。周遊找來一張紙，左邊寫了「南宗」二字，右邊寫了「北宗」二字。汪力塔、巴特爾、沈是如、吳墨林賭的是北宗畫，因此周遊在「北宗」之下列上他們的名字；金農、徐陵、傅綸、劉定之賭的是南宗，因此他們的名字列在「南宗」之下。

吳墨林開始挑揭畫磚最上層的那張畫。他慢慢將這張畫從畫磚上剝離，再將折疊的畫紙打開。當折疊在畫紙內部的一角被掀開的時候，畫中的一個局部顯現出來，那是一棵樹的枝丫。劉定之看到枝丫的一剎那，他的腦袋好似被閃電擊中，兩眼一黑，差點昏厥過去。只見畫中枝丫轉折方硬，行筆勁利筆直，正是南宋時期北宗畫派的典型風格。

畫幅慢慢打開，一行窄小的邊款隨即出現：「臣馬遠恭畫」。這張畫中的山石純以大斧劈皴法畫出，水墨淋漓，用筆真率，與皇宮所藏馬遠真跡〈踏歌圖〉（圖64）的筆墨特點如出一轍。馬遠是南宋著名的宮廷畫家，也是被董其昌歸為北宗畫派的主要幾個名家之一。吳墨林得意地將針錐和竹起子扔到案子上，無法抑制的笑容綻放在臉上。

「為什麼？不會的，這只是偶然罷了，畫磚裡面還有其他的畫，不會都是這樣的！」劉定之瞪著眼睛說道。

「甭管其他的是啥樣子，咱倆剛剛打賭下注的只是這一件。」吳墨林得意的神色溢於言表，「巴特爾，以後你可要改口啦，得叫我大師父。」

巴特爾喜滋滋地點頭應承：「行，好的，沒問題！」他剛剛贏了一千兩銀子，正在得意之時，絲毫沒有覺察到劉定之陰沉頹喪的臉色。

打賭贏錢的還有汪力塔。他許久沒有賭贏了，此時大笑道：「哈哈哈！看來老子這次算是押對寶啦！其實俺並不瞭解董其昌。俺只是覺得老吳一向小心謹慎，猴精猴精的，一肚子鬼心眼。他敢拿來打賭的事情，一定板上釘釘！老子這一回賭的是人性！哈哈哈！」

其實，巴特爾和沈是如的內心想法和汪力塔一模一樣，只是他們兩個沒說出口罷了。

金農、傅綸和徐陵不免垂頭喪氣。而劉定之此刻更近於失態，他指著畫磚說道：「接著揭！接著揭！我不信剩下的也是北宗畫！董其昌一生看不起北宗，北宗多麼匠氣！他不會有興趣收藏北宗畫的！」

「你忘了我們的賭約？我們之前說過的，你賭輸了以後就不許再提『匠氣』二字，」吳墨林毫不客氣地回嘴，「既然你要接著看，我繼續揭畫便是了，不過老劉啊，你要有些心理準備……」

吳墨林有條不紊地將畫磚一層層揭開。第二張畫隨即展在眾人面前，作者竟然是和馬遠齊名的夏圭。劉定之的臉色烏雲密佈，陰沉的可怕。

畫磚剩下的部分愈發難揭，吳墨林將畫磚放入蒸鍋，蒸一陣子，揭一陣子，反覆操作，揭開的畫作越來越多。第三張是劉松年的山水畫，同樣，這也是一個北宗畫派名家。第四張、第五張則是李唐的畫……接下去所有揭開的畫，全部都是北宗畫派畫家的作品。

「為什麼，為什麼……」劉定之的腦袋一陣眩暈，越發感到迷茫了。

此時畫磚已經被揭去一半，吳墨林停下手中的工作，一臉嚴肅地說道：「我來告訴你為什麼。我知道你現在不好受，看得出來，你所有關於南北宗畫派的認識，關於董其昌的認識都動搖了，你在懷疑自己對書畫的理解是否正確，在懷疑一輩子秉持的美和醜的辨別標準是否正確，那麼我現在告訴你，你錯了！」

三、畫派之爭

匠人解惑鞭辟入裡，文士迷茫心服口膺

吳墨林的言之鑿鑿令劉定之心中躥起一股子怒火，他平生最忍受不了的就是有人質疑自己對書畫的見解，他咬著後槽牙說道：「你這個匠人邪妄到了極點！按照董其昌的說法，你無疑就是個『野狐禪』！你有何資格議論我的對錯？」

吳墨林道：「我與你就事論事而已。你一向自詡是個文人，文人嘛，論起品讀文章的本事，自然比我這個工匠強出來許多……那我倒要問問你，你可曾仔細讀過董其昌棺材上拓印下來的那一篇《畫經》？你可曾仔細揣摩過《畫經》後項守斌的跋書？我雖是個工匠，卻仔細琢磨過。來，大家仔細聽，我為你們所有人重新背誦一遍董其昌在《畫經》中的最後一段文字——」

他搖頭晃腦，一字一句地背誦起來：「畫派之爭已歷千年，各說各理，聚訟紛紜。高低次序，難以決斷，余以為學畫者必得於亂序中尋其不亂者。兼顧兩極而得其中，方有大成。故得中庸者，方為透網鱗也。」

吳墨林停頓了片刻，似乎在為眾人反覆體會留下時間，而後說道：「這段話中，董其昌意在說明，學畫要兼顧兩極而取其中。老劉以為這是董其昌為了設計謎題，違背本意的說法，其實，這句話裡面還有一層深意。所謂兩極，按照我的理解，一極是南宗，另一極就是北宗。兼顧兩極而得其中，正是融合南北宗而融會貫通。當然，董其昌提出這樣的觀點，顯得非常古怪，因為這個觀點正好和他在以往的文章著作中留下的議論相悖。但仔細想，也沒什麼奇怪的，董其昌生前身居高位，甚至做過帝師，他說的每一句話都被當時的文人士子奉為圭臬。我估摸著，他寫這篇《畫經》的時候已經垂垂老矣，很多觀點已經和年輕時相左。但他臉皮兒薄，好面子，無法對天下人承認自己之前的認識都是錯誤的——這不是自己打自己的臉嗎？可他又不甘心，所以只好留下這篇《畫經》，委託項守斌埋在自己的假墓之內，等著後世的哪個有緣人再次將此書公之於世。」

「你將董其昌想得跟你似的——太庸俗了，」劉定之的偶像被如此「糟蹋」，心裡極為不滿，語氣尖酸地反駁道，「董其昌這樣的大文豪，大學問家，心胸何至於鄙俗至此？若真是他所想到的至理，為何會藏著掖著不敢示人？」

吳墨林嘿嘿冷笑一聲：「大文人也是人，也會面臨俗世中難以解決的困難。董其昌在世的時候被天下人捧得高高的，只要是他讚許的書畫，價格立即翻了數倍。被他貶損過的書畫則會一文不值。他就是當時書畫鑑定圈子裡面的第一權威。如果他公開更正自己對書畫價值高低的認知，顛覆自己以前的意見，那麼經過他品鑑過的古書畫將會面臨什麼樣的局面？」吳墨林頓了頓，以一種戲謔的語氣說道：「曾經被他下過定論的書畫價值或許會產生大幅波動，那就會影響到一部分人的利益——大家曾經按照他的意見買賣書畫，突然有一天，他自己把這個標準給推翻了！他會被書畫販子們罵死的！他的晚年還能有片刻安寧嗎？」

金農點了點頭：「墨林兄從這一層來分析，似乎確實有些道理。」

巴特爾也表示贊同：「大師父說的在理。」他已經開始改口稱吳墨林為大師父了，「董其昌縱然是文曲星下凡，也得考慮考慮自己的口碑，況且論起他的心胸和人品，大概未必有多好。否則在他晚年的時候，他的家怎麼會被鄉民燒毀呢？」

劉定之兀自爭辯：「畫品即為人品之寫照……觀董其昌清正秀雅之畫風，我絕不相信他是魚肉鄉里的豪強，也絕不相信他會為了一點私利，隱藏自己真實的觀點！更何況董其昌即便是家被燒了，仍然把藏畫捐給了鷗社，也足以見他不是那種見利忘義之人。」

吳墨林搖了搖頭，歎息道：「巴特爾，你把董其昌想得太壞，劉定之呢，又把董其昌想的太好。我呢，則是『兼顧兩極而取其中』，將他想像成一個平常人。董其昌的房子被鄉民焚燒，其原委畢竟是歷史懸案。但他真的有那麼壞嗎？我看並不見得……我來說說我的推測。」

吳墨林第一次覺察到眾人看著他的眼神中似乎多了一種崇拜和期待，尤其是沈是如，那雙妙目中明顯有欣賞和認可，他享受著這種感覺，繼續說道：「依我看，這場火災很可能是董其昌自編自演的。他可能早就預見到天下即將大亂，懼怕自己收藏的書畫無法在後世子孫手中得到妥善保存，所以才做了這場戲，假裝藏品在火災中丟失殆盡，其實呢，全都藏起來了，並轉交鴟社保護。如此一來，外人都知道他的藏畫毀掉了，一旦發生戰亂，也就不會有人打他那些藏畫的主意了。」

「我有個問題，」沈是如問道，「為什麼董其昌傳給鴟社的都是北宗畫派的古畫呢？他那些南宗畫派的藏品呢？」

「很好的問題，」吳墨林向沈是如投去讚許的眼神，「我猜，因為他生前就將大量南宗畫派的古畫都賣出去了，然後用那些南宗古書畫換來的錢財，去購買了大量北宗畫派畫家的真跡。反正經過他一輩子不遺餘力的宣傳，南宗古畫比北宗古畫昂貴的多，他正好可以鑽這個空子。高賣低買——你們看，這裡又顯示出他市儈精明的一面了。」

汪力塔連連點頭：「有道理，有道理，所以他更不能在活著的時候公佈自己對北宗畫的看法。否則大家都要罵他老奸商了。」

吳墨林說道：「反正不管怎麼說，他因為以上各種因素，決定將北宗藏畫留給鴟社後人。我猜測，按照董其昌和項守斌本來的設想，這樣做是為了避免因為戰亂而損失藏畫。但問題是，正是因為戰亂，項守斌命喪清軍軍營，後來鴟社的成員集體去軍營營救，更是遭受了滅頂之災。而藏畫的線索也因此陰差陽錯，到了我們手中……」

吳墨林說完這些，又看向劉定之，笑道：「劉兄，我說到這裡，你覺得還有什麼需要反駁的嗎？」

劉定之怔怔地說不出話來，搜腸刮肚地尋找可以反駁吳墨林的地方，終於，他想到了一點，說道：「照你這麼說，董其昌是晚年才體會到北宗畫的好處？諸位請平心而論，難道你們都覺得北宗畫和南宗畫旗鼓相當嗎？」

劉定之的話使得沈是如、巴特爾等人頻頻點頭。但金農卻皺起了眉頭，有些猶豫地說道：「定之兄，也許我可以解答你的疑惑。」

金農接著說道：「大家也都知道，鼐社收藏了很多古畫的摹本，我對這些摹本也甚是熟悉。我發現，其實元代以前北宗畫摹本的水準，要比當今世上流傳的北宗畫水準高出許多。換句話說，古書畫在流傳的過程中，發生了一個奇怪的現象，南宗古畫的大量精品今日仍為世人所知，而北宗古畫的精品卻逐漸絕跡，只能在鼐社的摹本中得以一窺。」

金農頓了頓，說道：「到了今天，人們看不到好的北宗傳派作品，自然就會覺得北宗弱而南宗強。其實北宗的頂級畫手，水準大多比世人想像得更高。」

劉定之喃喃道：「怎麼會，董其昌曾說過，北宗大多有浮滑、荒疏、匠氣和板滯的毛病，因此北宗的衰敗，難道不是理所應當的嗎？」

吳墨林哼了一聲，指著揭開的十幾張畫，對劉定之說道：「浮滑的用筆處理好了就是輕捷，荒疏的意蘊再上一層就是脫略，匠氣拔高一點兒就是精工，板滯與凝重也只有一線之差。你仔細看看這些畫，雖然現在泡了水皺皺巴巴的，但這都是僅存不多的北宗精品，從中也可大概看出筆墨水準，難道真的比南宗差到哪裡去嗎？其實金農說的只是一個現象，這其中還有更深層次的原因。」

「墨林兄今日當真讓我刮目相看，」金農抱了抱拳，說道，「可否為我們說說，這更深層次的原因究竟是什麼？」

吳墨林摸了摸自己的山羊鬍子，說道：「老劉，老金，我問問你們，北宋以後，你們心目中有哪些最重要的書畫鑑賞家？」

劉定之愣了愣，他雖然不喜歡被吳墨林牽著鼻子走的感覺，卻還是如實照著心中所想回答道：「北宋的郭若虛、米芾，元代的趙孟頫、湯垕，明代的沈周、文徵明、王士貞、董其昌……」

吳墨林點了點頭，說道：「問題就在這裡！你們發現沒有，從南宋以後，絕大部分書畫鑑賞家都是江蘇人！米芾祖上雖然是太原人，但他長期居住在江蘇鎮江，而趙孟頫是江蘇吳興人，湯垕是江蘇淮安人，文徵明和沈周是蘇州人，王士貞是太倉人，董其昌是華亭人……他們全部都是江蘇人！都是老鄉！老鄉自然捧老鄉啊……我再問問你，南宗畫派的畫家們，大多數籍貫是哪裡？」

劉定之愣了愣神，說道：「王維是山西運城人，董源是江寧人，王蒙是吳興人，倪瓚是無錫人，至於文徵明、沈周、唐寅，都是蘇州人……」

吳墨林猛地一拍巴掌，叫道：「你們發現了沒有？所謂的南宗畫派，大概都是地域十分接近的一個小圈子裡的人，他們團結在一起互相捧，終於捧出了一個南宗畫派！至於北宗那些畫家呢？什麼李思訓、范寬、趙伯駒，馬遠、戴進……分佈非常分散，風格也不統一，自然就被南宗畫家們排除在外了，甚至發展到董其昌的時代，對北宗只有詆毀和嘲諷了。南宗畫派越來越強勢，越來越團結，越來越自信。當然，還有一點，也是最重要的一點，元代以後，江南人，尤其是蘇州人越來越有錢，有錢了自然就肯花錢收藏古書畫，他們蘇州收藏家不僅有錢，還熱衷於寫書，當然就拼命收藏和吹捧本地人的古書畫啦！這樣就形成了良性循環，南宗的古畫自然就會受到世人珍視，精品更是得以存續，北宗呢，自然就越來越沒落了。」

劉定之絞盡腦汁，辯解道：「你這思路著實庸俗……難道，難道不是因為南宗的畫水準高，才被捧的嗎？怎麼會是因為捧得高，水準才變得高了呢？你講的本末倒置了。」

吳墨林呵呵笑道：「我並沒說南宗的畫不好，我只是說，南北宗的畫都好，但是南宗被蘇州人捧得太高，於是到後來就壓過了北宗。」

劉定之呆了片刻，說道：「按你這麼說，董其昌到了晚年，終於意識到北宗山水畫被忽視的價值了？」

吳墨林露出孺子可教的表情：「你總算開竅了，事實就是這樣的。」

眾人都沉浸在吳墨林的長篇大論中，思索良久，越想越覺得有道理。巴特爾歎了口氣，說道：「哎！沒想到，書畫這麼純粹的藝事，竟然也跟有沒有錢，有沒有勢，有沒有拉幫結派，吹不吹牛有關係！俺突然覺得有些索然無味了。」

吳墨林笑著搖了搖頭：「不，這正是有意思的地方。你應該領悟到，你心中秉持的所謂的美醜善惡的標準，其實大部分都是被其他人塑造出來的，你要時刻警惕，時刻保有接受衝擊和改變的心態，唯其如此，才能不斷接近真相！唯其如此，才能欣賞和領略到這世間勝境！」

巴特爾似懂非懂地點了點頭，他以前很少聽吳墨林說這樣的大道理。劉定之反覆咀嚼吳墨林的話，心中越發苦澀：是的，吳墨林說的是對的，自己一直以來都犯了一個巨大的錯誤——自己總是願意相信一成不變的道理。劉定之曾經堅定的以為皇帝效命為人生理想，也曾堅信南宗畫的絕對正確和優越，如今這兩個信仰全部都破滅了，他有種強烈的迷失感。如今他還能相信什麼呢？他這樣胡思亂想著，越發覺得人生虛幻縹緲了。

劉定之與吳墨林賭的不單單是幾張畫是什麼風格的問題，他們倆賭的其實是對董其昌人性之揣摩，對南北宗之理解，以及對書畫發展歷程、演變規律之認識。劉定之這一次輸得心服口服。他的目光轉到已經揭開的十幾張畫紙上，有氣無力地說道：「老吳，這場賭局，是你贏了。」

四、遠行

吳墨林上一次看到劉定之如此頹廢，還是在鷄冠洞之內。那時候劉定之對胤禛的一腔忠心化為泡影，以至於尋死覓活，痛哭流涕。那是劉定之人生中第一次信念的崩潰，而這一次的崩潰雖然不及上一次猛烈，但似乎有著無窮無盡的後勁兒。劉定之曾經秉持的藝術信念，曾經認定的品鑑準繩，就在此時此刻化為齏粉。

看到劉定之慘兮兮的樣子，吳墨林心中有些不忍，正想說些安慰的話，周遊神祕兮兮地將吳墨林拉到屋內一角，避開眾人，低聲讚道：「小林子，沒想到你出息成這個樣子。打死我也沒想到，咱們工匠也有一天能在文人面前揚眉吐氣，真給咱師門爭臉！」

吳墨林擺擺手，笑道：「師父你過譽了，其實我們都被自己的身分限制住了，誰規定工匠就不該讀書思考？工匠一樣可以對歷史和歷史人物有自己的一番獨到見解。」

周遊嬉皮笑臉地看著吳墨林，壓低聲音說道：「嘿嘿嘿，你倒是一點也不謙虛。別人不知道，我難道還不知道你為什麼敢跟人家老劉打賭？」

吳墨林臉色一變，咳了一聲，低聲說道：「難道你不覺得我之前說的那些道理的角度很獨特嗎？」

周遊嘿嘿笑道：「你講的那些道理自然是有些新意的，還有你對《畫經》最後一段的推斷，對董其昌家裡火災的猜測，的確另闢蹊徑，又合情合理。但像你這麼謹慎的人，肯定不會因為這些東西就敢斷定紙磚裡是南宗畫還是北宗畫。其實，你之所以確定畫磚第一層是北宗畫，不外乎是因為兩點——」

周遊將聲音壓得更低：「一是紙料特殊，當初我在虎丘吐唾沫從畫磚上搓下紙毛的時候，你應該就已經發覺這紙張堅厚柔順，滑而不沾。紙毛中既有長纖維，也有短纖維，應當是竹料和構皮混合造成的紙張。歷史上在皮料中混用竹料造紙，正是南宋以後才開始盛行的。而紙張上的簾紋偏寬，隱隱有龍紋浮水印，這正是兩宋皇家造紙的特殊工藝；二是紙張濕潤以後，沒有墨透出來！這種厚度的紙張被折疊四、五次後黏在畫磚上，經過蒸汽潤濕，並沒有大片墨蹟透過來，說明畫的正面著墨部分是比較少的。而只有南宋的馬遠、夏圭才擅長這一路空疏遼闊的構圖手法。馬遠和夏圭都是南宋國手，他們兩個不是號稱什麼『馬一角，夏半邊』？咱們都知道，馬遠、夏圭作畫往往只畫山水的邊邊角角，畫面大部分以雲氣留白。而南宗的畫家，除了倪瓚以外，很少有類似的畫法。綜合以上的各種情況，你就能夠推斷出這是一件北宗畫。只有像你我這樣能夠親自上手感受紙張材料，對紙張和水墨的性能瞭若指掌的修復匠人才能夠做此推論。」

周遊滔滔不絕地一口氣說完，用手肘捅了捅吳墨林的腰眼，一臉神氣：「怎樣？小林子，被我看透了吧？」

「行行行，我就知道瞞不過你，」吳墨林無奈地說道，「但我剛剛說的那些道理，包括我對《畫經》最後一段的理解，確實是我自己想出來的。」

「嘻嘻，這我倒是相信，不管怎麼說，你這次給咱們工匠掙足了臉面。而且你放心，這件事我不會說出去的。」周遊呵呵笑著，攜著吳墨林的手，兩人又回到眾人身邊。

這邊的師徒兩個正在嘀嘀咕咕的時候，巴特爾和汪力塔剛剛賭贏了一千兩銀子，正在興頭上。巴特爾見劉定之喪魂落魄的樣子，湊到近前，低聲對他說道：「二師父，你不要這麼傷心了。大不了我把贏的一千兩銀子分一半給你。」

劉定之哪有心思跟巴特爾搭話，他呆呆看著揭下來的十餘件畫紙，一言不發。周遊將巴特爾拉到自己身邊，說道：「好徒孫，你就別管你劉二師父了，人家現在正煩著呢。來，我來教你怎樣揭畫碑。」

於是揭畫碑的工作繼續下去。沒多久，全部的藏畫都被揭開，這些藏畫無一例外，全部都是董其昌曾經歸之於北宗一路的古代繪畫。揭開的單層畫作平攤在案子上，皺皺巴巴，但明眼人都能看出畫中筆墨的勁爽豪健。

這些單層的古畫經過此後半個多月的托裱、裝潢，變得平整而清晰，煥發出超凡絕倫的神韻。劉定之最初對這些北宗畫難以接受，腦子中總是先入為主地存了貶低和鄙夷的想法，到如今已經對這些北宗繪畫漸漸著迷。那些濃重的色彩、重拙的用筆、恣肆的墨法無不昭示出不同於南宗的另一類偉大的繪畫傳統。

幾乎所有人都被這些北宗畫迷住了，只有汪力塔更在意這些北宗畫值多少錢。他早就從之前吳墨林與劉定之的爭辯中聽明白一件事情：在當今風尚之下，恐怕北宗古畫賣不上價格。他憂心忡忡地詢問周遊：「老周，你說，這些畫到底能值多少錢啊？」

周遊嘿嘿笑道：「頂多也就五萬兩銀子，你也知道，現在這書畫圈子的收藏取向，大多仍舊遵從董其昌當年定下的標準。」

「五萬？開什麼玩笑！」吳墨林毫不客氣地反駁，「最少也得十萬！」

「頂多六萬。」周遊昂著頭說道。

汪力塔的心越來越涼，紫茄色的大臉顯得更黑了。吳墨林安慰他道：「你可別忘了，咱們還有三件寶貝在菡芬樓裡，這三件東西的價格，比起這幾十件北宗畫要高得多。」

話說李衛將吳墨林等人定為朝廷要犯，將他們的畫像四處張貼，懸賞捉拿。但半個月過後，仍一無所獲。李衛畢竟也有差事在身，不能在此處耽擱太久，於是準備啟程繼續南下履新任職。臨走前，他私下見了王老七和李雙雙。此時的王老七已經脫離了生命危險，已經可以下床走動，但他的身子仍然十分虛弱。

「如果我放了你們，」李衛說道，「你們會回到廉親王身邊嗎？」

「李大人，我們發誓，若你放我們一條生路，我們從此便隱姓埋名，」李雙雙的聲音低弱得近乎哀求，「欠八爺和九爺的債，我們該還的，已經還清了。」

「是嗎？」李衛的眼神深邃而幽暗，「口說無憑，我怎麼才能信你們呢？」

「究竟我們要怎樣，你才能相信？」王老七瞪視著李衛。

李衛抬手指了指王老七的胳膊，又指了指李雙雙的眼睛，見二人仍然不明所以，李衛咧開嘴，乾笑了一聲，說道：「如果『咧嘴鏢王』廢掉一條胳膊，『觀音二娘』瞎掉一雙眼睛，我就會放了你們。只有廢人，才不會再為八爺黨所用。」

「不！留著雙雙的眼睛！我可以廢掉兩條胳膊！我還可以瞎掉一雙眼睛！」王老七不顧箭傷，猛衝上前，試圖揪住李衛的衣領，但被李衛身邊的侍從擋住。

「沒事的，老七，」李雙雙拉住了王老七，強忍著心中的悽楚，笑了笑，對老七眨了眨眼睛，「我這雙眼睛經常看錯人，所以就算瞎了，也沒什麼不好的。」

李衛點了點頭，用一種欣賞的目光看向李雙雙：「妳放心，我會命人用藥水把妳的眼睛弄瞎，不會讓妳變成一個醜婆娘的。」

「那就多謝了。」

李衛的手下熟諳類似的「肉刑」，不過一炷香工夫，李雙雙和王老七互相摻扶著從蘇州府衙中走了出來。王老七的胳膊上纏著繃帶，而李雙雙的雙目則徹底失去了神采。秋日的陽光照在二人身上，散發出溫暖而又安寧的光韻。

經過反覆談判，周遊、金農與吳墨林等人終於敲定了最後的協議：由周遊的作坊負責臨摹找到的所有古代書畫。這些古代書畫中也包括前幾次找到的〈蘭亭序〉、〈嘉陵江山水圖〉與〈釋迦牟尼像〉。周遊先支付八萬兩銀子，才能獲得最後一批北宗畫的摹製權，之後需要再支付二十萬兩，才能獲得其他三件珍跡摹本的獨家摹製權。按照吳墨林等人先前的約定，將這二十八萬兩進行分成，吳墨林、劉定之、汪力塔、巴特爾每個人可分得六萬兩，金農與沈是如因為半路加入，每人分得兩萬兩。

巴特爾執意要將自己所得的銀子再分給吳墨林與劉定之每人兩萬兩，以充學費，卻被二人拒絕了。

時間又過去數月，蘇州城由秋入冬。沈是如將菡芬樓內藏匿的〈蘭亭序〉、〈嘉陵江山水圖〉和〈釋迦牟尼像〉一併帶回周遊的別業之內。周遊依照承諾，將全部的古書畫做成摹本，又將二十八萬兩銀子全部付清。而所有這些寶藏，自此全部轉入贔社的手中。

金農將所有的書畫打包裝箱，準備運往專門的儲藏之地。接下來，贔社還要再複製臨摹一套副本，金農本來想請周遊幫忙，額外再為贔社摹製一套副本，但周遊要價太高，也就作罷。贔社自有製作摹本的技師，只是效率遠遠不如專事造假的作坊。

眼看著所有贔社的成員就要離開周遊的別業，吳墨林終於再也忍耐不住。他私下找到了沈是如。吳墨林一臉認真地說道：「是如，妳去過瓊州島嗎？據說那兒的風光與中原完全不同，我一直想去見識一下，咱們同去可好？」

沈是如咦了一聲：「你難道不是贔社成員嗎？咱們不是該跟著贔社的人一起離開嗎？」

吳墨林搖了搖頭：「我天性不願受人管束，無論是朝廷還是贔社，但凡是個組織嚴密、規矩太多的地方，我便會有天生的反感。」

他朝著沈是如走近了一步，心跳加速，鼓足勇氣說道：「是如，妳看，妳是這世間最聰慧的女子了，所以妳該明白我對妳的感覺。咱們一起走吧，周遊給的錢足夠我們後半生逍遙的了，咱們從此做個自由自在的陶朱翁。縱然朝廷如今通緝咱，但咱可以去更加偏遠的地方，我看瓊州就是個好地方，或者琉球、真臘也不錯。到了那裡，咱們自己也造一艘書畫船，妳彈琴，我畫畫，這樣的日子難道不好嗎？」

沈是如忍俊不禁：「吳墨林，你和劉定之還真的是一對兒，你們兩個都想一塊兒去了。你知道嗎，就在前幾天，劉定之還跟我說，要帶我和巴特爾去西洋的歐羅巴，去見識見識另一個偉大的藝術傳統哩。」

吳墨林愣了愣：「他去歐羅巴？哎呦呦……恐怕是他之前與我爭論的時候受了刺激，現在轉了性情，總想著開闊眼界，改變自己。但歐羅巴太遠了，咱們先去東洋和南洋，近一點的地方，循序漸進，妳說好不好？」

沈是如嘻嘻一笑，搖了搖頭：「你們這些男人，總想著帶我去哪個地方逍遙自在，你們怎麼不問問我想做什麼呢？也許我願意回京城繼續經營菡芬樓哩！」說罷，沈是如哼了一聲，頭也不回地走了。

吳墨林垂頭喪氣，收拾好行裝和銀兩，又請人給自己畫了個妝（為躲避搜捕）。在一個天朗氣清的早晨，他與眾人拜別。臨別之際，唯獨不見沈是如。金農告訴吳墨林，沈是如自覺離別之時過於傷感，故而不願親臨現場。吳墨林滿心淒涼，眾人也都覺得有些感傷。

巴特爾提議大家為吳墨林合繪一幅〈穹窿山送別圖卷〉，於是金農繪柳樹，劉定之繪山石，巴特爾繪雜樹灌木，汪力塔繪水邊荷葉，周遊繪別業房屋，羅蘭繪岸邊野花，就連徐陵與傅綸，也都在畫上添了幾處苔點。吳墨林最後加上送別的人物與一艘小船，想到整幅畫中唯獨不見沈是如的筆墨，心中不免黯然。

艄公一聲吆喝，吳墨林的小船沿著穹窿山下蜿蜒的水路慢悠悠蕩去。吳墨林站在船頭，望著前方一片迷濛的山光水色，突然想起一年多以前在西湖水底找到的〈蘭亭序〉卷後夾層中那首詩，他記得那是項守斌作的詩：渺渺煙雲匿此間，霜冷溪岸野鳩鳴。天命未完寸心在，清風泠泠與同行。

現如今，與自己同行的，確實只有泠泠清風了。

小船拐了個彎，他聽到前方傳來古琴的聲音。這琴音頗為熟悉，仔細一聽，正是贔社入會儀式之前金農彈過的那首曲子。吳墨林的心猛地一揪，令艄公將船划向琴音傳來的方向。

透過清晨濕寒的霧氣，他模模糊糊看到一個女子坐在岸邊。她的肩上背著一個行囊，臉上掛著笑容，喊道：「我也想去瓊州島看看，吳大師可否搭我一程？」

吳墨林大笑起來。

後 記

若干年後，太監魏珠病重，自知不久於人世，他請求見皇上最後一面。

胤禛來到了魏珠的病榻之前。魏珠看到胤禛操勞過度的面龐，不由老淚縱橫。他顫巍巍抬起胳膊，握住了胤禛的手：「皇上，奴才臨死前，要說一件事。」

胤禛點了點頭：「你說吧。」

魏珠重重地咳嗽了一聲，說道：「皇上，您還記得那道先皇留下的遺詔嗎？」

胤禛猛地抓緊了魏珠的手：「你到底想說什麼？」

魏珠的眼神慢慢變得渙散起來，他努力維持著最後的神志，說道：「老奴要把真相告訴皇上，一是要解開皇上多年的心結，二是要讓皇上知道，八爺、十四爺他們其實罪不至死，皇上奪了他們的權，囚禁他們便是，不可了結了他們的性命……」

魏珠看著雍正瞪大的雙眼，手顫抖得更加厲害了：「先帝爺……當年留下了兩道詔書，一道遺詔是沒有被塗改和墨漬的，一道則是有汙漬的。他令我等張廷玉讀完詔書後，去南書房，用那有汙漬的遺詔去替換沒汙漬的。」

「為什麼？」胤禛的心就像墜入了冰窟，「先帝既然要傳位於我，何必要節外生枝？」

魏珠用盡最後的力氣說道：「先帝是曠古未有之帝王！他彌留之際對老奴說，歷朝歷代之滅亡，大半原因都是守成之君過於柔弱，無復先輩殺伐決斷、果敢決絕之性情。先帝……先帝最看好皇上，但他並不敢確定你是最合適的人選，所以，他要為其他阿哥們留下一個反攻的機會，先帝覺得，你若能扛住，則必然守得住大清基業，你若是扛不住，讓其他阿哥來守這份基業，也未嘗不可。先帝說……先帝說……」

眼看著魏珠就要斷氣了，胤禛急吼：「說什麼？他說了什麼？」

魏珠氣若游絲：「先帝說，他要對得起祖宗的基業，所以……所以，就只能對不起兒子……他說明朝最後滅亡的原因，就是因為幾個藩王爭著當皇帝，群龍無首，才為滿人所滅。先帝說，權力最終要全部集於一個兒子的手裡，不能分權，先前的阿哥們開府建牙，但最後卻一定要進行集權。因此必須要挑起阿哥們之間的戰爭，只有在這場戰鬥中獲勝的阿哥才真正有資格取得帝位，他說，也只有這樣，才對所有的兒子最為公平……也對大清最好……」

胤禛喟然歎道：「他難道就不怕我們鬥得一團亂，會有外敵趁機入侵嗎？」

魏珠搖了搖頭：「先帝病重之時，大清四海靖平，青海阿拉布坦之亂只是癬疥之疾。先帝說，國內亂一陣子並沒什麼，亂了之後，根基會變得更穩……」

魏珠說完這些，頭一歪，閉上了眼睛。說來奇怪，在他咽氣的最後一刻，腦海中竟然浮現出吳墨林的臉龐。那位了不起的工匠，恐怕是當時唯一看出傳位詔書中蹊蹺的人物了。

紙上煙雲

作　　者　南北顛
美術設計　吳郁婷
內頁排版　高巧怡
行銷企劃　蕭浩仰、江紫涓
行銷統籌　駱漢琦
業務發行　邱紹溢
營運顧問　郭其彬
責任編輯　吳佳珍
總 編 輯　李亞南
出　　版　漫遊者文化事業股份有限公司
地　　址　台北市大同區重慶北路二段88號2樓之6
電　　話　(02) 2715-2022
傳　　真　(02) 2715-2021
服務信箱　service@azothbooks.com
網路書店　www.azothbooks.com
臉　　書　www.facebook.com/azothbooks.read
營運統籌　大雁文化事業股份有限公司
地　　址　231新北市新店區北新路三段207-3號5樓
劃撥帳號　50022001
戶　　名　漫遊者文化事業股份有限公司
初版一刷　2025年02月
定　　價　台幣550元

ISBN　978-626-409-066-7

國家圖書館出版品預行編目 (CIP) 資料

紙上煙雲/ 南北顛著 ; -- 初版. -- 臺北市 : 漫遊者文化事業股份有限公司, 2025.02
480 面 ; 14.8×21 公分
ISBN 978-626-409-066-7(平裝)

857.7　　112007066